전영택 창작선집

田榮澤 創作選集

저자 근영

청년기의 저자

田榮澤創作選集

전영택창작선집

늘봄

장정(裝幀)
표지 전상수(田相秀)
커버 전상범(田相範)

[일러두기]

1. 이 책은 1965년 12월 15일 어문각에서 발행된 판본의 복간본이다.
2. 현대식 맞춤법에 따른 표기 외에는 어문각 판본을 그대로 따랐다.
3. 각주는 편집자주다.

서(序)

여기에 모은 단편들은, 작년에 쓴 「말없는 사람」, 「생일파티」 등 몇 편을 내놓고는 최근에 쓴 것은 1950년 이후의 작품들이요, 그밖에는 1919년 이후 《창조(創造)》시대로부터 해방 직후와 작년까지, 결국 약 40년에 걸친 구작들이 들어 있는 것이다.

내가 소설을 쓰기 시작한 지는 오랬지마는 이른바 과작(寡作)이라고 하기보다는 창작에 대한 열과 또 역량이 부족했다고 할까, 약 40년 동안에 쓴 것으로 내놓을 것이 이런 것밖에 없다는 것은 부끄러운 일이 아닐 수 없다.

오래 전에 《생명의 봄》을 냈고, 얼마 전에 《하늘을 바라보는 여인》을 내놓았고, 이번의 창작선집이 세 번째다. 여기에는 《창조》 3호에 실었던 「생명의 봄」과 종교 잡지에 실었던 몇 편을 내놓고는 《창조》《조선문단(朝鮮文壇)》《영대(靈臺)》《문예공론(文藝公論)》 그 뒤에 《문예(文藝)》《새벽》《현대문학(現代文學)》《자유문학(自由文學)》 등에 실렸던 단편이 거의 다 들었다. 지금 보면 아직도 보잘 것 없는 것도 있지마는 내게는 귀중한 기념품이랄까, 아까워서 거의 다 수록하였다. 그동안 보관하지 못하고 찾지 못했던 것까지 다 구해서 내 평생의 졸작을 대개 다 모아 놓은 셈이다.

내가 쓴 작품들을, 평론가들이 초기의 것을 자연주의에 속한다고 했고, 그 후에 오늘날까지의 작품을 인도주의적인 경향을 가진 것이라고 한다. 아무래도 좋다. 나는 그때그때 쓰고 싶은 것을 썼을 뿐이다. 나라는 인간과 내 신앙 태도가 작품에 그대로 반영되었을 것은 당연한 일이다.

솔직하게 말하면, 세상의 가장 불행하고 인생고에 시달리는 이들의 마음과 생활이 내 심경에 느껴지는 것을 그려보았을 뿐이다.

나는 때를 따라 창작의 충동을 느낄 때에 썼을 뿐이요, 더구나 작품을 상품화하려는 심산에서 붓을 든 일은 없었기 때문에, 게다가 내 본직이 목사인 까닭에 주로 기독교 문서 사업에 많은 시간을 보내고 보니, 이제 만년에 이르러서, 내 문학으로 거둘 것이 너무도 적어진 것은 하는 수 없는 일이다.

「소」「크리스마스 새벽」「첫 미움」 등 몇 편은 해방 직후의 몇 해 동안의 것이요, 「독약을 마시는 여인」「바람 부는 저녁」 등은 《창조》와 그 밖의 몇 잡지에 실렸던 것을 (그동안 찾지 못했던 것을) 모은 것이니 비교적 초기에 속하는 것이요, 「돌팔이와 그 아내」「해바라기」「차돌멩이」「금붕어」 등은 다 비교적 최근인 5~6년 동안의 작품이다. 그리고 그밖에 「천재냐 천치냐」「흰 닭」「화수분」「사진」 그리고 「크리스마스 새벽」「하늘을 바라보는 여인」「집」「외로움」 등은 초기의 작품과 해방 이후의 것을 모아서 《하늘을 바라보는 여인》이란 제목으로 이미 단행본에 들었던 것이지만 그 책이 절품되어 가지지 못한 독자의 편의를 위하여 재록하여 선집을 만든 것이라는 것을 양해해주기를 바란다.

끝으로 《창조》에 실렸던 「독약을 마시는 여인」은 3 · 1운동 때에 감옥에 있다가 나온 아내가 갓 낳은 어린것을 잃어버린 이야기를 소재로 쓴 것인데, 당시의 일본 경찰의 기휘*에 걸릴 것을 꺼려서, 동물이 등장하는 장면이 나오게 한 것을 그대로 둔 것이다. 독자의 양해를 구한다.

마지막으로 채산을 생각지 않고 이 책을 출판해주신 어문각(語文閣)의 김광수(金光洙) 사장에게 깊은 감사를 표하며, 흩어진 작품을 구하는 데 많은 수고와 협력을 해주신 김근수(金根洙) 교수와 백순재(白淳在) 선생께 특별한 감사를 드리고, 원고 정리와 청서에 많은 수고를 아끼지 아니한 김선영(金宣映) 양, 최영숙(崔英淑) 양에게 깊은 감사의 뜻을 표한다.

1965년 이른 봄에

* 꺼리고 싫어함.

차 례

금붕어

이날도 아침 시발택시 한 대가 찻길에서 인도 쪽으로 굴러 들어온다.

맹기호는 발걸음을 빨리 옮겨서 쫓아갔다.

"합승 안 해요?"

눈치가 좀 다르다 했더니 아니나 다를까 손님을 청하는 것이 아니요, 독차로 누가 부른 모양이다.

버젓이 오르는 사람은 한 청년 신사다. 이 차를 부른 사람이 분명하다. 맹도 이제는 좀 졸업을 해서 누가 부른 차든지 좀 같이 타자는 배짱을 부리게 되어서 처음엔 물러섰다가 덮어놓고 올라탔다. 택시를 부른 젊은이 눈치가 타도 좋다는 것을 보고 안심하고 앉아 있었다. 어느 틈에 뒤에도 한 사람 타고 앞에도 두 사람이 탔다.

"좀 빨리 갑시다. … 응, 이거 늦겠는데!"

아직 아홉시는 멀었는데 이 택시 부른 사람이 퍽 조바심을 하고 서두르는 걸 보니 어떤 관청에 다니는 사람으로 여덟시 반까지는 들어가야 할 책임이 있는 모양이라고 생각했다.

그는 남의 밑에서 일하고 있는 자신의 경우에 비추어 생각해서 공연히 애가 쓰였다.

차가 종로에 와 닿았다. 그는 화신 앞에 내려달라고 청했다.

"합승이 아닌데요."

"일행입니다."

택시를 부른 사람이 이렇게 말하자 운전수는 말이 없다.

고마운 사람도 있다고 생각하고 목례를 잊지 않고 내렸다.

물론 백 환짜리를 그에게 주었다. 기특한 사람이 있다.

요새 젊은이로 쉽지 않은 사람이다 생각을 하면서 그는 화신 앞을 서쪽을 돌아 안국동 쪽으로 올라가는 것이다.

몇 날 전이었다. 전차는 벌써 만원이 되어서 오는 것이라 매달리거나 떼밀고 비비대고 들어가지 않으면 탈 수 없고, 더구나 버스는 말할 것도 없으니 벌써부터 단념을 한 것이고 합승을 타기로 한 그였다.

요새는 가끔 보통 택시가 와서 합승을 하기 때문에 편리하다고 생각해서 이용을 해왔는데, 이날도 좀 큰 차가 하나 굴러서 인도로 들어오는 것을 보고 맹은 택시인 줄 알고 달려갔다. 택시가 아니요 합승이다. 노타이 잠바짜리가 왁 달려든다.

여느 때는 그런 경우에 애써 탈 생각도 아니 하고 물러서던 그가 이날따라 '에라 한 번 대들어 보자.' 하고 기를 쓰고 달려들었다. 타기는 탔다. 정신없이 탔다. 전 같으면 탈 염도 못했지만 타려고 하다가도 밀려나오고 마는 것이었다.

맹을 떼밀어내고 올라가 타는 자들은 모두 삼십 내외의 자식 또래의 젊은이들이었다.

'이렇게도 양보할 줄을 모르나! 우리나라 젊은이들이 왜 이렇게 도의심이 없는가.'

저 혼자서 중얼거리면서 하늘을 바라보다가 다른 합승이나 택시를 기다려서 늦더라도 천천히 타던 그가 이날은 제법 젊은 축에 끼어서 비비대고 올라앉은 것이었다.

'시간이 어떻게 되었나.'

팔목에 있을 시계가 없다. 가슴이 선뜻하다. 좌우를 돌아보아야 전차와 달라서 그럼직한 사람은 없다. 운전수를 찾아서 시계가 금방 없어졌으니 어떻게 하면 좋으냐고 해보았다.

"아저씨 시계를 가진 자는 타질 않았습니다."

운전수는 대수롭지 않은 일인 듯이 앞만 보고 차를 몰고 있다.

"시계를 집에 놓고 온 것이나 아닙니까?"

"바닥에 떨어졌나 보시지요."

차에 탄 사람들은 가장 동정이나 한다는 것이나 반갑지가 않았다.

몇 번을 팔목을 되보고 바지 포케트를 보고 하면서 정신없이 앉았다가 종로에 와서 내릴 수밖에 없었다. 하루 종일 기분이 나빴다.

속으로 요새 젊은이들이 나쁘고 세월이 고약한 것을 개탄하고 공연히 여러 사람이 밀려드는 차에 덤벼들어 탄 것을 몇 번이고 후회하면서 썩 기분 나쁜 하루를 지냈다. 왜 이렇게 실수를 하나, 이게 벌써 몇 번짼가, 집에 가서 무어라고 하나, 복잡하게 사람이 밀려드는 차는 전차나 합승이나 안 타기로 작정을 하고도 또 이렇게 실수를 하는 자기 자신이 퍽 딱하게 생각되었다.

"왜 또 그랬어, 이담엔 애여 그러지 말어."

예 예 대답하고도 또 그러고 그러고 하는 어린 자식 타이르듯이 맹은 자기 자신을 타이르는 것이었다. 그리고 그동안에 가깝고 먼 과거에 실패한 경험이 하나하나 머리에 떠나와서 마음에 괴로움을 느꼈다. 하루 종일 아무 일도 손에 붙지 않고 정신없이 지냈다.

다음 날이 마침 월급날이라 시계가 없이는 하루도 견딜 수 없기 때문에 덮어놓고 만오천 환을 뚝 잘라서 시계를 샀다. 시계 장수에게 속으면 안 되겠다 생각하여서 장사를 좀 해본 경험이 있는 조카딸을 데리고 가서 샀다.

"아저씨, 물건을 사실 땐 혼자 가시지 말고 꼭 저를 데리고 다니세요. 아저씨는 으레 속으시니까."

"그래 너는 물건 시세를 잘 알고 똑똑한 사람이니까."

이렇게 조카딸을 집에 데리고 있으면서 믿고 일을 시키곤 한 것이었다. 장사라고 좀 해보는 것이 잘 안 되어서 아이들을 데리고 살기는커녕 국민학교짜리, 중학교 일학년짜리 공부도 시키기 어려운 형편이니 무슨 다른 도리가 있어야 하겠다고 하던 참이었다. 그래서 조카를 시계 장사나 시켜보았으면 하였다. 같은 교회에 나오는 청년 가운데 상점도 안내고 시계 장사를 해서 곧잘 지내는 사람이 있는 것을 생각한 것이다.

"무엇이든 해보아라."

"아무 거라도 할 테야요."

부모 없고 남편까지 없는 조카가 독립으로 살아가게 되기를 바랐는데, 물건도 잘 고르고 값 흥정도 잘 하는 걸 보고,

'그만하면 장사를 꽤 하겠는 걸.'

하고 다행으로 생각했다.

시계를 잃어서 손해를 보았으니 이 기회에 조카가 시계 장사를 하며 장사가 잘 된다면 화가 복이 되는 셈이라고 하였다.

"너 누구하고 뭘 해보겠다던 걸로 시계 장사나 해보렴, 응."

시계를 사가지고 오면서 권해보았으나 조카는 대답이 없었다.

시계는 샀지만—시계는 도리어 전에 것보다 마음에 드는 것을 샀지만 돈 문제보다 시계를 잃어버리도록 한 자기 자신이 딱한 것이 괴롭

고, 더구나 그 시계는 바로 작년에 미국에 교육시찰로 다녀올 적에 마침 시계를 잃어서 친구들이 사준 것이라 그 친구들에게도 말도 못하는 형편이었다. 그리고 요새 젊은이들의 질이 나쁜 것을 몹시 개탄하고 있었는데, 마침 기특한 청년을 만나서 차를 잘 타고 종로까지 기분 좋게 왔다.

그날은 매우 기분이 좋았다. 주위에 있는 사람이 나쁘고 고약한 것만 생각하고 실망하고, 실패하는 일만 생각하고 마음을 괴롭히고 신경을 쓸 필요가 없다고 생각하면서 자신을 스스로 위로하였다.

그날은 마침 토요일이었다. 오후 한 시가 지났다. 웬만한 선생들은 다 나가고 학교 일이나 제 일이나 미진한 일이 있는 듯한 선생들만이 사오인 남아 있다. 교무주임 박 선생도 무슨 책을 뒤적거리고 앉아 있다.

"박 선생, 냉면이나 먹으러 갑시다. 일어나시오."

옆에 있는 다른 선생까지도 바라보면서 맹은 큰 소리로 박 선생을 불렀다.

"교감 선생님, 오늘 한 턱 하시렵니까?"

"그래그래, 한 턱 하지요. 선생님들 일어나셔요."

"교감 선생님을 발라먹으면 되나. 식구두 많으시구 어려우신데…. 우리가 대접을 해드려야지요."

"별소릴 다 하시오 황 선생은…. 선생님들 어서들 갑시다."

윤 선생, 백 선생, 차 선생 다음 자리에 앉아 있는 국어선생인 황 선생이 어물어물 테이블을 정리하고 있는 것을 보고 한 번 큰 소리를 쳤다. '식구두 많으시구 어려우신데….' 어쩌구 하는 말이 듣기 싫은 것이었다.

"교감 선생님이 모처럼 청하시는데 어서들 가십시다."

교무주임이 이렇게 재촉을 해서 모두 여섯 사람이 평양루에 가서 맛

배기 청하는 사람 보통 청하는 사람 해서 냉면을 먹고 맹은 천칠백 환을 치르고 돌아왔다. 주머니에는 겨우 오백 환짜리 한 장이 남았다. 그 누가 볼까봐 얼른 집어넣었다.

"오백 환 오백 환."

집에 가면 무얼 사가지고 오기를 기다리는 손주놈을 위해서 무얼 살 것이라든지, 마누라가 찬거리 돈 달라고 하면 줄 것이라든지 다음날 출근할 때에 합승 값이나 점심 값이라 무어라 생각하면 오백 환이란 돈이 셈이 안 되는 돈이다.

'왜 이렇게 남자가 대범하질 못하고 옹졸할까.'

맹은 속으로 부끄러웠다. 그러면서도 왜 또 집으로 바로 가지 못하고 장한 척하고 호기를 뺐는가 하고 후회하는 생각이 번개같이 머리에 떠오르고 지나갔다.

앞뒤를 생각해서 무슨 일을 하지 못하고 마음 내키는 대로 기분에 따라서 해버리는 것이 탈이라는 것을 맹은 잘 알면서 같은 실수를 밤낮 되풀이하는 것도 자기의 결점이라는 것은 어쩔 수 없는 일이었다.

오늘 오후엔 일찍 가서 쉬리라—이런 생각을 하면서 맹은 사무실에 들어갔다. 일찍 가서 쉰다는 것은 아침에 나올 때에 아내의 주의를 받고 부탁을 받은 것이요, 좀 쉬고 나서는 자기 방에 창문도 바르고 원고도 정리하고, 시간이 있으면 할 일이 많다고 생각해 예산한 것이 많았다.

"교감 선생님, 손님이 오셔서 기다리고 있습니다."

급사 아이의 말을 듣고 맹은 응접실에 들어가 보았다.

"선생님 안녕하셔요? 아버지가 선생님이 토요일 오후쯤 와보라구 그러셨다구 가 뵈라고 해서 왔어요."

친구의 딸이다. 취직 시켜달라는 부탁을 받고 우선 이력서를 가져오라고 했고, 토요일 오후에 보내보라고 했던 것을 맹은 깜빡 잊어버리고 있었던 것이다.

"선생님이 E 여학교 교장과 친하시다지요? 편지를 써주시면 제가 가 보겠어요."

명함이나 한 장 보낼까 하고 생각하던 차인데 마침 당자가 그렇게 말하니 다행이다. 제가 가보겠다는 것이 기특하다 하고 그는 서랍에서 양면패지를 꺼내서 편지를 쓰고 있었다.

"가만 있자, 저~"

무슨 생각을 했는지 그는 쓰던 편지 종이를 구겨서 휴지통에 던져버린다.

"그럴 것 없이 내일 오후에 나하고 같이 가보지. 편지를 가지고 가서는 안 될 거야."

맹은 다음날 오후에 종로 어떤 다방에서 만나서 재한 희망원 원장 집을 같이 방문하기로 하였다.

맹은 지난봄에 예전 어떤 여학교에 봉직하고 있을 시절의 학생이던 사람의 부탁으로 그 남편의 취직을 시켜줄려고, 아는 친구가 교장으로 있는 학교 교장을 찾아보고, 또 어떤 여학교 교감에게도 부탁을 간단히 했건만 아무 데도 틀려서 몹시 미안했던 일을 생각하였다.

직업이 없어서 곤란한 사람에게 양요리 대접을 받고, 또 집에 고기며 계란 꾸러미를 가져온 것을 받은 것이 늘 마음에 꺼렸던 것이다. 애초에 못한다고 딱 거절을 했다면 좋지 않았던가. 집에 계란 꾸러미나 가져온 것은 옛 선생이라고 찾아오면서 들고 온 것이니 무방하다고 스스로 변명을 하더라도 고급 양식 대접을 받은 것은 아무리 생각해도 가시처럼 마음 한구석을 찌르고 있는 것이었다. 다시는 취직 부탁은 받지 않으리라. 취직 알선에는 애여 나서지 아니 하리라. 그는 얼마나 맹세를 했는지 모른다.

"요새 세상에 친구가 어디 있어요. 그저 돈이 있든지 세력이 있든지 해야지 일개 이름없는 중학교의 교감으로 있는 당신을 무엇이 대단하다고 청을 들어주겠소. 공연히 부질없이 다니지 마시구 가만히 계시오."

동창이 교장으로 있는 유명한 중고등학교에 교장을 찾아갔다가 거의 냉대를 받고 돌아와서 기분이 좋지 않아서 집에 들어왔을 때에 하던 아내의 말을 생각하였다.

"자리가 없으니까 그렇지, 머, 그 사람이 그럴 리가 있나! 세상이 다 그런 걸 할 수 없지만, 하긴 그 사람이 교장이 된 다음엔 달라졌어, 전엔 그렇지 않았는데. 좀…."

아내에게도 체면을 세워보느라고 변명을 했다. 개탄을 해보았으나 아내의 말이 옳기는 옳기 때문에 말끝을 맺지 못하고 말았던 것이다.

"그것들이 예전 선생이라고 생각이나 하는 줄 아셔요. 제게 긴하니까 알랑거리고 찾아다니지 일이 안 되면 성의가 없느니 되지 않을 걸 공연히 찾아댕겼느니 그런다오. 글쎄 왜 대답을 하구 나서요."

아내에게 이런 핀잔까지 받고 또 한 마디 대꾸도 못한 일이 있었다는 것은 그리 좋은 기억이 아니었다.

맹은 슬슬 걸어서 전차를 타거나 합승을 타려고 종로 화신 쪽으로 왔다. 감기 기운이 있고 몸이 거북하기 때문에 이미 예정한 대로 자기가 예정했다는 것보다 아내가 부탁을 받은 대로 일찍 집에 가게 된 것을 다행으로 여기고 합승을 기다리고 서 있었다.

"선생님 어디 가셔요? 오늘 K 여사의 출판기념회에 안 가셔요? 가십시다. 선생님 같은 문단의 선배가 나가시면 퍽 기뻐할 겁니다."

"글쎄 이번 그의 기념회에는 꼭 가보려고 하긴 했지만…."

뜻밖에 시인 C를 만나서 깜박 잊어 버렸던 K 여사의 출판기념회에 갔다가 열 시가 지나서야 고단한 다리를 끌고 집에 들어갔다.

이튿날은 일요일이었다.

맹은 아침에 어느 날보다도 약간 일찍 일어나서 다음날 주기로 한 원고를 정리하고 나서 아침밥을 먹고 정하고 다니는 교회엘 갔다가 예배가 끝나는 대로 친구 한 사람과 종로로 나왔다. 냉면을 한 그릇씩 먹고 나서 친구는 한강 구경을 가자는 것을 누구를 만나기로 했다고 하고 간신히 거절을 하고 병으로 누워있는 친구의 딸 H양을 만나기로 한 다방을 향해서 바삐 걸었다.

'장마 뒤에 한강 구경도 한 번 가볼 만한 것인데. 그러나 어린 사람하고 약속한 일을 지키느라고 거절한 것이니 당연하지. 아무렴 친구의 딸을 오라고 해놓고 딴 데를 갈까.'

이런 생각을 해보면서 약속한 다방에 갔더니 친구의 딸은 벌써 와 앉아 있다.

여대 출신이면서도 별로 다방 출입을 안 했던 모양인지 퍽 어색해 하는 것을 억지로 자기도 마실 겸, 커피 한 잔을 같이 먹고 일어나서 영천 방면으로 가서 불광동행 버스를 탔다.

실상 남을 데리고 가기는 가면서 자기 자신이 길을 잘 모른다. 가는 방향도 집도 잘 모르고 짐작으로 가는 것이다. 불광동 종점까지 갔으나 아무리 보아도 알 수가 없다. 지서에 가서 물어보았다. 시외버스를 타고 좀 더 가다가 내리면 된다는 것이다. 걸어가도 얼마 안 된다는 것이다. 친구의 딸 보기가 미안스럽다. 파주행 버스를 기다려 타고 가서 결국 원장집을 찾았다. 집은 찾았으나 원장 자신이 막 시내에 들어가고 없다는 것이다.

기다릴까 갈까 하고 망설이다가 원장이 곧 온다고 해서 결국 기다리기로 했다. 한 시간이 지났다. 전화는 없다고 해도 편지라도 하고 올 걸. 설사 만난다 해도 될지도 모르는 걸 공연히 왔다고 후회하기를 얼마나 했는지 모른다. 그래도 친구의 딸에게는 그런 체를 내지 않기로 노력했다.

"잠깐 다니러 갔다니까 곧 올 거야. 이 원장은 나하고 퍽 가까운 사이요. 그리고 상당한 사업가니까 어떻게든지 일자리를 만들어서라도 취직을 시켜줄 거야."

자기변명 겸 갑갑하게 앉아 있는 친구의 딸을 위로할 겸, 실상은 자기 자신을 위로할 겸 이따위 소리를 하고 앉아 있었다. 이 원장이란 사람은 예전에 맹이 봉직하고 있던 여학교에서 가르친 제자인데, 그때에 여러 학생 중에 유난히 맹을 따랐고 또 맹 자신이 귀애했고 그리고 6 · 25 사변 때 부산 피난 당시에 맹의 신세를 진 사람이었다. 여자라고 해도 웬만한 남자 이상의 활동력이 있고, 교제 잘 하고 뱃심이 대단하고 게다가 소녀 시절부터 매력 있는 용모를 타고 났기 때문에 해방 이후로 특히 동란 이후에 고관들과 미군을 교제하여서 사회사업으로 교육 사업으로 눈부신 활동을 했고 놀라운 업적을 보여주었다.

초여름 긴 해가 기울고 어슬어슬 해가 질 무렵에야 원장은 찦차를 몰아가지고 돌아왔다.

"어떻게 이런 궁벽한 데를 찾아 오셨어요. 감사합니다, 선생님."

원장은 반가이 인사를 하고 자기가 경영하는 학원과 고아원의 시설을 대강대강 구경시켜 놓고는 그동안 지낸 이야기, 미군 부대가 많이 떠난 후에는 그 영향을 받아서 운영이 곤란하기 때문에 사업을 줄여서 요새 학원은 문을 닫아 버렸다는 이야기를 벌려놓아서 맹은 미처 친구의 딸의 취직 건은 이야기를 꺼낼 새도 없었다.

"벌써부터 한 번 와 보려고 하면서도…."

“바쁘신데 이런 데를 어떻게 오셔요. 선생님이 저를 기억하시고 계신 것만 감사하지요.”

원장은 학교를 갓 나온 듯한 젊은 여자를 데리고 온 것을 보고 취직을 시켜 줄려고 온 것을 벌써 눈치 채고 그동안 발길을 하지 않고 있다가 취직 부탁을 받고 비로소 찾아온 것을 원망 비슷이 또 우습게 생각하면서 말을 좋게 둘러서 거절하는 것을 맹은 나중에 시내에 들어와서야 비로소 알았다.

“오래간만에 이렇게 절 찾아오셨는데 여기는 시골이 돼서 아무것두 없어서…. 시내로 들어가시지요, 선생님….”

원장은 자기가 타고 왔던 찦차를 타라고 서두르는 바람에 맹은 그냥 따라 들어왔다. 친구의 딸은 자기 집에 가보아야겠다고 먼저 가버리고 두 사람은 국제호텔에서 저녁 식사를 같이 하였다.

‘아무려나 나보다 낫구나. 제자요, 여자연만 나보다 낫구나. 결국 오늘도 거절을 당했구나. 사업을 축소한다는 것이 사실인지, 듣기 좋게 말하는 취직 알선에 대한 거절인지도 모르겠다.’

무작정 장담을 하고 데리고 왔던 친구의 딸이 부끄러웠다.

“선생님 오늘 더운데 수고 많이 하셨어요. 피곤하시겠어요.”

말이 적은 여자로서 제법 인사를 하고 돌아서 가던 친구의 딸의 표정을 다시금 생각해보았다.

“댁에까지 모셔다 드리지요.”

원장의 친절한 말이 고맙기는 하고 속으로는 집에까지 데려다 주었으면 하면서도 가다가 볼 일이 있다고 딴소리하고 종로 네거리 화신 앞에서 내렸다.

종로 거리는 어느새 네온사인이 휘황하게 번쩍거리고 버스며 합승에는 말할 것도 없고 고급자동차가 꼬리를 물고 달려서 좀처럼 그칠 줄을 모르니 건너갈 수도 없어서 맹은 얼빠진 사람처럼 사방에서 어른거리는 네온사인을 바라보고 어리둥절해서 있었다.

"선생님은 약하시고 인제는 나이도 유만하신데 맡은 일이나 보시고 글이나 쓰시고 가만히 계셔요. 웬만한 일은 못한다고 딱 거절을 하셔요. 제가 학교 있을 땐 몰랐지만 나중에야 알았어요. 선생님은 참 좋으시면서도 그게 결점이야요."

"무얼 알았던가."

"선생님이 저의 모교를 떠나시게 된 동기랄까? 이유가 그게 아니야요. Yes, Yes만 하시고 No 소리를 못하신다는 게…."

'아이 고단하다…. 어떻게 집엘 갈까.'

하던 끝에 바로 전에 호텔 식당에 원장하고 이야기하던 일이, 아니 옛 제자의 경고를 듣던 일이 생각나서 맹은 '응' 하고 고개를 흔들었다. 혼자서 괴롬을 느낄 때 하는 버릇이었다.

가시처럼 괴로웠다. 원장의 까먹고 달아먹는 태도가 밉살스럽기까지 했다. 얼마 만에 간신히 길을 건너서 화신 건너편 차를 타는 곳에 건너와 섰다. 마침 길가에 금붕어 가게가 있다.

'거리낌 없이 자유롭게 한가히 아무 짐도 책임도 없이 가볍게 꼬리를 치고 떠다니는 금붕어가 행복스럽구나…. 네가 나보다 낫구나.'

차를 기다리는 동안 가게 앞에 진열해놓은 금붕어를 물끄레 들여다보고 있었다. 금붕어를 들여다보는 동안 합승을 기다리는 갑갑증도 면하고 아까 원장의 이야기도 잊어버릴까 하고 들여다보고 있다가, 또 딴 생각을 하게 된다.

'금붕어나 사가지고 가자!'

애들이 원하고 그리고 아내도 금붕어나 길러 보았으면 하는 소리를

들었고 며칠 전에,

"금붕어 장사가 지나가는 걸 돈이 없어서 못 샀군."

하던 아내의 말이 생각나서 어항과 금붕어 한 쌍을 사가지고 얼마 만에 청량리행 합승을 얻어 타고 집으로 돌아온 것은 열시가 넘어서였다. 근래에 맹이 이렇게 늦어지기는 처음이었다.

몸을 씻고 일찍 쉬려고 마음먹고 들어간 맹의 계획은 여지없이 깨어졌다.

"반가운 손님 오셨어요."

아내의 말이다. 젊었을 적부터 가까이 지내는 친구로 지방에서 농촌사업을 하는 사람이다. 그 밖에도 두어 사람 손님이 있다. 한 사람은 한 사십이 약간 넘은 듯한 여자, 한 사람은 키가 큰 젊은 여자, 사십이 넘은 듯한 여자는 서울서 다방도 하고 가까운 시골서 여러 가지 사업과 장사를 한다는 활동가이다.

용무는 곧 알았다. 맹이 데리고 있는 조카가 장사를 해보겠다고 해서 맹 자신을 보증으로 돈 오십만 환을 돌려준 사람은 지금 온 친구요, 사십대 넘은 여자는 내용으로 그 돈의 전주였다. 친구가 자기 돈을 준 것이 아니요, 그 여자의 돈을 얻어주었다는 것이다. 그는 보통 여자가 아니다. 눈으로 웃는 모습과, 가끔 보이는 매서운 눈띠가 창기 타입이요, 여우형의 무서운 여자라는 것을 느꼈다. 돈을 곧 내야 한다는 것이다. 또한 젊은 여자는 친척인데 어디 취직을 부탁하는 것이다. 다 골치 아픈 사건이다.

손님은 곧 갔다. 그러자 조카가 울면서 고백하는 것은 기막힌 이야기다.

"그 여자는 글쎄 계를 하다가 빚을 잔뜩 지고 어디로 도망을 했대요, 이걸 어떻게 해요?"

"그러게 애초에 내가 안 된다고 그랬지. 네가 하두 조르기에 해주었더니 종내…. 잘됐다. 내가 물지 별수 있니?"

그 여자라는 것은 서울 어떤 변두리에서 다방을 같이 하기로 하고 조카의 돈을 맡았던 사람이다.

맹은 적지 않은 돈을 쓰는 것도 처음엔 반대했고 다방을 한다는 것은 처음엔 알지도 못했던 것이다. 조카가 울고 있는 꼴을 보고 결국 도장을 찍어준 것이다. 결국 맹이 책임지게 된 일이다.

"애들이 어항을 깨뜨렸어요. 금붕어두 죽고 어떻게 해요."

아내의 걱정 소리가 마루에서 들린다.

"아이구 이놈의 팔자야."

맹은 이층 자기 방으로 올라갔다. 층층대를 올라가는 발걸음이 몹시 허청거렸다.

-《자유문학(自由文學)》, 1959년 9월

차돌멩이

요새 나는 동네 뒤 성벽 밑에 있는 방공호에 사는 최 노인을 사귀어서 저녁이면 한 번씩 찾아가는 것이 일과가 되었다. 나는 최 노인과 이야기하는 것이 내 생애를 즐기는 가장 좋은 길이다.

하루는 최 노인네 방공호에 갔더니 문이 꼭 닫히고 없다.

암만 문을 두드려도 인기척이 없다. 혹 무슨 일이나 없는가 하고 염려가 되어서 대문을 막 두드리고 소리를 질러서 찾아보았으나 종내 소식이 없다.

'고향에 간 모양이군.'

혼잣소리를 하고 나는 허전한 발걸음으로 돌아올 수밖에 없었다. 최 노인은 문에 쇠도 안 잠갔다. 그는 본시 쇠를 잠그는 법이 없다.

"쇠를 잠가 뭘 합니까. 무에 있어야지요."

"누가 와서 집을 점령하면 어찌게."

"같이 살지요, 머."

"제 집이라구 주장하구 나가라면?"

"다른 데 가서 또 거처를 마련하지요 머. 서울에 안적 나 한 몸 담아 있을 곳은 있답니다. 걱정 없어요."

최 노인은 이렇게 태평이다.

"하긴 저 위에 또 있던데요. 방공호가 파다가 둔 게 있지 않아요."

이렇게 대꾸를 하면 최 노인은 아주 신이 나는 듯이 무르팍을 탁 치고는 금방 눈에 정기가 도는 듯이,

"옳지, 옳지 맞았어 맞았어, 왜놈들이 '대피소'라구 파라구 시켜서 파놓은 것이 실상은 나 같은 사람을 위해서 뜨뜻이 살 곳을 마련해둔게 아니구 뭐야요. 선생님, 하하하하~."

최 영감은 이렇게 너털웃음을 털어놓는 것이다.

최 노인은, 본시 포천군 XX면 율목리(栗木里)에 지금도 조카랑 먼 일가가 있다고 한다.

제일 밭은 사람은 조카요, 그 조카는 양자까지 들었으니까 말하면 아들이라면 아들이다.

"아버지 가셔요. 시골로 가셔요. 가셔서 죽이라도 끼니는 궐하지 않구 대접을 할 테니까 어서 시골루 가셔요. 이렇게 계시면 제가 고얀놈이라구 욕을 먹지 않어요? 인제라도 어서 저하구 집으로 가셔요."

한 번은 최윤구라는 조카가 찾아와서 이렇게 자기 집으로 가자고 꽤 정성스럽게 권하더란다. 그럴 때마다 최 노인은 빙그레 웃으면서 고개를 쩔래쩔래 흔들고,

"네 말은 고맙다. 허지만 나는 이게 편하구나. 누구 달다 쓰다 나보구 잔말할 사람두 없구, 뉘게 걱정거리가 될 것두 없구 내게는 이게 제일 편하거든. 내가 먹으면 몇 알을 먹겠지, 하루에 밥 한 그릇이면 실컷 먹구두 남는단다. 얘야 내 걱증을랑 하지 말아라. 애여 이 다음엘랑 가져오지 말아라. 너희두 자식 새끼들하구 식구가 많아서 밥을 죽으로 하는데, 어디 나꺼정 생각할 형편이 되니? 애여 다시는 가져오지 말아라. 나

먹을 양식은 있으니까 가지구 가거라. 부디 내 걱정은 하지 말구 가져 가거라. 네 볼래? 내 양식을….”

최 노인은 유난히 큰 키여서 허리를 구부리고 컴컴한 모퉁이로 가서 자그마한 쌀 항아리를 기울여 보인다.

“나는 너두 잘 알듯이 나이 팔십이 넘두룩 절대루 남의 신세를 안 지구 살았으니까…! 이렇게 말하면 네가 섭섭히 생각하겠지만 내남할 것 없이 어려서는 할 수 없지만 자란 다음엔 누구를 의지하구 살려구 하는 건 못난 짓이야.”

나는 최 노인이 조카에게 모처럼 가지고 왔던 쌀자루를 기어이 지워서 보냈다는 이야기를 들었다.

최 노인이 가회동 꼭대기 성 밑에서 사는 지도 벌써 십년이 훨씬 넘었다. 해방 직후부터 살았으니까 십년이 넘은 것이다. 아들 하나 있던 것은 일본 시대에 징용 가서 소식을 모르고 마누라는 오래 앓다가 죽고 혼잣몸이 된 뒤에 서울에 올라와서 이 방공호에 들어 살게 되었다.

한동안은 복덕방에 집 주름도 해보고 여름이면 부채 장사, 겨울이면 엿 장사 따위로 내 한입 먹기는 걱정이 없었다.

“하느님의 덕으루 오력이 성하구 앓지를 않으니까, 혼자 살아두 꽤 살 만해요.”

최 노인은 이렇게 허술한 듯이 이야기하는 것이다.

“그래두 몇 해 전부터는 대리심이 없구, 가끔 앓아눕게 되구, 그리구 정신이 없어서 아무것두 못하지요.”

그래서 최 노인은 이 근래에는 꼭 들어앉아서 별로 먼 데 출입은 못한다. 그러나 앓지 않고 기운이 날 때는 앉아서 광주리도 엮고 동네 다니면서 도배도 해주고 화초밭도 만져주어서 밥벌이를 하는 것이다.

언제든지 행길을 깨끗이 쓸어 놓고 어린 것들이 나와 놀면 모두 내 집 아이처럼 넘어지면 일으켜주고 코 닦아주고 오줌 뉘어주고 싸우면 달래가며 말려주고, 하니깐 동네 아낙네들은 최 노인 착하다고 양식도 갖다 주고 김치도 갖다 주고, 앓으면 죽을 쑤어다 주고 약까지 대려다 주게 되었다.

"최 노인은 우리 동네 복영감이야."

이런 말이 어느새 동네 사람들의 입에 오르게 되었다.

"영감님더러 이 동네서 복영감이라구 하는 줄 아시우?"

하면 최 노인은,

"그래요? 몰라요. 저야 동네 양반들 덕에 살아가지요. 선생님 같은 이의 신세를 지구 이렇게 벌써 십여 년을 살아오고 있지 않습니까? 그저 고맙지요."

두 손을 들어 합장을 하는 것이다.

'그런데 무슨 일로 고향엘 갔을까?'

하고 나는 다음날에도 가보았으나 다음날도 그대로 문이 닫혀 있고 연 사흘을 소식이 없다.

사흘이 지나서 나는 저녁을 먹고 산보 겸 고무신을 끌고 갔더니, 문이 반만큼 열려 있는 것이 최 노인이 돌아온 것이 틀림없다.

"아이구 선생님 오셨구만. 어서 오셔요."

최 노인은 반가이 나를 대해주는 것이다.

"그런데 어델 가셔서 여러 날 집을 비우고 계셨어요. 늦바람이 나신 모양이시군."

나는 이렇게 농담을 붙여보았다.

"아닌게 아니라 바람이 난 모양입니다. 선생님, 하하하하…."

최 노인은 여전히 너털웃음을 털어 놓는다. 그런데, 아무리 평소에 피차 장난의 말을 하고는 한바탕 웃음판이 터지는 것이 으레껏 있는 일이라고 해도 이번의 이야기는 좀 이상한 데가 있다. 그래서,

"그럼 아무런 이야기라두 하셔요. 심심해서 왔는데 이얘기 좀 하셔요, 영감을 얼마나 기다렸는데요."

나는 슬쩍 이렇게 졸라보았다.

최 노인은 이야기를 참 잘한다.

어떤 때는 임진왜란 이야기, 어떤 때는 대원대감 이야기, 또 어떤 때는 오송대감 이야기, 또 봉이 김선달 이야기도 곧잘 한다. 그리고 자꾸 조르면 자기 이야기도 하는 수가 있다.

자기는 일본 시대에 순사를 좀 다닌 일이 있다는 것이다. 그래서 최 순사라는 이름도 얻어 보고, 나리 나리하고 나리 소리를 들어본 일이 있다는 것이다.

"이야기를 하자면 제 자랑이 될 테니까, 그 이야기는 안할 테야요."

최 노인은 순사 다닌 이야기를 하려다가 멈춰버리고 꽁초를 부쳐 무는 것이다.

"이제 자랑을 하시면 어떱니까? 자랑을 하실 게 있으면 하셔야지요. 어서 이야기하셔요."

이렇게 권해보았지만 종내 이야기를 아니 하고 딴 이야기를 꺼내는 것이다.

"내 이야기 하나 하지요. 이건 자랑이 아니라 부끄러운 이야기지만 인제는 선생님하구는 숭허물이 없어졌으니 이야기를 해두 괜치 않지요."

하고 먼 옛날 일을 곰곰이 생각하는 듯이 한참 말이 없다가 슬금슬금 이야기를 꺼내는 것이다.

밤나무골 권씨 촌은 옛날에는 부촌이요, 큰 마을이었지마는 한 번 동

네에 괴질이 돌고 또 한 번은 살인 사건이 생기고 또 불이 나고 해서 이럭저럭 떠나는 집이 많아서 나중에는 몇 집 안 남고 쓸쓸한 동네가 되어버렸다.

"선황나무를 찍어서 동네가 망했어."

선황나무가 쌍으로 섰었는데, 그걸 하나 동네에 떠들어와서 살던 술주정뱅이가 그 선황나무 때문에 노름판에서 돈을 떼었다고 얼토당토않은 소리를 하면서 찍은 다음으로부터 황새가 쌍쌍이 와서 좌우 나무에 한 쌍씩 둥지를 틀고 살던 것이 한 나무를 찍은 다음부터는 그 황새들도 안 오고 동네에 차차 망조가 들었는지 자꾸 언짢은 일만 생기고, 불길한 사건이 뒤를 이어 일어나면서 젊은이들이 변변치 못한 일에도 피를 흘리고 싸우고 대수롭지도 아니한 일에 서로 원수를 짓고, 게다가 술집과 노름판만 늘어가다가 짜장 기름이 돌고 번지르하던 동네가 그 어느새 여기저기 집 헐린 돌무더기만 눈에 띄는 쓸쓸한 고장이 되어버렸다. 주인이 없는 빈집같이 쓸쓸했다.

그러던 밤나무골에도 봄이 찾아왔다. 뒷산과 앞산에 따뜻한 햇빛이 따뜻이 내리쪼이고, 뒷산과 앞뜰에 아지랑이 아롱거리고 종달새가 쪼리쫑쪼리쫑 지저귀고 강남 갔던 제비가 돌아와서 빨랫줄에 쌍쌍이 앉아서 지지배배지지배배 재롱을 떨고 있다. 이 동네에도 봄소식이 활짝 펴져 있는 것이다.

"복네야, 나물 캐러 가자."

"복남아, 나물 캐러 가자."

두 아이는 서로 불러서 들로 언덕으로 나물을 캐러 다니고 아랫동네 아이들도 소래 재 접둥이 캐러 밤나무 재로 두 아이의 뒤를 따라온다.

우리 고향 동네는
꽃 피는 동산
복숭아 살구꽃 울긋불긋
꽃 피는 동산

봄의 앞잡이인양 아이들이 흥겨운 노래를 부르는 소리가 메아리가 되어 사방으로 퍼지니 폐허같이 쓸쓸하던 밤나무골에도 새 희망과 서기가 찬 것 같다.

누가 지어 주었는지, 권씨 집 딸 애기는 복네요, 최씨 집 아들은 복남이었다. 이름조차 남매 같다.

권씨 문중에 제일 가난하고 보잘 것 없는 한 집이 남아 살다가 아들이 장가들어 첫 딸을 낳았는데 얼굴이 환하게 잘나고 눈이 맑아서 귀엽고도 얌전하게 태어났고, 본시는 권씨네 종가에 소작인을 하던 사람으로 최씨 노인네가 간신히 아들을 장가보내 며느리를 맞아서 첫 아들을 낳았는데 귀가 큼직하고 눈이 크고도 또릿또릿하고 정기가 있는데 입이 나부죽하고 이마가 반듯한 것이 귀인의 모습이 있다고 보는 사람마다 칭찬이 벌어지는 형편이다.

앞뒷집에 살고 나이도 거의 같은 복네와 복남이는 유난히도 의가 좋아서 아주 어려서부터 서로 어깨를 기고 손목을 잡고 다니고 정답게 소꿉장난을 하였다. 일 년이면 일 년 내내 한 번도 싸우는 법이 없었다.

하나는 사내요, 하나는 계집애라도 한동안 그런 것도 모르고 지낼 동안은 말할 것도 없고 나중에 대여섯살된 다음에도 한 모양으로 정답게 지냈다.

"복네와 복남이는 쌍둥이 같다."

"복네와 복남이는 남매 같다."

두 집에서도 별로 가리지 않고 그대로 내버려두었다. 실상 이 밤나무골 본동에는 본래 살던 사람으로 복네네와 두 집밖에 없었다. 한참 나가서 신작로께 있는 주막 동네에는 몇 집이 있고 아이들도 있었지만 본동에는 복네와 복남이 둘밖에 없으니까 두 아이가 동무 삼아 놀 수밖에 없었다. 그리고 두 집에서도 무심히 내버려두었다.

"세상이 변해서 개화 세상이 됐는데 양반 상놈 가릴 게 있나?"

복네 할아버지는 가끔 이렇게 말하고 두 집이 한 집안처럼 가까이 지냈다.

복네와 복남이는 여덟아홉 살이 되도록 쌍둥이 같이 남매처럼 의좋게 지냈다. 복네네 집에서는 복남이를 내 집 아이처럼 생각하고 복남이네 집에서는 복네를 내 집 아이나 다름없이 귀해 하고 두 아이가 같이 노는 것도 무심히 내버려두었던 것이다.

두 아이는 눈만 뜨면 소근소근 이야기도 하고 히히해해 웃기도 잘 하면서 같이 놀고 같이 다니고 잘 때가 되어서야 헤어졌다.

복남이와 복네는 이렇게 자라서 어느새 열 살이 넘었다.

어느 해 가을이었다. 늦은 가을이었다. 아카시아 잎이 찬바람에 우수수 떨어져서 한길에 쌓였다.

밤이었다.

"복네는 읍으로 간대."

"왜?"

"읍의 복네 오춘 할머니가 양딸로 데려간대. 왜 그 혼자 사시는 할머니 있다니 않어? 그 할머니가 양딸로 데려간대. 데려다 공부시킨대."

복남이는 슬깃 잠이 들려다가 어머니, 아버지가 이야기하는 소리에

퍼뜩 정신이 들었다.

"무어? 복네가 읍으로 간대? 데려다 공부 시킨대?"

"엄마 참말이야? 복네가 읍으로 간대?"

복남이는 종내 엄마를 불러 물어보지 않고는 견딜 수가 없었다.

"그렇다더라."

복남이는 밤을 뜬 눈으로 새우고 이튿날 아침에 일어나는 참에 복네를 찾아갈려다가 억지로 몇 시간을 참아서 복네네 집으로 갔다.

마침 복네가 대문 밖으로 나오고 있었다. 맑고 까만 눈을 깜박거리고 나온다.

"나는 우리 할머니 따라 읍으로 간다누."

"너는 좋겠다."

복남이의 큰 눈에는 눈물이 글썽글썽해졌다.

"그래두 너하구 못 노는 게 안 됐지."

"……."

"가끔 집에 올 걸 머!"

복네는 뒤도 돌아보지 않고 집으로 까만 눈을 깜박거리고 달음박질로 뛰어 들어가버리는 것이다.

그 이튿날 아침에 복남이는 복네가 저의 어머니와 할머니를 따라서 읍으로 떠나가는 것을 바라보다가 집으로 돌아가지 않고 뒷산 밤나무 숲을 지나서 제일 높은 언덕으로 올라갔다.

신작로 큰길엔 흰 옷 입은 사람들이 가물거리는 것도 없어지고 아무것도 안 보였다. 복남이 큰 눈에서는 눈물이 뚝뚝 떨어졌다.

복남이는 낮이 퍽 기울어서야 집으로 들어왔다. 집에 와서도 아무 말이 없었다. 어머니와 아버지도 별 말이 없었다.

겨울이 지나고 설 때가 거진 되어서 복네는 때때옷을 입고 집에 왔다.

"복남아, 나는 너 보고 싶어 왔다."

맑은 눈을 깜박거리고 웃는다.

"참말?"

"참말이지 그럼."

"나두 너 보고 싶어서 날마다 네 생각만 하면서 밥도 잘 안 먹었다."

처음에는 어색해서 말도 잘 못하던 복남이와 복네는 몇 날을 지내서는 뒷산으로 놀러 가서 제법 이야기를 하게 되었다.

설을 지내고 복네는 다시 읍으로 가고 복남이는 내버린 외짝 신발처럼 남아서 쓸쓸한 세월을 보내게 되었다.

복남이는 농군의 아들이었다.

"너도 인제는 일을 배워야 한다."

이것이 아버지의 명령이었다. 복남이는 나이가 먹어서 목소리가 변하고 앞가슴이 벌어져서 제법 한 사나이 꼴이 메워졌다.

복남이는 소를 먹이려 들에 나가고 한 짐씩 잔득 꼴을 깎아서 구덕에 넣었다가 거름통에 두는 것이 일과이었다. 그러면서 '우리 고향 동네는 꽃피는 동산'을 부르기를 잊지 않았다.

그해 가을에 복네는 별안간 집으로 와버렸다.

복네는 다시 밤나무골 사람이 되었다. 밤나무골 사람이 된 것을 다행으로 생각하였다.

학교 보낸다는 것은 말뿐이요, 실상은 할머니 몸종이나 다름없었다. 밤에는 할머니 다리치기, 낮에는 하루 몇 번이고 방 걸레치기, 할머니와 손님의 담배를 부치기와 술 심부름이 고작 일이었다. 그래서 복네는 집에 잠깐 다녀온다고 하고 달려온 것이다.

"너 그새 예뻐졌구나."

복남이는 큰 눈을 더 크게 뜨고 큰 입을 더 크게 열었다.

"너 그새 컸구나!"

복네와 복남이는 조용한 틈이 생겨서 둘이 만나서 이런 이야기를 하고 서로 얼굴을 붉혔다.

"나는 농사꾼이 됐단다."

"나는 농사꾼이 좋아. 읍엣 사람들은 싫더라. 담뱃대만 피구 술들만 먹구…."

"나는 네가 아주 날 잊어버리고 읍 사람이 되는 줄 알았다."

"잊어버리긴, 자꾸 너랑 같이 놀던 생각만 나더라."

"글쎄 그러면 그렇지! 복네야, 참말 네나 내나 이 밤나무골을 떠나면 안 돼! 밤나무골서 농사꾼이 돼서 살라는 거야. 다 헐렸던 밤나무골을 다시 일으켜 세우라는 거야."

"너하구, 나하구, 밤나무골서 살자!"

복네는 복남이의 검고 씩씩한 얼굴을 쳐다보고 자기가 한 말이 부끄러워서 고개를 돌렸다.

"복네야, 우리 면에두 보통학교가 선다더라."

"참말이야?"

"참말이구 말구, 우리 아버지가 면소에 갔다가 듣구 왔는 걸. 면장님한데 분명히 듣고 왔는 걸."

복남이와 복네는 두 손을 맞잡고 기뻐 뛰었다.

이듬해 봄부터 복남이와 복네는 십리나 거진 되는 면소 옆에 있는 학교엘 다니기를 시작하였다.

가는 길에는 꽤 높은 고개를 두엇 넘는 데가 있다. 그래도 복네는 복남이와 같이 다니기 때문에 쓸쓸하지도 무섭지도 않았다. 복남이도 복네와 같이 다니는 것이 좋았다.

복남이는 늦게 입학해서도 공부를 잘했다. 글씨도 잘 썼다.

"이거 네가 썼느냐?"

선생은 가끔 복남이 칭찬을 했다. 제 공부를 다 해놓고는 복네는 물론 다른 아이 공부까지 도와주었다.

복남이는 가끔 엉뚱한 일을 한다. 한 번은 반에서 십 원짜리 돈이 없어졌는데 의심 받는 아이를 알고도 제가 줏었노라고 제 돈을 내놓았다가 선생님에게,

"왜 진작 내 놓지 못했느냐?"

하고 톡톡히 책망을 들은 일이 있다.

"여보 복남이 아부지, 저것들이 낫살이 먹어가는데 너머 가까와 가니 걱정이야."

"글쎄 아닌 게 아니라 걱정인데!"

"내외를 삼아 주었으면 좋겠지만…."

"천만에, 권씨네가 왜 우리하구 할랍디까? 그런 소리 하지 말우."

복남이네 집에서 이런 걱정을 하게까지 된 것은 복남이가 벌써 6학년이 되고 시작을 늦게 했으니까 나이로 말하면 복남이는 열 일곱, 복네는 열 여섯, 다 성숙해가는 것이 완연하기 때문이었다.

"요새 복남이 음성이 변해졌지."

"참 그래 음성이 변했어, 그리구 저 복네 말이야, 젖가슴이 완연히 달라졌습디다."

이렇게 복남이 아버지 어머니가 수군거리는 어느 날이었다.

음력 오월 그믐이라, 하지가 되고 보니 상당히 더운 날이었다.

복남이와 복네는 같이 학교에서 오다가 으슥한 길가 개울물에서 세수를 하고 발을 씻고 쉬고 앉았다.

"나는 더워서 목욕할래."

"목욕하지, 머."

복남이는 길 아래로 한참 내려가서 목욕을 하고 올라 왔다. 올라 와 보니 복네가 없다. 책보가 그 자리에 놓여 있으니 개골 위로 올라간 모양이다 하고 슬금슬금 위로 올라가 보았다.

"이 얘는! 오지 말아!"

복네가 소리를 지르면서 저고리를 바삐 줏어 입는 것이다. 복남이는 어느새 복네의 불룩해진 젖가슴을 본 것이다.

"난 먼저 갈 테야."

복네는 뒤도 안 돌아보고 달음질쳐 가는 것이다.

복남이는 뒤로 천천히 따라갔다. 공연히 얼굴이 후끈거려지고 숨이 가빠서 따라가기가 거북스러웠다. 복네는 벌써 한 고개를 넘어가고 보이질 않는다.

"이 돌 이쁘지, 이런 돌 봤어?"

기다리던 복네가 웃으며 손에 든 작은 차돌멩이 하나를 내보인다. 개름한 돌이 예뻤다.

"예쁜데! 붉고 아롱아롱한 무늬가 복네 눈동자 같애!"

복남이 입에서는 이런 말이 튀어나오자 복네는 얼굴을 약간 붉히면서,

"이것 줄까?"

"그런 예쁜 건 여자나 가지지."

"그럼 우리 노나 가질까?"

"그래그래, 노나 가져, 내 둘로 깰게."

반들반들하고 개름한 차돌멩이를 절반을 곱게 깨서 둘이 하나씩 노나 가졌다. 저마다 주머니에 잘 간수해 넣었다. 말은 아니 해도 그것은 서로 길이길이 잊지 말자는 정표였다.

두 사람은 요새도 가끔 노래를 부르면서 같이 뒷산 밤나무 동산에 갔다.

그러는 동안 걱정은 복남이네보다도 복네네가 더 걱정이었다. 다행히 복네 아버지는 성품이며 생각이 썩 트인 사람이기에 여태 참아 왔지 미상불 걱정이 아닌 게 아니었다.

복네는 아버지 어머니에게 톡톡이 꾸중을 들었다.

그럴 때마다 복네는 고개만 숙이고 아무 말이 없었다.

삼년이란 세월이 지나갔다.

복네는 흔히 읍에 양할머니나 외갓집 가 있고 복남이는 집안 일이 바쁘기 때문에 몇 달에 한 번도 만나지 못했다. 복남이는 장에 갔다 오고 마침 복네는 집에 다니러 오고 하는 기회에 한 번 만난 일이 있다.

그런데 그때에는 복네는 복남이를 살살 피하면서 울기만 하고 아무 말도 못하고 있고, 복남이는 원망스러운 눈초리로 복네를 노려보다가 돌아서서 오면서 주먹으로 눈물을 씻었다.

복네는 정혼을 했다는 것이다.

아직 추위가 풀리지 아니한 이른 봄날이었다.

복남이는 세상에 나서 처음으로 주재소 유치장에서 하룻밤을 새웠다.

"이 자식아, 어린 자식이 남의 집 처녀를 데리고 달아나서 어쩔 셈이냐!"

"아니야요, 아니야요. 나리님 아니야요."

"아니야가 뭐야, 싼노메 새끼 씨끄로부다."

한국 사람이 왜놈인 체하면서 뺨을 찰각찰각 눈에서 불이 나게 때린다.

복남이는 지난밤에 구류간에서 밤새도록 생각한 결과에 자주무늬 차돌을 생각하였다.

두 사람이 서로 일생을 같이 하자는 표로 돌을 깨어 한 조각씩 가진 것이 있다고 호주머니에 자주무늬 차돌 반 조각을 내놓았다.

"이고가 뭐야? 거짓말이 말아!"

순사는 마룻바닥에 집어 동댕이를 치면서 소리를 지른다. 그리고 또 빰을 치고 구둣발로 걷어차고 자기말만 말이라 하고 이쪽 말은 도대체 들어주질 않는다.

옆에 있던 일본 순사는 씽긋씽긋 웃기만 하고 앉아 있다가 담배를 피워 물고 일어나버린다. 한국인 순사도 복남이를 내버려두고 나가버리는 것이다. 사람을 꿇어 앉혀 놓고 종일 가도 소식이 없다.

"응! 나도 순사가 되리라."

복남이는 이를 악물고 결심했다.

"잔소리가 너무 길어졌습니다. 선생님, 이 최복남이란 소년이 바루 이 늙은이랍니다. 하하하하."

최 노인도 여기까지 이야기를 하다가 별안간 머리를 돌려서 감개무량한 태도다. 웃기는 웃지만 먼 옛날 기억이 되살아오는 듯이 눈을 감고 판자쪽 변한 문짝을 향해 바라본다.

복네네 집은 다 읍으로 이사를 하기로 하고, 이사만 하면 곧 읍의 경찰서 순사와 결혼을 하게 되었다는 것이다.

"너 순사 마누라 될 테냐?"

"난 싫어 순사 마누라."

"그럼 나하구 가자, 영주로 가자. 우리 고모네 사는 영주로 가자."

둘이 의논이 맞아서 우리 둘은 양평 쪽 가는 길로 높은 영을 넘어서 날이 저물어졌기 때문에 주막에서 하루를 묵어가려다가 읍에서 연락이 와서 주재소 순사에 붙잡힌 것이다.

복네 아버지는 순사를 대단히 높고 장한 사람으로 알았던 모양이어서 어려서는 평시에,

"복남이가 저만하면 농사꾼이라 저하나 구실 할 테니까 우리 복네하고 혼인을 맺아주지 하고 늘 마누라하고 의논을 하고 우리 어머니 아버지 하고도 대강 의논을 한 일이 있었다는데 갑자기 마음이 변했던 모양이었지요."

"그때에 영감은 얼마나 기맥히고 분했을까, 에익!"

나는 분해함을 참지 못하는 듯이 침을 삼켰다.

"게다가 주재소 순사란 녀석이 얼마나 세도를 부리는지! '에익 나두 순사가 되리라.' 하고 결심을 단단히 했답니다."

"그래요? 그래 어떻게 됐지요?"

나는 복네와 차돌 일이 궁금해서 캐물었더니 맞춰본 결과 내 말이 거짓말이 아닌 것은 증명이 되기는 하였으나 복네는 종내 잃어버리고 결국 순사의 아내가 되었다는 것이다.

그 차돌은 어찌되었느냐고 나는 다시 캐물었다. 최 노인은 그저 웃기만 하고 대답이 없더니,

"선생님 보실래요?"

하면서 허리에 찼던 염낭 주머니를 풀어 가지고 그 속에서 꽁꽁 쌌던 쌈지 하나를 꺼내더니만 과연 조그만 돌 한 개를 내놓는다.

"보셔요, 이겁니다. 순사가 웃으면서 모두 내주던 걸요. 하하하하하…."

최 노인은 쓸쓸한 웃음을 웃어 보인다.

최 노인의 그 뒤의 이야기는 이렇다.

자랑이 되기 때문에 이야기하지 않겠다는 이야기를 털어 놓는다.

밤나무골을 떠나지 말자고 복네와 같이 맹세하고 약속한 자신이 그 맹세를 깨뜨렸다.

농사꾼 복남이는 호미자루 낫자루를 버리고 칼자루를 잡게 되었다.

"너하구 나하구 밤나무골서 살자."

하던 복네가 약속을 깨뜨렸다.

청년 복남이는 복네가 어려서 약속하던 소리를 더듬어 되살리고 빨간 얼굴을 돌이키던 그 모습을 눈앞에 그려보면서 원망스러운 한숨을 터뜨렸으나 복네는 약자요, 자기는 남자로서 스스로 세운 맹서를 깨뜨린 것이 부끄럽다는 것이다.

'내가 순사가 되고 싶어서 된 것인가, 저 때문에 됐지….'

복남이는 속으로 원망하고 변명을 해보았으나 암만해도 부끄러운 것은 왜놈의 앞잡이 순사가 된 것이라는 생각이었다.

"내 마음만은 변치 않는다."

비록 순사질은 해먹어도 내 마음만은 변치 않는다고 복남이는 마음에 다시금 따졌다. 입술을 깨물고 결심했다.

다음 해 정월에 복남이는 수원 경찰서로 전근되었다가 제암리 주재소 근무가 되었다.

몇 달이 되어서 독립만세 사건이 터졌다는 것이다.

"만세, 만세, 대한독립 만세."

예배당에서 만세 소리가 요란하게 울려 나온다. 처음에는 어리둥절하여 일본 순사도 멍하니 구경하였다.

"잡아라, 잡아라! 야소놈들 잡아라 목사 잡아라."

본서의 지시를 받은 소장 순사는 눈이 빨개서 덤빈다.

삼월 일일이 지나고 그럭저럭 일주일이 지났다. 본서에서 동료 순사 한 사람과 일본 순사 한 사람이 나와서 최복남이는 순사 복장을 벗기우고 꽁꽁 묶여서 끌려갔다.

그리고 그 뒤에 제암리 예배당은 교인이 가득 모인 채 문에 못을 박고 불을 질러서 안에 있던 교인이 몽땅 재가 되었다.

"선생님 이거 보세요. 이거 그때 고문당할 때 얻은 숭입니다."

최 노인은 팔과 옆구리에 커다란 숭자리를 옷을 벗고 보인다.

나이 많은 전도사와 남녀학생 몇 사람을 미리 연락해서 도망시켰다는 죄로 순사 파면은 물론이요, 코에 물 붓기, 팔과 다리에 몽둥이를 넣고 젖히기와 갖은 고문을 당한 것이다. 사실을 순순히 자백했으나 그밖에 더 있으리라고 강박하여 고문을 하는 것이다.

"그래서 순사도 쫓겨났거니와 밤나무골은 갈래야 갈 수가 없었지요. 그 녀석들 주목과 힐난에 살 수가 없으니까요. 그래서 나는 원산으로 평양으로 대구와 부산으로 떠돌아 다녔지요. 그러는 동안에 아버지 어머니는 다 돌아가시고 혈혈단신 홀가분한 몸으로 십삼도 강산 구경이나 하면서 돌아다니니 참 좋더구만요. 허허허허…."

복네하고 도망하다가 잡히는 바람에 아니꼽고 분해서 순사가 되긴 했지만 최 노인은 사람 한 번 때려보지 못하고 도적 한 번 못 잡고 불에 타 죽을 동포 다섯 사람을 살렸다는 자랑 아닌 자랑이었다.

"네, 그러는 동안에 여편네라고 이것저것 데리고 살았지요."

최 노인은 다시 이야기를 꺼낸다.

"어머니가 고향 근처에서 촌 처녀 하나를 얻어 주셔서 좀 살다가 하두 바보천치 같아서 보내버렸지요. 그리구는 순사로 들어가서 읍에 색주가집에 있는 어린 걸 하나 데려다 살림이라고 하다가 그건 또 행실이 사나워서 내가 홧김에 손질을 가끔 하니까 그랬겠지, 내가 출장 갔다 오니까 값진 물건을 홈빡 싸가지고 달아나버렸지요. 그리고는 혼자 살 수 있느냐고 친구들이 권하면서 나이 먹은 과댁 하나를 소개해주어서 좀 살았는데 이건 또 밤낮 앓기만 하구 누워서 내가 되려 밥을 지어 대접하구 시중을 하게 되는 걸 삼 년을 그러다 그만 죽었으니 장사만 치렀지요. 그게 바로 해방되는 봄입니다. 그리구는 쭉 혼자 살았지요. 혼자 사는 게 제일 편해요. 선생님 보시듯이 저는 편합니다. 무슨 걱정이 있습니까? 나 한 몸 얻어 먹었으면 고만이지 식구를 먹여 살릴 걱정이 있습니까? 여편네가 있으면 양단 저고리를 해달라, 나이롱 치마를 해달라, 귀찮게 굴 텐데 그런 걱정이 있습니까. 그뿐입니까? 집 걱정이 있습니까, 그렇지요, 선생님 남들은 도둑이 올까봐 높은 담장에다 바리케이드라나 하는 걸 치구 세파트를 기르고, 저만 편히 잘 살아보겠다고 야단들이지만, 저는 판자문이나 꼭 닫아두면 고만이거든요…. 너무 제 소리만 오래 지껄여서 선생님 죄송합니다."

나는 시간이 지나고 밤이 깊어가기에 최 노인을 작별하고 집으로 내려왔다. 마지막에 높은 담장 이야기는 마치 나더러 들으라고 하는 말 같아서 듣기가 거북했다.

'최 노인은 사편회 비평인데!'

나는 속으로 중얼거리면서 돌아왔다.

나는 무얼 좀 상고하고 끄적거려 놓을 것이 있어서 꽤 여러 날 동안 골몰하게 지냈기 때문에 최 노인을 방문하지 못했다.

"요새 최 노인이 어디 갔는지 안보이던데요?"

아내의 말을 듣고 궁금하기도 하고 머리도 쉴 겸 나는 저녁을 먹고 최 노인네 집을 찾아 올라갔다.

밖에서 듣느라니까, 누가 왔는지 도란도란 이야기 소리가 들린다. 가만히 들어보니 최 노인의 상대자는 분명히 여성의 음성이다. 그래서 좀 머뭇거리다가 영감님, 영감님, 하고 찾았더니 내 목소리를 알아차린 최 노인은 방문을 열고 반가이 나를 맞이한다.

"선생님, 제 마누라 올시다. 그새 어째 통 아니 오셨어요."

최 노인은 매우 즐겁고 만족한 듯이 늙었지만 눈매가 곱고 얼굴의 윤곽이 바르게 생긴 할머니를 마누라라고 소개를 하는 것이다. 마누라는 최 노인의 옆에 바짝 앉아 있다가 일어서려고 하는 것이다. 내가 웬일인가 하고 어리둥절하는 눈치를 보고,

"이 사람이, 바루 밤나무골 복네랍니다."

"에구마니 그런 말씀을 손님에게…."

마누란 매우 당황한 모양으로 얼굴을 모로 돌린다.

"이 선생님은 스스롭게 지낼 분이 아니야. 이웃 간에, 이웃 간이라기보다두 나하구는 친동기간이나 못지않게 가까이 지내는 터이니깐 마누라두 그렇게 알구 지내야 돼."

"이웃에 사는 김이란 사람입니다."

"그러세요, 몰라뵙구…."

마누라는 고개를 약간 숙여서 인사를 한다.

그러는 동안에도 나는 그 재미있는 '차돌멩이' 생각을 하고 웃으면서 앉아 있었다.

최 노인은 자기 마누라에게 내 소개를 늘어놓는다.

유명한 학자니, 자선가니, 그리고 자기에게 고맙게 해준다는 이야기며, 거지가 오면 반드시 잘 대접해보내지 그저 돌려보내는 법이 없다느니 한 번은 갓 쓴 노인 걸인을 상에 바쳐서 잘 대접했더니, '대대손손이

부자질하시구 자손만대에 영달하고 창성하소사.' 굉장한 축원을 들은 일이 있다는 이야기를 내게 들었노라고 내가 장난삼아 옮긴 이야기까지 늘어놓는다. 그러나 나는 어떻게 돼서 옛날의 복네가 최 노인의 마누라가 되었는지, 그 일만이 궁금하였다. 그러나 아직도 수줍어하는 마누라 앞에서 그 이야기를 시켜서 듣자고 할 수 없어서 그날은 그냥 돌아왔다.

'그래서 몇 차례나 시골을 다녔군!'

나는 혼자서 짐작을 할 뿐이었다.

그런 지 얼마를 지나서 눈도 안 오고 강추위도 몹시 추운 겨울날이었다.

"선생님 계십니까?"

최 영감은 뜻밖에 우리 집을 찾아왔다.

"선생님 마누라가 앓아요, 대단해요. 온 몸이 몹시 달구 대단해요."

나는 집에 있는 해열제를 가지고 최 노인의 뒤를 따라갔다.

"아들한테 알려 줘야 할 텐데…. 여보 아들한테 알립시다. 선생님더러 수고를 좀 해주십사구 해서 편지를 합시다."

"아드님이 계시구만, 내 편질 써 드리지요."

깡깡 앓고 있던 마누라는 내 말을 듣고 여윈 턱을 살래살래 좌우로 흔든다.

싫다는 것이다.

"그만둬요, 알릴 것 없어요."

영감의 소매를 잡아끌어서, 귓속을 하는 것이다. 영감만 옆에 있으면 그만이지, 이제 아들한테 알릴 필요가 없다는 것이다.

마누라의 독감은 내가 갖다 준 약을 먹은 효과가 났는지 몇 날이 지나서 열이 많이 내리고 일어나 앉게까지 되었다.

"선생님의 덕에 마누라가 일어났어요."

"영감님의 정성으로 나섰지요."

밤을 꼬박꼬박 새면서 마누라를 간호하는 그 정성은 대단하였다. 최 영감은 여간 기뻐하지 아니 한다.

그럭저럭 추위가 풀리고 음력설도 지나서 따뜻한 삼월이 되었다. 하루 저녁은 최 영감을 찾았더니, 마누라가 또 앓는다는 것이다. 나는 전만 여기고 또 해열제를 보내고, 미움이나 죽을 쑤어 드리라고 집에 있는 쌀과 좁쌀 되를 보냈다.

"마누라가 죽었어요, 선생님. 마누라가 죽었어요. 이 일을 어찌 합니까, 선생님."

뒤로 곧 올라가 보았더니 최 노인은 방공호 밖에 주저앉아서 통곡을 하는 것이다.

"장례는 염려 마십시오. 내가 맡아 해드릴 테니…."

나는 나도 좀 내고 동네 친구들에게 이야기해서 장례비용을 마련해 놓고 준비를 하도록 한 뒤에 이튿날 아침에 일꾼을 한 사람 데리고 다시 올라가 보았다.

사람 기척이 없다. 조용하다. 영감님, 영감님, 불러 보아도 소식이 없다. 데리고 갔던 사람하고 같이 문을 열어 보았다. 일꾼이 놀라는 음성으로,

"영감님두 돌아가셨는데요!"

복남이는 복네 옆에 정답게 누워 자고 있다. 복네 손에는 작은 차돌멩이가 쥐어 있었다.

마누라 매장하려고 준비한 것으로 두 늙은이 시체를 같이 모셔서 망우리 묘지에 합장을 하였다.

-《자유문학(自由文學)》, 1961년

돌팔이와 그 아내

"여보오! 복숭이 아바이, 난 정 죽갔시다 죽갔시오. 제발 읍에 가서 명주부님 좀 청해다주소."

"흥 죽갔어? 칵 뒈지려무나, 어서 뒈지문 천당가고 좋겠구나."

아내의 숨 가쁜 호소에 돌팔이는 돌아도 보지 않고 배앝듯이 한 마디를 내던지고 휘청휘청하는 허리를 구부정해가지고 방문을 칵 닫고 어디로 휭하니 나가버렸다.

"복숭이 아방이, 복숭이 아방이 난 인전 정 죽갔어요, 나 명주부님 좀 청해 주소고래."

아내는 눈을 감은 채 마지막인줄 알고 소리를 질러 불렀다. 두어 번 소리를 질러 영감을 불러 보았으나 기운도 없고, 한 번 나간 사람이 나가면 그만이지 되돌아올 리가 없고, 제 소리를 들을 만한 거리에 있을 것 같지도 않아서 긴 한숨을 쉬고 돌아누워 버렸다.

"아무리 사람이 목석같기로서니 너무도 한다. 내가 아무리 예수를 믿고 회당엘 댕긴다기로서니 당장 아파서 죽어가는 사람을 내버리고 어디루 나가노, 저게 사람이랄까 귀신이랄까, 인골을 썼으니 사람이지 제 집의 짐승도 죽어간다면 측은한 생각이 나서 들여다볼 텐데, 사람이 죽게 된 것을 보고도 저 모양인가. 제가 어디 가면 누가 좋다고 할 사람이 있나…. 이 저녁에 밥도 안 먹고 어델 가노….”

돌팔이 아내는 제 몸이 아프면서도 원망인지 영감을 생각하는 것인지 저녁에 들어왔다가 저녁밥도 못 먹고 돌아서 나가는 것을 내다보기나 하는 듯이 중얼거린다.

추석이 가까워 오는 저녁이었다. 숯구이 돌팔이는 유난히 큰 키에다가 두루마기도 못 입고 때 묻은 고이적삼에 쪼글쪼글 쭈그러진 맥고모자를 눌러 쓰고 가자미처럼 몰백인 눈에 주독이 올라서 빨개진 코와 그 밑에 고양이처럼 몇 오래기 뻗히고 있는 수염은 아무 때 보아도 진절머리가 날 만큼 사납고도 우스꽝스러운 사나이가 한 손에 곰방대를 들고 앞만 바라보면서 걸어가고 있다. 기껏 간댔자 주막거리에 있는 해주집 과부네 막걸리 집인 것이 뻔했다.

“막걸리 있시꺄? 아주머니 얼핏 한 사발 뜨게나.”

“오늘은 일쯕가니 오시누만, 아주방이 어서 들어나오우.”

뚱뚱한 마누라가 능글맞게 웃으면서 내다보고 가장 정다운 듯이 반기는 꼴이며, 제 집에서는 그렇게 새침하고 제 여편네나 제 자식 보고는 밤낮 사람만 부리는 것이 웬 신이 나는지 싱글싱글 웃으면서 되려,

“할망구쟁이 밤낮 아프다구 옹알거리는 소리 듣기 싫어서 밥두 안먹구 나왔네. 한 사발 꾹꾹 좀 눌러서 뜨게나. 나는 우리 해주 아주망이 젤 좋더라잉.”

넌덕까지가 어디서 나오는지 막걸리 항아리가 놓여있는 아랫목으로 내려앉아서 지껄이기 시작하는 꼴이 앓는 아내의 눈에도 보는 듯 선하였다.

황해도 봉산 XX리 사는 돌팔이는 농사 일 하기가 싫어서 제 아비가 물려 준 밭마지기나 있던 것을 팔아가지고 말을 한필 사가지고 짐실이

를 하면서 해주로 평양으로 신막과 송도로 돌아다니다가 잘 먹이지도 않고 너무 부려먹어서 말을 죽여 버리고 얼마 전부터는 숯구이를 해먹고 살아가는 것이었다. 벌써 나이는 50이 넘었것만 아직 힘이 장사라 통나무를 찍어 가지고 혼자서 등에 메고 높은 영도 휙휙 넘어서 갖다가 숯을 구어 가지고 한 짐 잔뜩 지고 사리원 신막장으로 내다 팔고는 밤으로 돌아오기가 일쑤였다. 혹 산에서 곰이나 호랑이를 만나도 곰방대로 담배를 피워 빡빡 빨고 눈을 흘겨 노려보고 있으면 짐승이 도리어 어실렁 어실렁 가버린다는 것이 돌팔이의 자랑이다.

"무섭긴 무에 무서워, 난 곰두 호랭이두 안 무섭고 세상에 아무 놈도 무서운 게 없어. 흥…. 예수 하느님 다 모른다. 벌을 내려? 벌은 무슨 벌, 흥 벼락을 쳐두 무섭지 않다."

돌팔이는 가끔 이렇게 큰 소리를 곧잘 하는 것이었다.

* * *

"아이구 가슴이야…."

돌팔이 아내는 눈을 떠 보았다. 눈앞에는 먹던 숟가락이 걸쳐 있고 파리가 뒤덮인 조밥 그릇이 보일 뿐 아무도 없다. 이번에는,

"복숭아—복숭아!"

간신히 소리를 내서 아들을 불러 본다. 열두 살이 된 외아들의 이름은 복성이었지마는 복성이 어머니는 '복숭아 복숭아' 하고 부르는 것이다. 암만 불러도 복성이는 대답이 없다.

"아이구 가슴이야, 아이구 허리야."

돌팔이 아내는 거의 발작적으로 몰려오는 괴롬을 누를래야 누를 수 없고 몸을 가눌 수가 없었다. 몸이 아프다기보다는 마음이 더 아프기

때문에 마음의 아픔이 더쳐서 지접을 할 수 없이 괴로운 것이다.

몸이 아픈 것도 이만 저만한 것이 아니다.

본인은 현재의 병이 무엇인지 무슨 탈인지 모른다 해도 그 아픈 까닭과 병의 원인은 잘 알고 있는 것이다. 간단히 말하라면 그것은 골병이다. 그것은 자신이 알 뿐 아니라 동네 늙은이나 더구나 그 동무 마누라들도 잘 알고 있다.

"복성이 어멍이 탈은 골병이야. 복성이 아방이한테 매맞아 생긴 골병이야. 그렇게 허구한날 매를 맞구야 아무리 장사라도 견디어 날 수가 있나?"

복성이 어머니는 돌팔이하고 살면서 두 사람 사이에 일과처럼 일이 있다면 그것은 날마다 혹 일수 좋으면 하루건너 영감에게 매맞는 일이다. 돌덩이 같고 쇠뭉치 같은 주먹 폭탄으로 아무 데나 가리지 않고 맹폭을 받는 것이었다. 그의 사십 평생은 돌팔이란 사나이에게 매를 맞고 살았다. 그 온 몸의 뼈와 살이 돌팔이의 주먹과 발길에 매를 맞고 채여서 굳어지고 길이 든 셈이다.

그렇다고 복성이 어머니는 남편에게 날마다 매를 맞아야 할 무슨 죄를 저지르고 있느냐 하면 그런 것도 아니다. 요새 와서는 예배당에 다닌다는 것이 고작인 구실이 생겨서 매가 잦아졌지만 실상은 그것은 돌팔이의 아내가 된 그 시절부터 시작된 버릇이었다. 돌팔이는 하루도 집에 들어오기만 하면 여편네를 때리지 않으면 직성이 풀리지 않는 모양이었다.

그래서 돌팔이 편에서는 때리는 것이 버릇이라면 마누라 편에서는 맞는 것도 한 버릇이 되어서 여편네는 사나이한테 으레 맞는 것이거니 하고 살아왔다는 것이다.

그것은 영감이 일과삼아 버릇삼아 때려서 맞게 마련이기도 하지만 돌팔이 아내가 어려서부터 본 것도 그런 것이다.

어려서 철이 겨우 들기 시작할 때니까 일여덟 살 때였다. 자다가 어머니가,

"아이구…. 아이구…. 사람 살려라 사람 살려라!"

하고 금방 죽어가는 소리에 깜짝 놀라서 깨어 보았더니, 어머니가 아버지한테 끌채를 잡히고 한손에 방망이로 함부로 매를 맞고 있었다. 너무 무서워서 발발 떨고 있다가 한참 만에 어머니가,

"어서 자거라, 자거라."

하는 소리에 잠을 들어 잔 일은 지금도 잊히지 않으나 그 뒤에도 가끔 그런 일이 있은 뒤로는 나중에는 그것도 예사로 보고 어머니는 아버지한테 그렇게 가끔 매를 맞는 것이거니 하고 자라오다가 돌팔이네 집에를 오게 된 것이라고 한다.

* * *

복성이 어머니의 애명이 복네였다. 복성이란 아들의 이름도 제 애비는 나가서 몇 달을 안 들어 올 때에 복네 자기가 제 이름을 따라 지은 것이다.

복네가 돌팔이네 집에 처음에 어떻게 오게 된 것은 한 일 년을 지나서였다. 정월 초생인데 복네는 입던 옷을 그냥 입고 손을 호~. 호~. 불면서 우물에 물을 길러 나갔을 때였다.

"민이야…. 민…."

"그게 무슨 소리야?"

"너 모르니? 복네가 돌팔이네 민며느리란 말이야."

동네 처녀들이 새 옷을 입고 지나가면서 킬킬거리고 웃는 소리를 들

고 복네는 그날 밤에 이웃집 할머니 보고,
"할머니 민며느리가 뭐야요?"

* * *

복네가 숯구이 돌팔이에게 시집온 것은 열다섯 살 때였다. 시집 왔다기보다도 팔려 왔다는 것이 옳을 터이니, 그렇게 따지고 보면 아직 코를 흘리고 동편과 서편을 가릴 줄 모르는 여덟 살 적이었다. 여덟 살 되는 봄에 복네는 돌팔이네 집에 민며느리로 팔려 온 것이다. 좁쌀 열 말에 팔려 왔다는 것이다. 복네네 집에서 읍의 부자 송풍언네 한테 좁쌀 여덟 말을 진 것을 꼭 갚아야 하고, 또 그때에 복네네에는 양식이 똑 떨어져서 굶고 있던 차이라 좁쌀 열 말을 줄 터이니 복네를 보내라는 것이다. 그러면 우선 복네도 밥이나 굶지 않고 있을 테니 좋지 않으냐고 하면서 동네 중매비 늙은이가 하두 권해서 복네 아버지와 어머니는 종내 허락을 해서 보냈던 것이다.

"집에서 굶고 있는 거보담 그 집에 가서 조밥이라도 배불리 먹는 게 낫지 않소 영감, 어서 보냅세다."

복네의 후모인 어머니가 복네 아버지보고 이렇게 서두르는 바람에 복네는 입은 채로 갈아 입을 옷 한 벌 못 가지고 중매 노파에게 덜레덜레 끌려서 돌팔이네 집에 오게 되었던 것이다.

그래서 복네는 그날 저녁은 돌팔이 어머니가 주는 조밥 한 그릇을 배불리 먹고 고단한 김에 옷도 못 벗고 한편 구석에 쓰러져 잤다.

* * *

복네는 어린 것이, 연골에 돌팔이와 시어머니의 구박을 받으면서 여러 식구의 물을 길어대고 빨래하고 방아 찧고 새벽부터 밤이 깊도록 궂은 일 힘든 일을 너무 지나치게 해서 그런지 열다섯 살이 되도록 머리만 크고 이마만 남북이 나오고 엉뎅이만 약간 퍼졌지만 키는 자라지 못했기 때문에 난쟁이가 아닌가 하는 의심까지 받았다. 열다섯 살 된 가을에는 복네 어머니가 오고, 국수와 떡을 좀 해가지고 잔치라고 하고, 복네는 어미를 올려서 색시가 되었다. 그런 뒤에도 돌팔이는 복네보다 구년이나 위이면서 게다가 숙성하고 (집안이 키가 큰 내력이어서) 굉장히 크기 때문에 무서워서 가까이 하질 않고 돌팔이 쪽에서는 돈푼이나 벌어서 벌써 색주가집에 다니는 맛을 붙였기 때문에 복네 같은 것은 돌아도 보지 아니 하였다. 복네 자신이 어떤 날 갑자기 젖꼭지가 아픈 것을 느끼고 깜짝 놀라고 그 보다도 월경이 시작되는 것을 알아 몹시 놀란 뒤로는 더구나 돌팔이를 가까이 하지 않았다. 혹 어찌 되어 돌팔이가 방에 들어오는 일이 있어도 무서운 뱀이나 본 듯이 끔찍끔찍 놀래서 부엌으로 통하는 문으로 해서 도망하곤 하였다. 그런 뒤로는 돌팔이는 정이 뚝 떨어져서 혹 비위 틀릴 때면 발길로 걷어차거나 했지 손을 대거나 가까이 하는 법이 없었다.

몇 해를 지나서야 어떻게 되어서 복네는 애기가 생겨서 아들을 낳았다. 그 놈이 한동안 잘 자라는 동안은 시어머니와 돌팔이의 태도가 좀 나아졌기 때문에 좀 이맛살을 펴고 살아 왔다. 그것도 퍽 짧은 시간으로 꿈결같이 지나가 버리고는, 어린 것을 떡을 먹였다가 관격이 되어 죽어 버렸기 때문이다. 현재의 아들 복성이는 십년을 지나서야 생긴 아들이라고 한다.

시아버지 시어머니는 일을 너무 하다가 몸이 약해진데다가 한해에 장질부사로 조와 콩을 심는 땅마지기와 집 한간을 남기고 죽었기 때문에 단 내외의 단가살림이 되었건만 복네는 남편하고 제대로 이야기 한 번 변변히 못해보고 한 번 마주 앉아서 밥을 같이 먹어보지 못했다. 돌팔이가 물을 달라고 하는 말이 떨어지기가 무섭게 얼른 떠오지 못하고 조금이라도 지체하면 금방 벼락이 떨어지는 것이다. 물사발로 머릿백이를 얻어맞는 것은 아주 흔한 일이다. 어떤 때는 색주가를 집에까지 데리고 와서 꼴사납게 놀기도 했다. 그러면 평생 말이 없던 복네도 옹알옹알 바가지를 긁었다. 그러면 금방 방망이질이 일어난다.

"이년아, 너두 사람이라구 아가리가 있다구 옹알거리니? 좁쌀 말이나 주고 사온 종년이 돼지 새끼만두 못한 게 돼지 같으면 팔아나 먹지…. 흥…. 같지두 않게 아가리 닫치고 있거라!"

돌팔이는 이렇게 욕을 퍼부었다.

* * *

복네는 허구한 날 몹쓸 매와 갖은 수모와 욕으로 지금 오십이 가까워오도록 살아 왔다. 죽지 못해 살아 온 것이다.

"종은 사람 아닌가, 사람을 짐승만두 못 여기지, 짐승에게라도 그렇게 하면 죄가 돌아…."

한 번은 이런 대답을 한 마디 했다가,

"이년! 죄가 돌아? 네가 악담이야…."

하면서 작대기로 때리고 옷을 벗기고 해서 내쫓긴 일도 있었다. 그날은 꼭 죽으려고 밤에 동네 우물에 나가서 빠지려고 하다가 동네 할아버지한테 붙들려서 죽지 못했다는 것이다.

어려서부터 지난 쓰라린 과거의 팔자가 눈앞에 하나하나 지나가는 것을 보고, 몇 날 전에도 장에 갔다가 좀 늦게 왔다가 발길로 함부로 걷어차서 정신을 잃었던 일이, 그 때문에 아픈 쓰라림에 독감으로 앓고 있으면서 이번에는 꼭 죽을 것만 같아서 그동안은 별로 울지도 않았던 복성이 어머니는 혼자서 울다가 잠깐 잠이 들었다.

"어멍이 어멍이 어드래? 좀 나?"

아들이 들어오자 깜짝 놀라 깨어서 몸을 돌이켰다.

"복숭이 왔구나, 너 어디 갔댕이?"

복성이 어머니의 오직 하나의 동무요, 위로 거리인 복성이가 돌아오자 그는 겨우 얼굴에 웃음을 띠어 일어나 앉았다.

"어멍이 내 웃동네 장손네 집에 잠깐만 갔다 온다고 안 그랬나."

"오 내가 정신없어 잊었구나."

"고새 잊었어. 어멍이 그런데 장손이가 말이야, 저이 과원을 보면서 혼자 심심하다구 자꾸 가지 말라구 붙잡아서 좀 놀다 왔어, 어멍이 기다렸지 아방이 어디 갔어? 그런데 어멍이 줄라구 나 사과 좀 가지구 왔지."

복성이는 보자기와 호주머니에서 버얼건 사과를 방바닥에 우르르 쏟아 놓는다.

"어멍이 하나 깎아 줄게 맛 좀 보아 응, 아방이 발써 나갔어? 아방이 좀 있을 줄 알구 있었는데…."

복성이는 부엌칼을 갖다가 사과를 깎으면서 어머니가 앓는데 오래 있어서 썩 미안한 듯이 지껄인다.

"애, 넌 아방이 소린 왜 자꾸 하니? 너이 아방이두 사람이라구 그러니?"

"왜? 그래두 우리 아방이야, 히히…."

"그까짓 게 무슨 아방이니?"

복성이 어머니는 아들이 깎아 주는 사과를 받아서 한쪽 깨물어 먹고 있었다. 그러자 방문이 덜컥 열리면서 어느 틈에 왔는지 돌팔이가 썩 들어선다. 방문 안에 들어서자 벼락같은 돌팔이의 주먹은 복성이 어머니의 면상으로 바로 입을 향하여 날아왔다.

"이년아! 이 썩어질 년아! 자식새끼 보구 그게 무슨 수작이냐!"

복성이 어머니의 입에서는 붉은 피와 흰 사과 부스러기가 섞여서 맞은편 벽과 방바닥에 흩어졌다. 그 순간 사람도 뒤로 나가 쓰러졌다.

"어멍이 어멍이!"

"그까짓 년 어멍이가 뭐냐? 저리 가 이 자식아! 저리가."

돌팔이는 쓰러지는 마누라를 발길로 걷어차려고 달려오던 순간 복성이가 어머니한테 재빨리 달려와서 붙드는 바람에 한발에 걸려서 방바닥에 보기 좋게 동그라졌다.

"아방이 아방이 왜 그래? 다치지 않았나 아방이?"

돌팔이는 겸연쩍어서 부스스 일어나자 마침 밖에서 동네 사람이 찾아서 나가버렸다.

"얘 복성아! 우리 너캉 나캉 회당에나 가 살자. 집에서야 아방이 때문에 어떻게 살갔니?"

"회당에 가면 누가 밥 멕여 준대? 어멍이?"

"이집 저집 믿는 댁의 일을 해주고 먹고, 자긴 회당에서 자구 목사님이나 믿는 이들은 다 고맙게 해주신다, 염네 없다."

"그래? 어멍이 그럼 우리 그러자."

두 사람은 이렇게 이야기를 주고받고 한 밤을 지냈다.

* * *

그런 지 몇 날 뒤였다. 돌팔이도 집에는 안 들어오고 복성이 모자도 나가고 집은 변변치 못한 자물쇠로 잠가져 있었다.

복성이 어머니와 복성이는 다음날인 토요일과 주일날 밤에는 읍의 예배당에서 자고 이튿날에 집에 와 보았다. 잠겼던 쇠는 그냥 있으나 누가 열어보려고 한 자취가 분명하다. 돌로 쇠를 깨뜨려보려고도 하고 못을 뽑아 보려고도 한 모양이다. 돌팔이가 다녀간 모양이다.

"아방이가 왔다 갔나봐."

모자는 속으로 걱정이 되었다. 어머니는 문을 열고 들어가서 된장국이나마 국을 끓여서, 얻어온 밥과 복성이 주려고 부엌으로 들어갔다. 복성이는 앞집에 가서 제 동무 하고 놀고 있었다.

"어멍이 어멍이, 아까 아방이가 와서 대문을 열려구 한창 애를 쓰다가 갔다구 그래. 앞집 할멍이가 그래."

마누라는 좀 염려가 되는 것을 흥얼흥얼 부를 줄 모르는 찬송가를 부르면서 불을 때고 있었다. 복성이는 다시 앞집으로 가버린 때였다. 잠깐 대문 소리가 나고 급한 발자국 소리와 함께 돌팔이의 억센 손은 어느새 마누라의 머리끌채를 휘감아 쥐었다. 그리고 엎드러진 반신 위에 묵직한 발길이 두어 번 떨어지자 벌써 마누라의 몸뚱이는 아랫도리와 허리가 좀 드러난 채로 부엌 밖으로 끌려 나왔다.

"이년 미쳐 밸 빠진 년아! 집을 비구 어데를 나가 돌아 댕기니? 오늘은 아주 죽여 버린다."

돌팔이는 몹시 씨근거리면서 대문 밖으로 마누라를 끌고 나간다.

"회당에 갔댔지? 왜? 죽일 테면 죽여, 개 같은 놈!"

복성이 어머니도 악이 뻗쳤다.

"회당에 갔댔어? 누가 회당에 가래? 이년아 회당에 가서 목사 보구 내 숭을 얼마나 일러 바쳤니? 너 같은 년은 그냥 죽이기도 아깝다. 갈갈이 찢어 죽이거나 말려 죽인다."

이것은 어느새 돌팔이가 마누라를 뒷결으로 산 위에 끌고 와서 선언하는 것이었다. 돌팔이는 누가 말릴까봐 곧잘 한밤중이 아니면 산에 끌고 가서 때리는 것이었다. 웬일인지 이번에는 산에는 끌고 왔으나 때리거나 차는 일은 없이 그냥 끌고 다니는 것이었다.

"이년은 찢어 죽인다. 손 안 대구 짝 찢어 죽인다."

이렇게 중얼거리면서 사람을 마치 때려죽인 미친개나 끌고 다니는 듯이 함부로 끌고 다닌다. 아카시아 나무 있는 데나 엄나무 가시 있는 데로 끌고 다니고 날카로운 바위나 있으면 더 칵칵 잡아챈다. 옷이 찢기어서 붉은 피가 옷을 적시고 땅을 적시게 되었다.

돌팔이 자신이 확실히 발광하였다. 발광한 돌팔이는 그래도 시원치 않았는지 머리끌채를 바짝 잡아 휘감아 가지고 나무그루에 부딪고 바윗돌에 부딪고 다닌다. 머리와 얼굴에서 흐르는 피가 자기의 손을 적시게까지 되었다. 그러자 마침 복성이가 울면서 달려오고 앞집 할머니가,

"사람 살려라~ 사람 살려라~."

외치면서 올라오는 바람에 돌팔이는 마누라의 끌채를 슬며시 놓고 비실비실 내려갔다. 복성이 어머니는 입으로 피를 토하고 까무라친 채 정신을 못 차리고 있었다.

동네 아낙네들이 여러 사람 올라와서 집으로 데려다 뉘였는데 밤늦게야 겨우 정신을 돌리고 살아났다. 살아는 났으나 열이 몹시 높다. 그냥 줄곧 헛소리를 하고 있었다. 그리고 가끔 복성이를 찾았다.

"에구 무서운 사람이야! 저런 사람은 우리 동네 두어서는 안 되겠는데…."

동네 늙은이들은 이렇게 수군거리고 돌팔이는 어디갔는지 그림자도 볼 수 없었다.

* * *

돌팔이 아내는 그 뒤에 몇 날을 계속해서 열이 그냥 오르고 정신을 못 차렸다. 사흘이 지났다. 마침 가을 때라 바빠서 다 밭에 나가고 젊은 이들은 별로 없기 때문에 동네 할머니들만이 가끔 들여다보고 가버리고, 앞집 할머니는 미음을 쑤어다가 주면서 앓는 어머니와 울고만 있는 어린 아들을 위로하여 주었다.

"아주머니 가만 내버려두셔요, 나는 아무래도 죽을 테니깐요."

"죽긴, 아직 젊은 사람이 죽긴 무얼 죽어, 죽으문 복성이는 어떡하구! 그러지 말구 이걸 좀 마셔요. 매 좀 맞았다구 다 죽나. 우리네두 다 그렇게 살아온 걸…. 아가 울지 말아 어멍이 죽지 않는다. 좀 앓으문 다 죽는다든, 울지 말구 어서 자거라."

이렇게 위로하고 동네 할머니는 일어나 가버리고 복성이는 방문을 걸고 자려고 누웠다가 그만 잠이 들었다.

"복성아! 복성아!"

나직한 목소리로 누가 밖에서 찾는다. 복성이는 깜짝 놀라 깨어 귀를 귀울였다.

"복성아! 복성아~"

분명히 아비 돌팔이 목소리다.

"어멍이 어멍이, 아방이 왔어."

복성이는 일어나 나가서 대문을 열었다.

"복성아! 어멍이 약 지어 왔다. 읍내 명주부님두 오셨다."

뒤로 가방 든 주부가 기침을 하면서 들어선다. 복성이는 반가워서 인사를 했다.

"오, 복성이냐. 어머니 어떠시냐?"

뚱뚱한 명주부는 허리를 굽혀서 방으로 들어오고 돌팔이는 약봉지를 가지고 부엌으로 들어간다.

“환자가 어데 있노? 어두워서…. 복성아 불을 좀 켜라.”

하면서 주부는 아랫목으로 손으로 쓸면서 내려가서 환자의 손을 잡아 보았다. 주부는 깜짝 놀라 물러앉으면서,

“어서 불을 켜라! 여보게 돌팔이! 일 다 됐네!”

“무어요? 주부님!”

돌팔이는 뛰어 들어와서 마누라의 손을 꽉 붙잡았다.

“마누라! 복성이 어멍이! 약 지어 왔소, 주부님 장로님도 모시구….”

“…….”

“마누라 복성이 어멍이! 정신 차리소, 주부님 주부님 주사를…. 주사를….”

돌팔이가 하도 서두르는 바람에 명주부는 주사기를 꺼내어 주사를 놓는 척하고 물러났다.

“장로님! 복성이 어머니를 좀 살려 주지 못하갓시까? 어서요.”

“여보! 복성이 어멍이! 정신 채리소, 명주부님 오셨소, 복성이 어머니! 복성이 어머니….”

돌팔이는 마누라의 손을 붙잡고 쩔쩔 매고 있다가 뒤를 돌아보니 주부님은 보이지 않고 복성이만 울고 있다.

“아이구! 주부님! 장로님! 목사님! 하느님!”

돌팔이는 엎드려 울음이 터졌다.

–《소설계(小說界)》, 1958년 7월

해바라기

'안 된다. 안 돼 흥 네 맘대루? 안 된다. 내 마당이다. 내 마당이다. 흥, 날더러 잠자꾸 있으라구, 망할 녀석들, 네 땅이냐구? 터줏대감이 내게 물려주신 건데…. 늙은이가 무슨 힘으루 헐어? 햇님상제를 모르느냐 이 놈들아, 날더러 마귀가 들렸다구? 내가 왜 마귀들려? 너희가 마귀 새끼 들이다. 흥, 순경을 보내? 어서 집을 지을 테면 지어라, 나를 죽여 놓구 지어라 흥, 나를 죽여? 내게 손을 댔단 봐라, 내 터럭 하나 건드렸단 봐라, 우리 터줏대감이 가만 두나 봐라. 우리 햇님상제의 비위를 건드려서 노를 발하는 날엔 너희 놈 같은 건 없다. 없어, 국물도 없다. 볼 데 없는 늙은이라구 흩으루 봤단 큰 코 다칠 줄 알아라, 당장엔 무사 할 것 같애두 아래선 땅이 갚아주고 위에선 하늘이 갚아 주신다. 터줏대감이 엿듣고 햇님상제가 내려다보시는 줄을 모르느냐…. 우리 햇님상제님 그렇지요, 네?'

곰보 할머니는 고개를 들어 하늘을 우러러 보고 한 번 빙긋이 웃고 나서 천천히 집안으로 들어갔다. 들어가서 물동이에서 조심조심 물 한 사발을 떠서 귀 떨어진 상에다 놓고 아무도 없는 컴컴한 방 한 모퉁이에 갖다 놓고 돌아앉아서 누구하고 이야기하는 모양으로 한참 중얼거리고 나서 속이 편해졌는지 이불을 덮어쓰고 누웠다.

"그럼, 그럼 일 없어 다 될대루 된다. 걱정 말아 내 딸 걱정 말아, 걱정 말구 잠이나 자거라."

곰보 할머니는 누워서도 이렇게 뇌까리는 것은 지금 막 청수를 떠 놓고 돌아앉아서 하소연하고 사정 이야기를 한 뒤에 그 귀에 들려온 대답이었다.

나이는 한 팔십 되고 얼굴이 사물사물 얽었다고 동네 젊은이들이 흔히 '곰보 할머니'라고 부르는 그는 즐기고 좋아하는 것이 두 가지가 있다. 하나는 방공호 굴 속에서 잠자는 것이요, 또 하나는 굴 밖에서 해바라기하는 것이다.

곰보 할머니가 굴 속에서 잠을 자는 동안 그것은 그에게는 가장 좋은 영양이요, 그리고 잠은 그의 가장 정다운 벗이요, 즐거운 낙원이었다. 그리고 겨울이나 가을이나 봄, 여름이나 자기 집 (그것은 방공호의 굴을 말하는 것이지만) 문밖에서 해바라기하는 것도 굴 속 깊은 데서 잠을 자는 것이나 못지않게, 그 이상으로 영양이요, 낙이요, 친구요, 낙원이었다.

해바라기할 때에도 흔히는 간들간들 졸다가 그만 잠이 들어서 곤드라지는 것이다. 그래서 그를 '해바라기 할머니'라고도 부른다.

"어떤 놈이나 어떤 년이나 나 자는 걸 깨웠단 봐라, 죽여 버린다."

곰보 할머니는 가끔 이런 거센 경고를 하기 때문에 자기 집안에서 잘 때나 밖에서 해바라기를 하다가 잘 때나 누가 감히 얼씬도 못하는 것이다.

곰보 할머니가 토굴 속에서 잠을 자거나 볕 나는 날, 밖에서 해바라기를 하는 것은 다만 좋아하고 즐긴다거나 영양이 된다거나 그것으로 벗을 삼는 이상으로 중대한 까닭이 있는 것이다. 이 까닭이란 것은 곰보 할머니에게는 (언제부터 시작되었는지 몰라도) 그것이 일종의 종교생활이었다. 자기가 들어 살고 있는 토굴은 터줏대감이었다.

그의 말을 빌려 말하면 '우리 터줏대감의 가슴'이요, 혹은 또 '우리 터줏대감의 배'였다. 흙냄새 나는 토굴은 그에게 있어서는 다정한 어머니의 젖가슴이었다.

"나는 우리 터주엄마 하고 잘 테야."

방공호 밖에서 졸다가도 누구하고 이야기를 하다가도 슬며시 안으로 들어가면서 중얼거리는 것은 토굴 속에 들어가서 자기가 소중하게 여기고 좋아하는 흙구덩이 속에서 터줏대감의 품에 안겨 자겠다는 말이라는 것을 곰보 할머니와 가까이 사귀어 다니는 사람은 잘 알아듣고,

"어서 들어가 터주엄마하구 자요."

하면서 일어서 가는 것이었다. 그래서 곰보 할머니를 '터주 할머니'라고 부르기도 한다.

그러면서도 곰보 할머니는 토굴의 한 모퉁이에 움쑥 들어간 데다가 뚜껑 있는 작은 광주리 속에 종이를 접어 널어 두고 가끔 귀 떨어진 밥상에 물을 떠 놓거나 밥을 담아 놓고 고사를 지내는 것이었다. 이 고사는 자기 몸이 불편할 때나 누구하고 싸우거나 거래하는 데 불리한 경우에 하는 일이다. 몸이 아픈 것은 터줏대감을 노엽게 해서 되는 것이라고 고사를 지내고, 혹 누구에게 욕을 당하였을 때도 터줏대감에게 억울한 하소연을 하는 것이었다.

해에 대해서도 마찬가지다. 따뜻한 햇볕을 그는 무엇보다 고맙고 귀하게 위하는 것이었다. 해가 쨍쨍 나서 자기집 앞뜰을—그것은 방공호굴 밖이요, 큰길가 한쪽이건만—비쳐 주면 그는 싱글벙글 웃고 왔다 갔다 하고, 어떤 때는 어깨를 들썩거리기까지 하는 것이다.

해나 햇볕은 곰보 할머니에게는 좋은 벗이요, 그래서 '그'로 더불어

즐기는 것은 무쌍한 낙이요, 낙원 그것이었다. 그러나 그에게 해는 그 이상이었다. 터줏대감이나 터주 어머니 이상으로 그가 끔찍이 위하고 정성으로 섬기는 신주였다. 그 자신의 말을 빌려 말하면 '양지대신(陽地大神)'이요, '햇님상제'였다.

"이놈들아 너희가 햇님상제의 높고도 큰 은혜가 아니면 잠시 잠깐인들 살 수가 있단 말이냐."

호령 호령하는 그의 말은 과연 옳은 말이라고 생각하기 때문에 어른이나 아이나 누구나 감히 딴 소릴 못하고 고개를 끄덕일 수밖에 없었다. 그래서 곰보 할머니가 어떤 때는 눈을 감고 쪼글쪼글한 두 손을 모아 가지고 하늘을 우러러 햇볕을 홈빡 무릅쓰고 입속으로 무어라고 중얼대는 것을 보는 때는 누구나 그렇지 그렇지 곰보 할머니가 햇님상제한테 정성을 올리는 것이라고 가장 마땅하게 여기는 것이다. 그리고 또 밤이면 별을 바라보고 별바라기를 하면서 별님 아가씨를 찾고 달이 밝은 밤에는 달을 보고 달바라기를 하면서 달님마마를 찾기도 하였다.

곰보 할머니가 언제부터 이 장충단 방공호에 들어 살게 되었는지는 자기 자신도 똑똑히는 모르는 것이다. 아무튼지 십년은 넘었으리라는 것이 동네 사람들의 이야기다.

"우리가 이 집에 이사해 오니까 벌써 저 할머니가 저 개천에서 빨래를 하고 있는 걸 보았는걸. 그때엔 계집애가 하나 있는 것 갔던데."

이런 것이 바로 이웃에 있는 적산집(일정시대에 헌병대장의 관사 자리라는 집)을 접수해 가지고 살고 있는 군인네 주인마누라가 하는 말이었다.

"할머니 아무두 없수?"

동네 젊은이가 해바라기를 하면서 싱글벙글 웃고 있는 늙은이를 보

고 묻게 되면,

"왜 아무두 없어, 우리 집엔 터주엄마가 계시구 저 위에는 햇님상제가 계신데."

진짜 대답을 하지 않지만 오래 사귀어 가깝게 여기는 사람에게는 다 이야기를 해서 알게 되었다. 본시는 강원도에서 농사를 지으면서 내외가 아들 딸 낳고 며느리까지도 맞아들이고 괜찮게 살았는데, 해방 전에 어느 핸가 장질부사로 영감 죽고 딸하고 며느리하고 세 식구가 일시에 죽고 아들은 학도병에 나가 죽어 안 돌아오고, 시집갔던 딸 하나 남았던 것이 정신병으로 죽고, 그 몸의 소생인 계집애를 데리고 살았는데 6 · 25 사변 때 그것마저 파편에 맞아서 쓰러진 것을 제 손으로 뒷산 한 모퉁이에 묻어 주고 세상에는 혈육이나 친척이 없이 혼잣몸이 되어버렸다는 것이다.

또 이야기가 사변 때 그까짓 계집애 죽은 것이나 기생년한테 제 남편 뺏기고 미쳐 다니던 딸년이 죽은 것이나 영감하고 딸하고 며느리가 한꺼번에 죽을 적에도 그다지 설은 줄은 몰랐어두 저 하나 공부시켜 가지고 제법 출세하구 저 하나 구실하는 걸 볼려구 있는 재산 다 팔아가지구 서울로 올라와서 먹지 않고 입지 않고 고생을 하면서도 공부를 시켜서 전문학교를 졸업하게 되니까 학도병으로 끌려 나가게 되어서, 그것두 안 나가 보려구 별짓을 다 하다가 나갔는데, '어머니 내 석 달만 있다가 꼭 돌아올게요.' 하고 나간 놈이 아들은 안 돌아오고 제 동무가 안고 온 뼈다구 가루를 받을 적에 기막힌 사정이야 말해 무얼 하겠소. 처음에는 거짓말만 같더니 저의 동무가 울면서 하는 말을 듣고 보니 고만 그 자리에 쓰러지고 세상을 몰랐답니다.

생각하면 왜놈들이 불구대천지 원수지요. 그때부터 왜놈이라면 악이 나서 갈아 먹구 싶어졌지요. 나라구 그렇게 아무두 없기야 왜 없어? 조카란 것두 있구 시동생두 있지, 그것들이 무슨 소용이 있나? 시굴서 잘 살 때는 문저구가 닳도록 다니고 서울 와서두 밤낮 다니더니 아무것두 없어지구 이렇게 볼 때 없어지니깐 발길들을 안 하지 뭐야요. 가물에 콩나듯 이따금 마지못해 오길래 숫재 오지 말라구 그랬더니 이젠 아주 그림자도 비치지 않는다오. 그까짓 것들 다 소용없어, 우리 터주엄마 햇님상제가 있으면 그만이지 난 터줏대감하구 햇님상제 덕으로 살아가는걸 뭐…. 이래뵈두 날 볼 데 없다구 괄시하다간 안 돼지 망하지.

그동안 곰보 할머니는 이 모양으로 자기의 신세타령을 여러 번 되풀이했고, 그럴 적마다 '터줏대감 햇님상제의 은공'은 잊어버리지 아니하는 것이었다. 그러나 요새 와서는 자기도 잊어버리고 말았는지 지나간 이야기는 꺼내는 일이 없다.

6 · 25 사변 석 달 동안과 그 뒤에 중공군이 들어온 다음에도 곰보 할머니는 피난 갈 필요도 없이 장충단 공원 한 모퉁이 방공호 속에서 편안히 지냈다. 그 후에 수복된 뒤에도 쓸쓸하던 서울 거리와 동네 동네가 수선수선해졌지만 곰보 할머니에게는 이렇다 할 좋은 일이나 별 신통한 일 없이 이 사람 저 사람이 들여다보는 것이 귀찮기만 했다.

하루는 날도 맑고 공원 뒷산에서 내려오는 개골의 얼음이 풀리고 눈 녹은 물이 졸졸 흐르기 시작해서 따뜻한 봄날이었다. 곰보 할머니는 가마통을 내다펴고 해바라기를 하고 앉아 있었다.

"할머니 어떻게나 지내셔요? 그동안두 그저 계셨어요?"

"……."

"아주머니 별고 없으셔요?"

"……."

윈 서투른 목소리가 한참 해바라기로 재미를 보면서 몽롱한 시간을 보내는 사람을 흔들어 깨우는 것이다. 몸을 흔드는 것이 아니라 신경을 흔들어 깨워주는 것은 딱 질색이라고 생각했다. 한참만에야 눈을 떠 보았으나 알 듯 하기도 하나 얼른 생각이 나지 아니 하기 때문에 대답도 않고 도로 눈을 감아 버렸다.

"그동안 어떻게 지났을까?"

"그래두 여전하지요."

"글쎄 자 우리 쌀 되라두 내다 드립세다. 목사님이 실행 실천을 해야 된다구 그리시구 실천을 하는 데는 불쌍한 이를 돌보아야 하나님이 기뻐하신다구 그리시지 않으셨소?"

"참 그리셨지요, 그렇지만 가난은 나라두 못 당한다구 어떻게 이루 구제를 합니까?"

한 사람은 이웃에 산다는 군인의 마누라요, 나이 좀 먹은 사람은 그 옆집에 사는 장로의 마누라로 두 사람이 예배당에 갔다가 오는 길에 산보 겸 공원 쪽으로 왔던 것이었다.

자세히 보면 나이 한 사십 됨직한 젊은 마누라나 한 오십 넘었을 듯한 중늙은이나 다 그 짙은 화장과 번쩍거리고 몹시 난한 차림차림 때문인지 나이보다 썩 젊어 보이고, 그리고 두 사람이 다 상당히 뚱뚱하고 유난히 엉덩이가 퍼지게 보이고 그 태도가 어딘지 모르게 건방져 보였다.

젊은이는 곰보 할머니 옆에 그냥 있는 동안 중늙은이는 두어 발걸음 방공호 쪽으로 가서 가마통 거적문을 들친다. 곰보 할머니 옆에 섰던 젊은 마누라는 같이 온 마누라가 거적문을 들치는 것을 물끄레 바라보고 있는 순간이었다.

"이년들아 저리 비켜라, 이 도둑년들아 왜 우리 햇님상제의 비싼 손길을 도둑질하느냐, 썩썩 비켜라."

두 사람은 깜짝 놀라서 '에그머니' 소리를 지르면서 한 걸음씩 물러섰다. '도둑년' 소리에 거적문을 들치던 마누라는 더 몹시 놀라는 모양이었다.

서로 바라보면서 '정신병 들린 할머닌가베!' 하면서 슬금슬금 몇 걸음 뒷걸음치다가 달아나 버리는 그들의 숨소리조차 썩 높았다.

이런 일이 있은 지 몇 날 뒤였다. 곰보 할머니는 마침 햇볕이 없기 때문에 집안에서 터줏대감한테서 잠을 자고 밖에는 나오지도 않고 있는 참인데 밖에서 수선수선하고 딱딱 망치소리가 나는 바람에 무엇들이 그러는가 하고 슬금슬금 밖으로 나가 보았다.

"흥, 무얼 하는고 했더니 게다가 집을 지어!"

곰보 마누라는 금방 눈알이 위로 솟기면서 잠깐 바라보았다. 바로 자기 집 문 밖에 동향과 남향 쪽으로 거진 자기 집 문을 막아 놓을 듯이 판잣집을 세우고 있는 것이 아닌가. 곰보 할머니가 자리를 깔고 해바라기를 하던 그 자리까지 침범해서 (헌 가마통은 집어 치워놓고) 역사를 하고 있는 것이다. 한 사람은 윗저고리를 벗어버리고 아래 바지만 입고 일하고 한 사람은 아래 위에 다 군복을 입은 졸병인 군인들인 것을 알 수 있었다.

"웬 사람들인데 거기다 집을 짓는 거야?"

곰보 할머니는 그 거센 목소리로 소리를 질렀다.

"……."

골몰하게 일을 하고 있던 사람들은 처음에는 괴상스러운 노파의 소리에 별로 주의할 겨를도 없이 뚜닥뚜닥 못질을 계속하고 있었다.

"사람의 말이 말 같지가 않아서 대답두 않는 거야?"

곰보 할머니가 다짜고짜로 한 사람의 망치 잡은 팔을 붙잡자 그는 '왜 그래요.' 하는 듯이 돌이켜 보고 그 옆에 좀 상관인 듯한 웃통을 벗은 군인을 바라보는 것이다.

"할머니 왜 그래요?"

그제야 일하던 손을 쉬고 곰보 할머니를 대수롭지 않은 듯이 바라보는 사람은 나이 한 삼십 막 넘었을 듯한 젊은이였다.

"왜 그러다니, 남의 문전에다 맘대루 집을 지어? 누가 게다가 집을 지라구 그랬기에 지어? 안 돼!"

"누가 지으라고 하긴 이게 할먼네 땅이란 말이오?"

"내 땅이지."

"어째서 할먼네 땅이야, 나라 땅이지."

"우리나라 땅이니깐 내 땅이지, 왜놈은 쫓겨가구 우리나라가 됐으니 내 땅이지 뭐야. 그리구 터줏대감이 비어 주시구 햇님상제가 내게 점지해주신 땅이야. 왜 그래 안 돼 안 돼, 지어봐 당장 바셔 버릴 걸."

웃통 벗은 군인에게 덤벼들면서 눈에 붉은 피가 보이며 악을 쓰는 할머니를 보고,

"할머니 저리 비키세요, 할머니가 무슨 힘으로 부셔요 잠자꾸 있어요!"

졸병이 눈을 부르대고 소리소리 지르자,

"날 죽여라! 이 늙은일 죽여라! 이놈아 날 죽여라 무서울 거 없다."

곰보 할머니는 다시 졸병에게 발악을 하면서 덤벼들었다.

"여보게 그 할머니 마귀 들린 할머닌 모양이니 내버려두고 일이나 하세."

"흥 날더러 마귀 들렸다구, 너희가 마귀 들렸다. 절대루 안 된다."

두 사람은 서로 바라보고 웃었다.

졸병은 자기는 모르니 저 소위님한테 말하라고 웃통 벗은 사람을 가리켰다. 소위라는 사람은 이북에서 온 오윤수 해병대 소위로 사관학교를 막 나와서 이제 일선으로 나가게 된 젊은이였다. 어머니는 오는 길에 죽고 늙은 아버지만 모시고 와서 외로운 노인을 섬기고 지내다가 자

기가 일선에 나가게 되자 의지할 데 없는 아버지를 위해서 판잣집이나마 마련해드리고 떠나자는 것이었다. 부대에 들어갈 시간이 되어서 오 소위와 그 부하와 두 사람은 서둘러서 하던 일을 걷어가지고 가버렸다. 가는 길에 그들은 파출소에 잠깐 들린 모양이었던지 그날 저녁에 파출소 순경이 와서 잠자코 있으라고 야단도 하고 달래기도 하였다는 것이다.

이날 저녁에도 곰보 할머니는 안으로 들어가서 터줏대감을 부르고 울기도 하고 실컷 하소연도 하다가 혼자서 터줏대감의 좋은 대답을 들은 듯이 싱글싱글 웃고 두 팔을 벌리고 돌아가면서 춤도 추어보고 또 다시 울고 하소연을 하다가 밤이 깊어서 동네 집에서 닭이 우는 소리가 들리자 스스로 지쳐서 잠이 든 모양이었다.

이튿날도 곰보 할머니는 온 종일 나오지 않았다.

그 밤이 깊어서였다. 보름달이 중천에 떠 있을 때 쯤 되어서야 곰보 할머니는 지난날 일을 다 잊어버린 듯이 누더기를 들쓰고 슬금슬금 나왔다. 오늘은 달바라기를 하려는 것이었다.

"우리 달님마마가 제일이야."

곰보 할머니는 눈을 감고 합장을 하면서 고개를 들어 하늘을 바라보는 것이었다. 그리고 가마통에 털썩 앉아서 무심중 좌우를 슬쩍 살폈다. 달은 있는데 달이 안 비치는 것이 이상하다고 생각되자 지붕까지 다 된 판잣집이 우뚝 선 것이 눈에 띄었다. 그제야 지난날 생각이 다시 떠오른 모양이었다.

"그동안 지었구나, 어디 보자."

곰보 할머니는 바삐 안으로 들어갔다. 이윽고 나타난 그의 손에는 커다란 도끼가 들렸다. 곧장 새로 선 판잣집을 향해 달려가는 그의 눈에는 피가 보였다. 다음 순간 탕탕탕탕 요란한 소리가 뒷동산을 울리고 있었다.

"거, 누구요?"

안에서 깜짝 놀란 목소리가 떨려서 나왔다.

"탕 탕 탕 탕!"

아무 소리도 못 들은 듯이 도끼소리는 연거푸 들렸다.

이윽고 머리가 펀펀하고 꺼꺼부정한 사람의 그림자가 나타났다. 숨소리만 높고 말소리는 안 들렸다. 탕탕탕탕 판잣집을 두들기는 도끼 소리만 그냥 들렸다.

"거, 거 누구요?"

달은 구름 사이에 가려지고 사방은 캄캄하였다. 판잣집 안에서 나온 늙은이는 한편 모퉁이로 돌아와서 곰보 할머니의 팔을 붙잡았다. 두 늙은이의 손과 온몸은 몹시 떨렸다. 고요한 한밤중에 두 늙은이는 서로 붙들고 흔들고 쥐어박고 꼬집고 하는 모양이었다.

"이놈, 이놈!"

"이년, 이년!"

헐떡거리는 숨소리만 높았다. 언제까지나 결투를 했는지 모르지만 썩 오랜 시간이 지나서야 제풀에 헤어진 모양이다. 그 뒤로부터 곰보 할머니는 대머리 오 영감을 보기만 해도 밉고 기침소리만 들려도 비위가 상할 지경이요, 오 영감으로는 미치광이 같은 노파를 보기만 해도 진절머리가 났다.

오 소위는 판잣집을 마친 이튿날 아침에 일찍이 출동 명령을 받고 일선에 나가면서 늙은 아버지를 모셔다 두고 허둥지둥 떠나간 다음에 벌써 한 달이 더 지나도록 소식이 없었다.

"저놈의 할망구가 집에 불이나 놓지 않을까?"

오 영감은 옆에 있는 곰보 할머니의 무섭고 괴상스러운 꼴에 하루도 안심하고 지낼 수가 없었다. 바로 이웃에 살면서 개와 고양이 사이처럼 서로 눈을 흘기거나 그렇지 않으면 아무쪼록 마주치는 일이 없도록 외면을 하고 지내는 것이다. 그것은 한편은 남성인 늙은이요, 한편은 여성인 늙은이라 서로 내외를 해야만 하는 이상으로 서로 불구대천지 원수로 지낼 수밖에 없는 것이다.

그래서 오 영감은 아들이라도 어서 한 번 다녀가기를 고대고대하건만 암만해도 오지 않는 것이 퍽 민망스러운 모양이었다. 누구 하나 들여다보는 사람도 없고 무척 쓸쓸한지 전에 이북에 있을 때에 교회에 다니면서 부르던 찬송가를 흥얼흥얼 부르기도 하였다.

'저게 저 놈의 대머리 두상이 날 죽으라고 방자를 하지 않는가.'

곰보 할머니는 곰보 할머니대로 이런 생각을 하고 오 영감을 점점 꺼리고 지내는 형편이었다.

오 영감은 밤에도 잠이 오지 않을 때는 되지 않는 곡조로 소리만 높여서 찬송가를 부르는 것을 곰보 할머니는 무엇보다도 제일 꺼렸다.

"거 누구야!"

한 번은 밤이 이슥히 깊어서였다. 오 영감이 비뚤비뚤 밖으로 나가서 곰보 할머니의 문전도 아닌 바로 문전에다 대고 소변을 보기 시작하였을 때였다. 오 영감은 잠결이요, 또 어두운 밤이라 방향도 모르고 하는 일이지만 곰보 할머니 편에서는 냄새나는 물이 안으로 흘러들어오자 일부러 하는 짓으로 알고 재빠르게 물바가지를 가지고 나와서 오 영감이 돌아서 가는 뒤통수에다 들씌웠다. 오 영감은 자기가 잘못한 일이라 할 수 없이 달아나 들어와 버렸다.

바로 그 다음날 새벽이었다. 아직 어슬어슬한 때였다.

"에그머니, 이게 뭐야!"

곰보 할머니는 몹시 놀라서 그 자리에 나가 쓰러졌다. 악취가 몹시 나는 강아지 송장 위에 공중 쓰러진 것이다. 오 영감이 지난날에 당한 일이 하두 분하든지 공원 모퉁이에 누가 끌어다버린 것을 보아 두었다가 밤중에 바로 거적문 밖에 갖다 놓았던 것이다.

"이놈의 대머리 두상, 어디 보자."

곰보 할머니는 이렇게 속으로 중얼거렸으나 무슨 생각을 했는지 아침에 개 송장만 치워버리고 다시 말이 없었다.

그럭저럭 장마철이 되었다. 오 영감은 날마다 아들을 기다렸으나 아들은 좀처럼 돌아오지 않았다. 오 영감은 배탈이 난 모양인지 방 안과 밖을 가리지 않고 대소변을 가리지 못하고 지냈다. 끓여 먹던 찌꺼기와 대소변을 함부로 집 옆에 버리기 때문에 냄새도 대단하고 파리가 몹시 들끓었다.

"아이구 이북놈의 예수쟁이 대머리 두상 때문에 더러워서 못 살겠다."

곰보 할머니는 저 밑 아랫동네까지 들리도록 요란스럽게 고래고래 큰 소리를 질렀다. 오 영감은 못 들은 체하고 소리를 높여서 찬송가만 부르는 것이었다.

"아이구 시끄러워서 못 살겠다. 예수쟁이 대머리 두상일래 냄새나구 골치 아프고 시끄러워 못 살겠다."

곰보 할머니는 한숨을 섞어가면서 소리소리 지르고 안으로 들어가는 것이었다. 그리고 요새는 해바라기도 아니 하고 밤이면 달바라기 별바라기만 하는 것이었다. 그리고는 가끔 한밤중에 밖에 나와서 지푸라기 새끼 오라기로 불을 지펴서 밥을 끓여 가지고 들어가곤 하였다. 그럴 때마다 갑자기 그 불빛이 오 영감의 들창에 환하게 비치기 때문에 잠이 들면 자다가 깨곤 하는 오 영감은 자기 집에 불이 붙는가 해서, 곰보 할머니가 불을 놓았는가 해서 깜짝깜짝 놀라고 잠을 이루지 못하는 것이었다.

"왜 당신은 하필 밤에 불질을 하는 거요, 남의 집에 불을 놓고야 말려는 작정이오? 다시는 그러지 말아요."

오 영감은 시비 겸 부탁 겸 하는 말이지만 곰보 할머니는 되려 몹시 아니꼬왔다.

"흥 남의 터에다 억지로 집을 짓더니 이제는 내 터에서 밥 끓여 먹는 거까지 못하게 말리는 거야? 낮에는 당신일래 더러워서 밥도 끓여 먹을 수가 없어서 밤에 끓이는 거야."

곰보 할머니는 그날 밤에 기어이 오 영감네 들창 밑에 양철 화덕을 옮겨다 놓고 불을 때는 것이었다.

"아이구 아이구 아이구…."

여름도 가고 쌀쌀한 날씨가 되자 장충단 공원에는 벌써 낙엽이 여기저기 굴기를 시작한 어느 날, 아들 오 소위가 동해안 경비를 하다가 작은 함정을 타고 나간 채 폭풍에 밀려서 행방불명이 되었다는 소식을 듣고 오 영감은 밥도 안 끓여 먹고 하루 종일 목을 놓아 울고 있는 소리였다. 곰보 할머니는 동네 여인에게 그 소문을 들었던 것이다.

"아이구 아이구 아이구 아이구…."

저녁에 한동안 멎었던 오 영감의 울음소리가 한밤중에 또 들려왔다. 밥도 끓이지를 않고 달바라기를 하고 있던 곰보 할머니는 한참 그 울음소리를 듣다가 그만 땅 바닥에 주저앉고 말았다. 십년이 더 지난 옛날에 아들이 학병으로 나가서 한 됫박 뼈 가루가 되어 돌아오던 일이 문득 되살아와서 금방 사지에 맥이 풀리고 꼼짝할 수가 없는 것 같았다. 그리고 그동안 지내온 기구한 운명의 그림자가 필름처럼 어두운 하늘에 떠올라 왔다.

"아이고 아이고."

곰보 할머니는 그만 흐느껴 울기를 시작했다. 그러자 판잣집에서 새나오는 오 영감의 울음소리가 더 한층 높이 들렸다. 혼자서 쓸쓸히 울고 앉아 있을 오 영감의 궁상스럽고 구슬픈 꼴이 눈앞에 똑똑히 보이는 듯하였다.

"영감 불쌍해라."

곰보 할머니는 누더기 치마고름으로 눈물을 씻으면서 일어났다. 안에 들어가서 쌀알을 한줌 집어다가 바가지에 살레살레 흔들어서 한편짝 모퉁이에서 죽을 끓였다.

"영감님 영감님."

썩 다정스러운 목소리다. 오 영감은 이 목소리의 주인이 누구인 줄은 알 듯도 하고, 모를 듯도 했다. 곰보 할머니의 목소리로서는 너무 순하고 다정스러웠다. 과연 곰보 할머니의 입에서 그런 순하고 다정스러운 말소리가 오래간만의 처음 나오는 것이었다.

"영강님, 영감님, 문 좀 열어보세요."

확실히 이웃집 방공호에 사는 노친네 목소린데 하고 생각은 하면서도 의심스러운 듯이 문을 열었다.

"거 누구요?"

영감의 목소리도 떨리면서도 썩 부드러웠다. 과연 원수같이 지내던 이웃집 늙은이가 냄비에 김이 모락모락 나는 음식을 들고 두 눈에 눈물이 어리어 있는 것을 희미한 석유불에도 알 수가 있었다.

"그렇게 울기만 하구 굶어서 늙으신 이가 견디겠소. 이걸 좀 한술 뜨시우."

"아이구 고마워라."

오 영감은 너무 느껴워서 먹지를 못한다. 서로 멍하니 바라보다가 두 늙은이는 달려들어 서로 붙들고 울기를 시작했다. 두 늙은이는 울면서 울음 섞인 목소리로 서로 제 사정을 이야기하면서 밤을 밝혔다.

그해 겨울에는 따뜻한 날씨가 되면 곰보 할머니와 오 영감은 꼭 달라붙어 앉아서 해바라기를 하고 있는 것을 보고 동네 사람들은 웃고 지나가는 것이다. 판잣집이 춥겠다고 들어오라고 해서 오 영감은 곰보 할머니의 집으로 들어가 버렸던 것이다. 그 뒤부터는 곰보 할머니의 입에서 터줏대감이니 햇님상제니 하는 말도 없어지고 오 영감과 한 목소리로 찬송가까지 부르는 소리가 들려나왔다. 그리고 이 집에는 아랫동네에 사는 예수 믿는 군인댁과 장로부부도 가끔 드나들었다.

-《자유문학(自由文學)》, 1959년

방황

"조심해서 잘 가거라."

"네, 선생님 안녕히 주무세요."

"응, 그런데 눈도 왔는데 잘 가겠니?"

"가만 잠깐 기다려라, 같이 가자."

한 교장은 신애를 금방 현관 밖으로 보내놓고 마음이 놓이지 않기 때문에 신애를 기숙사까지 바래다주려는 것이다. 기숙사와 같은 평면에 있는 운동장까지라도 바래다주려는 속셈이다.

"아니야요, 교장 선생님 염려 마세요, 이젠 저 혼자 잘 가요. 저 혼자 잘 다니는 줄 모르세요, 선생님 더구나 학교 구내에서 못 다니면 어떡해요? 선생님."

"아니야 그래두 오늘 저녁은 내가 바래다줄게…. 잠깐 가만 있거라."

"선생님 정말 추운데 나오지 마셔요, 감기 드셔요. 밤낮 붙들려 다녀서 어떻게 해요. 저두 이젠 좀 사람 구실을 해야지요, 어서 들어가셔요."

"아니다, 잠깐 있거라."

신애가 굳이 사양하면서 나오기를 말리는 것을 한 교장은 기어이 고무신을 끌고 대문 밖으로 나섰다. 바깥 공기는 꽤 맵다. 싸락눈이 좀 내려서 겨우 길을 덮었지만 그리 미끄러울 정도는 아니었다.

대문 앞에서 기숙사 가는 길로 꺾이는 길목까지 가자 신애는 한 교장을 앞질러 돌아서면서,

"선생님, 어서 들어가셔요. 밤두 늦었는데 어서 들어가세요. 선생님 안 들어가시면 저는 안 갈테야요. 선생님 왜 저번에 저희들보고 훈시하실 적에 '맹인들은 밤낮 남을 의지하려구만 하구 남의 도움을 받을려구만 하는 게 탈이야, 그건 거지 근성이야. 좀 독립정신을 가지고 제 발로 다니구 제 힘을 가지구 살 각오를 가져야 해.' 하시지 않으셨어요. 저는 그때 선생님의 그 말씀을 듣는 그 시간부터 단단히 결심했어요. 선생님이 그렇게 가르치시구는 그 말씀대루 실행을 하두룩 버려두셔야지요. 말씀은 그렇게 하시구 실지로 그렇게 행하지 못하두룩 하시면 어떻게 해요!"

신애의 말을 들어보면 과연 그럴듯하긴 하다. 물론 속으로는 밤이 늦고 날도 차니까 나를 염려해서 사양을 하는 것이지만 또 지금 하는 이야기도 노상 사양하는 거짓말이 아니다. 내 말을 듣고 제가 단단히 결심한 것도 사실이요, 또 기특한 일이다. 그냥 보내야 하겠다. 한 교장은 이렇게 생각을 했지만 오늘 저녁은 기어이 바래다주고 싶은 생각이 들었다. 그리고 마침 지금 신애가 하던 이야기에 대해서 그 조건을 꺾을 만한 구실이 문득 생각났다.

"아니야, 신애는 특별한 경우야, 신애는 다른 아이들과 다르거든, 그렇지? 내 말을 알아듣겠지, 내 말을 알아듣겠나 말이야, 너는 아직 신입생이니까 말이야."

"선생님 제가 왜 못 알아들어요. 그러니까 신입생이라두 신입생 적부터 기압을 받아 가면서 훈련을 받아야지요. 저는 선생님 밑에서 사람 구실을 하기를 힘쓸래요. 글을 배우고 산수를 배우기보다도 사람 구실

을 하기를 배워야 될 것 같애요."

신입생이지만 나이를 먹은 것이 다르다. 그런 생각을 가지면 그야말로 맹인이라도 장차 사람 구실을 하겠다. 한 교장은 신애를 어지간히 믿음직하게 생각하였다.

"그럼 네 말두 그럴 듯하다. 조심해 가거라."

"네, 선생님 안녕히 주무셔요."

"오냐, 잘 가거라."

한 교장은 신애가 더듬더듬 가는 것을 이윽고 바라보다가 잘 가겠지 하면서 돌아가서 집으로 들어왔다. 집에 들어오니까 안방 시계가 뗑뗑 여러 번 치는 것이 열 시를 알리는 모양이다.

다시 나가서 대문을 한 번 보고 현관문을 잠그고 들어왔다. 책상에 버려졌던 원고지를 걷어치우고 안방 쪽으로 가다가 마루에서 아내와 마주쳤다.

"신애 갔수? 기숙사까지 데려다 주셨수?"

"아니 혼자 댕길 버릇을 해야지."

"그렇지."

"주무실려우 더 쓰실려우, 그만 주무시지 일 방해 많이 되었구만."

아내는 자리를 보고 버려진 것을 치운 다음에 버려졌던 그릇을 들고 눈끼로 잘 자라는 인사를 다시 하고 안방으로 건너갔다.

한 교장은 쓰던 원고장을 치워버리고 자리에 누워버렸다. 머리가 어지러웠기 때문에 더 써질 것 같지 않을 거라고 생각한 것이다.

자려고 누우니까 신애가 이야기하던 생각에 잠이 오지 아니 하였다. 게다가 예전에 학생 기대에 일본서 우연히 본국서 온 대학생을 돌보아 준 경험은 있지만 깊은 각오나 준비도 없이 막연하게 이 맹아 학교에 오게 된 일이며, 더구나 또 글 쓰는 사람으로 어울리지도 않는 교장이란 자리에 앉게 된 일이며, 와서 첫 처사로 나이 지났다고 받을 수 없다고 선생들이 꺼리는 것을 억지로 받아 준 신애의 일, 그리고 방금 신애가 와서 이야기하던 일이 뒤섞여서 머리에 떠올라 오기 때문에 잠을 잘 수가 없다.

신애는 나면서부터나 혹 아주 어려서 눈이 먼 것이 아니다. 열다섯 살 때에 눈병이 나서 고치다 고치다 못해 종래 소경이 되었다는 것이다. 신애는 해방 직후에 눈병을 고치려는 희망을 품고 단신으로 고향인 맹산을 떠나서 평양으로 해서 서울까지 오는 동안에 고생한 것은 말할 것도 없고 서울에 와서 D병원에서 치료하다가 그만 아주 희망을 잃어버리고 소경이 되었는데, 그때의 실망과 슬픔은 어떻다고 이루 형용할 수가 없었다.

차라리 나면서부터나 혹은 아주 어려서 실명을 하게 된 소경은 성한 사람이 상상하는 것처럼 그렇게 고통은 모르는 것이다. 그네들은 빛이라는 것을 모르고 눈 없이 환경에 적응하도록 눈 이외의 모든 다른 기관이 발달하였기 때문에, 예를 들어 말하면 손이나 발이나 귀가 눈을 대신하여 예민하게 움직여주기 때문에 그럭저럭 살아가지만 중간에 실명한 사람은 광명하던 세계가 별안간 캄캄해지니, 마치 갑자기 암흑세계에 던져진 것 같아서 어쩔 수가 없다. 게다가 실명한 실망감과 그때그때 당하는 고통과 정신적인 타격에 그야말로 산다는 것이 죽는 것만 같지 못하다는 처지에 빠지는 것이다.

한 교장이 신애더러 '신입생'이라고 한 것은 학교에 갓 들어왔다고 하는 말이 아니라, 맹인 나라에 처음 들어온 신입생이라는 것이다.

한 교장이 처음에 이 학교에 와서 아이들이 손을 잡고 더듬더듬 다니면서도 웃고 떠들고 농지거리를 하고 있는 것을 보고 '사람이 다 살게 마련이다.' 하고 깨달은 것이 선천성 맹인이나 갓 나서부터 실명한 사람들에게 대한 생각이었다.

그런데 그것을 알고 신애와 같이 중간에 실명한 사람이 얼마나 불행한 것을 절실히 느꼈던 것이다.

"신애는 얼마나 답답하고 안타까울까!"

한 교장은 어느새 잠깐 잠이 들었다.

* * *

"선생님! 선생님!"

"교장 선생님!"

한 교장네 뒷밭 쪽에서 모기소리만한 소리가 들린다. 그러나 한 교장은 마침 첫잠이 들었던 때라 희미하게 들려오는 그 소리에는 잠이 깨어질 수가 없었다.

"선생님!"

고요한 밤중이라 가늘지만 멀리 똑똑히 울려오는 것이다. 애처러운 호소의 소리다.

"멍멍, 멍멍."

이윽고 어디서 개 소리가 들려온다.

신애는 한 교장이 바래다주겠다는 친절을 굳이 거절하고 혼자서 더듬더듬 기숙사로 가는 길을 찾아가고 있었다.

"고마워라. 서울에 와서 그렇게 따뜻하게 대해주는 이는 처음이어!"

신애의 귀에는 한 교장의 부드러운 말소리가 아직도 남아 있는 것 같았다.

"고마워라…."

신애는 또 한 번 속으로 중얼거렸다.

"학비는 물론이구 식비도 걱정할 거 없다."

한 교장의 이 한 마디는 신애의 어두운 앞길이 환히 티어지는 것 같았다.

"정말일까?"

약간 의심도 생겼지만 교장 선생님이요, 더구나 목사님이라는 데 의심할 것이 없다고 생각하니 한숨이 내쉬어졌다.

"흥! 신애는 교장 선생님의 권도로 들어왔는 걸 머!"

마침 사감 윤 선생의 으레히 비꼬는 말투로 하는 잔소리가 생각났다. 그래서 신애는 허둥지둥 발걸음을 서둘러 내켰다.

"아이쿠머니 아니로구나!"

얼마큼 더듬어 가던 신애는 발걸음을 멈출 수밖에 없다. 얼마큼 갔는지 모른다. 한참 갔던 모양이다.

약간 경사진 언덕을 올라가서 운동장이 되고 운동장을 지나서 좀 가면 기숙사가 되는데 암만 가도 기숙사 길이 나서지 않는다.

우선 운동장으로 올라가는 언덕길을 지난 것 같지 않고 그리고 운동장은 빤빤하니까 발에 거침새가 없을 텐데 자꾸만 발길에 걸리는 돌이 있다. 큰일 났다. 처음부터 방향을 잘못 잡았다.

약간 왼편쪽으로 향해 가다가 언덕을 올라가야 할 텐데 신애는 바른편으로 간 모양이다. 그래서 교장 사택인 집 뒤쪽으로 간 모양이다. 거기는 널따란 빈 터였다. 그런데 신애는 그것을 알 리가 없다. 이 학교에 온 지는 두어 달 좀 지냈지마는 교장 사택은 세 번째 밖에 못 와 보았고, 더구나 앞으로 다니는 길이나 대강 알 뿐이지 그 집 뒤의 형편이 어떤 것인지 알 까닭이 없다.

더구나 눈이 왔다.

소경은 발이 눈을 대신 해주는 것이다. 그러니까 발짐작과 발 맛으로 길을 찾아가는 것이다. 그런데, 눈이 와서 덮이면 발짐작을 할 수가 없다. 결국 눈이 눈 노릇을 해주는 발걸음을 방해하는 것이다.

신애나 한 교장은 두 사람 다 이것을 몰랐던 것이다. 맹인의 세계에는 신애도 신입생이지만 한 교장도 처음인 것이다. 그러니까 눈이 온 밤에 서투른 길을 가기로 떠난 신애나 그런 생각을 못하고 혼자 가라고 보낸 한 교장이나 마찬가지 실수였다.

신애의 발길에 차이는 돌은 흔히 길가에 널려 있는 자그마한 돌이 아니었다. 꽤 큰 돌이었다. 공사하는 석재로 갖다 두었던 것이 남아 있는 것이다. 신애는 거기에 걸려서 여러 번 넘어졌다. 넘어질 때마다 정강이를 다쳤다. 피가 흐르는 것도 모르고 길을 찾아보았으나 암만해도 방향을 잡을 수가 없다. 암만 가도 끝이 없다. 어느 넓은 들판을 헤매는 것 같다.

신애에게는 사실 넓은 들판이었다. 신애는 지금 세계의 어느 광야를 헤매는 것이었다. 몸이 척척한 것은 느꼈으나 눈 위에 쓰러졌기 때문에 옷이 젖었는가 했을 뿐이요, 피가 흐르는 줄도 모르고 돌아다녔다.

"딱…. 에크!"

한참이나 헤매다가 부딪친 것을 어루만져 보니까 그것은 신애 자신은 도무지 모르는 담장이었다.

정신을 차려서 담의 반대 방향으로 한참 가보았다. 정신없이 서둘러서 가보았다.

"아이쿠머니!"

신애는 소리를 질렀다. 그러자 정신이 아뜩했다. 우물을 파려고 했던 것인지 사실 우물자리인지 상당히 깊은 웅덩이에 빠진 것이다.

이윽고, 이래서는 안 되겠다, 하고 겨우 정신을 차려서 더듬어 보았더니 밑에는 사방에 돌이요, 그러고 웅덩이 위쪽 평지가 만져지지 않는다.

신애는 소리를 내서 울 수밖에 없었다.

젖 먹던 힘까지 다 내어서 신애는 웅덩이 밖으로 기어올라 왔다. 올라와서는 기진맥진해서 땅바닥에 주저앉았다.

눈은 그냥 내리는 모양이다. 진땀이 나서 머리와 손등이 몹시 차갑다. 그 덕에 정신이 더 바짝 든다.

"선생님, 선생님!"

하고 소리를 질러 보았다. 신애는 이때에 한 교장을 찾을 수밖에 없었다.

'교장 선생님밖에 없다.'

이렇게 생각된 신애는 한 교장네 집과 거리가 어떻게 되는지도 모르고 기껏 목소리를 내어서 선생님을 부르고 있었던 것이다.

"사람 살리셔요."

"누구요, 누구요!"

잠이 들었던 한 교장은 꿈에 어디서 사람 살리라고 애걸하는 소리를 듣고도 얼른 깨어지지가 않아서 얼마 만에야,

"누구요, 누구요."

하고 외친 자기 소리에 잠이 깨었다.

"아이쿠 신애가, 혹시나 신애가…."

한 교장은 벌떡 일어나서 대문 밖으로 달려 나갔다.

"선생님, 선생님~"

분명히 신애의 소리다.

"신애로구나, 이 눈이 오는데…."

한 교장은 곧장 자기 집 뒤로 달려갔다. 집 뒤에 희끄무레한 그림자가 보인다.

"신애냐?"

눈이 성한 사람이건만 눈길에 돌이 많이 널렸기 때문에 넘어질 뻔하면서 거무스레한 그림자가 있는 쪽으로 달려갔다.

"선생님!"

외마디 소리로 부르면서 달려드는 그림자는 한 교장의 두 다리를 꽉 끌어안았다. 그리고 말없이 흐덕흐덕 느껴 울기를 시작한다.

"신애야, 웬일이냐?"

한 교장의 목 메인 소리다. 신애의 두 손을 힘 있게 붙잡았다. 그리고 어깻죽지를 붙들어 일으키는 것이다.

"가자."

한 교장의 손에 붙들려서 허청허청 가는 신애는, 산에 가서 길을 잃고 헤매다가 아버지를 만나서 안심하고 돌아가는 어린애와 같이 보였다. 눈이 어두워 암흑 세상에서 헤매던 슬픔과 쓰라림도 크지만은 한 교장의 인자한 손길에서 느끼는 행복감에 신애는 새로운 빛을 보는 것 같아서 이내 울음을 멈추고 그의 뒤를 따랐다.

"눈이 많이 왔다!"

"눈이 많이 왔지?"

다음 날은 날이 훨씬 개어 봄날처럼 따뜻했다.

기숙사에서는 어린 학생들이 자기들이 앞을 못 본다는 불행도 잊어버린 듯이 재잘거리고 떠들고, 어떤 애는 마당에 쌓인 눈을 뭉쳐가지고 장난을 하고 있다.

"탕!"

어떤 아이가 장난으로 눈덩이를 던지는 바람에 신애네 방 창문에 몹시 부딪쳐 맞았다.

새벽녘에야 겨우 잠이 들었던 신애는 깜짝 놀라 깨었다. 깨어서 정신을 차리고 본즉 자기는 자기 방에 그대로 누워 있다. 식당에서 벌써 아침 식사를 하는지 대가닥 대가닥 그릇 소리가 들린다.

방에는 애들이 하나도 없다. 깜짝 놀라서 일어나려고 해보았으나 온몸이 쑤시고 골이 아파서 일어날 수가 없다. 그리고 보니까 아까 한방에 있는 어린 학생이,

"언니 오늘은 웬일이셔요, 일어나셔요."

하면서 가만히 깨우던 말이 꿈결처럼 생각난다. 종소리도 못들은 모양이다.

잠시 그릇 소리가 그치면서 사방은 고요해진다.

신애는 다시 팔다리를 뻗어 보았다. 지난밤을 밝힌 일이 되살아온다. 사감실 방에 있는 큰 시계가 뗑, 한 시를 치고 또 뗑 두 시를 치고 그 다음에 세 시, 네 시를 칠 때까지 몇 번이고 넘나들던 삶과 죽음의 고갯길을 지내서 간신히 잠이, 잠이 아니라 반잠이 들었으나 그것은 방황과 험한 지옥길을 되풀이하면서 헤매는 무서운 쇠사슬에 얽매어 다니는 꿈길이었다.

"아이쿠 또 돌멩이야."

신애는 부딪치는 돌을 피하고 무서운 독사를 피하여 딴 쪽으로 덤벙덤벙 뛰다시피 걸어 보았다. 다행히 돌은 없다. 그러나 가도 가도 끝이 없다.

또 앞을 막는 것이 있다. 부딪쳐 보았다. 헤어날 수 없다. 정글이다. 다시 발길을 돌이켜 보았다. 돌이다. 부딪치기 전에 돌을 피해서 다시

방향을 돌렸다. 방향을 돌리니 또 끝이 없다.

신애는 돌고 돌고 돌아서 끝없는 길을 다녔다.

온 몸에 땀이 쭉 흘렀다. 한참이나 주저앉았던 신애는 다시 일어나서 가기를 시작하였다.

"아이쿠머니 예가 어디야?"

"깊은 웅덩이다. 지옥이다."

"여보, 여보 사람 살리우."

소리소리 질러 보았으나 소리가 마음대로 질러지지 않고 겨우겨우 모기 소리만큼 밖에 나오지 않는다. 이렇게 사나운 꿈길을 헤매다가 새벽에야 겨우 잠이 들었던 모양이다.

마침 창문에 눈덩어리가 맞아서 부딪치는 요란한 소리에 잠을 깨고 보니, 무거운 몸은 그대로 있고 여전히 제자리에 누워 있으나 제자리 같지 않고 어제 밤 한 교장댁 뒤에 있는 황무지 같은 빈터 같았다.

'지옥이로구나.'

신애에게는 자기 자리라는 게 사람이 살 만한 세상이 아니라 황무지 같은 빈터요, 바로 지옥이나 다름없이 느껴진 것이다.

지난밤에 한 교장네 뒷터에서 헤매던 일과, 꿈속의 일과, 지금의 일이 뒤섞여진 모양이다.

'이런 황무지를, 돌무더기 빈터를 헤매면서 나는 어떻게 살아간단 말인가?'

신애는 기숙사라고 찾아와서 누웠으나 지난 저녁 몇 시간 전 일을 생각하니 도무지 살아갈 희망이 보이지 않았다. 머리카락을 잡아 뜯으면서 울어 보았다. 이마를 땅에 부딪치면서 울어 보았다.

'내가 왜 살았던고….'

'이제라도…. 차라리….'

신애는 쥐 잡는 약, 잠자는 약, 이렇게,

'그만 죽어버리는 것이 내가 고통을 안 당하고 남에게 괴롬을 끼치지 않고 죽는 것이 나을 것이다.'

죽을 방법을 생각해보았다.

신애는 이를 악물었다.

'그렇다. 잘 생각했다. 모든 일이 다 해결될 것이다.'

'쥐 잡는 약을 어떻게 구하는가? 누가 내게 그런 약을 팔며 설혹 판다면 내 주머니에는 그런 약을 살 만한 돈이 있는가?'

'그렇다. 저 학교 앞에는 우물이 있다. 우물에 빠지면 그만이다.'

신애는 벌떡 일어났다. 일어나서 한걸음 출입문 쪽으로 갔다.

"아야, 누구야? 도둑놈이야."

가다가 옆에 있는 아이의 발을 밟았다. 그 바람에 신애는 깜짝 놀라며 그 자리에 공중 쓰러졌다.

"아니야, 내가 물이 먹고 싶어서 나가려구 그랬다. 어서 자거라."

'내가 하필 우물에 빠지면, 학교에서 쓰고 우리 기숙사에서 먹고 선생님네가 먹고 그뿐인가 온 동네에서 먹는 물을 못 먹게 하면 죽어서도 얼마나 두구두구 욕을 먹을꼬….'

'교장 선생님은 얼마나 마음 상해하시고 얼마나 나쁜 년인가 하고 실망을 하실까, 그렇게 착하신 선생님을….'

신애는 한 교장의 부드럽고 정다운 음성과 따뜻하고 힘 있는 손길을 생각했다.

'그 손길을 붙잡고 살아서 여기까지 오지 않았는가.'

신애는 한숨으로 더불어 눈물이 흘러 뺨을 적시는 것을 느꼈다.

'아니다, 살아야 한다.'

신애는 또 이를 악물었다. 그러자 신애의 귀에는 아까 (몇 시간 전에) 들어올 때에 윤 사감의 매섭고 살기 찬 음성이 되살아 울린다.

"지금이 몇 신 줄 알구 기어오는 거야, 흥, 교장 선생님이면 제일인 줄 알아? 어디 보아 흥, 교장의 체면도 보아야지, 학생을 입학시켰으면 입학시켰지 어쨌단 말이야. 여태껏 붙들어 두고…. 사감은 무얼 하라는 거야? 규칙을 지켜주어야 해먹지…. 에그 팔자가 사나워서 장님 학교에 와서 저 꼴을 보고 살지, 학교에는 교장 맘대루 해두 기숙사에서는 마음대로 못해, 아무 때나 제멋대로 못 들어와, 나가, 내일은 나가, 이제라두 나가~."

신애는 오다가 길을 잃고 헤매다가 늦은 이야기를 하면서 죽을죄로 잘못 했으니 용서해달라고 손이 발이 되도록 빌었던 것이다.

"듣기 싫어~."

그래도 사감은 문을 탁 닫으면서 쇳소리를 지르던 그 소리가 쨍 소리를 내면서 귀에 울려 왔다.

"우물, 우물에라두!"

신애의 귀에는 기숙사 소사 '벙어리' 강 서방이 물 길어 가지고 오던 물지개 소리가 들렸다.

"아바바 아바바."

사감 선생에게 장작개비로 맞고 구박받을 때 입을 벌리고 두 손을 모두어 싹싹 빌면서 애원하던 소리가 들렸다.

"좋은 사람, 강 서방, 좋은 사람, 부지런한 사람."

언젠가 교장 선생님이 기숙사에 왔다가 벙어리 강 서방의 등을 가볍게 두들기면서 칭찬하던 것이 생각난다.

벙어리 강 서방은 너무도 좋아서,

"아아, 아아."

하던 소리가 들려 왔다.

"쌕 쌕 갈그랑 쌕 쌕 갈그랑."

옆에서는 어린(소경) 아이들이 세상모르고 태평하게 자고 있지 않은가.

'살아야 하는가. 얘들도 강 서방도 나도 살아야 하는가.'

기나긴 겨울밤에 온 밤을 잠을 이루지 못하고 얼마나 마음의 험한 고개와 험한 벌판을 헤매고 있었는가.

그동안 한 교장네 뒷동산으로 헤매기에 고달프고, 다친 데가 저리고 아픈 바람에 풀깃 잠이 들려고 하는데 어머니의 여윈 그리고 가늘고 똑똑하게 부르는 소리가 들린다.

"신애야, 신애야."

"신애야, 살아만 다구, 부디 살아만 다구."

신애는 벌떡 일어나서 가만히 귀를 기울여 들어 보았다.

여윈 어머니의 모습도 울음 섞인 음성도 사라졌다. 고요한 밤은 한결 아늑해지고 저리고 무겁던 몸도 좀 가뜬하고 편안한 것 같다. 마치 어려서 어디를 몹시 다치고 나서 어머니 품에 안겨서 울다가 잠깐 잠이 들던 그런 기분이었다.

삼년 전 늦은 봄 일이다.

"신애야, 웬일이가? 너 정말 안 뵈니?"

"어머니, 앞이 캄캄해서 잘 안 뵈어요."

"야, 신호야, 신애가 잘 안 뵌다누나, 이거 어드카간니? 여보 신호 아바지, 얘가 또 안 뵌담네다 그려!"

"무어? 신애가 안 뵌대요?"

"뭐야 신애가 안 뵌대?"

날씨가 따뜻하고 진달래와 복숭아꽃이 활짝 피기 시작한 어느 날, 평양에서 한 백여 리 되는 맹산읍 장거리에서 큰 잡화상을 하면서 아무 걱정 없이 태평하게 지내던 신애네 집에서는 신애의 눈병으로 해서 큰 소동이 일어났다.

신애 아버지 강춘구는 어려서는 고생도 좀 했으나 사람이 착실하다고 동네에서도 모두 칭찬을 하고 믿어주기 때문에 처음에는 남의 상점에서 점원 노릇을 했지만 차차 신용을 얻어 장가도 들고 주인이 밑천을 대주어서 제 앞으로 따로 상점을 차려놓자 장사가 잘 되었다.

장사가 차차 커지고 보니 신애 아버지 혼자서는 손이 모자라서 어찌할 수가 없기 때문에 아들 신호를 들여앉히고 상점 일을 보게 하였다.

다음 해에 신호 대신 신애가 중학교에 다니게 된 것이다. 춘구네는 자녀가 남매 밖에 없기 때문에 본시 자식을 귀애하는 데다가 일찍이 며느리를 보려고 아들은 장가를 보내고 딸을 공부시킨 것이다.

신애 어머니는 본시 예수 믿는 집에서 시집을 왔기 때문에 남편이 별로 좋아하지 않지마는 아주 막지나 않는 것을 다행으로 여겨서 열심히 교회에 다녔다.

신애를 중학교에 보내기로 하는 데는 춘구도 아내와 의논이 맞아서 찬성하기 때문에 신애는 기뻐서 학교에 입학했다. 이때까지도 온 집안은 편안하게 지냈다.

지난여름부터 뜻밖에 신애가 눈병을 앓기 시작해서 읍의 병원에서 얼마 치료를 받았다. 무심히 치료를 받다가 십여 일이 되어도 낫지 않기 때문에 야단법석이 나서 평양으로 데리고 가서 도립병원에 다리면서 치료를 받았다.

"그러지 말구 '기독병원'엘 가 보이시두룩 하시우, 미국 의사가 눈 치료는 잘 한다우."

고을 교회 목사의 말을 듣고 '기독병원'에 다니면서 치료를 받았다.

신애는 중학교를 쉬게 하고 온 집안이 신애의 눈 치료하는 데만 전력을 들이게 되었다. 눈이 쏘고 아프다고 하니, 혼자는 보낼 수가 없어서 한동안은 어머니가 데리고 다니고 어떤 때는 아버지도 데리고 다니고 아버지 어머니가 다 바쁠 때는 오빠가 데리고 다녔다.

그러는 동안에 장사에 많은 타격이 되고 살림이 말이 못 되었다. 게다가 신호의 아내가 어린 것들을 버리고 달아나고 안 돌아왔다. 장사나 살림은 밥이 되거나 죽이 되거나 딸에게만 정신없이 야단들 하는 꼴이 보기 싫다고 하는 것이 신호의 아내의 말 핑계였다는 것이다. 그리고 신호의 아이들도 눈병이 나서 야단법석이었다. 신호의 아내는 신애의 병이 자기네 아이들에게 옮았다는 것이다.

"이렇게 다녀가지구는 안 될 터이니 입원을 시키시오."

'기독병원'의 의사의 말대로 입원을 시키게 되니, 그렇지 않아도 그동안 오고가고 다니는 차비와 치료비며 약값이 많이 들어갔는데 입원비 수술비에 돈이 문척문척 들어가게 되었다. 결국 상점에 들어오는 돈이란 돈은 거의 신애의 입원비와 치료비에 소비하게 되었다.

"어머니, 왜 어디 편치 않으셔요?"

신애의 병간호와 이틀거리로 평양 다니기와 손녀 손자 치다꺼리와 상점 일이며 집안 살림에 시달리고 지친 나머지 신애 어머니마저 앓아서 자리에 눕게 되었다.

그래서 여간 밑천으로 모았던 돈이 병원비용에 들어가고 물건 판 돈은 박박 긁어서 약값과 차비로 쓰게 되니 시잿궤가 뎅뎅 비게 되자 새로 물건을 사들일 수가 없다. 아버지나 신호 오빠는 그럴 경황도 없었다. 그리고 본즉 상점에는 차차 물건이 없어지고 찾아오는 손님도 없었다. 게다가 남의 빚이 늘어가고 집까지 저당에 들어갔다.

"신애가 퇴원해서 온답니다, 주인님."

하루는 신호네 상점에서 일하는 최 서방이 평양에 갔다 오면서 이런 소식을 전해주는 것이다. 신호는 버선발로 뛰어 나갔다.

"신애가 퇴원해 와? 나아서 온데?"

그 대답은 듣지 않아도 그 낯색과 어깨가 축 늘어진 꼴과 등에 진 이부자리를 보아서도 알 수가 있었다. 그리고 최 서방의 고개를 좌우로 흔드는 도리도리와 그 뒤에 그 입에서 느리게 나오는 한 마디 말은 요행을 바라고 있던 신호의 가슴을 서늘하게 하였다.

"희망 없대요."

"가게 문 닫혀 버리게."

신호는 한 마디를 던지고 어디로 나가버렸다. 잠시 뒤에 가게 문 닫힌 신호네 상점 안방에서는 초상집 같은 울음소리가 들렸다.

차차 해가 길어지기를 시작해 훈훈한 바람이 불어오고 아카시아 꽃 냄새가 코를 찌르는 시절이 되었다.

지칠 대로 지친 신애 어머니는 가게 방으로 나와 누웠다가 잠깐 잠이 들었다. 금방 무서운 꿈을 꾸던 어머니는 소리를 지르면서 일어나서 신애가 혼자 있는 골방으로 달려갔다.

신애가 누웠던 자리에 신애의 모습이 보이지 않자 어머니는 가슴이 선뜻하여 온 몸에 소름이 쭉 끼쳐졌다.

"얘야아, 신애야~"

변소에나 갔는가 하고 어머니는 소리를 질러 보았다.

바로 골방 옆에 있는 변소에서도 소식이 없다. 방으로 뛰어 들어갈밖에 없었다.

"야아 신애야, 너 이거 무슨 짓이냐?"

신애는 방 모퉁이에 있던 재봉틀 위에 올라서서 대들보에 어린애 업는 띠를 걸고 제 목을 매려고 하던 참이었다.

벌써 신애의 눈에는 붉은 피가 돌고 있었다.

어머니는 뛰어 올라가서 신애를 붙잡아 내렸다.

"어머니! 저 하나 때문에 우리 집안이 이 꼴이 되구 못살게 됐으니 제가 어서 없어져야겠어요. 나 같은 거 살아서 뭘 하겠어요. 어머니~"

"얘 신애야, 그거 다 무슨 소리라구 하니, 아무 소리말구 집안 걱정은 하지 말구, 거저 살아만 다구, 살아만 다구."

어머니의 손과 온 몸이 경련이 일어난 것같이 몹시 떨리기만 했다. 신애의 손을 꽉 붙잡고 떨기만 하는 것이다.

신애도 떨기만 했다. 어머니의 말에 눈물이 흐르는 것이었다.

"어머니, 그렇지만 저는 앞이 캄캄해요. 캄캄한 세상을 어떻게 살아요. 어머니, 제가 산다면 언제까지나 어머니의 괴롬거리나 될 걸 살아서 뭘 해요. 저 같은 불효자식이 살아서 뭘 해요."

"왜 너는 그런 소리를 하니? 서울에라도 아무데라도 가서 더 치료해 보자꾸나, 왜 낙심을 하니?"

"인제는 어머니 단념했어요. 어떻게 캄캄한 세상을 더듬고 살아가요, 어머니."

"글쎄 더 치료해 보자는데 그러누나. 그리구 세상은 어두운 거 아니란다. 육신의 눈으로는 보이지 않아도 심령의 눈으로 보이는 하나님이 계시지 않니? 어디든지 무슨 일이든지 틀림없이 바른 길로 인도해주신단다. 너는 믿음이 없어서 모르지만 믿음이 생기면 환히 알게 될 거란다."

어머니의 한 마디 한 마디 피를 토하는 듯한 말씀이 신애의 가슴 속을 밝히고 마음에 힘을 주었다.

"살겠어요, 살겠어요, 어머니."

신애의 얼굴에서는 약간의 미소까지 볼 수 있었던 것이다.

다음 날은 일요일이었다. 신애는 어머니의 손에 붙들려서 가까운 교회에 가서 예배에 참례하고 얼마큼 가뜬한 마음으로 돌아왔다.

그러는 동안에 한 해가 지나가고 다음 여름이 되자 해방이 되었다. 해방이 되었다고 모두 좋다고 야단법석이었다.

“만세, 만세, 대한독립 만세.”

맹산골에는 말할 것도 없고 촌에서도 각처에서 만세 소리가 요란스럽게 들려 왔다.

신애네 집에서는 신호도 나가고 최 서방도 나가고 집에는 신애와 어머니가 남아 있을 뿐이다. 아버지는 홧김에 만주로 달아난 지가 여러 달 된 채 소식이 없었다. 신호는 날마다 나가서 자치위원회에서 일을 한다고 집에는 잠깐잠깐 들여다 볼 뿐이요, 식사도 안하고 더구나 자는 법이 없다.

“어머니, 나도 평양 나가겠어요.”

“네가 평양 가면 뭘 하겠니?”

“세상 소식도 듣고 바람 쐬러 가겠어요. 갈 동무들도 있어요.”

“아무케나 하렴.”

이리하여 신애는 동무들을 따라서 평양에 와서 동무네 집에도 있고 친척네 집에도 있으면서 그동안 하도 답답하게 지내던 차에 흥분된 세월을 보내게 되었다.

그러나 신애가 평양에 온 것은 서울에라도 가서 눈병을 고쳐보겠다는 한 가지 간절한 소원이 있어서였다.

“평양에는 희망이 없다. 쏘련 놈의 탄압과 무지한 행동에 평양 있으면 안 되겠다. 서울로 가자.”

청년들이 수군수군하는 소리를 듣고 동무 영희의 오빠가 서울로 가는데 영희와 그밖에 여학생도 몇이 따라간다는 말을 들었다.

"나두 간다."

신애는 속으로 결심했다. 영희에게 단단히 부탁한 결과 마음 좋고 활발한 영희는 시원시원히 허락해주어서 사리원으로 학현으로 해서 사흘만에 서울까지 무사히 오게 되었다.

처음에는 불구자 수용소에 얼마 있다가 또 친척 언니의 집에서 신세를 지면서, 시립병원에 다니면서 눈병을 다시 치료해보았다. 마침 원장이 안과 의사요, 눈 수술에 용하다는 말을 듣고 사정을 말한 결과,

"염려 말아요, 평양 의사들은 다 무얼 했어, 수술을 잘못했구만, 염려 말아요. 내 보게 해줄 테니 덮어놓고 입원을 해요."

자신 있게 말을 하기 때문에 꼭 믿고 입원을 하고 수술을 받았으나 그 결과는 실패였다. 신애는 아주 길도 못 찾을 정도로 실명을 하고 말았다.

마침 친척 언니네 집을 찾아 왔던 교회의 전도 부인이 국립맹아학교로 인도해서 입학하게 되었다. 마침 한 교장이 새로 부임한 때라 교장의 호의로 학교에 입학되자 기숙사에 무조건 수용되었다.

나이 많고 보호자가 없다는 조건으로 교감과 직원들이 반대하는 것을 한 교장이 우겨서 입학시킨 것이다.

"저렇게 연령이 지나고 그리고 중간실명자는 안 됩니다. 아주 곤란합니다. 못 받습니다."

사감을 겸한 여 교원 윤 선생이 굳이 반대하는 것을 한 교장이 내가 전 책임을 질 테니 염려 말라고 강경하게 말한 결과 무조건 입학시키기로 되었던 것이다.

이때에 선생 중에 수군거리는 사람들이 있었고, 그 가운데도 윤 선생의 새쭉해지는 매서운 눈초리가 심상치 아니한 것을 못 본체할 수밖에 없었다. 그러나 한편으로는 께림한 것을 눌러두었다.

"신애 공부 재미있지? 집에 한 번 와 응."

한 교장은 복도에서 더듬더듬 가는 신애를 보고 이렇게 정답게 말을 해주었다.

한 번은 집을 모른다고 최옥희라는 한반 학생하고 같이 왔다. 두 번째는 좀 보는 어린 학생하고 같이 왔다 갔고 세 번째는 저 혼자 찾아 왔다.

그때에 신애의 지난 이야기를 대강 들을 수 있었던 것이다. 그 뒤로부터는 답답하고 어려운 일이 있을 때에는 한 교장을 찾아 갔다.

지난밤에도 신애는 저녁을 먹는 척 만척하고 사택으로 한 교장을 찾아 왔던 것이다.

"신애가 왔구나, 어떻게 혼자 찾아 왔지? 이젠 제법이다."

한 교장은 이렇게 반가이 맞아 주는 것이다.

신애는 한 교장과 사모님의 친절에 못이겨서 저녁밥을 더 먹고 앉아서 자기의 지난 사정을 지난번에 이야기 못한 것을 보충해서 더 이야기하고, 그리고 나서는 어머니나 아버지가 혹 월남해왔는지 모를 텐데 어떻게 알아 볼 도리가 없는지 의논하였다.

"교장 선생님을 뵈면 꼭 저희 아버님을 만나는 것 같애요. 음성이 꼭 같애요."

이렇게 마음에 먹었던 이야기를 했더니,

"나를 아버진 줄 알고 있거라. 아버지 노릇을 잘은 하지 못하겠지만 할 수 있는 대로는…."

한 교장의 이런 말을 들었다. 이런 말을 들은 신애는 너무 기뻐서 눈물이 앞을 가리고 목이 메어서 한참이나 말을 못하였다.

나중에는 윤 선생의 태도가 이상스럽고 말끝마다 비꼬고 빈정대는 것이 불쾌하다는 이야기도 하고,

"최옥희라는 학생도 제게 대해서 태도가 이상스러워요, 교장 선생님

댁에 오기가 어려워요."

이런 말도 하였다. 그리고 이것저것 한 교장의 묻는 말을 대답하는 동안에 다정스럽게 대해 주는 한 교장의 작은 딸(명애) 하고도 놀고 하는 동안에 그럭저럭 시간이 좀 늦어서 돌아갔던 것이다.

한 해, 두 해, 시간은 흘렀다.

무더운 여름이었다. 유월이 거진 다 지난 무렵 게 서울은, 아니 한국 천지는, 뜻하지 못한 큰 변을 당했다. 서울은 공포와 전율 속에 휩싸여 있었다.

그렇지 않아도 맹아학교의 한 교장은 본시 오해와 불안과 그리고 고민의 하루하루를 보내고 있었던 차였다.

"나를 굳이 굳이 오라고 하던 이 사람들이 이제는 반 이상이 내 적이 되었구나. 이제 나를 지지하는 사람이 몇이나 되는고, 나를 지지하는 사람은 다 약자요, 무능한 자들이 아닌가. 나는 사면초가에 들었다."

더구나 목사로 신변이 위험한 한 교장은,

'내가 이 학교를 지키고 있어야 옳은가, 희망 없는 성을 지키고 있는 어리석은 일을 할 것인가.'

하고 고민 중에 몇 날을 보냈다.

세상은 뒤집혔다. 종내 한 교장은 기독교 목사요, 독재를 했다고 반동분자로 몰려서 학교에 나가지 못하게 되었다. 학교는 교감이던 박 선생과 윤 선생의 천지가 되었다.

그러자, 몇 날 뒤에는 한 교장과 한 교장을 지지하던 몇 선생은 면직이라는 것이 발표되었다. 그리고 최옥희는 학생 위원장이 되고 신애와 그밖에 몇 학생은 퇴학 처분이 내렸다. 그리고 학교 안에서 박 동무, 윤 동무하면서 남녀가 뒤섞여서 날마다 술을 먹고 춤을 추고 '붉은 기' 노래를 부르며 떠들었다. 이 모양으로 학교는 난장판이 되었다. 게다가 기숙사는 물론이요, 교실까지도 괴뢰군의 숙소가 되었다. 어느 날은, 아침 일찍이 신애는 윤 사감의 방에 불려 갔다.

"신애는 어서 어서 나가시오. 한 선생은 이 학교에 아무 상관이 없다오. 어서 나가시오."

"네, 나가지요."

신애는 선뜻 대답하고 약간 있던 물건과 점자 찍는 기구와 점자책을 주섬주섬 싸가지고 나섰다.

신애는 정들었던 큰 대문을 나섰으나 어디로…. 갈 곳이 없다. 이모 사촌 언니네 집에는 하도 간곤하게 지내니까 다시 갈 수가 없다. 교회 전도 부인에게도 갈 형편이 못된다. 전에도 너무 신세를 졌는데 어떻게 또 가서 폐를 끼칠 수가 있을까.

설혹 갈 데가 있다 해도 혼자서는 갈 수가 없다. 한 반 동무들(옥희나 남학생들)은 종로 거리를 마음대로 싸다니고 전차도 타고 다닌다.

'차라리 소경이 될라면 배 안에서부터 눈이 멀어 나오든지, 어려서부터 소경이 되든지 했더면 좋을 걸!'

이런 한탄을 하면서 허청허청 전차길 쪽으로 나가고 있었다.

"바바바, 바바바."

벙어리 강 서방이 바삐 따라 나오면서 신애의 보따리를 빼앗는다. 고맙기는 고맙지만 강 서방은 듣지를 못하니까 이야기가 통하지를 못하는 형편이라 데리고 갈 수가 없다. 그래도 두 사람은 방향 없이 갈 수밖에 없다.

"신애 언니 어디 가요."

한 교장의 작은 딸이다.

"아이구, 명애야? 나…."

"아부지가 언니 데려오라고 하셔서 그래서 왔어, 언니 어서 빨리 가."

"강 서방은 어떻게 하나, 강 서방두 못 있을 텐데…."

"강 서방은 가만 둬요, 강 서방은 일을 잘 하니까 일 없어. 언니나 어서 가요."

명애는 신애의 팔죽지를 칵 잡아당겼다.

"옳지 내가 실례했어. 언니 보지 못하는 이를 이렇게 잡아끄는 게 아니라고 아버님이 늘 그러셨지, 언니 내 팔을 꼭 붙잡아요. 보지 못하는 이가 맘대로 붙잡게 한다니깐."

두 사람은 효자동 종점으로 가서 전차를 타려고 기다리고 있었다.

"재수 없다. 아침부터 장님을…."

막 전차에서 내리는 손님이다. 금테 안경을 쓰고 뚱뚱한 마누라가 중얼거리는 것이다.

명애는 신애에게 대하여 미안한 마음에 '흥' 하면서 전차를 탔다.

"신애가 왔어요, 어머니."

"신애 벌써 오는구나, 신애 어서 들어오너라."

어딘지도 모르던 서투른 동네에 조용한 방을 얻어 가지고 있는 한 교장, 지금은 한 교장이 아니요, 한 목사였다.

"내가 어디 좀 피신해 있는데 집에서 이 집을 얻어 연락해서 지난밤에 왔구나, 그만 너를 데리고 오지 못해서 여간 궁금하지 않았는데…. 잘 왔다."

신애는 한 목사의 손을 붙잡고 엎드려서 울음이 터져 나오는 것을 억지로 참았다.

"지금 막 아침 예배를 보려고 하던 차이다. 찬송가는 그만 두구 성경만 보고 기도만 하련다. 자 일어 나거라 신애야."

흐덕흐덕 느껴 울면서 엎드려 있는 신애를 일으킨 한 목사는 가만가만히 성경을 읽는다.

"요한복음 9장 첫 절부터 보아요. '예수께서 길 가실 때에 날 때부터 소경된 사람을 보신지라, 제자들이 물어 가로되 랍비여 이 사람이 소경으로 난 것이 뉘 죄로 인함이니이까? 예수께서 대답하여 가라사대 이 사람이나 그 부모가 죄를 범한 것이 아니라 그에게서 (그를 통하여) 하나님의 하시는 일을 나타내고자 하심이니라.'"

한 목사는 계속해서 말한다.

"내가 전에도 신애하고 이 말씀을 읽은 일이 있지만, 나면서부터 보지 못하는 이나 중간에 실명한 이나 자기 죄로 인한 앙화를 받는 것이 아니라, 그런 불행을 통하여 하나님의 하시는 어떤 귀중한 일을 이루시려는 것이다. 또 지금 우리가 이런 고난을 당하는 것두 우리 죄가 없는 건 아니지만, 우리 죄가 많지. 그러나 우리 죄보다두 하나님의 어떤 뜻을 나타내시려는 섭리도 되는 것이니 그런 줄 알구 낙심하지 말구 신앙으로 받아 감당해야 하는 것이다."

한 목사의 짧고도 간곡한 기도가 끝난 다음에 식구들은 '주의 기도'를 가만가만히 뇄다.

"선생님, 선생님이 무슨 죄가 있어요? 저 윤 선생이 밀고를 한 거지 뭐야요. 그리구 윤 선생하구 교감하구 노는 꼴이 참 우스워요. 그리구 제게는 옥희라는 적이 또 있었지요."

"아니야, 적이 어디 있어, 윤 선생이구 옥희구 다 몰라서 그렇지. 이제 후회할 날이 있지…. 미운 사람이 있으면 내 맘만 괴롭거든."

모든 일을 각오한 한 교장은 모든 일을 신애보다 잘 알고 있었던 것이다.

"한 목사님, 한 목사님, 목사님 계셔요."

밖에서 가만가만히 찾는 사람은 (그 목소리는) 평소부터 가까이 지내고 한 목사를 존경하는 젊은 전도사이었다.

"어떻게 여길 찾아 오셨소? 다 무사하시우?"

한 목사는 전도사를 붙잡아 들여앉히고 다시 처소를 바꿀 의논을 하고 있었다.

이 말이 채 끝나기도 전에 밖에서 수선거리는 기색이 있더니 대문을 두드리는 요란한 소리가 들린다.

"누가 찾아요. 목사님을 찾아요."

주인집 식모가 겁에 질린 얼굴로 전한다.

"이 집에 한 목사님 계시지요?"

"네, 내가 한 목사요."

구둣발로 더벅더벅 복도를 밟고 들어오는 인민군들을 보고 다른 식구가 나설 새도 없이 한 목사 자신이 나선다.

"당신이 한 목사시지요? 잠깐만 가십시다. 물어볼 말이 있다구 정치보위대에서 좀 오시랍니다. 자 갑세다."

좌우편에서 한 목사를 붙잡으려는 듯이 두 녀석이 한 목사 좌우 옆으로 썩 나선다.

한 목사는 조용히 그들의 뒤를 따랐다. 전도사는 잠깐 앉았다가 가버리고 세 식구는 얼빠진 사람들처럼 먼 산만 바라보고 있었다.

한 목사는 어디로 갔는지도 모르고 종내 소식이 없었다. 신애도 한 목사네 가족과 몇 날을 지낼 수밖에 없었다. 사모님과 명애는 날마다 나가 다녔으나 종내 소식을 알 수가 없어서 그냥 돌아왔다.

"언니, 우리 아버지 어떡하지! 세상이 장차 어떻게 되지? 아이구 속상해."

사모님은 나가고 명애는 울고 있었다.

"명애 너무 근심하지 말아요. 이제 다 바루 설 걸 왜 그래, 몇 날 안가서 바루 될 꺼야. 좀 참아 응, 명애."

신애는 이렇게 명애를 위로하였다. 사실 신애의 앞은 환하였다. 앞날의 일이 환했다.

-《예술원보(藝術院報)》, 1960년 2월

한 마리 양

'지금으로부터 5~6백년은 지난 옛날이야기다.'

봄이다. 늦은 봄이다. 해는 거의 하늘 한가운데까지 올라왔다.

하늘에는 황새 한 마리가 높이 높이 눈같이 흰 날개를 펴고 꿈결같이 날아가고, 그 다음엔 종달새가 아지랑이 낀 중천에서 지저귀고, 땅에는 거북이와 두꺼비가 엉기정 엉기정 기고 있다. 땅 위에 보이지 않는 새 힘에 넘치는 봄이다. 양지 곁에 웅크리고 앉았던 늙은 개가 고개를 들어 푸른 하늘을 바라보다가 붉은 혀가 다 보이도록 입을 힘껏 벌려서 하품을 하고 있다.

"아~ 아 실컷 잘 잤다."

겨우 눈을 떠서 무심코 앞뜰을 내다보던 메리도 입을 힘껏 벌리고 두 팔을 훨씬 벌리면서 마음껏 기지개를 켜고 나서 침상에서 내려서서 물끄러미 앞을 내다본다.

환하게 넓은 앞뜰에 강한 햇살이 가득히 퍼지고 싱싱하고 눈부시게 파란 나무 잎새에서 향기로운 늦은 봄기운이 풍겨오고 있건만 메리는 아직도 잠이 채 깨지 못하였던지 금빛 은빛 빛깔로 수를 놓고 선을 두른 자주빛 비단 잠옷에 싸여 청춘의 물결이 흐느끼는 젊은 몸을 다시 침대에 내던진다.

"얘야 루디아."

이윽히 눈을 감고 있던 메리는 무슨 생각을 했는지 입에 빈정대는 듯한 웃음을 띠고 나서 두어 번 손종을 울리고 나서 쇳소리로 몸종을 부른다.

자고 깬 메리는 어딘지 허전허전하고 무엇이 아쉬운 듯했다. 그럴 때는 부르는 버릇대로 몸종 루디아를 부르는 것이다.

"아가씨 저를 부르셨어요?"

몸집이 후리후리하고 허리가 개미허리 같은 루디아는 메리 아버지가 아세아로 여행 갔다가 여덟 살 아주 어린 귀염둥이 딸 메리를 위하여 선물로 사가지고 온 종이었다. 벌써 7년이 지나서 열다섯 살이 넘으니 앞가슴이 턱 벌어지고 제법 처녀꼴이 나기 시작하였다. 허리를 구십 도나 굽히면서 대령을 하는 것이다.

"호호 호호 아가씨? 너는 아직두 날더러 아가씨라구 부르지!"

"그럼 아가씨가 아가씨지 뭐야요."

메리는 꽤 만족한 듯이 루디아의 어깨를 또닥또닥 두들겨준다.

"오냐 고맙다. 여기 좀 앉아라."

메리는 귀여운 듯이 루디아를 들여다보고 침상에 있는 교의를 가리킨다.

"황송해요, 아가씨."

"얘 루디아, 내가 너무 늦잠을 잤지?"

"천만에요 어서 더 천천히 주무시지요, 아가씨."

"아아! 곤하다."

"아가씨 얼마나 피곤하실까?"

"얘 루디아 참 좋은 때로구나. 저 초목은 힘차게 뻗어가고 꽃들은 마음껏 웃고 저 새들은 자유롭게 지저귀고…. 얼마나 좋으냐.”

메리는 중얼거리면서 다시 두 활개를 벌리고 눈을 감고 지난밤의 일을 혼자서 되풀이하는 듯 방긋이 웃는다.

루디아는 메리의 날마다 하는 버릇대로 두 팔과 손목을 잘근잘근 주물러 주기를 시작한다.

“가만 있거라 검둥이를 불러라.”

이윽고 메리는 소리를 지르듯 명령을 내린다. 전신 ‘마사지’를 시키려는 것이다. 루디아가 나갔다가 들어오자 곧 키 작고 뚱뚱한 검둥이 계집애가 들어와서 요란스러운 소리를 내면서 풍만한 메리의 몸뚱어리를 함부로 두들기고 주무르고 문지르기를 약 반시간 동안이나 계속하였다. 마사지가 끝나자 루디아와 검둥이는 누워 있는 메리를 먼저 더운 수건으로 온 몸을 한 번 문지른 다음에 전신에 향유와 우유를 바르기를 시작하였다. 그러는 동안에 루디아는 메리의 흐트러진 금빛 머리를 골라 빗질을 하는 것이었다.

“아아! 시원하다.”

메리는 다시 침상에서 벌떡 일어나서 체경 앞으로 가면서 중얼거렸다.

“아씨 이뻐요.”

검둥이는 붉은 입술을 드러내 웃으면서 메리를 쳐다본다.

“이년아 어서 나가거라.”

검둥이는 도망하듯 나가고 루디아만 남아서 메리의 화장을 거들고 있다.

“얘 루디아.”

“네.”

“참말로 내가 그렇게 이쁘냐?”

“이쁘고 말구요. 아가씨야 말루 지금두 우리 온 나라에, 아니올시다.

온 세계에 첫 손가락을 꼽히는 미인이시지요."

"참말이냐? 루디아, 이쁘긴 네가 이쁘구나. 날마다 이뻐 가는구나, 갓 핀 백장미처럼 너는 날마다 무럭무럭 예뻐 가고, 나는…."

메리는 깊은 한숨을 지으면서 기울어가는 봄을 아끼는 듯이 앞문을 열어 제치고 소파 위에 몸을 던진다.

"이 봄도 저물어 가누나, 이 몸의 청춘도 저물어 가지 않느냐, 흥 교회 신부님? 선생님? 다 집어치워라, 냄새 나고 음산한 교회, 고리타분하고 얄미운 신부님, 애 진절머리가 난다."

메리는 중얼거린다.

메리는 과연 '욕샤이야' 성 중에서 이름난 미인이요, 이름 높은 귀족이요, 부호이던 아버지의 유산을 받아서 또한 귀공녀요, 부자로 베니스의 많은 젊은이가 가슴을 태우고 침을 흘리고 벌떼처럼 몰려들고 덤벼들고 떨어질 줄을 모르는 형편이어서 한창 경쟁이 벌어지고 있었다.

"보기두 싫은 녀석이, 흥 어림두 없다."

웬만한 사나이는 단번에 차버리고 차버리고 하다가 종내 메리나 마찬가지로 돈 많고 문벌 좋고 인물 잘나기로 유명한 청년인 '헤르만'이 승리의 월계관을 쓰게 되어 두 사람은 굉장히 호화로운 결혼을 하고 나서 메리는 한동안 꿈결 같은 세월을 보냈다.

메리의 결혼 생활도 꿈같이 지나가고 겨우 석 달 만에 헤르만이 유행병으로 죽었기 때문에 미망인이란 즐겁지 않은 낙인이 찍히게 되었다. 그러자 그는 참을 수 없는 고독과 슬픔에 잠겨서 날마다 날마다 눈물과 짜증으로 지나기를 한 달도 못가서 어떤 날 저녁부터 보기도 싫고 원수 같은 검은 상복을 벗어 동댕이치고 사교계로 나가기를 시작하였다. 그러기를 보름이 못 되어 메리는 처녀 시절보다도 훨씬 더 호화롭고 방종

한 생활로 흐르게 되고, 그 결과 더 많은 남성이란 나비와 벌떼가 좌석에 바늘처럼 달려들 수밖에 없었던 것이다.

* * *

메리는 소파에서 다시 벌떡 일어나서 낭하로 달린다. 처마에 달려 있는 조롱에 서 있는 꾀꼴새를 꺼내 가지고 달음질치듯 밖으로 나갔다.

"아 아 아가씨 어쩌시려구?"

루디아가 따라 나갈 새도 없이 메리는 예쁜 꾀꼴새를 공중으로 날려 보냈다.

"마님이 선물로 사주신 걸 마님이 아기처럼 애끼시는 걸!"

"호호호호 어때? 사랑하길래 자유의 품으로 보내주는 게 아니야, 염려 말아라."

메리는 통쾌한 듯이 웃으면서 들어와 소파에 주저앉는다.

"딱딱 딱딱."

가벼운 노크 소리가 들렸다.

"마님이십니다."

루디아의 뒤를 따라 들어오는 사람은 아직도 늙은이라고 하기엔 너무도 무게가 있는 걸음걸이요, 얼굴 모습도 아름다운 어머니 살로메였다. 천천히 일어나는 메리의 거동을 잠시 말없이 살피고 있다.

"잘 잤냐? 그런데 지난밤엔 어딜 가서 그렇게 늦었느냐? 몹시 피곤해 보이는구나? 인제 네 몸도 돌보고 이 늙은 어미 속도 너무 썩히지 않도록 해야 되지 않겠냐?"

애달픈 한숨으로 더불어 소파에 앉는다.

"어머니 용서하세요, 저 꾀꼬리를…."

"……."

메리는 북받쳐 오르는 설움을 참지 못해서 어머니 무릎에 쓰러져서 느껴 울기를 시작한다.

"어머니 저를 놓아주세요. 이 청춘을 어떻게 속절없이 보내요. 저는 못 살아요. 저는 답답하고 외로워서 못 살아요."

살로메 부인은 눈을 감고 말이 없다. 이십 년이란 세월이 흘러간 자신의 과거를 회상하는 듯 침묵에 잠겼다가 이윽고 입술을 파르르 떨었다.

"메리야, 꾀꼬리 따위는 문제가 아니다. 그러나 너는 안 된다, 안 돼. 나는 네 속을 잘 안다. 그렇지만 마리아 성모님께 득죄하는 노릇을 어떻게 한단 말이냐, 안 된다. 네가 어미 생각을 조금이라도 한다면 그래서 쓰겠느냐? 참말 고약한 운명이다. 엄마나 네가 이게 무슨 저주받은 운명이냐. 우리는 이 무서운 운명을 이길 길이 없구나. 모든 걸 성모님께 맡기고 참자."

"그래두 난 몰라요, 난 아무것두 몰라요. 어머닌 어머니죠. 시대가 달라요, 그때와 지금은 시대가 달라요. 성당이나 신부나 다 거짓말이야요. 공연히 사람을 얽어매고 못살게 구는 게지 뭐야요, 저는 다 싫어요."

소리까지 내서 흐느껴 우는 메리의 등을 어루만져주는 어머니의 눈에 고였던 눈물이 떨어져서 들먹이는 딸의 목덜미에 방울방울 흘렀다.

* * *

살로메도 꼭 메리의 나이에 과부가 되었던 것이다. 친정의 아버지와 어머니는 다 극히 경건하고 완고해서 자기는 재혼이라고는 생각도 못했으나 동무들의 권유도 많았지만 남자들의 유혹을 견디어 배기기가 몹시 어려웠다. 그러나 지금은 청춘도 가버리고 이제 얼굴에 주름살이 수두룩한 노년기에 들지 않았느냐. 자기는 이미 기울어진 운명이라 어찌할 수가 없지만, 귀여운 딸의 일이 몹시도 딱하고 불쌍하다. 그렇다고 거룩한 법을 어겨서 재혼을 하라고 버려둘 수도 없고, 심히 난처한 일이었다.

어머니는 여러 가지로 메리를 달래고 위로하였으나 보람이 없었다. 그러나 마지막으로 우선 둘이 파리로 혹은 스위스와 이태리로 여행을 떠나기로 하여서 메리의 마음을 약간 어루만져 주었다. 그리고 아침 식사를 같이 하기로 하였다.

"기다릴 테니 곧 나오너라."

살로메 부인은 천천히 메리의 방에서 나와서 식당으로 들어가는 길이었다.

"마님 얼굴 기색이 썩 좋지 못하신데요."

"……."

이 집의 가직이 요안 늙은이였다.

살로메 부인은 고개만 설레설레 흔들었다.

"마님 제가 다 압니다. 메리 아가씨 때문에 퍽 뇌심을 하시지요?"

"아닌 게 아니라 걔 때문에 걱정이오."

요안 늙은이는 메리가 나기 전부터 있어서 살림을 맡아 주는 나이 칠십이 훨씬 넘은 이 집의 충복이었다. 메리의 아버지도 길러낸 조상 늙은이였기 때문에 메리의 일에 대해서는 살로메 부인이나 못지않게 걱정을 하는 것이었다. 어떤 때는 지나치게 참견을 하기 때문에 가끔 살로메 부인에게나 메리에게 핀잔을 맞는 일이 있었다. 게다가 요안은 지독한 독신자이기 때문에 살로메와 메리의 신변에 대해서 고문이요, '대모'격인 역할을 하려 들었다.

요안은 살로메의 뒤를 따라 식당으로 들어와서 메리의 일로 이야기를 주고받고 하는 동안에 약간 시간이 지나서 마침 메리가 들어왔다.

"아가씨 안 됩니다. 재혼은 안 됩니다. 안듀루(안드레) 주교님이 아시면 큰일 납니다. 그보다두 성모 마리아님이 슬퍼하십니다. 그리구 돌아가신 아버님이 슬퍼하십니다. 그리고 할아버지 할머님이 얼마나 슬퍼하실 겁니까? 메리 아가씨, 생각 좀 해보셔요."

요안 늙은이는 이렇게 메리를 보고 타이르는 것이다. 메리는 금방 얼굴이 파랗게 질렸다. 매서운 눈초리로 요안 늙은이를 노려보던 메리는 의자에서 발딱 일어섰다.

"듣기 싫어, 늙은이 입 닥쳐요."

다음 순간 벼락같이 달려들어 늙은이의 뺨을 갈기고 아래종아리를 몹시 걷어찼다. 맥없는 늙은이는 텅 소리를 내면서 마룻바닥에 쓰러졌다.

"이 귀신같은 늙은이를 썩썩 이 집에서 내쫓아줘요, 꼴 보기 싫어요."

메리는 발을 구르며 발악을 하였다. 그 뒤로 요안 늙은이는 앓기를 시작하여 한 주일이 못되어서,

"저주 받은 집이로다. 메리는 저주를 받았으나 예수 주님과 성모님의 축복이 떠나지 마소서. 메리의 죄를 용서하소서, 성모님은 한 마리 양을 돌아보소서…."

몇 마디 기도를 남기고 고요히 눈을 감았다.

* * *

메리의 밤 출입은 나날이 잦아갔다. 밖에서 밤을 지내고 아침에야 들어오는 일도 예사였다. 젊은 남자가 찾아와서 밤을 새워 속삭이다가 새벽에야 돌아가는 문소리, 마차 소리를 듣고 살로메 부인은 이맛살을 찌푸리고 한숨을 짓기가 하루같이 계속되었다. 어머니와 같이 정양차로

불란서나 스위스에 여행을 떠날 이야기도 없어지고 메리는 집에서 어머니를 대하는 일까지 피하게 되었다.

메리는 종내 어머니의 승낙도 없이 결혼을 해서 두 번째 남의 아내가 되었다.

"어여쁜 여왕의 아름다움을 내가 죽어서 연옥에서라도 차지하고야 말겠소."

지긋지긋이 따르던 안토니는 메리의 놀라운 용모에 반하여 온갖 수단을 쓰다가 헤르만에게 패배를 당한 작자였다. 그러나 이번에는 메리 쪽에서 누가 끌어주기를 바라는 태세를 취하고 있는 형편인 데다가 문벌로 보나 재산으로 보나 메리에게는 훨씬 떨어지건만 역시 남자답고도 미려하고 게다가 흥청거리고 여자를 다루는 솜씨에 끌려서 재혼을 한 것이기 때문에 더구나 살로메 부인은 남부끄러워서 낯을 들고 나갈 수가 없다 하여 문을 닫고 외출을 안 하고 성당에도 못나가는 신세가 되었다.

메리는 제 돈을 써가면서 남편을 따라서 날마다 술과 춤으로 세월을 보냈다. 그러는 동안에 돈을 물 쓰듯 해서 많던 유산도 차차 바닥이 보이게 쯤 되었다.

> 불효자식은 어머님을 뵈일 낯이 없사오나 돌아가겠습니다. 이제 어머니밖에 믿을 데가 없습니다. 저는 과연 저주받은 몸으로 돌아가겠습니다.
>
> — 제네바에서 딸 메리

어머니와 둘이 여행을 떠나자고 작정을 했던 약속도 짓밟아버리고 재혼한 안토니와 제네바로 여행을 가서 두 번째 부친 메리의 편지였다.

며칠 만에 돌아온 메리는 천만 뜻밖에 혼잣몸이었다. 제네바 호수에서 친구들과 더불어 배를 타고 진탕 놀다가 술에 취한 끝에 다른 사람들이 싸우는 것을 말리다가 안토니가 물에 빠져서 죽었다는 것이다. 자기도 죽으려다가 동행들의 손에 붙들려서 죽지 못하고 돌아왔다는 것이다.

"저는 확실히 요안 늙은이의 말과 같이 저주받은 여자랍니다. 이왕 저주를 받았으니 실컷 싸워 보렵니다. 어머니 저는 제네바에서 죽은 줄 알고 단념하고 내버려두세요."

메리가 집에 돌아와서 처음으로 울면서 하는 말이었다.

그런 지 몇 날을 지나서 마침 안드류 주교가 와서 특별 미사를 지내고 여러 사람의 고해성사를 받는 참이었다.

"이 기회를 놓치지 말고 너두 주교님에게 모든 일을 고백하고 고해성사를 하여라. 다행히 주교님께서 네게 은총을 내리시며는 안 좋겠니. 그러니까 이 기회를 놓치지 않는 게 좋겠다."

어머니는 그래도 딸의 일을 염려해서 간곡한 말로 권했으나 메리는 고개만 흔든다.

"어머니 신부님이나 주교님이나 다 사람이에요. 주교님은 믿을 수 있는 줄 아세요? 내나 주교님이나 죄인은 마찬가지예요, 다 더러워요. 주교님도 더러워요. 목에 십자가는 느리고 검은 옷을 입구들 겉모양은 가장 경건한 것 같지만 속엔 더러운 게 가득 찼어요. 주교님도 돈으로 산다는 걸 어머니는 모르셔요? 그따위 인물 앞에 고백은 무슨 고백을 하구 그따위 인물에게 은총은 무슨 은총이에요."

"이 애야 그게 무슨 소리라고 하니."

"아니야요, 사실이에요. 왜 하필 여자에겐 더 억울하게 벌을 냈어요. 왜 어째서 여자만을 얽어매는 거야요. 여잔 사람이 아니란 말이야요.

그게 무슨 저주받을 법이에요."

어머니의 말은 들은 척도 하지 않고 불을 토하듯 하면서 쓰러진다.

"어머니 저는 어차피 성모님에게 버림을 받은 자식이야요. 저는 악마의 자식이야요. 어머니 제발 저를 좀 내버려두셔요. 기왕 어머니는 사람이면서 사람 아닌 불행한 인생을 보내셨지만 저더러 어머니의 뒤를 따르지 않는다고 걱정하실 필요는 없지 않아요."

살로메 부인은 고개를 흔들었다가 끄덕끄덕 했다가 어리둥절하였다.

"나두 모르겠다."

메리는 또 붉은 옷을 입고 사교장으로 달려나갔다.

* * *

삼 년의 세월이 흘렀다.

살로메 부인은 견딜 수 없는 고독과 우울의 한 겨울을 지내고 새 봄을 맞이하여 남은 재산을 청산하고 주택을 팔아가지고 약간의 소유 토지가 있고 한 가족처럼 친히 지내는 소작인이 있다는 인연으로 인심 좋고 평화스럽다고 해서 탬즈 강 상류에 있는 작은 시골로 이사를 한 뒤에 한적한 세월을 보내고 있었다.

몹시 무더운 여름이었다. 시골이 싫다고 런던으로 파리로 헤매고 있어서 분방과 전락의 하루하루를 지내던 메리는 몸에 중병을 얻어서 런던 어떤 호텔에 누워있다는 소식을 들은 살로메 부인은 메리의 신상을 염려하는 루디아를 보내서 부랴부랴 집으로 데려왔다.

살로메 부인이 옮겨 온 집이 있는 동네는 뒤와 좌우에는 이름 모를 고목들이 우거진 작은 산이 병풍처럼 둘러 있고 앞에는 개울이 사철 호르고 있다. 그리고 바른편으로 성당이 있는 쪽을 돌아서 한 고개를 넘어서면 다시 반반한 고지가 있고, 거기에는 수목에 둘러막힌 자그마한 호수가 고요히 펼쳐 있다.

가을이 왔다.

이 시골에도 가을이 왔다.

하늘은 땅 위의 호수처럼 맑아지고 한없이 높아졌다. 동네와 시냇가에 서 있는 플라타너스 나무에서는 커다란 잎이 하나 둘 떨어지기를 시작하고, 벌써 방울 같은 열매가 대롱대롱 달리게 되었다.

어머니와 루디아의 극진한 간호의 덕으로 또 아름답고도 깨끗한 산천의 품에서 메리의 병은 많이 덜렸다.

"이렇게 좋은 고장엘 진작 왔더면 좋을 걸 그랬어요, 어머니."

"모든 것이 성모님의 은총이다."

메리는 동네 앞 시냇가로 산보를 하면서 속삭인다.

어떤 때는 뒷산에 있는 호숫가에까지 루디아의 손을 붙잡고 거닐게 되었다.

* * *

어느 날 석양이었다.

메리는 어머니와 루디아를 따라서 뒷동산으로 성당이 있는 언덕으로 돌아서 높은 언덕마루에까지 올라갔다.

"메리야, 이제는 성당에 가서 미사에 참여해볼 생각 없니?"

"……."

살로메 부인은 이렇게 조심조심 이야기를 꺼냈다. 거칠어졌던 메리의 마음이 많이 가라앉고, 돌아선 것 같아서 딸을 신앙으로 돌려 보려는 생각에서였다.

“아직두 전 성당엔 갈 생각이 없어요. 저는 아직두 성당이 저렇게 내려다보여요. 여기 신부님은 모르지만 신부님은 다 마찬가지겠지요, 평안히 한평생을 시름없이 지낼 수 있는 좋은 직업이란 것밖에 저는 더 생각할 수 없어요.”

메리는 뜻밖에 이런 대답을 하고 나서 한숨을 짓고 다시 침묵을 지킨다.

“어머니, 저는 실상 요새 내 죄를 고백하지 않으면 견딜 수 없는 충동이 간절해요. 그래두 세상 사람에겐 고백할 생각이 없어요, 제가 제 죄를 고백할 사람은 세상에 없을 거야요.”

“설마 그럴 수가 있겠냐?”

“그럼요. 제가 파리에서 얼마를 지내는 동안에 여러 신부님을 사귀어서 하나두 온전한 사람은 못 보았어요. 그들은 저를 한 마리 양으로 보지 않고 한 여성으로 보고 남달리 반반하게 생겼다는 제 얼굴을 보아요. 열이면 열 저를 한 여성으로 보고 야심을 품는 것을 보고 저는 놀랬어요.”

“설마 그럴 수가 있느냐?”

어머니는 두 번째 놀랐다.

“어머니, 그러나 사실 신부님보담 제가 더 고약한 죄인이야요. 신부님이 그렇다는 건 제가 제 얼굴을 믿고 제 교태로 유혹을 한 거야요. 신부님들이 본시 그런 게 아니라 제가 유혹했기 때문에 그랬지요. 실상은 제가 악마였지요.”

“네가 악마라니 내 딸 네가!”

어머니는 세 번째 놀랐다.

“그래서, 제가 이런 것을 고백하구 싶어두 고백할 데가 없어요. 마리아 성모님께 직접 고백할지? 성모님께서 직접 제 고백을 들어 주신다면 말이지요."

"글쎄…."

어머니는 또 어리둥절했다.

이런 이야기를 하면서 세 사람은 산마루를 다 올라가서 넘는 편 쪽을 향해서 걸었다.

"아가씨, 이걸 좀 보셔요."

살로메 부인과 메리는 문득 시선을 산마루 넘는 쪽으로 돌렸다.

"저 양들을 보셔요, 저 목자를…."

맑은 호수 옆으로 양떼들이 뭉게뭉게 움직여 오고 그 앞에 목자 한 사람이 한 마리 양을 안고 가끔가끔 고개를 돌려서 양떼를 살피는 모습은 한 폭의 훌륭한 풍경화였다.

"저게 우리 세상에선 볼 수 없는 딴 세상의 모양이 아니야요!"

메리는 소리치듯 감탄하였다. 그러나 두 사람은 메리의 가슴에 무엇이 눌려진 것을 몰랐다.

루디아의 이야기를 들으면—그가 동네 사람에게 들은 이야기에 의하면—뒷산에는 조그만 목장이 있고 그 목장 주인이자 목자는 존 혹은 요한이란 이름보다 '하나님의 사람'으로 알려졌고 때로는 예수로 알려졌다는 것이다.

"그 어른에겐 돈이 한 푼도 없대요. 돈을 모른대요. 채소를 심어 자시구 양의 젖을 마신대요. 돌아볼 데 없는 객이 있으면 언제까지나 같이 지내구 병자가 있으면 아무리 추한 병자라도 업어다가 한 자리에 자면서 돌보아주신대요."

메리는 루디아에게 대강 이런 말을 듣고 고개를 수없이 끄덕이고 알 수 없는 기쁨을 느꼈다. 그리고 루디아를 데리고 가끔 목자를 찾아갔다.

"저두 병자올시다. 냄새나는 병자라고 구박하지 말아 주셔요."

메리는 이런 말을 하고 목자 앞에 가까이 가서 허리를 굽혔다.

"무슨 병자요. 깨끗해 보이시는 데요."

"천만에요. 저는 고약한 병자랍니다."

"네, 지금은 많이 나으셨는데요."

메리는 목자에게 이런 말을 듣고 가뜬가뜬한 마음으로 돌아온 일이 있었다.

어느 날 이른 아침이었다.

산 너머 호숫가에 맨발에 한 편 손에는 지팡이를 짚고 한 편 팔에는 어린 양을 안은 목자가 서 있고, 그 발 앞에 황금빛 머리털이 흐트러지고 역시 맨발에 짚으로 엮은 산달을 신은 젊은 여자가 엎드리고 있다.

손에는 가시나무 가지가 들려 있다.

"이 낯바닥 때문에 낯바닥 때문에…."

좌우 빰에서 붉은 피가 흐른다.

볕에 그을렸으나 아직도 썩히고 약간 여윈 듯한 목덜미에서도 피가 흐른다. 그 윤곽이 끔직이 부드럽고 곡선이 보기 드물게 고운 어깨가 몹시 들먹이고 있다.

"낯바닥이 무슨 죄야요. 우리는 다 죄인입니다."

그 입에서는 가끔 '요안 아저씨'라는 말이 들린다.

하늘의 자비와 인애가 아침 햇빛처럼 콸콸 흐르는 듯한 목자의 빛나는 눈초리는 바로 그 발 앞에 엎드린 젊은 여자의 금빛 머리 위에 흐르고 있다.

목자의 얼굴과 머리 뒤에는 알 수 없는 광채가 뻗히고, 그 앞에 엎드린 젊은 여자의 좌우 어깨에는 흰 눈 같은 날개가 돋친 듯 보였다.

목자는 존 할아버지요, 젊은 여자는 메리라는 한 마리 양이었다.

몇 시간인지 모르게 긴 시간 동안 메리는 돈 한 푼 소유가 없고 신부나 주교나 대주교 따위의 지위도 없는 일개 노동자인 목자에게 자기의 쌓이고 쌓인 많은 죄를 고백한 것이다.

목자는 한 편 팔에 있었던 한 마리 양을 안았고 한 편에는 잃었던 한 심령이란 양을, 보이지 않는 상한 심령을 안았다.

-《기독교사상(基督敎思想)》, 1959년 5월

눈 내리는 오후

그는 마침 아내가 잠깐 밖에 나가고 없는 틈을 타서 나간다는 정분이를 불렀다. 몇 번 불러도 대답이 없다. 그는 종내 정분이가 있는 건넌방으로 갔다.

"정분아, 이제 네가 나가면 어델 나간단 말이냐. 그러지 말고 내 말대로만 해라. 그러지 말고 참고 있어라. 아짐마가 몸도 약하고 사람 없이는 안 될 텐데…."

"……."

간곡히 타이르는 그의 말을 들은 척 만 척 대답이 없이 볼이 잔뜩 부운 그대로 금방이라도 나갈 자세를 취하고 외면을 하고 있는 정분이 꼴이 얄밉기도 하다.

'에익 이년!' 하고 일어서고 말까 싶은 생각도 들었으나 아무리 생각해보아도 어린 정분이가 불쌍해서 못 견디겠다. 어린 것이 불쌍한 생각과 자기의 정신이 통해지지 않는 안타깝증이 어울려서 그는 홱 달려들어 정분이를 껴안았다.

"정분아, 정분아…."

"……."

이렇게 정답게 불러보았으나 정분이 자신은 붉게 상혈된 눈만 두꺼비 모양 껌벅거리고 있고 아무 감각이 없는 것 같다. 그래도 그는 단념할 수가 없다.

"정분아 네가 아무리 어리기로서니 내 마음을 모른단 말이냐, 응 정분아."

그는 울음까지 섞인 목소리로 정분이 어깨를 흔들었다.

"……."

"응, 얘 정분아…."

그는 다시 한 번 정분이 어깨를 흔들었다.

"아저씨 맘은 저두 잘 알아요. 그래두 저는 나가겠어요. 나가라는 걸 나가지 어떻게 있어요?"

정분이의 목소리도 약간 흐려지고 떨렸다. 그래도 마음이 움직여지는 것 같지는 않다.

"이 애가 글쎄 나가라긴 뭐 아짐마가 널 미워서 그랬겠니? 네가 하두 말썽을 부리니까 화가 나서 그랬지. 내가 있으라면 그만 아니냐. 내가 이 집의 주인이 아니냐. 내가 월급을 주지 않니. 내 주머니에서 나온 돈으로 주는 게 아니냐? 너도 그만한 건 알겠구나!"

그는 이런 말까지 해본다.

"그래두 아저씨는 늘 나가 계시구 집엔 얼마 계셔요? 집에서 일 시키는 아줌마가 나를 보기 싫다구 나가라는 걸 어떻게 있어요. 저두 인제 이 집에 있기 싫어요. 씨씨해요."

아내가 하던 말까지 덧붙이는 정분이의 말은 냉정하였다. 아내가 있었더면 또 한 번 야단이 날 판이다.

"음!"

그는 자기가 지금까지 믿었던 자기의 인격이라는 것이나 자비심에 가까운 사랑이란 것도 몇 푼어치 안 되는 걸 처음으로 뼈저리게 느끼고 얼굴이 달아오는 걸 느끼며 화가 날 지경이다. 종내 벌떡 일어났다.

"그래두 넌 못 나간다. 네 맘대로 못 나간다. 너의 어머니가 와서 널 어쨌느냐고 내놓으라면 어쩌니? 내가 그렇게 말리는 말두 안 듣고 나가겠단 말이지, 안 된다."

정분이를 정면으로 바라보고 내쏘았다.

"내 맘대로 하지 누구에게 맸나요?"

밖에서 대문 열라는 종소리가 나는데 정분이는 대문을 열기 위하여 일어서려고도 하지 않고 돌아앉아서 속으로 옹알거리며 제 보따리만 만지작거리고 있다.

그는 얼른 나가서 문을 열어 주었다.

"가겟집에 접때부터 부탁했더니 음식두 잘하고 얌전한 아이 하나 있다구 내일 모레쯤 데려다 준대요. 에잇 속이 시원해…."

아내는 아무 일도 없이 다 되었다는 듯이 싱긋이 웃으면서 방으로 들어온다.

"글쎄…."

아내와 더 말해야 소용이 없는 줄 안 그는 모자를 쓰고 나가버렸다. 대학 강의 시간이 있어서 더 머무를 수도 없었던 것이다. 그래도 그는 아직도 완전히 응낙을 하지 아니 했다는 속셈으로 '글쎄'를 던져 놓고 나오지를 아니 했다.

아내는 정분이의 존재를 잊어버린 듯이 썩썩 방걸레를 치고 있다. 건넛방에서는 아무 소식이 없다. 남편이 나간 뒤를 걷어치운 다음에 아내 경희는 조간신문을 들어서 '여인천하'를 들여다보고 있다. 쥐 이야기를 읽는 그녀는 '과연 옛날이야기로군.' 하면서 그리 흥미를 느끼지 않는

상 싫었으나 내려 읽고 있었다.

"흥 아저씨두 암만 그래두 아줌마 편이지 무얼 그래."

정분이는 단발머리에 흰 '애리' 달린 여학생 교복에 백 환짜리 브로치를 붙이고 (그것은 지난가을에 애기를 업고 경희를 따라 미도파에 갔을 때에 산 것이다.) 살짝 현관문을 열고 나가면서 중얼거린다.

"날 보기 싫다는데 눈에 뵐 거 없지 기까짓 거…."

정분이는 주인 아줌마에게 간다는 인사도 안하고 보따리를 끼고 대문을 나서서 뺑소니를 쳐버렸다.

정분이로서는 당연한 생각이다. 사실 요새 경희의 입에서는 정분이에게 대해서 보기 싫다는 말이 가끔 나왔다. 경희가 정분이를 보기 싫다는 것은 그 행동이나 태도가 보기 싫다는 것이지 사람 자체가 보기 싫다는 건 아니었다. 정분이가 불쌍하다는 것은 경희도 늘 생각하고 마음에 먹고 있는 일이다. 불쌍하다고만 생각하는 것이 아니라 어떻게 잘 키워서 사람을 만들어가지고 시집까지 보내주려고 하는 생각은 내외가 마찬가지였다.

'어린 것이 철이 없어 그렇지.'

그가 정분이에게 대해서 생각하는 것이나 아내가 생각하는 것은 '아직 철이 없는 것이 그렇지.' 하는 것이었다. 정분이가 말을 안 듣고 말썽을 부릴 때마다 두 사람은 그렇게 말하고 언제나 눌러오고 참아오곤 하였던 것이다. 그러나 요새에 들어서 아내는,

"안 됩니다. 벌써 바탕이 글렀는 걸."

정분이는 희망이 없다는 것을 단정적으로 역설하는 것이다.

어제 저녁에도 정분이 말이 나와서 아내는 가장 냉정하게 '바탕이 글렀는 걸!'을 되풀이하며 역설하였다. 그럴 적마다 그는 반대의 의견을

말하는 것이다.

"바탕은 무슨 바탕, 어디 바탕이 따루 있소? 그야 물론 소질 관계두 좀 있긴 있지만 당신은 밤낮 바탕 바탕하니 소질이 좀 좋지 못한 놈은 절대로 희망이 없단 말이요? 그런 게 아니야."

그는 바탕이 좋지 못한 아이라도 잘 가르치면 된다는 주장을 늘 해왔다. 그럴 적마다 아내는 반대다.

"흥, 당신이 해보시구려. 왜 못하는 거요. 교육가요 종교가요 성자로 자처하는 분이 왜 못하셨소?"

아내는 무심히 하는 말이지만 그에게는 날카로운 칼을 가지고 가슴을 우벼내는 것 같이 아픈 일이었다.

대문을 나선 그는 시간이 바쁘건만 발걸음이 내쳐지지 않았다.

'그놈이 정말 내 말을 안 듣고 나갈까? 나갔을는지도 모른다. 나갔을 거다.'

정분에게 대한 조바심이 첫째요, 다음에는 그날 아침에 아내가 던진 그 말이 켕겨서였다.

"교육가요 종교가요 성자요 자처하는 분이 왜 못하시오?"

하는 아내의 말에,

"내가 언제 성자로 자처했단 말이요? 당신은 절대로 그런 말을 마오. 그저 크리스챤으로, 또 세상에서 종교가로 지목 받는 우리가 최선을 다 해보자는 거지!" 하고 아내의 말을 막아 놓았지만 그것이 마음에 몹시 걸린다.

목구멍에 반찬 가시가 걸린 이상으로 마음에 걸린다.

'내가 언제 성자로 자처했단 말인가.'

그는 버스 길로 나가면서 곰곰 생각을 해보는 것이다.

옛날에 어떤 교회 경영의 여학교 선생 일을 볼 때 일이다. 어떤 말이 적고 생각을 많이 하는 모범생인 학생으로 그리고 자기를 잘 이해하는 학생 한 사람이 조용히,

"선생님은 요새 보통 사람은 아니야요. 저희들 눈에는 성자로 보이어요."

하더란 말은 한 일이 있기는 하다. 그리고 또 한 번은 그 학생이,

"선생님이 언젠가 아침에 학교에 올라오셔서 밤 동안에 기숙사에 있는 학생들이 별일이나 없는가 하고 염려가 되더란 말씀을 하셨지요. 그 때에 어떤 아이는 입을 비쭉거리고 웃고 어떤 아이는 선생님 참말이에요? 하고 의아스러운 질문을 던졌지만 저희 몇 사람은 선생님이 사실 그러시리라고 믿었어요."

하더란 말을 아내에게 솔직하게 한 일이 있긴 하다. 그리고 아내를 믿고 간격이 없이 생각하기 때문에 요새 교육가는 물론이요 종교가란 사람들도 구십구 퍼센트는 가짜라고 한 말이 있었다. 그때에 아내가 웃으면서 하는 말이,

"그 구십구 퍼센트 가짜 내 놓고 일 퍼센트가 진짜인 당신이시란 말이지요."

한 일이 있었다. 그러나 성자로 자처한 일은 없다.

'성자?' '성자?' 내게 어느 정도 성자다운 사랑이 있다면 어째서 정분이가 내가 있는 집을 버리고 나가려고 할까? 이러니저러니 해야 내 사랑이 부족한 탓이다. 내 사랑의 힘이 부족한 까닭이다. 나는 사랑하는 척한다. 사랑하느라고 흉내를 내왔었다.

언젠가 그것도 그 여학교 일을 볼 때다. 밤늦게 집에 돌아오다가 전차를 기다리고 있는데 어디서 사람의 신음 소리가 들린 것을 살펴보았더니 길 한 모퉁이에 기다란 석재가 쌓여 있고, 그 위에 시커먼 그림자가 있는 데서 소리가 나는 것이다. 쫓아가서 들여다본 즉 어떤 계집애

가 옹크리고 누워서,

"배 아파, 아이구 배 아파…."

하고 울고 있는 것이다.

"너의 집이 어디냐?"

아무리 물어도 대답이 없고 그저,

"아이구 배 아파…."

만 연발한다. 하도 물었더니 계집애는 고개만 흔든다. 그는 다짜고짜로 계집애를 업고 마침 떠나려는 전차를 탔다. 전차에서 내려서도 집에까지 들어가는 거리는 상당히 멀었다. 그래도 무거운 줄도 모르고 집에까지 들어가서 계집애를 마루 위에 내려놓았다. 집에서는 깜짝 놀라는 모양이었다. 무슨 송장이나 메고 들어오는 줄 아는 모양이었다. 그는 계집애를 데리고 온 사정이야기를 하고 물을 끓이라고 해가지고 옷을 벗긴 다음에 온 몸을 씻어주고 다른 옷을 갈아 입혔다. 그래도 벌벌 떨고,

"아이구 배 아파!"

를 연발하는 것을 소화제 약을 먹여서 아랫목에 재웠다. '배 아파' 소리가 밤새도록 계속되는 것을 들으면서 하룻밤을 지내고 아무리 약을 써주어도 낫지 않기 때문에 S병원에 입원을 시켰더니 계집애가 일주일 만에 죽었다는 전화를 받았다. 한동안은 이런 일이 있었기 때문에 아내는 그대로 성자라고도 하고 성자로 자처한다고도 하는 것인지도 모른다.

내 사랑이 도대체 몇 푼어치나 되는 것인가 이번에 시험할 때가 왔다. 그놈이 과연 나갈 것인가 안 나갈 것인가 내 사랑의 힘이 몇 푼어치나 되나 그놈을 붙들어 놓을 만한 힘이 내게 없는가, 오오! 위선자며 성자에는 발뒤꿈치도 못 따를 내가…. 오오! 위선자! 그는 깊은 한숨을 쉬었다.

전차에 오른 그는 거기에 같이 탄 승객들이 자기를 이상스럽게 빈정

대는 눈초리로 노려보는 것 같다. 아까 정분이가 나를 이상스럽게 물끄레 바라보던 것도 나를 비웃고 빈정대는 것이 아니었던가.

'무얼 그래? 당신이 날 정말 생각해서 그러는 거요. 가장 사람을 애끼는 것처럼 그러면서도 속으로는 무슨 딴 생각이 있어서 그러지 아줌마보다 나을 게 뭐 있을라구.'

정분이란 년은 제법 내 속을 저울질해보는 것이 아니었던가 하는 생각이 들었다.

그는 차에서 막 내리자 감색 교복을 입은 여학생이 빨리 달아나는 것을 보았다. 행여나 정분이가 아닌가 하고 몇 걸음 따라가 보았으나 그것은 그가 잘 아는 어떤 여학교 교표를 붙인 진짜 여학생이지 정분이는 아니었다.

그는 그날 대학에서 강의를 할 때나 친구들과 차를 마실 때나 그 마음과 생각이 정분으로 인하여 점령을 당해서 어쩔 수가 없었다.

그는 종로로 나와서 K관이라는, 밤에는 술을 팔고 낮에는 곰탕 전문을 하는 집에서 점심 요기를 하는 참이었다. 상 심부름을 하는 계집애가 있는데 얼굴에 살이 많고 광대뼈가 좀 두드러졌지만 눈매와 입모양에 꽤 귀염성이 있는 것이 정분이와 모습이 비슷하였다. 모습도 비슷하거니와 몸 가지는 태도와 머리며 옷매무세가 단정한 데가 없고 모두 흐트러진 꼴이 꼭 정분이 같았다. 정분이가 시골서 갓 올 때처럼 아직 시골티가 벗겨지지 아니 했다.

"너 어디서 왔니? 고향이 어디냐 말이다."

"강경서 왔슈."

마침 고향도 비슷하고 싱글싱글 웃는 것도 정분이와 어지간히 비슷하다. 꽤 귀염성스러우면서도 행동에 빠진 데가 있고 주책이 없어 보였다.

정분이가 그네 집에 온 것은 삼 년 전 정월 어느 날 눈이 펄펄 내리는 날 오후였다. 웃옷도 못 입고 웅크리고 왔다.

그때 나이는 열세 살이라 했다. 머리도 제 손으로 빗을 줄 몰랐다. 치마는 흔히 폭이 찢어진 것을 질질 끌고 다녔다. 코도 좀 흘렸다. 그러면서도 늘 싱글싱글 웃고 언제나 무슨 노래를 부르고 다녔다. 부엌에서 설거지를 하든지 빨래를 하든지 언제나 입을 닫치고 있지 않고 중얼거리고 있었다. 어떤 때는 찬송가도 곧잘 불렀다. 그러나 흔히는 유행가를 불렀다. '목 메인 이별가'도 불렀다.

"너 여기 오기 전엔 어디 있었니?"

"……."

그의 아내가 짐작을 하면서도 물어보면 흔히는 대답이 없었다. 말을 아니 하는 것은 주인아저씨가 있기 때문이었던지 아무도 없고 아내와 단 둘이만 있을 때는 더구나 신바람이 나서 묻지도 않는 말도 이야기를 곧잘 한다는 것이었다.

"그때는 밥두 안 했어유."

"그럼 무얼 했니."

"애 봤지 머."

정분이 말 본대가 버릇이 없다는 것이 그의 아내의 첫째 성화거리요 핀잔거리였다.

"철없는 게 그러면 어때?"

그러면 아내는 웃으면서,

"당신은 무조건 정분이 역성이구려."

"역성이 무슨 역성이어 깃까진 놈 말씨가 아무러면 어떠냐 말이지."

"철이 없다니 생각을 해보시구려. 아무려면 글쎄 우리 애미란 년두 네 살부터 꼭꼭 말을 제대루 하지 않었수. 그런데 열세 살이나 됐다는 게 어른 앞에서 말버릇이 그게 뭐겠소."

(애미는 그들의 외손녀 이름이었다.)

"배운 데가 없단 말이지."

"아무리 밴 데가 없으면 그럴라구."

그의 아내는 쓴 웃음을 웃는 것이다.

"서양 사람들은 누구에게나 you 면 그만이 아니요, 민주주의 시대에 차별할 게 무어요."

그는 한 마디 덧붙이고 웃어넘겼다. 그러나 이런 것보다도 제일 곤란한 문제는 자다가 자리에 오줌 싸고 가끔 바지에 오줌 싸는 것이다.

"아이구 지린내."

아내와 식구들이 콧살을 찡그리고 얼굴을 돌리면 그는 그러는 식구들에게 눈을 흘겼다. 그리고

"그게 다 제 집에서 어붓 애배 밑에서 구박 받은 결과로 그런 것이야, 얼마나 불쌍해! 저는 얼마나 답답할 거야."

하고 정분이 듣지 않는 데서 가만히 정분이 역성을 들었다.

정분이는 신바람이 나면 예전에 다른 집에 있을 때에 지내던 이야기를, 시키지도 않는 것을 절절 잘 지껄이는 것이다.

주인마누라가 밤낮 어린아이를 내버려두고 (제게 맡겨 두고) 나가다닌다는 이야기며, 그러면 저는 애를 업고 동네로 돌아다니는데, 그 동네에는 미군이 가끔 드나드는 집이 있고, 그리고 집마다 색시들이 많이 있어서 밤이면 젊은 남자 손님들이 많이 몰려와서 술을 먹고 춤을 추고 떠들고 놀다가 나중엔 하나씩 하나씩 맡아가지고 자고 간다는 이야기며, 그 색시들은 짜장면이고 냉면이고 빵이고 찹쌀떡이고 무어나 마음대로 군것질을 잘하고, 그리고 옷도 늘 예쁜 것을 입는다는 이야기며, 아침에는 늦도록 자고 자고 나서는 화장을 오래 오래하고 나서야 밥을

먹고 낮에는 구경도 가고 노래들도 하는데 저도 그 색시들 하는 노래를 좀 배웠다는 이야기를 신이 나서 지껄이는 것이 종로 삼가 뒷골목이나 양동에 있는 그 색시들이 부러웠던 게 분명하다는 것이다.

"나두 나이만 좀 더 먹으면 그 색씨들처럼 거기 가서 살려고 했지."

정분이는 이런 이야기까지 하더라는 것이다.

"큰일 날 뻔했군."

그는 아내의 말을 듣고 소리쳤다.

"이 애야 나 더운 국 좀 갖다 주렴."

그는 일하는 계집애를 불러가지고 나이를 묻고 이름을 물었다. 나이는 정분이와 꼭 같은 열다섯 살, 이름은 정자라고 했다.

'이놈도 이런 데 있다가 앞길은 뻔한 데 어쩌면 좋을까?'

그는 걱정이 되었다. 이 다음에 좀 일찌감치 와서 조용한 틈을 타서 이야기를 해가지고 아무런 수단을 쓰든지 정자를 꼬여 내리라. 나쁜 데 빠져서 물이 들기 전에 손을 쓰는 것이다. 물이 든 다음에 구해낸다는 것보다 훨씬 낫다고 생각되었기 때문이다.

"또 오세요, 아저씨."

정자는 덮어놓고 아저씨라고 부르고 버릇 삼아 인사를 하는 것이지마는 그의 속셈은 그렇지 않은 것이어서,

"오냐 또 올께, 잘 있어."

다시 올 것을 약속하다시피 하고 대문을 나섰다. 그리고 정분의 앞날을 생각하니 예전에 '배 아파 배 아파.' 하다가 죽은 소녀처럼 될까 걱정이 되었다.

그는 그날 오후에도 어떤 친구의 부탁도 있었고 자기 일도 있어서 어

떤 출판사와 신문사, 시청에까지 다녀오고 누구하고 다방에서 만나서 이야기가 늦어졌기 때문에 저녁에 시간이 열 시나 가까와서 집에 돌아왔다.

"정분이 어떻게 됐소, 나갔소?"

으레히 웃으면서 나와서 대문을 열어 주던 정분이가 나오지 않고 아내만이 나오고 집안에서도 보이지 않기 때문에, 이놈이 기어이 나갔구나 하면서도 행여나 하고 한 마디 물어본 것이다.

"정분이 하구는 꽤 정분이 두터우신 모양이구려. 들어 오시자마자 정분이 문안부턴 하시는 품이…."

아내는 낯빛이 좋지 않다.

"춘풍추우 삼년 동안 비가 오나 눈이 오나 한 식구로 살아온 정이 어째 없겠소. 그놈이 종내 갔구만, 할 수 없지, 그런데 당신 어디가 불편하오?"

그는 이렇게 말끝을 흐려 버리고 아내의 문안을 했다.

"괜찮아요."

"종내는 무슨 종내야. 오늘 아침에 당신 나갈 때 나간다고 안 그럽데까. 당신 나간 뒤로 금방 나간다는 말두 없이 도망군년처럼 나갔는데, 하마터면 도둑이 들어와서 다 집어가두 모를 뻔했는 걸. 그런 소갈머리 없는 계집애가 어디 있담. 그래두 제게 무던히 하느라구 해주었고, 당신은 당신대루 그만큼 생각해주었는데 어쩌면 그렇단 말이오. 그걸 사람이라구 당신은 생각을 하구 그러는 거요?"

경희는 어지간히 분이 난 모양이었다.

"나가는 걸 몰랐소, 무에 없어지지나 않았습디까?"

"없어지기야 무에 없어져, 저 입으라구 주었던 거나 다 싸가지고 나갔지."

"당신은 어디 나갔었소?"

"나가긴 어딜 나가, 속이 불편해서 좀 누웠다가 잠깐 잠이 들었던 모양이야."

"그러니깐 당신이 잠이 들었으니깐 간단 말도 못하구 간 게 아니요?"

자기도 미상불 괘씸하게 여겼지만 또 정분이 편을 들어준 셈이다.

"내가 잠이 들었다고 가노란 말을 못하구 갔다고 그런 말을 말이라구 하시우. 이러구 저러구 날더러 말하기도 귀찮으니까 잘 됐다 하구 살짝 나가 버렸지. 나간 다음에야 무에 들어와서 집안의 물건을 집어가거나 말거나 그것두 알 바 아니지."

"몸이 불편한데 저녁밥 준비를 하느라구 수고했소."

그는 할 말이 없다는 듯이 마침 저녁상을 받고 인사를 하였다.

"그런데, 오늘은 왜 그렇게 늦으셨소?"

식사가 끝나기를 기다려서 아내는 오래간만에 밖에서 지난 일을 따져서 묻는 것이다. 그뿐이 아니었다. 아내는 거기에다 한 마디 독한 화살을 쏘아 부친다.

"당신이 나를 정분이 만큼이나 생각하시는 게요?"

경희는 그를 한 번 바라보고 금방 얼굴을 돌리는 것이다. 얼굴을 돌리고 하는 말이,

"당신은 나가서는 그렇게 뉘게나 남자나 여자를 가리지 않고 썩 친절하게 하고 집안에서는 일하는 계집애한테까지 그렇게 야단스럽게 생각을 하느라고 그러지만…. 이런 소리를 하면 말만 해두 더럽게시리 내가 질투나 하는 것 같지만, 당신이 내게는 너무두 무심하지 않아요?"

아내는 오래간만에 정면으로 불평을 터쳐 놓은 것이다. 그렇지 않아도 좀 미안스러운 데가 있었는데, 오늘은 그의 아픈 데를 건드려 주는 것이라고 생각했다.

그는 아내의 말에 너무도 어처구니가 없어서 잠시 말문이 막혀 우두

커니 앉아 있을 수밖에 없었다.

"글쎄 그거야 당신두 잘 알지 않소. 그건 크리스챤인 우리 가정의 한 이상으로 당신이나 내나 이 냉냉한 세상에서 할 수 있는 데까지 진정과 애정으로 한 모퉁이라두 참과 사랑의 향기를 피워보자는 것이 아니요. 당신이 지금까지 내가 걸어온 길을 잘 알지 않소. 정분이만 해두 불쌍한 것을 내 자식처럼 길러서 좋은 데 시집까지 보내주기로 약속을 하지 않았소. 그러니까 불쌍한 애가, 더구나 그 애는 우리 집에서 나가는 날에는 아무래두 잘못될 가능성이 많으니까 기어이 붙잡으려고 하는 게 아니요. 우리가 붙잡아 돌봐주지 않으면 누가 그런 애를 돌보겠소. 그래두 나가지 말라구 달래고 볼 일이지, 그리구 당신이야 집안사람이니깐 믿구 지내는 거지 뭐요. 내가 잘못한 게 있으면 용서하시오."

그는 이렇게 사정 삼아 이야기를 하고 약속을 해놓고 어째서 나가라구 했느냐고 하는 말이 목구멍까지 나오려고 하는 것을 꾹 참고 아내에게 대한 말을 사과 삼아 했다. 그렇지만 아내는 그것을 알아채기나 했는지 그 말을 그 편에서 꺼낸다.

"글쎄 오죽하면 나가라구 했겠소. 제 편에서 척하면 나간다고 하니 나갈 테면 나가라지, 그럼 저는 아무렇게 하든지 나가지 말아 달라구 애걸복걸 빌어야 옳단 말이요?"

아내는 한 번 한숨을 쉬고 나서,

"요새 와서는 내가 무얼 하라면 영 죽여라 하구 안 하구 꼭 제 고집대루만 하는구먼. 제 고집대루 한다기보다 숫제 안 하는 걸. 뭘 하라구 이르면 어느 틈에 슬쩍 들어가 버리는 걸. 들어가서 담요를 뒤집어쓰고 자빠져 있구먼요."

아내는 어젯밤 하던 이야기를 되풀이하다가 마지막에는 놀라운 말을 덧붙이는 것이다.

"얘 정분아 나와라 뭘 하는데 들어가 누웠니?"

하면서 내가 빌다시피 하면, 그년이 하는 말이 기가 막히지.

"내가 머 당신네 종이요, 나두 자유가 있어요. 하기 싫어요, 안 할 테야요."

하면서 광주리 같은 대가리를 들고 나를 노려보는구먼, 그러는 데는 입이 딱 벌어지구 다물어지질 않던 걸.

아내는 말을 이어서,

"그리구 그년이 인젠 벌써 딴 생각을 했어요. 이제 새해가 되면 열여섯이 아니요. 벌써 앞가슴이 떡 벌어진 게 기애가 인제 어린애가 아니랍니다. 기애는 어쨌든 보통애가 아니라는 것을 아셔야 합니다. 언젠가 무슨 책에선가 보시구 '말을 강에까지 끌구 갈 수는 있어두 물을 먹일 수는 없다.'는 말을 당신 입으로 하시지 않았소? 안 됩니다 안 돼요."

아내는 밥상을 치우면서 자신 있는 듯이 말한다.

며칠 뒤였다. 경희는 신문을 보다가 깜짝 놀랐다.

심인 '사람 찾음(한문)'이란 광고란에 정분의 모습을 말하고 찾아주는 이에겐 사례를 한다는 광고가 있는데, 광고주는 바로 자기 남편인 것이다.

그리고 같은 날 라디오 공지 사항에도 같은 광고가 나온다.

"당신은 그렇게도 정분이를 단념하지 못하시오?"

저녁에 들어온 그에게 물은 즉 그는 고개를 끄덕일 뿐이었다.

그런지 꼭 일 년 뒤 처음과 꼭 매 한가지로 눈이 펄펄 내리는 어느 날 오후에 그가 마침 친구와 같이 집에 들어와 보니 집안이 왁자지껄하고 떠든다. 정분이가 돌아왔다는 것이다.

그는 그 아내도 매우 반가워서 등을 쓰다듬어 주면서 그 여윈 얼굴에 광대뼈가 유난히 드러난 것을 들여다보고 어서 밥 먹기를 권했다. 정분이도 제집에나 돌아온 듯이 뿌연 오바를 벗어 걸었다.

다음날에도 정분이는 제집처럼 방소제도 하고 빨래도 하였다. 그러나 그동안에는 저와 나이가 비슷한 처녀가 온 지가 벌써 오랜 듯이 익숙하게 일을 잘 하고 있는 것을 보고 어색해 하는 눈치였다.

그는 정분이가 어색해 하는 눈치를 채고 조용히 불러서 말했다.

"저 애는 이제 몇 날 더 있다가 집으로 간다고 하니깐 너 염려 말구 마음 놓구 있거라."

"아니야요 저두 가요, 우리 아버지는 죽었어요."

"집에 가보아서 집에 있을 형편이 못되면 다시 오너라. 언제든지 오면 너는 전과 같이 우리 식구로 같이 지낼 터이니 아무 염려 말고 오너라. 오는 차비까지 줄 테니 응."

아내는 이렇게 타일렀다. 이 말을 들은 정분이는 한참 눈을 깜박거리고 섰더니,

"네, 가보아서 오겠어요. 아줌마."

이튿날 아내는 서울역에 손수 나가서 새 옷을 한 벌 사 입혀 가지고 오후 차로 조치원 가는 차를 태워 보냈다.

일주일 만에 과연 정분이는 돌아왔다.

"아무 데를 돌아다녀도 세상에 아줌마네 집 같은 덴 없어요. 여기 있으면 맘이 편안해요."

그럭저럭 반년이 지난 어느 날 늦은 밤에 경희와 같이 앉아서 라디오로 HLKY방송을 듣다가 하는 말이다. 정분이는 방송을 듣고 경희에게 배워서 찬송가를 잘하게 되었다. 그래서 그는 이런 말도 했다.

"아줌마, 저는 그 전엔 찬송가 소리가 듣기 싫고 유행가만 불렀는데 인제는 유행가가 듣기 싫고 찬송가를 부르면 웬일인지 기쁘고 마음이 편안해요. 그 전엔 유행가를 부르면서 웬일인지 눈물이 났어요."

-《자유문학(自由文學)》, 1959년 12월

크리스마스 전야(前夜)의 풍경(風景)

찬바람 몰아치는 겨울날 오후였다. 몇 날 전에 제대하고 일선에서 돌아온 백인수(대위)는 앞으로 무엇을 하며 어떻게 살아갈 것인지 이날도 조용한 집에 들어앉아서 생각을 하고 있었다. 생각이 여러 갈래로 빵빵돌기만 하고 갈피를 잡을 수가 없어서 인수는 군복바지를 입은 채 전에 입던 퇴색한 외투를 입고 밖으로 나섰다.

"어디로 간담?"

사실 그는 갈 데가 없다. 굴레 벗은 말처럼 걸음걸이조차 허전허전하였다. 군대에서도 군목이던 인수는 다른 군인하고도 가까이 사귀어지지 않았고 성질이 솔직하기만 하여서 차라리 괴벽하다는 말을 듣는 그는 같은 군목끼리도 별로 좋아지내는 사람이 없었고 그 전에 사귀던 친구도 찾아갈 만한 사람이 없었다. 교회 측에도 모두 가식과 위선 투성이로 된 그 틈에 섞여 다닐 생각은 도무지 없었다.

일선, 더구나 동부전선에서 지내던 인수는 가끔 서울에 온다든지 신문이나 잡지를 읽고 뒤에서 상상할 수도 없으리 만큼 일선에서는 지독히 고생하는데 후방에서는 너무나 사치하고 호화롭게 지내는 것을 생각하고 인수는 늘 격분한 마음을 금하지 못하던 터이라 나가 다니기도 싫은 것을 비교적 마음이 통하는 박이란 친구하고 명동에서 만나기로 약속한 생각이 나서 문안 가는 버스를 타고 미도파 앞에서 내렸다.

* * *

우선 미도파의 쇼윈도와 출입문 좌우 쪽이 크리스마스 장식으로 덮였고 잠깐 안쪽을 슬쩍 들여다보아도 커다란 전나무 가지에 은방울 금방울 금실 은실로 느리고 솜으로 흰 눈 모양을 만들어 덮은 크리스마스트리가 모두 무척 눈에 거슬렸다. 시계를 보니까 아직 박과 만나기로 한 시간이 멀었기 때문에 종로 쪽으로 가서 몇 친구를 찾았다. 무엇이 그리 바쁜지 다 나가고 사무 보는 자리에는 한 사람도 없기 때문에 헛걸음을 하고 다시 명동 쪽으로 천천히 걸어갔다. 종로에서 을지로 입구로 명동까지 내려오는 동안에, 사람의 떼가 사태난 것처럼 많이 밀려다니고 사방에 크리스마스카드 장사가 많은 데 인수는 우선 놀랐다. 그 장사들이 카드 한 장에 오천 환, 칠천 환까지 부르는 것을 보고 더욱 놀랐다.

A다방에 들어섰더니 담배 연기가 가득 찬 데서 재즈와 음탕한 유행가 소리가 시끄럽게 들리고 어울리지도 않는 크리스마스트리가 한 가운데 서 있는 것이 몹시 눈에 거슬렸다. 신문 장을 들어서 들여다보다가 커피를 한 잔 청해서 마셨다. 그리고 다시 신문을 읽다가 시계를 본즉 벌써 반시나 지났건만 박의 그림자도 보이지 않는다.

"이 사람이 웬일인가?"

인수는 획 일어나서 나가려다가 미심결로 박XX란 사람이 다녀가지나 않았는가 마담에게 물어보았더니 한 시간 전에 어떤 여자 분하고 왔다 나가면서 낯이 서투른 손님이 오거든 좀 늦을지 모르니 기다려 달라고 그러더라는 것이다.

"이렇게들 시간을 안 지키는 거야."

혼자 중얼거리면서 인수는 A다방을 나와 버렸다. 명동거리는 어느새 불이 켜지고 아까보다 사람이 더 많이 수선거리고 다닌다. 모두 무슨 급한 볼일이나 있는 것처럼 바삐 간다. 남자와 여자와 쌍쌍이 가는 패가 상당히 많다. 인수는 어디로 갈지 몰라서 시공관 앞에서 잠깐 망설이고 서 있었다. 그러는 동안에 늙은이와 어린애들이 연달아 달라들며 얼어서 빨간 손을 내민다. 주머니에 있는 대로 십 환짜리 백 환짜리를 내주고는 충무로 편으로 발길을 돌렸다.

"이왕이니 미친놈인 척하고 꼴이나 보자."

인수는 누구를 찾는 듯이 스탠드바를 하나씩 하나씩 들여다보았다. 집집이 크리스마스트리와 산타클로스를 해놓고 장식을 굉장히 했다. 벌써 비틀거리는 손님이 귀찮은 듯이 크리스마스트리의 가지를 집어치우면서 나간다. 뒷골목에 들어가 보니 요릿집에도 크리스마스트리가 굉장하다. 정말 미치광이로 보면 안 되겠다 싶어서 인수는 다시 미도파 쪽으로 나갔다. 오는 길에 몇 사람 아는 친구를 만나서 다방에 가자고 하는 것을 바쁘다고 거절하고 동대문 행 전차를 타고 집으로 와버렸다. 집은 텅 비었다. 인수는 외투를 입은 채 빈방에 나가 넘어졌다.

"어머님이 애기를 데리고 돈암동으로 가시면서 대위님이 들어오시면 곧 그리로 오시래요."

옆집에 있는 식모가 일러 주는 것이다.

"흥 크리스마스! 실컷 잘들 놀아라."

교회는 다니며 말며 행세거리로 신자 노릇을 하는 사람들이 성탄에 무슨 정성이 있어서 그러는가, 저리들 놀고 싶어서 그러지!

그리고 또 일선에서 지내던 생각을 하고 전에 일선에 있다가 성탄 때에 왔던 생각을 하고 속이 뒤집힐 듯이 불쾌했다.

* * *

인수는 대개 일선에서 복무하다가 다른 친구보다 좀 늦게 제대되어 나왔다. 집에는 어머니와 아내와 어린 것이 있으나 아내는 해산하러 친정집에 갔기 때문에 아직 보지도 못했었다. 어머니는 돈암동에 사는 딸의 집에 자주 다니다가 이날은 크리스마스라고 오라고 해서 손녀 신애를 데리고 간 것이다.

"내일 저녁에 크리스마스 파티를 한다고 너의 누이가 다 오라구 했으니 너두 가자."

하는 어머님의 말을 지난날 밤에 인수는 돈 잘 벌고 흥청거리고 게다가 좀 주제넘게 보이는 누이나 매부에게 대하여 별로 감정이 좋지 않기 때문에 어머니의 말씀을 들은 척 만 척 하였던 것이다.

'크리스마스? 저이가 얼마나 예수를 잘 믿길래 크리스마스라구! 나는 안 간다. 나는 나 혼자 크리스마스 지낸다.'

인수는 차디찬 방바닥에 반듯이 누워서 눈을 감고 중얼거리고 있었다. 명동 거리와 종로 거리의 야단스러운 풍경이 눈에 떠올랐다. 미도파의 크리스마스 장식, 시공관 앞에서 달려붙던 거지 아이들의 빨간 손들이 뒤섞여 보이고 일선에서 고생하는 병졸들의 까만 얼굴들이 보인다. 돈암동 누이네 집 옆에 있는 언덕 밑에 있는 방공호에 앉아 있는 영감도 보였다.

"인수야 인수야."

그새 인수는 잠이 들었던 모양이다. 밖에서 웬 자동차 소리가 나서 잠이 깨었는데 어느새 어머니가 돌아와서 깨우고 있었다.

"가자, 너의 누이랑 매부가 널 데려오라고 일부러 차를 보냈다."

"난 싫어요, 어머니나 가세요."

잠깐 일어났던 인수는 도로 누워 버렸다. 밖에서는 뿡뿡 소리가 요란스럽게 들린다.

"얘 어서 가자, 남의 바쁜 차를 세우고 기다리게 하지 말구 어서 가자. 안 가면 너의 누이가 섭섭해 하지 않겠니."

"섭섭하긴 무얼 섭섭해요. 어서 어머니나 도로 가서 잘 잡숫구 오세요."

아랫목 쪽으로 가서 누워버린 아들을 어머니는 나도 안 가겠다고 하고 차를 보내려고 하다가 다시 마음을 먹고,

"내 면목을 보아서 어서 가자."

사정사정해서 인수를 끌고 나가서 차를 태웠다.

어머니의 말을 거슬러 본 일이 없는 인수라 할 수 없이 끌려나온 것이다. 인수는 마음속으로는 마음대로 하는 것 같으면 이 나라에서 크리스마스를 아주 없애 버리고 싶고, 크리스마스란 절기를 저주하고 싶었다. 한편 짝에는 헐벗고 굶고 떨고 있는 동포 형제가 수두룩한데 저희 혼자만 그 무엇이 그리 좋다고 야단들인고 싶었다.

* * *

"이거 귀한 손님이 오시는군, 백 대위님 어서 들어오십시오."

차는 잠깐 새 돈암동으로 가서 이층 양옥집 앞에 대었다. 현관문을 열고 나오면서 인수의 손을 잡는 뚱뚱한 신사는 이집 주인 윤봉호요, 인수의 매부였다.

"응접실로 들어갑세다. 야 커피 가져오너라. 그런데, 잠깐만 나 실례

합니다 형님."

주인은 옷을 입고 기다렸던 모양이다. 자기를 태우고 온 차를 타고 나가버린다.

"누이는 어데 갔소?"

"장보러 가서 아직 안 왔구나, 너의 매부가 차를 가지고 데리러 가는 모양이로구나, 미도파에서 기다리고 있다니깐."

"주인도 없는데 무슨 맛에 있겠어요. 어머니 나는 가겠어요?"

"아빠 언제 왔어?"

인수는 잠깐 잡지를 들여다보고 있다가 벌떡 일어섰다. 현관에서 구두를 신으려고 하는데 안에서 놀던 신애가 뛰어나와서 매달린다.

"아빠 이거 보세요. 고모가 사다 주었다구. 이것 좀 보아요, 이쁘지."

"신애야 가자, 집에 가자. 내가 더 좋은 거 사주께."

인수는 자기의 손을 잡아끌며 새 양복을 보아달라고 자랑하는 어린 신애의 손을 붙잡고 가려고 하였다.

"안 갈 테야, 여기 장난감도 많고 먹을 것도 많아. 아빠두 가지 말어, 여기서 밥 먹고 할머니하구 함께 가."

안에 들어갔다 나온 어머니의 만류에 못 이겨서 인수는 도로 방으로 들어가서 털썩 앉았다. 들여온 커피를 한 모금 마시고 나서 잡지를 한참 들여다보다 말고 내던지고 팔짱을 찌르고 앉아서 무슨 생각에 잠겨 있는데 밖에서 차 소리가 난다.

"엄마 엄마 왔다."

아이들이 왁 달려 나가서 매달린다.

"이 애들아 가만들 있거라. 글쎄 남의 나들이옷을 고녀석의 깍쟁이 새끼가 이렇게 버려 주었구나. 좀들 비켜라."

안에서 나오는 인수의 어머니를 보고 주인마누라는 큰 변이라도 당한 듯이 말을 계속한다.

"글쎄, 어머니 이걸 좀 보세요. 깍쟁이 새끼가 내 치마를 붙잡더니 이 꼴이 됐다오! 글쎄, 이게 뭐예요 이게 골탄인지 똥인지…."

온 집안이 떠들썩하리 만큼 떠들어댄다.

"애개개 그게 무어야, 치마 버렸구나!"

"버리구 말구요, 오늘 재수가 사나와서 글쎄 고녀석 그저 모가질 비틀어 주고 싶은 걸 겨우 참구 왔구만."

어머니의 응원에 뚱뚱보 마누라는 더 기가 나서 악담을 토한다.

"얘 너의 오빠가 와서 기다린다."

어머니도 겨우 생각이 난 듯이 응접실문을 열었다.

"참 오빠 오셨다지요…. 하두 분해서…."

마누라는 겨우 생각이 난 듯이 응접실을 들여다보고 인수를 안으로 들어가기를 권하고 앞에서 들어가 버린다. 옷을 갈아입겠다는 속셈이었다.

* * *

이윽고 밖에서 주인 윤이 들어오고 뒤따라서 어떤 신사 두 사람과 여자 두 사람이 줄레줄레 들어왔다.

인수는 그 기색을 알고 기다리게 해서 실례했다고 하는 매부의 말을 못들은 척하고 안으로 들어갔다. 마침 안쪽에서 나와서 어서 들어가서 식사하자고 알리는 어머니에게 끌리다시피 하여 안방 대청으로 올라갔다. 마루 한편에는 아이들이 커다란 인형이며 목걸이 따위의 예물과 먹을 것 때문에 정신없이 떠들고 있고 한편에는 주인마누라가 부족한 것을 나중에 사온 장식을 중학교 일학년인 딸 혜경과 둘이 같이 크리스마

스트리에 걸어 놓느라고 골몰하다가 인수를 힐끗 쳐다보고,

"오빠, 어서 들어가 먼저 잡수세요."

하고는 이번에는 한편 벽에 걸린 십자가에 달리신 예수님의 성화에 은별과 금빛 종이로 장식을 하고 있다.

"어서 들어와 저녁 먹어라."

어머니의 말이다. 크리스마스 파티란 것은 어찌된 셈인지 자기는 마치 밥이나 얻어먹으러 온 것 같아서 더구나 불쾌했지만 마침 점심도 안 먹고 속이 출출한 터이라 안방으로 들어가서 어머니와 매부의 동생 되는 학생과 아이들과 같이 저녁을 먹기로 하였다. 상에는 장식한 통닭이며 커다란 생선이며 꼬불꼬불한 글자로 크리스마스를 표시한 케이크며 각색 한국 떡이며 즐비하게 벌어져 있고 술까지 놓여서 어머니와 학생이 이것저것 권하건만 국에 밥을 말아서 조금 먹고 인수는 뒷방으로 가서 피곤한 몸을 활짝 펴고 누워버렸다.

장식하고 손님 접대하느라고 정신없이 돌아가던 주인마누라(누이동생)는 나중에야 생각이 났던지 안방으로 들어와서 오빠를 찾으면서 식사에 대한 인사를 하고 나중에 댄스파티에 나오라고 했지만 그것은 인수가 잠깐 잠이 든 뒤였다.

"글쎄 이거 좀 보아요. 아까 당신하구 헤어져서 먼저 올 적에 깍쟁이 새끼한테 붙들려서 새치마를 다버렸다오. 고녀석의 새끼를 모가지를 홀랑 비틀어 죽여 버렸으면 속이 시원할 걸…."

"빨면 되지 않소, 집에 깨솔린이 잔뜩 있지 않소? 당신이 얼른 한 십 환 던져 주었더면 일 없을 걸 그랬지. 아무리 거지라구 너무 악담을 할 게 아니야. 내일이 크리스마스가 아니오?"

"여보 당신은 성자가 되니까 그런 마음씨를 가졌는지 몰라도 나는 성자가 못돼서 그러우. 그리구 그따위 깍쟁이 줄 돈이 어디 있소, 글쎄."

주인이 안으로 들어와서 마누라가 치마 버린 하소연을 하다가 핀잔을 맞고 화가 나서 대답하는 악이 뻔히고 울음 섞인 소리다. 그 소리에 옆방에 있던 인수는 잠이 깨어서 귀를 기울였다.

또 그 소리구나, 어려서부터 교회에서 자라난 내 동생이 어쩌면 사람이 저렇게 되었을까 싶어서 슬그머니 일어나서 뒷문으로 해서 밖으로 나갔다. 누이의 말이 하두 귀에 거슬리고 듣기 싫어서 바람도 쐴 겸 나온 것이었다. 자기는 파트너도 없지만 그런 축에 섞이기가 싫었다.

* * *

인수는 집 뒤에 있는 언덕 편으로 올라가 보았다. 거기에는 한동안 인가가 없고 언덕 한 모퉁이에는 방공호가 뚫려 있었다. 전에 지나다니면서 보던 생각이 났다. 물론 불이 없어 컴컴하다. 인수는 일선에서 호속에서 지내던 생각이 나서 그 속에 무엇이 있나 혹 어떤 사람이 사는가 보고 싶은 생각에 슬금슬금 들어가 보았다.

"거 누구요?"

아차 잘못 했다 싶어서 인수는,

"아저씨 계십니까?"

하고 공손히 물었다.

"왜 누굴 찾소?"

"지나가던 사람이 잠깐 몸 좀 녹여갈라고 왔습니다."

"지나가던 사람이? 좌우간 들어오시오."

거적문을 들치고 들어갔더니 늙은이가 조그만 등잔불을 켜놓고 누더기를 쓰고 엎드려서 무얼 훌훌 마시고 있다. 인수는 전부터 한 번 방공호에서 사는 것을 들어가 보고 싶은 생각을 가졌으나 오늘에야 처음 들어와 보게 되었다. 불 땐 온돌방 같지는 못하나마 아늑하고 군바람 하나 없는 것이 춥진 않다.

"전 이 동네 사는 놈인데요, 아저씨를 한 번 찾아 뵐려구 하면서두 여태 군대에 나가서 지냈기 때문에…. 아저씨 추우시진 않습니까?"

"안 추워."

늙은이는 인수의 얼굴을 자세히 들여다본다. 웬 사람이 날더러 아저씨라구 밤중에 찾아와서 고마운 말을 하는가 하는 얼굴이다. 과연 어디서 본 듯한 얼굴이다.

"아저씨 본시 이 동네 사셨습니까?"

"아니 이북에서 왔네!"

"저도 이북에서 왔습니다."

"그래, 언제 왔나?"

"일사후퇴 때에 왔어요."

"그래 나두…."

늙은이는 먹던 술을 놓고 나서 말을 계속한다.

"마누라 하구 아들 따라 왔다가 아들은 일선에 나가 죽고 그 뒤에 마누라두 죽구 며느리는 어린 것 하나 있는 걸 버리고 잠깐 다녀온다더니 어디로 가구 종내 안 들어오구 저 애놈하구 둘이 산답니다."

늙은이는 컴컴한 모퉁이에 누워 자는 어린 것을 가리킨다.

"저 애가 몇 살이야요?"

"여섯 살입니다."

"가엾어라 어린 걸."

인수는 이윽고 자는 아이를 바라보다가,

"아저씨 제 부친은 이북에서 못오셨답니다."

"그래? 소식을 모르겠지?"

"모르지요."

"돌아가셨겠지."

"글쎄요."

인수는 고개를 숙이고 말이 없다. 사실 이북에 남은 아버지 생각이 나서 목이 메인 목소리다.

"아저씨 혼자서 어린 걸 데리구 어떻게 지내셔요?"

인수는 눈물어린 목소리로 이렇게 물었더니 그 옆에 있는 방공호에 사는 할머니가 밥도 좀씩 갖다 주고 요새는 감기로 아파서 밥을 목 먹으니까 이렇게 밈을 쑤어다 주어서 먹노라고 이야기를 한다.

"고맙군요, 그 할머니가…. 이걸 어린애나 주세요."

인수는 거기서 하루저녁 자고 싶은 것을 어머니와 어린 것이 기다릴 것이 염려되어서 싸가지고 왔던 떡과 외투까지를 슬쩍 놓고 나왔다.

"여보 여보 외투 가져가시오."

늙은이가 찾는 소리가 들렸으나 인수는 못들은 척하고 바쁜 걸음으로 누이 집 뒷문으로 살짝 들어왔다.

"뚱땅 뚱땅 쿵창쿵창 시르르 시르르…."

"하하 하하 하하."

안에서는 크리스마스 파티가 댄스파티로 한창 돌아가는 모양이다. 재즈 음악 소리와 거기에 맞추어서 발걸음 소리와 또 가끔가끔 흥에 겨운 웃음소리가 문 밖에까지 요란스럽게 들려 나온다. 인수는 잠시 무슨 생각에 잠겼다가 슬그머니 아까 자기가 누웠던 안방 뒷문으로 들어갔다. 아이들은 다 잠이 든 모양이다. 뒷방에는 주인마누라가 사다 놓았던 선물로써 아직 풀어보지 아니한 듯한 포장한 곽이 있다. 그것을 풀어보니까 산타클로스 할아버지의 모자와 붉은 옷이다.

"옳지 됐다."

인수는 다시 살짝살짝 밖으로 나가서 방공호에 있는 어린아이를 달래서 데리고 왔다. 자기는 산타클로스 할아버지의 붉은 모자를 쓰고 붉은 옷을 입고 데리고 온 어린애를 흰 보자기로 싸가지고 한참 춤추고 돌아가는 대청 문을 가만이 들어섰다. 그래도 춤추고 웃고 떠드는 사람들은 산타클로스 할아버지에게는 주의를 하지 못하는 모양이다.

잠깐 생각한 인수는 뒷담벽에 걸린 성화를 칵 잡아 당겨서 땅바닥에 떨어뜨렸다. 그러자 자기는 한가운데 나섰다. 그제야 여러 사람들은 깜짝 놀라서 뒤를 돌아보았다.

"나는 이번에 기쁜 크리스마스가 되어서 착한 아이들이 있는 집을 찾아서 선물을 주려고 온 산타클로스 할아버지다. 그런데 와보니 너희는 너무나 풍청거리며 잘 논다. 너희 집에는 주님의 성상도 소용이 없다. 그리고 너희 집에는 아이들이 모두 너무나 좋은 선물을 가졌기 때문에 내 선물은 변변치 아니 하기 때문에 줄 필요가 없다고 생각해서 색다른 선물 하나를 가지고 왔다. 이 선물은 내가 가져왔다기보다도 주님 예수께서 보내신 것이다. 아니 주님이 친히 오신 것이다. 지극히 적은 소자 하나를 돌아보지 아니 하는 것은 나를 돌아보지 아니 하는 것이요, 지극히 적은 소자 하나를 대접하는 것은 나를 대접한 것이라 하신 말씀을 기억하라."

산타클로스 할아버지는 맨발에 헌옷을 입은 채 어리둥절 하는 아이를 내놓고 자기는 뒷걸음질 하면서 슬쩍 어두운 데로 사라졌다.

"누구야 뭐야 웬 아이야?"

빈정대는 사람도 있었지만 인수의 목소리를 듣자 모두 박수를 하고 환영하였다. 그러나 그 가운데 불신자로서 이해하지 못하는 사람들과 그리고 주인마누라는 자기의 한 일이 있어서 찔리기 때문에 인수의 하는 일을 불쾌하게 여기고 미치광이 짓으로 생각하였다. 주인마누라는 딸 혜경을 시켜서 주님이 보내셨다는 어린 아이에게 돈 몇백 원과 떡과 과자를 싸주어서 바삐 돌려보냈다.

* * *

크리스마스 전날 밤은 고요히 깊어갔다. 손님들도 다 돌아가고 인수와 그 어머니와 딸 신애도 돌아갔다. 모든 식구들은 다 깊이 잠이 들었다. 주인마누라도 고단한 김에 잠이 들어서 코를 골고 있다.

"엄마 엄마."

엄마 옆에서 자던 여섯 살 먹은 애경이 벌떡 일어나서 엄마를 흔드는 것이다.

"엄마 엄마 누가 밖에서 나를 찾아요."

애경은 엄마를 몹시 흔들면서 야단이다.

"얘 넌 왜 자지 않고 그러냐. 어서 자거라."

"엄마 글쎄 누가 밖에서 애경아 애경아 하면서 나를 불러요."

"얘가 무슨 잠꼬대를 그렇게 하니, 어서 자라는데 그래."

어머니는 귀찮은 듯이 소리 지르고 돌아누워서 여전히 코를 골고 있다.

어린 것은 울면서 야단쳤지마는 깊이 잠든 식구들은 아무도 알은 척 하지 않았다. 어린 것이 혼자 일어나서 문을 열고 밖을 내다보았으나 지척을 분간할 수 없이 캄캄하고 찬바람은 무섭게 몰아치고 있다. 할 수 없이 어린 것은 문을 닫고 돌아와서 밖으로 귀를 기울이고 앉아서 모기소리만큼 희미한 소리가 들렸으나 졸음이 엄습하여 그만 그 자리에 쓰러져 잠이 들고 말았다.

* * *

기쁘다 구주 오셨네
만백성 맞으라
온교회 함께 일어나
다 찬송 부르세
다 찬송 부르세
다 찬송 찬송 부르세

먼동이 훤하게 밝아 오면서 새벽 찬송 소리가 희미하게 들려온다. 간악한 세상에도 성자의 강림을 알리는 하늘의 축복을 전하는 거룩한 노랫소리였다.

한밤에 양을 치는 자
그 양을 지킬 때에
주 뫼신 천사 일어나
큰 영광 비추네
큰 영광 비추네

새벽 찬송 소리는 점점 가까이 와서 윤봉호 네 정문 밖에까지 왔다. 노래는 다시 계속되었다.

"새벽 찬송 새벽 찬송 문 열어라 문 열어라."

봉호와 아내와 혜경과 온 식구들이 혹은 촛불을 켜가지고 혹은 회중전등을 가지고 대문 박으로 나가서 박수로 성가대를 맞이하였다. 예비하였던 과자봉지를 내주고 현금을 두둑하게 넣은 헌금봉투를 대장에게 내어주며 고마운 인사를 하였다.

"성탄에 복 많이 받으십쇼."

축복하는 인사를 하면서 대원들은 우즐렁우즐렁 물러갔다.

"이 집에서는 따끈한 떡국이나 끓여낼 줄 알았더니 아주 깍쟁이야."

이런 소리로 불평을 하고 가는 생각 없는 대원도 있어서 마지막으로 대문을 닫치고 들어가려던 식모는 못마땅한 듯이 대원 편을 바라보면서 들어가려고 하는 차이었다. 찬바람이 불고 눈이 펄펄 내린다. 대문을 잠그고 들어가려고 하던 식모는 무심코 다시 한 번 좌우 쪽 행길을 바라보았다.

"애그머니 이게 무어야."

개도 아니요 사람이 분명하다. 식모는 다시 한 번 소리를 지르고 안으로 뛰어 들어갔다.

식모가 기절을 하듯이 야단을 하는 통에 주인은 사랑에서 자던 운전수를 깨워가지고 불을 가지고 나가보았다.

대문 밖 담모퉁이에 바짝 달라붙어 있는 것은 대여섯 살쯤 나 보이는 어린 아이였다. 얼굴은 눈에 덮여서 고요히 잠든 것이었다. 그 옆에는 초 그루터기가 쓰러져 있다.

얼마 전에 애경을 부르던 그 손님일 것이다.

이날 밤이 깊어서 인수는 자기 집에서 마음에 여러 가지 뉘우치는 바가 많아 눈물의 참회 기도를 드리자 이웃집 닭이 울었다.

-《군종(軍宗)》, 1960년 12월

후회

1928년 8월 그믐 가물던 때이었다. 하늘에는 연회색 구름이 잔뜩 끼고 마치 가을 날씨처럼 바람이 설렁설렁 불어 만수대(평양) 아래 서 있는 포플러 나무들이 흔들흔들하면서 와슬랑와슬랑 소리를 내는 것이, 금방 비가 올듯하면서도 한길에 먼지만 날리고, 도로 좁은 마당에 별만 내려 쬐어서 마당 한 모퉁이에 심은 꽃나무들이 시들시들 말라 죽어가는 것을 보고도 못 본 체하고,

"웬걸 비가 올라고."

하면서 복실이 어머니는 뒷곁에서 아이들 옷가지의 풀을 먹이고 있었다. 정신없이 풀 먹인 것을 짜는데 이상하게 짜기가 힘이 든다.

"이게 무어야?"

하면서 펴보니까 복실이 아버지가 입던 적삼이다.

"이것이 어디 가서 자빠져 낮잠을 자노."

아홉 살 먹은 복실이는 보통학교에 가고, 일곱 살 먹은 복네는 유치원에 가고, 네 살 먹은 사내놈 춘식이는 안방에서 자고, 혼자서 조용히 풀을 먹이고 있다가, 벌써 집을 나간 지 오랜 남편의 적삼을 보고, 잊어버렸던, 아니 잊어버리려고 하던 남편의 생각이 나서 깊은 한숨을 지으

면서 이렇게 혼자 중얼거렸다.

* * *

복실이 아버지 명구란 사람은 평양에서도 몇째 아니가는 큰 실업가의 아들이더니, 어려서부터 오입을 시작해서 돈을 많이 쓰다가 마침내 아편을 배웠다. 그러는 동안에 아버지도 장사에 실패하고 가산은 점점 기울어져, 마침내 파산을 당하고 아버지 어머니까지 죽어 버렸다. 이때에 명구는 정신을 차려서 금강산으로 달아나서 석 달 동안을 있다가, 아편을 끊고 돌아와서는 그 처가에 붙어살면서 도로 살이 오르고 제법 사람이 되었다. 처가의 살림도 좀 돌아보아주고 있다가, 우연히 이전 친구를 만나서 다시 끊어 버렸던 술을 먹게 되고 모르핀 주사를 시작하였다.

남은 세간과 의복까지 다 잡혀 먹혔다. 돈 내라고 여편네를 때려서 복실이 어머니는 명구의 침 자리 같이 성한 데가 없다. 아이들을 위해서 깊이깊이 간직해두었던 패물이며, 남에게 맡겨 두었던 돈냥까지 다 없이하고, 여편네 의복, 이부자리 있는 대로 다 잡혀 먹었다. 처가에서는 하도 미워서 딸을 큰 아이들만 두어두고 작은 아이는 데리고 어디로 도망을 시켰다. 그리고 명구를 다시 못 들어오게 쫓아버렸다. 그래서 명구는 몇 해 전 찬바람 불기 시작하는 가을에 거적을 쓰고 빌어먹기를 떠났다.

복실이 어머니는 바느질 품 팔이를 하면서 만수대 아래 한 모퉁이에서 다시 살림을 차렸다. 명구는 어떻게 이것을 알고 찾아와서 돈 내라고 야단치고, 막 때려서 안 주면 모처럼 장만한 이부자리고 그릇이고 막 집어가지고 나갔다. 그래서 한 번 왔다 간 뒤에는 곧 다른 집으로 셋

방을 얻어가지고 이사를 하기를 벌써 몇 번째 했는지 모른다. 이번에는 떠나온 지 다섯 달이 되도록 이내 소식이 없었다.

* * *

복실이 어머니는 막 풀을 다 먹여가지고 내다널려고 하는데, '찌꺽' 하고 요란하게 대문 소리가 난다. 혼잣말로 '누가 오나, 벌써 복실이가 오나?' 하면서 손으로 이마에 흐르는 땀을 씻는데 과연 복실이가,

"어머니, 어머니."

이상스럽게 낮은 목소리로 찾으면서 헐떡거리고 왔다. 어머니는 말없이 복실이를 보았다. 어머니 귀에다 입을 갖다 대고 '아버지 아버지.' 속삭인다. 복실이 어머니는 이 말에 또 가슴이 활랑거리기 시작했다. 그래서

"그래 봤니? 어디 있데?"

복실이는 손가락질만 한다. 손가락질하는 방향은 바로 한길 대문편이다. 이때에 작은애 복네가 또 들어왔다.

"엄마, 아부지 왔어, 아부지."

하고 좀 큰 목소리로 떠든다.

"이애, 가만 있거라. 떠들지 말아."

복실이 어머니는 어린 것의 입을 틀어막고 부엌문 틈으로 내다보았다. 아래는 다 해어져 무릎이 드러난 헌 양복바지를 입고, 위에는 때 묻고 찢어진 검은 웃옷을 입고 머리에는 위 꼭대기는 거진 없어진 맥고를 쓰고, 맥고 밑으로 먼지에 누우래진 머리가 구실구실 늘어져서 얼굴을 반쯤 가리었다. 아무리 내외간이나마 몰라보게 되었다. 어린 것들이 알아본 것이 용하다 하였다. 피가 켕긴다는 말이 과연 옳다고 생각하였다.

이윽고 거지는 이마를 땅에 닳도록 연해 절을 하면서 그야말로 사흘에 한 끼도 못 먹은 듯이 느리고 힘없는 목소리로,

"큰댁에 동냥 왔습니다. 한 푼 적선합시오."

이 목소리는 옛날에 술사오라고 호령하던 목소리, 술 취해서 수심가 빼던 목소리와는 딴판이었다. 그 죽어가는, 천연 거지의 소리는 차마 들을 수 없었다. 불쌍도 하고 밉기도 하고, 나가서 발길로 걷어차고도 싶고, 목을 쓰러 안고 울고도 싶고, 어쩔 줄을 몰랐다. 잠깐 멍하니 섰다가 같은 목소리가 또 들리므로 차마 더 들을 수가 없어서 어머니 눈치만 보는 어린 것들을 눈짓으로 꼼짝 못하게 하고, 얼른 안방 주인집 애를 시켜서 보통 거지 모양으로 동전 한 푼을 주어 보내게 하였다.

거지는 동전 한 푼을 받아가지고 절을 한 번 굽실하고 돌아서 나갔다. 돌아서 나갔다는 말을 듣고야 뒤로 얼른 따라 나가보았다. 거지는 어청어청 가다가 또 다른 대문으로 들어간다. 복실이 어머니는 그만 뛰어 들어왔다. 들어와서 쪽마루 끝에 앉아서 고름 짝으로 눈물을 씻으면서 혼자 중얼거린다.

'내가 죄를 받겠다…. 찬밥이라도 밥이나 멕여 보낼 걸…. 돈이나 좀 더 줄 걸….'

이런 생각을 하다가

'어린 것을 생각해서….'

하고 입술을 깨물고 머리를 흔들고 일어섰다.

그런지 한 십오 분이나 지난 뒤이다. 저녁도 아니 하고 있던 복실이 어머니는 복실이를 시켜서 얼른 아버지를 찾아보라고 했다. 어린 복실이와 복네는 손목을 맞잡고 아버지를 찾으러 나갔다. 거지 아버지를 찾으러 아장아장 나가는 철없는 어린 것들의 뒷모양을 이윽히 바라보다가, 골목을 돌아 나가리만한 뒤에 복실이 어머니는 목을 놓아 울었다.

울다가 울다가 안방 마누라의 말림으로 울음을 멈추자, 어슬렁어슬렁 한 저녁에야 어린 것들이 울먹울먹 울면서 들어온다.

"암만 찾아보아도 아버지 어디 갔는지 없어!"

"그만 두어라, 그건 찾아 무얼 하니. 들어오면 매나 맞지…."

아이들을 위로하느라고 이렇게 말해버렸다. 안방에서 주는 밥 한 주발하고 먹다 남은 찬밥하고 숭늉에 말아서 주었건만, 아이들도 종내 아니 먹었다. 아무것도 모르는 그중 어린 것만 좀 펴 먹었다.

아이들은 시름없이 앉았다가 쓰러져 잠이 들었으나, 복실이 어머니는 자는 아이들을 두고 미친 여편네처럼 거리를 한참 휘돌아서는 한잠도 못자고 밤을 지냈다.

-《문예공론(文藝公論)》, 1927년 6월

하늘을 바라보는 여인

1

여름밤이 채 밝기 전에 잠을 깬 감네는 잠든 시어머니가 깰까 염려해서 조심조심 일어나서 가만히 밖으로 나왔다. 나오자마자 감네는 고개를 들어 하늘을 쳐다보았다. 아침에 일어나면 바삐 밖에 나와서 하늘을 바라보는 것이 버릇이 되어 버렸지마는, 오늘은 더욱 안타까운 심정으로 그리고, 꼭 믿고 바라는 마음으로 눈을 감다시피 하고 나와서 두 손을 모아 합장을 하고,

"오늘이야? 비가…. 비가…."

속삭이면서 온 정력을 두 눈에 모아 이윽고 하늘을 바라본 감네의 입술은 금방 다물어지고 합장했던 두 손이 꼭 쥐어지면서 바르르 떨리고, 몸까지 떨리는 듯하였다. 빛 없고 핼쑥한 감네 자신의 얼굴 같은 새벽달이 한 편짝에 원망스럽게 걸려 있고, 또 한 짝에는 맥없이 깜박거리는 샛별 한 개가 얼른 눈에 띌 뿐이요, 검은 구름이라고는 아무리 사방을 둘러보아야 손바닥만 한 것도 볼 수 없다.

"하느님두 너무 하신다. … 이 인간이 죄가 많아서…."

눈물과 한숨이 한꺼번에 쏟아지듯 나온다. 금시에 얼굴이 컴컴해지고 쳐들었던 고개가 숙어진다.

'오늘도 비 오기는 글렀다.'

하고 생각한 감네는 돌로 깎아 세운 듯이 꼼짝도 아니 하고 서 있다. 고개를 숙이고 합장을 하고….

2

감네 자신과 같이 외로운 신세인 늙은 시어머니를 모시고, 젊은 여자의 몸으로 혼자 농사를 지어가면서 살아가기만도 어려운데, 게다가 금년은 봄내 몹시 가물어서 잔뜩 믿었던 보리는 다 타 죽고 감자 한 알갱이도 거두지 못하고, 옥수수 구경도 못하고, 호박, 오이나 무우, 배추 같은 푸성귀조차 구경할 수가 없으니, 얼마나 곤궁하고 얼마나 답답하랴. 비록 어린 것은 없을망정, 어린아이와 마찬가지로 자시는 것밖에 아무 생각이 없이 가끔 망령을 부리는 시어머니를 모시고 살아가기가 여간 어렵지 아니 하였다. 늙은이는 아직 끼니를 빼지 않고 죽이라도 끓여서 대접하지마는, 감네 자신은 먹는 듯 굶는 듯 지내는 형편이다.

이 가뭄은 이십 년래에 처음 되는 가뭄이라고, 금년에는 모두 굶어죽는 사람이 많으리라고 걱정이다. 동리마다 우물까지 말라서 물난리가 나서 야단이요, 인심이 아주 흉흉해졌다.

감네는 소년과부로 사년을 지내는 동안, 거치른 세상에서 마치 모진 풍랑에 밀리는 일엽편주처럼 외롭게 시달리는 감네는 살아가기도 어렵지마는, 마음에 받는 괴롬도 한두 번 한두 가지가 아니었다.

윗마을 거리에 제 여편네를 때려죽이고 칠년 징역을 하고 나왔다는 여관주인이 가끔 매파를 보내는 것은 아주 질색이었다. 하루는 시어머

니가 중얼거리기를,

"글쎄 그녀석이 접대 날더러 하는 수작이 '제가 아주머니 아들이 될 터이니 며느님하고 내외가 되게 해주십쇼. 그래도 제가 괜찮은 사람이외다. 괘니시리 모르구들 그러지, 그리고 여관이나 잘 하면 우리 몇 식구 먹고 살긴 걱정 없구요. 마침 앓고 누웠던 저희집 늙은이는 가실 데로 갔으니까, 아주머니를 내 어머니로 잘 모실 터이니 염려 마시고, 노인이 이렇게 굶고만 계셔야 되겠어요. 어서 그러시우.' 하면서 부덕부덕 졸르더구나."

감네는 이 말을 듣고, 분이 머리털 끝까지 치밀어서 어쩔 줄을 몰랐다. 게다가 혹 장에 가는 길에서 만나면 눈치가 다르고, 추근추근 말을 붙이던 생각을 하면 더욱 분해서 견딜 수 없었다.

다음에 감네의 마음을 괴롭게 한 것은 한동네 사는 용돌이 일이다. 용돌이는 죽은 남편의 동무 중의 한 사람이다. 역시 늙은 어머니를 모시고 누이동생하고 세 식구 살아가는 가난한 총각이다.

마음이 곧고 부지런하고 일 잘하고 말이 없고 별로 나무랄 데가 없는 사람이다. 남편의 친구인 것뿐 아니라, 감네도 어려서부터 잘 알던 사람이었다. 동무라면 동무였다. 남편이 살았을 때에 가끔 놀러오면 아무 말 없이 앉아 있거나, 그렇지 않으면 남편이 보는 책을 들여다보다가, 감자나 옥수수 같은 것을 같이 먹고 놀다가 빙긋이 웃으면서 말없이 가곤 하였다.

용돌이는 남편이 죽고 초상을 치를 때에는 정성껏 일을 보아주었으나, 그 뒤엔 일체 오지 아니 하였다.

그런데 삼년상을 치르고 나서는 가끔 와서 일도 도와주고 고맙게 하는 것을 감네는 간곡히 거절을 하였다. 그래도 용돌이는 몰래 나무도 갖다 주고, 혹은 감네네 밭에 거름도 내어주었다. 고맙긴 고마우면서 감네는 썩 불쾌히 생각하는 차에 종내 용돌이 어머니가 조용히 찾아와서 혼담을 꺼냈다. 둘이 결혼을 하고, 두 집이 한집처럼 지내자는 것이었다. 용돌이가 자기의 뜻을 모르고 게다가 남편의 친구로 그런 마음을 품는다는 것이 몹시 분하였다. 여자라고 업신여기는 것이 분하였다. '나는 내 힘으로 살아간다.' 하는 결심을 굳게 하고, '여자도 남자가 하는 일을 할 수 있다.'는 생각을 하고 감네는 단연코 혼인을 거절하였다.

3

마당 한가운데 정신없이 서 있던 감네의 얼굴에는, 문득 급한 조수가 밀려온 듯이, 어떤 새 희망과 새 힘이 용솟음쳐 나오듯이 화색이 돌고 어떤 무서운 결심을 한 사람 모양으로, 어디서 새롭고 딴 힘이 전기처럼 들어오는 듯이 두 주먹이 불끈 쥐어진다. 꼭 깨물었던 입술이 풀리고 온 얼굴에 기쁜 빛조차 가득 찬 듯하면서, 고개가 점점 쳐들어지고 늘어졌던 두 손이 차차 올라가서 다시 합장을 하였다.

감네는 쏜살같이 광 쪽으로 가서 광문을 가만히 열고 들어가서 괭이와 부삽을 메고 나왔다. 괭이를 어깨에 메고 한 손에 부삽을 들고 나오는 그 얼굴과 그 거동은 마치 청룡도를 빗겨들고 전장에 나가는 용사의 그것이었다.

감네는 자기 집 지게문을 살며시 열고 밖으로 나가서 자기네 앞 밭 한 모퉁이를 파기 시작하였다. 먼지가 펄펄 일어나는 밭에 노랗게 말라 죽은 보리 그루를 한손으로 걷어치우면서 삽을 가지고 파려니까, 땅땅 굳어서 팔 수가 없어서 괭이를 가지고 파기를 시작하였다.

이날도 아침부터 어디서 훗훗한 바람이 불어오기 때문에, 삼복이 지났지마는 서늘한 맛이라고는 도무지 없이 땀이 철철 흘러서 온 몸이 목욕을 하게 된다. 그래도 감네는 힘든 줄도 모르고 쉴 생각도 아니 하고 파고 파고 자꾸 판다.

"이 애야, 아가 아가 너 무얼 하니?"

땀에 젖은 저고리 뒤 섶을 잡아당기면서 걱정하는 시어머니의 이 말도 못들은 듯이 그냥 낑낑하면서 파고 있다.

한참 괭이로 파고는 삽으로 떠내고 떠내고 하다가, 치마폭을 잡고 매달리는 듯이 애걸하다시피 들어가자고 야단하는 시어머니를 흘끗 돌아보고,

"어머니, 어서 들어가세요."

그냥 파다가 문득 말없이 비틀거리는 시어머니의 가엾은 꼴을 보고 쓰러지듯이 감네는 주저앉았다. 이윽고 벌떡 일어나서,

"어머니, 시장하시지요."

하면서 늙은이의 가느다란 팔을 붙들고 집으로 들어가는 감네의 눈에서는 참았던 눈물이 스스로 흘렀다.

어제 저녁에도 시어머니만 멀건 조죽을 좀 대접하고 자기는 사뭇 굶고 잤으니, 미상불 시장하지 아니한 것은 아니었다. 컴컴한 새벽부터 세 시간 동안이나 돌같이 굳은 땅을 어떻게 팠는지, 제가 스스로 생각해도 신기해 보였다. 칠년 전에 남편이 읍에 가서 사 가지고 온 괭이와 삽을 맥없이 끌고 오면서, '그나마 남편이 살아 있어서 같이 했더라면 얼마나 좋을까?' 이런 생각을 하니까 더욱 눈물이 솟아나온다.

남편 태호는 보통학교도 변변히 마치지 못하였지마는 혼자 책을 읽어서 중학 졸업생 이상의 상식과 실력이 있을 뿐 아니라, 남 다른 생각을 가지고 양도 쳐보고 고구마도 심고, 그리고 동리 젊은이들과 같이 산에 나무를 열심으로 심고 야학을 하고 하다가, 튼튼하던 사람이 장질부사로 큰 나무 쓰러지듯이 죽은 지가 벌써 사년이 되었다.

남편이 죽은 지 일 년 만에 하나밖에 없는 딸자식까지 죽어버리고, 감네는 시어머니와 단 두 식구서 외로이 살아갔다. 집 뒤의 산에서 나무를 해 때고, 집 앞에 있는 텃밭과 거기에 달려서 몇 마지기 있는 땅을 힘써 부치면 겨우 일 년 양식이 되고, 그밖에 고구마 같은 것을 팔아서 용을 써오던 것이었다.

남편이 죽은 뒤에 처음에는 본래 농가에서 자라난 시어머니도 같이 일을 해서 꽤 도움이 되었으나, 작년부터 차차 병이 잦아서 일을 못하기 때문에 감네 혼자서 일을 할 수밖에 없었다. 감네는 친정 할아버지가 진사까지 하고 상당한 집안에서 태어났으나, 아버지 때부터 가난해져서 어려서부터 농사를 하고, 게다가 몸이 튼튼하기 때문에 혼자서도 부지런히 농사를 지어서 곧잘 살아갔다.

처음에는 자기의 뜻을 몰라보고 시어머니가 가끔 시집가라고 권하는 데는 씩씩하게 일하던 손에 맥이 풀리고 낙심이 되곤 하였다. 실은 시어머니는 며느리가 없으면 의탁할 데도 없고, 그날부터 신세가 말이 못될 것이 빤하건만 젊은 과부가 자식도 없이 늙는 것이 하도 딱하고 미안해서 번번이 하는 말이었다.

"애야 내 생각은 하지 말구 어서 팔자를 고쳐라. 나야 이제 몇 해 살다가 죽으면 그만인데 누구를 믿고 살겠니. 내 생각은 할 것 없이 어데 좋은 자리가 있으면 가든지 네 마음대로 해라…. 그리구 데리고 있을 사람으로 마음이나 착하고 얌전한 젊은이가 있으면 좋으련마는…."

거의 입버릇 삼아 가끔 이런 말을 하였다. 입 밖에 내지는 않아도 용돌이도 생각해보았다. 감네는 그럴 때마다 눈물을 흘리면서 진정을 말하였다.

"저를 꼭 친자식으로 알아주십시오. 아들로 알아주십시오. 며느리란 생각을 마시고 아들로 알아주십시오. 어머니를 버리고 개가를 할 그런 고얀

년으로 저를 알아서는 안 됩니다. 저는 평생 어머니를 모시고 혼자서 살다가 죽겠습니다. 저는 두 남편을 섬기지 아니 하기로 결심했습니다."

한번은 시어머니의 부질없는 말이지마는 하도 괴롭고 서러워서, 죽어 버리려고 양잿물을 준비했다가 시어머니에게 들키고 난 다음에는, 다시는 일체 그런 말은 입 밖에 내지 않고 감네를 꼭 아들로 생각하고 믿고 지냈다.

그래도 친정 할아버지 때부터 감네는 남의 신세를 지지 않고 사는 독립적 정신으로 길리웠고, 죽은 남편도 남을 도와주면 도와주었지 남의 은혜는 입지 않고 사는 것이 아주 변통 없는 법으로 지내왔기 때문에, 어디 가서 쌀 한 되 꾸란 말을 아니 하고, 더구나 시집편이나 친정편이나 친척이라고 찾아가서 구차한 소리는 절대로 아니 하였다. 금년에는 어느 집에나 농사짓는 사람은 다 마찬가지로 궁한 터이니까 아무데 가도 별 도리가 없었다.

사방에서 기우제를 한다고 해도 감네는 속으로 '죄 많은 인간이 제사나 하면 될까?' 하고 비웃고 있었으나, 마침내 자기가 정성껏 기도를 드리면 되리라는 자신을 가지고, 밤중에 다른 동네 먼 데 있는 우물에 가서 귀한 물을 길어다가 정한 그릇에 떠놓고 기도를 하였다. 한 달 열흘을 계속하였으나 이날 아침에도 아무 흔적이 없는 것을 보고 마음에 새로운 결심을 한 것이었다.

"하늘에는 주실 비가 없더라도 땅에야 물이 없으랴. 우물을 파자, 샘을 파자. 하늘이 아버지라면 땅은 어머니라, 땅어머니가 인간을 불쌍히 여겨서 물을 주시리라. 물이 나오도록 깊이 파자."

이런 결심을 한 것이다.

"기도만 할 것이 아니라, 내 있는 힘을 다하자. 죽더라도 우물을 파서 샘을 찾고야 말리라."

이런 마음이 감네의 마음에 새 힘을 주며 솟아올랐다.

4

그리하여 감네는 날마다 남이 다 자는 밤중에 일어나서 우물을 파는 것이었다. 초저녁에 좀 누웠다가, 첫 닭이 울기를 시작하면 벌떡 일어나 나가서 파기를 계속하는 것이었다. 처음에는 무슨 웅덩이를 파는 줄 알고 동네 사람들은 주의를 하지 아니 하였으나, 마침내 우물을 파는 줄 알고는 모두 웃었다.

"우물을 파! 우물이 없어서 그러는가. 가물어서 물이 안 나는 걸 새로 우물을 파면 물이 날까봐 그래!"

"그러기 말이야. 이 동리 저 동리 우물이란 우물은 다 말랐는데."

이렇게 동네 사람들은 감네가 우물을 판다고 주거니 받거니 말이 많았다.

그러나 나중에는 낮에도 계속해서 파고 있는 것을 보고 젊은이들은,

"흥 암만 파 보아. 물이 날 텐가!"

하고 코웃음을 치고 지나가고, 어떤 늙은이는 일부러 지팡이를 짚고 찾아와서,

"날 좀 보아요. 암만 파도 물이 안 날 테니 공연히 수고 하지 말구 차라리 구걸이라도 떠나는 것이 낫지. 시모님이 굶으시는 걸 그냥 두고 우물은 왜 파고 있는 거요. 참 딱하기도 하지!"

이렇게 진심으로 권고를 해주는 것이었다.

"네, 고맙습니다."

한 마디 대답하고는 다시는 대꾸도 하지 아니 하고 그냥 날마다 한 모양으로 파고 있는 것을 보고, 마침내 동리 사람들은,

"태호 아내가 미쳤다!"

하고, 이 모퉁이 저 모퉁이에서 수군거리기를 시작하였다. 어떤 때는 머리가 흩어져 늘어진 것도 그냥 두고 매무시도 가누지 못하고, 입을 악물고 파고 있는 양이 꼭 미친 사람 같다. 이런 모양을 짓궂은 동리 젊은 아이들이 모여 와서 들여다보다가, 혹은 침을 배앝고 혹은 돌을 던지면서,

"미치광이, 미치광이…. 무얼 해?"

하고 달아나는 일도 있었다.

그런 것은 다 각오한 것이지마는, 늙은 시어머니가 가끔 비틀거리면서 나와서 울면서 말리는 것은 괴롭지 아니한 바가 아니었다.

"얘 글쎄 동리 사람들이 다 널 미쳤다고 야단들이구나. 어제 저녁에도 용돌이 어머니가 와서 그러더구나. 동리 사람들이 모두 미쳤다고 그러기에 자기도 나가 보니까 미친 것이 분명하더라구. 그러니 어서 단단히 말리고 약을 쓰던지 무당 청해다 경을 읽던지 해야 한다고 하는구나. 제발 오늘부터는 그만 두어라 응. 아이구 이년의 팔자야. 며느리 하나 있는 것이…."

이런 말을 들을 때마다 마음이 괴로운데, 게다가 요새는 바짝 기운이 빠지고 몸이 거북해져서 아무리 튼튼하던 감네도 암만해도 견디어 배길 것 같지 아니 하였다. 벌써 보름은 되고 벌써 두 길은 팠는데도 샘 근원은 흔적도 없다. 이때에 감네는 불현듯 죽은 남편 생각이 났다. '태호가 살았다면….' 이런 생각을 하루에도 몇 번씩 하게 되었다. '태호가 살았으면 둘이 힘을 합해서 파고, 서로 위로해가면서 파면 오죽 좋을까?' 하는 생각을 하면 견딜 수 없이 태호가 그리웠다. 혼자 파기는 관계없으나, 판 흙을 내보내는 것이 썩 힘들었다. 그래서 더 남편을 생각하고 여러 가지 생각을 하게 되었다.

5

하루는 꿈에 남편이 와서 같이 파주는 꿈을 꾸었고, 또 하루는 남편이 어디서 굴레바퀴 같은 것을 얻어다가, 나무를 세우고 거기다가 줄을 달아서 두레박에다가 흙을 담아 내주던 꿈을 꾸었다.

"내가 이래서는 안 된다. 이렇게 마음이 약해서 될 수 있나. 죽은 사람을 생각해 무얼 해. 아무도 의지할 것 없이 내가 끝까지 내 뜻을 이루구야 말지."

하루는 몸이 너무 거북해서 누워서 쉬면서 눈물이 하염없이 솟아나는 것을 치맛자락으로 씻으면서 돌아누웠다. 늙은 시어머니라도 조금이라도 도와주었으면 하는 생각도 났으나, '차라리 죽은 남편의 혼이라도 나를 도울 것이다.' 이런 생각을 한 감네는 다시금 용기를 내어가지고 이튿날부터 또 일을 계속하였다.

한번은 달도 없고 컴컴한 밤에 감네는 여전히 혼자서 파고 있었다. 흙짐을 지고 막 밖으로 나오니까 웅덩이 옆에 있던 그림자가 우뚝 서 있다. 감네는 그래도 그것도 못 본 체하고 또 웅덩이 속으로 들어갔다. 얼마 만에 다시 나와 본즉 웅덩이 바로 옆에 있던 흙무더기가 자리를 옮겨서 훨씬 저편짝으로 갔다. 이상하게는 생각하였으나, 감네는 다시 들어가 파기를 계속하고 있었다.

하루는 감네가 새벽녘에 집에 들어가서 좀 쉬어가지고, 그날 오후에 다시 나와서 웅덩이에 들어가 보았더니 분명히 자기가 팠던 것보다 한두어 뼘이나 더 내려갔다. 그리고 겉에는 확실히 새 흙이 나와 있었다.

"누가 와서 팠을까? 남편의 혼이 와서 파 주었는가?"

이런 생각도 했으나 한편 다른 의심도 났다. 그래서 감네는 밤을 꼭 새워서 지켰다. 과연 컴컴한 속에 괭이 멘 사람이 점점 가까이 온다. 웅덩이 속 사다리에서 지키던 감네는 부리나케 올라가 보았다.

"거 누구요?"

"나요! 동리 사람이오!"

"동리 사람이라니?"

감네는 생긴 모습과 소리로 짐작은 되었지마는 이렇게 뒤미처 물었다.

"용돌이요."

"네, 인실이 오빠시군. 고맙습니다. 어서 가십쇼. 안 됩니다. 이 우물은 내가 혼자 파야 합니다. 그리고 안 됩니다. 젊은 남자가 남의 젊은 여자가 일하는데, 더구나 이 밤중에 결단코 안 됩니다."

"누가 알아요. 당신의 힘을 좀 도와드릴 뿐인데요. 이 밤중에 하는 것을 누가 알아요. 조금만, 참말 조금만 도와드릴 테니 당신이 조금 더 하신 셈 잡고 가만 내버려두어 주십시오. 이것이 내 소원이요, 즐거움이니 아무에게도 어머니께도 말하지 않을 터이니, 부디 모른 체하십시오."

용돌이는 소곤소곤 애원하듯이 말한다.

"안 됩니다. 안 됩니다. 다시는 그러지 마시오. 나를 잊어버리십시오. 당신의 마음은 잘 압니다. 그래도 날 생각해주신다면 다시는 오지 마십시오."

감네는 이렇게 간곡히 타이르다시피 하고 누가 볼까 부끄러워 바삐 집으로 들어와 버렸다. 그런데 다음날 밤에 나가본즉 이번에는 어느 틈에 용돌이는 웅덩이 속에서 흙을 파고 있다. 그리고 꿈에 본 그대로, 나무를 세우고 구루마 바퀴에 줄을 달아놓고 두레박을 때어 놓았다. 감네는 눈물이 나도록 고마운 생각이 났으나, 그럴수록 죽은 남편 생각을 하고, 그리고 단지하고 수절하기로 결심한 지난 일을 생각하고, 우물은 혼자 내 정성으로 파야 한다는 생각을 하고 감네는 입술을 깨물고 결심하였다. 그리고 가만히 용돌이를 불렀다. 용돌이가 웅덩이 밖으로 나오자 책망하는 어조로 힘 있게 말했다.

"그만하면 알아들으셨을 텐데, 왜 또 오셨소. 당신이 다시 오시면 나는 이 웅덩이를 묻어버리겠소…. 아니 내가 이 웅덩이 속에서 죽고 말겠소. 이것도 다 걷어 가지고 가시오."

"그럼 다시 오지 않을 테니 이것만은 그냥 쓰십시오. 하늘이 차려 주신 줄 아시구려…."

용돌이는 어두운데 사라지고 말았다. 용돌이는 그 뒤에는 다시 오지 아니 하였다. 나무와 구루마 바퀴만은 남편의 혼이 용돌이를 시켜서 차려준 줄로 생각하고 그냥 쓰면서 감네는 여전히 혼자서 파기를 계속하였다.

6

그러는 동안에 다시 보름이 지났다. 감네는 하루같이 첫 닭이 울면 나가서 파기를 계속하였다. 두 보름이 지나 모두 한 달이 되는 날 밤에 훤하게 먼동이 터 올 때까지 파고 나니 괭이 끝이 딱딱 마치고 조금도 들어가지를 아니 한다. 웬만한 돌은 가끔가끔 파내고 파내고 하였지마는 그것은 상당히 큰 돌이었다. 그리고 어느 쪽으로 파든지 다 마치는 것을 보아 돌이라는 것보다 바위요 반석이었다.

"이것은 파지 말라는 겐가? 웬일인가?"

하고 처음에는 낙심이 되기도 하였으나, 감네는 다시 결심을 하고 집에 가서 정성껏 지성을 드렸다. 그 반석 밑에는 꼭 샘구멍이 있을 것만 같았다. 그래서 새 힘을 얻어 가지고 다음부터 웅덩이를 더 넓혀가면서 그 반석을 사방 돌려 파기를 시작하였다. 사방에 반석의 끝은 드러났으나 또 두께가 상당히 두꺼웠다. 그래서 날마다 사방으로 그 바위 주위를 파내었다.

이 바위가 나온 지 이레만이었다. 새벽달이 밝고 차차 날이 밝아오는 때였다. 다행히 한편만은 바위가 이즈러져서 마지막 술가리를 쉽게 파내놓았다. 그리고 감네는 '후~' 한숨을 내쉬었다. 그리고 잠시 쉬어가지고 있는 힘을 다해서, 죽기를 기 쓰고 그 반석을 쳐들었다. 두 번, 세 번…. 세 번 만에 그 반석이 번쩍 들렸다. 바위가 들리자 발이 삐끗하는 바람에 감네는 나가 쓰러졌다.

"샘! 샘!"

쓰러진 발 밑이 서늘함을 느낀 감네는 부르짖었다. 그리고는 감네는 사지가 늘어지고 눈이 감기고 정신을 못 차렸다.

* * *

"감네! 감네! 정신 차리시오…. 정신 차려요."

얼마 만에 겨우 정신을 차렸을 때에는 감네는 씩씩하고 굳센 어떤 남자의 팔과 품에 안겨 있었다. 그 사나이는 한 손으로 반석 밑에서 솟아나오는 찬 샘물을 수건에 적셔서 머리를 식혀주고 입으로 물을 물어서 감네의 입에서 넣어 준 것이었다.

이윽고 자기를 안아 준 그가 용돌인 줄 알았을 때에, 빙긋이 웃으면서 한 팔로 용돌이의 목을 가볍게 안고 쳐다보는 감네의 눈엔 눈물이 어리었다.

"용돌씨, 고마워요. 이 샘은 나 혼자서 얻은 것은 아니요, 당신과 둘이 얻었소. 당신의 정성은 잘 압니다. 당신의 마음도 잘 압니다. 나 같은 여자를 생각하시고…."

"감네, 정신 차려요."

다시 눈을 감는 감네를 보고 용돌이는 울듯이 소리친다.

"샘물, 샘물을 먹어요."

샘물도 먹이고 흔들기도 하였으나 눈을 감고 대답이 없다.

이윽고 간신히 다시 눈을 뜬 감네는 용돌이를 바라보고, 샛별이 반짝이는 하늘을 바라본다.

"어머니를 부탁합니다."

한 마디를 한 뒤에 감네는 다시 눈을 감고 뜨지 못하였다.

"일은 끝났다. 응! 고약한 인습!"

용돌이는 울었다.

용돌이 등에 업히어 밖으로 나온 감네의 시체는 집 뒷동산에 용돌이 손에 고이 묻혔다. 그리고 그 샘이 솟고 솟고 우물에 넘쳐서, 사람이 먹고 짐승이 먹고, 밭에 대고 논에 대어서 죽었던 곡식이 다시 살았다. 온 동리 사람이 감네의 덕을 길이 길이 기렸다.

-《문예(文藝)》, 1949년 5월

소

"꼬꼬오~"

동그스름한 달이 동리 뒷동산 중허리에 고요히 떠 있고, 해는 아직 뜨지 아니 하였는데, 수탉이 제가 먼저 깨어 일어났다는 듯이 주둥이를 힘껏 벌리고 큰 소리를 친다.

"꼬댁 꼬댁~ 꼬댁 꼬댁~"

금방 알을 낳고 둥지에서 내려오는 암탉이 화답을 하는 듯이 야단이다.

"꼬댁 꼬댁 꼬댁"

"내가 금방 알을 낳았다누."

하는 듯이 암탉이 또 큰 소리를 친다.

"꼬댁 꼬댁"

얼룩 수탉이 얼른 따라와서 알을 제가 낳기나 한 듯이 또 한 번 소리 친다.

몸뚱이가 뚱뚱하고 곱실곱실한 머리카락이 늘어진 것을 거두어 올릴 새도 없이 컴컴한 부엌에서 골몰하게 보리방아를 찧던 마누라는 어느새 손과 이마에 진겨를 묻힌 채로 앞서서 거추장스럽다는 듯이 강아지를 걷어차면서 달려와서 닭의 둥지를 들여다보고 입이 잔뜩 벌어진다.

"아이구, 알이 크기도 하다. 내 딸 기특하지."

뚱뚱마누라는 암탉을 어루만질 듯이 이렇게 중얼거리면서, 알을 집어가지고 삐걱 소리를 요란스럽게 내면서 광문을 열고, 맨 뒤 모퉁이에 있는 동이에 소중한 듯이 집어넣는다. 알항아리를 한 번 들여다보고, 그 옆의 다른 항아리에서 보리 한줌을 집어가지고 나와서 광문 앞에 쭈루루 뿌려 준다. 암탉 수탉은 맛있는 듯이 서로 돌아가면서 쪼아 먹는다.

뚱뚱마누라는 다시 가서 방아를 찧으려고 하다가, 강아지가 절구 술에 묻은 겨를 핥고 있는 것을 보고,

"아이구 속상해라. 저리가!"

하면서 옆에 있던 모지랑비를 거꾸로 쥐고 때려 쫓고 다시 절구질을 시작한다.

"칫 처, 칫 처"

방아를 찧으면서 마누라는 광의 항아리에 있는 알을 생각한다. '이제 몇 알만 더 낳으면 세 꾸러미가 될까? 남의 닭은 며칠 만에 한 알씩 낳는다는데, 우리 닭은 매일 꼭꼭 낳는 걸. 이제 네 알만 더 낳으면 네 꾸러미거든. 이번 장에 갖다 팔면 얼마 받을까? 팔아가지고 매일 알을 낳으면 잠깐 열 꾸러미는 될 거라. 그놈을 팔아 보태서는 이번에는 돼지를 사지. 아니 그럴 것 없이 좀 더 보태서 암송아지를 사자. 그러면 송아지가 잠깐 자라서 또 새끼를 낳을 테지. 송아지, 큰 소 모두 한 열 마리가 되면 굉장하다. 그때에 소를 더러 팔아서 논도 사고 큰집도 사고, 큰 아이 장가도 보내고….'

뚱뚱마누라는 방아도 잘 찧지 못하고 보리를 절구에서 덜었다, 도로 쏟아 넣었다 하고 있다. 이때에 마침 장도 볼 겸 읍에까지 다녀오려고, 소를 먼저 먹여 놓으려고 일찍 일어나 나온 주인은 외양간에 가서 암소를 슬슬 한 번 쓸어주고 끌고 나오다가, 싱글싱글 웃고 있는 마누라를 보고,

"무얼 그렇게 혼자서 좋아 그리고 있소?"

"글쎄, 우리 암탉이 날마다 알을 낳는 게 하도 신통해서 그러지요. 잠깐 서너 꾸러미 되겠거든. 팔아다가 암탉 몇 마리 더 사옵세다 우리."

사나이는 마누라의 속셈을 벌써 다 알았다. 돈을 모아 보려고 어린 아들을 달걀 한 알 마음 놓고 못 먹이는 것이 불쌍하기도 밉기도 해서 비웃는 듯이 웃으면서,

"여보, 너머 그러지 말고 더러 어린애두 삶아 멕이기두 하구, 당신두 좀 먹구 그리시우."

해보았다.

"무어요? 당신의 상에두 새우젓찌개 하나 못해 놓는 걸 우리가 먹어요? 모아서 이제 사오는 암탉은 내 몫으로 할 걸요."

마누라는 깜짝 놀라서 이렇게 말한다.

"참, 내일은 당신 생일이지. 깜빡 잊어버릴 뻔했군. 장에 갔다가 고기나 한 근 사와야겠군."

자기 말은 들은 체도 아니 하고, 새삼스러운 이 말에 고마운 줄도 모루고 마누라는 더욱 놀라는 듯이,

"아이구 당신 정신 나갔구려! 생일이 다 무어구, 고기가 다 무슨 고기요. 이 담에 이 담에…."

'이'자를 썩 길게 끌어서, 오래오래 있다가 돈 많이 벌어 놓은 다음에나 고기를 사다 먹자는 말이었다.

그날 저녁에 베를 짜고 있던 마누라는, 남편이 빨건 쇠고기를 사들고 오는 것을 보고 베틀에서 일어나지도 않고 야단을 하였다.

"용덕이 아버지 미쳤소? 누구 고기 사오랍디까. 우리 약속한 지 벌써 삼 년도 못 되어서 그게 무어요? 날더러 밤낮 주책없다구 그러더니, 자기가 먼저…."

사나이는 들었던 고기를 부엌 소나무 단 위에 홱 내던지고, 독에서 물을 떠서 세수를 하면서, 그리고 마당을 쓸면서 지난 삼 년 동안의 일을 생각하였다.

* * *

강원도 춘천군 오여울이란 두메에 와서 농사를 지으면서, 벌써 삼 년째나 사는 홍이라는 이 젊은이는 나이도 서른이 훨씬 넘고, 말이 없고 게다가 태도가 진중해서 뉘게나 점잖다는 말을 듣고 대접을 받기 때문에, 어디 가나 젊은 축에는 들지 못하지만, 본시 어디서 온 사람인지 무얼 하던 사람인지 동네 사람들도 자세히는 모른다. 일본 공부도 다닌 일이 있고, 교사 노릇도 하고, 어떤 군청에도 잠깐 다닌 일이 있다는 말을 들은 사람이 있고, 그리고 동네 사람들의 대서는 맡아두고 해주고 하기 때문에 누가 시작했는지 모르나 '홍 주사'라는 별명을 가지게 되었다.

홍 주사는 춘천 촌으로 오면서 몇 가지 결심한 것이 있다. 다시는 촌을 떠나지 않을 것이 그 첫째요, 소를 잘 기르고 소와 같이 부지런히 농사를 할 것이라는 것이 둘째요, 셋째는 무엇이나 제가 지어서 먹고 사먹지 않기로. 마누라도 이것을 찬동해서 꼭 베를 짜서 입고 일체 옷감을 사지 않고, 고기나 반찬도 사다 먹지 않기로 약속하였다. 그때에 두 돌 지난 아들 용덕이가 열 살 되기까지는 이 약속을 지키기로 작정하였다.

춘천서 어떤 가까운 친구가 왔을 때에 처음으로 병아리 한 놈을 잡아 먹은 일이 있고는 실상 달걀 한 알 못 먹고, 그 흔한 고무신 한 켤레 사다 신지 못하였다.

자기는 헌 구두를 출입할 때에만 신고, 두 사람이 다 밤낮 삼으로 손수 삼은 미투리를 신었다. 마누라는 닭을 치는 것이 가장 큰 재미지마는 홍 주사의 유일한 낙은 소를 먹이는 것이었다.

한국 사람은 소를 사랑하고 집마다 소를 먹여야 한다는 것이 그의 주장이었다. 그리고는 벌을 몇 통 쳤다. 꿀을 받아서 어린 것을 먹이고 동네 사람더러도 치라고 권한다.

* * *

"아버지, 아버지, 얼른 좀 나와 보세요."

전과 달리 일찍 일어난 용덕이는 무슨 큰일이나 난 듯이 안방 문을 열고, 여태 밖에 있다가 들어가서 잠깐 잠이 든 아버지를 들여다보면서 소리소리 지른다.

어느새 용덕이는 열 살이 넘었고, 홍 주사네 살림도 꽤 늘어서 논도 새로 풀어서 몇 마지기 만들었고, 집도 사랑채를 지었고, 소도 두어 마리 되고 도야지는 남 준 것까지 열 마리가 넘는다. 이날 아침에는 새벽 일찍 일어나서 소외양간을 깨끗이 치워 주고 여물을 정성껏 끓여 먹였다. 새끼 뱄던 암소가 여물을 먹고 나더니 금방 새끼를 낳아 놓았다. 홍 주사는 너무 기뻐서 손수 송아지를 따뜻한 물로 씻어 주고, 어미 소 등에 푸대자루를 뜯어서 덮어 주었다. 초가을이라 새벽녘에는 꽤 쌀쌀하기 때문에 마치 산모인 듯이 생각하고 간수하는 것이다. 그리고 자기는 약간 감기 기운이 있기 때문에 으시시해서 들어가 누웠던 참이다.

"아버지, 아버지, 소가 애기를 낳았어요. 그런데, 금방 걸어 다녀요! 좀 나가 보세요!"

"보았어, 보았어!"

홍 주사는 용덕이를 보고 끄덕끄덕하기만 하다가 이렇게 말하고, 좀

내 끌려 나와서 어미 소가 쭈그리고 있는 새끼를 쩔쩔 핥아 주고 있는 것을 보고 있다가,

"아무리 짐승이라도 금방 나온 새끼가 크기도 하지!"

안에서 아침밥을 짓다가 나오는 마누라를 보고 홍 주사는 이렇게 말한다.

"정말 이렇게 큰 송아지는 처음 보았어요. 수컷이지요. 여보 용덕이 아버지, 이 송아지는 용덕이 소라 하고, 이 담에 암컷 낳거든 내 몫으로 주어요, 응. 이 송아지는 용덕아 네 송아지다."

"이담에 암컷 날지 어떻게 알어! 용덕이 송아지 삼으면 제가 길러야지! 제가 먹일까 벌써…."

어린 아들 용덕이가 크고 그 송아지도 커서 먹이기도 하고 타고도 다닐 일을 생각하며 자기도 참말로 기쁘지 아니한 바가 아니려니와, 어린 애같이 너무 좋아서 정신없이 지껄이는 마누라를 보고 웃으면서, 홍 주사는 잊어버렸던 대문 저구를 빼어 놓고 용덕이를 한 번 돌아보고 다시 안으로 들어갔다. 마누라는 송아지를 보면서 무슨 궁리를 하는 모양이었다.

'그럴 것 없이 내 몫으로 암소를 또 한 마리 사다가 두 놈이 새끼를 낳고, 그 새끼가 커서 또 새끼를 낳으면….'

마침 이때에 '삐걱' 하는 대문 소리에 마누라는 깜짝 놀라서, 재미있는 꿈을 깨친 듯 시무룩해서 가만가만 들어오는 앞집 장손이 어머니를 바라본다.

"용덕이네 소 새끼 났구만요. 아이구 크기도 해라, 새끼가…."

"이 송아지는 우리 용덕이 송아지라우."

송아지만 바라보던 마누라는 옆에 있는 용덕이 머리를 쓰다듬으며 자랑삼아 이렇게 말했다. 바가지를 뒤로 감추고 어물어물하던 장손이

어머니는 겨우 주인마누라 귀에다 입을 대고 보리쌀 두 되만 꾸어 달라고 청한다.

"장손이 어머니, 오늘은 없는데요. 우리두 공출인지 다하고 마침 또 꾸어가고 보리 갈 때까지 양식이 모자랄 것 같은데요."

마누라는 고개를 짤래짤래 흔들면서 대번에 거절을 한다. 너무 무안스럽고 딱해서 얼른 돌아서 달아나듯이 나가는 장손이 어머니의 뒷모양을, 방금 안방에서 나오던 주인 홍 주사는 물끄러미 바라보고, 두 눈에 눈물이 글썽글썽 하였다.

갚는다고 하기는 했어도, 다 찢어져서 옆구리 살이 드러나는 저고리, 푸대치마 밑에 빼빼마른 종아리며 발목, 그보다도 집에서 배고파 울다가 잤을 어린 것들의 모양, 그보다도 그것을 차마 볼 수 없어 애태우는 어미의 쓰라린 마음을 생각하여, 홍 주사는 한없이 불쌍한 충동을 받은 것이다.

홍 주사는 마누라를 부르고 장손이 어머니를 불렀으나, 마누라도 대답이 없이 어디로 없어지고 나간 손은 더구나 소식이 없다. 홍 주사는 싸리비로 마당을 쓸다가 뒷곁으로 돌아가서 마누라를 보고, 동네 사람에게 너무 박절하게 한다는 말을 하고 얼른 쌀을 좀 갖다 주기를 권하였다.

"그 여편네를 그렇게 생각하거든 당신이 좀 갖다 주구려. 무엇이 애가 타서 쌀바가지를 들고 댕기란 말이야. 글쎄 사람이 염체가 있지. 한 번 꾸어가면 꾸어간 건 가져오구 또 꾸어 달래는 거지…. 우리더러 그냥 양식을 대란 말이야. 저희 줄게 있으면 우리 동생네 주지…. 가난은 나라도 못 당한다구 난 몰라요 몰라."

본대 좀 나온 입이 완연히 더 나온 마누라는 우물에 나가는지 밖으로 나가 버리고, 홍 주사는 입맛만 다시고 마당을 마저 쓸어치우고 외양간

에 가서 새끼 낳은 암소를 한 번 쓸어 주고, 소제를 하면서,

"가난! 가난!"

가난의 설움을 생각하고, 가난한 동네 사람들의 정형을 생각하고, 어떻게 하면 동네에서 '가난'을 내쫓아버릴까 하는 궁리를 가끔 하는 것이었다. 마누라도 처음에는 그렇지 않았건만, 셈이 좀 피니까 인심이 사나와진다고 생각하였다.

그날 저녁이다. 유월 달 꽤 뜨겁던 해가 넘어간 황혼이었다. 홍 주사는 동네 앞개울에서 소를 먹이다가, 언덕에서 풀을 깎고 있는 장손이를 만났다. 아침 일이 생각이 나서 홍 주사는 매우 미안스러워서, 저쪽에서 무안스러운 듯이 돌아서려는 것을 일부러 쫓아가서 이야기를 붙였다.

"있다 오게. 내 마누라 몰래 좀 줄 테니 자루를 가지고 오게."

"아직 보리 빌 땐 안 되구, 팔십 노인 할머니하구 어린애덜 하구 며칠을 굶다가, 참다못해 그만 두시라니까 어머니가 종내 가셨던 모양이군요. 보리 좀 잘라다가 아침 밥 해 먹었에요."

"……."

홍 주사는 고개만 끄덕인다.

"그런데 주사님께 말씀 드리긴 어려워두, 그저 저희 몇 식구 먹여 살리시는 줄 아시구, 송아지나 한 마리 사주세요. 송아지를 사주시면 부지런히 농사지어서 댁에 쌀 꾸러 댕기지 않구 살겠어요."

장손이는 새끼 달린 홍 주사네 소를 한 번 쳐다보면서 꼴 베던 낫을 놓고 두 손을 모아 읍하고 엎드려 절이라도 할 듯이 이렇게 공손히 말한다. 장손이는 아버지를 일찍 여의고, 어머니와 외할머니를 모시고 어린 동생을 데리고, 부대 농사를 지어가면서 홍 주사네 밭도 좀 부치고 간신히 살아갔다. 나이 스물다섯이 넘도록 총각으로 있다가 작년 가을에야, 사람이 무던하다고 누가 딸을 주어서 장가를 갔다.

홍 주사는 고개만 끄덕끄덕하고 그러라든지 안 된다든지 말이 없다. 홍 주사도 장손이한테는 사람 진실하고 술 담배 모르고, 부지런하다고 퍽 호감을 가지고 있기 때문에 장가갈 때에도 쌀말도 사주고, 속으로 '저렇게 착한 사람이 늘 저렇게 고생을 하고 있어서 안 되었다.' 하고 은근히 동정을 하고 있던 차이었다. 그리고 그중에도 소를 먹이겠다는 것은 꼭 마음에 들었다.

홍 주사는 강원도 오기 전에 인천으로 서울로 돌아다니면서 고생하던 생각, 한동안 안변 시골서 농사짓느라고 고생을 하던 생각을 하고 더욱 장손이에게 동정이 갔다. 사람이 어쩔 수 없이 곤경에 빠졌을 때는 누가 조금만 거들어주면 거기서 솟아날 수 있다. 우리나라 사람은 남에게 눌리고 속고 빼앗기기는 할지언정 도움을 받을 길은 없다. 우리는 서로 붙들어 주면서 살아야 하겠다, 이런 생각을 가지고 있던 홍은 장손이 일이 남의 일 같지가 아니 하였다. 실상 홍 자신이 강원도 와서 자리를 잡고 살게 된 것이 춘천읍에 있는 어떤 친구의 도움과 주선의 덕이 컸던 것이다. 사실은 홍은 형들도 있고 유여한 삼촌도 있었으나, 남을 의뢰할 생각을 아니 하고, 제 힘으로 살아보려고 다니다가 월급쟁이 노릇을 해서는 밤낮 그 턱으로 거지 노릇을 하겠다고 결심하고, 다시 시골로 온 것이다. 와서 곧 닭치기와 벌치기를 부업으로 하면서 농사를 하였다. 물론 홍이 시골 온 것은 세월이 점점 험해지고 급해지면 제 정신 가지고는 살 수 없으리라고 생각해서, 일부러 아무 것도 모르는 듯이 농사꾼이 된 데 더 큰 이유가 있는 것이다.

"이제는 우리가 고생해서 한푼 두푼 모아가지고 앞으로 아이들이나 남에게 구차한 소리 안하고 살아가두룩 해봅세다."

이렇게 아내하고 약속하고 땅마지기나 사가지고 시골로 온 뒤로, 다행히 아내가 튼튼해져서 병 없이 일을 잘 해주어서 남의 도움을 받지 않고 그럭저럭 살게 된 것이다.

"글쎄 어디 보세. 그래서 자네가 걱정 없이 살아간다면 이웃사촌이라구 낸들 안 좋겠나!"

이렇게 막연한 대답을 하고 '홍 주사'라는 창수는 집으로 돌아와서 그날 저녁에 곰곰 생각하였다.

"이 동네는 장손이 같은 사람이 하나만이 아닌데, 그 사람들이 다 소만 있으면 살아갈 수 있다면…."

이런 생각을 하고 여러 가지로 궁리를 하다가 우선 장손이 한 사람으로 시험을 해보기로 하였다.

* * *

"이제는 나도 불가불 이 동네를 떠나야 할까보다."

홍 주사는 남산을 바라보고 그 옆으로 넘어가는 신작로길 고개를 바라보고, 지난날 새벽에 아내가 뿌리치고 넘어가던 길을 물끄러미 바라보면서 이렇게 중얼거렸다.

홍 주사는 그 뒤에 장손이하고 어렴풋이나마 약속한 약속을 지켜서, 자기가 친히 송아지를 사다가 주었던 것이 집안싸움의 시작이 되었다. 홍 주사는 아무 말도 아니 하고 사다가 주는 것을 장손이가 굳이 송아지에 대한 조건을 물어 보는 말이 귀찮다는 듯이,

"여러 말 할 것 있나. 그냥 그저 사준다고 했으니 사주는 것이니 부지런히 농사해서 잘 살게 그려. 정 못 알아듣겠거든 나를 형이나 아비로 알아주게나."

이런 말을 해두었다. 그런 것을 장손이 어머니는 너무 고마워서 일부러 치하하러 와서 용덕 어머니더러 그런 말까지 죄다 하였다. 이번에는

자기 몫으로 소를 사겠다는 셈을 치고 있던 마누라는, 자기하고는 한마디 의논도 없이 장손네를 사주었다는 것이 노엽고 분하다고, 밤새도록 자지 않고 못 견디게 비위를 거스르기 때문에, 홍 주사는 홧김에 옆에 있던 질화로를 내던지는 바람에, 마누라는 이마를 다치고 얼굴을 데고 하여서 며칠을 먹지도 않고 누워 있었다.

그런 뒤에 홍 주사는 빌듯 달래듯 하면서 자기 속뜻을 알아듣도록 이야기 해주었건만 마누라는 종내 알아듣지 못하였다.

"이 재물이 당신 혼자 모은 겐 줄 아시오. 내가 먹고 싶은 것 먹지 못하고, 입고 싶은 것 입지 못하고, 밤잠 못자고 해서 모은 것이지…."

이런 말을 늘어놓으면서 마누라는 소리쳐 울었다. 이런 것이 첫 번 싸움이고, 그 다음에는 용덕이가 몹시 체해서 앓는 것을 보고 음식을 주의하지 못하고 함부로 먹여서 앓는다고 무식하다고 말한 것이 나무랍다*고 마누라는 또 울고 야단을 하였다.

이번에는 홍 주사는 가만 내버려 두었건마는, 마누라는 혼자서 추석도 안 지내고 친정으로 간다고 달아나듯 가버린 것이다.

앓는 어린 것을 데리고 추석을 혼자서 지낸 홍 주사는 매우 쓸쓸하였다. 이리하여 마누라는 그 뒤에 오기는 왔지마는 집에 있는 때보다 나갈 때가 많았다. 마누라가 없는 때는 앞집 장손네가 와서 식사를 해주고 한집처럼 지냈다.

* * *

그 뒤 다시 오 년이 지났다. 지나간 오 년은 우리 전 민족과 같이 창

---

* 대하는 태도나 말 따위가 못마땅하고 섭섭하게 생각되어 언짢다는 의미의 북한말.

수도 상당히 괴롭게 지냈다. 용덕이는 불행히 늑막염으로 오래 누웠다가 죽고, 아내도 그 뒤로부터는 몸이 약해져서 앓기만 하고 누워 있는 시간이 많고 늘 신경질만 부리고, 그리고 자기는 번번이 보국대로 끌려나가고, 양식은 공출로 빼앗기고 나니, 잘 먹지 못하고 일만 하는 동안에 몸이 퍽 쇠약해졌다. 그러나 홍 주사는 여전히 농사를 짓고 벌치기와 소 먹이기를 힘썼다. 그동안에 소를 하나씩 하나씩 사주어서 동네사람 중에 소를 안 먹이는 집은 하나도 없게 되었다. 그리하여 십 년 동안에 이 오여울 동네는 전에 비해서 훨씬 살림이 윤택해졌다.

"우리네가 이만큼 살게 된 것은 홍 주사님네 덕이야. 그래도 홍 주사네는 집안이 말이 아니야."

동네 사람은 고마웁고도 미안스러운 듯이 이렇게 말한다.

* * *

기막히고 억울한 일정시대, 그 지긋지긋한 전쟁도 끝나고 해방의 기쁨이 삼천리 전역에 넘치게 되었다. 팔월 십오일이 지나서 몇 날 뒤에 그 소식을 들은 창수는 동네 사람들을 지도하여 자치로 질서를 유지해 가고, 모든 일을 정부가 생겨서 지휘하는 대로 하기로 하고, 그동안 경솔히 하는 일이 없이 자중해서 지내자고 동네 사람의 다짐을 받았다.

창수 자신도 춘천읍에 한 번 잠깐 다녀온 후로 여전히 가을 준비와 소먹이기, 벌치기에 바빴다. 겨울도 그럭저럭 지나고 새해가 오고 봄이 되었다. 창수는 다시 농사 준비를 하고 있었다.

"당신 친구들은 모두 춘천으로, 서울로들 가서 한자리씩 하고 출세를 하는데, 이 좋은 세월에 우리는 그냥 촌에 묻혀서 일만 하고 있잔 말이오."

홍 주사네 동네는 공교히 바로 삼팔선 이남에 들었으나, 자기는 아직

세상에 가서 덤벼들 마음이 없어서 본래 결심한 대로 그대로 농촌을 지키기로 하였던 터이라,

"농사하는 사람도 있어야지, 농사하는 사람이 없으면 어떻게 백성들이 먹고 살아 간단 말이오. 우리는 그냥 이 동네서 살아 봅세다."

하고 아내를 달랬다.

"나는 암만해도 여기서는 못살겠어요. 이제는 힘이 없어서 일도 못하겠구, 하기도 싫고, 사람이 웬만큼 고생을 하다가도 좀 편안히 살자구 그러는 것이지, 누가 밤낮 이 꼴을 하구 산단 말이오. 이제는 우리두 대처에 가서 먹고 싶은 것도 먹고, 구경도 하구 산듯키 살아 봅세다 그려."

마누라는 여전히 불평이 대단하고 도회지에 나가고 싶은 생각이 간절한 모양이다. 그동안 고생하고 일한 것은 촌에서라도 언제든지 돈을 모아가지고 호화롭게 잘 살자는 뜻이었다.

"글쎄, 당신의 말도 그럴듯하지 마는 이제 갑자기 대처로 가면 무슨 별수가 있소? 어디 가면 이만한 데가 있겠소?"

홍 주사는 그대로 이 촌을 떠나지 말기를 고집하였다.

"그럼 당신이나 여기서 살구려. 나는 싫소. 내 소 팔아가지고 춘천으로 가든지 서울로 가든지 갈 터이야요."

"소를 팔아? 소를 팔아가지고 무얼 한단 말이오?"

"장사하지. 아랫동네 구장네도 이북으로 다니면서 돈 많이 벌었는데…."

"당신이 꽤 장사를 할 것 같소? 그리구 소두 우리 식구가 아니오? 제 식구를 팔아서 무슨 이를 보겠다고 팔아 없이한단 말이오. 인제 아주 살림 끝장 낼려우?"

"글쎄 내 소를 내 맘대로 한다는데 걱정이 웬 걱정이오? 제걸 가지고 제 맘대로 못한단 말이오. 두어야 잃어버리기나 할랴구. 장손네 소 잃

었으니 이번엔 우리 소 잡아 갈 차례로구만, 바로 몇 날 전에 장손네 소를 잃어 버렸는데…."

아직도 장손이 소 사준 것을 빈정대는 말이다.

"자, 아무리 당신의 소라구 해두 여태껏 공손히 아무 말도 없이 주인을 위해서 일을 해준 소를 인정간에 어떻게 어따가 팔아먹는단 말이오. 이 동네 사람은 살 사람이 없을 테니 장에 갖다 팔면 잡아먹는 거 아니구 뭐요."

"원! 소에게 무슨 인정이야. 그까짓 짐승에게!"

"그까짓 소! 그 소가 좀 귀하오. 사람이 소만 못하다오. 사람은 저할 일은 안 하구 불평만 하지마는, 소는 아무 소리 없이 수걱수걱 일만 하는 걸 좀 보아요. 당신은 이 근래는 밤낮 웬 불평만 그렇게 많소?"

"몰라요, 몰라요. 나는 여기서 살기 싫어!"

마누라는 나중에는 울기를 시작한다. 창수도 가만히 생각하니까 자기가 너무 무리한 것 같고 마누라가 불쌍한 생각이 불현듯 일어나서, 가슴이 뭉클해지면서 눈물이 나는 것을 참느라고 아무 대꾸를 아니 하고 돌아누워 버렸다.

* * *

창수는 변변히 깊은 잠을 못 들고, 일찍 일어나서 대문 밖으로 나갔다. 마침 장손이가 헐떡거리고 올라오고 있다.

"선생님, 선생님. 선생님 뵐 낯이 없습니다…."

장손이는 두 눈에서 눈물이 글썽글썽해서 그 다음 말을 못한다.

"인제야 알았어요. 개 건너 이북 동네 놈들이 우리 소를 잡아먹었대요. 이쪽에서 간 것을 잡아먹었다니 우리 소밖에 더 있어요. 그놈들을 어떻게 하면 좋아요?"

창수도 눈시울이 벌개지면서 아무 말을 못하고 하늘만 바라보고 서 있다.

"소경 제 닭 잡아먹기로 제 동포의 것을 잡아먹고 마음이 편할까?"

창수는 이렇게 중얼거리고 그날 하루를 매우 괴롭게 지냈다. 혼자서 뒷산에 올라가서 오여울 동네를 내려다보고, 개 건너 소위 이북 땅을 바라보고, 하루 종일 먹지도 않고 울고 있다가 밤에 별이 총총해서야 내려왔다. 내려와 본즉 집안은 안팎에 도망한 집처럼 늘어놓고 마누라는 말도 없이 자기 치마를 짓고 있다. 창수는 사랑문턱에 잠시 앉았다가 도로 산으로 올라갔다. 마누라 생각, 지나간 십 년 동안의 일, 동네 일, 나라 일을 생각하면서, 조용한 모퉁이 바위 위에 걸터앉아서 하늘의 별을 바라보고 이남이고 이북이고 분간할 수 없이 안개 속에 잠긴 동네들을 바라보고 있다. 생각을 해서 앞길을 정하려고 해보았으나 눈물만 나고 아무 생각도 할 수 없다. 이때에 밑에서 수선수선하는 소리에 따라서 동네 젊은이들이 올라온다. 웬 서투른 황소 한 마리를 끌고 소나무 사이로 올라온다. 그 가운데, 장손이도 섞이어 있다. 마침 이북에서 넘어온 소를 잡아먹겠다고 끌고 온 것이었다.

"저희도 우리 소를 잡아먹었는데요."

장손이가 씨근거리면서 말한다. 젊은이들은 모두 흥분해서 기어이 잡아먹는다고 야단이다.

"안 됩니다, 안 됩니다. 동포끼리 그래선 안 됩니다. 돌려보내시오. 정 소를 잡아먹고 싶거든 우리 소를 잡아먹어."

이 말 한 마디를 남기고 창수는 달음질로 바삐 동네로 내려갔다. 자기네 소를 끌어다 주려고 대문을 열고 들어가 외양간을 본즉 외양간이 텡텡 비었다. 밖에도 집 근방 아무데도 소는 없다. 방에 들어가 본즉 서투른 글씨로 이런 말이 씌어 있는 종잇조각이 방바닥에 구르고 있다.

"나는 내 소를 가지고 갑니다. 다시는 기다리지 마시요."

창수는 얼빠진 사람 모양으로 멍하고 방 한가운데 서 있다가 궤짝에서 돈을 꺼내서 소 한 마리 값만큼 장손에게 갖다 주고, 자기도 얼마 가지고는 장손이 어머니 보고 몇 마디 이야기를 하고 나왔다.

* * *

다시는 오여울 동네에서 아무도 홍창수를 본 사람이 없다.

-《백민(白民)》, 1948년

집

서울 평동에 살던 엄 선생은 6 · 25사변을 서울서 겪다가 아내는 파편에 맞아 앓고, 자신도 병이 나서 중공군 침략 때 남보다 늦어서야 간신히 떠나 남쪽을 향하여 내려가다가, 중간에 딸을 잃어버리고 아들과 아내를 데리고 부산에까지 내려갔다.

한동안 수용소에 있으면서 아무리 집을 구하려 해도 구하지 못하다가, 초량역 근처에서 허둥지둥 돌아다닌 뒤에 곤한 몸을 끌고 한 집에 찾아 들어갔다. 서울서 피난 내려온 사정을 말하고 안 쓰는 방이 있으면 빌려주기를 청했다.

남보다 늦게 내려와서 방을 얻기는 대단히 어려운 일이었다. 여러 날 아무리 돌아다녀 보았건만 다 피난민으로 만원이 되고, 웬만한 집에서는 이상스러운 사투리로 첫마디에 거절을 하는 것이었다. 그래서 퍽 염려를 하고, 될 줄을 믿지는 않았지만 행여나 하고 시험 삼아 청해보았던 것이다.

"글쎄요…."

주인은 아래위로 이상스럽게 쳐다보면서 얼른 대답을 아니 하는 것이었다. 그리고 밖에서 기다리고 있는 식구를 이상스럽게 내다보더니,

잠깐 기다리라고 하고 안으로 들어갔다. 딸인 듯한 여학생도 잠깐 나왔다 들어갔다.

"미안하지만 안 되겠습니다. 우리는 비워드릴 방이 없습니다."

엄은 실망을 하고 돌아서 나오면서 '꼭 어디서 본 듯싶은 사람이다~' 하고 한길로 나왔다.

"여보세요, 잠깐 들어오세요."

엄과 아내는 다시 들어가서 주인과 상대하여 이야기한 결과, 큰 방 하나를 내주어서 그날 저녁부터 식구는 몸을 담아 편안히 쉬게 되었다. 그날 밤에 엄은 그 주인이 누구인 줄을 알자, 아침 일찍이 식구들을 데리고 그 집을 떠나려고 하였다. 그러나 집주인은 굳이 붙들어서 결국 안심하고 이 집에서 피난생활을 하게 되었다.

이 집 주인은 누구요, 과거에 엄으로 더불어 어떤 인연이 있었던가. 두 사람은 밤늦도록 이야기를 주고받고 눈물로 악수를 하였다.

엄은 이 집 주인에게 원수였다. 그러나 주인은 원수를 맞이해서 같이 살게 되었던 것이다. 아들 경호는 주인의 친구기도 하였다.

두 집의 지나간 이야기는 아래와 같다. 주인을 중심으로 두 사람의 인연을 알기 위하여 주인 황 씨의 지난 이야기를 적어보기로 하자.

초겨울 날이다. 어느새 날이 저물어서 서울 서대문 밖 성 밑에 있는 평동 골목에는 벌써 어둠이 짙어가고, 오고가는 사람이 드물어진 저녁이었다. 게다가 바람조차 불고, 날씨가 좋지 못하였다. 지프차며 택시만 가끔 달리고 있고, 이 집 저 집 대문 밖에는 아이들만 나와서 재잘거리고 있을 뿐이다.

도장쟁이 황달보는 이날도 술이 잔뜩 취해서 영천 차를 타고 오다가, 감영 앞에까지 와서 고꾸라지듯이 차에서 내려 안전지대 밖으로 한 번 동그라졌다가 툭툭 털고 일어나서 평동 쪽으로 쏜살같이 올라간다. 얼마쯤 올라와서 돌부리에 채였는지 달보는 또 한 번 맥없이 나가 넘어졌다. "응" 하면서 좌우를 살피고 일어나는 것을 본 아이들은, 하하 웃었다. 아이들 쪽을 한 번 흘끗 바라보고 두 팔을 벌리고 달려 올라가는 바람에 아이들은 미친개가 쫓아오는 듯이 "악" 소리를 지르고 모두 대문 안으로 뛰어 들어갔다.

"대문 열어, 대문!"

달보는 자기네가 들어 있는 집 (집이 아니라 방이었다. 대문 안에 있는 행랑방이었다.) 대문을 두어 번 흔들면서 소리를 질렀다. 아내를 부르는 것이었다. 아무리 흔들고 불러도 소식이 없다. 이번에는 주먹으로 두어 번 두들기고 나서,

"대문 열어, 대문! 얼른 좀 못 열어!"

거센 목소리로 달보는 소리 소리 질렀으나, 안에서는 여전히 소식이 없다.

"아~니 이년이 웬일이야? 새끼들을 끌고 달아났나? 뒈졌나!"

여느 때 같으면 얼른 '네~' 대답하고 나와서 문을 열어 주고, 바삐 밥상을 차려 줄 아이같이 작은 아내의 모양을 그리면서 얼른 안 나오는 것이 괘씸하고 화가 나서, 이렇게 중얼거리고 나서, 이번에는 대문을 발길로 한 번 힘껏 걷어찼다. 대문은 꼼짝도 아니 하고 달보는 뒤로 나가자빠졌다. 어느 틈에 또 보았는지 아이들이 킥킥거리고 웃고 있다.

달보가 온줄 알기만 하면 안에서는 절대로 열어 주는 법이 없을 뿐 아니라, 이 집에서는 벌써 해만 져서 어슬어슬해지면 대문을 꼭 닫아버린 뒤에는, 무슨 일이 있든지 나와서 열어 주는 법이 없는 것을 잘 아는 달보는, 안에서 나와서 열어 주기를 바라지도 못하건마는, 마누라가 어디 가고 없더라도 행여나 안에서라도 열어줄까 해서,

"대문 좀 열어주세요. 대문 좀…."

하고 공손이 불러 보았으나, 여전히 소식이 없다.

"이 녀석의 집에서는 다 급살을 맞아 뒈졌단 말인가. 이렇게 소식이 없으니…. 대문 열어 대문!"

이번에는 발길로 몹시 걷어차고 흔들고 소리 지르고 하여 보았으나, 이 집 저 집의 개 짖는 소리만 요란스럽게 들리고 아무 소식이 없다. 싸락눈까지 뚝뚝 떨어진다. 달보는 몸이 달았다.

"옥희야, 옥희야!"

이번에는 성미를 죽여가지고 어린 딸을 불렀다. 안에서 버석거리는 소리가 났으나, 바람소리에 여전히 소식을 알 수 없다.

"옥희야, 옥희야!"

달보는 다시금 옥희를 부르고 대문짝을 기대고 우두커니 서서 무슨 생각을 하는 모양이다. 달보는 아내를 가끔 때려 주고 구박을 하지마는, 여덟 살짜리 옥희는 꽤 귀애해서 지난 추석 때에는 고무신 한 켤레를 사다준 일까지 있다. 그것이 달보가 서울 온 뒤에 집에 무엇을 사서 들고 온 것으로는 처음이었다. 생기기는 과히 흉하게 생기지 아니 했건만, 잘 입히지 못하고 더구나 잘 먹이지를 못해서, 얼굴이 누르퉁퉁하고 빼빼 마른 것을 볼 때마다 달보는 은근히 마음에 걸렸다. 마누라는 역시 뼈만 남은 것이 밤낮 깡깡거리면서 일을 하느라고 돌아가는 것을 볼 적에 미상불 마음에 가엾은 생각이 들기도 하지마는 웬일인지 싫었다. 싫을 것까지는 없다손 치더라도 조금도 마음이 가지를 않는 것이다. 하라는 대로 말은 듣지마는 아무 소견이 없고, 나무로 깎아 세운 등신 같고 구워놓은 인형같이 아무 표정이 없다. 그러니까 평생 가야 제법 웃는 것을 볼 수가 없고, 깡깡하면서 일만 줄곧 하는 것이 무슨 기계 같고 사람 같지는 아니 했다. 그러면서 밤이면 제법 종알종알 불평을 하고 바가지를 긁어서 달보의 비위를 거슬렀다.

그러나 옥희는 역시 말은 많지 않아도 자기를 닮아서 눈이 크고, 빙글빙글 웃는 것이 귀엽게 보였다. 어떤 때 큰 눈에 눈물이 글썽글썽해서 우는 것을 볼 적에는 가엾고도 귀엽게 보였다.

이때에 대문이 열리는 바람에 달보는 대문 안에 보기 좋게 나가 넘어졌다.

"아이구 아버지!"

두 팔을 벌리고 넘어지는 바람에 무엇이 자기 엉덩이에 깔리어 넘어지는 것을 흘끗 돌아본 즉 그것은 옥희였다.

"옥희야, 내가 취해서…. 응 응."

달보는 자기 몸을 마음대로 가누지 못하고 어린 옥희를 붙잡고 쩔쩔매고 있다. 옥희도 힘이 부쳐서 달보를 일으키지 못하고 깡깡거리기만 하고 있는 판에 밖으로부터 키가 자그마하고 어려 보이는 여인이 바삐 달려온다. 달보의 아내였다. 대문턱 밖에서 발을 멈추고 들여다보니까, 사나이가 대문 안에 넘어져서 뒹굴고 있고, 그 뒤에 딸 옥희는 얼굴이 빨개서 달보는 붙들고 있는 것이다.

달보가 취해서 들어오는 것이 거의 날마다 있는 예사로운 일이지마는, 그래도 무슨 일이 있는가 하고 염려가 되어 달려들어서 달보의 기색을 살폈으나, 술 냄새가 코를 찌를 뿐 별일을 없는 모양이다. 달보는 아내를 보자 되려,

'이년, 어딜 나가 돌아다니니.' 하는 모양으로 눈을 흘겨보고는 일어나서 방으로 들어가 보려고 버둥거린다. 딱한 듯이 들여다보는 아내는 보다 못해 옥희와 같이 달보의 무거운 몸뚱어리를 거들어서 간신히 상반이라도 방 안에 들여놓았다. 옥희는 신발을 벗기고, 아내는 다리를 마저 들여놓았다. 그리고 행여나 주인집 식구가 내다볼까 해서 억지로

방 안쪽으로 끌어들이고 문을 닫았다. 옥희는 냄새나는 검은 누더기를 덮어주었다. 그러자 달보의 코 고는 소리가 들리고 사방은 고요하다.

달보는 종로에 있는 어떤 도장포에서 일을 해서 재수좋은 날은 하루에 천 원은 넉넉히 벌리고, 못해도 오백 원은 수입이 된다. 바로 해방 후의 일이라, 모두 소위 '창씨'라고 했던 것을 도로 제 성으로 찾는 판이라, 벌이가 괜찮아서 세 식구가 살아가기는 과히 어렵지 아니한 것이었지마는, 도장 새겨서 번 돈은 거의 다 술값으로 털어먹고, 제대로 점심이라고 설렁탕 한 그릇 사서 먹고 다니는 일이 없다. 그나마 늘 주인에게 선대를 해서 쓰기 때문에 제대로 받을 것을 받아 본 일이 없다.

고향인 온양읍에 있을 때엔 그는 예수교 학교에서 창가도 가르치고, 도화도 가르치고 운동도 하고, 남부럽지 않게 지낼 뿐 아니라, 놀기 잘하는 측에 들었으나, 아버지가 장사하다가 빚을 많이 지고 오래 앓다가 죽은 뒤에 갑자기 어려워져서 아내를 데리고 서울로 뛰어 올라왔다. 어떤 학교나 회사에서 취직이라도 해보려고 아는 고향 사람들을 찾아다니느라고, 처음에는 제법 양복도 입고, 일 년이나 변변히 취직도 안 되고, 그렇다고 고향으로 돌아갈 수도 없고 해서, 만판 놀기만 하는 동안에 여편네 옷은 물론이요, 제 양복도 다 팔아먹고, 고물상에서 사 입었던 노동복도 다 해어지고 떨어져서 볼기짝이 바깥구경을 하게 된 형편이다.

"챙피해서 어떻게 해요. 나가지 마세요."

아내가 짜증을 내면서 나가 다니는 것을 기어이 반대해도 달보는,

"흥 어때! 일없어."

뚫어진 쓰봉을 벗어 꿰매 달래가지고는 나가 다녔다. 무얼 하고 다니는지 모르거니와 아침에 나가면 어두워서야 집이라고 찾아 들어왔다. 그러나 번번이 빈손만 들고 오기 때문에 어린 딸하고 세 식구가 굶고

지내는 형편이었다.

"됐어! 됐어, 취직했어."

하루는 달보가 싱글벙글 웃으면서 일찍 들어오면서 하는 말이다.

"무슨 취직을 하셨소. 어떤 학교나 됐어요?"

좋아서 물어보는 아내의 말에는 대답도 아니 하고, 무슨 종이 뭉텅이를 부실부실 풀어놓고 만지는 것을 흘끗 본 아내는 그것이 도장 새기는 기구인 줄 알고도,

"그게 대체 무어요?"

하고 한심한 듯이 한숨을 쉬고 딴 쪽을 바라보고 어린 애 옷을 꿰매고 있었다.

"아니야! 걱정 말아. 인제 살았어. 보기만 해!"

하면서 황달보라는 제 이름을 새기고 있다.

"챙피하게 그걸 업이라고 하구 있어요? 내 전에도 도장 새기는 꼴 보기 싫더니 종내 그걸 업이라구 할려고 그래요?"

이리하여 달보는 다행히 한 가지 배운 재간이 있기 때문에 마지막 남았던 아내의 치마를 잡혀가지고 나갔던 돈으로 도장기구를 사가지고, 아내가 말리는 것도 듣지 않고 남대문거리 길바닥에 앉아서 도장 새기기를 시작하였다.

그때에는 해방 첫해라 시골서 올라온 사람들도 많고, 창씨했던 것을 도로 본성으로 고치는 판에 도장 경기가 좋아서, 다만 아는 고향 사람이나 친구를 만나면 좀 창피하기는 하지마는 수입이 괜찮고 잘 지냈다.

"여보, 이렇게 남의 행랑살이만 해서 됐소. 움집이라도 하나 삽시다."

하고 아내가 조르는 말을 들어서, 칠천 원을 주고 움집을 하나 사서 들었다. 그리고 길바닥에 앉아서 일하기가 남부끄럽다고 오천 원 보증금을 주고 어떤 잡화상 한 모퉁이를 얻어서 간판을 걸고 일을 하였다.

차차 돈이 벌리고 주머니가 두둑해지는 대로 달보의 술은 늘어가고, 나중에는 색시 있는 술집엘 다니게까지 되었다. 그러고 보니 자연 일을 못하게 되고, 빚은 늘어가고 움집조차 팔아먹고, 다시 남의 행랑방을 얻어 들게 되고, 잡화상 보증금을 찾아 쓰고, 할 수 없이 남의 도장포에 직공으로 들어가게 되었던 것이다.

아내가 주인집에 들어가서 '어멈'으로 일을 해주고, 행랑방을 얻어든 지가 한 육 개월 되었다. 여름에 땀을 흘리면서 주인집 빨래를 하고, 식모노릇을 하면서 아이와 제 입이나 얻어먹었다. 마침 주인의 인심이 좋고 아들 경호라는 중학생이 노래를 좋아해서, 달보하고 사귀게 되어서 어떤 때는 같이 노래도 하고, 한가한 때는 둘이 같이 놀러도 다녔다.

그래서 달보는 그럭저럭 지내왔는데, 이 가을에 와서 갑자기 새삼스러운 걱정거리가 생겼다. 엄이라는 이 집 주인은 선생님으로서 해보지 못한 장사에 손을 벌렸다가 실패를 보고, 빚을 많이 졌기 때문에 돈이 아쉬워서 달보네가 들어 있는 행랑방과 광을 터서 가게로 쓰려는 사람에게 세를 주기로 하여, 이미 계약을 하고 몇 달 선금까지 받았다.

"선생님, 행랑방에 있는 사람이 기한 안에 나가겠소?"

"나가구 말구요. 그 염넨 마세요."

"댁에서 책임지시지요?"

"책임지구 말구요. 방엔 살림이라구 아무것도 없으니깐 일은 아무 때라두 시키세요. 남자는 밤낮 나가있고 여편네는 내 집에서 일을 하고 있으니까요. 문제없습니다."

안쪽 수도 옆에서 깡깡 굳은 힘을 쓰면서 빨래를 하고 있던 달보의 아내는, 주인 엄이 손님과 이런 이야기를 하고 있는 것을 들었다. 남을 가르치던 사람으로 마음에 미안한지 달보의 아내를 보고 태도가 어색했으나, 달보의 아내 자신은 알 리가 없다.

"옥희네게는 세 없이 그냥 방을 줄 테니 얼마든지 염려 말구 있어요. 옥희네만 괜찮으면 십 년이라도 있어두 좋아요."

이런 말을 한 지가 석 달도 못되어서 이런 일이 있으리라고는 생각도 못한 달보의 아내는, 그게 무슨 소린가 하고 귓결에 지나가는 말로 들었다. 그러나 그 이튿날 저녁에는 주인마누라가 일을 마치고 밥 한 그릇, 김치 한 그릇을 얻어가지고 나오는 것을 '어멈 어멈'하고 불러 도로 들어갔다가, 보름 안으로 방을 내라고 하는 주인마누라의 말을 들은 지도 벌써 그 '보름'이라는 기한이 지난 지가 여러 날 되었다.

달보의 아내는 이 말을 혼자만 들어두고 달보에게 말도 못했다. 말을 해야 소용없는 줄을 잘 알기 때문이다. 그런지 몇 달 후에야 비슷이 이야기를 하였다.

"방을 내라는 기한이 지났는데도 꿈쩍두 안 하고 있으니 웬일인가?"

오늘 저녁에도 주인 엄씨가 나가라고 재촉하는 것을 달보의 아내는 들었는지 말았는지 잠자코 있었다.

"어찌잔 말이야! 사람의 말이 말 같지 않아서 대답이 없나? 나두 말하기가 싫어. 그러니까 어서 낼이라도 썩썩 방을 내두룩 해요. 응 왜 대답이 없어? 흥 야단이군."

뚱뚱하고 머리가 희끗희끗 센 마누라는 쌔근쌔근하면서 마루걸레를 치고 있는 달보의 아내를 몰아대는 것이었다.

"글쎄 한데두 못 나가구, 갈 데가 있어야 가지요."

겨우 한 마디 하고는 여전히 걸레질을 하고 있자, 마누라는 잠깐 보이지 않고 주인 엄이 방문을 열고 벗겨진 이마와 번들거리는 얼굴을 내밀면서,

"어멈, 내가 보기가 딱해서 가만 뒀지만 형편이 그럴 수가 없으니 낼은 방을 내두룩 해요, 응. 안 내면 안 돼."

하고 소리를 지르는 거센 목소리와, 또 전에 가끔 상스럽게 바라보던 능글스러운 꼴이 한꺼번에 금시 당하는 일처럼 귓결에 눈앞에 나타나는 것이었다.

달보는 이 사건을 모르는 바 아니었다. 어떤 날은 자러 안 들어오고, 어떤 날은 들어오고 하기 때문에 말할 기회도 썩 적지만, 으레 술이 잔뜩 취해서 정신을 못 차리는 형편이라, 아내는 가끔 말을 했건마는 쇠귀에 경 읽기로 아무 보람이 없는 것이었다. 아내는 그래도 오늘만은 이야기를 안 할 수도 없었다.

얼마 있다가 몇 시간이 지났는지 옥희는 저녁도 변변히 못 먹고 한 모퉁이서 웅크리고 자고, 밤이 들어 고요한데, 달보는 겨우 한 번 몸을 뒤적이면서,

"물, 물을 좀 줘, 응."

하고 소리를 지르자, 아내는 얼른 일어나서 으레 찾을 줄 알고 떠다 놓았던 사발을 들어다 주었다. 물 사발을 받아 벌걱벌걱 들이키는 것을 보면서,

"안댁에서 낼은 꼭 방을 내야 한다구 그러시는데 어떡해요 네?"

달보는 아내를 한 번 흘끗 쳐다보고 그냥 물 한 사발을 다 들이키고는 다시 쓰러져 여전히 코를 골고 잔다.

'낼은 꼭 나가라니 낼은 나가야 할 텐데 추운데 한데두 못 나가구 어떡하나. 에구 이놈의 팔자야, 내가 죽고 말아야지….'

달보의 아내는 한심한 듯이 술 냄새가 진동하는 달보의 얼굴을 물끄러미 바라보고 있었다.

안에서는 주인집 아들 경호의 부르는 빼스 노래도 벌써 그치고, 작은딸 혜란이 일과로 치는 피아노 소리만 단조롭게 울려나오더니 어느새 뚝 그치고 집안이나 한길이나 고요해졌다.

잠도 안와서 쪼그리고 앉아 있던 달보의 아내도 종내 꼬박꼬박 졸고 있다가, 안대문 소리가 삐걱하고 나면서 주인 엄의 목소리로,

"달보 들어왔나?"

하고 찾는 소리에 깜짝 놀랐다.

"달보 들어왔나? 옥희야, 너의 아버지 들어왔냐?"

두 번째 찾는 소리에 달보의 아내는 한편으로

"네."

하고 대답을 하면서 한편으로 달보를 잡아 흔들었다.

몹시 어깨를 흔드는 바람에 달보는 깜짝 놀라 깨어서 눈을 번쩍 뜨고 아내를 바라보았다.

"찾으셔요. 안댁에서 찾으셔요. 나으리께서 나오셨어요."

"머 누가 찾아, 이 밤중에?"

달보는 금방 아무거나 집어 갈길 듯한 기세로 아내를 흘겨보았다.

"안댁 나으리께서 나오셨다는데."

아내의 소리에 주인 엄은

"어째 사람이 찾는데 대답이 없나?"

하고 소리를 지르자, 달보의 방에서는 잠시 아무 말이 없이 조용하였다. 그 다음 순간 엄의 손이 떨어지고 해어진 창문 고리에 와 닿자 달보는 벌떡 일어났다. 누가 열었는지 모르게 문은 열려졌고, 두 사람은 서로 마주 서게 되었다. 달보는 본시 키가 유난히 큰데다가 방 안에 서 있고, 주인은 뚱뚱하기만 하고 키가 썩 작은 편이라, 두 사람은 마주 섰다기보다도 주인 엄은 달보의 눈 아래가 아니라, 발아래 있는 듯하였다.

두 사람은 잠시 말없이 바라보고 있었다. 달보는 내려다보고, 엄은 쳐다볼 수밖에 없었다.

"달보, 낼은 방을…."

"달보? 달보?"

엄의 말이 채 마쳐지기도 전에 달보는 이렇게 되물으며 대들었다.

"달보가 댁의 종이란 말이야? 되지 못하게 달보, 달보하구 찾아. 나두 고향에 있으면 뉘 괄시는 안 받구 사는 사람이야. 돈 없으면 사람을 천대해두 좋단 말이야? 돈냥이나 있구 집간이나 있다구 건방지게 이꼴이야? 세상을 모르구, 응? 이놈아."

달보는 아직도 눈이 벌겋고 주먹이 들먹이는 꼴이 금시에 사람을 때리기라도 할 형세이었다.

"무엇이 어째 이놈아…."

엄은 뜻밖의 일이라, 온몸을 발발 떨고 말이 안 나왔으나, 이윽고 소리친다.

어찌 되는 일인가 하고 바라보던 아내는 일변 달보의 팔을 잡아끌면서,

"여보, 이게 무슨 짓이요. 술 취했으면 가만히 자기나 하지."

숨이 가빠서 달보를 말리고 일변 엄에게 향하여,

"나으리, 취해서 그래요. 술 취한 개라니 탄하시지 마셔요. 어서 들어가셔요. 아무캐두 낼은 방을 낼 테니 염려 마셔요."

큰 죄나 저지른 듯이 애걸을 한다.

"흥, 술 취한 개? 누가 개야? 인정두 체면두 없이…. 그래 어쩔 테야, 응…. 방을 낼 테니 염려 마오."

달보가 아내를 돌이켜 보고 다시 엄을 뚫어질 듯 보는 위세는 자못 불온하였다. 마침 안에서 아들 경호가 나와서 끌자, 엄은 또 속으로 결심한 바가 있었기 때문에,

"낼은 꼭 내야 해! 안 냈단 봐."

달보하고 더 상대해서 말하면 도리어 창피스러울 것 같아서, 이렇게 한 마디를 남기고 슬며시 돌아서 들어가 버렸다.

이튿날 아침 일찍 아직 어슬어슬해서 달보는 종로로 나갔다. 방문을 열고 나가는 달보를 보고 아내는 무어라고 입속으로 웅얼웅얼했건만, 들으려고도 아니 하고 대문을 열고 나가버렸다. 방을 내어야 할 테니 일찍 들어오라는 말이라는 짐작을 못한 것은 아니었으나, 모른 체하고 나갔다.

대문을 막 나서는데 안에서 내다보는 아내의 음성으로 무어라고 하는 소리가 또 들렸다.

"에구, 칵 죽구 말아야지. 세상에 집 한 칸 없이! 달팽이도 집이 있다는데."

아내는 방 안으로 들어가서 방 모퉁이에 머리를 틀어박고 울었다.

전차는 벌써 첫차가 가는 소리가 들리건만 탈 생각도 못하고, 새벽하늘에 깜박거리는 희미한 별들을 바라보면서, 터덕터덕 걸어서 평동 위로 옛 성터 쪽을 향해 올라가는 달보는 아내의 이 소리만은 잊을 수가 없었다.

"재수 없게, 계집년두…."

이렇게 중얼거리면서 달보는 평동 뒷길로 해서 유한양행 쪽을 향하여 허청허청 걸어가는 것이었다.

달보는 아침부터 술에 취해서 잠도 못 들고 온종일 돌아다닌 판이라, 지칠대로 지쳐서 그날 밤 열두시가 가까워서, 자식과 여편네가 있는 데를 찾아서 곤한 다리를 끌고 서대문안 유한양행 앞을 지나서 터덕터덕 걸어갔다. 마침 보름달이 밝아서 길은 환하고 자기 그림자까지 보일 정도였다.

평동 집을 찾아가서 그 대문 앞에 다달은 그는 놀라지 아니 할 수 없었다. 놀랐다는 것보다도 온 몸에 소름이 끼칠 정도였다. 언제나 희미한 불빛이 보이던 자기네 방의 들창은 없어지고, 벽조차 없어지고, 그 대신 널쪽으로 판장이 되어 버렸다. 자기가 혹 집을 잘못 찾아서 딴 집을 가지고 그러는 것이 아닌가 의심도 해보았지만, 이때에는 술도 깬지 오래고, 아무리 좌우를 살펴보아야 자기네가 살던 집이 틀림없다.

그것보다도 놀란 것이 있다. 대문 밖 한 모퉁이에 이상스러운 물건들이 무덕무덕 놓여 있는 것이다. 그것은 보지 않아도 달보는 얼른 알 수가 있었다. 보잘 것 없는 자기네 살림이었다. 변변치 않은 옷가지를 넣어 두었던 석유상자, 때가 몹시도 낀 이부자리, 냄비, 바가지쪼가리….

달보는 모든 것을 다 알았다.

주먹을 불끈 쥐고 몸을 떨었다.

달보는 대문에 다가서서 소리소리 질렀다. 꽉 닫힌 대문을 부서져라 하고 발길로 걷어찼다. 그래도 소식이 없다. 달보는 좌우를 돌아보아 커다란 돌맹이를 들어다가 힘을 다 써서 대문짝을 향해 메쳤다. 그래도 소식이 없다. 이번에는 좀 뛰었다 내리면서 대문을 걷어차는 통에 지끈하고 대문 빗장이 부러지면서 문이 홱 열렸다.

대문 안에 쑥 들어서서 일변 아내와 옥희를 찾으며, 일변 주인을 찾으려고 하던 달보는 다시 더 놀랍고 무서운 공기에 얼이 빠질 듯하였다.

안방에는 주인 엄도 없고, 마누라도 안보이고, 방 한 구석에는 경호와 동생 계집애와 웬 늙은이가 벌벌 떨고 있다. 달보는 발걸음을 돌이켜서 자기네가 있던 행랑방 쪽을 가보았다. 한 모퉁이에 아내가 누워 있는 것을 발견하고, 그 다음 순간 몸은 얼음같이 찬 것을 발견하였다.

"집 한 칸이 없어서 죽었구려! 그러나 내가 잘못해서 당신을 죽였소. 술 때문에 당신을 죽였구려."

달보는 이렇게 부르짖고 밤새 통곡하였다.

"내가 잘못해서 당신을 죽였소. 집 한 칸이 없어서 죽었구려!"

달보는 경호의 따뜻한 동정으로 비용에 군색이 없이 아내를 장사지내고, 옥희의 손목을 이끌고 밤차를 타고 서울을 떠났다. 더구나,

"내 아버지의 허물은 얼마큼이라도 책임을 지겠어요."

하는 경호의 말에 가뜬한 마음으로 떠났다.

아내는 종일 집을 마련하러 다녀도 종내 얻지 못하고 달보를 기다려도 들어오지 않고 집에 와 보니, 살림은 내놓고 담은 털어놓고, 마침 안집이 조용한 틈을 타서 몸에 전부터 간수해 두었던 아편을 먹고 아주 잠이 들어버렸던 것이다.

달보는 마음에 깊이 뉘우친 바가 있고 단단히 결심한 바가 있었다.

"누구를 원망하랴. 모두 내 허물이다. 경호의 동정은 도리어 고맙다."

달보는 도리어 소년 친구 경호의 깊은 호의에 감사하고 감격한 마음으로, 서울역에서 경호와 굳은 악수를 하고 작별하였던 것이다.

"아내는 죽었지만 나는 살자. 살아야지. 불쌍한 아내가 남긴 옥희를 돌보면서 나는 살자. 아내가 그렇게 원이요, 한이던 집을 사서 불쌍한 아내가 남긴 옥희를 데리고 살아서, 아내의 죽은 혼이라도 원을 풀어 주자."

아내를 장사하면서, 또 서울을 떠나면서 단단히 결심하고, 그때부터 술을 뚝 끊고 입에 대지 않고 부지런히 일을 해서 악착같이 돈을 모아 집을 샀던 것이라고, 피난민인 손님 엄에게 지난 사정을 눈물을 흘리면서 이야기하는 것이었다.

“지난 일엔 무어라고 할 말이 없소. 용서해주시오. 남을 가르치고 지도한다는 사람으로 참 부끄럽기 그지없소. 제일에 내 자식이 부끄러웠구….”

“아닙니다. 천만에…. 저는 선생님 덕에 사람이 되었어요. 술주정꾼이 사람이 된 셈입니다….”

엄의 간곡한 말에 달보는 이렇게 대답하는 것이었다.

-《새벽》, 1957년 1월

남매

— 현덕과 그

1

“오빠 오늘은 어떻게 오셨어요?”

그가 하도 오래간만에 오고, 그동안 병이 더하다는 기별을 했다든지, 시골집에나 간다든지 갔다 왔다든지, 무슨 까닭이 있어야 오던 그가 무심코 불쑥 오니까 이렇게 물어 보는 것도 무리가 아니었다. 그래서 그는 병원에 갔다가 C 박사를 만났던 이야기며, 그 뒤에 곧 와보려다가 오늘에야 틈이 나서 왔노라는 말을 하자, 현덕은 썩 만족한 모양으로 병원에 다녀온 이야기를 한다.

“무슨 말이나 들을까 해서 갔더니 C 박사는 없고 서양 의사가 보는데, 볼 것 없다는 X광선을 기어이 보더니 그저 입원을 하라는군요. 입원하구 주사두 맞구 기흉을 하자구. 그래 경비 관계로 입원을 할 수 없다니까, 그럼 집에서라도 한 주일에 몇 번씩이라도 가만히 차를 타구 댕기면서 기흉을 하구 주사두 맞으라구 하기에, 그것두 할 수 없다니깐 그것두 할 수 없거든 어디 공기 좋은 데 가서 일광욕이나 하구 음식을 잘 먹구 해보라구 하더군요. 흥, 어디 가기나 할 수 있어요? 그까짓 거다 누가 모르는 소리야요? 공연히 고생만 하구 돈만 쓰구 왔지? 자동차 타구 병원에서 진찰비, 약값, X광선비 내구 점심 사먹구 오니깐 돈 십 원이 번쩍 달아났지요. 쌀 사라고 갖다 주던 돈을. 공연히 그걸루 보약이나 사다 먹을 걸."

현덕은 무심히 하는지 모르나, 그는 듣기가 퍽 민망스러웠다. 돈 때문에 이것도 다 할 수 없고, 어디 갈 수도 없고, 결국은 집에서 아이들 하구 들볶이다가 말라죽을 수밖에 없다는 말이다.

그러고 보니 잘 먹기는커녕 시재 당장 양식거리도 곤란이란 말이다. 모처럼 온 오빠가 듣기 어려울까봐 말은 채 하지 아니 해도 속뜻은 별 수 없이 그것이다. 그래서 그는 먹먹히 앉았다가,

"입원비를 한 반할 해달래 보았으문!"

생각 없는 소리를 한 마디 해보았다.

"하루에 사 원이라는데 반이라두 한 달에 육십 원이나 되는 걸 어떻게요? 원, 해나의 남편이 한방의로 용하다는데 그이나 한 번 청해볼래요."

이 말을 듣고 그는 적이 안심을 하고 앉았는데, 현덕은 다시,

"글쎄 시어머니가 다녀온 이야기를 듣더니, 가보나마나 으레 그런 걸, 무당한테 가 물어보문 굿하라고 하구, 장님께 가서 물어 보문 경 읽으라구 하구, 병원에 가문 으레 입원하라지. 공연스레 돈만 없이하지, 그 녀석들 무어 안다구 하시면서 태연 무심히 이야기를 하시겠지."

돈이 없어서 하라는 대로 못해보는 것을 시어머니는 가엾게 생각하지도 아니 한다는 것이다. 병자는 모든 것이 섭섭하고 나무랍게만 생각되고, 조금이라도 제 동정을 하면 고마운 법이다. 그리고 시어머니하고는 본래 사이가 좋지 못한 터이다. 그러고 나서 현덕은 며칠 전에 제 동생(그의 막내 누이동생이다) 신덕이 다녀간 이야기를 하면서,

"요새 입을 속옷이 없어서 하나 해야겠다 했더니 마침 그 애가 해가지고 왔어요. 그래도 내게 대해서는 여간 정성이 아니야요. 나 먹으라고 겨란을 보내구, 떡이 생기문 떡을 다 보내구. 그러기 그저 동기간 밖에 없어요. 그래 내 접때 희준 아버지보구 그랬지요. 서울서 제일 나를 생각하기는 오빠하구 신덕이 밖에 없다구 그랬지요."

그는 이 말을 듣기가 도리어 거북하고 부끄러웠다. 내가 무얼 저를 생각하는 것이 있는가. 어렸을 때는 더러 생각한 일이 있다 할는지 몰라도 출가한 뒤에, 더구나 병난 뒤에는 도무지 생각한 바가 없다. 병이 더하다는 소식이나 들어야 몇 번 가본 일밖에 없고, 그야 내 형편도 어렵기는 하지마는 약 한 첩을 변변히 사다준 일이 없지 않은가. 다른 오빠에 비해서 그래두 내가 꾸준한 우애를 가지고 다소간 저를 생각하고 동정하는 듯해서 하는 말인가? 부끄러운 나머지 그는 쓴 웃음을 웃고 말을 못했다.

2

지금으로부터 삼십여 년 전, 일로 전쟁 전후에 반도에도 신문화의 바람이 불어 들어오자, 그중에도 서북지방에 예수교가 대단한 세력을 가지고 자못 급속도로 펴지기를 시작하던 시절이었다.

그때에 그네는 평양서 진남포, 당시 칭호로는 증남포 항구에 가서 살았다. 그네 집은 본래 평양 토반으로 아버지가 상당히 공부도 한 이요, 경향 간에 행세를 하던 선비였으나 시세가 변하자, 그리고 늘그막에 생긴 여러 자식들의 장래를 위하여, 돈벌이로 나섰던 것이 잘못이었던지 그 돈벌이도 다 실패하고, 역시 선견지명이 있는지라, 진남포 개항 초에 와서 누구와 얼려서 한동안 객주를 해보다가, 그도 그만 두어버리고 굴포(堀浦, 작은 운하)를 파고 그 세를 받고 지내던 때였다.

그러면서도 무얼 해보겠다고 늘 여행을 하였고, 그러다가 무슨 크게 억울한 일을 당하자, 그 때문에 종내 병이 나서 (중풍으로) 누워 지나다가 세상을 떠나고, 아들들은 다행히 일어깨나 가르쳐 준 덕으로 은행이나 우편국에 다녀서, 집안 식구가 간신히 호구를 해가는 형편인데, 그네의 어머니 역시 다산(多産)과 고생살이에 시달린 심한 신경질과 게다가 체증 가슴앓이로 일체 집안 살림과 아이들을 돌아보지 못하고 누워 있는 시간이 일어나 앉아 있는 시간보다 많기 때문에 집안 꼴이 말이 아니었다.

그런 가정에 지금 병든 현덕이 태어난 것이었다. 한때는 유학생 순회 강연단에도 따라다녀서 세상에서도 정현덕이라면 아는 이는 알 것이다. 팔남매 중에 여섯째로 여자로만 치면 둘째로 태어났다. 맏딸이 하나 있고, 그 다음에 아들 사형제, 그 다음에 낳았다.

어려서 어떻게 자랐는지는 오빠인 그는 철이 없었던 터이라, 별로 기억에 남지 않아 모를 일이지마는, 하여튼 그때 집이 구차하고 어머니 되는 이가 잘 돌아보지 못한 관계도 있겠지마는 흔히 폭이 터진 치마를 입고 제게 큰 갖신 짝을 철떡철떡 끌고 다니던 것은 그도 희미하게 기억을 한다. 예나 지금이나 계집애라는 것은 어려서부터 머리를 쓰다듬고, 치맛자락을 착착 여미고 그리고 조용히 앉아서 소꿉장난을 하든지, 그렇지 않으면 방을 치우든지 동생을 업어 주든지 하는 것이 보통이나, 현덕이만은 그렇지를 못하였던 모양이어서, 머리나 옷은 아무렇게 됐던지 애는 업었건 말았건 밖에 나가 장난하기가 제일 능하였다. 말하면 그리 얌전하지는 못한 편이었다. 그래서 그 부친이 일부러 이름을 착할 현 자 큰 덕 자로 현철하고 덕성스러우라고 지어준 듯하다. 이런 점은 현덕 자신도 인정하는 것이요, 사실 좀 체체하지 못한 어머니의 유전도 있을 터이니까 할 수 없는 일이었다.

그런데 그러한 현덕이, 그러한 가정에 어느 편이냐 하면 유교식 일본식 기풍이 있는 집에, 게다가 그렇게 어지러운 처지에서 예수교 학교에를 누가 다니라고 허락도 아니 하는 것을 다녔으니, 그때 학교에 다니던 형편은 대강 짐작을 할 수 있을 것이다.

"그때 내가 어디 학교에 댕길 걸 댕겼나? 내가 생각해두 억지지 억지야!"

현덕은 옛날이야기가 나면 가끔 이런 말을 하는 것이었다.

현덕은 사실 불쌍하였다.

"연필이나 교과서는 물론이요, 어디 옷이나 해주구 신발이나 사주는 걸 댕겼나. 책은 얻어가지구 댕기구 신발은 아무런 거나 끌구 댕겼지. 어떤 때는 짝짝이라두 신구 달아났구먼."

이런 술회(述懷)도 가끔 하거니와 사실 모든 형편이 마땅히 그럴 만하였다.

"흥! 저것이 미친년이지. 저럴 수야 있나! 저러구 어딜 나간단 말이야."

현덕이 학교 가는 꼴을 보고 어머니 입에서는 처음엔 이렇게 말이 나오다가, 학교밖에 모르는 열심가 여학생인 현덕이 못들은 체하고 그냥 달아나면, 누워 있던 어머니는 벌떡 일어나서 빗자루구 신발짝이구 함부로 들고 나가서 대갈빽이를 막 갈겨 주는 것이었다.

옷과 신발이 변변치 아니 하니 비가 온들 우비가 있으랴. 눈이 오고 찬바람이 분들 방한구나 뜻뜻한 옷이 있으랴. 비가 와도 그냥 비를 줄줄 맞고 다니고, 눈이 오고 눈보라가 쳐도 그냥 눈에 빠지고 손발이 얼면서도 다녔다. 현덕이 그때 다니던 학교는 십리는 거진 될 만큼 멀었는데, 게다가 산을 넘어서 산비탈로 한참 돌아가게 되었으니, 어린 것이 다니기가 얼마나 힘들었을 것은 상상할 수가 있다. 그러나 그는 제가 좋아서 다니는 것이니까 그다지 어렵고 힘드는 줄도 몰랐던 모양이다.

"그때는 배고픈 줄도 모르구 댕겼구먼. 아침밥도 못 먹고 가고, 남들은 점심을 먹는데, 점심을 못 먹어두 배고픈 줄 두 모르구 댕겼구먼."

"정신이 있고, 성한 아이가 왜 시장한 줄을 몰랐겠니? 배에서 쪼르락 소리가 나는 걸 참았겠지."

자기는 그렇게 말해두 오빠인 그는 이렇게 동정을 표하면, 그제야

"하기는 남들은 다 벤또를 가지구 와서 먹을 때에, 나는 학교 마당 모퉁이에 우두커니 섰노라면 배는 고프고 눈물이 나! 그래두 집에서 어머니한테 붙들려서 몹쓸 매를 맞구 가는 날이면 종일 배고픈 줄도 모르겠어!"

이런 말이나 하게 되면 그는 태연히,

"말하자면 사실 미친년이지. 공부에 별루 재미를 붙인 것두 아니구, 그저 댕기는 게 좋아서 그랬구먼. 아침밥을 못 먹고 매를 맞고 가서두 껑충거리구 뛰구 놀았는 걸. 책두 없이 어떤 때는 가끔 결석을 하니깐 공부하는 거야 잘 모르지. 그저 하학한 다음에 뛰고 장난하는 재미가 그렇게 좋았지. 요새 아이들두 합데다마는 발차기가 어떻게 재미나는지 세월 가는 줄 몰랐군. 실상은 공부두 그까짓 것 쉬워서 큰 아이들 하는 걸 나는 잘 따라갔는 걸. 그까짓 거 언문짜나 가지구 그러는 걸."

그러는 동안에 그네의 아버지는 세상을 떠나 버리고, 그는 평양서 대성학교에 다니다가 학비관계로 중도에 퇴학을 하고, 서울에 올라와서 수학과 영어를 공부하다가, 지금 대학병원 자리의 경의전 전신(京醫專前身)의 의학강습소엘 들었다.

그때에 보통학교 졸업반에 있던 현덕을 데리고 오지 않고, 졸업하도록 있으라고 어떤 아는 집에 그냥 두고, 의학교에 입학한 그를 공부시킬 작정으로 이사해 올라온 것이며 학생 하숙을 시작한 것이다.

아무리 그네집이 영락해서 의식이 구차하더라도, 그래도 남녀 일군

이 드나들고 큰집 노릇을 했고, 현덕은 큰집 아가씨였다. 그런데 그 집에 있을 때는 마치 그 집 하녀의 처지에 빠져 버렸다. 상 심부름은 물론이요, 담배 심부름, 요강 닦기, 방 걸레 치기를 평생 해보지 못한 일을 하게 되었던 것이다. 그나마 갖은 욕을 먹어가면서 하는 동안에 속 아프던 것이야 어찌 다 말할 수 있으랴. 현덕은 이런 일들을 평생 잊지 못한다.

"한번은 겨울인데 요강을 닦다가 깨뜨렸다구. 차마 입에 담을 수 없는 욕지거리를 어머니를 꺼들면서 하는데, 그냥 눈물이 막 쏟아져 나오는 걸 참구 학교엘 갔구먼."

이런 말을 처음 들을 적에 그는 눈물이 나고 분해서 주먹이 쥐어졌다. 더구나 자기 때문에 집에서 서울로 올라왔고, 그 때문에 현덕이 그런 고생을 한 것을 생각해서 그는 더우기나 죄송스러웠다.

"그러면 당장 집에 편지를 해서 집으로 올라오도록 하지 그냥 있었단 말이냐. 에익 바보천치 같으니!"

하고 그가 분개하면,

"무얼 어린 것을 그런 집에 맡기구 온 어른들이 잘못이지. 그때에야 그럴 생각이 있었나? 하기야 생각하면 내가 바보지. 지금 같으면야 막 해볼 텐데."

사실 현덕은 지금은 말 잘하고 수단 좋아서 말로나 경우로는 뉘게 지지 아니 하지마는, 어려서는 (그 뒤에도 분명 그런 모퉁이가 있었지마는) 그때에는 확실히 미련했었다. 그래서 집에서는 늘 '미욱쟁이'라는 욕을 먹었다.

"그러니까 하학을 해두 다른 아이들은 다 바삐 제집으로 돌아가는데, 나는 갈 데가 있어야지. 그 집에는 가기가 싫구. 그래서 해는 뉘엿뉘엿 넘어가구, 어슬어슬한 학교 모퉁이에 우두커니 서 있느라면 정말 배에서 쪼르락 소리는 나구, 하늘만 멍하니 쳐다보구 있지. 그런데 무슨 새떼들이 저 항구 앞 바다 쪽으로 떼를 지어 날아가는 것이 어떻게 부러운지. 서울이 남쪽이라는데 나도 저 새처럼 저쪽으로 가면 서울 우리 집에 가서 밥을 실컷 먹겠는데, 생각을 하니까 참말 눈물이 비 오듯 줄줄 나오겠지. 내 참말 집에서 매를 맞구두 그렇게 설게 울어보기는 처음이야. 그래 실컷 울다가 제풀에 울음을 멈추고는,

새야 새야 나는 새야
너만 가지 말고 나두 가자
저기 저기 서울만 가면
우리 집에 밥도 많구
떡도 많구

이렇게 되는대로 노래를 부르고 있었구먼. 지금 생각해두 우습지."

이런 이야기를 듣고는 동생의 설움과 미안한 생각에 눈물이 나던 그도 하두 어이가 없어서 웃음이 터져 나와 웃고 만다.

"너도 꽤 태평이다. 노래가 나와? 어디서 노래가 나오니?"

하면 현덕은 한 번 웃고 또 말을 이어,

"글쎄, 오빠 내말 들어요. 그런데 그때 누가 그 꼴을 다 보았겠지. 형태 어머니라구 왜 키 크구 곰보 마누라 있지 않아요? 그이가 옆에 와서 '현덕아 너 거기서 무얼 그러니, 가자 집에 가자.' 하면서 끌구 가서 밥을 먹이겠지. 참 그이는 내가 낮에도 아침을 못 먹구 가구, 벤또두 못가지구 가서 배고플 줄 알구 가끔 불러다가 점심을 먹이구 저녁도 먹였다우. 그것이 어떻게 고마운지 평생 못 잊겠어."

현덕은 어려서부터 이런 경험이 있고, 또 일편 썩 유머러스한 데가

있기 때문에 자라서 고등학교 시대나 그 뒤에 사람을 울리고 웃기고 하기를 잘하였다.

그 뒤에는 현덕은 다시 그 집에 가지 않고, 그때 마침 양잠학교 기숙사에 와 있던 자기 언니가 몰래 데리고 지내다가, 마침내 봄에 서울로 올라왔다.

* * *

봄에 이화고보에 입학을 해서 집에서 며칠을 통학을 하자, 집에서는 작은 오빠가 그의 아내와 의합치 아니 하고, 그리고 그 어머니하고도 의합치 아니 해서 학생 하숙을 둘러엎고 북간도로 달아났다. 현덕은 기숙사에 넣고 그는 하숙으로 갔던 것이다.

그러니 기숙사에 들어가 있는 현덕의 학비를 누가 대어주랴. 소위 '대비생'이라고 밥은 먹여 주지마는, 책값이나 그밖에 잡비와 의복은 누가 당해주랴. 먼 시골 큰 아들의 집에가 지내는 그의 어머니는 원채 병객이요, 생각이 미치지 못하는 이라, 현덕의 의복을 해보낼 형편이 못되었다.

그래서 의학 강습소에 다니던 그가 가끔 찾아가 보고 용돈도 더러 주었던 것이다. 한 번은 그가 기숙사로 현덕을 찾아갔는데, 현덕이 다짜고짜로 하는 말이,

"오빠, 이제 우리학교 창립 기념식에 흰옷을 해 입으라는데 어디 흰옷이 있어야지. 그래 흰옷을 저고리하구 치마하구 할래문 이 원은 있어야 하구, 또 기숙사비 하구 그릇 값 말이야, 그거 일 원하구 모두 삼 원은 꼭 있어야 할 텐데, 어떡해? 오빠 오빠, 삼 원만 주어야 돼! 삼 원 있어? 오빠, 다른 아이들은 벌써 다 해놓았는데 나는 어떻게 삯 주어야 할

테니 얼른 해야 안 돼? 월사금도 벌써 다른 아이들은 죄다 냈는데 나만 못 내구. 어떻게 해 오빠!"

발을 동동 구르다시피 하면서 야단이다.

"가만 있거라. 오늘은 없어두 내일은 꼭 갖다 주마."

"내일 꼭 갖다 줘야 돼요."

"그래 염려 말아!"

이렇게 장담을 하고 약속하고 왔지마는, 그때에 그 역시 아무 턱없이 지내는 터이라, 별안간 돈 삼 원이 생길 리가 없다. 어떻게 마련을 해보리라 하고 무턱대고 대답을 한 것이지마는, 이화학교 높은 솟을대문을 나가면서부터 벌써 걱정이다.

현덕은 난생 처음 저를 때리고 핍박하는 사람도 없고, 밥은 배곯지 않게 먹고 지내고 동무들하고, 사귀어 잘 놀고, 게다가 규칙적 생활을 해서 그런지 살이 포동포동 찌고 뺨이 볼그레하다. (그때는 한참 피는 처녀기에 있었기 때문에도 그랬으리라는 것을 그는 나중에야 알기는 했지마는) 웬일인지 얼굴이 좋아진 것을 볼 적에 도리어 비감한 생각이 들었다. 저렇게 좋아져서 저렇게 귀여운 아이가 그동안은 마치 어미 없이 몹쓸 계모에게 자라나는 것처럼, 몹쓸 구박과 굶주림에 쪼들려서 그렇게 보잘 게 없었구나, 하는 생각을 하면서 돌아서 나오는 그의 눈에서는 눈물이 핑 돌아 앞이 잘 보이지 아니 하였다. 그래서 내 기어이 그 돈을 장만해다 주어서 어린 것이 그만 돈에 군색을 당하지 않도록 하리라 하고 그는 입술을 꼭 깨물었다.

아직 으시시 추운 사월그믐 오후에 그는 서양사람 많이 다니는 정동 골목으로 터덕터덕 가면서 곰곰 생각해보았으나 별도리가 없었다. 한 하숙에 있는 동무에게 물어 보았으나 없다 하고, 밥값도 못낸 주인마누라에게도 염치불고하고 말해 보았으나 단마디에 거절을 당하고, 마침

내 결심을 하였다. 의학 강습소에서 관비생이라고 한 달에 오 원씩 보조해주는 돈을 그동안 집에서 밥 먹고 용을 썼기 때문에 모았다가, 모처럼 난생 처음으로 샀던 시계를 전당잡혀다 주기로 결심한 것이다.

십여 원 주고 샀던 시계를 단돈 사원에 잡혀가지고 꼭꼭 싸두었다가, 그는 이튿날 아침 일찍 이화학교에 현덕을 찾아 그 돈을 주었다. 나머지는 그것도 역시 현덕을 갖다 주노라고 동무에게 꾸었던 돈을 갚았다.

그런 줄도 모르는 현덕은 좋아서 입이 잔뜩 벌어져서,

"오빠, 어떻게 돈이 이내 됐우? 이담에 토요일까지 돼두 되는걸. 우리 학교 창립기념식이 오월 삼십일이라니깐 아직 좀 멀지 않아? 그리구 월사금두 이담주일 안에만 내면 된대."

"미리 준비해두면 좋지. 월사금두 미리 내면 좋지, 머."

이렇게 대답은 했지마는 너무 서둘러서 공연히 사람을 애쓰게 하고 시계만 잡치게 한 것이 좀 못마땅하지마는, 아직 어린 동생이요, 만일을 염려하여 미리 서두른 예비성 있는 여자의 일이라는 생각을 하고, 너그럽게 보고 그는 돌아서서 나왔다.

"그때, 오빠 구경오셔요, 네."

벌써 서울 말씨가 다 된 이런 말도 들은 둥 만 둥, 그는 쏜살같이 대문 밖으로 나와서 숙소로 돌아왔다.

이렇게 처음으로 사가졌던 시계를 없이한 것도 그에게 있어서는 적지 아니한 희생이지마는, 그보다도 그는 아직 시골 때를 벗지 못하고, 워낙 사람이 용하고 순하기만 한데다가, 더구나 몸에 맞질 않는 옷, 손질할 줄을 몰라서 무르팍자리가 나고 희뜩희뜩 더럽힌 교복이며, 본래 낡은 것이라 구멍이 뚫어지고 약칠도 못해서 뿌연 구두가 초라하기 때문에 창피하고 수줍은 생각에, 그리고 이 학교의 서양식으로 모양내고 멋 부리는 여자들에게, 이상스럽게 사람을 보는 그 눈초리에, 내 꼴을 보이고 다니는 것이 거북살스럽고 싫은 생각에, 이 문 안에 들어서는 일이나 돌아서 가는 것이 다 상당한 모험에 가까운 희생이다.

그러면서 더욱 이 객지에서 지내는 그는 가끔 현덕을 찾아서 그 반겨 웃는 얼굴을 보는 것이 한 낙이었고, 제가 동생을 도와준다는 데 한 자랑을 느끼기까지 한 것이었다.

3

그는 그해 가을에 의학을 집어던지고 동경으로 뛰어갔다. 죽은 사람의 뼈다귀를 만지고 송장을 해부해 가지고, 바가지 속 같은 뇌와 피투성이 심장을 가지고 공부한다는 것이 그에게는 건조무미해서 견딜 수 없었다. 도서실에 가서 무슨 문학 서류나 있나 보자 하고 찾아보다가, 뜻밖에도 나쓰메 소세키의 「미치쿠사(道草)」를 한 모퉁이에서 발견해가지고 읽고 읽고 어떻게 탐독을 했는지 모른다. 그러다가 그는 작은형의 몰이해 한 뜻에 따라 마지못해 해보려고 하던 의학을 마치 몸을 얽매던 쇠사슬이나 벗어버린 듯이 시원한 생각으로 내던지고 떠난 것이다. 어떤 친구의 소개로 약간의 학비를 얻어가지고 고학의 길을 떠난 것이다. 물론 문학을 목적하고 떠났다.

동경 가서 그가 누구에게보다도 먼저 편지를 부친 데는 서울에 있는 누이동생 현덕이에게였다.

현해탄을 건너와 놓고 보니, 서울엔 누가 찾아보아 주는 이도 없고, 집에서 편지 한 장 받아보지 못하고, 기숙사에서 쓸쓸하게 지낼 동생의 일을 생각하니, 우선 여간 처량하지 아니 하였다. 그는 또 자신을 돌아볼 때에 집에서는 알지도 못하는 길을 왔고, 장차 지낼 길이 막연한 일을 생각할 적에 적막한 설움이 아니 날 수 없었고, 따라서 남녀와 나이의 차는 약간 있고, 서울과 동경의 거리는 있다 할지언정, 그 당한 처지에 있어서 서로 같은 처지라는 것을 새삼스럽게 느꼈던 것이다.

서울을 떠나서 부산을 들러서 연락선을 처음 타고 차를 갈아타고 '세도나이카이'로 해서 동경에 온 것을 기행문식으로 기다랗게 적어 보냈다. 그리고 그는 편지할 적에는 으레 '웬 편지 부칠 돈이나 있으랴.' 하고 삼 전짜리 우표를 넣어서 보냈다.

그뿐이랴. 어디 구경을 갔다 오면 구경한 이야기, 수학여행 가서는 가는 곳마다 그림엽서에 경치와 감상을 꼭꼭 적어 보내는 것이다. 그러나 이것은 한 위로거리에 지나지 못하지, 현덕의 학비, 학비래야 용돈이 있으면 되지만, 그것이 걱정이 되어서 그는 자기가 어떤 미션 학교에서 받는 스칼라십에서 겨우 밥값이 되는 돈에서 달마다 다만 일 원씩이라도 떼어서 (그 돈을 받는 날마다) 꼭 편지에 넣어 보내는 것이었다.

말하면 현덕에 있어서는 동경 있는 오빠에게서 일 원이나, 혹 운이 좋으면 일 원 오십 전이 오는 것이 유일한 학비의 출처였다.

후일에 현덕이 하던 이야기다.

"그 돈을 오빠가 일 원 한 장씩 편지에 넣어 보내는 것이 어떻게 기다려지는지 그것이 오면 쓸려고 손을 꼽아가면서 기다리는군. 뉘 돈을 취해 쓰구 동경 우리 오빠한테서 돈이 오면 준다구 그리구는 그걸 기다리지. 기다리다가 그것이 오면 어떻게 좋은지 다른 아이 몇십 원 받는 것보다 더 좋아하지. 사실 보통 조선에서 쓰는 일 원짜리보다 크고 두꺼운 것이 모양도 좋아! 그래서 가끔 십 원짜린 줄 알지. 그래 이번에 오면 무엇 무엇에 쓰리라구 잔뜩 예산을 하다가, 그 일본은행권 일 원짜리를 받으면 참말 온갖 것에다 쓸 수 있을 것 같아요."

이런 이야기를 하고 웃은 일도 있지만, 어떤 때는 그는 그 일 원 한 장도 보낼 수 없는 정말 할 수 없는 경우를 당하면 편지를 눈물을 흘리면서 잘하곤 하였다. 여러 가지로 사정을 설명하고, 백 가지로 위로하는 말을 쓰고 삼 전 우표나마 몇 장 넣어 부친다.

그럴 때에는 그가 받아본 현덕의 회답은 언제나 잊히지 않았다.

"오빠의 편지를 기다리다가 기다리다가 반가이 받아 읽었습니다. (중략) 오빠의 간절하신 진정의 말씀은 몇십 원 몇백 원 돈보다 더 기뻤습니다. 저를 생각하시는 지극한 사랑을 어찌 돈에다 비기오리까. 그것을 못 보내실 적에 오빠는 얼마나 마음이 상하였을까요. 저는 오빠의 편지를 받아 읽으면서 눈물이 막 나왔지요. 너무 고마워서 막 울었어요. 오빠 편지에, 현덕아 나는 달마다 보내는 몇 푼 안 되는 돈도 못 보내면서 빈 편지만 부치려니까 내 가슴이 미여지는 것 같구나. 그러나 나는 돈은 못 보내나마 내 가슴속에 사무친 사랑 한 조각을 보낸다, 이런 말씀을 읽을 적에 눈물이 칵 쏟아져서 엉이엉이 울었어요. 오빠 저는 먹지 않아도 배가 부르고 돈이 없어도 마음이 기뻐요. 내 동무가 나 우는 것을 보고 오빠 편지를 읽고 나하고 같이 실컷 울었답니다. 너는 너를 그렇게 사랑하고 이해해주시는 오빠가 있으니 이제 죽어도 한이 없겠다, 말도 재미있게도 썼다, 하면서 부러워합니다."

그러다가 겨울방학이 되어서 다른 아이들은 다 집에 가는데, 현덕은 가지 못한다는 사정을 편지 안 받아도 알지마는, 더구나 편지를 받으면 마음에 안 돼서 그는 위로하는 편지를 하고, 잡지와 그림책을 사보내고, 그림엽서를 보내고, 달마다 보내는 돈에 다만 오십 전이라도 더해서 크리스마스가 되기 전에 미리 보내노라고 애를 쓴다.

그래도 부족해서 크리스마스 날 쓸쓸한 기숙사에서 외롭게 지낼 생각을 해서 어떻게 돈을 마련해 가지고 크리스마스 축하전보를 쳐준 일까지 있다.

그러면 현덕도 오빠 생각을 해서 크리스마스와 새해를 축하하는 서

양사람의 그림엽서도 보내고, 손수건 같은 것을 편지에 넣어 보내기도 한다. 그러면 그 역시 쓸쓸한 기숙사에서 그런 것으로 책상을 장식하고 기뻐한다.

나중에 이야기를 들으면 크리스마스에 축하 전보를 받기는 학생은 물론이요, 내외국인간에 선생들로서도 없고, 자기가 처음이라고 한다.

오래간만에(사 년 만에) 중학을 마치고 전문학교에 들었던 그는 여름방학에 고향엘 돌아왔다. 현덕도 집에 돌아왔다. 그들은 얼마나 반가웠으랴.

북도의 맏아드님에게 가서 지내는 그네의 어머니를 찾아간 것이다.

"저게 꼭 미친년같이 좋아서 날뛰면서 날마다 너만 기다렸단다."

이것은 그의 늙은 어머니가 웃으면서 하는 말이었다.

"커다란 에미나이가, 오래비 마중 나간다구 날마다 들썩거리구 나가는 꼴이야 차마 볼 수 있어야지."

이것도 어머니의 빈정대는 말이다.

사실 현덕에 있어서 큰오빠나 어머니가 살아가기도 극난인데, 계집애가 공부 다니는 것을 그리 대수롭게 여길 리가 없으니, 더구나 방학이라고 차비나 시원히 보낼 까닭이 없다. 그러니 오나가나 반가워 할 사람이 없고 보니, 저를 이해해주는 오빠인 그가 돌아오기를 손꼽아 고대고대하는 것도 무리가 아니다.

어디를 나가도 같이 나가고, 집에서는 물론 밤낮 마주 앉아서 이야기로 시간 가는 줄 모르고, 밥을 먹어도 한상에 차려다 놓고 같이 먹는 것을 보고 그들의 어머니는,

"너희들은 아무리 동생끼리라도 좋아해두 별스럽게 좋아한다. 밤낮 마주앉아서 씩두거리고 밥을 먹으면서 무슨 이야기가 그렇게 많으니, 내외두 그런 내외는 없겠다 온."

동기간에 의좋게 지내는 것이 일변 좋고 일변 우스워서 하는 말이다. 어서 먹고 부엌에 나가서 먹은 것이라도 치지 않고 오래 지껄이는 것이 딱해서도 하는 말이다.

일요일 날 예배당에를 같이 다니는 것은 무방하거니와, 한번은 공일 날에 빈 예배당에 가서 현덕은 풍금을 치고, 그는 독창을 하다가 예배당 사람에게 웬 남녀가 예배당에서 떠드는가 하고 이상스럽게 보여서 말을 들은 일까지 있다.

언젠가 그 이야기가 나서, 그는,

"참 그때 예배당에서 성경책을 끼구 너하구 사진 백힌 것이 있었는데, 어디 갔는지 없어졌어. 그것이 있었더면 기념이 될 걸."

그는 이렇게 말하고 그때 사진이 없어진 것처럼 그때 같은 애정도 없어진 것이 속으로 유감스러운 생각이 나서 쓸쓸한 웃음을 웃은 일이 있다.

예배당에서뿐이 아니다. 한번은 현덕은 트레머리에 양산을 받고, 그는 맥고를 쓰고 나란히 서서 어디를 가다가 평양 어느 모퉁인데 (그때는 평양도 정도가 멀었다) 어떤 이발소 앞을 지나는데,

"얘, 히사시까미짜리 곱구나."

"얘, 양복쟁이 재미 좋겠다."

이렇게 히야까시를 붙인 것을 그는 섣부르게 대꾸를 했다가 불량한 녀석들에게 크게 창피한 꼴을 당하였다. 그 뒤부터는 그는 어떤 히야까시를 받든지 일체 대꾸를 하지 않기로 결심했다.

이때는 사실 그는, 현덕도 그렇고, 아직 이성을 몰랐다. 이성의 사랑을 몰랐다. 현덕이가 학교에서, 동무가 자기를 부러워하더란 말이나, 자기한테서 온 편지를 달라고 하고, 심지어 사진을 달라고 해서 주었다는 말을 듣고 여간 호기심을 느꼈지만, 그러나 현덕이나 다 워낙 늦게 된

사람들이라, 그런데 대해서 별 생각을 가지지 않고 무심히 지냈다. 현덕이는 나이가 어리니 아직 딴 생각이 없었고, 남자요 나이가 좀 더 먹은 그도 아직 딴 생각이 없었다. 그런 기회도 없거니와 그들의 유달리 정다운 사이가 다른 이성의 사랑을 필요로 할 여유가 없었다. 혹은 현덕을 찾아오고, 혹은 현덕을 찾아온다고 하면서도 속으로는 현덕의 오빠를 보려고 가끔 찾아오는 여자가 있었으나, 그래서 이야기는 재미있게 하는 일이 더러 있었으나, 그가 그런 여성들에게 그렇게 열중한 경험은 없었던 것이다.

사실 두 사람 사이에 남매의 정의는 집안에서 뿐 아니라, 양방의 동무간에서도 유명하였던 것이다.

4

현덕이 소녀 시절, 아니 어린 시절에 지난 당치 않은 수난(受難)의 이야기는 언제든지 들을 적마다 그는 눈물겨운 감격을 금치 못하였다.

이날도 마침 그는 오래간만에 현덕을 찾아서, 주인도 없고 아이들도 나가고 남매가 조용히 마주 앉아서 이야기를 하노라니 옛날에 같이 자라던 생각이며, 그가 철이 좀 난 뒤에 불쌍한 누이동생을 마음껏 동정하고 도와주노라고 하던 생각이 아니 날 수 없었다. 벌써 여러 차례 하던 이야기를 또 하든가 싶게 생각이 된 모양이나, 현덕은 이야기의 끝을 맺으려 함인지, 만주 가서 살던 동생 신덕의 말이 잠깐 났었지마는 아까 하던 이야기를 다시 꺼낸다.

"그러나 어린 것이 한참 지금 자라는 얼굴에 그렇게 지독히 매를 맞구 기가 턱턱 막히는 핍박을 당하구, 속 아픈 일을 당했으니 그게 무사하구 여전할 거야요? 벌써 고등학교라고 졸업할 적부터 아파서 진찰을 하면 폐가 약하다구 그러고, 시집이라구 간 다음에두 오후면 늘 오싹오싹 추워서 앓았지. 우리 집안이 기울어지고 살기 어려운데 아버지는 안 계시구, 어머니 혼자 얼마나 속상했겠어요. 어머니야 원채 다정스러운 맛이 있고, 당신 몸이 늘 괴로워서 모든 것이 귀찮고 짜증을 부리셔서 그렇지 우리들을 사랑할 때야 여간 하셨나."

한숨을 한 번 짓고 늘어진 머리카락을 끌어올리면서,

"나야 살 것을 살았다구. 벌써 어려서 죽을 걸 어떻게 살아온 것이 신기한 일이지. 게다가 공부까지 하노라구. 하구 그래두 오빠의 위로의 덕에 부지해온 셈이지. 나는 부모의 덕두 남편의 덕두 없는 사람이야!"

두 무릎을 세우고 웅크리고 앉아서 한 팔꿈치를 무릎 위에 올려놓고, 이마를 붙들고 가끔 불어오는 바람에 굴러다니는 포플러 잎사귀만 널려 있고, 장독대 하나 변변히 없고 장작더미 같은 것도 보이지 않는 한산한 뜰을 내다보고 있는 그 모양은 보기에도 적막하였다.

이제 그는 사십이 넘어 오십을 바라보고, 동생인 현덕도 사십이 넘은 오늘날에 옛일을 회상하고 아직도 가난과 병에 쪼들리고 있는 자기네의 생활을 바라볼 때에 자못 감개하고 비창하였다. 현덕의 말에는 별로 대꾸도 할 것 없다는 듯이 가만히 있던 그는,

"참 희준 아버지 어디 갔니?"

"소요산에 갔다우. 회사에서 다 같이 간다나요."

회사에서 같이 갔다는 말이 그에게는 바로 믿어지지 않았다.

여편네는 집에서 클렁거리고 앓으면서 아이들하고 아우성하듯 싸우고 있는데, 남편이라는 사람은 일요일이라도 집에 좀 있지 않고, 혼자만 나가서 향락을 하는 것이 퍽 몰인정하고 못마땅해 보였다.

"언제든지 집에는 없군, 강은."

"요새는 그래두 일만 없으면 집에 있는 걸요. 밤에 어디 나가 댕기거

나 그러는 일은 없어요. 월급도 받으면 저 쓸 것 돈 십 원 내놓고는 다 들여다 준답니다. 그래 쌀도 팔아오구 애들 학비두 주구 하는 걸요. 아무 걸 못 해두 내 약은 부지런히 사다 준답니다. 지난번 병원에두 자기가 우겨서 갔다 왔다우."

현덕은 이런 남편의 변명을 하건마는, 그리고 그가 알기에는 요새는 많이 나아진 줄로 짐작은 하지만, 그래도 현덕의 말을 어느 정도까지 믿어야 좋을지 알 수 없었다. 회사에서 다 같이 갔다고 하는 것도 자기는 믿고 하는 말인지, 자기도 믿지 못하면서 오빠에게 듣기 좋도록 하느라고 그러는 것인지 그것조차 알 수 없다. 현덕은 곧잘 아닌 것도 긴 것처럼 없는 것도 있는 듯이 그럴 듯하게 꾸며대기를 잘해서, 듣기 좋도록만, 일시 일이 되도록만 하는 줄을 그는 잘 알기 때문이다.

"글쎄, 그랬으면야 오직이나 좋을까."

"하기야 내가 벌써 이렇게 칠팔 년째 밤낮 앓는다구 누웠으니 어느 사나이가 좋을 사람이 있겠어요? 집에 들어오면 속상하는 꼴만 뵈구, 시원히 나가구 싶지 않겠어요? 그 사람이 본래부터 테니스구 무슨 운동이구 경기나 무슨 내기 장난은 퍽 좋아했다우. 그래 가끔 나가는 걸 나는 야단을 하구 바가지를 긁지요."

"놀음놀이에는 아주 사죽을 못 쓰지!"

"장난을 너무 좋아해서 그렇지, 사람은 좋아요. 마음은 좋은 걸요. 내게는 꽤 무던히 구느라구 하지요."

"그럼, 사람이야 좋지."

그는 이렇게 찬의를 표하지 않을 수 없었다. 사실 강이란 사람이 사람은 참 좋으니까, 그동안 환경이 나빴고 모든 일이 불여의하니까, 자포자기한 관계도 있겠고, 게다가 놀기에 미치면 한없이 발전해서 놀음놀이에서 계집놀이까지에 빠져가지고, 아내도 자식도 부모도 모르는 일종의 방탕성이랄까, 그런 것으로 인해서 그동안의 생활이 상당히 나빴고, 그래서 현덕이 병도 실상은 난 것이지마는, 사실 사람은 좋으니까 아내 되는 사람이 그렇게 믿는 것은 당연하지만, 그는 부인할 이유가 없었다. 그의 동의에 힘을 얻은 듯이 현덕은,

"생각하면 그 사람도 불쌍하지요. 나하구 결혼한 후에 한 번도 시원한 일은 보지 못하구, 이래저래 이날 이때까지 고생만 했으니까…."

"그런데, 참말 요새는 어떠냐? 너무 이야기를 많이 해서 재미없겠구나."

그는 현덕의 병이 염려가 되어서 말을 막는 듯이 얼른 이렇게 물었다.

"오늘도 각혈을 했는 걸요. 그래두 요새는 괜찮아요. 전 같으면 벌써 겁이 나서 꼼짝 못하구 누워 있었건마는 요새는 이러구 일어나 댕기는 걸. 이제는 각혈도 겁이 안나요."

그는 들어오면서 벌써 속이 선뜻하게 냄새를 피우던 소독약 냄새를 다시 생각하고,

"그래도 조심해야지, 안정을 해야지."

"영양도 취해야 하지요. 닌징*이 좋다기에 그걸 먹군 하지요. 그런데, 차차 날이 추워오니까 감기에 잘 들어서 그게 걱정이야. 이제 겨울에 이 방이 추워서 야단났어요. 겨를 좀 사 때야 할까 봐요."

이 말에 그는 비로소 내 의견을 말할 일이 있다 하고,

"그게 제일이야. 방 데우는 데는 겨가 제일이야. 부뚜막 위로, 구들 골에 바루 아궁이를 내구, 깊이 깊이 집어넣어 놓고 때야 되는 거야."

이런 이야기를 하다 보니 시간이 꽤 지나서 이미 날이 저문 모양이라, 뜰에 볕이 기울어가는 것을 보고 그는 모자를 들고 천천히 일어났다.

"왜 벌써 가셔요, 오빠."

---

* 인삼.

하면서 어청어청 나와서 대문 안에서 내다보는 현덕을 한 번 흘끗 돌아보고, 벌써 얼마 전부터 신경통과 위병으로 신고하는 터이라, 몹시 피곤을 느낀 그는,

"어서 집에 가서 좀 쉬어야겠다."

하고 바삐 버스 정류장엘 나왔다.

갑자기 날씨가 변해서 하늘은 흐려지고 설렁설렁 쓸쓸한 바람이 불어서 먼지를 몹시 일으키는 거리에서, 버스가 빨리 오지 않아서 한참이나 기다리고 서 있는 동안 그는 이 생각 저 생각 하게 되었다. 그리고 '나를 생각해주는 이는 오빠 밖에 없다.'고 했다는 현덕의 말이 다시금 그의 귀에 울려지는 듯하였다.

'저렇게 일어나 댕기지마는 이제 날이 차차 추워오고 해서, 또 감기가 들어 또 기침이 나고 하면 그때에는 못 견디고 쓰러질는지 누가 알아. 저 병에 오래 시달린 사람은 맥없이 죽는다는데. 더구나 요새도 각혈을 한다니.'

이런 생각을 하자, 그는 지난겨울에(정월인가 이월도 초순인가) 별안간 기별이 와서 신문사 일을 얼른 치워버리고 와보던 생각이며, 그 뒤에 의사를 찾아가서 현덕의 이야기를 하고 약을 갖다주던 생각이 났다.

의사의 말을 들으면 그 병은 몸이 쇠약해지니까, 감기만 몹시 앓아도 심장마비가 생겨서 죽는 수도 있고, 각혈을 하다가 피가 기관에서 막혀가지고 그것이 응결을 하면 숨이 막혀서도 갑자기 죽는다고도 한다. 그러니 언제 죽을는지 모르지마는 각혈로 기침으로 고생하는 것이 저도 어렵고 옆에서 보는 사람도 어렵다고 생각을 하였다.

지난겨울. 그때도 한 번 가보아야겠다고 차일피일 벼르면서 못가다가 희준이 편에 기별을 받고야 그는 허둥지둥 갔던 것이다.

똑똑히 알 수는 없으나 대여섯 살은 훨씬 더 된 모양이었다. 그렇지 않아도 마음에 죄스러운 생각에 조마조마한 마음으로 들어갔던 것이다. 그동안 이사를 해서 집도 간신히 찾아갔던 것이다.

가면서 그는 일부러 청진동 골목으로 가서 잉어생선이며, 고기며, 시금치, 사과 등 그런 병자에게 유익할 것으로 사가지고 갔지마는, 그동안 자기의 무심한 것을 그런 것으로 탕감할 수는 없었다.

"오빠, 바쁜데 오시라구 해서…. 추운데 오실라기 얼마나 어려우셨어요."

현덕이 간신히 자리에서 일어나 앉으면서 말하는 이런 말에도 무슨 의미가 있는 듯이 거북하게 들렸다.

"바쁘기야, 바쁘다구 못 올 건 없지마는 차일피일하다가 자연 그저 못 와봤어. 그런데 어떠냐?"

그는 이렇게 침통한 어조로 문병을 하는 수밖에 없었다.

"제일에 기침이 나서 견딜 수가 없어요. 밤새도록 기침이 나서 밤을 꼬박꼬박 새구. 그리구 나서 아침에두 그냥 기침이 나는구먼. 저번에도 감기가 시작되더니 한 달이나 기침을 하고 나서 한동안 조금 그만한 것 같더니, 요새 또 그놈의 기침이 나기를 벌써 두어 주일이나 됐나 봐요. 자꾸 그 매운 김치 쪽이나 하고 밥을 몇 숟가락씩 먹는 체하다가 말구 마니깐 기침을 그츨래두 기운이 있어야지. 허리가 딱 끊어져오구, 온몸이 금방 녹아지는 것 같구, 채 숨이 끊어져 죽으면 좋으련마는 죽지두 않구 단련에 견딜 수가 없으니 그러지요."

현덕은 우선 이만큼 그 고통을 호소하고, 말하기도 힘드는 듯이 드러눕는다. 매운 김치 쪽만 하구 밥을 먹다만다는데, 우선 그는 칼끝으로 찌르는 것같이 속이 아픈 것을 참고 겨우 한 마디,

"그래 약은 좀 썼니?"

"글쎄, 그 약도 늘 댈 수가 있어야지요. 저렇게 놀구 있으니까 여러

식구에 밥만 먹기두 어려운데 약을 어떻게 쓰겠어요. 그 세브란스 기침약이 좋긴 좋은데 돈이 있어야 가져오지. 그래 그동안은 종로 XX당약방에서 좀 갖다 먹었는데, 은행물 맛 있는 누르스럼하구 멀건 물 같은 약인데, 그거야 암만 먹어야 무슨 효험이 있어야지. 그래 요새는 약도 못 먹고 강짜로 견디어내는구먼."

여기서부터 또 기침이 나려는지 현덕은 다시 일어나서 베개를 의지하고 앉는데 그 말끝이 차차 흐려지고 울음빛이 보인다.

"글쎄, 밤이 깊어갈수록 방은 추워오구, 기침은 그냥 지독스럽게 나니 누울 수가 있나 낮을 수가 있나 어떻게 몸을 지접을 할 수가 없구먼. 초저녁에는 시어머니구 애아버지구 아이들이구 어물어물 하지마는, 밤이 좀 깊어지면 다 자구 조용한데, 나 혼자 깨서 그 몹쓸 기침을 기칠래니 누가 물 한 모금 떠다 줄 사람이 있나, 무얼 입노릇할 거나 있나, 잠시도 그치지 않구 그냥 연달아 기침이 나니, 누웠다 일어났다, 어떻게 할 수가 없구만. 지난밤에두 혼자서 너무 안타까워서 엉이엉이 울었구만. 참 야속도 하지!"

아까부터 울음 반 섞어하던 말은 마침내 흐득흐득 우는 울음으로 변하고 만다. 할 말이 없어서 멍하고 앉았던 그는,

"왜 좀 깨우지, 사람이 죽을 지경인데 잠들만 자!"

분개하는 어조다.

"철없는 애들은 깨워두 깨지두 못하구, 시어머니는 아무래도 어렵기두 하려니와 딴 방에서 주무시니깐, 워낙 잠드시면 벼락을 쳐두 모르시는 어른이니깐, 밤중에 소리를 지를 수두 없구, 애 아버지는 식구들을 먹여살리겠다구 늦도록 웅크리구 앉아서 글을 쓰다가 잠이 들었으니, 차마 깨울 수가 있어요? 깨우면 무얼 하나, 우두커니 앉아 있는 걸. 피차에 보기만 더 어렵지. 내가 어린애처럼 엉이엉이 한참 우노라면 그

제야 깜짝 놀라 눈이 둥그레 일어나서 왜 더해서 그러느냐구 하면서 왜 깨우지 않았느냐구 하기야 하지요. 그리구는 또 쓰러져 자는 걸요. 그렇게 한참 기침을 하구 나면 온몸에 진땀이 쭉 흐르니까, 옷이 펑 젖는구먼. 그냥 몸이 물에 뜬 것 같지. 그러니 누가 보아 주는 사람이 있나, 꼼짝하면 찬바람이 들어와서 선뜻하니 감기는 더 들지. 아이구 그놈의 지긋지긋한 밤이 오는 게 끔찍해!"

잠시 숨을 돌리듯이 잠깐 쉬었다가 종내 속에 품었던 말을 꺼내는지 썩 음성을 낮추어 가지고,

"세상에 그렇게들 무심할 데가 어디 있어요. 아무리 보잘 것 없고 아무리 몹쓸 년이기로서니 그렇게들 모른 체하는 수가 있어요? 참 야속도 하지요. 동생두 남편두 자식두 다 쓸 데 없어요. 죽는 놈만 불쌍하지. 내가 사실 죽기가 원통해서 그러는 게 아니야요. 죽기야 어서 죽으면 편안하구 좋지, 그래두 당장 견디기가 어려워서 그러지!"

마침내 정면으로 공격을 받아서 창끝으로 바로 가슴을 찌르듯이 마음에 괴롬을 느낀 그는 참다못해서 울음 섞인 목소리로,

"늘 앓으니까 심상하게 생각두 되구, 자연 나두 골몰하니까 마음에 죄스러운 것을 그럭저럭 못 와봤구나."

"내가 오빠 맘이야 몰라, 왜? 내 생각을 하구 마음엔 늘 무겁고 괴롭게 지내는 줄도 알지. 약한 몸에 여러 식구들 하구 지내시느라구 오직 골몰하시구 어려우시겠어요."

그는 마음도 괴롭고 울음이 자꾸 나오려고 해서 더 앉아 있어야 소용도 없겠고 해서 그만 일어나 나왔다.

결국 세브란스의 기침약을 구해달라는 것이다. 다음날 그는 신문사 일이 몹시 바쁘건마는, 낮시간에 일찍이 병원에 갔다가 세 시간을 기다려서 SCM이라는 기침약을 가지고 일찍이 갖다 주었다. 이날 현덕은 썩

만족하고 매우 기뻐하였다.

그런 지 몇 날 후에야 그는 잠깐 찾아가 보았다.

"오빠 갖다 준 약을 먹고 그새는 기침이 좀 덜 나서 요새는 좀 잠을 자는 걸요."

하고 기뻐하는 현덕의 모양을 보고, 그는 옛날 현덕이 열댓 살 적에 이화에 있을 때에 돈을 갖다 주면 좋아하던 것이 생각나고, 자기 편지 받고 기뻐했다는 것이 생각나서 그는 감격한 생각을 금치 못하였다.

5

이날도 그는 이런 생각을 다시금 하고 어려서 정답게 지내던 생각을 하고, 오늘날에 자기에게 그런 애정을 찾아볼 수도 없거니와, 현덕 자신도 지금 몸이 괴롭고 외로우니까 그렇지, 그동안 오빠인 그에게 대한 쓸쓸한 태도로 보아, 옛날에 마치 애인 사이같이 지내던 그 현덕이라고 할 수 없는 것을 생각해서, 우리가 이렇게 옛날의 남매의 정을 다시 회복할 수 있을까 하고 이리저리 생각하여보았다. 그리고 아까 하던 현덕의 말,

"나를 생각해주는 이는 오빠밖에 없어요."

하던 이 말을 다시금 생각해보았다. 그리고 지난겨울에 가서 나무람 듣던 생각을 하니 속이 간지러운 것을 느낀다.

"언제 어디서부터 이렇게 되었을까?"

바로 기미년 사건 뒤였다.

현덕은 이화고보를 마치고 평양 모여학교에서 일보고, 그는 동경서 나와서 진남포서 XX학교 남자부 여자부를 다 맡아가지고 볼 때였다. 그 학교에서 일보던 그의 아내는 다른 선생들과 같이 평양감옥에 있고,

바로 신혼한 뒤로 혼자 지내니 적적하기도 하려니와 여자부에 갑자기 사람을 구할 수가 없어서 그는 평양 있는 동생을 진남포 자기 보는 학교로 옮기게 하였다. 그리고 남자부에는 동경서 같이 공부하던 강(현재의 현덕의 남편)을 오라고 해서 같이 지내게 하였던 때였다.

그는 우연한 기회에 현덕에게서, 그에게는 우연한 기회라고 하겠지마는 현덕으로는 상당히 까닭이 있어서 한 말인지도 모르지마는, 하여튼 이런 말을 들었다.

"혼인한 다음에는 오빠도 다 쓸 데 없습디다. 전과 다릅디다."

"그게 무슨 말이야, 왜 무슨 까닭에 그런 말을 하느냐?"

하고 묻는 말에, 현덕은 이런 이야기를 하였다.

"지난봄에 오빠 결혼하신 다음에는 아주 달라지신 걸요. 작년에 약혼하신 다음부터 아주 변하시던 걸. 형님이 감옥에 들어가신 다음에 그렇게 사랑하시던 내가 옆에 가까이 있건마는 나는 본 체 만 체하시구, 형님 생각만 하시구 울기만 하시던 걸. 요새도 그렇지, 저를 불러다 놓으시고도 제 생각을 얼마 하셔요? 형님 생각만 하시지."

"그야 너의 형님은 거기 들어가서 고생을 하니까 가엾어서 그러지, 너를 덜 생각해서 그렇겠니?"

하고 변명은 해보았지만, 사실 그는 스스로 생각해보아도 그 전해 그가 약혼해 놓고부터 현덕을 생각하지 못하였고, 결혼생활을 시작한 다음에는, 그의 머리에서 현덕의 존재를 찾기 어려울 만큼 아내만 생각했다.

하기는 그는 스물일곱 살에 결혼해서 비로소 이성을 알았고, 이성을 알자 그 아내를 감옥으로 보내게 되어 졸지에 빼앗겼으니, 그 마음의 허전하고 서러운 것도 그럴 듯하고 당연할 것이었다. 그러나 아직 순진한 처녀인 현덕은 그 심리를 알 까닭이 없을 것이다. 그래서,

"나는 오빠더러 결혼하라구 하고 형님을 소개해놓구도, 이제 와서는

나는 나를 사랑해주시던 오빠를 잃어버린 셈이야요."

현덕은 이런 말까지 하였다. 그리고 현덕은, 물론 철없는 생각이요, 그때 올드미스 많은 학교에서 받은 감화도 있었겠지마는, 가끔가끔,

"나는 한평생 시집 안가고 오빠를 모시구 도와드리고 위로하고 처녀로 살 테야요."

하던 터이니, 그렇게 마음을 바쳤던 오빠의 태도가 달라졌을 때에 얼마나 섭섭하였을까.

"나도 시집가야겠어요."

하는 말은 차마 못하나, 속에는 그런 뜻이 있는 것을 그는 그때에는 몰랐다.

그리고 그때에 강과의 사이에 급속도로 진행하는 사랑의 속내를 강의 고백으로 알고, 웬만큼 양해는 해주고도 너무 정도가 지나치는 행동을 하는 것을 속으로 못마땅하게 여기고, 그후 동경 가서 지낼 때에, 강은 이미 다른 사람과 약혼한 사람이 있어서 아직 그것을 해소하지 아니하였기 때문에, 정식으로 약혼도 결혼도 하기 전에 너무 지나치는 행동을 하기 때문에, 오빠의 의무를 이행하고 위신을 지키고 (염려와 정의도 없이 않아서) 몹시 책망한 것은, 그것도 그동안 현덕의 생활을 일체 돌아보지 못하다가 새삼스럽게 찾아가서 책망한 것은, 그로서는 분명코 벌써 전 같은 사랑도 이해도 없어진 어리석은 행동에 지나지 못한 것을 후일에 이르러서 도리어 부끄럽게 생각하였던 것이다.

이러한 일도, 피차간에 결혼이 더구나 현덕과 강의 결혼이 (적어도 그로서는 그렇게 생각된다.) 그로 하여금 과거의 따뜻한 남매의 애정을 없이한 한 가지 원인이 되겠지마는, 그리고 한동안 강의 정신생활과 물질적 살림이 아울러 말못된 지경에 떨어졌을 때, 그 형편없는 태도가 아내도 자식도 모른다는 태도가 분격스러워서, 게다가 현덕의 태도까

지 한때 한때를 모호하게 꾸며서는, 말하자면 그의 솔직한 성격과는 전연 맞지 않는 태도, 마치 말하면,

"세상이 다 그런 걸 어때?"

하는 태도가 못마땅해서, 그리고 또 한 가지를 꼽으면 이미 세상을 떠난 그들의 어머니에게 대한 일에도 한 번 그는 섭섭한 말을 들어서 이런 것이 다 어우러져서 자연히 현덕의 집에 가는 발길이 드물었으나, 이제 두 사람은 같이 늙어가고 현덕의 병은 점점 깊어가는 오늘날이라, 더구나 그는 요새 모든 일에 실패하고 외로이 들어앉아 있는 처지라, 현덕을 많이 생각하고 옛날의 단순한 남매의 애정을 다시 회복했으면 하는 즈음에, '나를 생각해주는 이는 오빠밖에 없어요.' 하는 말을 다시금 생각하게 되었다.

그래서 버스는 기다려도 좀체 오지 않고 해서 그는 다시 들어가서, '현덕아, 옛날이야기나 하자.' 하고 어렸을 적 이야기, 피차의 학생 시대의 이야기나 실컷 하고 옛날처럼 꼭 껴안아라도 주고 싶은 생각이 불현듯 났다. 그래서 발길을 돌이킬까 하다가 마침 굴러온 버스에 몸을 실었다.

6

다음 해 봄, 사월 어느 날, 그는 시골에 가서 얼마 지내다가 와서, 대학병원 무료실로 현덕을 찾았다. 집에는 아내도 앓고 있었다.

"오빠, 한이나 풀려구 입원했어요."

'무료실'과 썩 반가워하면서 맥없는 말과 환자의 모양에 그는 가슴이 벅찰 뿐이었다.

"내일 또 오마, 누구와 약속이 있어서."

그는 몇 마디 이야기하다가 슬며시 일어나 나와서 어느새 전찻길까지 왔다.

"내 가족, 내 자식만 생각할 수가 없다. 다시 가서 마지막 의무를 다 해야겠다."

고달픈 다리를 끌고 천천히 걸었다. 오던 길을 도로 가는 것이다. 언제 왔는지 모르는 동안에 현덕이 있는 병원 대문 앞에 왔다.

'내가 공연한 염려로 안정해야 할 사람을 흥분을 시켜서 되려 해가 되지 않을까.'

속으로 염려를 하면서 대문 밖에서 잠깐 발을 멈추었다가, 다시 거의 기계적으로 대문을 들어서 수위실 옆을 돌아서, 아카시아나무가 군데군데 있고 석탄재 쌓인 길을 한편으로 창경원 가는 길을 보고 한편엔 본관이 있는 쪽을 보고 가다가, 그는 왼편에 시체실이 있는 것이 눈에 띄자, 고개를 바른편으로 홱 돌리면서 슬슬 걸어갔다.

"그동안에 잠이 좀 들었으면."

일부러 시간을 지체하려는 것이다. 그러나 얼마 지체 안 되어서 병동 문 앞에 이르렀다.

"무얼 잊은 것이 있어서…."

간호부가 마침 현덕의 병실에서 나오는 것을 보고 미안스러운 듯이 이렇게 말하고 가만가만히 문을 열고 들어갔다. 방 안은 쥐 죽은 듯이 고요하다. 환자들이 잠들었는가 해서 발걸음을 돌이키려고 했으나, 이왕 들어온 길이니 좀 기다려보자 하고 출입문 옆에서 기다렸다. 어느 환자나 다 혼자 누웠지, 아무도 가족이나 소위 '스끼소이'라는 고용한 간호인도 없다. 그리자 현덕의 옆에 있는 침대의 여자가 눈을 떠보고 자기를 알아보고 목례를 한다. 저편 남쪽 끝에 있는 침대 옆에 웬 손님이 있는지 소곤소곤하는 말소리가 들린다.

"잠들었군."

현덕은 가슴에 두 손을 놓고 눈을 감고 있다. 입을 쫑긋거린다.

"기도를 하는가?"

그는 가만히 조심조심 교의에 앉았다. 숨을 죽여서 앉아 있다가 고개를 숙여서 기도를 하였다.

"오빠, 웬일이야요? 언제 또 오셨어요? 가신 줄 알았더니…. 어서 가 보셔요."

이윽고 현덕이 눈을 떠서 놀라는 듯 반가운 듯 바라본다.

"응, 괜찮어! 너도 내게 할 말이 있을 것 같고 나도 좀 할 말이 있어서 가다가 도루 왔어."

"오빠, 난 할 말이 없어요."

현덕이 잠깐 머뭇거리는 듯하다가 말한다.

"오빠, 할 말 있으면 이야기하셔요."

"너 이야기해라."

현덕은 눈을 감고 말이 없다.

"오빠 다른 건 다 문제없어요. 다 단념했어요. 그런데 내가 가긴 가는데요. 가는 시간에 아무도 없이 혼자 갈 생각을 하면 좀 섭섭해요. 눈 감겨 주는 사람도 없이…."

"……."

현덕은 잠깐 숨을 태워서 할 말이 없어 하는 그를 보고,

"오빠 괜치 않어요. 혼자 가두 좋아요. 오빠 염려 마세요. 공연한 말을 해서 오빠를 괴롭고 해서…."

그는 고개를 숙이고 있을 뿐이었다. 가슴이 몹시 벅차고 아팠다. 무어라고 대답할 말이 없었다. 아니 말할 용기가 없었다.

"오냐, 내가 보아 주마. 염려 말어라."

할 용기가 없었던 것이다. 그러는 동안 현덕은 빙그레 웃으면서 또 말한다.

"오빠, 염려 마셔요. 저기 저 저이가 저 천사가, 내가 갈 적에 내 옆에서 나를 붙들어주고, 내 눈을 감겨 주기로 약속을 했답니다. 저이가 보통 사람이 아냐요, 천사야요."

떨리는 손으로 가리키는 방향은 아까부터 소근거리는 소리가 나던 남쪽 끝에 있는 침상이다.

"천사? 천사?"

아까는 검정 옷만 보았지 머리에 쓴 크고 흰 모자는 못 보았다. 환자의 머리에 고개를 숙여서 무슨 이야기를 해주던 모양이다. '천사'는 잠시 고개를 들었다가 다시 고개를 수그리는 것이다.

"오빠, 저이가 수녀랍니다. 그런데, 여기 매일 와서 종일 있으면서 환자의 시중을 해주고, 위로를 해준답니다. 저 환자는 일본 여잔데 저 수녀는 일본 말두 잘하여 친딸처럼 일본 말로 위롤 하구 있답니다. 그리고 내게두 그렇게 고맙게 한답니다. 내가 죽을 적에 내 눈을 감겨 주고, 내 몸을 씻겨 주고 하기로 약속을 했답니다."

그는 얼굴이 화끈거리고 가슴이 아파서 더 앉아 있을 수가 없었다. 그렇다고 홱 일어나 갈 수도 없었다.

"고맙구만, 고마워!"

그는 얼굴을 돌리고 겨우 한 마디 입을 열어 말할 수밖에 없었다. 그 '천사'에게 경의를 표해서 바라보며, 또 실상은 동생 현덕을 정면으로 마주 볼 수 없는 부끄러움을 느껴서 얼굴을 돌리고 있었다. 다시 말을 못한다.

'저는 아무리 수녀라도 남이 아니냐. 나는 피를 나눈 동기간이 아니냐. 또 나는 그냥 예수 믿는 사람이라기보다 예수교의 선생이 아니냐.

가끔 그리스도의 사랑을 강단에서 가르치고 역설하는 자가 아니냐. 그런데, 이렇게 차고 무력하단 말인가?'

그는 등골에서 땀이 날 지경이었다.

"오빠, 오빠가 내게 이야기하고 싶어서 가시다가 되돌아온 뜻도 짐작해요. 내가 갈 날이 가까웠으니 내 앞길을 위해서 염려되어서 그러시지요? 나는 아무두, 희준이 아버지두, 오빠두, 아무두 원망하는 생각은 털끝만큼두 없어요. 나는 인제 예전 현덕이 아니니, 오빠, 아무 걱정 마셔요. '너는 마음에 근심하지 말아라. 내 아버지 집에 있을 곳이 많으니라.' 하는 음성을 분명히 들었어요. 어려서 (눈만 감으면), 어려서 홍 전도사가 이야기해주던 하늘나라의 모양이 환하게 분명히 보여요. … 이담에 거기서 오빠를 만날 거야요. 그럼 오빠야 으레 오시지. 그때에 반가이 만나 볼 줄 믿어요…."

"……."

"여보셔요 시간이야요. 환자를 위해서 그만 이야기 하시고 가시지요."

간호부의 주의에 깜짝 놀라서 일어섰다. 일어선 대로 한참 고개를 숙이고 두 손을 합장하고 있었다.

그는 모자를 들고 현덕이가 천사라는 수녀와, 천사처럼 얼굴이 빛나고 화평해진 현덕을 절하듯이, 경건한 절을 하다시피 하면서 현덕의 병실을 물러 나왔다.

-《문장(文章)》, 1939년 2월

크리스마스 새벽

— 새봄의 노래

1

겨울 일기라도 한동안 퍽 따뜻했으나, 갑자기 날씨가 변해서 바람이 불고 눈보라가 몰아치는 썩 사나운 겨울날이었다. 크리스마스를 앞둔 어느 일요일, 마리아의 고향인 평양 사람들의 말로 하면 '주일날'이었다. 마리아는 특별히 주일날을 극히 소중히 여기는 것이다. 밥을 한 끼 궐할지언정 주일날 예배당에 가는 일은 몸이 아파 눕기 전에는 빼지 아니 하는 것이었다. 마리아는 딸 영애와 아들 태수를 데리고 예배당에 갔다가 아이들은 크리스마스 준비 연습으로, 자기는 부인회 일로 시간이 좀 늦어서, 바삐 집에 돌아와서 남편이 거처하는 건넌방부터 들여다보고 안방을 들여다보았다. 남편은 어디 갔는지 없고, 안방에는 팔십 노인 시어머니가 잠이 들어서 세상을 모르고 있다. 마리아는 곧 다시 건넌방으로 가서 방 안을 살펴보았다.

모자를 쓰고 나갔다. 웬만하면 모자를 안 쓰고 곧잘 맨머리로 다니던 이가 모자를 쓰고 나간 것을 보니 분명코 어디 멀리 간 모양이다. 더구나 여행할 때면 가지고 다니는 트렁크가 안 보이는 것이 눈에 띄어서 얼른 속에 집힌다. 그래서 마리아는 양복장을 열어보았다. 늘 입던 양복과 외투가 없고, 집에서 입던 옷은 착착 개여서 바닥에 놓여 있다.

"어디 가셨군!"

마리아는 혼자서 중얼거리면서 무심히 남편이 쓰던 책상의 서랍을 열어 보았다. 거기에는 아이들 공책장에 연필로 갈겨서 쓴 것이 있다. 한 번 접고 겉에,

"마리아 보시오."

하고 씌어 있다. 마리아는 울렁거리는 가슴에 떨리는 손으로 집어서 펴 보았다. 웬만해서는 꼼짝도 아니 하는 마리아도 이날은 이상스럽게 가슴이 울렁거렸다. 게다가 눈도 아물아물한다.

> 마리아 용서하시오. 나는 떠납니다. 나는 나의 갈 길을 가려고 떠납니다. 나 같은 죄인은 당신 같은 성도와 같이 살 수 없소. 실상 나는 그동안 너무 약하였소. 이제 더 주저할 수가 없으므로 결심하고 떠납니다. 그러나 팔십 노인과 어린 것들을 약한 여자인 당신에게 맡기고 떠난다는 것은 너무도 염치없는 일이오. 그러나 내가 집에 있다고 당신에게는 아무 도움이 안 되고 도리어 괴롬 거리가 될 것이오. 내가 떠나는 것이 당신에게나 아이들에게나 도리어 행복이 될 것이 아니오? 이 시대 이 땅은 나를 용납하지 아니 할 뿐 아니라, 당신과 나와는 한집에 살면서도 서로 딴 길을 걷고 있는 딴 세상 사람이었소. 나는 나대로 나의 길을 갈 터이니 당신은 당신대로 가겠지요. 내 길을 갈지 당신의 길을 갈지, 또 저희가 어떤 새로운 길을 찾아갈지, 그것은 우리가 알 바 아니오. 당신은 당신의 하나님의 보호 밑에 아이들을 데리고 잘 지내고 건강하기를 바랍니다. 언제 다시

만날는지 기약할 바이 없소. 이만. 12월 15일 열(烈)

마리아는 읽기를 마치고, 이상스럽게 호흡이 급해지는 것을 느끼면서 아이들이 볼까해서 얼른 접어서 궤짝 밑바닥에 깊이 집어넣었다. 그리고 거의 무의식중에 약간 방에 널린 것을 집어 치운 뒤에 방바닥에 우두커니 앉아서 무슨 생각을 한다. 몇 날 전 일이며, 강의 지난날의 생활을 생각하고 앞으로 살 길도 생각하는 것이었다.

2

강렬(姜烈)은 기미년에 배재 재학 중에 서울에서 삼일 운동에 참가하여 독립만세를 부르고, 비밀공작을 하다가 경찰의 손에 잡혀서 삼년 징역을 하고 나와서, 곧 상해로 달아나서, 임시정부와 대한 독립당에 들어서 어떤 중대 책임을 지고, 무기를 가지고 본국에 들어왔다 다시 잡혀서 칠년 징역을 마치고 나와서 양복점을 경영하고 있었다. 강이 양복점을 경영하는 데는 두 가지 이유가 있었다. 첫째는 그동안에 하도 가난에 시달리고 왜놈과 관리들에게 시달렸기 때문에 실업을 해서 집안 살림을 바로잡고, 겸하여 일체 무슨 공사나 단초리를 피하려는 것이요, 다음에는 우리나라 사람도 새 시대에 처해서 활동하는 국민이 되려면 남녀 간에 한복을 벗어 버리고 양복을 입어야 한다는 것을 절실히 느껴서, 양복을 장려하기 겸하여서였다. 그러나 그 양복점 영업이 종내 수지가 맞지 않고 결국 실패를 하게 되었다. 학교 출신 책상물림으로, 또 정치 운동으로, 돌아다니다가 경험 없는 장사를 하니 될 까닭이 없다. 그러는 동안에 강의 고생은 말할 나위 없었다.

그러나 강은 몸으로 당하는 고생이나, 장사하는 동안에 당하는 고통보다도 마음의 고통이 더 심하였다.

"이래가지고는 안 되겠다. 내가 이 꼴을 보지 않고 떠나든지 죽어 버리든지, 세상을 한 번 뜯어고치고 뒤집어엎든지, 두 길 중에 변통이 있어야 하겠다. 아직 때가 멀었으니 결국 내가 떠나야 할 것이다."

강은 이런 생각을 하고 마리아에게는 가끔 이런 암시도 준 일이 있었다.

강은 징역을 마치고 나서, 처음에는 향촌으로 가서 교육 사업을 하려고 하였던 것이다. 그러나 그것은 말로는 찬성하지마는 돈을 내는 사람이 없었고, 게다가 관변의 주목이 심해서 단념을 해버리고 장사나 하기로 하고, 친구나 친족 간에서 자본을 구해보려고 하였으나 돈이 있는 자는 친구나 친척이나 한 사람도 응하는 자가 없고, 집문서라도 전당을 잡혀야 하겠는 고로 역시 단념을 하고, 한 일 년은 집에 들어앉아서 책만 읽고 있었다. 그러다가 하도 생활에 곤란하고 답답해서 '돈이다, 돈이 있어야 하겠다.' 하고 마리아의 소유로 있던 땅마지기를 팔아가지고 양복점을 시작하였던 것이다.

그래서 몇 해 동안은 잘 지냈다.

그러나 차차 불경기로 잘 안 되는 데다가, 돈냥 있는 젊은 녀석들이나 경관 나부랑이들이 양복을 맞췄다가 '맞질 않는다.' '스타일이 틀렸네.' 하고 잔소리를 하고 나무라면서 물건을 퇴하고 하는 아니꼬운 꼴도 보기 싫고, 게다가 외상 돈 받을 수 없고, 여간 수입되는 것은 직공들이 달라는 대로 선급을 척척 주다 나니 남는 것이 없을 뿐 아니라, 직공들에게 맡기고 내버려두니, 저마다 양복감을 훔쳐내서 물건을 잃어버리고, 나사점의 물건 값은 독촉하고, 도저히 견디어 배길 수가 없다.

그보다도 강의 고통은 마음의 고통이요, 가정의 그것이었다. 그리고 함부로 말도 못할 고통이 있었다. 그러면서도 일은 밤낮 바빴다.

"일이 바쁜 때는 주일날이라도 일을 해야 되겠소."

하고 강은 마리아에게 말을 한다. 그는 본시 장로의 아들이었으나 신앙이 없었다. 신앙이 없다는 것보다도 대체로 종교에 대하여, 특히 마리아의 신앙에 대해서 반감을 가지고 있었다. '내 사상과 당신의 신앙과는 달라요.' 하고 가끔 한 마디 간단한 대답을 하지만, 두 사람이 생각하고 살아가는 세계는 거리가 상당히 멀었다. 마리아는 예수를 믿고 교회에 나가는 것이 가장 큰 낙이요, 생명보다도 귀한 일이었다. 주일날은 가장 귀중한 안식일이요, 거룩한 날이었다.

그래서 마리아는 다른 말은 들어도 '주일날 일하고 영업하겠다.'는 말에는 응할 수가 없었다. 그래서 토요일 저녁이면 직공들더러 '내일은 오지 마시오.' 하고 상점문을 잠갔다. 그럴 때마다 강은 밖에 나가서 술을 먹고 들어왔다. 그것은 마리아로서는 더구나 견딜 수가 없었다. 더구나 마리아는 교회부인회 회장으로 가끔 나섰다.

"술까지 잡숴서야 되겠소? 돌아가신 아부님 생각을 하든지, 당신의 몸을 생각하고 당신의 영혼을 생각하든지, 자식들 생각을 하든지, 아무것도 아닌 내 생각을 조금이라도 한다면 술을 잡숴야 되겠소."

이렇게 마리아는 울면서 애걸하다시피 말한다. 그럴 적마다 강은,

"나는 아주 지옥 감으로 치부해두구려. 당신은 하나님의 딸이구 나는 사탄이니깐."

이렇게 대답하고는 며칠씩 안 들어오는 때가 있었다. 마리아와 아이들이 겨우 찾아보면 술집에서 곤드라져서 자고 있었다.

강은 결국 술 취하는 도수가 늘어가고 양복점은 점점 기울어졌다. 그러자 또 뜻밖에 일지사변*으로 전쟁이 닥쳐오고, 차차 통제경제가 시작되니 강의 하는 따위의 영업은 아주 글러졌다. 그래서 강은 제 손으

* 1937년 7월부터 벌어진 중일전쟁의 일본식 표현.

로 상점 문을 닫아버리고, 간판도 떼고 직공들도 다 내보내고 말았다. 그런 뒤에는 몸이 거북하다고 며칠씩 밥도 안 먹고 누워 있다가 한동안은 아침 일찍 나가서 밤에 늦게 들어오고, 어떤 때는 서울 간다고 가방을 가지고 차를 타고 나갔다가 거진 한 달씩도 있다가 왔다. 강은 가끔 '돈을 좀 벌어야 해.' 하면서 혼잣말로 중얼거리는 것이었다. 그래도 돈은 벌어오지 못하고 빈손으로 들어오고, 어디 길을 떠날 때는 마리아더러 돈을 마련해오라는 것이었다.

"양복도 안 하구 이러구 있으면 어떻게 적지 않은 식구가 살아가구, 아이들 공부를 시키갔소. 집안끼리라도 해봅세다 가레."

마리아는 말없이 보다보다 못해 하도 딱해서 이런 말을 해보았다. 강이 요새 무슨 일로 나가 다니는지 일체 말이 없으니 알 수도 없고, 알려고도 하지 않고 참고 있었으나, 벌써 한 달 전부터 양식거리에도 곤란을 당하고, 하도 생활에 쪼들리기 때문에 단단히 마음을 먹고 말한 것이었다.

"돈이 있어야겠다, 돈이 힘이다."

강은 강대로 돈에 대한 압박과 돈의 필요를 절실히 느꼈다. 좀 큰돈을 벌어서 사나이의 큰 배포를 펴보려고 하여 금광에 손을 댄 것이었다. 그래서 마리아의 말에는 비웃듯이 웃기만 하고 대답이 없었다.

마침 강이 집에 있는 기회를 타서 하루는 밤이 깊어 아이들도 자는데 마리아는 마음에 먹었던 말을 하고야 말기로 결심했다.

"여보, 낼부터 나하구 회당에 갑세다."

하고 침중한 어조로 말을 꺼냈다.

"회당에 가지요, 예?"

그래도 강은 대답이 없기 때문에,

"여보, 낼부터 회당에 가쟈우요, 예."

하고 다시 한 번 뇌었다. 이번에는 약간 어성이 높고 성이 나서, '사람이 말이 말 같지 않아서 대답이 없는가?' 하는 태도였다.

"당신이나 가요, 난 안 가."

강은 소리를 질렀다.

"그러지 말고 하나님께로 돌아와서 믿음으로 살아갑세다. 당신두 성경 말씀 알디요? 하나님이 세상을 이처럼 사랑하사 독생자를 주셨으니, 누구든지 저를 믿으면 멸망하지 않고 영생을 얻으리라 한 말씀을 알디요."

하면서 마리아는 '멸망'이란 말에 특별히 힘을 주었다.

"옳아요, 당신이나 천당에 가요. 나는 멸망해도 좋으니까. 멸망은 무슨 놈의 멸망이야."

강은 자던 자리에서 벌떡 일어나 앉아서 무서운 눈초리로 마리아를 노려보았다.

"아니, 그거 무슨 말이오. 내가 당신더러 멸망을 하신댔소. 예수 믿고 잘 살자는데 그다지 그럴 거 있소? 그러지 말구 정말 회개해야 돼요. 그리구…."

마리아는 말소리를 낮추어서 달래듯이 말하려고 하는데, 강은 점점 더 감정이 격해져 떨리는 손으로 옷을 주워 입으면서,

"회개? 네나 회개해라. 살림하는 예편네가 밤낮 밀려 댕기면서, 사내 녀석들하구 밀려 댕기구, 어쩌구 저쩌구 지껄이기나 하면 일 치르는 게야? 장한 것 같이 야단이야, 망할 년놈들이…."

"그래, 누가 망할 년놈들이란 말이오? 밀려 댕기긴 어델 밀려 댕겨요? 하나님의 교회를 훼방하면 벌 받아! 정말 말 아니 하구 있으니까…. 당신이야말로 밤낮 어델 가 묻혀서 사람 같지 않은 것들과 좋아서 코가 빠져서…."

목이 메어서 속에 품었던 것이 채 쏟아져 나오기도 전에 마리아의 눈에는 벼락불이 떨어졌다. 강의 돌덩이 같은 주먹이 마리아의 눈과 콧등

을 향해 전속력으로 떨어졌다. 이 벼락불에 '아이구' 소리도 날 새 없이, 놀라서 방바닥에 엎드러진 마리아의 머리와 어깨, 잔등 위에는 또 폭탄이 떨어졌다. 강은 눌렸던 용수철처럼 발딱 일어나면서 발로 죽어라 하고 걷어찬 것이다.

얼마 만에 마리아가 간신히 정신을 차려서 일어났을 때는 강의 자취는 간 데 없고, 어디서 닭 우는 소리가 들렸다.

그런 지 몇 날 뒤에 강은 부끄러운 듯이 빙긋이 웃으면서 들어왔다. 어디서 돈을 마련했는지 닭 한 마리를 사서 들고 온 것이었다.

"낼이 어머니 생신이지. 집안끼리 국이나 끓여 먹지. 아주머니나 오시래두."

강은 부드럽게 말한다.

마리아도 다음 날이 시어머니 생일인 것을 기억하고, 고기 몇 근을 준비해놓고 행여나 강이 들어오기를 기다리던 참이었다. 다음 날은 오래간만에 온 식구가 한 자리에서 밥을 먹고 즐겼다. 그런 지 몇 날이 못 되어 찬바람이 불기 시작하더니, 강은 종내 집을 떠나 나가고, 마리아의 집은 더한층 쓸쓸해졌다.

3

강의 태도는 그래도 마리아는 나간 남편을 위하여 한참이나 울면서 기도하였다. 기도를 마치고 난 마리아는 눈물을 닦고 건넌방에서 일어나 나왔다.

"오냐, 남편을 의지할 것 없이, 남을 의지할 것 없이 내 힘으로 살자. 힘쓰면 하나님께서 도와주실 것이다."

이것이 이때의 마리아의 가슴에 사무친 굳은 결심이었다. 마리아는 남편이 물론 압록강을 건너서 북만주나 상해 방면으로 멀리 갔으리라고 짐작하고, 구태여 간 곳을 찾으려고도 아니 하였다.

"내, 잠깐 어데 갔다 오마. 너희끼리 점심 먹어라."

마리아는 울렁거리는 가슴을 진정하면서 밖으로 나갔다. 예배당에 가서 목사를 잠깐 만나보고, 자기네 양복점에 다니던 나이 어린 조수 차손네 집에 가서 내일부터 일을 할 터이니 오라고 이르고, 그 근처에 살며, 교회 권사 일을 보는 정 형네 집에 들러서 강에 관한 이야기를 하고, 양복점을 혼자 경영하기로 한 말을 하고 협력을 구했다. 마침 마리아는 그동안 양복점을 하면서 학생복은 물론 신사복 재단하기를 배워두었던 것이 큰 밑천이었다. 그러나 상당히 똑똑하다는 남자인 강이 하다가 실패한 일을 자기가 혼자서 해가기가 어려울 줄은 마리아도 알았다. 더구나 그동안 빚이 상당히 있는 줄도 알았으나, 온 집안이 들어붙어 열심으로 하면 몇 식구 먹고 살기는 걱정 없고, 그러노라면 차차 빚까지 갚을 수 있으리라는 자신이 있었다.

그날 밤에 예배당에 다녀와서 마리아는 영애와 태수를 데리고 가정예배를 보고 나서, 강이 집을 떠난 사실을 이야기해주고, 자기의 비장한 결심을 보인 뒤에, 마지막에 간곡한 말로 일렀다.

"자, 이제는 우리끼리 우리 힘으로 살아갈 결심을 해야겠다. 나는 비록 여자의 몸이라두 부지런히 일하면 너희 아버지 대신에 한 집을 지탱해 갈 수 있을 줄 안다. 그러나 에미가 혼자 해줄 줄 믿지 말구, 너희들두 같이 힘을 아울러서 일을 해주어야겠다. 물론 나는 너희들 공부를 시키련다. 그러나 공부를 하면서두 일을 해야 먹구 살 수 있구, 그래야 공부도 할 수 있다. 나는 실상 너희들을 위해서 죽어도 일을 하려는 거지, 그렇지 않구 나 한 몸 같으면 나는 내일부터라도 전도나 떠나구 싶다. 나는 너흴 위해서 죽길 한하고 일을 할 테니 너희들도 같이 일을 하자."

마리아의 울음 섞인 말을 영애와 태수는 울면서 듣고 있다가,

"어머니, 우리두 힘껏 부지런히 일할 테야요."

"나도 일할 테야요, 어머니."

이렇게 약속을 하였다. 그러나 어머니의 마음을 괴롭게 하지 않으려고 아버지에게 대한 말은 꺼내지 아니 하였다. 태수는 아버지가 나간 까닭을 몰라서 묻고 싶었으나, 영애의 눈치를 보고 잠자코 있었다.

이튿날 마리아는 광에 치웠던 간판을 내다가 걸고, 친히 상점에 나가 앉았다.

"아주머니, 걱정 마시라구요. 주인님 안 계셔두 제가 열심으로 일하면 돼요. 제가 바느질 꽤 잘 한답니다. 신사 양복두 제법 하구, 이제 보시라구요."

"고맙다, 차손이 너하구 나하구 하자."

늘 구박만 받던 차손이의 이 말에 저으기 위로가 되어, 마리아는 웃으면서 우선 상점 소제를 말끔히 해놓았다. 그 뒤로부터 밥은 영애가 지어먹고 학교에 가고, 마리아는 일찍부터 재봉틀을 굴렀다. 처음에는 여자가 한다고 주문이 적었으나, 손님을 친절히 대하고 일을 꼼꼼히 잘하고, 게다가 기일을 지킨다고 신용을 해서, 주문이 차차 많이 들어오고, 일거리가 많아져서, 온 식구가 들어붙어서 고된 줄도 모르고 열심으로 일을 하였다. 영애는 물론이요, 태수까지도 심부름도 하고 단추 구멍도 배워서 하고, 대림불도 피우고 모두 찬송가를 부르면서 밤이 늦도록 일을 하였다. 그래서 그날그날 살아가기는 걱정 없고 여간한 빚까지도 더러 갚게 되었다. 그러나 마리아를 못살게 구는 이는 시어머니였다.

"네가 내 아들을 내쫓았지…. 이년, 너 내 아들 찾아오너라. 서방이 나갔는데두 걱정 한 마디 하는 일 없구, 괘씸한 년 같으니! 예수 믿는다는 것이 그 따위란 말이야!"

이런 말을 들으면 마리아는 미안하기도 하고 사실로 마음이 괴로웠다. 그러나 늙은이는 가끔 하는 말이 (망령 들린 체하고 하는 말이),

"오, 너희끼리만 상점에서 맛나는 걸 사다 처먹구, 늙은이는 먹거나 말거나 모른 척하구, 흥 어데 보자."

이런 말에는 웃고 말지만 그보다 더 기막히는 소리를 듣고도 마리아는 참았다.

"젊은 년이 밤낮 사나이들하고 쑥덕거리구, 왔다 갔다 하구, 집안 꼴 잘 된다."

이런 말에는 눈물이 나는 것을 마리아는 꾹꾹 참았다. 그러나 이런 소리를 동네 사람이나 예배당에서 목사님이나 권사님이 올 때에 늘어놓는 데는 딱 질색이었다.

"그까짓 것 조금도 탄하지 말어라. 망령하신 줄루 알구 그것이 네 '십자가'가 아니냐."

"그럼요, 참기야 참지요. 해두…."

마리아는 시어머니한테 정성을 다하는데, 도리어 억울한 말을 가끔 들었으나 친정 형님이 이렇게 위로해주는 말에 힘을 얻어 더욱 참았다.

4

그러나 마리아에게는 참을 수 없는 변이 돌발하였다. 음력 정월 어느 날, 마리아는 몸이 좀 아파서 상점에도 못나가고 안방에 누워 있는데, 밖에서 누가 찾는다고 해서 일어나기 싫은 것을 억지로 일어나 나가 보았다. 손님은 나이가 한 사십이나 되었음직한 여인인데, 누구를 찾느냐고 해도 머뭇하면서 대답을 못하고 서 있는 것을 보고, 마리아는 좌우간 들어오라고 해서 방에 들여앉혔다.

그 여인이 들어와서 하는 말은 청천벽력 같은 것이었다. 자기는 원산서 어린 것 하나 데리고 와서 형네를 의지하고 살려고 했는데, 이집 주인이 찾아와서 금이 잘나는 금광이 있는데 허가만 내면 팔아도 크게 이가 나고, 돈을 대서 광을 하면 큰 수가 난다고 날마다 와서 하도 그럴 듯하게 이야기하고 조르기에, 자기 형하고 의논하고 적지 않은 돈하고, 금반지 두 개하고를 내주었다는 것이다. 그런 지 얼마 만에 금광허가가 나왔다고 서류를 내보이면서 좋다고 술이 취해서 와서 이야기하는 것을 저녁 대접을 하고 늦도록 놀다가 자고 가고, 그 뒤에는 가끔 자고 가고 하다가, 나중에는 자기는 내외간 정이 없어서 못살 형편이기 때문에 이혼을 할 터이니 같이 살자고 해서, 꼭 그런 줄만 알고 동거하기를 벌써 석 달이나 됐는데, 서울을 잠깐 다녀온다고 하더니 두 달이 되도록 소식이 없으니 저는 강에게 꼭 속았다고 하는 것이다.

그리고 눈물을 흘리면서 강이 쓴 돈을 갚아달라는 것이었다. 마리아는 하도 기가 막히고 정신이 아뜩해서 쓰러질 지경이었다. 간신히 정신을 차려서 일어나보니, 그도 눈물을 흘리고 있다. 도리어 그 여인이 불쌍한 마음이 들어서 지금은 형편이 갚을 수 없으나 차차 형편 보아 갚겠다고 위로를 보냈다.

"어쩌면 사람이 저렇게도 악해졌던가."

그날 밤에 마리아는 통곡을 하고 울었다. 그리고 마리아는 '하나님, 인간이 왜 이렇게 악합니까. 하나님 저 영혼을 불쌍히 여기소서.' 하고 밤새도록 울었다. 울며 기도했다.

그 다음에는 이틀 건너, 하루 건너 그 여인은 돈을 받으러 왔다. 혹은 사람을 보내고, 혹은 제가 오고 성화같이 독촉을 하는 것이었다. 그러다가 하루는 순사들과 같이 집달리가 와서 재봉틀과 양복장에 붉은 딱지를 붙이는 것이었다.

알고 본즉, 그것은 그 여자의 동생 되는 자가 순사로 다니는데, 재판소 서기한다는 자와 결탁하고 강을 사기횡령으로 고소를 하고, 금방금방 재판수속을 한 결과에 강의 재산을 전부 차압하게 된 것이라고 한다. 마리아는 집과 그밖에 조금 있는 땅을 제 이름으로 이동을 하려고 하면서 태수 이름으로 하려고 내버려 두었던 것이다.

이런 사건이 일어나자, 마리아는 꼼짝 못하고 병석에 눕게 되었다. 사지가 아프고 머릿골이 쑤시고 입맛이 없어져서 밥을 못 먹고 누워서 앓게 되자, 양복점 일은 못하게 되고, 수입이 없으니까 자연히 양식거리 대기도 어렵고, 더구나 찬거리 대기는 어려웠다. 그래서 아침에만 밥을 좀 지어먹고, 낮에는 떡이나 한 개 먹고 그냥 지내고, 저녁에는 고구마 같은 것으로 끼니를 대신하였다.

그러나 늙은이에게는 여전히 쌀밥을 대접하건마는, 며느리 앓아누운 걱정은 아니 하고 반찬 없는 불평은 더욱 심하고 망령은 더욱 심했다.

"고기 한 번 못 먹구, 이것이 다 뭐야"

하면서 공중 내던진 된장찌개 국물이 맞은편 벽에 종유석 모양을 그리고 거기서 튀어온 국물이 마리아의 눈에 맞아서 눈물과 섞여 흘렀다.

5

마리아는 석 달 만에야 겨우 일어났다. 영애와 태수의 극진한 간호는 말할 것도 없고, 친정 형님의 위로와 도움이 많았다. 그동안에 마리아를 괴롭게 굴던 시어머니도 세상을 떠나서 간신히 장례를 지내고, 따뜻한 봄이 되니까 새 기운이 나서 양복일도 다시 시작하고 새벽에 일찍 일어나서 텃밭에 감자와 옥수수를 심기에 힘을 다했다.

배급이라고 주는 것을 가지고 아무리 양을 줄여서 조금씩 먹어도 보름밖에 먹을 수 없기 때문에, 야미 쌀을 더러 구해 먹으면서도, 감자와 옥수수로 보태먹으려고 한 것이었다. 다행히 심은 것이 잘 되어서 마리아가 수고한 보람이 있었다. 그래서 세 식구가 과히 굶주리지 않고 지낼 수가 있었다.

이윽고 8월 15일이 되었다. '일본이 항복을 했으니, 우리나라는 독립이 되는구나.' 하고 마리아는 춤을 추다시피 기뻐하면서 만세를 부르고, 재봉틀 일도 다 내던지고 친구들을 모아 애국부인회를 조직해가지고, 부인들을 깨우고 한글을 가르치는 계몽운동을 시작하였다. 마리아도 학생시대에 만세를 부르고 삐라를 돌리다가 잡혀서 고생한 일이 있었던지라, 옛날의 감격이 새로워서 밥 먹기도 잊어버리고 분주하였다.

6

그해 가을 어느 날이었다. 뜻밖에 강이 육 년 만에 돌아왔다. 평양에 온 지는 벌써 여러 날이 된 모양이다. 마리아는 반가이 맞았으나, 강 자신은 반가운 빛도 없이 잠깐 들어왔다가는 나가곤 한다.

돌아가신 어머니 말도 별로 묻지도 않고, 그동안 고생했겠다는 말도 없다. 마리아는 여전히 남편 대접을 하지마는 아이들은 그다지 반가워하지 않고, 서투른 손님처럼 지냈다. 강이 밖에 나가서 어디를 다니는지 마리아는 몰랐다. 구태여 알려고도 하지 않았다. 강이 들어오면 아이들더러 예배당에 가지 말라고 하고, 공연히 화를 내서 아이들을 때리기까지 하였다. 이리하여 평화하던 가정에 찬바람이 불고 검은 구름이 덮이게 되었다.

마리아는 마리아대로 열심으로 예배당 일을 돕고 계몽운동에 힘썼다. 처음에는 여성동맹에 들었으나, 이내 안 나가기로 하였다. 그 이유를 물으면 몸이 아파서 못 나간다고 하였으나, 사실은 이렇다.

하루는 마리아가 외출했다가 집에 돌아왔더니, 마침 영애가 울면서 버선발로 이웃집으로 달아난다. 방문을 열어본즉 붉은 군대의 장교인 듯한 자가 구둣발로 방에 들어가서 씨근거리고 있다. 그녀석이 마리아를 보자, 어느새 달려들어 손을 붙잡고 잡아끄는 것을 간신히 뿌리치고 달아났다. 이런 일을 친히 당한 일이 있고, 그리고 밤낮 스탈린, 김일성만 찾는 것이 싫어서 병 탓을 하고 안 나가고 말았다. 강은 그것을 매우 못마땅하게 여겼다.

"내말 안 들으면 죽여 버린다."

강은 아이들보고 이런 말까지 한 일이 있다. 그리하여 아이들은 벌벌 떨고, 집안은 살풍경이 되었다. 아이들은 아버지가 차라리 나가고 안 들어오기를 바랐다. 그러자 과연 강은 집에는 안 들어왔다.

그런 지 몇 날 뒤였다. 마리아가 어디 나갔다가 저녁에 들어갔더니, 영애와 태수는 마주 앉아서 울고 있다. 마리아는 가슴이 서늘하였다.

"왜들 그러니, 또 뭐이 왔댔니?"

"아니…."

"그럼 아버지가 오셨댔니?"

"아~니."

"그럼 왜?"

"우리 집을 내놓으래, 보안서 사람들이 어떻게 무섭게 구는지…."

"왜, 어쨌다구?"

"이렇게 큰 집이 너희에겐 소용없다, 인민을 착취해서 산 집이다, 너희 같은 반동분자는 죽여도 좋다…. 그러고 야단이겠지."

"오냐, 괜치 않다. 하나님께서 집을 주시지 않겠니, 괜치 않다. 우리 이남으로 가자."

울음에 목이 메어서 말을 못하는 영애의 귀에다 입을 대고 속삭였다. 마리아는 결심한 바가 있어서 이렇게 간단히 영애를 달랬다.

다음날이 주일날이라, 집에 쇠를 잠그고 예배당에 갔다 왔더니, 그동안에 쇠를 뜯고 짐을 내놓고, 집에는 낯선 사람들이 앉아서 술을 먹고 있다. 마리아는 대항도 하지 않고 곧 짐을 예배당으로 옮겼다. 마리아네 세 식구는 형네 집에서 몇 날을 지내고 삼팔선을 넘어왔다. 평양을 떠난 지 일주일 만에 서울 삼촌의 집을 찾아왔다.

여자의 몸으로 아이들을 데리고 빈손으로 서울에 온 마리아는 살기가 꽤 괴롭고 외로웠다. 옛날에 다니던 교회에 가보아도 조금도 따뜻한 맛이 없고, 어느 교회에 가나 평양 교회 같은 열이 없다. 세 식구가 몸담아 있을 방 하나 얻기가 상당히 어려웠다. 우선 입에 풀칠하기가 어려웠다. 주일날에도 시장에 나가서 벌어야 그날그날 겨우 세 식구가 주림을 면하게 되었다. 전에 알던 목사나 장로는 물론, 삼촌까지도 냉정하였다. 마리아는 남편의 품이 그리웠다. 감옥에 있는 남편을 버리고 온 것을 퍽 후회하였다. 그러나 마리아는 실망하지 않고 혼자서 신앙생활을 하고 고생과 싸웠다.

7

"홍 집사님, 뭘 하십네까? 어서 나와 보소. 반가운 손님 오셨쉐다."

"반가운 손님이 누굴까?"

하루는 음력 정월 그믐께 따뜻한 오후에 마리아가 시장에 앉아 있는데 뜻밖에 강이 찾아왔다. 헌 군복(작업복)을 입고, 얼굴이 해쑥해서 뼈만 남아, 옛 모습은 알아보기가 어려웠다. 그러나 마리아만은 곧 알아보았다. 마리아는 얼른 강의 형용과 표정으로 이전의 강이 아닌 것을 알았다. 게다가 방에 들어앉아 아이들의 이야기를 물어보기도 전에 방바닥에 엎드려 느껴 울면서 한참이나 기도를 하는 것을 보고는 강이 새사람이 된 것을 보고, 마리아도 반가움과 감사의 정이 사무쳐서 같이 엎드려 울었다.

이윽고 두 사람은 일어났다. 얼굴은 피차에 여위고 혈색 없는 얼굴을 서로 바라보고 한참이나 말이 없었다.

"아이들은? 영애랑, 태수랑…."

"학교덜 갔지요."

"학교에덜 댕기누만…. 얼마나 찾았는지…."

"그래두 용케 찾으셨구만…."

강은 차차 안도감과 기쁨에 넘치는 웃음이 얼굴에 떠오르면서도 한숨을 짓는다. 마리아도 마찬가지 기쁨에 웃음이 터져 나오지 않을 수 없었다.

"그럼, 찾지 못 찾아. 믿는 이들이 많아서, 믿는 이들이 찾아 주어서…."

"죽지 않으면 다 만나누만…. 하나님께서 인도해주셨지 뭐…."

마리아는 너무 억하고 목이 메어서 말을 마치지 못한다.

"정말 하나님께서 인도해주셔서…."

강의 입에서 이런 말이 나올 줄은 과연 뜻밖이었다. 더구나 그 말이 가슴속에서 눈물이 섞여 나오는 말임에랴. 마리아는 또다시 감격의 눈물을 흘리지 않을 수 없었다.

"그런데, 도대체 어떻게 된 일이오? 언제 내려 오셨소?"

마리아는 가슴을 진정해가지고 이렇게 묻기를 시작하였다.

"얘길 하자면 며칠 밤을 새워가면서 해두 못다하겠소. 서울은 그저께 왔고, 이남에 넘어오기는 한 두어 주일이나 됐지요. 나는 당신을 어떻게 낯을 대해보나 하고 걱정을 했더니, 당신이 나를 대해주는 걸 보니 무어라고 할 말이 없소. 그저 다 하나님의 사랑인 줄 압니다. 이놈의 죄가 얼마나 큰지 이루 말할 수가 없소. 그러나 하나님께서 이미 용서해주시고 당신도 용서해주는 줄 압니다. 내가 어디 공산당이 정말 좋아서 거길 들어갔겠소. 동지들이 너무 의리가 없고, 왜놈들의 탄압이 너무도 심하고, 돈엔 졸리고 당신은 날 이해 못하고, 반동으로 그랬지, 이제는 공산당은 지긋지긋하외다."

강의 한 마디 한 마디는 확실히 변화한 새 사람의 가슴에서 사무쳐 나오는 말인 것이 분명하였다.

"물론 그렇지요. 하나님께서는 다 용서하지요. 무얼 새삼스럽게 그런 말을 하시겠소…. 참말 시장하시겠는데 무얼 좀 잡수셔야지."

마리아는 명색이 부엌이라고 하는 쪽으로 나가고, 강은 한 번 판잣집 방 안을 휘둘러보고, 아이들 양말짝이랑 널린 것을 치우고, 손수 방을 쓸고, 그리고 제 손으로 고치고 늘이고 할 것을 생각하였다.

그날 저녁에 영애와 태수 두 아이를 볼 때의 반가움은 말할 것도 없다.

다음 날부터 강은 새벽 어두워서부터 일어나서 앞길을 쓸고, 방을 쓸고 풍로에 불을 피우고, 마누라가 할 것을 앞서 가면서 해치우는 것이었다. 그리고 망치와 톱을 사다가 판잣집을 새로 꾸리고 손질해서 그럴 듯한 '문화주택'을 만들고, 마리아를 대신해서 물건을 사오고 팔고 하기 때문에 마리아는 오래간만에 살림하는 주부가 되었고, 아이들은 아버지와 어머니 밑에 안심하고 살아가는 행복감에 노래가 저절로 나왔다.

마리아에게 있어서 무엇보다도 기쁘고 행복스러운 것은 주일날이면 가게 문을 닫고, 온 식구가 예배당에 가는 것이었다. 그동안은 예배당에를 가도 쓸쓸하고 마음이 붙지 않기 때문에 낙심이 되는 때도 가끔 있었다.

"정말, 교회를 가도 왜 그렇게들 냉냉한지, 평양 있다가 처음 와보니 눈물만 나요."

마리아는 이렇게 그동안 지낸 이야기를 꺼내기 시작하여, 하룻밤은 아이들이 다 잠든 다음에 두 사람은 밤을 꼬박 새워 가면서 이야기를 하였다. 마리아의 이야기는 뒤로 밀어서 간단했으나, 강의 이야기는 길고도 비장하고 놀라왔다. 물론 하루 이틀에 끝내지 못하고 두고두고 이야기한 내용을 대강 거두어보면, 다음과 같다.

8

"당신은 나를 버리고 이남에 내려온 것을 얼마나 원망했겠느냐고 하지만, 사실 그런 생각은 털끝만큼도 없었어. 그때에야 그런 생각이나 하게 됐나. 알긴 알았지만 '흥 그까짓 것들 가갔으면 가라지.' 하구 코웃음만 쳤지.

이래저래 악이 뻗쳐서 정신이 없이 돌아가댔는데, 열이 나서 돌아다녔으니깐…. 말해 뭐 하겠소. 당신이 아이들 데리고 사는 집을 빼앗고 내쫓게 하는 데도 다 내가 관계를 한 일이니….

그렇게 가장 충성을 했건마는 놈들은 나를 본시 장로의 아들이구, 여편네와 자식이 이남에 가서 침략자 미국의 앞잡이요, XXXX의 앞잡이 노릇을 하구 있으니, 너두 이남하고 통하구 있으리라고 하면서, 갑자기 집어넣는단 말이지. 기가 막히지. 한 번 집어넣었다가는 또 어디로 데리고 가는지 차를 태우고 자꾸 가는데, 나는 어데 신의주나 만주나 간 줄 알았더니 나중에 알고 보니 도루 평양이겠지.

처음에는 그저 악만 받치구, 이남이구 이북이구 온 세상이 다 밉고 저주만 나가니까, 먹기두 싫구 잠두 안 오구 얼마를 굶었는지. 먹을래야 놈들이 먹을 걸 주기나 하나, 사람 말려 죽일 작정이지. 말라 죽는 사람도 많거든. 홍 기막히지, 공산당이 그렇게도 잔인하구 흉악한 줄은 몰랐거든.

처음에는 꼭 죽구 싶은 생각뿐이야…. 춥기는 지독히 춥고, 온 몸이 얼어 들어와서 잘래야 잘 수가 있어야지. 이를 악물고 굳은 힘을 쓰구, 몸부림을 하구 지랄을 하구 야단을 하면서, 잘듯 잘듯 하다가 밤을 밝히구 하다가, 하루는 밤인데 몇 시나 되었는지 세상이 괴괴하고 쥐죽은 듯한데 그래두 어떻게 잠깐 잠이 들었지. 글쎄, 분명히 똑똑히 당신의 목소리로,

'여보, 영애 아버지.'

하고 나를 찾는 소리가 들린단 말이지. 그래 나는 감았던 눈을 떠보니 아무것도 안 보이거든. 그런데 또 눈을 감고 있으니, 또

'여보, 영애 아버지, 영애 아버지!'

하는 소리가 들린단 말이야. 그렇게 세 번이 들리더니 분명히 내 옆에 누가 우뚝 섰는데 보니까 꼭 당신이야. 그때에는 당신의 얼굴이 어떻게 완연하게 보이는지 나는 당신의 얼굴을 바라볼 수가 없어서 고개를 숙였지! 고개를 숙이니까 다시 보이는데, 눈물을 줄줄 흘리는 당신의 얼굴이 또 보인단 말이야. 그러자 가슴이 뭉클해지고 답답해지더니 그냥 눈물이 자꾸 나지 않겠나! 그래 자꾸 울었구만.

그런데 그날 낮에는 하두 답답해서 나 있는 감방 벽에 있는 낙서를, 전에 들어왔다가 나간 사람들이 써 놓고 나간 글씨를 하나씩 들여다보았지.

'김일성, 스탈린 망해라.'

'이 몸이 죽고 죽어 일백 번 고쳐 죽어

백골이 진토 되어 넋이라도 있고 없고

임 향한 일편단심이야 가실 줄이 있으랴'

따위의 글씨 장난이 여기 저기 있는데, 한 모퉁이 자그마한 글씨로,

'수고하고 무거운 짐 진 자는 다 내게로 오라, 내가 너희를 편히 쉬게 하리라.'

한 것이 똑똑히 눈에 띄웁데다. 그래두 '편히 쉬게 하리라, 편히 쉬게 하리라. 그게 무슨 소린가 하고 천장 바라보며 눈을 감고 있다가 다시 한 모퉁이를 들여다보니,

'하나님이 세상을 이처럼 사랑하사 독생자를 주셨으니, 누구든지 저를 믿으면 멸망하지 않고 영생을 얻으리라.'

하고 쓴 것이 눈앞에 또렷또렷 보인단 말이야. 그 전에도 보기야 보았지. 보구두 '흥! 예수쟁이' 하구 무심히 보았지. 그런데 그날은 왜 그렇게 까만 글자가 도드라지게 꼭 부각(浮刻)으로 새긴 것처럼 보이는지. 그리고는 내 가슴이 이상스럽게 뭉클해지더니 그때 당신이 날더러 회개하고 회당에 가자구 하면서 하는 그 말씀을 들을 적에, 멸망한다는 말이 그렇게 귀에 거슬려서 당신에게 손질, 발질까지 한 적에 말이야, 꼭 그때 듣던 당신의 음성이 희미하게 들리는 것 같애서 종일 그 생각이 나서 마음이 별나게 좋지 않던 차야.

그런데 그 밤중에 그 '멸망'이란 말이 들리면서 속으로 '이게 멸망이로구나.' 하는 생각이 나구, '김일성이두 이젠 멸망할 날이 얼마 안 남았구나.' 하는 생각이 나구, 그러다가 '옳다 나두 멸망이로구나, 아주 영원히 멸망이로구나.' 하는 생각이 나서, 속이 아주 답답하구 안타까워 그러던 차야. 그런데 당신의 음성이 들리구 당신의 눈물을 줄줄 흘리는 얼굴이 보이는데, 그건 참 못 견디겠어. 웬일인지 자꾸 눈물이 나구, 가슴이 무얼루 몹시 찌르는 것같이 아프고 해서 내손으로 내 머리카락을 잡아 뜯으면서 울었구만….

그 이튿날은 추운 줄도 모르갔구, 배고픈 줄도 모르갔구, 그저 '이놈 이놈 이 죽일 놈이 고약한 놈, 자식두 모르구 이놈 갖은 고약한 짓을 다

하구 하늘이 무섭지 않으냐, 이놈, 이놈.' 하면서 나 자신이 밉고 더럽구 추한 생각에 견딜 수가 없어요. 그리고 그저 당신이 무섭고 죄송스러운 생각에 견딜 수가 있어야지. 어떻게 나가기만 하면 당신을 찾아서 애걸을 하구 사죄를 구할 생각뿐이지. 그리구 그저 '이놈, 이놈' 하면서 제가 밉구 고약한 생각에 그저 정신없었지. 그래서 '너 같은 더러운 도적놈이, 나라는 다 무어구, 인민은 다 무어야, 빨간 거짓말이지.' 하면서 제가 너무도 밉고 더러운 생각에, '이 더러운 놈' 하구 침을 탁 배앝지 않았소! 그랬더니 내 옆에 있던 학생이 깜짝 놀라서 나를 한참이나 쳐다봅데다. 내가 미친 줄 안 모양이지.

참말 천하에 아무 데두 나를 용납할 데는 없다고 생각하니 참 기맙힙데다. 그래서 날마다 클클하고 안타깝게 지내던 중, 하루는 또 한밤중인데, 감방 사람이 다 잠들어 코를 골고 자는데, 또

'영애 아버지, 영애 아버지.'

하는 소리가 들린단 말야. 그래서 이번엔 눈을 감고 그 소리에 가만히 귀를 기울였더니 그 소리가 당신의 목소리로 완연히 들리는데, 그 음성이 어떻게 순하고 인자하게 들리는지, 그래서 눈은 반쯤만 뜨고 반쯤만 감은채로 당신의 음성이 들리는 쪽을 흘끗 쳐다보았더니, 당신의 얼굴은 당신의 얼굴인데 빙긋이 웃는 얼굴이요, 그리구 환한 광채가 나는 것이 그것은 분명히 천사의 얼굴입데다. 그러자 또 어디서 말소리가 들리기를

'하나님이 세상을 이처럼 사랑하사….'

하는 소리가 분명하거든. '이처럼 사랑하사' 하는 말이 내 귀에 쨍하구 울려, '나두 세상 가운데 있는 한 인간이니까, 하나님께서 나두 사랑하시는 게로구나, 나 같은 도적놈도 사랑하시누나.' 하면서 전에 당신의 늘 웃고 부드러운 태도, 아이들보구두 그저 사랑만 하던 일이 생각

납디다. 실상 나는 당신을 몰랐거든, 나는 그때까지 세상에 사랑이란 있는 줄을 몰랐단 말이야….

그런데 그때에 내가 깨달은 것은 그때에 당신의 음성이 들리구, 당신의 얼굴이 보이는 것은, 나같이 고약한 인간을 위해서 하나님께 간절히 기도하고 있는 순간에 그것이 지성감천에 하늘에 상달하고 내 귀에까지 들린 줄 알았다오. 참말 그렇지, 그렇지요. 그리구 나는 그 다음에 좀 있다가 '저를 믿으면 예수를 믿으면, 영생을 얻으리라.' 하는 소리를 분명히 들었소. 그때엔 '멸망'이란 말은 들리지 않고 '영생을 얻으리라.' 하는 말만 똑똑히 들리거든요. 그래서 나는 '옳지 살았다, 예수만 믿자.' 하는 마음을 먹으니깐, 속이 시원하고 가뜬가뜬하구 기뻐서 견딜 수가 없어요. '나 같은 죄인도 하나님이 용서하신다. 하나님이 용서하시니 영애 어머니는 물론 용서하리라.' 하는 생각이 나니 참 기쁜 것은 무어라구 이루 말할 수가 없습데다. 그리자 날이 훤히 밝아오는데, 어디서 멀리 희미하게 찬송소리가 들리는데 '기쁘다, 구주 오셨네' 하는 것이 똑똑히 들립데다. 그날 새벽 일은 나는 죽어도 못잊갔쉐다, 거룩한 그 새벽을…."

9

"나는 정말 하루두 당신을 위해 간절히 기도 안한 날이 없었다오. 주님이 부족한 내 기도를 들어주셨죠."

여기까지 들은 마리아는 이렇게 말하면서 일변 울고 일변 웃고, 너무 감격스럽고 너무 기쁘고, 하나님의 은혜가 너무 감사해서 눈물이 하염없이 흐르고 엎드려서 한참이나 감사의 기도를 드리고 나니 강이 새삼스럽게 귀엽고 사랑스러워서,

"당신은 참 거듭 났쉐다. 새 사람이외다. 예전 강렬이 아니외다."

저도 모르게 두 팔이 나가고 강의 팔이 나와서 두 사람은 아마 평생 처음으로 끌어안고 한참이나 느껴 울었다.

그 뒤에 어떻게 감옥에서 나와서 어떻게 월남한 이야기는 들을 것도 없었다. 영애도 태수도 전에 해방 후에 들어왔을 때와는 딴판으로 강이 돌아온 그날, 그때에,

"아버지."

"영애야…. 태수야, 컸구나!"

하고 안기고 붙들고 반기고 기뻐한 이후로, 학교에 가는 시간을 내놓고는 잠시도 옆을 떠나지 않고 이야기하고 놀기 때문에, 마리아도 밤 깊은 시간 외에는 가까이 할 틈을 얻을 수 없을 지경이다.

그러나 아침 일찍 일어나서 기도하고, 성경을 읽고 언제든지 일을 하면서도 흥얼흥얼 찬송을 부르는 강을 바라만 보는 것도 마리아의 한없는 만족이요, 기쁨이었다. 그리고 판자 한 겹으로 담을 삼고 가마통으로 다시 두르고, 녹 슬은 양철 조각으로 지붕을 이은 낮은 판잣집 속에서도, 아침저녁으로 화창한 찬송의 합창이 훈훈한 봄 공기에 어울려서, 반공으로 하늘높이 올라가는 것은, 그대로 천국의 한 모퉁이라고 아니할 수 없었다.

내 영혼이 은총 입어 중한 죄짐 벗고 보니
슬픔 많은 이 세상도 천국으로 화하도다.
오 할렐루야 주 예수 지난 죄는 사함 받고
주 예수와 동행하니 그 어디나 하늘나라.

–《문예(文藝)》, 1948년

김탄실과 그 아들

1

백두산 천지에서 흐르는 물은 두 줄기로 갈라져, 하나는 동으로 내려가다가 두만강으로 흘러들고, 하나는 서편으로 흘려들어 압록강 줄기로 들어갔다. 사람의 운명도 같은 처지에 나서, 같은 환경에서 자랐지마는 그럭저럭 세월이 흘러서 십 년 이십 년 지나는 동안에 서로 거리가 엄청나게 멀어져서, 아주 딴 세상 사람이 되어 버리는 수가 있다. 두 사람이 이웃에서 나고, 혹 형제로 태어나고, 한 학교에서 한 책상 한 걸상에서 같은 선생에게 공부하고 자랐으나, 몇십 년이 지나간 다음에 한 사람은 학업을 성취하고 출세도 잘해서 일국과 일세에 이름을 날리고, 한 사람은 비참한 자리에 빠져서 언제 두 사람이 같은 처지에서 자랐던가를 의심하게 되는 일이 있다.

* * *

한국은 동란을 만나서 무서운 파괴를 당하고, 처참한 고생을 하고 있는 동안, 패전 일본의 수도 동경은 파괴되고 불타서 시커먼 벌판 같던 자리에 차차 새집이 생기고, 큰 빌딩이 늘어서게 되었다. 학교 많고, 책사 많은 '간다'에도 다 깨끗한 새집이 쭉 들어서서 훌륭한 시가가 되었는데, 그 한 모퉁이에 다행히 폭격과 화재는 면했으나, 수리도 못하고 별 신통한 사업도 못하고, 옛 모습만 그대로 지니고 있는 삼층집이 하나 우뚝 서 있었다. 컴컴하고 침침한 벽돌집이 새로 지은 아담한 문화주택이며, 훌륭한 호텔과 번듯한 음식점과 상점 사이에 있어서 더 무색할 뿐인데, 간판만 눈에 띄어서 오고 가는 사람의 발을 멈추고 쳐다보게 되는 것이 곧 동경의 우리 청년회관이었다.

쓸쓸하던 청년회관에는 새 간판이 또 하나 붙고, 사무실이 하나 새로 생겨서 약간 활기를 띠었는데, 그것은 일본에 재류하는 교포를 지도하고 교화할 목적으로 뜻있는 이들의 노력으로 한글 주간신문이 하나 생겨서 그 주간 신문으로 예전에 본국에서 소설도 쓰고 신문도 해본 문사요 종교가를 겸한 새 인물이 최근에 초청을 받아 본국에서 와서 회관의 새 식구가 되자, 이 회관 사람들은 물론이요, 재류 동포들과 특히 신자들과 청년들이 적지 않은 관심과 기대를 가지게 되었다.

30여 년 만에 처음 온 Y라는 이 신문주간도 많은 흥미를 가지고 하루하루를 지내게 되었다.

하루는 Y가 이층 자기 방에서 좀 느지막하게 내려와서 아래층 사무실로 들어가려는 즈음에, 마침 현관 한편 담에 걸린 거울에 어떤 여성의 얼굴이 비치고, 그리고 무슨 이상한 노래를 부르고 싱긋싱긋 웃으면서 머리를 어루만지고, 두 팔을 벌리고 앞뒤로 옷 모양을 보고 있는 것이 눈에 띈다. 아무리 보아도 보통 성한 여자는 아니다.

Y는 깜짝 놀라서 물끄러미 들여다보았으나, 줄곧 보고 있을 수도 없어서 사무실로 들어가 버렸다. 암만해도 그 얼굴 모습이 낯익은 모습이다.

"그런데 저 현관에 있는 부인이 누구요? 일본 여자요? 한국 사람이오?"

마침 사무실에 놀러 들어온 K라는 학생에게 물었다.

"선생님 모르십니까? 그가 유명한 김영순 씨랍니다. 참 선생님 아시겠군요."

Y는 K의 말에 깜짝 놀랐다.

"뭐? 김영순이라니!"

"그런데, 선생님 왜 그렇게 놀라십니까?"

K는 이상스러운 듯이 Y의 얼굴과 거동을 살펴본다.

"놀라시는 게 이상하시군요. 선생님도 그이와 무슨 연고가 있는 모양이군요. 잘 아십니까?"

"연고는 무슨 연고요. 그런 말 마시오. 그럼 저이가 예전에 시도 쓰고 하던 평양 여자 김영순이란 말이오?"

"그렇답니다. 그런데 선생님, 왜 그렇게 놀라셔요? 암만해도 수상한데요."

"그런 장난의 말은 말고, 도대체 이야길 좀 하시오."

"절더러 이야기를 하라구요?"

K라는 청년은 와세다 대학 문과를 금년에 막 마치고 대학원에서 연구하고 있는 열정 시인으로, 이 회관에서도 유명한 사람이다. 고향이 함북 국경에 있기 때문에 가족과는 소식이 끊어져서 늘 우울한 생활을 하고 있다가, 같은 문학인인 Y를 만나서 연배는 틀리지마는 좋은 친구가 되어 지내는 형편이었다.

"그래, 이야길 좀 하시오."

"날더러 이야길 하라구 하시지 말구, 선생님이 이야길 하셔요. 그에게 대해서는 나보다도 선생님이 더 잘 아실 것 같은데요."

"그럼 내가 아는 대로 이야길 할 테니, K군 아는 것을 우선 이야기하시오. 그동안 일본서 지낸 일, 현재의 생활에 대해서 이야기를 하시오.

도대체 어떻게 되었소? 어떻게 저렇게 되었소?"

"공연히 아시면서 그러시지…. 간단히 말하면 소위 사랑에 속고 돈에 울고, 실연 비관한 끝에 정신 이상이 생기고, 어찌어찌해서 이 회관에 와서 살게 되었는데, 결국 이 회관과 이 근방에서 명물이 되었답니다. 저 뒤뜰에 있는 문화주택이 그분이 사는 집이랍니다."

K는 웃음을 참지 못한다.

"그래? 문화주택이라니, 저 뒤에 있는 그게 닭의 우린가 했더니 그것 말이오?"

Y는 점점 호기심의 도가 높아서 이렇게 묻는다. 과연 회관 뒤뜰에 닭의 우리 같은 이상스러운 건물이랄까가 있는 것을 무심히 본 생각이 났다.

"아, 참 잊었습니다. 그 집에는 그분이 혼자 사는 것이 아니라, 그분의 아드님, 스무 살 먹은 아드님이 같이 있답니다. 저 제본소에서 일하지요."

K는 다시 이야기를 이어서 이렇게 말한다.

"아드님이라니, 웬 아들이 있던가?"

"모르지요. 웬 아들인지. 좌우간 아들이라니 아들인 줄 알지요."

K는 볼 일이 있다고 나갔기 때문에 두 사람의 대화는 우선 이만큼으로 끝났다.

일본 여사무원은 부지런히 신문 독자의 주소 성명을 쓰고 있고, 사무실은 조용하였다. Y는 테이블을 의지하고 손으로 턱을 괴고 앉아서 무슨 생각에 잠겨 있다.

2

지금으로부터 35년 전, 아득한 옛날이라고도 할 수 있는, Y도 청춘 시절이었다. Y는 몇 친구들과 같이 '문예'라는 잡지를 시작한 일이 있었다. 이때는 아직 우리 사회에는 문예에 대한 이해가 썩 부족한 때이었다. 소설, 그중에서도 연애소설을 쓰면 타락한 사람이 오입하는 일로 알던 때였다.

사상가, 이때에 사상가라는 것은 민족주의자, 애국자를 이르는 것이었다. 교육가, 종교가, 문학가—그것은 비분강개한 문구를 늘어놓아서 민족의 운명을 통탄하고, 자유와 독립을 은어(隱語)와 비사(譬詞)로 노래를 짓는 사람을 문학가로 쳤는데, 이러한 몇 가지 전문가를 청년의 이상으로 삼고 희망하고 나아가며, 사회에서도 일러주는 부류의 사람이요, 그 외에 화가라든지, 배우라든지, 소설가 따위는 뜻 있고 생각 있는 사람은 못할 것으로 치고, 배척을 받는 형편이었다. 사람의 지성을 찾고, 인간의 감정을 그대로 노래하고, 그리는 것은 별로 가치가 없는 것일 뿐 아니라, 도리어 죄로 인정되었다. 그것은 금욕적인 사상을 다분히 가진 초대교회의 영향도 다분히 있기도 하고, 나라를 잃은 설움과 독립과 자유를 찾는 영웅적인 기풍에서 나온 것이었다.

교회의 추천을 받아서 스칼라십을 받아가지고 일본 유학생이 되어서, 장차 교회와 교육계의 지도자가 되려고 하고, 또 그러기를 기대 받는 Y로서 소설과 시를 전문으로 하는 순 문예잡지를 한다는 것은 상당한 오입이요, 모험이 아닐 수 없었다. 이 잡지는 남자만 사오인 모인 동인제(同人制)로 한 것이었다. 그 동인들은 Y 한 사람을 빼놓고는 다 그 뒤에 당대에 쟁쟁한 소설가, 시인으로 한국 신문학계의 선구자, 창시자(創始者)의 명예를 가지게 된 사람들이었다. 얼마 뒤의 일이었다.

"우리 남자만 동인으로 하는 것보다, 여자도 한 사람 넣으면 어떤가?"

이것은 동인 중에 H라는 사람의 제안이었다.

"여자? 여자 중에 어디 동인 될 사람이 있을라구?"

이것은 T라는 동인의 반대의 의견이었다.

"아니야, 있어. 어디 처음부터 다 된 사람이 있어? 착실히 소질이 있고 희망이 있으면 되지 않는가?"

이것은 Y 자신의 말이었다.

"저 사람의 말이 옳은 걸. 저 사람도 가끔 바른 말을 할 줄 아는 걸."

"도대체 누구란 말인가? 누가 그럴 만한 사람이 있단 말인가?"

"있네. 유망한 사람이 있네. 무엇보다 문학을 지망하려고 나아가는 그 용기가 훌륭해!"

제안자 H는 자신과 열 있는 어조로 말한다.

"누구? 그러면 넣기로 하지."

T는 마침내 찬의를 표한다.

이리하여 후보자로 오르고, 택함을 입은 사람이 김영순이었다. 바로 지금 이 회관과 동네의 명물이라는 미스 김이었다.

이때에는 여자로 글 쓰는 사람이라곤 새벽하늘에 별처럼 드물었다. 또 하나 김이라는 사람이 글을 쓰고 잡지도 하느라고 하지마는, 그는 창작의 소질은 없는 사람이요, 오직 영순이 한 사람이 택함을 입을 만하였다. 아직 미성품인 김영순을 서둘러서 동인으로 넣은 것은, 이때에 본국에서 '문예'에 뒤이어 나온 '신조'(新潮)라는 잡지 측에 끌려가지나 아니 할까 하는 기우에서 나온 원인도 있지만, Y의 누이동생의 소학 동창으로 그의 자라온 환경도 알지마는 문학을 하게 된 동기와 내력을 잘 알기 때문이다.

Y는 지나간 청춘시절의 일을 더듬어 생각하고, 영순의 기구한 운명의 현실을 바라보고 자못 감개함을 금치 못했다.

3

영순은 역사의 도시요, 명승지로 제일 강산이요, 색향인 평양 기독교로 더불어 근대 문화의 발상지 평양에서 첫손가락으로 꼽히는 명문가 김박천의 집에 막내딸로 태어났다. 아버지가 박천 군수를 지낸 대지주로 관변으로나 상계로나 쩡쩡 울리는 집의 규수로 곱게 곱게 귀엽게 자랐던 것이다.

어려서부터 천생 인물이 곱고, 태도가 귀엽기 때문에 이름을 탄실이라고 부르고, 색동저고리에 긴 치마를 입혀서 인형처럼 곱게 단장을 시켜 가지고, 이 방 저 방으로 사랑으로 외갓집으로 끌려 다니면서 무척 귀염을 받았다. 예수 믿는 외할머니는 탄실이를 데리고 정진학교라는 교회학교에 가서 입학시켰다.

물론 학교에서도 선생들에게 귀염을 받았다. 탄실이는 온 학교에서 선생들의 귀염을 독차지하고 인기의 중심이 되었다. 탄실이는 곱고도 재주가 있고, 그 동무 명숙이는 복스럽게 생긴 데다가 활발하고 말을 잘하기 때문에, 학예회나 크리스마스 때에는 늘 뽑혔다. 두 아이는 다 공부도 잘하고 똑똑하다고 학교에서나 집에서나 이 다음에 이화대학까지 시켜서, 한국의 유명하고 훌륭한 여자가 되기를 바랐다.

세월은 흘렀다. 탄실이는 영순이라고 이름을 고치고, 관립 여자고보에 입학한 지 삼 년 만에 어머니를 여의고, 아버지 김박천은 전부터 첩을 얻어가지고 살면서 금광을 하다가 파산을 당하고는, 서울로 만주로 다니며, 오빠들은 서울로 일본으로 나가고, 영순이는 무척 고독하고 우울하게 지냈다. 학교에는 결석하는 날이 많고, 집에 들어앉아서 미술하는 큰 오빠가 보던 일문 소설책만 읽고 있었다.

외할머니는 이것을 걱정하여, 교회에 데려가려고 하고, 목사가 찾아와서 권하고 (교회학교) 정의학교에 다니는 명숙이가 끌어도 시간낭비라고 다 거절하고 여전히 소설책만 읽었다. 아버지는 연애소설만 읽는다는 것을 알고 꾸중을 하면서 교회 가기를 권했으나, 영순은 교회에는 염증을 내고 질색을 하였다. 이것도 저것도 하지 말라는 것이 싫다는 것이었다.

영순이가 졸업할 무렵에는 연애한다는 소문이 높아졌다. 할머니는 이것을 알고 몹시 걱정하고, 아버지는 부랴부랴 약혼을 시켰다. 공부를 더하겠다고 아무리 졸랐으나, 아버지는 들은 체도 않고 졸업도 하기 전에 시집을 보내려고 서둘렀다. 여학교 교장이 중재를 해서 졸업이나 하고 결혼을 하라고 권했으나, 영순은 졸업하던 날 일본으로 달아났다. 문학을 지망하여 동경으로 간다던 숙원을 이루려고 한 것이다.

'영순은 자기의 눈이 뜬 사람이다. 지혜의 열매를 맛보고 미의 세계를 동경하고 있다.'

고 하는 것은 그때 일본인 영어교사의 평이었다.

4

Y는 별로 일도 없이 현관 쪽으로 나가 보았다. 김영순이라는 그 여자가 혹 그냥 있는가 하고. 있으면 그 꼴을 좀 자세히 보려고 나가 보았으나, 어디로 나갔는지 자기 처소로 들어갔는지 보이지 아니 한다. 잠깐 서슴서슴하고 섰는데, 어디서 계집애 목소리로 찢어지는 소리가 들린다.

"쌰! 어떤 놈이 우리 애기를 때려서…. 쌰!"

'저게 누군가?' 하면서 Y는 그 소리 나는 방향을 따라서 강당 쪽으로 가보았다. 강당 뒤 회관 뒤뜰 한가운데 한 다리를 뻗치고, 비스듬히 앉아서 병아리 한 놈을 만지고 들여다보면서, 혼자서 계집애 목소리로 떠드는 것은 아까 현관에서 보던 영순이다. 머리는 굉장히 구실려지고, 찢어진 스커트 틈으로 거진 엉덩이까지 드러낸 그 모양을 자세히 오래 보기가 거북해서 Y는 얼굴을 돌렸다.

"저이가 과연 영순일까?"

Y는 곰곰 생각하여보았다. 나이는 늙었으나 목소리는 늙지 아니 했는지, 분명히 옛날에 듣던 그 목청이 분명하다.

"김가, 네가 우리 아가를 때려서 다리를 절게 했지? 응, 이 썅 김가야."

고개를 들어서 어딘지 위를 쳐다보고 그는 소리를 지른다. 애기라는 것은 병아리를 말하는 것이다. 김가라는 것은 Y가 사귀어 지내는 젊은 친구 K를 말하는 것 같다. K는 삼층에 있었다.

"미스 김! 그건 오햅니다. 내가 미스 김을 얼마나 존경하고 사랑하기에 미스 김네 병아리를 다쳐서 상하게 해요?"

"호호 호호, 우리 김씨는 나를 사랑하지. 우리 애인이지, 호호 호호."

'과연 미치기는 미쳤구나.' 하고 Y는 속으로 썩 가엾게 생각하였다.

몇 날 지난 밤이었다. 달이 유난히 밝은 초가을 밤이었다. 저녁 식사를 마친 Y는 갑갑하고 '홈씩'* 도 나고 해서, K를 찾아서 같이 책방 구경을 하고 다방에도 들러서 들어오는 길에,

"우리 어디 저 미스 김한테나 가서 이야기나 붙여 볼까요?"

하는 K의 말대로 회관 뒤로 갔다. K는 창을 노크하였다.

"미스 김 계세요?"

"그거 누구가?"

자려고 벗었던지 아래만 입고 위는 벗다시피 한 주인은 창으로 내다본다.

"미안합니다. 실례합니다."

---

* Homesick. 향수병.

"왜 덜 밤에 밀려 다녀. 젊은 사람들이."

"달이 좋아서 산보 갔다 왔답니다. 달이 좋지요. 미스 김?"

"달이 좋으면 무얼 해. 돈이 있어야지. 다 쓸데없어!"

"달구경도 돈 있어야 하나. 좀 나와보아요, 저 달을."

"싫어, 싫어!"

"그럼, 미스 김 노래나 하나 해요."

"제나 하지, 날더러 왜 하라나?"

"그러지 말구 하나 해요."

"싫어! 싫어! 저 손님은 누구야? 모르는 손님 있는데 싫어!"

한편에 서서 두 사람의 회화를 듣고 있던 Y를 손가락질하면서 미스 김은 말한다.

"참, 실례했습니다. 소개합니다. 이분이 Y 선생님, 이분이 미스 김, 김영순 씨, 아시지요? 피차에…."

K는 이렇게 제법 인사를 시켰다.

"몰라, 몰라! 나는 저런 사람은 몰라."

"왜 몰라요. 유명한 Y 선생을 몰라요? 옛날에 같이 잡지에 글을 쓰시고…. 미스 김 젊었을 때에…."

"몰라, 몰라. 김씨, 오늘 저녁 오고루해(한턱 해)."

미스 김은 그러면서도 슬쩍슬쩍 Y의 얼굴을 쳐다본다.

"명숙이란 계집애는 밤낮 미국 간다더니, 미국 가문 돈이 많이 생기나? 미국 사람하구 사나 바."

"이분도 바로 그 명숙이라는 이를 잘 아신답니다."

K는 Y를 가리키면서 미스 김을 들여다보고 옛날 기억을 끌어내보려고 하였다.

"그분이 누군데? 그런 말 하지 말구 어서 한턱 해. 김씨 코하며 눈썹

하며 미남잔데. 저 사람이 김씨 고이비또* 빼앗은 사람이지?"

미스 김의 말은 점점 험하게 나온다. Y는 K를 재촉해서 들어가버렸다. 들어가서도 달은 밝은데 잠은 아니 오고, 옛날 일이 하나씩 둘씩 생각난다.

'문예' 잡지 할 때에 H랑 같이 찾아서 원고를 청할 때에 그 시대의 첨단을 걷던 영순이, 좋은 집에서 축음기며 기타며 갖은 악기를 놓고, 명화를 걸고, 커피를 내고, 맥주를 내서 권하고, 자기도 마시고 명랑하게 웃으면서 이야기하던 일, 그런 지 몇 해 후에 해외로 다녀온 동안 M이라는 자기보다 어린 사람과 한동안 동거하다가 헤어진 뒤에 지내던 일, 그 뒤에 떨어진 몸이 되어 카페로, 다방으로, 낙화생과 담배를 팔러 다니는 것을 보던 일, 그리고 옛날 동생 명숙이와 같이 다니면서 놀던 귀여운 탄실이 시절 일을 생각하고

'저는 일찍이 남보다 먼저 개성의 눈이 떠서 용감하게도 금제의 열매를 따 먹기는 했으나, 험악한 사회의 거센 물결을 이길 길이 없어서 파선의 역경을 당한 결과 백발이 되었구나!'

하고 깊은 탄식을 하였다.

Y는 그 뒤에 구태여 영순에게 자기가 누구라는 것을 알도록 하려고도 하지 않고, 모른 체하고 지냈다. 한 번은 밥과 찬을 보내 보았으나, 웬일인지 받지 아니 한다고 도로 가지고 온 일이 있었다.

5

Y는 한 반년 만에 본국에 갔다가 여름을 지내고 와서, 밀렸던 사무를

* 코이비토(戀人, こいびと). 연인.

처리하고, 급한 원고를 쓰기에 바빴다. 그래서 회관 뒤뜰 미스 김에 대한 생각을 할 여유도 없었다. 하루는 오후에 사무실에 앉아서 오래간만에 미국 있는 동생 명숙에게서 온 편지를 받아 읽고 있는데, K가 나오라고 찾는다.

Y는 무심코 나가 보았다. K는 Y를 강당 쪽으로 끌고 가서 뒤뜰을 가리킨다. 자동차가 한 대 오고, 수선수선한다. 동네에서 구청에 말해서 미스 김을 시립 뇌병원에 데려간다는 것이다.

"아이구, 왜, 왜? 내가 어쨌다고…. 나를 어디로 가자는 거야?"

미스 김은 자동차를 두 손으로 떼밀고 안 타려고 버둥거린다.

"오바 상(아주머니)! 이런 집에서 늘 사시겠어요? 아들이 좋은 집 얻어놓고 모셔간다는데 어서 가세요, 그러지 말고…."

제본 하는 집 일본 마누라가 이렇게 달랜다.

"아니야! 거짓말이야, 거짓말. 나를 미치광이라고 병원에 데려가는 거지 머야. 망한 것들…. 내가 왜 미쳐…. 미치긴 저희들이 미쳤지. 성한 사람을 미쳤대. 호호 호호."

"어머니 어서 가세요. 그런 게 아니구 무슨 병이구 다 고치는 큰 병원이랍니다. 어머니 늘 가슴 아파서 그러지요? 그리구 또 심장병이 있지 않아요? 심장병도 고치구, 자 어서 타세요."

아들 정일의 말이다. 일본말로 쇼오이찌, 혹 쇼오짱 이라고 부르는 아들이 어머니의 팔을 붙들고 차에 올라타기를 권한다.

"그럼 그렇지. 그래두 우리 아들이 바른대루 말한다. 병원이지 병원이야. 이사는 무슨 이사. 집은 집이구 이사라면 짐두 안 싣고 그냥 가? 정일아! 그래도 웬 돈 있니? 돈 내라면 어쩔 테야?"

제법 병원에 입원하면 입원비 낼 걱정을 하는 것이다.

Y는 전화가 오고 바빠서 사무실에 들어와 있다가, 한참만에야 다시

나가 보았다. 수선거리던 뒤뜰은 조용해졌다. K의 말에 의하면 영순은 결국 아들과 같이 차를 타고 아오야마(青山)에 있는 시립 뇌병원으로 갔는데, 가면서 닭을 잘 보아달라고 부탁을 하고, 자기 집이나 닭의 우리를 몇 번 돌아보면서 차를 타고 갔다고 한다.

미스 김이라고 부르는 김영순이 떠난 다음날, 그가 몇 해 동안 아들 정일이와 살던 집이랄까, 우리랄까 하는 것은 정일의 손으로 헐어 버리고, 그가 가면서 간곡히 부탁한 닭들도 다 처분하고, 아들의 손으로 회관에 신세졌다고 몇 마리 내서 학생들이 먹고, 더러 팔아먹고, 청년회에서 깨끗이 소제를 시킨 뒷자리에는 흔적도 없이 말갛게 치워지고 낙엽 진 은행나무 잎만 뒹굴고 있다.

6

영순의 아들 정일이는 어머니와 같이 살던 집이자 닭의 우리를 제 손으로 헐고 뜯어서 이웃집 고물상에게 넘겨주고, 닭 몇 마리는 팔아먹고, 몇 마리는 회관에서 자취하는 사람들에게 그동안 신세졌다고 인사 겸 선사를 하였다.

"어디 갈 데가 있소? 불쌍하니 방 하나 줍시다. 제7호실을 주지요."

청년회 C 총무는 이사장 대리인 Y 선생 보고 이렇게 의논한 결과, 삼층에 한 방을 주어 들도록 하였다. 그 대신 뒤뜰에 있는 모양 숭한 움집은 헐어 치우기로 한 것이었다.

"Y 선생과 여러분이 너를 동정해서 방을 하나 주기로 했으니, 앞으로는 방세도 내고 그리구 회관 규칙을 잘 지켜야 한다. 그리구 말이야, 너도 차차 나이두 먹어가니 저렇게 병이 있는 너의 어머니도 생각하고, 네가 독립해서 살면서 부지런히 일을 해서 돈도 모아야 한다. 그래가지고 장가도 가서 남과 같이 살아야 하지 않느냐. 너만 진실하게 일을 하면 딸들을 주려고 할 게 아니냐."

마음 좋은 C 총무는 그날 밤에 정일이를 불러놓고 이렇게 일렀다.

"하이, 하이(네, 네)."

키가 크고 얼굴이 희어 말쑥한 정일이는 허리를 굽실굽실하면서 일본말로 대답을 하고 돌아서 나갔다.

정일이 어떻게 영순의 아들이 되느냐?

그것은 이 회관에서도 자세한 일을 아는 사람이 별로 없었다. 영순이 친히 낳은 것은 아니다. 영순은 한 번도 제대로 생산을 해서 길러본 일은 없었다. 늘 혼자 있기가 허전하기도 하고 외로워서, 어떤 동무의 권으로 겨우 돌이 지난 사내애기를 맡아 길렀다. 누구가 난 애긴지, 아이의 아비는 누군지, 그것은 절대 비밀로 해달라고 해서 그 비밀을 지키기로 하고 말았다. 영순은 대강 짐작은 했지만, 구태여 자세히 알려고 하지도 아니 하고, 또 아무에게도 말도 하지 아니 하였다.

"어머니, 아부지는 왜 없어요?"

"너의 아부지는 공부를 너무 열심으로 하다가 그만 병이 나서, 오래 앓다가 죽었단다. 너는 그다지 애써서 공부하느라고 그러지 말아. 공부하다가 몸 약해지고 죽으면 쓸데 있니!"

영순은 이렇게 어름어름 대답을 해버리는 것이었다. 사실 자기 자신이 공부를 하다가 아무 보람도 없이 고생만 하는 것이 원통하고, 제 몸이 약해서 남과 같이 씩씩하고 결쿠어나가지 못하는 것이 한이 되었기 때문에 그런 말을 한 것이다. 그럭저럭 전쟁이 나서 한 몸도 살기 어려운데, 어린 것을 등에 업고 다니면서 고생은 많이 하였으나, 언제나 안정한 생활을 못하고, 더구나 남자에게 속고 버림을 받고 하는 동안 쓰라린 경험을 하기 때문에 정일이를 공부를 시키거나 따뜻한 품에서 돌보고 가르쳐 본 일은 없었다.

"그 애는 목숨이 살아온 것만 다행이다."

이런 것이 영순이를 알고 정일이를 아는 사람이 가끔 하는 말이었다.

정일이는 한 달에 한 번씩은 꼭 어머니를 그 병원으로 찾아가 보았다. 병원에서 한 달에 한 번씩 치료비 지불하라는 청구서가 오면 돈이 있으면 곧 가거나, 그렇지 아니 하여 며칠 지체하게 되면 독촉하는 엽서가 오기 때문에, 두 번째 청구서를 받으면 일하는 제본 공장 주인에게 선불을 해달래 가지고라도 기어이 가지고 갔다.

"닭들이 잘 있니? 잊지 말고 모이를 잘 주어라."

정일이 가면 무엇보다도 닭의 문안부터 먼저 하는 것이었다. 정일은 거짓말을 하는 것이 안 되었지만, 잘 있다고 대답을 하고, 먹고 싶은 것이 있으면 사서 먹으라고 백 원짜리 돈을 한 장이고 두 장이고 주면 웃고 좋아하면서 받고는, 병원에서 고맙게 잘 해주니까 제 걱정은 말라고 하는 어머니의 말을 듣고 돌아서 나오곤 하였다.

오는 길에는 청년회 제 방으로 들어가지 않고, 근처 술집에서 술을 몇 잔 사먹고 얼근하게 취해서 허둥지둥 거리로 다니다가, 늦게야 처소에 돌아와서 쓰러져 자는 것이 버릇이었다.

7

지루한 장마가 한 달이나 끌어가는 유월 그믐이었다. Y 선생은 원고를 쓰다가 머리를 쉴 겸 슬슬 아래층으로 내려갔다. 총무 사무실 앞에서 사람들이 모여서서 수군수군 무슨 이야기를 하고 있는 모양으로 보아서, 무슨 심상치 아니한 일이 있는 모양이었다. 거기에는 Y 선생의 젊은 친구 K도 서 있다.

"당초에 알 수가 없구만요. 무슨 일로 그랬는지. 우리 집에서는 그럴 일이 없는데요."

정일이 일하는 제본공장 마누라의 말이다.

"회관에서도 그럴 일이 있을 리가 없는데요. 내가 모르긴 하지만."

회관에서 소제하고 일하는 일본 노파가 걱정스러운 모양으로 하는 말이다.

"C 총무두 저더러는 방을 내라지도 않았을 텐데. 글쎄 여자관계는 아닐까?"

K가 웃으면서 던지는 말이다.

"아니, 그런 것 같지도 않은 걸요. 나는 여자가 찾아다닌 것을 못보았으니깐요."

제본공장 마누라의 말이다. 알고 본즉 정일이 어디서 쥐 잡는 약을 먹고 죽는다고 야단법석이 나서 병원에 치료비를 물고 데려가라는 통지가 보호자에게 온 것이라는 것이다. 보호자는 C 총무를 대고 주소는 제본공장으로 했기 때문에 자기네게로 전화가 왔다는 것이다.

C 총무는 지방에 출장가고 없기 때문에, 일이 바쁘기 때문에 사람이 아쉬워서, 주인마누라가 친히 가서 (월급에서 제할 셈 치고) 병원 돈을 물고 데려왔다는 말을 Y 선생은 나중에 듣고, 정일이가 자살하려고 하던 까닭을 다시 생각해보았다.

정일이 자신은 일체 침묵을 지키기 때문에 알 수는 없으나, 별 대수로운 일은 아니라는 것이다. 제본공장 마누라의 말에 의하면 정일은 가끔 술을 먹는다고 한다. 같이 다니는 동무도 없는 모양인데, 가끔 저보다 나이도 많구 깡패 같은 녀석들에게 놀림거리가 되어서 돈을 쓰는 모양이라고 한다.

"그래서 그런지, 요새는 자꾸 옹색하다고 하면서 선불을 해달라구 찾아갔기 때문에 이달에는 별로 받을 것도 없답니다. 밥은 집에서 먹으니깐 좀 절약하면 매달 어머니한테 좀씩 갖다드리구 돈두 모일 텐데…."

제본공장 마누라의 이런 말도 들었다. 그러니깐 돈 때문에 주인에게 언짢은 말을 들었는지도 모른다.

"그러면 돈 때문에 그랬을까? 사나이 자식이 설마 그만 돈 때문에 죽으려고 했을까?"

Y 선생은 어느 날 C 총무와 같이 앉아서 이런 이야기가 나서 C 총무에게 의견을 물었더니,

"글쎄 나도 모르겠어요. 그놈 참 시끄러워서…."

정일의 자살 소동은 별로 대수롭지 아니한 일인 것처럼 C 총무는 말하고, 딴 이야기를 꺼냈기 때문에 더 알아볼 수 없었다. 그러나 … 선생의 생각에는 돈보다도 그의 고독감, 혹은 열등감이 그런 대수로운 일까지 저지르게 되는 것이 아닌가 하고 생각되었다.

8

장마도 개이고 더위도 지나고, 아침저녁은 선선한 어느 날 밤이었다. … 선생은 앙드레 지드의 《전원교향곡》을 읽다가 놓고, 막 자려고 누웠다가 방문을 노크하는 소리를 듣고 귀찮은 듯이 일어나 나가본즉, 뜻밖에도 정일이가 말도 없이 고갯짓으로 인사를 하면서 들어선다.

Y 선생은 몇 날 전에 C 총무에게 정일의 일을 들은 일이 있었기 때문에 반기어 악수를 해주고, 침상 옆에 있는 의자에 앉기를 권했다. 그러나 정일은 미안한 듯이 앉지도 아니 하고 말도 아니 하고 우두커니 서

있다.

"선생님, 저 신분증명 좀 해주셔요."

아무리 앉으라고 해도 앉지 않고 서 있다가 일본말로 이렇게 말하는 것이다.

"왜, 신분증명은 무엇에 쓰게?"

Y도 일본말로 이렇게 물을 수밖에 없다.

"아무쪼록 부탁합니다."

묻는 말에 대답은 아니 하고, 이렇게 말하는 정일을 Y 선생은 이윽고 바라보았다.

"C 총무님더러 해달라지, 왜 날더러 해달라는 거야?"

"C 총무님에게는 미안해서요."

정일의 이 말을 기다릴 것 없이 Y 선생은 그 사정을 잘 알 수 있었다. C 총무의 방에서 돈 몇만 원과 여러 가지 귀중한 서류가 든 손가방을 훔쳐갔다가, C 총무가 곧 짐작을 하고 정일을 조용히 불러서 간곡히 타이르고 책망도 하고, 위로도 하면서 이야기한 결과, 돈은 오천 원이나 거진 소비하고, 남은 것을 가져온 일이 있는데, 정일은 눈물을 흘리면서,

"돈이 급해서 그랬어요. 이제 제가 아무케도 벌어서 물겠어요. 어디 다른 데 취직 좀 시켜 주세요. 그 집에는 월급이 적어서 그만 두겠어요."

Y 선생은 이미 들은 일이 있었기 때문에 곧 짐작이 되었다.

"신분증명이 꼭 필요하다면야 총무님이 해주시든지, 내가 해주든지 염려 없지만, 글쎄…."

Y 선생은 다시 정일의 얼굴을 유심히 들여다보고 태도를 살펴보았다.

"선생님, 저는 부끄러워요. 저도 제 마음을 모르겠어요. 저 같은 게 살아 무얼 하겠어요."

정일은 Y 선생의 태도를 짐작했는지 땅바닥을 들여다보면서 이런 말

을 하는 것이다.

"아니야. 자네는 아직 나이가 어리니까 그런 거지. 이제라두 진실하게 살아가면 좋은 사람이 될 수 있는 거야…."

Y 선생은 부드러운 말로 위로하였다.

"선생님, 저는 정말 믿을 데가 없어요. 저는 지금까지 사랑을 모르고 자라났어요. 어머니도 아마 저 같애서 그런 병이 생겼나봐요. 정말 어머니는 저렇구, 저는 믿을 데가 없어요."

정일의 양쪽 큰 눈에서 눈물이 뚝뚝 떨어졌다.

"믿을 데가 없긴 무어 믿을 데가 없어! 자네 몇 살이지? 스물한 살? 사내가 나이 스물이 넘고 몸이 그만큼 튼튼해가지구 믿긴 무얼 믿어. 제가 제 힘으로 살지. 허긴 자네 말이 옳아. 세상에는 믿을 데가 없는 거야. 하나님을 믿지 예수를 믿고…. 하나님께서 이렇게 튼튼한 몸을 주셨으니깐, 손과 발을 주시고. 그러니까 내 손과 내 발을 가지고 독립으로 살아갈 생각을 해. 무슨 고생이나 참구 마음만 바루 가지고 살면 그만이지. 세상은 아무 놈도 믿을 놈이 없어. 하나님을 믿고 저를 믿고 살면 되는 거야…."

Y 선생은 처음으로 정일에게 이런 말을 해주었다. 벌써 그를 찾아보고 위로해주고 지도해주지 못한 것을 후회하면서 간절히 일러 주었다.

"선생님, 저 이제부터는 마음을 고쳐먹고 잘 하겠어요. 잘 지도해주셔요."

흐르는 눈물을 주먹으로 씻어서 젖어 있는 정일의 커다란 손을 Y 선생은 꽉 붙잡고,

"그래, 마음을 고쳐먹고, 마음을 든든히 먹고 씩씩하게 살아가…. 자네 어머니는 모르는 모양이지마는 나는 자네 어머니를 젊어서부터 잘 알아. 한 고향 사람이구…. 자네가 매달 자네 어머니한테 병원 치료비

를 갖다 준다는 말을 듣고 참 기특하고 고맙게 생각했어….”

정일은 아무 말도 아니 하고 눈물만 흘리고 있다가 자랑인 듯 말한다.

“몇 날 전에도 가보았어요. 깨끗하게 하고 계신 걸 보니깐 제 마음도 좋던걸요. 닭이 잘 있느냐, 그새 더 불었느냐고 닭 염려를 퍽 하시던 걸요.”

9

크리스마스가 몇 날 남지 아니한 십이월 중순이 지난 어느 날이었다. 조용하던 회관은 본국에서 영국으로, 미국으로, 석 달 동안 교육시찰단으로 다녀온 각 대학 교장 교수 몇 사람을 환영하는 파티로 수선수선하였다. 파티가 끝난 다음에 다른 손님들은 바쁘다고 먼저 가고, 그중에 서울 S여자대학 학장 오 박사는 남아서 회관 안을 한 번 구경한 뒤에, C 총무와 Y 선생과 같이 앉아서 일본에 있는 한인 사회와 특별히 한인 학생의 형편을 물어보고, 자기가 전에 젊어서 동경에서 공부할 때에 지내던 이야기도 하고 있었다.

“그런데, 참 김탄실이가 아직도 일본에 있다는데 어떻게 되었어요?”

오 박사는 옛 친구가 문득 생각이 난 듯이 C 총무와 Y 선생을 돌아보면서 이렇게 묻는다. 오 박사는 바로 탄실의 소학동창 명숙이다.

“김탄실이요?”

C 총무는 김 탄실이가 누군지 몰라서 반문을 한다.

“참, 탄실이는 아명이지. 영순이지, 김영순이라구 왜 한동안 여류문사로 시도 쓰구 하던 사람 있지 않아요?”

“네, 압니다. 있지요.”

Y 선생이 먼저 대답하고, C 총무더러 눈짓을 하고 뒷마당을 가리키면서 귀에다 대고 수군수군해서 알게 하였다.

"네, 네, 선생님께서 그를 아십니까?"

C 총무는 희한한 듯이 묻는다.

"옳아, 옳아. 닥터 오께서 잘 아실 걸요."

Y 선생은 고개를 끄덕거리면서 웃는다. 오 박사도 고개만 끄덕거리고 있는데, C 총무는 그동안 실성을 해서 뒷마당의 움집을 짓고 살던 이야기를 하다가, 지금은 정신병원에 가 있다고 하고 나서, 손님을 끌고 가서 그 자리나마 구경을 시켰다. 오 박사는 그냥 고개만 끄덕거리다가 겨우 입을 열어서 묻는다.

"그러면 아무도 없이 혼자 살았어요?"

C 총무와 Y 선생 두 사람은 번갈아 정일의 이야기를 하였다. C 총무는 정일이 때문에 트러블을 많이 당하는 이야기를 하였다.

"두 사람이 다 불쌍해요."

Y 선생은 지난가을에 정일이 자기 방에 와서 울면서 이야기하던 일을 생각하고 말하였다.

"불쌍하군요. 내가 시간이 있으면 두 사람을 좀 다 찾아보고 갔으면 좋겠는데…."

"만나 보셔야 모를 겁니다. 나도 몰라보던데요."

Y 선생이 웃으면서 이렇게 말하는데, 전화신호가 따르르 운다. C 총무는 얼른 일어나서 수화기를 들었다.

"네, 네, 제가 총무올시다. 왜 그러십니까. 김정일이요? 네, 네, 여기 있는 사람입니다. 왜요? 그렇습니다. 다른 관계자는 없지만 내가 여기 총무인 관계로 보호자의 이름을 가지고 있습니다. 내가 가야 돼요? 왜요? 무슨 일이 있어요, 네? 자살이오? (C 총무는 머리를 벅벅 긁으면서 뒤를 돌아본다.) 언제 그랬습니까? 어제 밤에요? 생명에는 관계없습니까? 네, 네, 알았습니다. 곧 가겠습니다."

전화를 끝내고 세 사람은 말없이 서로 바라보고 섰다가 누가 그랬는지 '어서 가보십쇼.' 하는 말이 들리고, C 총무는 모자와 손가방을 들고 먼저 나가고, Y 선생은 손님과 같이 뒤따라 나가서 택시를 타고 어디로인지 달려갔다.

-《현대문학(現代文學)》, 1954년

홍련과 백련

1

금강산에도 가을이 찾아왔다.

첫가을 구슬픈 비가 쭈룩쭈룩 그침 없이 내려붓는다. 도솔암 앞뜰 꽃밭에 쑥국화는 그 깨끗하게도 파란 잎에서 빗방울을 뚝뚝 떨어뜨리고 있고, 갓 핀 흰꽃 붉은꽃은 어여쁘게 고개를 수그리고 있으며, 맞은편 잔솔나무 숲에는 허어연 안개구름이 뭉게뭉게 기어 올라간다.

비는 그냥 내리고, 절 밑에 흐르는 개울 물소리 점점 높아 가는데, 낙랑장송 늘어진 가지에 앉았던 까마귀 한 마리 뒷산으로 날아가면서 '까우까우' 우는 소리에 앞뒷산을 울린다.

큰 절에서 뗑~뗑, 뗑~뗑 은은히 울려오는 저녁 종소리에 잠시 고요하던 산중의 공기가 느리게 흔들렸다.

큰 절의 저녁 종소리에 맞춰서 도솔암의 작은 종도 땡땡땡땡 요란스럽게 울기를 시작하고, 그 뒤를 이어 징소리가 바쁜 듯이 나면서, 법당의 부처님, 보살님 모신 불단 앞에는 회색장삼을 입은 젊은 여승 두 사람이 나타나서 일심으로 주문을 외면서 정성스럽게 예불을 한다. 두 손을 합하고 공손히 무릎을 꿇고 머리를 땅에 대고, 그러고는 일어나서 다시 합장을 하고, 또다시 무릎을 꿇고 이렇게 하기를 몇 번인지 알 수 없이 한참이나 계속한다.

저녁 예불을 마친 두 사람은 법당 마루에 나앉아서 늘 보는 단조(單調)로운 맞은 산 송림에 어슬어슬 어두워가는 황혼의 가는 발이 드리우는 것을 말없이 바라보고 있다.

철철 내리던 비는 어느새 그치고 물소리만 더욱 요란하게 들린다. 비에 젖은 날개를 힘없이 너풀거리면서 까마귀 두어 쌍이 소리도 없이 제 집을 찾아서 날아간다.

2

금강산 온정리에서 남쪽으로 조금 가느라면 극락현이란 조그만 고개가 하나 있고, 그 고개를 넘어서면 신계사라는 큰 절이 있는데, 신계사에서 다시 동석동이라는 데를 향하여 한 오리쯤 가느라면 바른편 산골짜기에 도솔암이라는 조그마한 암자가 있다. 이 암자에는 육십이 훨씬 넘은 노승 주장이 있고, 젊은이 두 사람과 그리고 어린애 하나와 석왕사 백화암에서 온 손님 노승이 한 사람 있다.

주장 노승은 볼일이 있어서 큰절(신계사)에 어린 손녀 중을 데리고 가고, 백화암에서 온 손님 노승은 병이 더쳐서 안에 누워 있다. 그래서 젊은이 두 사람만 예불을 드린 것이다.

젊은이 두 사람 가운데 한 사람은 이름이 백련이요, 나이 겨우 열여덟인데 어려서(여덟 살에) 부모를 다 여의고 이 절에 와서 자라난 사람이요, 한 사람은 이름이 홍련인데 나이는 스물네 살(다섯 살 만이)이요, 삼 년 전 스물한 살 때에 이리로 왔다. 그 본명은 Y · M · S였으나 이 암자에 와서 본래부터 있는 백련의 형이 되고, 그의 이름을 따라 홍련이 라 부르게 된 것이다.

홍련은 지금으로부터 사 년 전 여름에 서울서 석왕사 백화암에 와서 한여름 지내다가 중이 되기로 결심하고, 머리를 깎고 중이 되어 다시 자기 집으로 돌아가지 않고, 한 일 년 동안 그대로 눌러 있다가, 다음 해에는 그 주장을 따라 금강산 도솔암으로 온 것이다.

3

"형님, 무슨 생각을 그렇게 하세요?"

"생각은 무슨 생각. 아무 생각도 안 한다."

두 사람은 이렇게 서로 말이 시작되었다. 백련은 홍련의 손을 잡으며 몸을 약간 기대는 듯하면서,

"왜 그래요? 말씀하세요."

이렇게 조르는 듯이 말하였다.

"글쎄, 무슨 말을 하란 말이냐?"

홍련은 빙긋이 웃으면서 어린 백련을 돌아보고 이렇게 말하였다.

"왜, 형님 집 생각 나서 그러우?"

"흥, 기애도 참나 웬 집 있니? 이게 우리 집 아니냐?"

"그럼, 옛날 동무들 생각?"

"인전 다 잊어버렸다, 얘."

"그래도 인간 생각이 나서 그러시지. 내 알어요. 아침부터…."

"너는 어린 것이 별소리를 다 하는구나. 사람을 어떻게 보고 그러니?"

"아니, 그렇게 노하실 거야 무어 있소. 나 같은 것은 아무 철도 없구요, 세상이 무엇인지 알지도 못하니까 말할 것 없지만, 형님 같은 이가

나이도 많고, 그리고 사람이 이십여 년이나 정들인 세상이 생각이 도무지 안 나겠소? 인제야 나한테야 숨길 게 무어 있소? 얘기 좀 하구려."

"너는 또 그런 소리를 하니? 정들이는 것이 다 무엇이냐. 정들였으면 세상을 버리고 여기 와서 너하고 살겠니? 세상 사람들은 다 전생의 죄로 괴로운 세상에 사람으로 태어났으니까 모두 죽지 못해 살지, 무슨 재미가 있어서 사는 사람은 하나도 없단다. 그저 마지못해 살고 이럭저럭 속아 살지. 모두 나처럼 이런데 와서 이렇게 살고 싶은 마음이 하루에도 몇 번씩 일어나지만, 어디 그렇게 쉽게 떠나게 되니? 그러니까 하루 이틀 마치 목매 끌려가는 짐승처럼 살아가는 것이지. 그저 인간 세상이 곧 지옥이란다. 너 같은 사람은 참 복이다. 이런 것 저런 것 보지 못하고 첨부터…."

"글쎄, 내가 복일까요? 아무려믄 세상이 그렇게 재미가 없을까?"

"그럼, 복이지. 재미가 무슨 재미냐. 어서 들어가 자기나 하자."

하고 홍련은 백련의 손을 잡고 일어섰다.

홍련이 이 도솔암에 들어온 지가 벌써 삼 년이 되었고, 그리고 같이 있는 백련의 성품과 용모가 끔찍이 아름답고 부드러우며, 사람을 잘 따르는 맛이 있는 데다가, 자기를 몹시 사랑하여 지성껏 섬길 뿐 아니라, 여기 온 후에는 하나밖에 없는 좋은 동무가 되기 때문에 자기도 그를 퍽 사랑하여 주건만 삼 년이 넘는 그동안에, 일찍 한 번도 세상이란 어떤 것이요, 자기가 어떻게 지내다가 어떻게 세상을 버리고 산에 들어와 중이 된 내력을 말한 일이 없었다. 그것은 첫째 자기를 위하여, 그런 이야기를 함으로써 구태여 이미 등지고 떠나온 세상 일을 다시 생각하여 마음을 어지럽게 할 까닭이 없다 하므로, 둘째는 철모르고 어린 백련을 위하여, 모처럼 세상맛을 모르고 곱게 자라난 사람에게 공연히 쓸데없는 이야기를 해서 깨끗하고 맑은 영을 흔들어 주어서, 조금이라도 아득이게 할까 염려함이었다. 그러니까 다른 사람에게는 더구나 이야기한 일이 없었다. 그러나 세상에서 너무나 복스럽게 살고, 너무도 깊은 잠을 들어서, 너무도 단꿈을 꾸다가, 또 너무도 참혹하게 설고 원통하고 억울한 일을 당하고, 너무도 고생을 하였기 때문에 비록 자기는 잊어버리려고 아무리 힘썼을지라도 일찍 하루도 세상을 잊은 일이 없었다.

백련은 홍련의 옛일을 알고 싶어서 이따금 간곡히 물었건마는 자세한 말은 아니 하고 대강 이런 말만 들었다. 자기는 서울서 꽤 잘 살던 집 외딸로서, 어려서는 퍽 귀염을 받고 자랐고, 보통학교를 졸업하고, 관립고등학교를 졸업하고, 그리고 어디 가서 교사 노릇도 좀 하였고, 그리고 어머니는 세상을 떠나서 없다. 백련이 홍련에 대해서 아는 것은 이것 밖에 없다.

홍련은 세상 이야기가 날 때마다 백련더러 그저 '세상이 곧 지옥이니라, 사람은 모두 악마니라, 그중에 사나이라는 것은 무서운 악마니라.' 이렇게 말하였다. 그래서 백련도 처음에는 이따금 구경 왔다가 들여다보고는 사나이를 보면, 저게 악마거니 할 뿐이었다. 그러나 차차 나이를 먹은 요새 와서는, 젊은 사나이들을 보면 빙긋빙긋 웃는 것이 퍽 정다워 보이고, 대개 키가 크고 튼튼해 보이는 것이 어째 의지함즉하여 흠모하는 생각이 난 일도 있었다. 그래서 지난여름에도 젊은 남자들이 몇 사람 온 것을 안마당에서 법당 안문 열린 데로 내다보고, 속으로 '어쩌면 저렇게 잘 생겼을까! 우리 아버지도 저렇게 생겼었을까? 우리 오빠도 저렇게 생겼었을까?' 하고 죽은 자기 아버지와 오빠를 생각하고, 그리고 '우리 아버지, 우리 오빠도 무서운 악마였을까?' 이렇게 의심을 일으켜 본 일이 있었다.

4

그런 지 얼마 지나 팔월 추석이 이르렀다. 금강산의 가을은 깊어서 과연 몹시 아름다웠다. 일기조차 맑아서 하늘은 구름 한 점 없이 한없이 높고 넓어 보였다. 풍악(楓岳)이라는 이름을 좇아 온통 단풍의 천지를 이루었다. 송백의 푸른 바탕에 타는 듯 붉은 단풍으로 점점이 수를 놓고, 거기에 누렇고 흰 무늬가 섞인 비단이 기이한 봉우리와 괴상한 바위에 온통 덮이고, 그것이 거울같이 맑고 구슬같이 아름다운 옥류동, 연주담 같은 물속에 고요히 들여 비친 경치는 말할 수 없이 좋았다.

추석날밤 큰 절에서 뗑~뗑, 뗑~뗑 사시 종소리가 울려올 때에, 홍련과 백련은 종일 추석날 불공과 제사 드리기에 고달픈 몸을 자리에 뉘었다. 추석날 보름달이 환하게 밝아서 창으로 들여 비친다. 홍련은 아무리 자려고 하여도 잠을 이루지 못하였다. 백련은 고달픔을 이기지 못하여 벌써 잠이 든 모양이었다.

홍련은 종내 일어나서 소변도 볼겸 밖으로 나갔다. 몇 시나 되었는지 밤은 개 짖는 소리 하나 없이 죽은 듯이 고요한데, 명랑한 달빛은 억만 오리 은실을 느린 듯이 쇄쇄 흘러서, 법당 앞뜰에 둘러 있는 송림을 빈틈없이 비치어 낮보다도 밝고 아름다운데, 다만 수채 물 흐르는 소리만 쫄쫄 하고 이따금 거기에 맞춰서 귀뚜라미 우는 소리가 애원하는 듯 끊일락 말락 가늘게 들린다.

쓸쓸하고 적막하고 울적한 회포로 마음이 하도 산란하여, 변소 모퉁이 수채통 앞에 우두커니 정신없이 서 있던 그에게는 알 수 없는 설움이 북바쳐 올라와 한숨을 깊이 내쉬었다. 이때에 어디서 난데없는 일진광풍이 불이와서, 우슬렁우슬렁 뜰 앞의 오동나무와 포도나무의 마른 잎을 흔들어 그중 두어 잎사귀가 굴러서 자기의 발 앞으로 온다. 홍련은 그만 견딜 수 없어서 땅바닥에 그냥 주저앉아서 옆에 있는 바위를 붙잡고 쓰러졌다. 그리고 흑흑 느껴 울기를 시작하였다.

홍련은 이번 가을에는 마음이 늘 편지 못한 데다가, 더군다나 요새는 더욱 마음이 산란하였다. 그런데 지난 열나흘 날은 일기가 하도 좋아서 백련을 데리고 구룡연 구경을 갔다 왔다. 주장은 마지못하여 허락은 하였으나, 일 바쁜 때 젊은 것이 구경 나간다는 것을 퍽 못마땅하게 생각하였다. 더구나 백련을 데리고 갔다가, 오라던 시간보다 늦게 돌아왔다. 그래서 주장은 무엇을 하면서 돌아보지도 않고 있다가, '너도 인제 다 살았다.' 한 마디를 하였을 뿐이었다. 홍련에게는 이 말 한 마디가 날카로운 칼로 가슴을 우벼내는 것 같았다. 그렇게도 좋은 구룡연의 단풍경치를 보아야 별 신기한 맛도 없고, 백련을 동무라고 데리고 갔어야 속만 더 답답할 뿐이요, 아무 위로도 되지 아니한 것을 공연히 주장 어머니에게 듣기 싫은 말만 또 들었다.

고요한 달밤에 혼자 섰던 홍련의 머리에는, 구룡연에서 보던 풍류남아들의 즐거운 모양과 그 배경의 아름다운 경치가 떠나오다가, 금시에 무서운 늙은이가 '너도 인제 다 살았다.' 하던 말이 귀에 쟁쟁 울린다. 그러다가 옛날에 자기 집에서 달 밝은 밤 호원에 앉아서 어머니에게 옛날이야기 듣던 생각이며, 다시 기숙사에서 동무들과 놀던 것이며, 어떤 곳에 가서 그 애인으로 더불어 달밤에 손을 잡고 산보하던 생각이 나서, 또 땅바닥처럼 믿었던 어머니가 죽고 하늘처럼 믿었던 애인에게 속아서 버림을 받고 구박을 받던 생각이 나서, 홍련은 혼자서 실컷 운 것이다. 얼마 만에 홍련이 들어오는 문소리에 한잠을 실컷 자고 난 백련은 비로소 잠을 깨었다.

"아이구, 형님은 여태 잠이 안 들었소?"

"달이 하도 밝고 좋기에 나가서 달구경을 하다 들어 왔다."

"어쩌믄 형님 혼자만."

"그럼 곤하게 자는 것을 깨우겠니."

"나는 어느새 잠이 들었었어."

백련은 이렇게 혼잣소리를 하면서 홍련의 거동과 얼굴을 유심히 보았다.

"형님, 울었구려."

"기애는 별소리를 다 한다. 울기는 왜 울어."

"울었지, 울었어."

"그런 소리 하지 말고 어서 자기나 하자."

"나는 한참 자고 났더니, 어째 잠이 안 와요."

"너도 잠이 안 올 때가 있니? 너 같은 애야 그저 자기만 하면 누가 묶어가도 모르지."

"형님두 사람을 그렇게 업신여깁니까? 참말 졸음이 올 것 같지 않아요. 이야기나 하세요."

이리하여 홍련은 삼 년이나 감추고 숨겨두었던 옛일을 밤을 새워 가면서, 어린 백련에게 낱낱이 쏟아 이야기해버렸다. 그것은 대개 어려서 그 부모에게 귀염 받던 이야기며, 자라서 학교에서 동무들과 재미있게 놀고 선생들에게(특히 남선생에게) 매달려서 귀염 받던 이야기며, 더 커서는 남자 친구와 같이 노는 것이 어떻게 재미있던 이야기며, 나중에는 어떤 남자와 피차 몹시 사랑하여 자기의 마음과 몸과 온갖 것을 다 바치고 정신없이 지내던 이야기까지 하고, 그리고 그 사나이에게 어떻게 속고 자기가 어떻게 야단친 이야기며, 마침내 버림을 받고 한강에 빠져서 죽으려고 하던 이야기까지 하였다. 그리고 또 세상은 지옥이요, 남자는 다 악마라는 말을 하였다. 홍련은 이날 밤에 실컷 울고, 그리고 이렇게 이야기를 하고 나니까 속이 얼마큼 시원한 것 같았다. 그러나 한 가지 거리끼는 것은 백련의 일이다. 백련이 자기의 이야기를 미친 듯 재미있게 들은 것이다.

5

그 이튿날 도솔암에는 야단이 났다.

주장 노승이 그렇게 사랑하던 백련이 없어졌다. 윗절 아랫절로, 큰절로 온 산중으로 다 찾아도 없다.

소년과부(열아홉살에)로 중이 되어 늙어 환갑이 훨씬 넘은 오늘날까지, 혈육이라곤 도무지 없는 늙은이가, 불쌍한 백련을, 울고 코 흘리고 오줌 쌀 때부터 앨 써 길러서 거기에 마음을 다 주고 있는 정을 다 붙이고 내 친딸보다 더 사랑하고 지내온 것이다. 노승은 이 암자에 상당한 재산도 만들어 놓고, 그것을 백련에게 물려주려고 한 것이다. 그는 오직 그것으로 낙을 삼아 살아왔다.

백련도 성품이 퍽 곱고 부드러워서 그 노승의 이르는 말을 잘 들을 뿐 아니라, 또한 친어머니와 같이 효성을 다하여 섬겼다. 그러나 노승은 백련의 자라남을 따라서 만일을 염려하여 엄하게 감독을 하였다. 물론 혼자서 어디 나가지는 못하게 하고, 남자는 물론이요, 여자라도 밖에서 온 손님으로 더불어 이야기도 못하게 하였다. 처음에는 홍련이 들어오는 것을 퍽 꺼렸으나, 그의 의형제 되는 백화암 노승의 단단한 보증으로 안심을 한 것이다. 그리고 백련이 자라서 큰 처녀가 된 다음에도 한 번도 노승의 말을 거역하거나 그 맘을 아프게 한 일이 없었다. 손님이 늘 와도 구태여 마주앉아 이야기를 하려고도 아니 하였다. 최근에 이르러서는 이야기를 좀 하고 싶은 생각이 있었지만, 노승을 꺼려서 참고 노승에게는 그런 체를 보이지 아니 하였다. 지난여름에 신계사에 와 있는 내외 손님의 그 부인과 다른 여자 한 사람이 두어 번 와서 이야기하고 논 일이 있었다. 그러나 그것은 두 번 다 마침 노장이 어디 가고 없을 때이었다. 그래서 노승은 백련을 꼭 믿었다. 그러므로 이번에 백련이 없어진 것은 꼭 홍련의 탓이라고 홍련을 단단히 의심하였다. 노승은 그날 저녁에 중이 된 지 사십여 년 만에 처음으로 몹시 설게 울었다.

"얘가 그럴 까닭이 없는데, 이것은 꼭 집안에 까닭이 있지…. 내가 미친년이지, 내가 속았지…."

노승은 울면서 하소연처럼 하는 말 가운데 번번이 이런 말을 하였다. 꼭 홍련을 원망하는 말이다.

그러나 홍련은 요새의 백련의 형편을 잘 알았다. 백련은 '나도 죽기 전에 형님과 같이 공부를 좀 했으면 좋겠어.' 이런 말을 늘 하였다. 기왕에는 노승을 몹시 사랑하였으나, 자기가 와서 얼마 지낸 후부터는 그 어머니 노승을 사랑하는 것보다 자기를 더 사랑하였다. 기왕에는 노승과 같이 잤으나 요새는 꼭 자기와 같이 잤다. 그래서 백련의 몸에 변화가 일어난 것도 보았다. 청춘기의 그 몸은 끝까지 발달되었다. 그리고 손님들이 오면, 특히 남자가 오면 할 수 있는 대로 가까이 접하려고 하고, 엿보려고 하는 것을 자기는 분명히 안다.

그리고 이왕에는 '세상은 지옥이요, 남자는 악마'라는 말을 믿었으나, 지금은 의심을 일으켜 아니 믿는 줄도 안다. 또 이왕에는 그 어머니의 말을 진심으로 순종하였으나, 지금은 마지못해서 듣는 것도 잘 안다. 그리고 요새 와서는 공연히 마음이 편안치 않아서 지내고 며칠 전에 구룡연에 갔을 때에 구경 온 사람들을 정신없이 보고 있던 생각도 나고, 한 번 세상 구경을 하고 싶다는 말까지 한 생각이 났다. 그보다도 홍련의 속을 찌르는 것은 지난 추석날밤에 자기의 이야기를 하도 재미있게 듣던 것, 그보다도 자기의 이야기의 처음 부분, 특히 남자 친구와 놀던 이야기, 사랑하던 이야기에만 정신없이 주의해 듣고, 나중 이야기는 귀담아 듣지 아니한 것이다. 이런 생각이 날 때에는 '내 죄로구나.' 하는 것이 가슴을 쑤셨다.

6

홍련은 그날 밤에 일찍 들어가 눕기는 하였으나, 이 생각 저 생각에 잠을 들지 못했다.

"기애가 어디로 갔을까?"

백련이 어디로 가더라도 자기에게는 말을 할 듯한데 아무 말도 없이 별안간 없어진 것은 참 뜻밖이었다. 그리고 다른 사람은 모른다 하여도 자기는 알 듯한데, 도무지 짐작도 할 수 없는 것은 과연 이상한 일이었다.

"기애가 웬일일까, 어디로 갔을까?"

아무리 생각해보아야 알 수 없었다. 다만 마음에 걸리는 것은 지난여름에 여학생 같은 사람이 몇 번 찾아와서 이야기한 일과 또 온정리에 아는 집이 있다고 몇 번 갔던 일이다.

"웬일일까, 왜 나갔을까?"

홍련은 혼자 누워서 이렇게 곰곰 생각한다. 물론 백련은 근래에 와서 남과 같이 공부를 좀 해보았으면 죽어도 한이 없겠다는 말을 자주 하였고, 그리고 차차 세상 철이 나서 옛날에 듣고 생각하던 일에 대하여 의심도 품고 신체의 변화도 일어나고 함을 따라서 한 번 세상 구경을 해보고 싶다는 생각을 잔뜩 품게 된 것은 그보다도 아무 철모를 때부터 자기를 끔찍이 사랑하여 길러 준 노장을 버리고 알지 못하는 세상을 향하여 달아날 수가 있을까?

"옳다, 노장의 성미 까닭이다."

홍련은 마침내 이렇게 생각하게 되었다. 노장의 성미는 과연 괴상망측하였다. 홍련이 들어온 지 삼 년이 넘었으나 한 번도 웃는 낯을 본 일이 없었다. 밤낮 이맛살을 찌푸리고 있었다. 남에게 한 번도 좋은 말 한 일이 없었고, 늘 마음이 불평하게 지내었다. 늘 남을 의심하고 시기하고 하여, 좋아하는 사람, 친한 친구라곤 도무지 없었다. 모처럼 자기 생각을 하고, 정답게 하는 것도 도리어 불쾌하게 여기고 배척을 하였다. 그리고 또 대범 무심하게 하여도 뭐라고 욕하였다. 세상에는 그의 비위를 맞출 사람이 없었다. 백련이 그렇게 지성으로 섬기건마는 '망할 년, 어서 나 죽기를 축원이지.' 이런 욕을 아니 먹을 때가 없었다. 그동안 두 사람은 하루도 마음을 놓지 못하고 쩔쩔 매었다.

'백련은 어제 단단히 욕을 먹었거나 매를 맞았거나 하였다.' 이렇게 생각하고 보니까, 지난날 저녁에 노장과 백련이 한참동안 보이지 아니한 일이 있었다.

"그러면 나는 어떡하나?"

홍련은 생각의 머리를 돌려서 이렇게 자기 일을 생각하게 되었다. 이 노장이 요새에 그렇지 않아도 백련이 마음이 변하여 자기(홍련)에게로 돌아간 눈치를 챈 듯한 데다가, 구룡연 갔다 온 후에는 자기를 더욱 미워하기를 시작하였고, 이번 백련이 없어진 사건에 대하여는 꼭 자기에게 혐의를 두고, 아무 말은 없어도 자기를 보면 몹시도 무서운 눈으로 노려보는 것이, 마치 불공대천지 원수를 대하는 것 같고, 자기를 잡아가고 세상을 멸망시킬 악마를 보는 것같이 하였다.

그러나 실상은 근일의 노장의 자기에게 대한 태도와 그 눈뜨는 양은 그것이 도리어 악마와 같이 보였다.

"저 악마와 어떻게 사나."

"저 악마가 언제 나를 잡아먹을까."

홍련은 이렇게 생각하고 치를 떨었다. 그리고 그렇게 아름답다는 금강산이, 그렇게 조용하고 좋던 암자가 도리어 지옥같이 생각이 되었다. 어린 백련에게 늘 일러 주던 자기의 생각이 도리어 오해인 듯한 생각이 났다.

"세상이 왜 지옥이랴. 남자가 왜 악마랴. 모두 내가 잘못이고, 내가 잘못 생각한 것이지."

"그러면 나는 어찌하나?"

홍련은 이날 밤도 밤이 깊이 들도록 이렇게 이리 저리 생각하고, 한없이 애를 쓰다가, 종내 벌떡 일어났다. 그리고 나가서 수채통에 가서 세수를 하고, 다시 들어와서 장삼을 입고 법당으로 가서 수없이 배례를 하고, 무어라고 길게 길게 축원을 하고 애원을 하고 기도를 하였다.

다음날부터는 홍련도 도솔암에서 자취가 없어지고, 석왕사 백화암에서 온 손님 노승도 가고, 노장파 여덟 살 먹은 어린 처녀만 남아서, 늦가을 쓸쓸하던 도솔암은 더욱 쓸쓸하여, 아침저녁 목탁소리, 종소리, 송주성은 더한층 처량하게 들렸다.

7

다음 해 봄(사월)이다. 저녁때가 저물어서 백련이 도솔암에 돌아왔다. 그렇게 예쁘고, 화평하고 충실하던 얼굴과 몸은 몰라볼 만큼 초췌하고 야위었다. 공부도 좀 해보고 일도 좀 해보고 살림까지도 해본 모양이요, 대체 고생을 퍽 많이 한 모양이었다. 노장은 잃었던 자식을 찾았다고 퍽 기뻐하였다.

홍련의 소식은 몇 해가 지나도록 이내 몰랐다. 백련이 서울 가서 있는 동안에 도무지 만나지 못하였다. 어디서 간호부 노릇 한다, 혹은 어떤 극장에서 배우 노릇을 한다는 소식을 서울서 온 손님에게 들었을 뿐이었다.

-《조선문단(朝鮮文壇)》, 1925년 10월

외로움

허두말씀

내 아버지가 가신 지가 벌써 X년이 되어 간다. 나는 아버지의 뒤를 이어 문학을 공부하고 또 아버지의 귀염을 따로이 받은 막내딸로서, 남다른 의무감을 가지고 그의 영전에 바치기로 한 이 글을 쓰는 것이다.

나는 아버지 일을 생각하면 언제나 가슴이 아프고 눈물겨워서 머리가 어지러워진다. 할 수 있으면 그의 일생을 잘 써보고 싶으나, 그에게 대한 내 지식이 썩 빈약하고 따라서 이해가 극히 적을 뿐만 아니라, 지금의 내 환경이나, 그보다도 내 문장의 힘이 이를 허락지 않는다.

나는 막내딸이라, 아버지를 일찍 여읜 것이 큰 한이다. 내가 좀 더 일찍 났든지, 아버지가 오래 사시든지 해서 내가 좀 더 아버지를 알 수 있고, 아버지의 가르침을 받아 보았으면 얼마나 좋았을까. 이 한을 풀기 위하여 내 아버지의 지난 일을 다 알 수도 없고, 쓸 수도 없지마는, 우선 그로서는 잊을 수 없고, 내가 출생한 봉산에서 지낸 일과 그 뒤의 일만이라도 어머니 말씀과 언니와 오빠의 이야기에 의지해서 그의 생애의 한 토막이나마 그려보려고 한다.

내 아버지는 키가 작은 편이요, 얼굴이 좀 검으나, 윤곽이 고르고, 코가 높고, 검은 눈썹이 많고, 양미간이 넓고, 이마가 번듯해서, 그만하면 잘 생긴 분이었다. 성격은 온순하고 솔직한 데다가, 말이 없어서 사람을 사귈 줄을 모르니, 자연 친구가 적으셨다. 그래서 평생 고독하게 지내셨다.

그래도 함남 북청 분으로 오윤수라는 친구 한 분이 있어서, 매우 가까이 지내면서 무슨 일이 있든지 늘 의논하고, 장차 사업도 같이 하기로 약속한 처지라, 그에게는 없지 못할 분으로 내가 지금 쓰는 아버지의 이야기에도 그분이 가끔 나온다.

1

"어서 들어가오. 저물 텐데…."

"잘 가오. 고생만 하고 가는군."

"별말을 다 해…. 꼭 한번 오시지…."

"그래, 가죠, 잘 가오."

"잘 있수."

삼 분밖에 정거하지 않는 경의선 신봉산역 홈에서는 한 사람은 기차 승강대에 서고, 한 사람은 홈 바닥에 서고, 서로 손을 잡고 작별을 아끼고 있는 것이다. 두 사람의 꼭 쥔 손은 기차가 떠나간다는 빽! 소리와 함께 덜컹! 하고 움직이기를 시작하여서야 겨우 떨어졌다.

한 사람, 차 타고 가는 사람은 낡아서 허술한 양복에, 바지는 소위 당꼬즈봉*이라는 죄총바지를 입고 묵은 맥고를 눌러 쓴 중년 남자요, 한 사

* 가랑이가 좁은 바지를 이르는 일본말.

람, 보내는 쪽은 한복 바지저고리를 입고 맨머리에 얼굴이 검고 고무신을 신고, 가는 손님보다 나이는 한두 살 위인 듯한 이가 내 아버지였다.

그들은 기차가 떠난 다음에도 사람이 희미하게 보이도록 기차가 산모퉁이를 돌아서 아주 안 보이도록 저쪽은 맥고를 흔들고, 이쪽은 손을 흔들고, 달려가는 기차의 맨 꼬리가 감추어져 버리고, 폭폭 폭폭하는 소리만 들리는 데도, 그냥 멍하니 서 있었다. 역에서는 역장과 역부까지 다 들어가고 텅 빈 역에 서 있는 자기를 발견한 것은 한 오 분이나 뒤였다. 여러 해 만에 만난 다정한 친구를 작별한 그는 천천히 역에서 나와서 몇 집 안 되는 역전 동네를 지나며 다시금 정거장 쪽을 돌아보면서 벌써 역전 술집 마루 끝에 나와 앉아 있는 아는 역부의 인사를 받는 듯 마는 듯하고, 신작로 있는 언덕으로 올라오는 것이었다.

언덕 위에 올라선 그는, 다시 친구가 탄 기차가 간 방향을 바라보고 섰다. 한 편의 잔솔 덮인 산과 한편에 흙이 빨갛고, 밀과 조 따위 곡식으로 파아란 밭들이 보이고, 위로는 푸른 하늘에 흰 구름이 떠나가는 것이 보일 뿐이었다.

남으로 남으로 가는 흰 구름장, 그것은 친구를 따라 가는 자신의 마음같이도 보이는 구름장을 이윽히 바라보던 그는 다시 한 걸음 두 걸음 옮기기를 시작하였다. 머리에는 친구를 작별하던 일, 나오면서 이야기하던 일, 미국서 와서 곧 농촌으로 오던 일이 뒤섞여서 머리에 떠올랐다.

이야기는 우선 지금으로부터 약 이십 년 전으로 돌아가야 한다.

그는 오래 교수로 있다가 때늦게 나이가 지나서 딸이 둘, 아들이 둘—그것은 내 언니요 오빠요, 나는 아직 세상에 나기도 전이다—이렇게 사남매와 어머니까지 다섯 식구를 두고 미국 유학이라고 갔다가 겨우 이 년 만에 돌아왔다. 돌아와서는 그의 고향이요, 식구를 갖다 두었던 평양에 얼마 있다가, 이 신봉산역에서도 시오리나 되는 농촌인, 황해도 구봉산읍으로 목사 겸 거기에 있는 창덕학교라는 소학교의 교감 겸 교사로 (석 달 전에) 부임해 왔다. 교장은 그 고장 토박이로 유력자라는 사람이, 전에는 부자 소리를 듣고 과수원도 가지고 있었으나, 금광에 손을 댔다가 실패한 뒤에 집까지 저당에 들어가고, 집에서는 날마다 술로 세월을 보내고, 늘 나가 있는 황이란 사람이 명의만 가지고 있기 때문에 실무는 역시 교감이 보게 된 형편이라, 그는 교장까지 겸해야만 되었다. 구봉산이란 데는 내가 난 곳이지만, 도무지 사람이 마음 붙여 살 만한 데가 못되는 농촌도 아니요, 산촌도 아닌 궁촌이었다. 옛날에는 수천 호 되는 큰 고을이었으나, 기차가 생기고, 사리원 정거장이 생긴 뒤로는 군청이 그리로 옮겨가고, 따라서 고을 백성들도 혹은 사리원으로 혹은 평양으로 떠나가기만 하고 오는 사람은 없기 때문에, 차차 집이 헐리고 돌무더기 터만 남았다. 봉산 배라면 유명했다는데, 돌배나무 몇 나무밖에는 배는 구경할 수도 없고, 예전에는 낚시질을 했다는 낙촌강은 소먹일 물도 없이 빼빼 말랐다. 참으로 눈물겨운 광경이었다.

그는 본시 서울서 살았고, 미국서 갓 돌아온 이가 별안간 이런 데를 오게 되니 너무도 심한 변화였다. 처음 얼마 동안은 새로운 환경에서 새 일을 해보느라고 교인을 찾아보고, 학교 일을 정리하고, 열을 내어 일을 하는 동안 그럭저럭 세월을 보냈으나, 학교는 방학이 되고, 농사에 바쁜 촌에는 이야기 동무도 없으니, 하루하루를 지내는 것이 무척 심심하고 괴로웠다. 이런 때 마침 그립던 친구 오 선생이 왔던 것이다. 이때에 오 선생이 왔다는 것은 옛날 멀리 시집갔던 색시가 친정어머니를 대한 듯 반가운 일이었다.

"아무튼 잘 해보시오. 어떤 일이 있든지 참구 지내시오."

같이 걸어 나오면서 오 선생이 하던 말이 아직도 귀에 남아 있는 것 같다.

"작은 일에도 공사를 분간하시오. 그래서 나중 염려가 없도록 하시오."

이런 말도 생각났다. 그러나 이런 말은 무심히 넘겨들었다.

나올 때에는 친구하고 이야기하면서 오느라고 그리 먼 줄도 모르고 왔지만, 혼자 가려니까 갈 일이 한심하여 그는 걷기가 싫었다.

'몇 날 더 놀다 가라고 기어이 붙잡을 걸….'

미친 사람처럼 중얼거리면서 걷기 싫은 길을 천천히 걸어오고 있었다.

2

아버지는 사람이 그럽구 친구가 그리운 것이 제일 고통거린 데다가, 또 의논하고 싶은 일도 있어서 오 선생 오기를 무척 기다렸다. 그렇게 기다리던 친구가 겨우 하룻밤 자고 떠나가는 것을 작별하고 돌아오는 그의 마음은 더한층 쓸쓸할 수밖에 없었다.

오 선생은 이때에 경기도 김포 시골에 가서 농사를 지으면서 농촌운동을 하고 있었는데, 서울서 잠깐 만나긴 했으나 한가히 이야기할 틈이 없었다가, 이번에 모처럼 틈을 내서 일부러 그를 찾아왔던 것이다. 그러나 다음날 신천온천에서 누구를 꼭 만나기로 약속했다고 서둘러서 떠난 것이다. 피차에 무슨 이렇다 할 용무가 있는 것은 아니나, 두 분을 위해서는 이때의 회담은 자못 뜻이 깊은 것이었다. 지난밤에 조그만 등잔불을 켜놓고, 주거니 받거니 이야기는 늦도록 그칠 줄을 몰랐다.

"그래, 여기 와서 재미가 어때?"

"재미 좋지."

"그럼 됐군. 그럼 미국 이야기나 좀 하구려."

"미국? 미국은 공연히 갔다 온 걸."

"글쎄, 당신은 미국 갔다 온 사람 같지 않구려."

"그래? 왜 미국 갔다 온 사람은 다른가!"

"그런데 대관절 당신은 어쩌자고 여길 온 거요? 나는 설마 이런 덴 줄은 몰랐구려."

"여보, 허긴 우리가 평양서 이리로 온다는 말을 듣고 어떤 아낙네 교인이 깜짝 놀라면서, '애개개! 봉산엘 가요. 왜 그런 촌엘 갑네까?' 하면서 퍽 이상스럽게 생각하던 모양이라고 합디다마는, 이런 형편없는 촌이길래 왔지. 그리구 당신이 먼저 농촌으로 갔으니 나두 당신하는 대루 농촌으로 온 게지. 거기 있을 때두 농촌문제를 연구했는 걸."

"그래두 당신은 안 돼. 내나 하지! 기왕 왔으니 좀 지내보오마는 안 돼. 어쨌든 당신을 이런 델 보내는 녀석들이 고얀 녀석들이지."

"아냐, 내가 오구 싶어 온 거야. 보내긴 누가 보내."

그때, 그가 미국에 가기를 선교사의 추천과 주선으로 갔었고, 또 그가 속한 교파의 법은 그 교단의 머리되는 사람과 위원의 합의로 어떤 교회에나 임명을 하면, 그 교회가 어떤 교회든 묻지 않고 가라는 대로 복종하고 가야만 하는 것이었다. 그러나 사람의 하는 일이라, 정실과 사가 없을 수 없었다. 도무지 사가 없이 적재적소에 임명하기는 극히 어려울 뿐만 아니라, 운동과 모략까지 있어서 위원장의 의사를 움직인다는 것이다.

"오구 싶긴 이런 델 오구 싶어? 농촌도 농촌다워야 당신 같은 시인이 시도 쓸 수 있지. 이게 어디 됐어? 우선 물이 있나, 산에 나무가 있는가…."

"광녀 나두 처음에 오니까 참 한심하던 걸! 더구나 외국에서 그 기름지고 풍성풍성한 살림살이를 보다가, 나무가 없구 물이 없구, 빼빼 마른 것이 꼭 우리나라 우리 민족의 꼴같이 보여서 처음엔 자꾸 눈물만 나던 걸! 그래두 내가 오구 싶어 온 걸 머…. 이런 데라구 저마다 안 오면 이 지경된 촌사람들은 어쩐단 말이야!"

"그래두 당신은 여기에 오는 게 아니야. 차라리 다른 농촌엘 가지. 농촌이 여기 밖에 없는 줄 아오? 그래두 당신은 이런 데 와서 썩을 사람이 아니야. 중앙에 있어서 전에 있던 학교에서 가르치든지 글 쓰고 문화운동에 종사하든지 하는 거야. 나 같은 놈이나 농촌으로 떨어지지."

"왜 농촌으로 오는 사람이 따루 있담? 그리구 이런 데도 오는 사람이 있어야지."

"당신은 그런 생각으로 왔지만 말이야. 당신을 보내는 녀석들은, 아니 보내두룩 하는 녀석들은 당신을 시굴로 귀양 보내듯이 몰아 보낸 것이야. 알아? 당신의 그런 생각을 이용한 거야. 이용하면서도 빈정거리고 웃는 거야. 당신은 단순해서 모르지만 나는 그 내막을 다 알아. 그리고 이야기를 다 들었구. 모두들 당신이 말없이 여길 온 걸 이상스럽게 생각하는 거야. 허긴 웃는 녀석들도 있구, 아깝게 여기는 사람도 있지만."

"내막은 무슨 내막이야?"

"당신을 X학교에 일보게 하려는 것을 기어이 반대한 사람이 누군지 알우?"

"몰라!"

"그걸 몰라? 그리구 그 녀석들이 반대한 조건이 무언지 아우? 당신이 서북 사람이란 거야. 그리고 당신이 거기서 그 서북 사람의 그룹으로 지목을 받는 그 단에 들었다는 거야…. 그런 분자들은 다 서울서 몰아내자는 거야요. 알아요?"

그는 이런 말을 듣고 보니 그럴 듯하기도 하면서도 대단스럽게 여기지 않았다.

"여보, 어쨌으나 나는 미국은 물론이요, 어디나 소위 문명했다는 사회가 싫어지고, 똑똑하고 잘났다는 사람들하고 살기가 싫어졌소. 무섭다고 할까, 더럽다고 할까, 어쨌든 싫어졌단 말이요. 그래서 나는 미국서부터 본국 가면 어느 농촌에 가서 살려고 결심했었는데, 농촌으로 가라기에 왔지 뭐. 당신 말도 그럴 듯하지만 나는 깨끗하고 순진한 촌사람하고 친구를 삼아서 살려구 왔으니깐."

그는 이렇게 이야기한 자기 말을 생각하고,

'나는 촌사람이 좋아. 나는 내 사명이 있어 왔어.'

혼자 중얼거리면서 천천히 오다가 앞집 옥춘이 같은 처녀가 지나가는 것을 보고, 저녁에 여자 야학이 있는 것을 깜박 잊어버린 생각을 하고, 발길을 서둘러 옮겨서 동선령 고개로 향하여 걸었다.

3

오 선생은 일본서 학교 다닐 때부터 친하고, 서울서 한 학교에서 학교 일을 볼 때에도 두 분은 친하게 지내서 학생들에게 동성연애 한다는 말까지 들었다.

오 선생은 선교사하고 마음이 맞지 않기 때문에 그가 미국을 떠나기 전에 벌써 사면하고, 농촌으로 가서 농사꾼이 되었던 것이다.

처음에는 서울 생각이 나고, 친구 되는 그가 그리워서 상당히 애를 태웠다고 한다. 맨발로 똥통을 메고 밭으로 나가면서도 그와 함께 부르던 찬송가도 부르고 다른 노래도 불렀다.

네가 누구냐 네가 누구냐
내로구나 내로구나
모래벌판에 대삼림 대화원
지을자 뉘뇨

네로구나 내로구나

너와 나와 너와 나와 너—와 나.

이런 노래를 부르면 그 노래를 함께 부르던 친구의 음성이 들리는 것 같고, 서울서도 그가 자기를 생각하고 있는 것을 알고, 자기가 가면 반겨 줄 것을 생각하고 언제나 장차 같이 일을 할 생각을 하면, 똥통을 메고 다니면서도 싱글싱글 웃고, 다시 찬송을 불렀다는 것이다. 그는 목소리가 좋지 못하고 곡조도 잘 모르나, 아버지는 목소리가 좋아서 아버지가 먼저 부르면 자기는 따라 부르는 것이 큰 기쁨이요, 위로가 되었다는 것이다.

4

집집이 가을도 다 해들인 구월 초순 어느 날이었다.

여자 야학을 마친 그는 집으로 돌아오는 길에, 뒷집 애 옥춘이와 버들골 순정이를 데리고 같이 오다가, 집 앞에 와서 집에 들어가서 좀 놀다가 가라고 아무리 권해도, 두 처녀는 들어올 듯 올 듯하면서도 안 들어온다. 그래서 그는 할 수 없이 '잠깐 다녀오리다.' 하고 아내에게 말하고, 두 처녀를 한집씩 데려다 주었다. 순정이란 아이의 집은 거진 오리나 되기 때문에 시간이 무던히 걸려서 집에 돌아왔다.

불빛이 희미하고 집안은 조용하였다. 그는, 다 자는가 하면서 방문을 가만히 열고 들어가 보니, 과연 어린 것도 다 잠이 들고, 어린 것들의 어머니도 곤한 듯이 팔을 벌리고 세상모르고 사람이 들어오는 줄도 모르고 잔다. 끝의 놈 세 살짜리는 혼자서 장난하다가 나중에 잠이 들었는지 방바닥에 옷을 입은 채 쓰러져 자고 있다.

"이놈은 벗지도 않구 자눈."

그는 곤히 자는 아내를 깨우지 않고, 어린 것의 옷을 벗겨 바로 눕히고, 아내가 깔아 놓은 자리에 옷을 벗고 누워 보았으나, 너무 고달파서 그런지 좀처럼 잠을 들 수가 없었다.

"아이들이 왜 우리 집엘 안 들어올까?"

이런 생각이 문득 머리에 올랐다. 밤 시간이 늦어서만 그런 것이 아니다. 지난날 저녁에 옥춘이 오빠 태호와 그 동무 성대도 아무리 들어오라고 해도 안 들어오지 아니 하였는가. 왜 안 들어오느냐고 물었더니, 대답은 없이 발만 들여다보고 있지 아니 했느냐. 그들이 마루를 살펴보고, 방 안을 들여다보고, 다시 자기네 방을 들여다보는 것은 발이 더러워서 들어갈 수가 없다는 것이 아니었던가.

우리 집이 너무 정하구나, 우리 집을 저들에게 너무 으리으리하여 들어오기가 거북한 것이구나. 미국서 끌고 온 빅타 축음기 하나밖에는 아무것도 보잘 것이 없는 내 방이 그다지도 으리으리할 게 무언가.

결국 저들과 나하구는 거리가 멀구나. 나는 이 땅에 왔지마는 나혼자 사는 것이구나. 저들과 나 사이엔 보이지 않는 장벽이 막힌 것이로구나. 그러고 보니 그동안 그가 교인 집과 학생 집을 찾아보느라고 읍내와 근방 촌을 한 번 돌았는데, 어느 집엘 가나 쩔쩔매면서 방을 치면서도 얼른 들어오란 말을 못하고 혹 들어오라고 하더라도, 식사 때에 자기네는 밥을 맛나게 먹다가도 인사로나마 좀 먹으란 말을 아니 한 것도, 그들은 나를 자기네 마을 사람으로 대접하는 것은 아니로구나. 웬 일일까. 아무리 해도 전도 부인이 너무 떠들고 선전을 야단으로 한 것이 아닌가 싶었다. 문이라는 본래 있던 전도 부인은 그가 그 고장에 간 것을 퍽 놀랍게 생각하고 기쁜 듯이 환영했다.

그는 아내의 자는 얼굴을 이윽히 바라보았다. 썩 곤한 모양이어서 무슨 꿈을 꾸는지 얼굴을 씰룩씰룩하기도 하고 이상한 소리를 내기도 한다. 그냥 두고 그는 가만히 부엌에 나가서 물을 떠가지고 들어와서 들이킨 뒤에 다시 누웠다.

그래도 그는 잠을 들지 못했다.

남들은 미국 다녀오면 서울이나 평양에서 어떤 학교 교장이나, 큰 교회 목사나 좋은 자리를 차지하고 꺼덕거리면서 잘들 사는데, 어째서 이런 궁촌에 사람을 끌고 왔느냐고 한 마디 불평도 하지 않고, 여러 어린 것들 데리고 변변히 얻어먹지도 못하고, 수걱수걱 일만 하는 것이 더 미안하고 딱하게 생각되었다.

"이왕 온 바에는 자리 잡고 다문 사오 년이라두 일을 해야 돼요. 미국까지 갔다 온 양반이 어떻게 돼서 여길 왔는지 몇 날 못 있으리라고 하더라고 전도 부인이 그럽데다."

아까 저녁 먹을 적에 아내가 하던 말이 생각나서 그는 벌떡 일어나 한참이나 기도를 하였다. 무슨 단단한 결심을 하는 것이었다.

그 다음날 그는 빅타 축음기를 치워 버리고, 고운 듯 자리도 걷고 삿자리를 펴고, 툇마루에도 그 고장 사람들처럼 신발을 신은 채로 다녔다.

다음날 저녁에 시간이 늦어서 그는 한복에 맨머리 바람으로 동쪽 마을 을손이 할먼네 집에 이야기할 일이 있어서 찾아 갔다. 마침 저녁밥들을 먹고 있는 것을 보고, 그는 들어오란 말도 아니 하는 것을 막 들어가면서,

"할머니, 나 밥 좀 주셔요."

"무어 이담에 장이나 보아오거든 그러시오."

을손이 할머니는 먹던 밥그릇을 슬슬 감추는 것이다.

"아닙니다. 할머니, 저 시장해서 그럽니다. 저 밥이 맛나 보이는데요. 할머니 나 좀 주셔요."

그는 아랫목으로 들어앉으면서 이렇게 밥을 달래서 모래알 같은 조밥 한 그릇을 다 먹었다. 을손이 할머니는 너무도 기뻐서 보리떡 그릇을 내놓으면서 먹어보라고 한다. 그는 그것도 서너 개를 꿀떡꿀떡 집어 먹었다.

이렇게 억지로 먹은 것이 나중에 위궤양으로 고생하게 된 원인인지도 모른다고 그는 뒤에 이야기를 한 일이 있었다.

5

그해 가을에 그는 처음으로 교인과 학부형의 힘을 빌려서 농사지은 것을 추수하게 되었다. 콩이 서 말, 팥이 두 말, 조가 한 섬, 차조가 쌀로 너 말, 이렇게 타작을 해들이니 제법 촌살림을 하게 된 것 같아서 마음이 흐뭇했다.

"우리도 떡이나 좀 쳐 먹자."

마침 팔월 추석, 달이 유난히도 밝은 날 그는 이렇게 의논하고 조찹쌀로 떡을 치고, 고기를 좀 넣고 국을 끓이고, 동네 젊은이들을 청해서 학교 마당에 멍석을 펴고 앉아서 이야기를 하고 돌려가면서 노래도 부르면서 늦도록 재미있게 놀았다.

"선생님두 인제 우리 고장 사람이 되셨시다. 떡도 잘 잡숫고…."

이것은 앞집 성대가 하는 말이요,

"목사님두 인제는 우리 목사님 되셨구만."

이것은 옥춘이 어머니가 떡 그릇을 치우면서 하는 말이었다. 그는 썩 만족하였다. 신이 난 그는 찬송가도 불렀지만 도라지 타령이며, '옛날에 금잔디'도 기운차게 불렀다. 모두들 손뼉을 치고 기뻐하였다.

이날 저녁이었다. 그의 아내는 떡을 두어 개 먹어보고, 몸이 거북하다고 들어가서 누웠다. 그는 떡놀이가 끝난 다음에도 조합일로 이야기할 것이 있어서 앞집 성대네 집에 가서 한참이나 앉아 있었다. 성대는 조합장으로서 그의 가장 믿는 청년이었다.

"아버지, 어머니가 오시래요."

둘째 딸인 영옥이가 부르는 소리에 그는 깜짝 놀라서 집으로 돌아왔다.

몇 날 전부터 감기와 몸살을 앓다가, 약간 나은 듯해서 일어나 일을 보던 아내는 게다가 먹은 것이 관격이 되어, 열이 높고 몸이 불덩어리가 되어 몹시 괴로워하고 있다. 배가 아프고 가슴이 답답해서 안절부절 못하고 있다.

"여보, 나는 죽겠소."

병원이 없는 곳이라 웬만큼 필요한 약은 늘 준비해두기 때문에, 언제든지 있는 피마자기름을 먹이고, 아내의 말을 따라서 그는 부엌에 나가서 손수 불을 때서 물을 데워다가 손발을 씻어 주었다. 그래서 약간 안정하는 아내의 손을 붙들고 앉아 있다가, 그 옆에 쓰러져 누워 잠이 들었다. 잠들었던 그는 아내가 '끙끙' 신음하는 소리와 아이들 보고 무어라고 애원하듯 하는 것을 꿈결처럼 들었다.

"왜 그리우? 응?"

그는 펄쩍 정신을 차려 일어나서 아내를 살펴보았다.

"치밀어 올라와요…. 아이가…."

이렇게 간신히 한 마디를 하고는 또 '끙끙' 소리를 한다. 심상치 않은 상태다. 이때에 어머니는 태중으로 산월이 가까웠던 것이다. 그것은 태아가 태동을 하다가 잘못되어 위로 올라붙으니 태모되는 이는 견디기 어려운 괴롬이었다. 그리고 그것은 살고 죽기가 달린 위험이라는 예감으로 그는 온몸이 떨렸다. 그런데, 게다가 어머니의 얼굴은 파랗게 질리고 이마에는 구슬 같은 땀방울이 맺혔다.

"어떻게 하면 좋아요?"

그는 도리어 아내보고 물었다.

"내가 죽겠으니 의사를 청해다 주구려. 배가 그냥 아프기에 그냥 체한 것 때문에 그런 줄만 알았더니…."

"날 때가 됐나? 벌써…."

"아홉 달밖에 안 됐는데…."

"웬일일까?"

"나는 죽겠소. 어서 의사를 청해다 주우."

밤은 깊고 사리원까지 이십 리 길을 이 밤중에 어떻게 가서 의사를 청하는고, 자전거나 타면 되려니와 자전거도 없고…. 망설이던 그는 앞집 성대에게 가서 의논하였다.

"내가 다녀오지요, 선생님."

성대는 성큼 대답하고 면소에 가서 자전거를 얻어 타고 달렸다.

그동안 그는 아이들을 딴 방에 옮겨 재우고, 우선 동네 주부를 청하고 경험 많은 을손이 할머니를 모셔 오고, 각가지로 애를 쓰면서 의사가 오기만 기다렸다. 한 시간이나 기다려도 오지 않고, 아내는 점점 더 태치듯 괴로워하는 양이, 금방 절명이 될 듯하는 것을 본 그는 하도 안타깝고 초조해서, 또 주재소로 달려가서 자전거를 얻어 타고 성대의 뒤를 따랐다. 그는 혼자 가면서 혹 그동안에 무슨 일이 저질러지지나 아니 할까 하고 무서운 상상을 아니 할 수 없었다.

그동안 일이 다 끝난 것을 공연히 헛수고를 하지 않는가, 아내는 죽었다, 이런 사람 못 살 데를 끌고 왔다가 종내 일을 저지른다, 애들도 불쌍하지만 아내 자신이 더 불쌍하다, 결혼한 지 십오 년이 되었건만, 여태 고생만 시키고 한 번 편안하고 기쁘게 해준 일이 없지 아니한가—

그는 결혼 이후의 일을 생각한다.

어머니가 결혼한 이튿날 경찰서에 잡혀갔다는 것은 기미년 만세 때에 평양에서 유명한 일이었다. 그는 일본서 동맹귀국을 하고 돌아와서 약혼한 처녀인 어머니의 집에 유하였다. 만세 부르는 데 지도자 노릇을 한 친구들은 다 잡혀가고, 혼자 남아서 잡혀가기를 기다리고 있던 어머니는 처녀의 몸으로 일경에게 잡혀서 욕을 당하는 것보다, 차라리 결혼식을 하는 것이 났겠다고들 의논이 되어서, 내가 여기 있으니 잡아 가거라 하기나 하는 듯이 뻐젓하게 결혼식을 하고, 그 이튿날 신혼부부인 그들은 한상에서 아침밥을 먹다가, 그 밥을 채 먹지도 못하고 신부가 잡혀가니, 기막힌 생이별을 할 수밖에 없었다. 신부는 신방대신 경찰의 유치장에서 자게 되고, 신부를 빼앗긴 신랑은 홀로 빈방을 지키게 되었다. 그래서,

"아이 딱해라. 색시 낯도 못 익혔겠군."

하는 것이 동네 부인들의 이야깃거리였다.

결혼 때에 날이 저물어서 혼인 사진도 못박혔다는 후회도 나고, 감옥에서 나온 다음에도 공부를 마치려고 일본에 갔기 때문에, 혼자서 유치원 보모노릇을 하느라고 고생시킨 것과, 또 다음엔 미국 갔을 때에 여러 아이들을 데리고 고생하게 한 것이 미안하고, 그중에도 감옥에 들어갔을 때에 그는 하도 고적을 느껴서 그 동무(여성)하고 장난도 하고 구경도 다닌 것이 퍽 죄송스럽게 생각되었다.

그는 사리원을 절반이나 가다가 성대가 의사를 청해 가지고 자동차를 타고 오는 것을 만났다. 그는 집에 들어서기가 무시무시하고 겁이 나는 것을 급히 들어갔다. 아내는 눈을 감고 소리가 없다. 그는 가슴이 덜컥 하고 놀랐으나 옥춘이 어머니의 지금 잠이 들었시다, 하는 말에 안심을 하였다. 마침 경험 많은 의사가 태아를 낳도록 해서 무사히 분

만이 되고, 태모인 어머니도 살았다.

시골에 와서 사람 죽일 것을 살렸다고 생각하여 그는 무슨 큰 짐을 벗어놓은 듯 사나운 꿈을 깬 듯 안심하였다. 의사와 성대와 동내 사람들이 다 가고 먼동이 터오는 때였다. 그는 갓 낳은 새 생명인 아들을 들여다보고 아내와 서로 마주 바라보면서 빙그레 웃으면서도 감사의 눈물을 흘렸다.

6

동선리 촌에도 농한기가 되어, 어떤 마을에는 술 먹고 노름하는 사람도 있지마는, 교회가 있고 학교가 있는 동네에서는, 조합을 중심하여 날마다 모여서 야학을 하고 일도 하였다. 그는 지도자로서의 노력을 꾸준히 하였다. 한글을 가르치고 조합을 조직해주었다. 농사를 짓는 사람이 소가 없어서 곤란한 것을 보고 돈을 모아가지고 우선 학교 돈을 좀 돌려서 소를 한 마리 사게 하여 농우조합을 만들어준 것이다.

이 야학과 농우조합의 중심은 성대요, 모이는 장소도 성대네 집이었다. 경찰의 주목이 싫어서 그는 직접으로는 관계하지 않고, 모든 일을 성대에게 맡겨서 해나가게 하였다. 그리고 그는 뒤만 돌보아주었다. 그는 성대네 집에서나 태호네(옥춘네) 집에서 공부시키고 나서는, 뜨듯한 아랫목에 누워 뒹굴기도 하고, 같이 노래도 부르고, 꿋꿋한 보리떡 밀떡도 나눠 먹었다. 그리고 젊은이들은 무슨 일이나 다 그에게 의논하게 되었다. 저들은 어느새 그를 부르기를 목사님이나 선생님이라고 하지 않고, 형님이라, 혹은 아저씨라고 부르게 되었다.

"형님, 장에 안 가실라오?"

사리원 장날이면 성대네나 태호나 이웃 사람들은 이렇게 그를 찾아와서 같이 다녔다. 같이 못가는 경우에는 돈을 주면서 부탁하면, 모자라는 것은 자기 돈을 보태가면서 사다주곤 하는 것이었다. 이만큼 동네 사람과는 사귀고, 그리고 자신이 농사꾼이 되었다고 할 수 있는데, 어떤 때는 교회일이나 학교일로, 또 어머니가 젖이 없어서, 꼭 우유를 먹이기 때문에 가루우유를 사러 평양엘 갈 수밖에 없을 때는 혼자서 터덕터덕 다니기가 썩 괴로웠다.

하루는 달메(내 큰언니)가 이가 아프다고 펄펄 뛰고 울어서 치과엘 데리고 가야겠고, 게다가 아이 젖이 뚝 떨어져서 평양에를 꼭 가야만 할 텐데 그는 몇 날 전부터 감기 기운이 있는 것을 할 수 없이 딸을 데리고 사리원으로 나가서 신의주행 급행차를 탔다.

그는 차를 타기만 하면, 일본으로 미국으로 여행하는 생각이 나고, 친구들이 그리운 생각이 났다. 그는 곤하고 괴로운 몸을 의자에 기대어 앉았다가 별안간 일어나면서 어린 딸더러,

"너, 여기 좀 앉아 있거라."

하고 바삐 다른 찻간으로 갔다. 달메는 변소에나 간줄 알고 잠깐 기다렸으나, 암만 기다려도 안 온다. 종내 변소엘 가보았다. 변소에 없는 것을 보고, 달메는 울기를 시작하였다. 다음 찻간으로 가보아도 없다. 달메는 소리를 내어서 울었다. 손님들이 어린아이를 붙들고 이런 말 저런 말 묻고 있는 동안에 한참만에야 그는 돌아왔다.

"아버지 어디 가셨댔어?"

"가긴 어딜 가."

그는 이 봉산에 온 뒤부터는 차를 타기만 하면, 행여나 아는 사람이나 있을까 해서, 객차를 처음부터 끝까지 한 번 전부 뒤지는 버릇이 있었다. 어떤 때는 아는 친구를 만나고, 어떤 때는 아무도 못 만나도 반드시 뒤져보고야 마는 것이었다. 아무도 못 만난 때는 맥이 빠져 돌아온다.

그는 날이 저물어서야 딸의 아픈 이를 뽑고, 덧니 하나를 뽑아 주어 가지고 돌아왔다. 그날부터 감기가 덧쳐서 앓기를 시작해서, 한 주일 만에 좀 나았으나 아직 누워 있었다.

"형님 계시우?"

성대가 아침 일찍이 찾아온 것이다. 태호가 오래 앓고 낫지 아니 하니, 평양에 데리고 가서 기독병원에 입원이나 시켜주었으면 어떠냐 하는 의논이다. 그가 가서 말해서 무료입원을 시켜주자는 것이다. 전번에 평양 갔을 때에 대강 부탁은 해두었던 것을 성대는 알고 있다.

"입원이라두 해서 치료를 하다가 죽으면, 죽어두 한이 없갔대요."

그는 이 말을 듣고 곧 일어나서 성대하고 의논해가지고 그날로 당장 '성대네 소에 태워가지고' 신봉산으로 해서 평양으로 데리고 가서 입원을 시키고 이튿날 나왔다.

태호는 다행히 삼주일 만에 나아서 음력 설 전에 퇴원하였다. 태호 어머니는 '우리 아이는 선생님 덕에 살았시다.' 하면서, 두부를 한 동이 해가지고 왔다. 그는 나중에 알고 그걸 공연히 받았지 하고 아내에게 걱정 소리를 하였다.

태호는 제법 튼튼해져서 야학에도 다녔고 봄부터는 남과 같이 밭에 나가서 일도 하였다. 그런데 그 대신 그 아버지가 몇 날 앓다가 죽었다. 마누라의 말을 들으면 변변히 먹지를 못해서 굶어서 죽었다는 것이다. 이 집뿐 아니라, 봄에는 굶는 집이 많은 줄을 알고, 그는 퍽 딱하게 생각했으나 어찌할 도리가 없었다.

성대를 비롯하여 친구들이 돈을 모아오고 손수 일을 보아 주는데, 상여를 낮은 것을 쓰고, 장사를 잘 못해준다고 마누라는 원망이요, 다른 일꾼들은 술을 안 준다고 불평이다.

태호네가 도무지 할 턱이 없는 것이 분명한데, 꼭 술을 먹어야 일을 한다고 하여, 그가 잠깐 집에 갔다 온 사이에 모처럼 생각해서 부조해 모은 돈으로 술을 사다 먹었다는 말을 듣고, 그는 화를 내서 큰소리로 이 고장 사람들은 꼭 술을 먹어야 사느냐, 정신들을 좀 차리라고 야단을 쳤다.

그는 그해 여름에 뜻밖에 초청을 받아서 북간도에 가서 두어 주일 강연을 하고 왔다. 그동안에 별일이나 없느냐고 묻는 말에,

"앞집 태호가 죽었다오."

하는 아내의 말을 들은 그는 피곤한 다리를 끌고 곧 조상을 하였다.

영감 죽고, 작은딸은 정혼하여 쉬 시집가게 되고, 하나 남은 외아들을 잃어버린 어머니는 울면서 하는 말이,

"앓아서 눕기 전에 품값 받은 돈 일 원을 가지고 우리 모자가 사리원 장에 가서 제가 입맛 없어서 밥 못 먹기에 쌀을 반말을 사고, 남은 것은 여름내 신이 없어서 헌 고무신을 짝짝일 비끄러 매서 신고 다니는 것이 하도 보기 싫어서, 지까다비*를 한 켤레 사왔더니, 그 쌀을 다 먹지 못하고, 그 신은 신어보지도 못하고 죽었다오. 나이 스물아홉이나 된 것을 장가나 보내고 죽었으면 한이 없지요."

나중에 들으니까 아들이 밥을 못 먹기 때문에 미움을 쑤어주고, 좀 먹나 보려고 설탕가루를 좀 얻으러 다니다가 종내 못 얻어오고, 사리원까지 이십 리를 가서 오 전 어치를 사다가 썼다고 한다. 집에도 얻으러 온 것을 마침 떨어져서 못주었기에 나중에 사온 뒤에 어머니가 좀 가지고 갔더니 자기네가 사온 설탕이 무슨 약봉지처럼 아랫목에 놓여 있더라고 한다.

---

* 지카다비(じかたび). 작업화.

죽은 다음에 장사 지내는데, 쌀이 없어서 동네 큰 집에 좁쌀 한 말을 꾸러 갔더니 없다고 안 주어서 못 얻어가지고 왔다는 것도 어머니에게 들은 말이라고 한다.

7

아홉 달 만에 난 아이는 살아도 변변치 못하다고 하건만, 기봉이는—그의 봉산 생활을 기념하여 기봉이라고 지은 어린 것은—똘똘하게 잘 자라서 돌이 가까 왔다. 그가 어디 나갔다가 피곤한 몸으로 돌아와서,

"기봉아, 기봉이 있니?"

부르면, 어느새 알아듣고 빼뚤빼뚤 나와서 안기었다. 그는 기봉이를 안고 볼기짝을 두들겨 주고, 그 작고 빨간 발을 들어 제 입에다 갖다 대주면서 웃으면, 저도 깨득깨득 웃는다. 그것을 보는 것이 재미있어서 한참씩이나 데리고 놀았다. 단지 봉산 기념이라기보다, 그의 아내가 죽을 것을 살아난 것을, 자신도 그의 아내도 심한 초조와 고통을 겪은 일을 기념하여, 이 아이는 더 신통하게 생각하여 그는 더 애정을 부었던 것이다.

"기봉아."

복숭아꽃 살구꽃이 활짝 핀 어느 날, 그는 밖에 나가 다니다가 저물어서야 들어와서 어린 것을 찾았으나 조용한 방에서 아내가 가만히 일어나면서,

"얘 좀 보셔요."

기봉이는 눈을 꼭 감고, 기운을 못 차리고 얼굴은 오이꽃처럼 노래졌다. 갑자기 설사를 해서 그렇다는 것이다.

그의 아내는 첫 딸 달메를 낳아서 기른 다음에 유종을 몹시 앓고 나서부터는 번번이 우유를 먹여 아이들을 길렀는데, 이번에는 이렇게 교

통이 불편한 시골이요, 또 돈을 당할 수 없어서 쌀가루를 만들어서 먹이다가 종내 소화불량이 생긴 것이다.

"내일 아침 일찍 평양으로 가서 기독병원에 입원시킵시다."

밤을 밝혀서 이튿날 아내는 아이를 업고 같이 걸어서 평양으로 가서 입원을 시켰다.

병원에는 아는 의사도 있고, 간호부도 아는 사람이 있어서 끝까지 치료해 보았건마는, 병은 백리로 변하여 먹는 대로 그냥 설사하기만 하고, 뻰칠 기운이 없게 되자 걷잡을 수가 없었다.

"그냥 곱게 편히 가두룩 둬두시오."

가려는 생명을 캄풀주사로 억지로 붙잡는 것을 보고, 그는 이렇게 간호부에게 부탁하다시피 하였다. 입원비와 치료비는 나중에 물기로 하고, 곱게 간 아이의 시체를 공동묘지에 묻었다. 이날 저녁에 두 사람은 내켜지지 않는 발길을 억지로 걸어서 차를 타고 와서, 신봉산역에서 내려서 시오리 길을 말도 없이 걸어왔다.

"갈 때에는 업구 갔던 것을 어떻게 차마 빈 몸으로 들어간단 말이오, 나는 안 들어갈 테야요."

동구 밖에서 아내는 주저앉아서 울기를 시작하고, 꼼짝하지 아니한다.

"그럼, 어쩌잔 말이요? 그러지 말구 어서 갑시다."

"싫어, 난 안 들어갈 테야, 도루 평양 갈 테야, 당신이나 들어가요. 난 우리 기봉이 있는 데 갈 테야."

그는 헐린 빈터에 있는 돌무더기 담장에 기대어 소리쳐 울었다. 이지러진 쪽달이 두 사람의 들먹이는 그림자를 고요히 내려 비친다. 이윽고 두 그림자는 합해서 하나가 되었으나 졸연히 움직이지 아니 하였다.

8

오형,

우리 기봉이는 갔다오.

봉산에서 그 아이를 얻은 것을 기념으로 이 땅 사람이 되려고 했더니, 기봉이를 데려가셨다오.

당신의 말이 과연 옳구려. 이 고장에 안 올 것을 왔다고…. 우리 기봉이는 먹지 못해 굶어 죽었다오.

기봉이를 잃은 우리는 하루도 이곳에 머물러 있기 싫어서 곧 떠나려고 하였소. 그러나 형이여, 염려 마시오.

'안 됩니다. 그것도 하느님의 시련이지요. 기어이 여기서 살아서 당신의 뜻을 실현시키고야 맙시다.'

하는 아내의 힘 있고 고마운 말에 머물러서 이 동선리 농민의 벗이 되기로 하였소.

쉬 한 번 가리다. 일주일 이내로 가리다.

김포 있는 오 선생에게 이런 편지를 하고 그는 다시 새 결심을 하여 교회일과 학교일로 평양도 다녀오곤 하여 바쁘게 지냈다. 얼마 뒤에 오 선생에게서,

"…확실히 시련이오. 과연 시련이오. 고만한 시련에 흔들리면 안 되오, 끝까지 뻗치시오. 과연 훌륭한 아주머니요, 아주머니 만세 만세. 아주머니 모시고 꼭 한 번 오십시오."

이런 격려의 회답을 오 선생에게서 받고 그는 더욱 힘을 내었다. 그래서 그는 마음과 몸을 쉬일 겸, 서울로 해서 오 선생 댁에 가서 한 일주일을 지내고 평양으로 돌아왔다. 아내는 임신 중이라, 먼 여행을 할

수 없기 때문에 가는 길에 가까운 신천온천에서 몇 날 쉬게 하고 먼저 돌려보냈다.

"사면한다고 그리셨어요?"

돌아온 날 밤 아내에게서 이런 말을 듣고 그는 놀랐다.

"아~ 아니, 누가 그럽디까?"

"전도 부인도 그러고 교장 댁에서 그런다던데요?"

이런 말을 듣고, 그는 그 말을 만들어낸 출처를 대강 짐작하였다.

"옥춘이 어머니두 그러던데요. 나만 모르는 셈이구, 동네 사람 다 알던데요. 평양에서는 벌써 후임자까지 작정이 되었다던데요."

이 학교의 설립자는 평양에 있는 선교사로 되어 있고, 그 선교사가 경비 보조를 하기 때문에 그 선교사에게 교감의 임명권이 있었을 뿐만 아니라, 그 교회도 역시 미약하여 자립할 수 없는 교회라, 그 선교사의 보조를 받기 때문에 책임자를 정하는 데는 그 선교사에게 발언권이 많았다. 그래서 대개 그 선교사의 의견을 따라 전도사를 보내서 양편쪽 일을 겸하게 하였던 것이다. 그가 오기 전에도 그런 사람이 있었다는 것이다.

그 사람이 일본으로 공부 가느라 떠난 뒤에는 교회 전도사로, 학교 일을 맡아 볼 사람도 없어 자리가 비었었다.

"봉산? 거길 누가 가."

하고 저마다 갈 사람이 없어서 학교도 문을 닫게 쯤 되고, 교회도 주부 노릇하는 노인 전도사가 나서서 '흥얼흥얼' 설교라고 하면 몇 사람 모인 부인들은 졸기만 하고 앉았다가 헤어지는 형편이었다.

전에 있던 윤이라는 그 전도사는 키는 작으나, 빨랑빨랑하고 썩 눈치 빠르고, 꾀 있는 사람이라, 부족하나마 자기의 생활비의 대부분이 나오고, 그리고 무슨 앞날의 기대도 있었던지 그 선교사에게 가까이 하는 데는 갖은 정성을 다하였다고 한다. 그리고 평양에 가는 일이 있으면 먼저 그 선교사를 찾아보고, 아무리 바빠도 무슨 일이 있든지 꼭꼭 그 선교사는 찾아보았다. 크리스마스 때면 많은 돈을 아끼지 않고 들여서 선물을 하였다고 한다.

그러나 내 아버지는 평양에 갔다가 선교사를 찾아보기를 잊어버리고 돌아오기는 예사였다. 그의 아내는 그것을 염려해서 물어보면, 그제야 그는 비로소 생각하고,

"이번엔 만나볼 일도 없구, 괜히 가 머…. 글쎄, 찾아보구 와두 좋을걸."

하고 아내에게 미안하기나 한 듯이 바라보군 하였다.

전도사뿐 아니라, 전도 부인도 그랬다. 그의 월급은 거의 전부가 선교사의 손에서 나왔다. 그것은 여자 선교사였으나, 그 여자 선교사도 그 선교사의 지시를 받는 사람인 줄 알기 때문에, 그 여자 선교사는 어머니라고 부르고 다니고, 그 선교사는 아버지라고 부르면서 극진히 공대를 하였다고 한다. 선교사가 가끔 지방 순행으로 그 고장에 오기나 하면 자기 방에다 모시고, 밤잠을 안 자다시피 하면서 불을 때고, 음식을 해드리고 정성껏 수종을 드는 것이었다.

그는 이런 것을 몰랐다. 알려고도 하지 않았다. 나중에야 알았지만.

그는 어느 날 자기의 일을 알아보려고 평양에 갔으나, 그보다도 더 그의 신경을 자극하는 일이 있었다. 어떤 신자 한 사람이 입원한 것을 찾아보려고 기독병원에 들렀던 그는 사무실로 호출을 받았다. 죽은 기봉이 입원비를 곧 청산하라는 것이었다. 어떤 전당포 하던 친척 되는 사람에게 돈을 말해 보았으나 거절을 당하고, 그는 속으로 결심한 바 있어서 다시 병원으로 가서 일주일 연기를 청하고, 우선 봉산집으로 돌아가기로 하고 역으로 나와 차를 탔다. 찻간에서 우연히 변(卞)이라는 뚱뚱한 목사를 만났다. 지방을 관할하는 책임자인 그는 서울로 가는 길

이었다.

“참, 뜻밖이지요. 선생님 같은 이를 몰라보고 이러니저러니 말들을 하지 않아요? 선생님두 좀 아시는 것이 좋겠기에 말씀드리는 겁니다. 무슨 조건이오? 네 그거 머 아실 것 없지요, 너무 조합 일에만 힘쓰신다는 말이지요. 학교나 교회는 안 돌아보시구, 그리구 학교 회계와 교회 회계를 밝히지 않고 쓰신다구요. 누가 그러더냐구 물으실 건 없어요. 좌우간 선교사들도 그런 이야길 들은 모양입데다. 또 거기라도 가길 원하는 사람도 있구요….”

차에서 변 씨에게 이런 말을 듣고, 전도부인이 평양 다니면서 이야기했다는 것을 분명히 알았다. 왜 그런 허무한 거짓 선전을 했을까 하고 생각해보았다. 그것은 틀림없이 지난봄 달밝은 밤, 학교 사무실에서 남 선생들과 너무 지나치게 무례하게 장난하고 있는 것을 보고, 그 다음날 조용한 틈을 타서, ‘미국에서는 남녀가 교제하고 연애를 해도 예의를 지켜야 한다오.’ 하면서 주의를 시킨 그 일 때문이로구만….

그는 집에 돌아와서 쓴 웃음을 웃으면서 이런 이야기를 하고 나니, 또 한 가지 섭섭한 소식이 들린다. 그것은 성대가 살기가 어려워서 종내 사리원으로 떠난다는 것이었다.

그런 지 일주일 뒤, 그는 서울에서 모인 교회대회에 참석하여 위원장에게 사표를 냈다. 그리고 곧 돌아오는 길에 본부에서 퇴직금을 찾아가지고, 바로 평양으로 가서 기독병원에 들러서 기봉이 입원비를 청산하였다.

9

그가 식구를 데리고 서울로 올라온 지도 서너 달이 지났다.

오 선생이, 전에 그가 미국 갈 때에 그의 소유 토지를 처분해가지고 여비를 만들어주고, 얼마 남았던 것을 저축해두었던 것을 가지고, 서울에 가도 시내는 싫으니 훨씬 시외에 떨어져서 집을 하나 구해달라는 그의 원을 따라서, 마포 뒤로 바라보이는 노고산이라는 촌에 자그마한 집을 한 채 장만해주어서 올라온 것이다.

그때 봉산서 보던 일을 사면하니, 어서 사택을 비우라고 해서, 순정이란 학생네 행랑채 한 간을 얻어 들었다가, 마침 장마철인데 비가 줄줄 새는 데서 막내딸 나를 낳은 일이며, 집 때문에 고생을 하다가 서울에 와서 초가집이나마 내 집에 드니 참 좋더라고, 그 뒤 내가 자란 후에도 어머니는 가끔 술회를 하시는 것이었다. 나는 결국 봉산 동선리의 기념품이 된 셈이다.

그는 서울에 와서 그해 가을과 겨우내 집에 들어앉아서 책이나 읽고 아무 직업도 가지지 아니 하였다. 어디 나간다면 동네 있는 북청 물장사네 집에 마실을 가서 이야기를 하다가 오는 것이 고작이었다.

"그 사람 같은 사람들 없어! 그 사람하고 무얼 약속하면 틀림이 없어. 제 아들은 없는데 조카를 둘씩이나 공부를 시키거든. 물장사해서 조카 공부시키는 게 쉬운 일이야?"

이렇게 강이라는 그 물장사를 친구삼아서 내왕을 하면서, 무슨 사업을 해본다고 집문서를 잡히고, 금융조합에서 융통한 돈을 맡기고 급한 때는 돌려쓰기로 하였다.

"갑갑지도 않으시오, 좀 나가다니시구려."

그는 아내의 이런 말엔 대답도 아니 하고 책만 들여다보다가,

"나 같은 낙오자가 나가문 무얼 하오. 들어앉아 있는 게 제일이지. 나가야 어디 믿고 이야기할 녀석이 있어야지."

이렇게 말하고 들어앉아 있으면서, 간혹 대문소리가 나고 누가 찾으

면 그는 버선발로 뛰어나가는 것이었다. 그리고 청구하는 대로 글을 쓰면 약간의 용돈이 생길 뿐이었다.

늦가을이었다. 그는 가끔 속이 몹시 아파서 체한 줄로만 여기고, 소화제만 자꾸 쓰다가, 하루는 속이 너무 쓰리고 아파서 시내에 들어가서 어떤 아는 사람의 소개로 일본서 갓 온 한이란 의사를 찾아서 진찰을 한 결과, 뜻밖에도 위궤양이라는 것을 알았다.

"술은 안 자셨을 텐데…. 시장하셨다가 음식을 자시고, 굳고 소화 잘 안 될 것을 함부로 자신 일이 없어요? 본시 단 것을 좋아하셨지요. 게다가 외국에 많이 계셔서 단 것을 많이 자시구, 부드러운 것만 자셔서 위벽이 약하고 얇아졌는데, 음식을 험하게 자셔서 이 병이 나신 겁니다. 그리고 이 병은 무슨 몹시 상심되는 일이 있으면 생기는 수가 있지요."

의사의 말을 들은 그는 새삼스럽게 봉산서 지낸 일이 눈앞에 떠올랐다. 아무리 짜고 맵고 시어 빠진 음식이라도 먹으라고 해서 받은 것이면 눈 딱 감고 먹어 버리던 일이며, 아내가 죽을 뻔한 일, 기봉이를 잃은 일, 전도 부인 일에 마음 괴롭던 일, 떠나올 때 성대네가 울던 일을 생각하였다. 실상은 봉산에 있을 때부터 그 증세가 있었다.

위가 아플 때는 그 반응으로 신경통이 덧쳐서 배며 가슴이며 옆구리와 뒷잔등이 돌아가면서 아프고, 그러면서도 꼭 어디라고 할 수 없이 수없는 바늘로 꼭꼭 찌르는 듯이 쑤시고 저리고 아팠다.

그는 끙끙 안간힘을 쓰면서 쩔쩔 매며 괴롬을 참다가도, 그것이 계속되면 일어났다 쓰러졌다 펄펄 뛰면서 눈물을 흘리고 흐득흐득 느껴 울 수밖에 없었다. 집안사람들도 어찌할 바를 모르고 애를 태울 뿐이었다.

"내가 무슨 일로 이렇게 고통을 해야만 되는 거야."

그는 한숨을 짓고 이렇게 소리쳤다.

"예수께서 내 죄를 대신 지고, 손과 발에 못이 박혀 돌아가실 때 얼마나 괴로우셨을까?"

고통이 약간 덜리어 그 다음 고비가 오기 전에 그는 성경을 읽다가 이렇게 중얼거리면서 새삼스러운 눈물을 흘렸다.

"옳다, 내가 봉산 동선리 친구들과 같이 살면서 같이 고생을 겪을 걸 피하고 와서, 그 고생을 내 몸으로 맡아 당하게 되는 거다. 내가 질 것을 져야 하는 거다. 약속한 것은 이행하여야 하는 거다. 한겨울에 안 추우면 봄에라도 춥고야 마는 것처럼, 동선리에서 당할 괴롬을 이제라두 당하구야 마는 거다. 하느님이 하시는 일은 용서 없고 변통이 없는 거다. 당할 대로 당하자."

그는 남몰래 울어서 뺨으로 흐르는 더운 눈물이 베개를 적셨다.

"여보, 성대네랑 옥춘네랑 다 잘 있을까?"

그는 잠깐 나갔다가 들어오는 아내에게 이렇게 물어보면서, 돌아누워 눈물을 씻는다.

"여보, 우리 봉산으로 도루 갑세다, 응."

그는 다시 돌아누우면서 아내의 손을 붙잡고 조르듯 말한다.

"그래, 갑세다. 당신 병이 낫거들랑 갑세다."

아내는 이렇게 대답할 수밖에 없다.

"여보 누가 오나 나가보오. 대문 소리가 나지 않우. 오 선생이 한 번 올 텐데…."

"애들이 나가나 봐요. 오 선생은 추수 때가 돼서 바빠서 못 오셔요."

그는 고통 중에 친구가 더 그리운 것이었다.

미움만 먹으면서 의사의 시키는 대로 잘 조리를 한 결과, 한 달 만에 다행히 그의 병은 덜렸다. 의사는 재발하지 않도록만 주의하라고 하였다.

그는 자리에서 일어나서 마루에 나앉아서 해바라기를 하였다. 그는 마루 끝에서 거울을 들고 들여다보았다.

"이게, 내 꼴이 무엔고!"

하고 그는 거울을 내던지는 소리에 방 안에 있던 어머니는 깜짝 놀라 나와 보았다.

"참말 미남자가 말이 아니구려."

어머니도 쓴 웃음을 웃었다.

(빈약한 아버지의 이야기는 이것으로 끝막는다.)

-《새벽》, 1955년 5월

운명(運命)

1

오동준은 경성 감옥에 들어간 지 벌써 거의 석 달이 되었다. 남들은 형이라 아우라 아버지라 아내라 그 가족들이 천리를 멀다 하지 않고 찾아와서 식사 차입을 한다 옷을 들인다 면회를 한다 하는데 들어온 지 석 달이 되도록 동준을 찾아오는 사람은 하나도 없었다. 무명 옷 한 벌 들여 주는 사람이 없었다. 그 옷에는 흰 쌀알 같은 이가 들끓었다. 그가 바라기는, 어떤 친구한테서 엽서편지라도 받아 보았으면 하는 것이었다. 그러나 그의 바람은 헛되었다. 한방의 옆에 사람에게는 편지씩 들어오지마는 동준에게는 올 듯 올 듯하면서도 종래 아무것도 들어오지 않았다.

동준은 매일 수수밥에 된장국으로 살아가고 감방 안의 단내와 구린내로 얼굴이 누우래지고 뚱뚱 부어 살이 찐 듯하여서 아주 몰라보게 되었다. 그러나 그에게는 이것이 그리 심한 고통은 아니었다. 하루 종일 우두커니 앉아서, 눈을 감고 끝없는 공상으로 시간을 보내는 것이 오직 하나의 방법이었다. 그 공상 가운데는 H와 더불어 결혼식을 하고 만주

지방으로 시베리아로 톨스토이가 농사짓고 지내던 야스야나 폴리야나까지 가보리라는 계획도 있었다. 그래서 어떤 친구만 들어오면 러시아 말 배울 만한 책을 하나 얻어서 들여보내달라고 하리라 생각했다.

내가 언제든지 나가는 날이 있으리라. 나가면 그때는 일본 동경 갔던 H가 나를 찾아보려고 돌아오리라. 아홉시 몇 분 차가 있지, 차에서 내리거든 내가 몇 해 전에 동경서 처음 사랑하며 지낼 때처럼 막 끌어안고 키스를 하리라. 그러면 그는 너무 반갑기도 하려니와 옛 생각이 나서 울며 내 가슴에 얼굴을 파묻고 쓰러지리라. 그때 나는 한 팔로 그 왼손을 쥐고 한 팔로 그 등을 쓸면서 뜨거운 눈물을 그의 부드러운 목덜미에 뚝뚝 떨어뜨리리라. 그리고 한참 있다가 인력거를 불러 타고 어느 여관으로 들어가서 나는 정신과 몸이 피곤하여 나가 넘어지리라. 그때에 H는 얼른 내 옆에 와서 펄썩 주저앉고 내 머리를 들어서 자기의 무릎 위에다 올려놓으리라.

나는 기운 없이 눈을 떠서 그의 얼굴을 슬쩍 쳐다보리라. 그때에 두 볼이 발갛고 두 눈이 큼직한 그 얼굴에 근심 빛이 가득해서 나를 들여다보는 것이 내 눈에 띄리라, 그리고 나는 천천히 입을 열어 지난 얘기를 하리라. H는 이따금 이맛살을 찌푸리고 가만히 앉아서 들으리라. 나는 갑자기 일어나서 밖으로 나가기를 청하리라. H가,

"어려우신데 어디를 나가세요?"

그러면 나는,

"아니 오래간만에 만났는데 같이 나가 봅시다 그려."

하고 진고개를 나가서 서양 요릿집에를 들어가리라.

이런 공상을 하고 앉았다가 간수가 누구를 부르는 소리에 깜짝 놀랐다. 삼십여 명 죄수의 주의와 시선은 일시에 한곳으로 모였다. 그런데 분명히 이천오백 얼마라고 부르는 것 같다. 부르기는 두 사람을 불렀는

데 그중 하나는 이천오백인 것이 확실하다.

"나를 부르지 않았나? 왜 불렀나?"

처음에는 반갑더니, 금방

'아이쿠 또 왜 부르노?' 하는 생각에 그만 가슴이 두근거린다. 다시 부르면 들어보리라고 간수를 자세히 보며 귀를 기울였다. 간수는 얼굴이 흑인종과 백인종의 반종인지 새까맣고 빼빼 말라서 광대뼈만 두드러지고 빳드락 뻗친 수염과 오뚝한 코가 참 무섭게 생겼다. 머리는 희뜩희뜩 센 것이 여러 해 동안을 간수 생활로 늙은 모양이다. 그는 늘 세상에 가장 장한 것은 관리요, 제일 귀중한 것은 법률이라 생각하고 사람이 죄를 범하면 마땅히 벌을 받을 것이요, 감옥에 들어온 사람은 모두 죄인이라고 단정하는 사람이다. 그래서 그는 간수 노릇을 이십 년이나 하면서도 죄수의 실수를 한 번도 용서한 일이 없다.

이러한 간수장이 싱긋싱긋 웃으면서 한 손에는 칼을 붙들고 한 손에는 무슨 종잇조각을 가지고 그것을 힐긋힐긋 들여다보면서 다시 두 사람의 이름을 부르고 불기소가 되었으니 나갈 준비를 하라고 한다. 그런데 두 사람 중 하나는 번호가 자기와 거의 같다. 그러나 동준은 아니다.

그는 전부터 있는 신경통과 기침증이 일어나서 한참 동안이나 고통을 받았다. 기침을 한참 하고 난 뒤에는 앉은 두 무릎 위에 두 팔을 기억자로 꺾어서 뒤로 올려놓고 그 위에 얼굴을 숙여 얹은 채로 한참이나 정신을 못 차렸다. 한 십오 분이나 지난 뒤에야 겨우 머리를 들어 감방 안을 한 번 휘둘러보았다. 얼굴은 모두 폐결핵 제삼기가 된 사람처럼 누렇고 입은 해쓱하게 벌리고 눈은 아무 기운도 없이 멀겋게 뜨고 '나는 죽지 못해 산다.'는 듯이 앉아 있다. 저 많은 사람들이 모두 다 제각기 무슨 생각을 하고 있으리라. 각각 자기 생각이 제일 가치 있고 가장 긴요한 줄로 알고 자기의 문제가 가장 어려운 문제라고 생각하리라. 그리고 각자가 다 자기의 문제만 바로 해결되면 그만이라고 생각하리라. 또 제각기 제가 제일 심한 고통을 맛보는 줄로 알리라.

동준은 이런 생각을 하다가 이마를 찌푸리고 머리를 흔들면서 가늘고 힘 있는 소리로 '그렇지만 저희들의 문제가 무엇이 그렇게 대수로울꼬? 저희들 가운데도 나만큼 애타는 사람이 있을까?' 이렇게 중얼거리다가 목이 꺾어져 내려지는 것처럼 머리를 털썩 팔 위에 떨어뜨렸다.

두 사람이 불려나간 뒤에는 고요하던 감방 안의 공기가 조금씩 움직여 냄새가 나고 뜨뜻한 바람이 두어 번 일어났다. 동준은 그 바람이나마 좀 더 불어오기를 바라면서 기다리고 앉았다. 차차 시원한 바람이 좀 불어올까 하고 요행을 바라면서 기다렸다. 그러나 그런 바람도 다시는 오지 아니 하고 공기가 다 없어져 진공이 된 듯이 견딜 수 없이 답답하다. 동준은 말도 못하고 무슨 생각도 못하고 송장처럼 앉았다.

방바닥에서 단김이 물씬 물씬 올라온다. 동준은 숨이 탁 막혀서 다시 머리를 기운 없이 들었다.

재미있고 즐거운 공상을 해가면서 스스로 위로를 받으려고 노력하는 동준은, 마치 수목과 잡초가 무성하여 험한 산에서 예쁜 나비를 따라가던 어린애가 갑자기 벼랑에 떨어져 헤매는 것처럼 이제 무슨 초조감과 고통에 들어가기를 시작했다.

동준은 머리를 젖히고 눈을 감았다. 무릎을 베고 쳐다보는 H의 얼굴, 큼직한 두 눈에서 뜨거운 사랑이 흐르던 얼굴을 다시 보려고 아까 하던 공상을 계속하기 위해서 많이 애를 썼지만 종래 실패하고 말았다. 동준의 머리에는 참을 수 없는 고통밖에 아무것도 없다.

한참 있다가 동준은 머리를 한 번 흔들고 전신에 무엇이 찔리는 듯이 몸이 흠칫 떨렸다.

'어떻게 되었다?'

동준은 가만히 소리를 쳤다. 이것은 석 달 동안이나 생각하고 애를 쓰면서 '웬일인가, 웬일인가? 하여 오던 커다란 의문의 해답으로 튀어나온 말이다.

동준은 다시 한 번 머리를 끄덕끄덕하면서,

'어떻게 되었다!'

하였다. 그는 다시 중얼거렸다.

'분명히 어떻게 되었다.'

세 번째는 분명히를 넣어서 자기의 판단을 옳다고 단단히 긍정하였다.

'그럼 어떻게 되었나?'

그는 새로운 의문을 발견하였다. 이 의문의 해답은 얼른 얻었다.

'마음이 변하였지, 나를 잊어버렸지, 그리고….'

동준은 차마 그 다음에는 더 생각할 수가 없었다. 아무리 생각하지 않으려고 애를 써도 마음대로 안 되었다.

'다른 사람을 사랑한다.'

그는 입술을 깨물고 속으로 다시 말했다.

이 순간에 몹시 밉고, 무섭고, 그리고 더러운 H의 화상이 나타났다. 그것은 꼭 여성의 사탄이다. 사탄을 그리기에는 가장 적당한 모델이다. 그 화상은 어떻다고 형용할 수 없으나 손과 목에서 황금빛이 찬란한 것은 똑똑히 보였다. 그 얼굴은 몹시 예쁘기도 하면서 또한 흉악하게 미웠다.

'아! 사탄'

그는 소리를 질렀다. 그러나 그 화상은 더 똑똑해지면서 꼼짝도 아니하고 섰다. H는 아무 말도 없이 한참이나 자기를 빤히 쳐다보더니 생긋 웃고 손을 들어 번쩍번쩍하는 손가락을 본다.

동준은 안타까워서 어찌할 바를 몰랐다. 그래서 감은 눈을 다시 한 번 꼭 감았다. 그러나 보기 싫은 화상은 조금 흐려졌을 뿐이요, 없어지지는 않았다. 그냥 서서 자기를 바라보고 있다. 흐려졌다간 도로 아까 있던 자리에 와 서 버린다. 이번에는 희미하지만 분명히 어떤 사람과 같이 섰다.

그것은 꼭 남자인 듯싶었다.

'옳다, 다른 남자를 사랑한다!'

이렇게 소리치면서 무심중에 눈을 떴다. 그 앞에는 아무것도 없다. 맞은편에 널쪽으로 한 살창이 보일 뿐이다. 눈을 뜨는 동시에 한숨을 길게 내쉬었다. 몹시 흉한 꿈을 꾸다가 깬 것같이 시원하였다. 그리고 입을 조금 방긋하면서 머리를 흔들었다.

"아니다. 내가 잘못 생각했다. 의심하는 것은 가장 큰 죄다. 의심하여서는 안 되겠다."

이렇게 생각할 때에도 또 일어나는 의문은 역시,

'그럼 어떻게 되었나?'

하는 것이다.

"옳다, 병이 났다, 대단한 병이 났다, 입원하였다. 아니 퇴원하여서 고적한 방에 혼자 누워서 눈물을 흘리며 울고 있다. 그렇다! 그렇다! 분명히 그렇다! 벌써 생각을 왜 못했는고? 미스 H 용서하오. 내 죄를 용서하오, 내가 여태껏 당신을 의심하였소, 제발 용서하오."

이렇게 혼잣말로 중얼거리고 자기가 의심한 것을 H가 알면—병석에서 신음하는 애인이—그 마음이 어떠할까 하는 생각이 나서 동준은 새로운 고통을 느꼈다. 그 고통은 자기의 사랑이 불철저하고 약한 것을 느껴 스스로 부끄러운 생각이 났던 것이다.

어서 나가서 동경으로 가서 앓는 것을 봐주어야겠다. 이제는 이것이 유일의 간절한 소원이요, 제일 급한 일이다. 동준이 이제 감옥에서 나가기만 하면 곧 동경을 향해 떠날 것이다. 나는 그래도 행복한 사람이다. 내가 지금은 비록 옥중에서 고생을 하지만 내게는 애인이 있다. 나를 위하여 몸과 마음을 다 바친 사람이 있다. 천하 사람을 다 제쳐놓고 나만을 사랑하는 사람이 있다. 그의 사랑은 완전히 내 것이다. 그의 몸도 내 것이려니와 그의 영혼도 꼭 내 것이다. 아니 그의 전생명이 내 것이다. 그는 이렇게 생각하다가,

'아! 나는 과연 행복한 사람이다.'

하고 중얼거렸다. 나는 한 생명을 가졌다. 한 사람의 생명을 진정으로, 완전히 소유한 것은 전 세계를 소유한 것보다 훨씬 나을 것이다. 돈도 부럽지 않다. 명예도 부럽지 않다. 학문도 부럽지 않다. 세상에는 부러울 것이 아무것도 없다. 나는 가장 귀하고 가장 아름다운 것을 가졌다. 다른 사람들이 졸연히 가지지 못하는 것을, 저마다 가지기 어려운 것을 내가 가졌다. 그러니 내가 장한 사람이다.

이런 생각은 동준이 처음으로 H의 사랑을 받고 처음으로 자기를 사랑한다는 증거를 얻었을 때에 고마움에서 우러나온 것이다.

한 사람의 생명을 얻은 것은 전 세계를 얻은 것보다 낫다는 전무후무한 격언을 자기의 경험으로 얻은 것처럼 말할 기회도 아닌 것을 K라는 친구에게 말한 일이 있었다. 동준은 그 생각이 나서 씩 웃었다. 동준은 오년 전 일을 회상하였다.

2

동준이 M대학 법과를 졸업하고 본국에 가야 별로 할 일도 없이 실업자 노릇을 하면서 남에게 웃음을 사는 것보다 아무런 공부라도 더 하리라고 생각하였다. 동준은 부모가 있기는 있으나 없는 거나 다름없었다.

동준의 성이 참말 오씨인지 동준 자신도 알지 못하였다. 그래서 그는 그 부모를 참 부모로 알지 아니 한다. 알 수가 없었다. 동준은 어려서 아내가 있었다. 그러나 그것은 참말 아내가 아니라 처라고 하는 노예이다. 왜냐하면 동준은 아직 양성을 가릴 만한 지각도 나기 전에, 물론 결혼의 가장 큰 목적이요 요소인—적어도 지금 동준이 주장하는 성욕을 알지 못할 때에 다시 말하면 생식 기능이 아직 발달되지 못하였을 때에, 이성에 대한 애정이 생기기 전에, 보지도 못하고 듣지도 못한 처녀 아이를 하나 미래의 동준의 아내라는 이름으로 돈 삼십 원을 주고 사왔던 것이다. 그래서 그런 결혼 안 한다고 굳이 우겼지만 할 수가 없었다. 그런즉 동준은 아내가 있어도 없는 거나 다름이 없었다. 이리하여 동준은 집이 없는 사람이다. 동경 온 지 팔 년이나 되었지만 한 번도 편지가 오고 가는 일이 없었고 집이라고 가본 일도 없었다. 그래서 칠팔 년 동안이나 객지에 나와서 고생을 갖가지 하면서 공부하여 졸업을 하였지만 그를 위하여 기뻐해줄 사람이 없었다. 그러니까 동준은 졸업을 했어도 별로 기쁜 마음도 없고 고국에 돌아가고 싶은 생각도 없었다.

M대학 졸업증서를 받아가지고 돌아온 저녁에 하숙집 이층 방에서 혼자 밤새도록 울었다. 그는 울면서 생각하였다.

'나를 위하여 기뻐할 자는 나요, 나를 위하여 슬퍼할 자도 나다! 나는 나밖에 없다. 나는 나를 위하여 살아야겠다.'

제 손으로 눈물을 씻고 앞으로 할 일을 생각했다.

이리하여 동준은 극단의 개인주의자가 되었다. 동준은 아무도 돌아볼 사람이 없는 제 몸을 위하여 부지런히 공부하였다. 그는 독학으로 영어를 공부하여 당시 유학생계에 한 사람도 영어하는 사람이 없는 가운데서 웬만한 원서도 보게 되고 회화도 하게 되었다. 그는 별로 통정할 만한 친구도 없었다. 집에 있을 때에도 혼자 있었고 산보를 해도 늘 혼자 했다.

그러다가 동준은 우연히 H를 만났다. 처음 만난 것은 분명히 오 년 전 사월 십오일 저녁이었다.

세 번째 만난 날이다. 동준이 열심으로 영어를 설명하는데 H는 설명하는 말은 듣지 않고 동준의 얼굴만 쳐다보다가,

"선생님! 저는 일평생 선생님을 섬기겠어요."

하였다. 동준은 눈이 둥그래져서,

"왜요?"

H는 두 뺨이 새빨개졌다. 그 눈에는 애원하는 듯한 빛이 보였다. 그리고 대답할 바를 몰라서 쩔쩔 맸다.

"영어가 퍽 어렵다는데요!"

이것은 한참 있다가 겨우 나온 말이다. 그러고는 머리를 수그리고 책만 들여다보았다. 동준은 설명을 그치고 H의 머리와 한편 뺨과 방바닥에 닿은 한쪽 손을 번갈아 무의식적으로 쳐다보고 있었다.

H의 머리는 가운데로 갈라서 뒤로 쪽을 지듯 했는데 이마에 늘어진 두어 오래기 머리카락이 눈을 가리는 것을 H는 연해 치켜 올리고 있었다. 주근깨가 드문드문 있는 뺨은 거무티티한 붉은 빛이 도는 것이 몹시 예뻤다. 길고도 가늘고 살이 포동포동한 손가락은 투명해서 꿰보일 듯한데 장손가락을 움짓움짓하고 있었다.

동준은 자기의 대답이 너무 무미하고 무례하게 된 것을 후회하였다. 그리고 몹시 미안하게 생각하였다.

"어렵기는 어렵지만 부지런히 하시면 되지요. 저는 지금 좀 아는 것이 혼자 배운 것인데요, 선생 없이도 할 수 있었어요."

이렇게 말하여 놓고는 처음에 한 말 대답까지 되었을까 생각하였다. 되긴 되었지만 또 싱겁게 되었군, 속으로 생각하고 부끄러워하였다.

동준은 설명하던 것을 마저 마쳤다. 그리고 가려고 일어섰다. H는 깜짝 놀란 듯이,

"왜 가셔요?"

하고 동준을 쳐다보았다.

"조금만 더 앉았다가 가셔요."

"가야지요."

"앉아 말씀이나 하다 가시지요."

동준은 겨우 한 삼십 분 앉았다가 돌아왔다. 이때 알기 어려운 H의 나이도 알았다. 더 알기 어려운 H의 마음도 대강 짐작하였다.

이튿날 동준은 또 갔다.

비가 부슬부슬 오고 사방이 고요하였다. 동준은 그동안 자기가 공부한 이야기를 했다. 남의 도움으로 공부하면서 온갖 고생을 맛본 얘기며, 한때는 사상 문제, 인생 문제로 몹시 고민한 이야기며, 자기는 집이 없다는 말도 하고, 소년 시대의 단편적 기억을 얘기하다가 그의 어조는 차차 감상적이 되어가다가 그는 갑자기 말을 그치고 두 사람은 잠시 동안 깊은 침묵에 잠겼다. 그때 다다미(돗자리) 위에 극히 적은 것이 떨어지는 듯한 소리가 들렸다.

그것은 동준의 말을 듣다가 감격해서 떨어지는 H의 눈물이었다.

'선생님은 혹 생각 못하셨는지 모르지만 그때부터 저는 선생님을 사랑하기 시작했습니다. 용서하십시오.'

이런 귀절이 그 후에 받은 편지 가운데 있었다.

이리하여 동준은 H라는 애인을 얻었다. H는 동준의 것이 되고 동준은 H의 것이 되었다.

그 다음 해 여름에 오오구보의 어떤 집에서 한 달 동안 같이 있던 생각도 하였다. 그리고 한번은 저녁에 H와 그 친구 M이 같이 있을 때 찾

아 갔다. 동준이 몹시 충격을 받아서 달아날 때에 H가 따라 나와서 오오구보 들판 풀밭에 엎드려 동준을 쓸어안고 흑흑 느끼면서 울었다. 동준은 그것을 뿌리치고 가다가 우두커니 서서 기다렸다. H는 또 따라왔다. 두 사람은 컴컴한 수림 속에서 만났다. 두 사람의 그림자가 합하여 한참이나 하나가 되어 있었다. H와 자기의 심장 뛰는 소리만 심하게 들렸다.

3

먼 데서부터 구두 소리가 뚜벅뚜벅 났다가 멎고 덜껑덜껑 옥문 여는 소리가 들렸다. 동준의 머리가 거침없이 나타나는 필름은 끊어지고 깜깜하여졌다. 네 사람이 간수 뒤를 따라 나갔다. 면회하여 나가는 모양이다.

석양이 되었다. 그러나 찌는 듯한 더위는 조금도 가시지 않고 도리어 더 덥다. 하루 종일 삶아 놓은 공기가 음울하고, 게다가 날이 음침해서 안타까워 견딜 수 없게 물켰다.

오늘 하루해가 또 다 갔지만 동준을 면회하러 오는 사람은 하나도 없다. 그러나 동준은 그것을 별로 슬프게도 생각지 않고 그다지 원통하게 여기지도 않는다. 옥중의 하루에서 그 시간이 몹시 길기도 하려니와 일 년 중 제일 해가 길다고 하는 칠팔월의 하루 종일 우두커니 앉아서 더위와 곤고와 싸워 가면서 지내는 것이 과연 어렵지 아니 하다고 할 수 없다. 어렵기는 꽤 어렵다. 그리고 간수의 구속과 수모도 어지간히 고통이 되어 견디기 어렵지만 그것들은 다 동준의 진실한 생명에 저촉되는 것이 아니다. 문제는 'H가 어떻게 되었나?' 하는 이것이다. 이것이 동준의 마음을 제일 괴롭게 하는 것이다. CK 목사가 면회하러 갔다가 들어오는 것을 보고 동준이 차라리 면회하러 오는 가족이 없는 자기를 다행으로 생각하였다. CK 목사는 서북 지방에 이름난 목사인데 역시 이번에 만세 사건으로 들어와서 자기와 한 방 한자리에 앉게 된 사람이다. 면회하러 나갈 때에는 기쁜 빛이 얼굴에 가득하였는데 들어올 때는 눈이 벌게졌다. 동준은 못 본 체하고 물어보았다.

"누가 오셨나요?"

"……."

"부인께서 오셨던가요?"

"네에."

얼굴을 돌리면서 대답한다.

"댁에서는 다 안녕하시대요?"

목사는 손수건으로 눈물을 닦으면서 대답을 못한다.

"왜 그러십니까? 무슨 일이 있어요?"

"아닙니다. 별일이 있는 것이 아닙니다. 내 아내가 어린 것을 데리고 왔는데, 아버지 아버지 하면서 손을 내미는 것을 보고 마음이 좋지 않아서 두 사람이 다 말을 못하고 멍하니 섰다가 들어왔습니다. 그런데 아내가 몹시 상해서 말이 아니어요."

"아마 밖에서 심노를 하시고 고생을 하셔서 그런가 봅니다그려!"

"글쎄요."

"어린애가 몇 살입니까?"

"이제 세 살입니다."

"세 살 난 것이…."

두 사람의 대화는 이만하고 끝났다. 동준은 눈물을 흘리는 목사를 비웃었다. 그리고 속으로 우습게 생각하였다. 자기도 나이 많아지면 저럴까 하고 생각해보았다.

동준은 전부터 H에게 말한 것이 있었다. 사람이 결혼을 해가지고 집을 마련하고 궤짝을 사고 사발을 사고 밥을 해 먹고 잠자고 아이 낳고 그 모양으로 소위 산다는 것을 자기는 절대로 못하겠노라 하였다. 자유로 떠돌아다니고 마음대로 살지 못하는 것이 그에게는 제일 고통이다. 그래서 그는 결혼하기를 싫어했다. 결혼하지 않고 그냥 사랑하기를 바랐다. 사랑이라는 것은 신성한 것이지만 결혼은 인공적이요, 허위적이라고 그는 생각했다.

지난여름에 동경서 같이 나오면서 H가,

"결혼합시다."

할 때 동준은 웃으면서,

"결혼은 해서 무얼 합니까? 꼭 결혼을 해야 되겠소? 태고적에는 결혼이라는 것이 없이도 잘만 지냈다오."

"그럼 결혼하지 않고 언제든지 그냥 이렇게 지내잔 말이죠? 그러면 저도 좋겠어요."

H는 장한 듯이 이렇게 말하였다. 그러나 동준을 의심하면서 한 말이다.

"그렇지만 어떻게요!"

"무얼 어떻게 한단 말이오? 베이비가 생기면 말이지요? 유모를 주거나 어떻게 기르거나 그게 무슨 걱정이요?"

"아니."

H는 씩 웃었다.

"아니는 무슨 아니, 좋은 수가 있으니 피임법을 연구합시다."

"피임법은 왜 연구해요?"

"압니까? 어디서 들었소? 피임법이란 말을?"

"그걸 몰라요!"

"경험이 있는가 봅니다그려!"

"아이구 망칙해라."

"사실 그것이 문제외다."

이런 말을 한 일이 있었다.

동준은 또 우두커니 앉았다가 한 가지 계교를 생각하였다. 손수건 좌우 끝을 젓가락으로 말아서 부채 대신 부쳐보았다. 옆에 있던 CK 목사도 그대로 하였다.

감방에 있는 사람들이 모두 부슬부슬 만든다.

4

동준은 감옥에 들어간 지 꼭 백일 만에 광명천지에 나와서 시원한 공기를 마시게 되었다.

밤 아홉시에 감옥문 밖에 나왔다. 이때에 같이 나온 사람이 댓 사람되기 때문에 마중 나온 사람이 옥문 밖에 수십 명 와서 기다리고 있었다. 동준은 좋기는 좋지만 얼떨떨해서 한참이나 어릿어릿하였다.

'나를 위하여 온 사람은 없겠지.'

동준은 그 사람들을 보지도 않고 가려고 하는데,

"미스터 오."

하고 등을 툭 치는 이가 있었다. 그는 동준이 나오기 한 이주일 전부터 차입을 부쳐준 친구 Y였다. Y는 작년 H로부터 약혼을 결정할 때에 동준이 이미 이혼한 것을 증명하고 두 사람을 위해서 끝까지 노력하였다. Y와 하루 저녁을 지내고 이튿날 새벽에 종로 청년회 위층으로 갔다.

동준은 자기가 쓰던 테이블의 서랍을 열고 뒤적뒤적하여 보았다. 아무리 찾아봐야 H의 편지는 없었다. 동경 있는 K한테서 칠월 초순에는 나가겠다는 편지와 평양 있는 O라는 친구한테서 결혼한다는 엽서와 청첩장이 와 있고, 그 외에 엽서 몇 장이 있을 뿐이다. 그것은 보지도 않았다.

다시 한 번 찾아보다가 겨우 H의 엽서 한 장을 발견했다. 그것은 주소를 옮겼다는 간단한 사연이었다. 일부인을 보고 자기가 감옥에 들어간 다음날쯤 온 것인 줄을 알았다.

그는 답답해서 견딜 수가 없었다.

전에 받아본 묵은 편지를 가방 속에서 꺼냈다. 아무 것이나 하나 집어서 읽어 보았다.

> 사랑하는 낭군에게 받들어 올리나이다. 이 사이도 여행 중에 몸이나 건강하시오니까? 무슨 병이나 아니 나셨는지요. 너무 오래 소식 없사오니 궁금하고 답답하기 그지없사옵니다. 불초한 소처는 괴로운 시간을 헛되이 보내고 있사오니 하념하시는 덕택으로 몸이 무고하와 아직까지 모진 목숨을 여전히 보존하여 가오니 염려 마시옵소서. 웬일인가요? 편지 주신 지 벌써 달포가 넘으려 하옵니다. 아무리 공부에 바쁘신들 어찌 엽서 한 장 쓰실 틈이 없사오리까? 웬일이신가요? 이제는 저를 버리시는가요? 저 같은 것은 선생님의 배우자가 될 만한 자격이 없다고 버리시렵니까? 저는 벌써 한 주일 동안이나 잠을 못 잤습니다. 어젯밤에는 꿈자리가 하도 사나워서 너무 답답하기에 학교도 고만두고 M 형님하고 같이 점치는 사람을 찾아갔습니다. 당신의 안부도 물어보고 우리의 장래도 물어보았습니다. 우습기도 하고 부끄럽기도 하옵니다. 자세한 이야기는 만나 뵙고 말씀드리겠습니다. 저를 살리시려거든 속히 편지하여 주시옵소서. 저를 죽이

시려거든 그만 두시옵소서. 졸업하실 날도 가깝고 뵙고 싶은 생각도 간절하와 일간 그곳으로 가려고 하옵나이다. 만일 내일도 소식이 없으면 괴로운 몸을 끌면서 계신 곳을 찾아가겠습니다. 저는 죽어도 당신 곁에서 죽겠습니다. 어쩌면 저를 못 보실지도 모르겠습니다. 신열은 거의 사십 도까지 되었습니다. M 형님은 저를 붙들고 울고 있습니다. 이것이 마지막 편진지도 모르겠습니다.

손이 떨려서 더 쓸 수가 없습니다. 눈물이 떨어져 종이를 적시나이다. 부디부디 천금 옥체 보전하시며 내내 건강하시기를 하나님께 간절히 기도드리나이다.

삼월 십일 소처 H 올림

동준은 이 편지를 끝까지 보고 방금 받은 것처럼 마음이 몹시 감격되었다. 보던 편지는 테이블 위에 가만히 놓고 유리창 열린 데로 남산의 아침 구름을 바라보며 우두커니 섰다.

어떻게 하나 죄송, 보응, 거짓, 꿈, 돈, 곰, 사람, 여인, 운명, 사탄, 원수, 동준의 머리에는 이런 것들이 뒤섞여서 왔다 갔다 하였다.

"H는 죽었다."

이렇게 중얼거렸다.

"죽은 H라도 가 보아야겠다."

일본으로 떠날 것을 결심하였다. Y한테서도 H의 소식을 몰랐다. 어쨌든 일본으로 가기로 작정하고 YMCA 층층대를 내려왔다.

5

동준은 거의 일 년 만에 동경역에 내렸다. 그 새 많이 변한 것 같았다. 십 년이나 살고 갔지만 겨우 일 년 떠나 있다가 다시 오는데도 벌써 촌사람이 될 듯싶었다. 전차에 탄 사람들이 모두 자기만 주목해보는 것 같아서 부끄러웠다. H의 주소를 알기만 하면 곧장 그리로 찾아갈 것이지만 동준은 친구 K와 같이 들어갔다. '옮겼다는 주소로 찾아가려고 했지만 H가 만일 없으면 어떡할래요? 어서 나하고 갑시다.' 하고 강력하게 권하는 데 못 이겨 K가 묵고 있는 하숙에 들어갔다.

동준은 그간 여러 달을 감옥에서 고생한 관계로 몸이 몹시 약해진 데다가 사흘이나 잘 자지도 못하고 긴 여행을 했기 때문에 너무 피곤해서 당일은 H를 찾아볼 기운도 없이 일찍 자고 말았다.

사흘 후에 동준은 평양 있는 C에게 이런 편지를 하게 되었다.

사랑하는 C형에게

먼젓번에 드린 글은 보셨을 듯하외다. 요새는 일 보시기에 얼마나 고생하십니까? 아우는 삼일 전에 이곳에 와서 K군에게 괴롬을 끼치고 있나이다. 이번에 온 것은 H를 만나려고 함이외다. 감옥에서 나와 즉시 H의 소식을 알 만한 사람에게 물었으나 종래 알 수 없었나이다. 동경 있다는 것 외에는, 마침 K군과 동행이 되어서 이곳을 왔습니다. 같은 시내에 있으면서도 그 주소를 알 수 없었나이다. 종내 찾지 못하였나이다. 나는 견딜 수 없어 나중에는 경찰서까지 알아보았습니다. 그러다가 사흘 만에 알았나이다. 이것은 사실이외다. H는 그 사이 어떤 경상도 사람을 만나서 동거하더이다. 그뿐 아니라 수태한 지 오 개월이나 된 것을 알았나이다.

알 수 없는 것은 세상일이요, 믿을 수 없는 것은 사람 마음이외다.

C형이여, 나는 과연 꿈을 너무 오래 꾸었나이다.

나는 내일로 곧 돌아가서 전과 같이 춘원군이 말하는 곰이 되겠나이다. 부지런히 내가 보던 사무에 충실하겠나이다. 삼층 꼭대기 지붕 밑 내 방에 돌아가서 그럴 것이외다. 서울 가서 다시 글을 올리려 하나이다.

동경 A정에서 동준 올림

— 두 번째 부친 편지

형이 주신 글은 고맙다고밖에 더 할 말이 없소이다. 졸지에서 그런 편지를 보고 놀라셨지요? 놀라게 하려고 한 것이 아니라 그것이 참말이었소. 그러면 점점 더 놀랐는지 모르지만 거기서부터는 내가 알 바가 아니오, 암만이라도 놀라시오.

셰익스피어는 "Fraility! thy name is woman."이라고 부르짖었지만, 나는 "Inifidelity! thy name is woman."이라고 부르오.

아! 형의 경우도 일경의 가치가 있소이다. 여인에게는 심장이 둘이 있습니다. 여인은 언제부터 몰몬교를 순봉하게 되었는지요. 나를 지배하는 운명도 고약한 운명이려니와 나도 꽤 못난이였소. 이런 안타까운 괴로움과 아픈 경험을 하지 않고도 여인을 알려면 너무 많으리만큼 책이 있지 아니 하오. 또 세상에 산(生) 책이 매일 얼마든지 출판되지 않습니까. 신문의 3면 기사도 그 일부이지요. 그런 것을 으레히 좌우 전후로 여인을 사귀어 보고 비로소 안다고야 어찌 신경이 둔하고 머리가 나쁘고 감촉이 뜬 놈이 아니겠습니까.

하나님이 잘못하신 것이 꼭 하나 있습니다.

여인이 아니면 인류의 생식이 되지 못하게 하신 것 말이지요.

이제 누구든지 위대한 화학자가 나와서 사람 제조기계를 발명하였으면, 그렇지 않으면 용한 생물학자가 나서 다른 방법으로 생식을 하게 하였으면 그러면 여인은 아주 쓸모없는 존재가 될 것입니다.

언제나 그런 시대가 올는지요? 대해의 물도 한 방울로 그 짠맛을 알 수 있지 않아요? 여인 하나로 능히 저들의 전체를 알 수 있어요. 그야 개중에는 춘향이 같이 정조가 곧은 열부도 있기야 있겠지만 기막힌 행운아가 아니면 일생에 한 번도 만날 수 없는 어려운 일이겠지요. 대체 우리 사람이 그런 것을 가지고 이러고저러고 하는 것이 뭣하기는 합니다만 학자들은 아무 것이나 연구하니까 심지어 풀이나 벌레나 박테리아, 아메바 같은 것이라도 연구하니까 형과 내가 편지로 저들의 말을 하는 것도 한 학자로서는 할 만한 일이겠지요.

여인을 하나 얻어 주시겠어요? 형도 꽤 농담을 좋아하는 사람이구려. 생애에 한 번이면 그만이지요. 제발 그만 두셔요! 더구나 내게는 여인은 절대 불필요해요. 나는 지금 받는 월급으로 의복, 음식을 넉넉히 살 수 있소. 거처는 나 일보는 집 사층, 그만하면 사람의 생활은 다 되었지요. 여인이 필요하다면 그것은 때때로 안고 자는 것이겠지요. 무얼 그 따위를 안고 자지 않아도 암만이라도 살 수 있어요. 백 년 내지 이백 년이라도 참을 수가 있어요. 오직 한 가지 여인이 필요 되는 것은 하나님이 여인이 아니면 생식을 할 수 없게 잘못 만들어 놓으셨으니 그저 생식이나 하기 위해서 생식하는 기구로 쓰게 된다고 할 수 있으나 그러나 나 같은 사람은 자식을 낳아도 양육비가 없으니 거기에도 틀렸소. 그러면 여인은 아주 쓸데없소.

그러나 그도 형이니까 그렇지, 어쨌든 고맙소이다. 세상 놈들은 나의 시련을 보고 '망할 놈 온갖 간교한 수단을 다 쓰고 눈짓을 해서 남의 딸을 훔쳐가더니 종내 실패를 했구만, 네 보아라,' 할 터에 형인 까닭에 여인을 얻어 주겠다는 것이지요. 좌우간 고맙긴 하지만 제발 그만두어 주시오. 싫어요. 백 년 만에 한 번밖에 나오지 아니하는 처녀가 나같이 몹쓸 운명아에게 차지가 되겠습니까. 나는 당초에 바라지도 않습니다.

여보 사람같이 못 생긴 것은 없을 거요. 그만하면 넉넉할 것을 그대로 또 생각할 때가 있으니 그것은 내가 못난 탓인지도 모르겠소.

이제는 정말 그만둡시다. 말하기도 싫소이다.

때때로 글월이나 주시오. 우리끼리야 멀리 지낼 것 무어 있소?

부디 안녕히 계십시오.

고통으로 침묵한 서울 한 모퉁이에서

9월 25일 아우 동준 드림

6

동준은 동경에 다녀온 지 일 개월 만에 H에게서 긴 사연으로 쓴 자백의 편지를 받았다.

상략(上略)

선생님은 저를 마음껏 저주하셔요. 여자를 끝까지 저주하셔요. 옳소이다. 마음껏 저주하셔요. 사실 저주할 물건이로소이다. 마음의 괴로움이야 얼마나 하셨사오리까만 죽은 사람의 소리로 알고 부디 저의 자백을 한 번 들어주셔요. 제가 지난봄에 선생님을 H역에서 작별하고 들어와서는 죽 일주일 동안은 잠을 자지 못하였습니다. 저는 잠시도 당신을 떠나서는 살 수가 없었나이다. 등불 앞에 불나비였나이다. 전에는 그렇게까지 당신을 떠나기 싫은 생각이 있었지요. 부끄러운 말입니다만 그때 제게는 성의 욕망이 힘 있게 깨어서 그런지 혼자서는 도저히 견딜 수 없는 적막과 슬픔과 괴로움을 깊이깊이 맛보기 시작하였습니다. 밤마다 공연히 울었나이다. 당신이 전에 결혼하지 아니 하겠다고 하신 말을 사실로 원망하고 의심하였나이다. 약혼이 되기는 했으나 그것은 당신의 본심이 아닌 것이 아닌가까지 생각하였나이다. 대체 웬일인지 알 수 없으나 저는 갑자기 높은 벼랑에서 깊은 골짜기로 떨어진 것처럼 마음이 어둡고 약해졌나이다. 처음에는 저도 혼자서 몹시 부끄럽고 괴로워하였나이다. 그래서 울면서 하나님께 전과 같은 사람이 되게 해달라고 간절히 기도도 하였나이다. 하나님도 벌써 저 같은 계집은 돌보지 아니 하시기로 작정을 하셨는지 저는 종래 두 마음을 지닌 사람이 되고 말았습니다.

지난봄에 작별할 때에 저는 벌써 정신병자같이 되고 히스테리가 된 것을 몹시 염려하시고 여러 가지로 위로도 하시고 훈계도 하시면서 애 많이 쓰신 생각이 나실 줄 압니다. 그 후에 얼마 지나서는 당신과 영원히 헤어져야겠다는 생각이 때때로 났었나이다. 그것이 대체 어찌된 일인지 저 자신도 알 수 없고 도대체 사람은 모를 노릇이외다. 당신과 저 사이에 어디 그럴 까닭이 털끝만큼이나 있었습니까? 참말 생각할수록 이상해서 견딜 수 없었지요.

어쨌든 저는 점점 더 신경질이 늘고 비관하게 되고 점점 더 감정적 존재가 되고 결국 마음이 담대해져서 사회의 도덕이나 세상의 습관 같은 것을 아주 잊어버리게까지 되었습니다.

그리고 한 면으로는 참을 수 없는 고독과 숨 막히는 비애와 고통을 느꼈습니다. 그러니까 저는 어떻게 시간을 보낼까 어떻게 하여 하루해를 지낼까, 그보다도 어떻게 해서 하룻밤을 보낼까 함이 가장 어려운 일이요, 커다란 고통이었습니다. 그래서 저는 시간이라는 것이 몹시 무서웠나이다.

이때에 오직 한 가지 제게 도움이 된 것은 A와 더불어 이야기하고 먹고 산보함이었나이다. A는 저와 같이 음악학교 다닌 줄은 아실 듯하외다. 사람이 매우 쾌활하고 너글너글해서 말도 잘 하였나이다. 그는 밤마다 저를 찾아와서 웃고 이야기하다가 돌아가고 하였나이다. 때때로 양식집에도 갔나이다. 제가 오기를 청하였나이다. 어물어물해서 시간을 보내기만 위주하였으니까요.

그러니까 자연 당신께 편지할 정신도 없었지요. 한 번은 제가 우연히 독감을 앓아서 사흘이나 열이 오른 채로 내리지 아니 하여 아무런 정신도 차리지 못하고 있었나이다. 이때 A는 매일같이 찾아와서 극진히 간호를 해주셨나이다. 그가 제 육체에 접하기 시작한 것은 제가 처음에 신열이 몹시 올랐을 때 제 손을 쥐고 맥박을 짚어 본 것이외다. 그리고 머리도 만져 주셨나이다. 그는 밤을 새우며 불덩이 같은 제 머리에 찬물로 수건 찜을 해주었나이다. 저는 아무리 남에게 허락한 몸이요, 이미 약혼한 사람이라도 그의 간호를 거절할 수 없었나이다. 첫째는 제가 너무 괴로워서, 둘째는 너무 고마워서….

실상 거절한 정신도 없었나이다.

나흘만에야 제 병이 쾌차하였나이다. 그것은 꼭 A의 은공과 사랑으로….

그런데 나흘째 되던 날이외다. 그가 오후에 와서 이야기하다가 머리가 몹시 아프다고 하기에 좀 눕게 하였습니다. 석양에는 신열이 많이 나서 아무 것도 먹지도 못하고 앓았습니다. 저는 제가 받은 품삯으로라도 그를 간호해주지 않을 수 없었나이다. 더구나 그의 병이 나를 간호해주다가 내 병이 전염되고 또한 너무 여러 날을 피곤하게 지내서 난 병이니, 목석이나 미물이 아니면 정성으로 간호해주지 않을 수 있습니까. 과연 저도 정성껏 간호해주었나이다. 밤에는 열이 사십 도가 넘어 정신을 못 차리고 앓는 것을 어떻게 그의 숙소로 가라고 할 수가 있어요, 차마 보낼 수 없었나이다. 그런 가운데 사랑이 생기고, 따라서 세상에 낯을 들지 못할 몸이 되었습니다.

어찌하오리까.

하략(下略)

동경에서 죄인 H 드림

-《창조(創造)》 제3호, 1919년 10월

여자(女子)도 사람인가

1

이것은 간도 명동서 살던 어떤 부인의 이야기다. 그는 지금으로부터 한 십여 년 전 일을 회고하여 이야기한다.

* * *

만주 명물인 조와 옥수수가 누우렇게 익어 말갛게 가을을 해들이고 밭에는 그루터기만 남은 데다가 아침이면 서리가 허옇게 내리고, 저녁이면 먼지 섞인 들바람이 쉬쉬 불어오는 쓸쓸한 늦가을이었다.

명동 XX학교에는 하학 시간이 되어 학생들은 다 가버리고 아직 화덕불도 못 피워서 음산한 사무실에 나는 (그때에 보통과 일을 보던 나는) 마침 당직이 되어서 일직을 하노라고 앉아 있었는데, 다른 선생들은 거의 다 일찍 가버리고 나보다 먼저 들어온 (여선생인) 한 선생과 가을 학기부터 한문 교사로 새로 들어온 최학규 선생 두 사람이 신문도 들여다보고 무슨 책도 보고 웅크리고 앉아 있었다.

"여자두 사람이라구요?"

"왜요?"

"여자는 사람이랄 것이 없어요."

나는 일지를 마저 써 버리고 교실을 한 번 돌아보고 와서 전날부터 시작한《무정》을 들여다보고 있는데, 두 분 선생님의 이런 문답이 들린다. 나는《무정》에서 형식이 영채를 찾으러 평양으로 가는 대목을 재미있게 읽다가 말이 하도 심상치 아니한 것을 알고 읽던 책을 덮어놓고 두 분을 주목하였다. 여자는 사람이 아니라고 하는 이는 한문 선생 최 선생이요, 거기에 항의를 하는 이는 한 선생이다.

"그건 선생님, 무슨 이유로 그렇습니까?"

"이유는 무슨 이유요. 글쎄, 여자는 사람이 아니라니까."

"덮어놓고 여자는 사람이 아니라고 하시는 것은 선생님 큰 실수십니다."

이러한 담화가 그냥 계속된다. 최 선생은 얼굴에 핏대줄을 올리면서 대답한다.

"그래 여자도 사람인 줄 아시오? 희랍 어떤 철학자도 여자에게는 영혼이 없다고 했고, 니체두 여자는 임신하는 기구라고 했고, 가장 위험한 장난감이라고 했지요."

"선생님, 그건 다 남자들의 말이 아닙니까? 그런 케케묵은 사상은 오늘날 같이 문명한 시대에는 소용이 없습니다. 좀 다 집어치우세요."

나는 듣다못해 한 마디 디리 쏘았다.

"또 달려 붙는다. 여자가 사람 노릇을 해야지, 사람이 아니란다고 분을 내기만 하면 됩니까?"

"허 그만 둡시다. 남자도 사람 노릇을 별로 한 것은 없지만, 여자는 도대체 사람이 아닌 걸 말해서 이 꼴입니까?"

"허, 그만 둡시다. 남자도 사람 노릇을 별로 한 것이 없지만 여자는 도대체 사람이 아닌 걸 말해 무얼 해요."

최 선생은 날더러는 그만두자고 해놓고도 혼잣말처럼 이렇게 중얼거리면서 깊은 한숨을 한 번 짓고 보던 신문지장을 기막히는 듯이 집어던지고 슬며시 일어나서 뉘엿뉘엿 넘어가는 빨간 놀 끼인 서쪽 하늘을 바라보면서 팔짱을 찌르고 천천히 나가버린다.

'말없고 점잖은 최 선생이 웬일로 저렇게 여자에게 대하여 분개한 어조로 말을 할까?'

이런 생각을 하고, 그의 머리는 이발한 지가 오래서 긴 머리털이 귀쪽을 덮을 듯하고 때 묻고 꼬기꼬기 구긴 두루마기와 그 밑에 늘어진 소금자루 같은 무명 고이는 말할 것도 없고, 초췌하고 창백한 그의 얼굴과 맥없는 그의 걸음걸이는 그때에 그 땅에서 흔히 보던 궁진한 지사나 선배 이상으로 무슨 가슴 아프고 눈물겨운 과거를 역력히 말하는 듯하였다.

2

최 선생은 지난여름에 명동에 와서 윤 교장 댁에서 밥을 자시고 자기는 학교에서 자면서 아이들 글씨도 씌우고 한문도 읽히고 지나다가 가을 학기부터 교사로 임명이 되어서 일보게 되었는데 평생에 말이 적고, 엄한 윤 교장은 알겠지만 뉘게나 일체 말이 없으니까, 더구나 본인인 최 선생은 입을 다물고 있고 하니까 한 학교에서 일을 보면서도 우리는 그의 지난 경력을 알지 못하였다. 우리가 모르니 다른 이들이야 말할 것도 없다.

"그 어른이 왜 그러시우. 선생님 무어라고 하셨어요?"

최 선생의 자취가 사무실 문밖에 사라지자 한 선생을 보고 이렇게 물어 볼 수밖에 없었다.

"글쎄, 무어라고 하긴 어제 다녀간 여자 전도대 말이 나서 그 홍마리아가 말 잘하던 이야기를 하고 상당한 자격이 있다고 했더니 두 마디 안팎에 그 어른이 그만 기가 나서 그러시는구먼, 여자들을 여간 모욕하는 게 아니야…."

착하고 솔직한 한 선생은 어이없다는 듯이 나를 바라본다.

"글쎄, 왜 그러실까? 여간이 아니신데요."

나도 동감하는 뜻을 표하면서도 웃으니까 한 선생도 웃으면서,

"분이 나서 막 해낼라다가 말았지."

"그러기 나도 대들지 않았어요. 선생님, 그런데 이야기를 좀 할라니까 일어나 나가시니…."

"글쎄 말이야, 말도 하기 싫은지 일어나 나가시지."

"선생님, 그 선생님 얘기 들으셨어요? 전에 어떻게 지내시고 그 가정 형편이 어떤지 아셔요?"

"몰라, 단단히 실연을 하셨나?"

"그 학자님, 늙은이가 실연이 무어야."

우리는 둘이서 한바탕 웃었다. 웃으면서 그의 내력이나 좀 알았으면 하는 생각이 있는 터에 마침 윤 교장이 들어온다. 무슨 좋은 소식이나 들으셨는지 기분이 좋은 얼굴이다.

"아직들 계시우…. 추운데 인제 화덕불을 피워야 할 텐데…."

"괜찮아요, 선생님 좀 앉으셔요."

나는 윤 교장의 말이 끝나기도 전에 이렇게 말을 붙였다.

"왜요?"

"글쎄 좀 앉으세요. 거기 앉으시고 이야기나 좀 하셔요."

"이야기는 갑자기 무슨 이야기를 하라구."

"선생님, 조용한데 무슨 말씀이나 좀 하시지요."

한 선생도 내 말에 응원을 한다.

"선생님들 약속하고 그리시는군. 무슨 말을 해요 갑자기?"

"저 선생님, 최 선생님 이야기나 좀 하셔요."

나는 바루 이렇게 말했다.

"최 선생이라니."

윤 교장은 의외인 듯이 우리를 본다.

"왜 새로 오신 한문 선생님 말이야요. 그 어른 이야기나 하세요."

"최 선생 이야기라니 그 어른이 무슨 소설책인가."

"그 어른의 지난 내력을 이야기하시란 말이지요."

한 선생도 이렇게 설명을 하면서 청한다.

"왜요, 그 어른의 내력은 나도 자세히 모르는 걸요."

"왜요, 선생님이야 아실 걸요. 이야기해주시요."

"왜, 글쎄 오늘은 새삼스럽게 최 선생 내력 이야기를 말하라고 야단들이오? 그 어른 보고 직접으로 청하지, 낸들 아나?"

"그 어른이 우리에게 이야기를 하시나요? 당초에 여자는 사람이 아니라는데요, 사람도 아닌 우리더러 당신의 지난 이야기를 하실 리가 있어요. 선생님이야 같은 남자요, 친구시니까 이야기를 들으셔서 아실 테지요. 이야기를 좀 하셔요."

내가 이렇게 거듭거듭 바짝 조르고, 한 선생은 방금 여자는 사람이 아니라고 하시더란 말을 하고 그 까닭을 물으니까 빙그레 웃으면서 잠시 침묵하고 앉았던 윤 교장은,

"으흠!"

기침을 한 번 하고 대강 이야기하는 사실은 이러하다.

3

최 선생은 본래 북청 사람으로 홀어머니만 계시고 가세가 빈궁하기 때문에 경성 가서 고학으로 사범학교를 졸업하고 고향에 돌아와서 손수 학교를 세우고 십 년 동안이나 교육에 힘썼다. 그러는 동안에 그는 역시 경성 모 미술학교에 다니던 장이라는 여자와 결혼을 하였다. 장은 인물도 남에게 빠지지 아니 하려니와 일찍부터 남다른 뜻이 있고, 구변이 좋아서 여름이면 여자 강연대를 해가지고 다니면서 주먹으로 책상을 두드리고 연설을 해서 많은 사람의 찬탄과 흠모를 받던 사람이었다.

장은 학비 관계로 학교를 마치지 못하고 고향에 돌아와서 얼마 동안은 놀고 있다가 최 선생이 하는 학교에서 의무로 일을 보았다. 이때에 두 사람은 결혼하게 된 것이다. 두 사람은 경성서부터 서로 알고 교제가 있었고, 한 번은 남녀 순회강연대에 같이 다닌 일도 있었고 '브나르도 운동'에 대를 같이 하여 아이들을 모아놓고 노래와 글을 가르친 일도 있었다.

그래서 그때에는 썩 흔치 아니한 연애를 해서 거의 자유 결혼을 하게 된 것이다. 장은 최 선생의 인격과 사상에 공명한다 해서 그 편지에는 '동지'라는 문구를 썼고, 자기는 일평생 다른 남자를 사랑해본 일이 없고 장차 사랑치도 아니 할 것을 맹세한 일이 있었다. 그리고 장의 집에서는 최가 너무 가난하다고 혼인을 반대하는 것을 최하고 결혼 못하면 죽는다고 야단해서 종내 결혼을 했다.

두 사람은 행복스러운 결혼 생활을 사오 년 하는 동안에 딸 하나 아들 하나 두 자녀를 두었다. 그러다가 모 사건 관계로 최는 감옥 생활을 몇 해 하고 나와서 아무것도 못하고 놀다가 친구 몇 사람과 짝을 지어 가슴에 비장한 뜻을 품고 멀리 만주로 건너갔다.

그때에 아내는 처음에는 얼른 찬성을 아니 하였으나 떠날 때에는,

"내 어머니도 잘 모시고 아이들도 어떻게든지 길러갈 터이니 집 걱정은 하지 말고 아무쪼록 성공만 하시오."

하고 좋은 말로 보냈다. 그런데 최가 집을 떠난 지 약 일 년 만에 국내에 긴급한 용무를 띠고 고향에 돌아왔을 때 일이다. 반가이 그 모친과 아내와 어린 것들을 보려고 했던 최는, 너무도 의외의 일에 놀라지 않을 수 없었다.

철석같이 믿고 서로 약속했던 아내는 석 달이 못되어 아들딸을 내버리고 늙은 시어머니를 버리고 어떤 사나이와 손을 잡고 달아났다. 앓는 것을 버리고, 어미가 달아난 뒤에 아이놈은 종내 죽어버리고 그 뒤에 자기 어머니도 병이 나서 이내 세상을 떠나고 딸아이는 남의 집에서 구박을 받으면서 얻어먹는 신세가 되었다.

최는 다섯 살 먹은 석이가, 달아난 어미를 찾다가 죽은 이야기며, 자기 노모가 약 한 첩 대려주는 이 없이 혼자 앓다가 죽었다는 말을 듣고 딸 순희의 불쌍한 꼴을 보고 어머니의 무덤에 가서 피눈물을 흘리고 통곡을 하였다. 그리고 그때부터 그는 '여자는 사람이 아니다.' 하는 것을 절절히 느꼈다.

최는 다시 길을 떠나서 시베리아로 북만주로 팔 년 동안이나 돌아다니다가 불행히 아무 일도 성공하지 못하고 간도로 나와서 옛 친구를 찾아 명동으로 왔던 것이다. 그러는 동안에 한 번 '여자는 사람이 아니다.' 하는 것을 마음에 철저하게 단정한 뒤로는 다시는 결혼을 하지 않기로 결심하고 일찍이 한 번도 여자를 가까이 한 일이 없었다. 그리고 여자는 사람이 아니라는 것이 그 뇌수에 화인처럼 새겨졌는지 그 생각을 평생토록 변치 못할 신조로 삼아 언제든지 힘써 주장하는 것이다.

4

윤 교장은 이야기를 마치고 우리들을 유심히 바라보고 일어나 나갔다. 우리도 서로 바라보고 고개만 끄덕거리고 집으로 돌아왔다. 그런 뒤로는 나는 최 선생의 태도를 짐작하고 별로 상대를 해서 말을 하려고 하지 아니 하였다. 실상 그에게 아무도 말을 붙일 수가 없었다.

그는 고개를 숙이고 학교에 왔다가 시간을 마치면 또 고개를 숙이고 책을 보다 하늘을 바라보고 혼자서 나간다. 저녁때까지 시간이 있으면 그는 혼자서 벌판으로 산으로 돌아다니는 것이 일이다. 그에게는 친구가 없다. 여자는 말할 것도 없고 어느 남자도 그의 거처하는 방에 찾아가서 놀고 온 일이 없다. 이만하면 그가 얼마나 쌀쌀하고 침울한 사람인가 알 수 있으려니와 나는 일 년이나 한 학교에서 지내는 동안 한 번도 그가 웃는 것을 본 일이 없다.

5

그 후에 나는 간도를 떠나서 본국에 와서 지나다가 칠팔 년이 지나서 오래간만에 처음으로 명동에 가서 한여름을 나서 온 일이 있는데, 그때에 나는 다시 최 선생의 말을 들었다.

최 선생은 그 모양으로 사오 년을 지내는 동안에 명동서는 신선이라, 괴물이라 고자라 별별 별명을 들으면서 홀아비 생활을 하고 지냈다. 그러면서도 학생들과 동네 사람의 많은 존경을 받았다. 그러다가 본래 양계와 원예에 취미를 가지고 다소의 경험이 있던 최 선생은 학교에서도 학생들을 데리고 양계를 조금씩 시작하고 토마토, 감자 같은 채소를 심기 시작하였다. 어려운 학생은 자기 월급으로 학비를 대어 공부를 시켰다.

그런데 그때 명동에는 오 무엇이라는 이가 학교일을 좀 보다가 그만 두고 양계를 크게 하다가 불행히 병이 들어 앓다가 죽었다. 최 선생은 오씨와는 학교에서부터 친분이 있을 뿐 아니라 양계의 취미가 서로 같은 관계로 가끔 오씨의 집을 찾아가고 병중에 있는 오씨를 위하여 대신 그 집 계사를 도와주곤 하였다.

그러다가 오씨가 죽은 다음에도 철없는 아이들만 있고 아무 경험이 없는 부인만 있는 그 집에 자주 다니면서 계사와 채원을 살펴 주게 되었다. 그럭저럭 최 선생은 오씨의 가사까지 돌보아주었다. 최 선생의 월급을 몇 학생 학비로 주고 남은 것은 이 집 식구를 위하여 다 털었다.

그런데 오씨의 집에는 명희라는 딸이 있었다. 명희는 내가 명동서 학교일을 볼 때에는 보통과 사학년에 다녔는데, 아이가 썩 명철하고 예쁘고 나를 퍽 따르던 학생이었다. 그러니까 명희와 명희 동생들은 최 선생을 선생 겸 아버지 겸 따르고 순종하였다. 최 선생도 옛날 자기 자식을 생각해서 그 아이들을 극진히 사랑하였다. 그러는 동안에 최 선생은 명희의 집에 없지 못할 식구가 되고 명희가 잠깐 숙성해서 큰 처녀가 되자 피차에 정이 들어서 결혼이 되었다. 결혼을 해가지고 최 선생은 그 집 식구를 데리고 용정에 가서 학교 일을 보면서 산다는 말을 들었다. 나는 그 말을 듣고 여자는 사람이 아니라고 하고 한평생 홀아비로 지낼 듯하던 최 선생이 대체 웬일일까 하고 깜짝 놀랐다. 명동서도 한동안 이야깃거리가 되었다고 한다.

6

그런 지 이년 만(지난가을)에 나는 두 번째 간도를 가게 되었다. 지난번에 다녀왔을 때, 나는 뜻밖에 명희의 편지를 받았다. 민짓번에 자기를 찾아보지 않고 간 것을 섭섭히 말하고 이 다음번에는 기어이 찾아와 달라는 것이다. 그래서 이번에는 꼭 찾아보리라 하고 날짜가 급한 것을 일부러 그때에 명희네가 이사해 사는 도문(圖們)에 들렸다.

"아이구, 선생님 오셨구망이."

허술한 수수깡 대문을 들어서면서 주인을 찾았더니 어린애를 등에 업고 빨래를 하고 있던 명희는 반기며 달려든다. 내 손을 두 손으로 꽉 붙들고 아무 말도 못하고 나를 바라보는 두 눈에 눈물이 핑 돈다.

"명희가 몰라보게 되었구만!"

그렇게 예쁘고 빨간 두 뺨, 도톰도톰하던 그 살이 쑥 빠지고 광대뼈가 나오고 혈색이 없는 것을 보니 나도 눈물이 날 듯하였다.

"반가운 손님 오셨습에 X 선생님 오셨구망이."

명희의 말에 방문을 열고 내다보이는 여전한 최 선생이다.

"안 선생님 웬일이시요, 들어가십시다."

최 선생은 여전히 아래위에 거문 무명옷에 깁세기를 끌고 웃으면서 나온다. 나는 최 선생의 웃는 얼굴을 처음 보았다. 나는 모든 것이 다 신기해서 사람이나 집을 다시금 살피면서 그들의 뒤를 따라 방으로 들어갔다.

"어찌 이렇게 저의 집을 찾아오셨는게요?"

최 선생은 방에 펴놓고 어린애 자리를 치우면서 나를 보고 반가운 듯이 이렇게 말한다.

"지난번에 못 뵙고 가서 어찌 죄송한지요."

"다녀가셨다는 말씀을 들었습니다. 선생님까지 과문불입을 하시는가 해서 참 섭섭했습니다."

"참말 찾아주신 이가 별로 없어요. 선생님은 꼭 들르실 줄 믿었는데 그냥 가셨다는 말을 듣고 저는 너무 섭섭해서 울었답니다."

명희도 이렇게 말하고 나를 본다.

최 선생은 웃으면서 천장을 바라본다. 그 눈동자에는 인생을 달관하는 듯한 날카롭고도 쓸쓸한 빛이 번쩍하고 보인다. 세상이 너무 무정하고 야속한 것을 한탄하고 나는 고개를 숙였다.

방바닥은 장판이 뚫어진 것을 군데군데 발랐고 벽은 언제 도배를 했는지 위는 노오랗고 밑은 아이들의 손때에 까매지고, 여기저기 신문지 장으로 발랐던 것이 함부로 찢어진 것은 아까 본 계사에 걸린 거적을 연상케 한다. 성냥갑 같은 궤짝이 뒤에 놓이고 그 앞에 겨우 대여섯 살이나 됨직한 사나이가 손에 온통 먹칠을 하고 습자를 하고 앉아 있고, 작은 계집애 하나는 금방 자다가 깨었는지 어머니 옆에 달라붙어서 두리번두리번 하더니 비죽비죽 울기를 시작한다.

"애들이 모두 잘났는데! 어린애가 몇이요, 모두?"

나는 역시 검은 저고리 치마를 입고 한 아이를 슬슬 어루만져서 달래고, 어린애를 끼고 젖을 먹이고 있는 명희더러 이렇게 물었다.

"큰 아이까지 모두 넷이랍니다."

명희는 이상스럽게 부끄러운 듯이 고개를 숙인다. 큰 아이라는 것은 물론 전실 딸이려니와 그동안 제가 셋을 낳았을까 하였다.

'아직 어린 사람이 아이를 넷이나 데리고 가난한 살림을 하기에 얼마나 고생을 하는고!'

하고 다시금 명희를 쳐다보았다. 저고리와 치마는 방바닥이나 거의 비슷하게 군데군데 기운 것을 천연스럽게 입었고, 어린 것을 안은 손은 터지고 상한 것이 얼마나 가난에 시달리고 고되게 일을 했는지 말이 아니었다. 그러나 마음과 태도만은 학생시대에 내가 보던 것이나 조금도 다름없이 곱고 명랑해보였다.

"참 얘, 인사드려라. 어멍이 선생님이시란다."

명희는 아들이 벌떡 일어나서 덥썩 절을 하는 것을 보고,

"저 꼴을 좀 보시라오. 선생님, 온 몸에 먹투성이를 하고, 호호호호."

"허허 저놈 인사하는 꼴 좀 보게. 저놈이 오늘 세수나 했소? 허허허허."

최 선생은 아들을 보고 아내를 보고 쾌활하게 한바탕 웃어놓는다. 살림은 비록 가난하나 내외간 재미는 썩 좋은 모양이다.

7

최 선생은 벌써 삼 년째 업이 없어 지난다고 한다. 시대가 바뀌니 자격 문제도 되고 한문 과정이 없어지고 보니 자연 학교일을 못 보게 되고 들어 앉아 있는 동안에 살림의 궁진한 것은 이루 말할 수가 없었다고 한다.

"그럼, 선생님 그동안 어떻게 지내셨습니까?"

나는 명희가 밖으로 나간 동안에 이렇게 물어 보았다.

"사노라니 여북합니까? 선생님은 다 잘 아시기 이런 말씀을 합니다마는 내가 이렇게 궁한 줄을 알고 전에 내가 학비냥이나 보태 주어서 공부한 사람들 중에 몇 원씩 보내도 주고 해서 쌀말이라도 사고했어요. 그런데 처음에는 그런 사람이 더러 있더니 얼마 지나고 보니 그것도 뚝 그치고 참말 말이 나니 말이지 처음에도 어떤 사람은 찾아와 보기도 하고 돈냥도 보내는 사람이 있었지만, 되려 내가 그렇지 않을 줄 믿었던 사람이 용정을 왔다가 그냥 가버리고 혹 거리에서 만나도 외면을 하고 지나갑디다."

최 선생은 이 말을 하고 한숨을 짓고 고개를 돌린다.

"그럼 어떻게 지내십니까? 참, 양계를 하시더군."

나는 뜰 한 모퉁이 흰 닭이 있는 것을 생각하고 이렇게 재처 물어 보

왔다.

"참, 기맥히지요? 그 꼴 보겠지요. 사람이 먹을 것이 없으니 닭 먹일 것이 있어야지요. 한동안은 내가 동내에 학교 못가는 아이들을 모아 놓고 글을 가르쳐 주니까 그것들이 좁쌀알이나 가져와서 끓여먹다가 이즈음은 내가 몸이 늘 불편해서 그것도 못하고 저 명희가 남의 바느질도 하고 빨래를 해서 밥을 얻어오면 그것을 끓여 먹고 돈 푼을 받아오면 그것으로 내 옷과 애들 옷도 해주고 하는 모양이지요. 명희가 나한테 시집와서 고생 무척 하지요. 그래도 한마디 불평이 없고 언제나 좋은 낯이지요."

나는 이 말을 듣고 아까 본 명희의 터진 손을 생각하였다.

"그러니까 가끔 굶지요. 그래 생각다 못해 한 번은 내가 명희를 보고 '아이들을 누굴 다 주고 나는 나대로 떠돌아다니면서 얻어먹고 당신은 어데 취직을 해서 지내다가 다시 만나 살면 살고 죽으면 죽고 하지 이렇게야 어찌 지내겠소?' 했더니 도리어 제가 날더러 당치않은 소리를 한다고 하면서 하는 말이, '굶어 죽어도 당신을 모시고 아이들을 데리고 같이 굶어 죽지 당신과 이 아이들을 버리고 어데를 간단 말이오. 젊은 것이 몸이 성해서야 아무 짓을 하든지 당신 조밥이야 못 대접하겠소. 애여 아무 걱정 마시오.' 하고 되려 나를 위로합니다그려. 그런데 요새는 제가 가끔 앓지요. 아이들 말이 났으니 말이지 지금 저 업고 다니는 것은 제가 난 아이가 아니랍니다. 누가 우리 집에 갔다 버린 것이랍니다. 그걸 제 자식처럼 기른답니다."

나는 아무 말도 못하고 오직 이 젊은 여성에 대한 존경과 감격에 북바쳐 오르는 눈물을 금치 못하다가 큰 아이가 보이지 않는 것이 생각이 나서,

"그런데 큰 애기는 어데 갔습니까?"

"글쎄, 큰 애는 나이를 좀 먹었으니 뉘 집에 보내서 아이라도 업어주고 얻어먹으라든지 누구를 아주 주어버리자고 해도 그런 법이 어데 있느냐고 하면서 기어이 공부를 시킨다고 학교를 보냅니다그려. 내 그런 사람 처음 보았습니다. 먹지를 못하고 남의 삯빨래를 하면서도 찬송가만 합니다그려! 저거 보십시오."

마침 부엌에서 가는 목소리로 명희의 찬송가 소리가 들린다. 이때 나는 문득 십 년 전 일이 생각나서,

"선생님, 옛날 명동서 하신 말씀이 생각나십니까? 여자는 사람이 아니지요, 선생님?"

"선생님 제발 용서하셔요. 부끄럽습니다. 여자가 모두 우리 명희 같으면 사람도 훌륭한 사람이지요. 선생님이나 우리 명희 같은 여자 앞에서는 도리어 남자인 내가 부끄럽지요. 제 가족 하나 먹여 살리지를 못하고 이런 못난 사나이가 어디 있어요?"

나는 무어라고 할 말이 없어서 머리만 끄덕이고 앉아 있는데, 어느새 명희 부인은 저녁상을 차려 가지고 방그레 웃으면서 들어온다. 제법 흰 쌀밥에 생선 지진 것하고 김치하고 놓아가지고 들어온다.

"왜, 남의 말들을 하시는 게요. 선생님 반찬은 없어도 저녁 좀 잡수셔요."

"그게 웬일이요, 벌써 무슨 저녁이오. 그리고 이게 웬 놀라운 상이오."

"오늘 마침 계란 스무 알을 팔았어요."

하고 명희는 웃는다. 이때에 마침 머리를 매끈히 빗고 옷을 깨끗이 입은 여학생이 들어온다. 나는 이 집의 큰 애기인 줄을 벌써 알았다. 내가 누군지도 모르련마는 날더러 공손이 인사를 한다. 큰 아이의 모양을 보고 나는 더욱 탄복하였다.

"너희들은 너희 어머니 덕에 밥 먹고 살아가는구나."

나는 큰 아이를 보고 이렇게 말했다.

"웬걸요, 그래도 저희 아버지가 옛날부터 양계를 해서 살아가지요."

남편의 체면을 손상치 아니 하리라 해서 명희가 얼른 내말에 대꾸를 한다.

"선생님, 여자가 참 사람이에요. 나 같으면 저런 것을 저렇게 못 기르겠어요. 여자 앞에 지금은 항복합니다. 취소해주셔요. 예전에 어리석은 내말 취소해주셔요, 선생님."

최 선생은 밥 먹을 생각도 아니 하고 나더러 고개를 숙여 절을 한다.

"절을 할라면 부인에게 절을 하시지 저에게 왜 절을 하셔요?"

"네, 그저 바른대로 말이지 우리끼리 있을 때에는 저에게 가끔 절을 한답니다."

"지금 내 보는데 한 번 절을 하시구려!"

"절 하지요."

최 선생은 코를 땅에 대고 명희 앞에 절을 한다.

"여자가 참 사람입니다."

절을 하고 일어나서 최 선생은 명희를 보고 나를 보고 이 말을 다시금 되풀이한다. 명희와 나는 웃지 않을 수 없었다.

-《삼천리(三千里)》, 1938년

첫 미움

나는 시골에 있는 어떤 독신자(篤信者) 소녀에게서 이러한 긴 편지를 받은 일이 있다. 아직 이성을 모르고 사랑을 모르던 이의 첫 미움의 기록이다.

1

제1신(信)

(전략)

선생님!

앞으로 오래오래 이 어리고 불민한 것을 많이 지도해주셔요. 저는 믿습니다. 선생님의 인격과 아울러 신앙을 믿고 저를 사랑으로 지도해주실 것을 믿습니다. 지난번 뵈었을 때에 들려주신 몇 말씀은 신앙과 문학의 길을 가려는 저에게는 가장 귀중한 교훈이 되었습니다. 앞으로도 많이 가르쳐주셔요.

선생님!

어찌하면 알 수 없는 이 인생의 길을 바로 걸어가며, 주의 명령 그대로 진리를 따라 살아갈 수 있을까요.

저는 선생님을, 철모르는 어릴 때에 저를 가르쳐주시던 선생님을 세상에서 가장 높이 보던, 그런 심정으로 믿고 존경합니다. 선생님 지금 제가 앉아 있는 방 창 밖으로 내다보오니 흰 눈이 송이송이 내려옵니다. 북녘이라 때 아닌 눈이 내려옵니다. 선생님! 깨끗한 세상, 흰 눈처럼 깨끗한 세상이 한없이 그리워서 저는 한가히 내려오는 흰 눈을 내다보고 있습니다.

선생님, 세상은…. 아니 제 마음은 왜 이리 용렬하고 더러워졌을까요?

제 속에서는 긴 말이 자꾸 흘러나오려고 하오니 바쁘신 중에 선생님의 머리를 어지럽게 할까 해서 이번에는 이것으로 그치겠습니다. 그리고 이제 다시 붓을 들어 제 속의 안타까운 사정을 솔직하게 고백할까 하오니 사랑으로 들어주셔요.

2

제2신(信)

선생님!

흰 눈이 내릴 때에 선생님께 편지를 드린 지가 엊그제 같은데 벌써 꽃피는 봄이 되었습니다.

선생님, 제 책상머리에는 철쭉꽃 화분이 있는데, 오늘 아침부터 곱게 피었답니다. 아침에 일어나 문득 이 책상을 바라보았더니 한 송이가 살짝 봉오리를 열었는데 꼭 절 보고 방긋이 웃는 것 같겠지요.

선생님! 그런데, 그 꽃이 분홍이나 붉은 것이 아니라 흰 꽃이랍니다. 흰 꽃이 저는 어떻게 좋은지 몰라요. 그 깨끗하고도 예쁜 것이 어떻게 귀여운지 가서 깨물어주고 싶었어요.

그러나 선생님 그 꽃에는 예쁘고 귀여운 데만 있는 것이 아니라 감히 범할 수 없는 듯한 위험과 그리고 움직이지 아니 하고 태연한 평화가 있지 않습니까. 그래서 저 같은 것은 감히 범접을 할 수 없는 듯합니다. 그래서 그 꽃을 바라볼 때에 한 부끄러움을 느껴서 저절로 고개가 숙여져요, 선생님.

선생님!

저도 좀 더 어렸을 때에는 이 꽃이나 못지않게 깨끗하고 천진스러웠답니다. 늘 웃고 가볍게 뛰놀고 노래할 때에 천사 같다고 선생님께서 그리셨답니다.

아! 그런데 선생님 지금은 왜 이렇게 제 마음이 우울해졌을까요? 제 마음은 왜 이렇게 시꺼멓고, 험상스러워졌을까요?

제가 웃는 것은 제가 스스로 생각해도 정말 속에서 솟아나오는 웃음이 아닌 것 같아요. 지은 웃음 같아요. (이 소녀는 내가 보기에는 지금 보기에도 그 웃는 것이 온 얼굴에 웃음이 퍼지면서 웃는 것이 퍽 천진스러웠다. 다시 만나서 주의해 보면 어떨는지 모르지마는.)

3

선생님!

제가 지난번에 오빠가 일보시는 XX에 가서 얼마 있다가 온 것도 주제넘게 무슨 여행을 하고 다니겠습니까? 그 실은 제 마음에 억제할 수 없는 괴로움을 벗어나 볼까 함이었답니다. 그러나 다녀와도 제 괴롬은 마찬가지야요.

선생님, 이제는 그만하면 제가 당하는 괴롬이 어떻다는 것을 고백하지 아니 할 수 없습니다.

선생님!

선생님께서 제 나이를 아시지요? 제가 스무 살! 만으로 치면 열아홉, 한국 나이로 치면 스물한 살이랍니다.

그런데, 오늘날까지는 저는 누구를 특별히 사랑해본 일도 없고 그렇다고 별로 미워해본 일도 없었습니다.

그리고 저의 집은 부모님께서 본디 천성이 순진하시고 독실한 신자로 저는 어려서부터 신앙으로 자랐고 엄격한 동양식 가정에서 중세기적 금욕식 기독교 가정에서 자랐답니다. 오빠도 그래서 성격이 순진하고도 강직해서 남한의 큰 도시 XX에서 교회 일을 보시다가 다른 이들과 맞지가 아니 해서, 그리고 당신 자신도 이 속화된 도시 교회에 그냥 있으면 자기도 사람 버리겠다고 벌써부터 물러서려고 하셨지만. 말하자면 쫓겨난 셈이지요. 쫓겨나서 어떤 산골에 들어가셔서 아이들도 가르치고 조그마한 교회도 하나 맡아보신답니다. 저희들은 자랄 때부터 누구에게 욕 한 번 못해보고 자랐답니다. 당초에 집에서 욕을 들어본 일이 없으니까요. 본디 어머니께서 욕을 하실 줄을 모르니까요.

그리고 아버지께서 나쁜 것을 배운다고 밖에 나가서 어떤 아이나 다른 아이들하고 놀지를 못하게 하셨으니까요.

선생님,

그러니까 벌써 작년부터입니다. 사실은 제작년 가을부터입니다.

어떤 청년이 (그의 이름은 편의상 M이라고 해두지요.) 저에게 이상스러운 편지를 하고 만나면 이상스러운 태도로 저를 대해요. 처음에는 저는 몰랐지요. 가끔 만나면 이상스럽게 반가워하는 것 같고, 친절하게 하고, 하는 눈치가 좀 수상스럽기는 했지만 왜 그러는지 몰랐어요. 그저 한 가지 좀 이상스러운 것은 눈뜨는 것이 달라요. 그리고 그 뒤로 차차 좀 주의해 보니까 얼굴빛이 좀 달라요. 금방금방 붉어지기를 잘 하더군요. 그래도 왜 그러는고 하고 저는 무심히 보았지요.

그런데 선생님 그 사람이 한 번은 편지를 했겠지요. 그런데 무슨 말인지 저는 아무리 읽어 보아도 알 수가 없어요.

4

M이라는 사람은 제 오빠하고 중학 동창이래요. 그러나 한 반도 아니고, 그리고 가까운 것도 아니래요. 그래 같이 놀지도 아니 했대요. 하기는 소학교 때부터 공부는 꽤 해도 평판은 좋지 못했대요. 더구나 중학교에서는 음악의 재간이 있어서 기타를 타고 노래를 잘 한다지만 아주 건방지고 까불기로 유명했었데요. 필경 재승박덕의 인물인가 봐요. 저는 그밖에 M에게 대해서 아는 것이 별로 없었지요. 참말 그의 집도 별로 훌륭하지는 못하다고요. 그러나 돈은 있고요.

그러나 저러나 저는 아무려한 생각이 없이 참말 무심히 지나지 않았겠습니까. 그런데 한 번은 제가 예배당에 갔다가 오는데, 밤인데 어머니는 뒤에 떨어지시고 저는 혼자서 먼저 오는데 제 이름을 익숙히 부르면서,

"현숙 씨 졸업하시고는 무얼 하시렵니까?"

이렇게 말을 건네겠지요! 그래서 저는 대답을 해야 좋을지, 대답을 한다면 무어라고 할지 몰라서 황겁 김에 좀 머뭇머뭇하다가 무심 중 나오는 말로,

"몰라요."

했지요. 제가 아주 철없고 어렸을 적에는 혹 무슨 말을 했는지 모르

지만 제가 철 난 다음에는 그에게 무슨 말을 듣고 대답을 해본 일도 없답니다. 그것은 고사하고 제가 고등학교에 다니기 시작한 뒤에는 저의 친척 외에는 다른 남자하고 상대해서 무슨 말을 해본 일이 없었답니다. 그야 누가 길을 묻는다든지 혹 집에 찾아와서 아버지 계신가, 오빠 계신가 하고 물을 때에야 간신히 대답을 했지요. 그밖에는 남자를 상대해서 말을 해본 일이 없었어요. 그런 일은 큰일 날 일로 생각하고 큰 죄로 알았지요.

그러니까 선생님, 그때에 제가 얼마나 부끄럽고 민망스러웠겠습니까! 어머니께서 보시지나 아니 하셨나, 누가 다른 이가 보지나 아니 했을까 해서 어떻게 부끄러운지 금방 얼굴이 화끈화끈 달고 가슴이 두근두근해지겠지요. 그래서 저는,

"어머니! 무얼 하셔요!"

하고 소리를 지르고 도로 오던 길을 가서 어머니하고 같이 왔지요. 그때에, 어머니가,

"너 왜 그렇게 씨근거리니?"

하고 물으시겠지요. 하여튼 그때 일은 도무지 잊히지 않아요.

그런 지 얼마 뒤에 제게 편지를 했겠지요. 제가 서울 가려고 준비를 하고 있는데 무슨 말인지 당초에 알 수 없는 말을 기다랗게 늘어놓아서 보냈어요. 지금은 다 잊어버렸습니다마는 그때에 그 편지 사연을 몇 구절이라도 적으면 선생님께서 퍽 웃으시겠지요.

그 편지를 받아보고 어떻게 우습기도 하고 일편 분하기도 한지 공연히 손이 떨리고 가슴이 두근거리더군요. 처음에는 겉봉에 이름이 없으니까 누가 한 편지인지도 몰랐지요. 게다가 봉투가 분홍빛 꽃 그린 봉투에다가 글씨를 조그맣게 썼으니까 처음에는 어떤 동무가 한 편진가 하고 무심히 뜯어보았지요.

선생님 글쎄 이걸 보세요. 봉투를 뜯어가지고 속에 든 편지를 꺼내는데 향수 냄새가 칵 코를 찌르겠지요, 저는 동무에게도 그런 봉투지나 그 따위 편지는 받아본 일이 없구요. 더구나 편지에서 향수 냄새가 나는 것은 처음이에요. 그런데 이름을 보니까 M이란 사람이에요.

"못난 사나이! 이게 다 무어야!"

경멸히 여기는 마음과 분한 생각이 뒤섞여서 손이 자꾸 떨이더군요. 그래도 저는 그 뜻을 몰랐습니다. 무슨 까닭으로 그러는지 몰랐습니다. 그래 한 번 어떤 동무에게 그 이야기를 했더니,

"기애가 네게 연애를 거는구나!"

하겠지요. 나는 그래도 그게 무슨 말인지 사실 알 수 도 없고 우습기도 해서,

"연애를 건다니 그게 무슨 소리냐?"

했더니 내 동무가,

"그것도 모르니, 기애가 너하고 사랑하자는 거야, 말하자면 기애가 너를 사랑하는 거야, 너는 좋겠다. 그런 사랑하는 사람이 다 생기구!"

이렇게 빈정대는 말을 한단 말이에요. 그래서 저는 퍽 마음에 재미없는 것을,

"사랑하는 건 무어냐. 남의 여자 남의 남자끼리 사랑은 다 무엇이냐? 사랑할 것은 무어고 미워할 것은 무엇이냐? 그야 그렇지, 우리 예수 믿는 사람은 모든 사람을 다 형제자매로 사랑할 것이지 하필 누구를 특별히 사랑하고 말고 할 것이 있어! 허긴 편지에 맨 사랑이란 말이 많어! 그래 그 말이로군!"

그러지를 않겠어요, 했더니 제 동무 말이,

"에익 바보! 그것도 몰라. 그야 누구나 다 사랑할 것이지만 연애라는 건 얼른 노골적으로 말하면 결혼하자는 거야. 하고 많은 사람 가운데

너희 아버지라는 남자와 어머니라는 여자가 마음이 합해서 짝을 지어 살기에 너 같은 것이 세상에 생겨나지를 아니 했니?"

5

그런 후로부터는 저는 M이라는 사람을 더군다나 괘씸하게 생각하고 미워하기를 시작하였답니다. 실상은 처음 저에게 (밤에) 한길에서 말을 할 적에도 그 말을 듣고 나서 내 마음이 남는 것은 싫은 생각, 미운 마음뿐이었답니다, 지금 가만히 생각하니까 그 사람에게 대한 내 마음의 태도는 '미움' 그것밖에 없었습니다.

선생님, 결혼이라는 말이 났으니 말이지요. 저는 그런 마음이 털끝만큼도 없었어요. 저는 원래 바보가 돼서 그런지 나이 이십이 다 되도록 그런 생각은 도무지 없었어요. 결혼이라는 것은 일종의 죄악으로 알았어요. 대체 남녀가 가까이 하는 것은 큰 죄로 알았어요. 남들은 어쨌든지 적어도 저는 평생 결혼하지 않고 성모 마리아처럼 처녀로 늙으려고 작정했어요. 처녀로 살면서 오빠나 도와드리고 전도도 하고, 그리고 제일 제 소원은 부모 없이 돌아다니는 불쌍한 아이들을 모아놓고 시중해 주고 길러 주고 싶었어요. 결혼하면 자식 낳지요? 내 자식 낳으면 내 자식 기르기에 그런 아이들 돌볼 수 없지 않아요 선생님?

필경 제 생각이 다른 사람도 다 이런 생각을 가져야 마땅하고, 적어도 저의 이런 생각을 누구든지 알아주어야 할 것을 스스로 믿었던 모양이야요.

선생님,

어쨌든지 저는 그 사람을 처음부터 미워하기를 시작했어요. 마치 미친개를 만난 것 같았다고 할까요, 악마를 본 것처럼 생각되어졌다고 할까요. 더구나 한 번 말을 건네고, 또 그 뒤로도 저는 대꾸도 아니 하는 말을 할 적마다 더구나 제게 편지를 할 적마다 저는 그가 미운 생각뿐이에요. 바로 말하면 몹시 악한 사람으로 생각이 되고 편지를 받은 뒤로부터는 심지어 세상에서 M이라는 사람이 없어졌으면 하는 생각이 났어요. 제가 다른 데를 가든지 그가 다른 데를 가더라도 편지는 여전히 할 테요. 나를 찾아다닐 수도 있으니까 저는 생각하다 못해 그가 아주 세상에서 없어졌으면 하는 생각이 났어요.

6

선생님!

선생님 사실을 고백하겠습니다.

한 번은 저의 곳에 유행성 감기가 무섭게 돌았지요. 그때에 죽은 사람이 많았는데 꼭 젊은 사람들이 많이 죽었는데, 글쎄 선생님 이것 보세요. 제 마음에 슬그머니 그 사람이 그 병에 걸리기를 바라는 마음이 생기겠지요.

그런데 그 집안이 전부 그 병에 걸려 누었다는 말이 들리겠지요. '그 중에 그 녀석도 걸려서 누웠겠지, 잘 되었다.' 하고 슬그머니 반가운 생각이 나더니 그 후에 거리에서 우연히 그 얼굴이 보이는데 칵 낙심이 되었어요.

"왜 죽지 않고 일어났을까?"

하는 생각이 나겠지요. 저는 스스로 놀랐습니다. 제 마음이 언제 이렇게 몹써졌을까 하고, 참말 저는 제 마음에 이런 생각이 일어날 줄은 꿈에도 몰랐습니다. 왜 그런 생각이 일어날까요? 왜 남을 미워하는 마음이 일어날까요? 남을 미워하는 것은 죄가 아닙니까? 더욱이 남을 죽기를 바라니 이런 죄가 어디 있습니까. 그런 줄은 번연히 알면서도 저도 제 마음대로 할 수가 없는 걸 어찌합니까. 그런데 또 가끔 편지를 하니 딱 질색이지요. 그래서 한 번은 오빠에게 자초지종 이야기를 했지요. 했더니 오빠가 웃으시며 하시는 말씀이,

"해두자구나, 사람 별 사람 있니, 재간 있고 똑똑하단다. 그 사람두 좋은 사람이 될지 아니?"

"온 오빠도 해두는 게 무어야요. 해두긴 무얼 해두어요?"

"약혼을 해둔다는 말이지, 아주 결혼을 하든지. 하도 열심이니 말이다. 그러다가 그 사람 병나면 되겠니, 네가 응해주면 우선 그 사람 하나 살리는 거요, 또 혼인해가지고 그를 위해서 기도하고 우리가 잘 인도하면 그 속사람까지 살리고 좀 좋으냐? 한 사람을 구하는 것이 얼마나 귀하고 큰일이냐?"

"오빠 그건 못해요. 저는 시집 안 간다는데 왜 그러세요. 그리고 설사 시집을 간다 해도 그는 불신자가 아니에요? 그리고 벌써 사람이 되어먹질 않았잖아요. 하는 꼴이 틀렸어요. 당초에 문제가 안 되는 걸 오빠는 그런 말씀을 하셔요. 병은 제가 날 지경입니다."

7

선생님,

이러한 오빠의 말씀도 물론 옳은 말씀이긴 하지요. 그런 것도 제 마음을 괴롭게 하는 것 중에 한 가지랍니다. 그러나 그 사람과 저와는 딴 나라 사람이 아닙니까. 딴 나라 사람하고 결혼은 고사하고 어떻게 상대는 할 수 있습니까.

선생님께서도 물론 그렇게 생각을 하시겠지요.

"딴 나라 사람이거든 결혼해가지고 네 나라 사람을 만들면 고만이 아니냐?"

이것은 오빠가 하신 말씀이지요. 그러나 아무래도 여자가 남자를 따라가지 남자가 여자를 따라오기를 바랄 수 있습니까. 저는 아직 그럴 능력이 없습니다. 그보다도 어쨌든지 덮어놓고 그 사람이 미운 것을 어떡합니까? 선생님, 네 선생님께서 필경 이렇게 물으시겠지요.

"그 사람이 얼마나 밉게 생겼는데 그렇게 자꾸 밉다고 야단인고?"

물론 선생님께서는 저를 이해하시겠지요마는 궁금하실 듯해서 말씀입니다. 사실 그 사람이 생기기는 괜찮게 생겼나 봐요. 몰라요, 잘 생긴 얼굴인지 못생긴 얼굴인지 저는 그것도 몰라요. 자세히 들여다본 일도 없고 어떻게 생긴 얼굴이 잘 생긴 것인지도 저는 모르니까요. 덮어놓고 그 사람이 미운 걸요. 그 사람의 얼굴이 미운 것이 아니라 도대체 그 사람 자체가 미운 걸요. 그 사람을 생각만 해도 진절머리가 나도록 미웁거든요. 아무리 그런 마음을 안 먹으려고 애써 보아야 제 마음대로도 할 수가 없어요. '그의 요구를 거절하면 고만이지 그렇게 미워할 것이 무어냐?'고 그러시겠지요. 글쎄 이쪽에서 거절을 하면 그만 그런 줄 알고 그러지를 말아야 하지요. 그냥 그러는구만요. 사람이 어떻게 추근추근한지요. 편지도 죄다 오는 족족 돌려보내고 길에서 만나면 벌써 멀리서부터 외면을 하고 가건마는 그냥 편지질을 하겠지요.

작년 크리스마스 때에 또 긴 편지를 하고 무슨 물건을 보내고 한 것을 고대로 돌려보냈지요. 집안사람들이 부끄럽고 교회에서까지 알까봐 아주 민망스러웠어요. 그래서 또 오빠에게 그런 말씀을 하였더니 오빠 말씀이,

"내버려두렴, 그리다 말겠지! 얘 그런데 그녀석이 불쌍하구나. 너도 그 사람을 위해서 동정을 하고 기도를 해야 한다."

오빠의 이 말씀은 다시 한 번 제 가슴을 바늘로 몹시 찌르는 듯한 자극을 주었습니다. 예수께서는 원수를 위하여 기도를 하시고, 그리고 네 원수를 사랑하라고 하셨는데, 저는 아무리 해도 그를 위해서 기도할 마음이 생기지를 아니 하니 어찌합니까. 이만한 원수를 사랑하지 못하고 무슨 신자라고 하겠어요? 선생님, 생각하면 우습지요. 그가 그렇게 원수하고 할 것이야 무어 있습니까. 말하자면 저를 사랑해주는 사람이 아닙니까. 하여간 저에게 호의를 표하는 사람이지 조금이라도 저를 해하는 사람이 아닌데 왜 그리 원수처럼 생각이 되고 밉기만 할까요. 사실 말이지 그저 제 마음에 싫고 밉고 남부끄럽고 민망스럽지요. 그럴 뿐이지 그 사람 때문에 드러나게 창피한 일이나 욕을 당해본 일은 한 번도 없었습니다. 그런데 그렇게 원수로 치부하고 미워하는 제 마음을 스스로 알 수가 없습니다.

지난번 크리스마스 바로 전에 편지가 또 왔어요. 그 후로는 어떻게 더 밉고 속상하는지 차라리 내가 죽어버렸으면 하는 생각이 나겠지요. '내가 죽어 버리면 제가 못그리겠지, 죽어 버리자.' 하는 생각이 나서 어떻게 하면 자살을 하는고 하고 자살하는 방법까지 생각해보았답니다.

그러나 이것 좀 보셔요. 선생님 그런 생각은 잠시요 얼른 이런 생각이 나겠지요.

"왜 내가 죽어, 그 녀석이 죽어야지."

저는 크리스마스 전날 저녁 밤에 혼자서 자려고 누웠다가 이런 생각을 하고 문득 몸서리를 쳤습니다. 그리고 기도를 하려고 엎드렸습니다. 아무리 엎드려 있어도 날마다 하던 기도요, 그리고 마음이 괴로워서 하나님께 하소연을 하려고 엎드렸으니 할 말이 많겠건마는 당초에 꼭 맥히고 말이 안 나오겠지요. 얼마를 엎드려 있다가 울음이 터져 나오기를 시작하더니 자꾸 눈물이 쏟아져 나오면서 한참이나 울기만 했답니다.

"오! 이 계집종을 불쌍히 여기소서. 거칠어진 이 마음을 진정해주시고 더럽혀진 이 마음을 깨끗이 해주소서. 남을 미워하는 마음을 없이하여 주시고 모든 사람을 불쌍히 여기고 사랑하게 해주소서. 나를 괴롭게 하는 한 젊은이를 불쌍히 여기소서. 그를 불쌍히 여기는 마음을 주옵소서. 그의 심령이나마 그의 속사람이나마 사랑하게 하옵소서."

이러한 기도를 하고 나니 마침 만민을 축복하는 크리스마스 송가가 멀리서 희미하게 들렸습니다.

저는 그때에 가슴이 시원하도록 넓어진 듯해서 그의 편지를 꺼내서 한 번 읽어 보았습니다.

"부디 나를 살려주셔요. 그리스도인의 자비를 베풀어서 나를 살려주셔요. 당신이 나를 살려주시면, 편지 한 장 말 한 마디로 나를 살려주시면 나는 나를 살려주신 은인을 위하여 모든 것을 다 바치오리다. 내게 속한 모든 재산 내 전 생애를 내 은인이신 당신의 뜻을 순종하고 당신의 마음을 기쁘게 하기 위하여 받치리이다. 다만 당신은 이 불쌍한 사람에게 그리스도의 자비를 베풀어주소서."

이러한 문구를 되풀이한 것이었습니다.

이렇게 저에게 애원하는 그 까닭을 나는 암만 해도 이해할 수는 없사오나 하도 딱하고 불쌍해서 동정하는 마음으로 그의 청을 허하여 볼까도 생각해보았습니다. 그가 나를 사랑하니 나도 그를 사랑할까 하는 생각을 해보았지요. 그랬더니 얼굴이 화끈 달아 오는 것 같았습니다. 어쨌든 그날 저녁은 한 번 가벼운 맘으로 잠을 들었었습니다.

8

그러나 그 이튿날 아침입니다. 저는 다시 새 정신으로 일어날 적에는 그 편지의 글씨가 보기가 싫고 그 편지의 이름이 더구나 보기 싫어서 불 때는 아궁에다 집어넣고 말았답니다. 선생님, 변변치 않은 사연이 너무 길어졌습니다. 용서하셔요. 오늘은 그만 쓰고 이담에 또 쓰겠습니다.

9

제3신(信)

(전략)

선생님!

M은 이번 봄에 신경쇠약, 위병, 폐병 이런 여러 가지 병명을 가진 병자가 되어 자리에 누웠답니다.

병석에서 최후의 글이라고 편지를 써 보냈는데 그냥 보내거나 태워 버리기가 죄만스러워 읽어 보았지요. 읽어보니 참 그 다정다한한 그 사연 그 가슴에서 사무친 것을 하소연하는 그 애끓는 사연은 정말 동정 없이 눈물 없이는 읽을 수 없어요.

"다 고만두고 이제는 다 그만두고 이 사람의 병석에 오셔서 천사가 인간에 하강하는 셈으로 오셔서 잠깐 당신의 그 명랑하고 자비로운 얼굴을 잠깐 뵈워만 주셔요."

선생님, 그래도 저에게는 그것이 내 옆에 현실적으로 있는 사람에게 들리는 말 같지가 않고 꿈속에서 듣는 말 같고 무슨 소설책을 읽는 것 같아요.

마치 춘원 선생의 《사랑》에 석순옥을 괴롭게 하는 허영의 이야기를 읽는 것 같고 혹은 극장에서 악한이 입에 발린 거짓말을 지껄이는 것도 같아서 결국은 더럽고 미운 생각뿐이야요. 애걸하면 애걸할수록 동정은 잠깐이요, 미운 생각의 도수는 더 강해지는 것을 어찌합니까.

그 이튿날 M의 누이동생이 편지를 가지고 와서 잠깐만 가보아 달라고 애걸을 하는 것도 박절하지만 거절을 해 보냈지요. 처음엔 아무 말도 못하고 정신 빠진 사람처럼 그 처녀를 바라만 보고 있었지요. 가보아줄까 내가 가보아주면 살겠다는데 잠깐 가보아줄까 하는 생각이 나는 걸 악마야 물러가거라. 벌떡 일어나서 고개를 흔들고 그 처녀를 떼밀어 보냈답니다. 선생님 그리고 보니, 그 편지까지 불에 태워 버리고 나니 어찌 제 마음이 편할 리가 있겠습니까?

이렇게 끝까지 냉정하고 이렇게까지 남을 미워하게 된 이 심리를 저 스스로 알 수가 없습니다. 이렇게 냉정하고 이렇게 지독한 내 마음을 스스로 돌아보오니 나 자신이 밉살스러워 견딜 수가 없어서 하나님께 기도할 생각도 못 냈습니다.

(후략)

10

제4신(信)

선생님!

한 번만 더 보고를 하겠습니다. 저 역시 그 일에 대하여서는 마지막으로 말씀드립니다. 이왕 말씀드린 것이오니 끝까지 보고를 아니 할 수 없습니다.

선생님 얼마 전에 M은 C온천에 갔다가 돌아온 이튿날 마지막 숨을 거두었답니다. 간호하는 자기 누이동생더러 저를 데려다 달라고 조르다가 조르다가 제 이름을 몇 번 부르고는 죽었답니다.

선생님, 저는 한평생 남에게 아픔과 원한을 주지 않고 사랑과 축복으로 참말 천사와 같이 한평생을 살자고 어려서부터 깊이깊이 결심하고 자라왔건마는 오늘날 남을 변변히 사랑도 못해보고 더구나 이성을 사랑해보지는 못하고 소위 이성의 사랑이 그렇게 달고 즐겁다는 것을 사랑은 못해보고 첫사랑의 경험조차 없는 저를 이렇게 남을 미워하다가 심지어는 저주를 하다가 종내 죽게까지 했으니 이런 불행 이런 죄가 어디 있습니까?

마침 따뜻한 봄날이었습니다. 그 동생 되는 이가 와서 울면서 이야기를 할 때에 저도 붙잡고 울지 않을 수가 없었습니다.

저는 그의 동생에게 끌려서, 배웅 겸해서 이야기를 하면서 스름스름 가다가 정신없이 동산으로 올라갔습니다. 그리고 조금 조금 가다가 산으로 올라갔어요. 할미꽃 핀 뒷산으로 얼마를 갔더니 거기에는 무덤이 여기 저기 있는데, 그 동생은 그 가운데 어떤 새 무덤 앞엘 가더니 땅바닥에 엎드려서 막 울기를 시작해요. 알고 보니까 그것이 바로 M의 무덤이 아니야요. 선생님. 저는 깜짝 놀랐으나 동생이 그렇게 우는데 혼자서 달아나 내려올 수도 없어서 어쩔 수가 없었습니다.

동생 처녀는,

“얼마 살지도 못하는 걸…. 땅속으로 들어가구 마는 걸…. 불쌍해라.”

다시금 땅을 치면서 울다가 저를 돌아보고 제 손을 붙잡고 애원하듯이,

“언니, 오빠는 나를 퍽 사랑해주었답니다. 오빠는 재간도 많았지만 인정이 참 많았답니다. 열정이 너무 많아서….”

말을 마치지 못하는데, 저는 얼마나 가슴이 아팠겠어요. 그만 모르는 사이에 그 처녀를 붙잡고 속에서 울음이 터져 나오고 말았습니다.

내가 남을 사랑해주지는 못하나마 남을 미워해서 죽인 것을 생각하니 내가 이 사람을 죽였구나 하고 생각하니, 그리구 나같이 못난 것을 얼마나 생각했기에 병이 덧쳐서 죽었을까 하고 생각을 하게 되니 참말 그 동생 보기가 부끄럽고 그가 불쌍하고 죄송하기가 한이 없었습니다.

스스로 자기를 책망하는 생각을 금할 수가 없었습니다.

"참말 얼마 살지도 못하는 걸…. 내가 오빠를 죽인 셈이지, 이런 죄가 어디 있어…."

저는 그 처녀의 손목을 붙잡고 둘이서 실컷 울었습니다. 선생님 부끄럽지만 울지 않을 수가 없습니다. 그가 나를 얼마나 원망하다가 죽었을까 하는 생각을 하니까 죄송스럽다기보다 내가 너무 잔인한 사람이었구나 하는 생각을 아니 할 수가 없었어요. 그렇게 재간이 있고 총명한 사람, 애정이 그렇게 많더라는 젊은이의 사랑을 받아서 내가 같이 사랑해 주었더라면 피차에 얼마나 행복스러웠을까 이런 후회도 해보았습니다.

저는 아무 말 없이 슬픔과 회오에 잠겼다가,

"오빠를 내가 죽였어, 그러니 동생은 내가 얼마나 미울까 용서할 수도 없는 일이구…."

"무얼 언니가 죽였어요, 자기가 어리석어 죽었지, 그리고 자기 명이 짧아 죽었지."

이렇게 말하는 그의 말에 사람을 살리지를 못하고 사람을 죽여 버렸다고 생각하니 제 마음은 칼로 찌르는 듯 아프고 괴로웠습니다.

"얼마 살지도 못하는 걸 공연히 애쓰고…."

그 처녀는 이 말을 되풀이하고 울었지요.

"사람이 얼마 살지도 못하는 걸, 자 우리는 이제는 결국 흙으로 돌아갈 육을 위하여 육정으로 인하여 애쓰고 살지 말고 무한한 가치가 있고 무한히 살 수 있는 생명을 위하여, 의와 진리를 위하여 살아보는 것이 어때!"

저는 그때 마음에 느껴지는 대로 그 처녀에게 이렇게 말하였습니다.

그랬더니 워낙 천품이 영특한 그는,

"참말 얼마 살지 못하는 것을 좀 사는 보람 있게 깨끗하고 고상하게 살아 보았으면…. 언니 어떻게 하면 진리를 위하여 의를 위하여 살 수 있을까?”

그의 동생이 절더러 이렇게 물으니 제가 무어라고 대답을 하겠어요. 그저 같이 엎드려 기도를 하고 장차 진리를 위하여 불쌍한 이들을 위하여 살기를 맹세하고 돌아왔지요.

그는 자기 오빠 대신 나라는 동무를 얻었다고 기뻐하고 저는 그 영특한 동무를 하나 얻은 것을 기뻐하였습니다. 그러고는 누가 볼까봐 막 달아나 내려와서 집으로 들어와서 이불을 쓰고 누워 버렸습니다.

11

선생님!

저는 처음으로 이성을 미워한 쓰라린 경험을 얻고 다시 한 사람을 사랑하지 아니 하고 많은 사람을 사랑할 결심을 굳게 하였습니다. 이 결심을 지키도록 하나님께도 기도합니다마는 선생님께서도 저를 많이 도와주시고 많이 지도해주셔요. 아카시아 꽃 떨어지는 첫 여름 흰 구름 뜬 하늘을 바라보면서 가슴에 사무친 괴로움과 인생의 허무를 처음으로 깊이깊이 느껴서 부질없는 제 신앙의 이야기를 선생님께 적어 올리나이다. 철없는 어린 사람의 말에 귀를 기울여 잘 들어주신 줄 알고 믿고 감사하는 마음으로 이 긴 편지의 끝을 막습니다. 선생님 부디 안녕히 계세요.

-《문장(文章)》 증간호(增刊號)

바람 부는 저녁

1

바람 불고 몹시 추운 저녁이었다. 정옥은 학교에 갔다 와서 에~추워 하면서 건넌방으로 들어갔다. 들어가서 책상에 책보를 놓고 나니깐 전보 한 장이 놓였다.

'어쩐 전보야.'

하고 얼른 뜯어보았다. 전보의 사연은 이랬다.

"할멈 금야 구시 착."

정옥은 이런 사연을 보고 이마를 찌푸리고 입으로는 웃었다. 그것은 그 전보가 안주 그 본집에서 온 것을 알고 마치 노리각시 시집보내는 것처럼 할멈을 보내면서 그것을 하필 자기에게 보내어 어떻게 처치하라는 것이 귀찮고 속상하기 때문에 이마를 찌푸린 것이오, 집에서 그렇게 빌어먹는 개처럼 구박하다가 썩은 생선처럼 노래기처럼 보내는 터에 반가운 식구나 손님처럼 전보로 미리 통지를 하고 오는 것이 할멈의 처지에는 고양이 장삼 입은 것 같고 농사꾼이 사모관대나 한 것처럼 격에 맞지 않기 때문에, 더구나 그래도 그것이 서울 간다고 좋다고 춤을 추면서 오겠지 하고 입으로는 웃은 것이다.

"전보들도 잘하지, 돈들도 많은 게야."

정옥은 '쯧' 하고 혀를 차고 이렇게 중얼거리면서 전보 종이를 버리고 옷을 갈아입었다.

2

벌써 삼 년 전 일이다. 정옥의 둘째 오빠가 그 부인과 화합치 못하여 이혼한 후에 여러 해 동안 혼자 지내다가 새로 장가를 들어 서울서 학교 졸업한 새색시를 맞아들이고 회갑이 가까운 정옥의 모친은 더구나 노환이 몸에 떠나지 않기 때문에 집안일은 돌보아 줄 수 없는 형편이라, 아무리 간단한 살림이라도 식모의 필요가 생겼다. 이러한 사정을 잘 아는 충청도로 출가한 정옥의 언니 정순이 출가한 이후에 처음으로 친정에 오는 길에 할멈을 하나 데리고 갔던 것이다.

꺼멓고 커다란 주름살이 많고 보기에도 뻣뻣하고 두터운 살가죽을 가진 노파이다. 그리고 아들이나 딸이나 세상에 도무지 혈육이란 하나도 없고 일가친척이 도무지 없는 그야말로 바위에서 낳았는지 장맛비에 섞여 하늘에서 떨어졌는지 난 곳도 모르고, 그러니까 제 나이도 모르고 물론 제 생일도 모른다. 아이들이 일부러,

"할멈 몇 살이요?"

하고 물으면 그 대답이 이렇다.

"충청도 있을 때 나하고 의좋게 지내던 처녀가 열일곱 살인데 나하고 동갑이어서 나도 열일곱 살이어."

이 말을 듣고는 온 집안이 웃음판이 된다.

정옥은 몸이 오싹오싹 춥고 머리가 좀 아파서 자리를 펴고 누웠다.

가만히 누우니 할멈의 생각이 난다. 공연히 싱글싱글 웃고 어깨를 실룩 실룩 하면서 춤을 추고 다니던 모양이 보인다. 하루 종일 부엌에서 일하고 빨래하고 심부름하다가 어떻게 틈이 나서 주인마님이나 아가씨가 없는데 방 안에 들어오면 고개를 기웃기웃 하면서 은근한 목소리로 속삭인다.

"작은아씨 내 춤에 장단쳐주어요."

"그래 그래."

그러면 할멈은, 좋다구나! 하고 두 팔을 벌리고 고개를 좀 개웃하고 어깨를 놀리고 볼기짝을 흔들고 다리를 들썩거리면서 돌아간다. 그러다가 흥이 나면 소리가 나온다. 그 소리는 늘 자청해서 하는 꼭 한 가지 소리다.

"대모야 풍잠아 너 잘 있거라.

떨어지는 상투는 염낭에 넣고

……. (여기는 정옥도 생각이 안 난다)

도검불 치마는 검어도 좋고

홍당목 치마는 붉어서 좋다."

이상스럽게 우러나오는 딴 목소리를 내어 저 혼자 신이 나서 지껄이면서 춤을 추고 돌아간다. 늘 보고 늘 듣는 것이라 그리 신기하지도 않아서 정옥은 소리를 질러,

"할멈 어서 나가서 저녁 시작하지 또 마님한테 걱정 들으면 어떡해."

그러면 할멈은 히히 웃으면서,

"밥은 만날 먹는 걸 그리 급한가, 나는 늘 춤이나 추고 소리나 하라면 좋겠더라. 작은 아씨도 지금 그러지 나처럼 늙으면 쓸데없어. 죽으면 쓸데 있나."

"아이 어서 나가 보아, 또 마님에게 야단맞으면 어떡해."

"마님이 왜 야단하셔? 마님이 나를 어떻게 사랑하시는데, 떡도 사주시고 저고리도 해주시고 마님도 좀 들어와서 들으시라지. 내 소리를 들으면 모두 잘한다고 칭찬을 하는데, 이왕에는 인력거 타고 불려 다녔다오."

그러고는 또 희희희희 하면서 돌아서 나간다.

할멈은 집에서만 이렇게 소리를 하고 춤을 추는 것이 아니라 남의 집에 가서도 그러고 거리에 다니면서도 그런다. 할멈은 매일 주인 나리의 '벤또'를 가지고 은행에 가는 것이 한 일과요, 그것이 할멈에게는 큰 기쁨이다. 그 시간이 되기만 기다리다가 그때가 되면 다른 옷을 갈아입고 춤을 추면서 나간다. 은행에 갈 때나 심부름 갈 때나 밖에 나갈 때에는 으레히 빨간 주머니 달린 흰 저고리와 검은 치마를 갈아입는다.

할멈은 이 빨간 주머니와 거기에 달린 은 노리개가 큰 자랑거리다. 빨간 주머니는 충청도 아씨가 주고 간 것이요, 은 노리개는 일본 공부 갔던 작은 나리가 준 돈 오 전으로 어느 장날 산 것인데 밖에 나갈 때는 반드시 잊어버리지 않고 달고 나간다. 마님이 흉하다고 떼어 버리라고 해도 기어이 비뚤어 매고 다닌다. 그리고 나가서는 거리의 상점에 앉아서 하라지도 않는 소리를 혼자 한다. 그러면 사람이 둘러서서 큰 웃음거리가 된다. 그래서 성내 거리에서는 '소리 잘하고 춤 잘 추는 충청도 할멈'이라, 혹은 '기생 할멈'이라 하여 유명하다. 그래서 나가면 으레히 상점에 앉아 있는 사람들이,

"소리해라, 춤추어라."

한다.

할멈은 나이는 육십이 훨씬 넘었지만 마음은 어린애다. 어린애들과 썩 잘 논다. 정옥의 큰집에는 어린애가 없으나 작은집에는 정옥의 조카가 둘이나 있다. 심부름을 갔다가는 그 아이들과 놀고 과자를 얻어먹고 세월 가는 줄을 모르기 때문에 늘 책망을 듣는다. 그리고 아이들에게서

얻어먹을 뿐 아니라 정옥을 보고도 조용한 틈만 있으면 떡 사달라고 하고, 마님과 같이 장에 나가면, '떡 사달라, 사탕 사달라.' 염치없이 조른다. 그러면 어떤 때는 사주기도 한다.

할멈은 몸이 아주 든든해서 힘든 일도 잘하고 별로 앓는 일이 없다. 그러다가 일이 정말 고되고 어려울 때에 몸이 좀 지쳐서 앓게 되면 방 한 모퉁이에서 요를 머리까지 왼통 들쓰고 끙끙 몹시 앓는다. 그럴 때는 당장 죽는 것처럼 앓는다. 그러면 주인 나리는 불쌍한 늙은이라 하여 아랫목에 눕게 하고 이불을 덮어 주고 마님이나 아씨가 친히 부엌에 나가서 밥을 짓는다.

정옥은 지난가을에 (개학할 임시에) 찬비를 맞고 빨래를 하고 나서 그날 밤에 몹시 앓은 것이 생각나서 불쌍한 마음이 생겼다. 그러나 할멈이 대개는 말도 잘 듣고 일도 잘하고 춤추고 소리나 하여 낙천적으로 지내지만 조금이라도 심사가 틀리면 큰소리를 내어 대답을 하고 밥도 아니 먹고 들어와 아프다고 쓰고 눕는다.

할멈이 심사가 틀릴 때에`들어가 병을 앓는 것은 상관이 없으나 주인 마님이나 아씨의 말을 안 듣고 항거하여 함부로 덤벼들 때에는 동정하던 주인들도 그만 진절머리가 나서 가만 두지 아니 한다. 처음에는 주인나리는 불쌍한 늙은이라 하여 역성을 들어 주고 주인 여자들은 잘못한다고 하였다. 그러나 조용하던 집에 정옥의 어머니의 환갑을 지내고, 아씨가 애기를 낳고 하기 때문에, 일도 좀 많아졌거니와 한 가지 까닭은 아무것도 없는 불쌍한 늙은이라 하여 너무 덮어 주고 너무 동정하여 아씨보다 자기를 더 위하는 것처럼 생각하게 하여 설상 분명히 할멈이 잘못하여 책망을 듣고 주인의 노염을 당할 때에도 할멈은 덮어두고 마님이나 아씨를 그르다고 한 일이 있었기 때문에, 그 마음을 너무 길러주고 그 성미를 길러 준 결과 마침내 옳거나 그르거나 주인 부인내의 말을 듣지 아니 할 뿐 아니라 도리어 주인을 업신여겨서 여러 가지 수욕을 더하고 야단을 하는 일이 그치지 않게 되었다. 이러한 일을 정옥은 친히 목도하여 잘 안다.

정옥은 여름에 갔을 때에 할멈이 심사를 내어 그 어머니에게 대하여 마치 자기 동배로 더불어 싸우는 것같이 아주 거만스러운 태도로 마디마디 큰소리를 내어 야단하던 것과 그러다가 가이없이 어실렁어실렁 대문 밖으로 쫓겨나가던 것과 나갔다가도 마님에게 사과도 아니 하고 태연히 들어와서 웅크리고 앉았던 것이 생각나고, 또 한 번은 주인아씨와 충돌되어서 후원 우물가에서 나리의 흉을 선전하였다는 것을 생각하였다. 또 비녀와 돈을 훔쳐서 그 오빠에게 초달을 맞던 생각이 났다. 그때마다 할멈은 불쌍한 것인지 미운 것인지 불쌍히 여겨 도와주어야 할지 미워서 내버려 두어야 할지 알 수 없었다. 그리고 정옥에게는 불쌍한 것을 어떻게 하여 구할까 하는 생각보다도 '저 미치광이 같은 것' '저 미친 개 같은 것' '집에서도 어찌할 수가 없어서 종내 쫓아보낸 것' 이런 생각만 나서 할멈이라는 것은 끔찍하고 무서운 물건, 싫고 괴로운 것 같이만 생각되었다. 자리에 누웠던 정옥은 '저걸 어떻게' 하면서 벌떡 일어나 나왔다.

3

정옥은 부엌에 나가서 주인집 아주머니가 저녁 짓는데 불을 때어 주고 앉았다.

"참 전보 보소오. 무슨 전봅디까?"

"보았어요, 그까짓 거."

"왜 무슨 전본데."

"우리 할멈이 오신다오."

"응 접대 편지 왔다더니 그게구먼."

"그렇다오, 글쎄 그걸 어쩌면 좋아요?"

"아 나가 보아야지."

"나가 보면 무얼 해요, 나가면 만나지요, 만나면 데리고 들어와야지요, 들어오면 여기를 두어 둡니까, 그걸 차마 한길에 내다 버립니까."

"그래두 나가 보아야지 그거 불쌍하지 않소?"

"글쎄 아주머니 어떡해?"

"어떡하긴 어떡해, 나가 보아야지. 나오라고 했다지?"

"아이구 난 몰라."

"대관절 편지에 뭐랬습디까? 다시 좀 이야기를 하오."

"무어라고 그러긴 아주머니도 가보시고 그래, 할멈이 너무도 흉악하게 굴어서 암만해도 둘 수 없어서 자기 소원대로 서울을 보내니 너 있는 곳에 네가 데리고 있든지 저 있던 곳이라는 데를 데려다 주든지 충청도 저희 고향으로 보내든지 하라고 하지 않았어요? 말은 좋지."

"참 그랬지!"

"저 있던 데라는 데가 어데요?"

"사직골이라든가 내 접대 이야기했지요, 왜."

"그럼 거기 데려다주지."

"아주머니두, 그게 벌써 몇 해 전인데 그 집이 여태 그냥 있기나 하며, 또 있다면 그 따위 걸 무엇이 반가워서 맞아들인답디까?"

"글쎄, 우리 집에라도 두었으면 좋으련만 그럴 수도 없고 어떡하나?"

정옥은 안방에서 저녁을 먹고 날이 몹시 춥고 바람이 또한 요란스럽게 불기 때문에, 더욱 쓸쓸한 건넌방에 혼자 앉아 있기도 싫거니와 건넌방은 춥고 안방은 따뜻하기 때문에 그냥 안방에서 공부하고 있었다.

더구나 내일은 임시 시험이 있으므로 여러 해 교사 노릇하던 아주머니에게 모를 것을 물어가며 수학을 복습하기에 골몰했다. 새로 난 교과서의 미터법은 옛날에 공부한 아주머니도 잘 가르쳐주지 못하기 때문에 정옥이 혼자서 교과서와 필기책을 가지고 씨름을 하면서 몹시 애를 쓴다. 그러다가 정옥은 우연히 아랫목 담벼락에 걸린 큰 시계를 쳐다보았다. 시계를 보고,

"아이쿠."

하고 부르짖었다. 작은 침은 IX자를 지나고 큰 침은 VI에 가까웠다. 신의주 방면에서 오는 차 시간은 아홉시 이십분이라 벌써 도착한 지 오래되었다. 정옥은 무슨 큰 죄나 지은 것같이 멍하니 앉았다.

정옥의 눈에는 커다란 보퉁이를 옆에 끼고 정거장 구내에서 두리번두리번하고 허둥지둥 하는 할멈이 보였다. 그러다가 마중 나올 줄 알았던 작은 아씨가 아니 보일 때에 혹 작은 아씨 비슷한 사람은 바삐 왔다 갔다 하여도 모두 모른 체하고 지나갈 때에 할 수 없이 밖으로 바삐 밀려나가는 다른 사람들에게 휩싸여서 휘황한 전등불을 쳐다보면서 밀려나오는 것이 보였다. 밖에 나와서도 왔다 갔다 하면서 작은 아씨를 찾다가 인력거꾼과 여관쟁이들의 야단하는 소리, 자동차의 붕붕하는 소리가 뒤섞여 몹시 분요한 가운데 뒤도 아니 돌아보고 달아나는 사람뿐이요, 작은 아씨라고는 그림자도 보이지 아니 할 때에 그만 절망하여 울듯이 한 모퉁이에 멍하고 섰는 것이 보였다.

어떻게 되었을까? 여관쟁이에게 붙들려 어디로 들어갔을까? 그러면 평안히 자겠지. 혹 순사에게 붙들려서 벌벌 떨고 섰을까? 거기서 내 이름을 부르고 내 말을 하면 어떡하나. 만일에 집에서 번지를 적어 주었으면 어떡하나. 그래서 순사가 데리고 와서 야단을 하면 어쩌나. 정옥은 이런 생각을 하고 아주머니와 같이 걱정을 하고 있었다.

"그러니 인제 어떡하나 할 수 없지."

하고 자리를 펴고 누웠다. 바람은 그냥 호통치듯 불고 있다. 조금 떨어진 뒷간 함석이 바람에 흔들려서 덜거덕덜거덕 야단을 한다. 바람에 대문 소리가 조금 삐걱하고 나도 '순사가 와서 찾지 않는가.' 하고 깜짝깜짝 놀랬다.

4

열시가 거의 다 되어서 정옥은 꾸벅꾸벅 졸고 있는데 대문 소리가 나더니 어느새 뜰에 사람 소리가 난다.

"손님 오셨습니다."

정옥은 깜짝 놀라서 어쩔 줄을 모르고 눈이 둥그래서 아주머니를 물끄러미 바라보다가,

"어서 나가보라."

하는 아주머니의 눈짓으로 문을 열고 나가 보았다. 깜깜한 뜰에 시꺼먼 사람이 초롱불을 잡고 섰는 것이 눈에 보이자 마루 끝에 희끄무레한 그림자가 선뜻 올라서면서,

"아이 작은 아씨 아니야요!"

하는 것은 온다고 하던 할멈의 목소리다.

정옥은 하도 놀라고 기가 막혀서 말도 아니 나오는 것을 입맛을 다시고서 게다가 추워서 떨면서 인력거 값을 물어 주었다. 그리고 할멈이 들어와서 빙글빙글 웃으면서 묻지도 않는 것을 혼잣말로 전하는 본집 소식을 잠자코 듣고 앉았다가 처음으로 입을 열어 물었다.

"할멈 왜 왔노?"

"작은 아씨 볼려고 왔지?"

하고 할멈은 한 번 '히히' 웃었다. 그리고 작은 아씨에게 드리는 선물이라 하는 것처럼 먹던 귤 한 개를 내놓았다.

"작은 아씨 잡수어 보셔요."

정옥은 안 들은 체하고 일어서 건넌방으로 가면서,

"어서가 자지 할멈."

그날 밤은 건넌방에서 정옥의 옆에서 잤다.

5

다음날 아침이다. 정옥은 학교에 가고 할멈은 정옥의 방으로 안방으로 왔다 갔다 하면서 혼자서 무어라고 이야기를 하고 중얼거린다. 정옥의 아주머니는 하도 우스워서 쳐다보다가 얼굴에 분칠을 하얗게 한 것을 발견하였다. 그래서 웃으면서 물어보았다.

"늙은이가 분을 왜 발랐나?"

"예쁘라고 발랐지."

할멈은 소리를 하고 춤을 추면서 돌아간다. 너무 우습고 가이없어서 다시는 묻지도 않고 내버려 두었다. 그러나 할멈은 정옥이 없는 사이에 종일 묻지도 않는 말을 남이 듣거나 말거나 혼자서 지껄이고 있다. 그것은 모두 예전 있던 안주댁 정옥의 본집의 흉이다. 주인아씨의 욕이며 마님의 흉이며 나중에는 정옥의 오빠의 흉까지 입에 담을 수 없는 흉악한 말뿐이다. 듣다못해,

"늙은이가 있던 주인댁의 흉을 전해서는 못써!"

하고 그 입을 막았다. 그때에 할멈은,

"참말 그래 내 실수로군."

하고 웃는다. 정옥의 아주머니는 집에 둘 수 없는 고약한 늙은이다

하고 생각하였다.

6

정옥이 학교에서 돌아왔다. 정옥이 학교에서 오면서 무슨 생각을 하였는지 구두도 벗지 아니 하고 할멈 보고 말했다.

"할멈 있던 사직골 데려다 줄 터이니 지금 가."

"작은 아씨, 데려다 줄 테야? 그럼 가지."

"할멈 짐도 가지고 가지."

"가지고 갈까? 그랴."

부엌에서 밥 짓는 정옥의 아주머니에게 가서 귓속말 하는 것같이 하면서 혼잣소리로 같이 중얼거렸다.

"작은 아씨가 나를 데리고 가서 떼어 버리고 오랴고 그러지."

이 말이 끝나기 전에 정옥은 큰소리를 치면서 저물었는데 어서 가자고 재촉했다. 할멈은 춤을 추면서 커다란 보퉁이를 이고 정옥을 따라 대문 밖으로 나갔다.

한 사십 분 만에 정옥은 돌아왔다. 바람이 몹시 부는데 나갔다가 온 정옥은 볼이 빨개져서 아무 말도 없이 들어온다. 아주머니는 잠깐 기다려서 물어보았다.

"어떡하고 왔소?"

"사직골 가서 두리번두리번할 때 휙 돌아서 왔지."

할멈을 갖다 버리고 와서 정옥은 마음에 죄송스러운 생각이 많고 큰 죄를 저질러 놓은 것 같아서 공연히 가슴이 울렁거리고 마음이 편치 못하던 터에 오라버니 편지에 '하나님께서 내려다보신다.' 하는 구절에 이르러서는 벽력이 내리는 듯이 속이 끔찍하고 정신이 아찔하였다. 그것이 편지의 구절 같지 않고 공중에서 나는 무서운 소리같이 정옥을 위협하였다.

갑자기 눈물이 핑 돌며 정옥은 막연히 앉았다. 그리고 한숨을 지으면서,

'어쩌란 말이야…. 나는 몰라.'

정옥은 한숨을 길게 쉬고 엽서를 다시 한 번 읽어보았다. 그리고 이리저리 생각하였다.

"저걸 어째!"

"……."

"참 안주댁에서 편지 왔습디다. 책상에 놓아두었소."

"편지?"

하면서 정옥은 방으로 들어갔다. 펄썩 주저앉으면서 책상에 놓인 엽서를 읽어보았다. 편지 사연은 이렇다.

"… 할멈은 보았을 듯하다. 할멈은 그 댁에 두게 하든지 여비를 보내 줄 터이니 고향으로 보내 주든지 저 있던 집을 잘 찾아 주든지 어데 있을 곳을 얻어 주든지 하지 함부로 갖다 내버려서는 안 된다. 하나님께서 내려다보신다. 너는 아직 앞길이 창창한 어린애다."

사실 정옥은 아직 나이 어리고 더구나 인제 혼인 문제도 있는 터이라 앞길이 멀고 먼 처녀다.

'내가 왜 남에게 못할 짓을 하랴. 남의 원한을 받으랴. 더구나 상관도 없는 일에 내가 죄를 입으랴.'

생각하였다. 겨우 밥을 좀 먹고 곧 아주머니와 같이 바로 떠났다. 바삐 사직골로 가서 그 자리를 찾아보았다. 그러나 할멈은 그림자도 볼 수 없다. 이 모퉁이 저 모퉁이 한참 찾아보아야 할멈 같은 사람은 없다. 파출소에 물어보아도 모른다고 한다. 몇 곳 상점에서 불어보았으나 아

무도 보았다는 사람은 없다. 바람이 불어 날씨가 차기 때문에 밤도 깊이 않았는데 행인이 드물고, 여염집은 물론이요, 상점 문들도 다 닫혔다. 그래서 더 물어보고 싶은 것도 못 물어보고 돌아왔다.

오는 길에는 사람이 별로 없고 바람만 야단스럽게 부는데 야주개 모퉁이 군밤 장수는 웅크리고 떨면서 걷어가지고 돌아가기를 준비한다.

정옥은 집에 와 누웠으나 그날 밤은 꿈만 꾸고 졸연히 깊은 잠을 들지 못했다. 다음날 학교에 가서도 선생의 말이 잘 귀에 들어오지 않았다. 그 뒤에 두 달 석 달이 지나도록 종내 할멈을 만나지 못하고 그 비슷한 늙은이도 보지 못했다. 아무에게서도 그 소식도 듣지 못했다. 그리고 밤에 자려고 눈만 감으면 할멈이 싱글싱글 이상스럽게 웃으면서,

> 대모야 풍잠아 너 잘 있거라
> 떨어지는 상투는 염낭에 넣고
> … 응응
> 도검불 치마는 검어서 좋고
> 홍당목 치마는 붉어서 좋다.

얄궂은 노래를 부르던 모습이 눈앞에 떠오고 잠만 들면 전에 안주서 자기 어머니—마님에게 대들어서 이를 악물고 두 주먹을 불끈 쥐고 발발 떨면서 발악을 하던 흉악스러운 꼴이 자꾸만 보이고 뇌리에 달라붙어서 견딜 수가 없었다.

-《문예공론(文藝公論)》, 1927년

천치냐 천재냐

1

나는 성년도 되기 전부터 못해본 것이 없이 별 것을 다 하였나이다. 어려서는 물론 학교도 다녔지요. 예수 믿고 전도도 하였나이다. 어떤 회사에 가서 사무원 노릇도 하였나이다. 그뿐이겠어요? 어떤 친구와 작반해서 오입쟁이 노릇도 하였고, 아주 떨어져서 엿장수도 해보았나이다. 또 밥 객주도 해보다가 교사 노릇도 하였나이다. 뛰어서 일본 유학생 노릇도 하였나이다. 네, 한때는 열렬한 애국자가 되어서 북간도 서간도로 다니면서 독립운동도 하였지요. 어떤 때는 광객 노릇도 하였나이다.

그러다가 어떻게 되어 나는 세 번째 소학교 교사 노릇을 하게 되었나이다. 나는 평생에 교사 노릇은 끔찍이 싫어하였고, 더구나 소학교 교사 노릇은 죽어도 아니 하려고 하였나이다. 초학 훈장의 똥은 개도 안 먹는다는 속담도 있거니와, 실상 소학교 교사 노릇이야말로 사람은 못할 노릇이외다. 더구나 혈기 있는 청년은 참말 못할 노릇이외다. 내가 이전에 별 '노릇'을 다 해보았으나, 소학교 교사같이 못할 노릇은 없더이다. 그러므로 나는 '세상에 노릇이 많은 가운데 훈장 노릇이 가장 어렵다.' 하는 정의를 내리고, 저 혼자 늘 그 생각을 하고 있나이다.

내가 세 번째 갔던 학교는 평안도 중화군 서면에 있는 득영학교(得英學校)이었나이다. 그렇게 싫어하고, 그렇게 못할 소학교 교사 노릇을 겨우 십이 원 월급에 팔려서 세 번째나 다시 하게 된 것은 정말 형편이 할 수 없어서 그런 것이지요. 늙은 어머니와 자식들과 살아갈 도리가 없고, 아주 궁해져서 교사 노릇 자리를 얻어간 것이지요.

득영학교는 중화 서면에서 꽤 세력 있는 박씨 일문이 사는 촌중에서 세운 것이었습니다. 교실은 본래 서당으로 쓰던 기와집인데, 동리 뒷산 등에 들썩하게 지은 것인 고로, 그 근처 한 수십 리 안에서는 어디서 보든지 우뚝 솟은 득영학교가 얼른 눈에 뜨이나이다.

내가 맨 처음에 교사로 고빙되어 봇짐을 지고 득영학교를 찾아오다가, 멀리서 보이는 회칠한 기와집을 보고 벌써 '저것이 학교로구나.' 짐작이 될 때에 여러 가지로 상상을 하였지요.'저 학교에는 학생이 몇이나 될까? 저 학교에는 나같이 할 수 없이 되어 마지막 수단으로 몇 푼 월급에 팔려서 왔던 속 썩어진 훈장이 몇 놈이나 될까? 그래도 그 가운데도 제법 교육의 사명을 깨닫고 왔던 사람이 있을까? 무얼 있을라구…. 훈장 노릇! 에구, 또 해?' 이전에 씩씩하던 생각이 나서 이마를 찌푸렸습니다.

저 학교 생도가 적어도 열다섯 명은 되겠지. 그 가운데는 꽤 재간이 있는 천재도 있으렸다. 못나디 못난 천치도 있으렸다. 또는 흉악한 불량아도 있으렸다. 손을 댈 수가 없이 사나운 아이가 있어서, 내 말을 안 듣고 속이 썩으면 어떡하나, 걱정도 해보았습니다. '아니다. 내가 잘못하면 불량아를 만들어 놓기도 하고, 잘하면 천재나 훌륭한 인재를 만들어 놓을 수도 있고, 불량아가 변해서 우량아가 되도록 할 수도 있다. 옛날부터 농촌에서 시인 문사가 많이 나고, 위인 걸사가 많이 났다더라.'

이런 생각을 하니까, 책임감으로 갑자기 짐이 무거워짐을 깨달았습니다. 나는 문득 얼굴이 확확 달아짐을 깨달았습니다. 나는 평시에 교육학은 한 페이지도 공부해보지 못했습니다. 물론 아동심리학 같은 것은 구경도 못했습니다. 아이들의 성격과 개성을 가려볼 만한 총명한 눈도 가지지 못하였습니다. 나는 다만 일찍 우리 아버지 덕에 쉬운 일어와 산술을 좀(겨우 분수까지) 배웠을 따름이외다. 이것을 본전 삼고, 남의 귀한 자제를 맡아 가르치려고, 아니 돈 십이 원을 거저먹으려고 남이 땀 흘려 농사지은 곡식을 편안히 앉아서 먹으러 간다고 생각을 하니, 부끄럽기가 끝이 없는 것을 염치없이 그날 저녁 여덟 시에 교감댁을 찾아 들어갔습니다. 박 교감의 인도로 학교로 올라갔습니다. 저녁은 교감의 집에서 얻어먹었습니다. 밥은 교감의 집에서 먹고, 거처는 학교에서 하기로 하였습니다.

교감이 팔십 원이나 들여 수리를 해서, 이제는 훌륭한 학교가 되었다고 자랑을 하는 교실은, 밤이면 교사가 거처하는 방까지 합하여 두 칸 반이요, 깨진 유리창 한 개가 달린 것이 가장 신식이더이다.

* * *

교감이 내려간 후에 혼자서 자려니까 미상불 좀 무서운 생각이 나더이다. 나보다 먼저 왔던 선생이 혼자 자다가 승냥이한테 물려가지나 아니 하였나, 혹은 이 반 칸 방에서 밤에 대들보에 목을 매고 죽지나 아니 하였나, 목매 죽은 귀신이 퍽 무섭다는데…. 교감이라는 영감이 벌써 얼른 보기에 천하 깍쟁이 같더라. 꼭 괭이 수염같이 노오란 것이 몇 오라기가 까불어진 매부리코 밑에 밭디밭은 입술 위에 빳빳 뻗치고, 눈은 연해 핼금핼금하고, 공연히 헛기침을 자주 하는 것은 아무가 보아도 깍쟁이라고 아니 할 수 없다…. 나는 처음 보고 이내 '네가 아전 노릇으로 늙어서 털이 노래졌구나.' 하였습니다. 이 동리 양반(?)들은 모두 다 몹시 교만하다는 말과 교사를 거지같이 여겨 괄시한다는 말을 들었습니다. 아이들까지도 그 감화를 받아서 교사 따위는 우습게 알고, 제법 업신여긴다는 말과, 학교가 겨울에는 지독히 춥다는 말도 듣고 왔습니다.

그래서 나는 분명히 목매 죽거나 얼어 죽은 놈이 있으리라고 생각하였습니다. 얼어 죽은 놈은 반드시 있으리라고 하였습니다. 당장 숭글숭글 터진 담 틈으로는 하늘의 별이 보이고, 산산한 가을바람이 솔솔 불어 들어오더이다. 목매 죽은 귀신이 오면 어떡하나, 금년 겨울에 얼어 죽지나 않을까 별 생각을 다 하고, 나같이 못난 놈을 하늘같이 믿고 있는 우리 어머님과 동생들 생각을 하다가 모르는 새에 잠이 들었습니다.

* * *

다음날 오후에 나는 컴컴한 방 안에 있기가 싫어서 혼자 뒷산으로 올라갔습니다. 가을 하늘이 마치 잔잔한 호수같이 맑고, 넘어가던 석양빛은 먼 산 가까운 촌을 자홍색으로 물들여 놓았더이다. 나는 산꼭대기까지 올라가서 아랫동네를 내려보다가, 저 건너편 읍내에 대문은 기울어지고 담이 무너지고, 기와가 떨어진 한편 쪽을 저문 햇빛에 목욕시키는 향교를 보고 감개한 느낌을 못 이겨 하는데, 내 발밑에서 '선산님!' 하는 소리가 들리더이다. 나는 깜짝 놀라서 굽어본즉 어디서 잠깐 본 듯한 아이가 숨이 헐떡헐떡하면서 나를 쳐다보고 있더이다. 얼굴은 둥그렇고 머얼건데, 눈에 흰자위가 많고 빙글빙글 웃는 것이 어째 수상하게 보이더이다. 그 웃음은 나를 반기는 것인지, '너는 또 무얼 하러 왔니.' 하고 성가신 물건이라는 표정인지 알 수 없는 이상한 웃음이더이다.

'밥 먹으래!' 하는 말에 웃음을 참지 못하였으나, 그 애가 박 교감집 아이인 줄은 얼른 짐작했습니다. 나는 '오냐 가자.' 하고 내려가면서 '네 이름은 무어냐?' 하고 물었습니다. '칠성이' 이것이 그 대답이었습니다. 그래서 나는 '그럼 박칠성이냐?'고 다시 물었습니다. 머리를 한 번 끄덕하더니 다시 흔들고는 입을 벌리고 나를 쳐다보더이다. 나는 속으로 짐작되는 것이 있어서 다시 더 묻지 아니 하고 그 손을 잡고 슬금슬금 내려갔습니다.

내려가면서 '나이는 몇 살이냐?' 물은 즉 얼굴이 갑자기 이상해지면서 대답을 아니 하기에 다시 한 번 물었습니다. 그때에야 입술을 쫑긋쫑긋하더니,

'응~ 열세 나서.' 이상한 소리를 지르겠지요. 나는 다정하게 말을 이어 물었습니다.

"너 학교에 다니니?"

"응."

"몇 년 급이냐?"

이 말에는 대답을 아니 하고 히히 웃더니, 내 손을 뿌리치고 갑자기 큰 소리를 내서, '학도야 학도야 청년 학도야' 노래를 부르고 먼저 막 달아나더니 보이지 아니합네다.

내가 장차 가르칠 득영학교 학생으로 처음 만난 것이, 이 이상한 아이 칠성이었습니다. 나는 하도 우습기도 하고 이상해서, 이리저리 생각을 하면서 천천히 박 교감 집으로 내려가 저녁을 먹었습니다.

2

내려가서 알아보니까, 칠성이는 박 교감의 누이 되는 과부의 아들이

라 합니다.

이튿날 아침에 밥을 먹는데, 지난 저녁에 나를 부르러 가서 만났던 '칠성이'가 방문 밖에서 나를 보고, 반가운 듯이 벌쭉벌쭉 웃으며 문지방을 손톱으로 뜯고 서 있더이다.

'칠성이냐, 밥 먹었니?' 나도 반가워서 말을 붙였으나, 아무 대답도 아니 하고 그냥 웃기만 하더이다.

나는 이리저리 주의도 하고 말을 들어서, 하루 이틀 지내는 사이에 칠성이의 사정을 대강 알게 되었습니다.

그 칠성이의 성은 정씨인데, 본시부터 좀 부족하게 태어났다 합니다. 말하자면 천치지요. 그 모친은 청춘에 그 남편을 잃고 본가로 돌아와서, 칠성이와 그 위로 박 교감을 의지하고 한집에 같이 사는 것이었습니다.

박 교감도 처음에는 천치란 것을 감추고 있더니, 가르쳐야 쓸데없어 단념을 하였다는 말을 들었습니다.

박 교감의 말을 들은 즉, 그 매부되는 사람이 본래는 그 집이 읍내의 갑부로서, 열두 살에 혼인을 했는데, 그때부터 몹시 잡기를 좋아해서 며칠씩 밤을 새워가면서 투전을 하는 것이 보통이요, 그 어머니는 마음이 약해서 번번이 돈을 당해 주는데, 그것을 그 부친이 알면 벼락같이 노해서 야단을 하기 때문에, 자기 누이는 출가한 후로 하루도 옷 벗고 편안히 잠을 자 본 일이 없었다고 합니다. 그러다가 매부는 차차 술 먹기를 배워서 나중에는 아주 큰 술꾼이 돼 버려서, 술을 잔뜩 먹고 들어와서는 돈 내라고 야단하여 무죄한 그 아내를 함부로 꼬집고 때리니, 그 누이는 청춘시절을 장 눈물로 보낼 수밖에 없었다고 합니다. 나중에는 계집질까지 하고 돌아다니다가, 또 종내 아편 침을 맞기 시작해서 아편 중독자가 되고, 주색의 여독으로 무서운 병이 들어서 고생을 하다가 죽었다고 합니다. 아버지도 술을 몹시 먹었는데, 젊어서 죽고, 칠성이의 아버지도 부친의 그 뒤를 그대로 따른 모양이외다.

* * *

박 교감에게 이런 말을 들은 뒤에 한주일 지난 일요일 날인데, 나는 갑갑해서 박 교감하고 이야기나 하려고, 오후에 저녁때는 아직 이르나, 슬금슬금 내려갔습니다. 박 교감은 없고 한 삼십 될락 말락 한 아직 젊은 부인이 안으로 향한 문을 열더니 밥상을 들고 들어오더이다. 나는 얼른 칠성이의 어머닌 줄 알았습니다.

나는 젊은 부인이 밥상을 가지고 들어오는 것이 황송하기도 하려니와, 수줍은 생각에 그 얼굴을 바로 보지는 못하였습니다. 그는 무슨 말을 할 듯 말 듯 하다가 머리를 숙이고 그냥 나가 버렸습니다.

내가 밥을 다 먹고 나니까, 칠성이의 어머니가 다시 들어오더니 이번에는 문 안에 앉더이다. 머리를 숙이고 한참이나 있더니 말을 꺼내더이다.

"선산님."

"네" 하고 나는 공손히 대답을 하였습니다. 부인은 그 아래를 이어,

"이렇게 말씀드리기는 어려워도…."

하고, 또 말을 그치더니, 조금 있다가,

"저것을 하나 믿고 사는데, 암만 일러도 하라는 공부는 아니 하고 장난만 합네다가레. 공부를 할래두 배와 주는 것을 암만 해도 깨드리지를 못해요. 그래서 선산님들이 내종에 노하가 나서 내던지군 합네다가레. 저걸 어띠합네까."

부인은 옷고름으로 눈물을 씻으면서 말을 이어,

"선산님이 저걸 어떻게 좀 가라쳐서 사람을 맨들어 주시…."

말을 마치지 못하더이다. 나는 잠시 대답을 못하고 앉았다가,

"네~, 걱정 마십시오. 내 기어이 가르쳐 놓지요."

나는 대답할 수밖에 없었지요.

"기애가…."

하고 부인이 다시 말을 꺼냅디다.

"장난을 해도 별하게 해요. 무엇이든지 눈에 보이는 대로 깨뜨리고 찢고 뜯어 놓아요. 그래서 저의 외삼춘한테 늘 매를 맞군 합네다가레. 또 어떤 때는 무엇을 제법 만들어 놓아요. 한 번은 칼을 가지고 무엇을 자꾸 깎더니 총을 맨들었는데 모양은 제법 되었어요. 또 한 번은 무자위래는 것을 맨드누라고 눈만 뜨면 부슬부슬 애를 씁데다가레. 남들은 공부하는데 공부는 아니 하고 장난만 하는 것이 너머 송화가 나서, 하루는 밤에 그것을 감초았디요. 그랬더니 아침에 그것을 찾다가 없으니까 밥도 안 먹고 자꾸 울어요. 그래서 하는 수 없이 도루 내주었디요. 그리구 또 별한 버릇이 있어요. 무엇이든지 네모난 함이나 곽이 있으면 그것은 한사하고 모아들였다가 방에 그득하게 쌓아 놓아요."

나는 이 말을 듣고 비로소 칠성이의 머리 뒷덜미가 쑥 나온 것을 생각하고, 평범한 아이는 아닌 줄을 알았습니다. 그리고 어떻게든지 잘 가르쳐 보기로 결심하였습니다. 부인은 젊은 사나이 혼자 있는데 들어와서 길게 이야기한 것이 부끄러운 생각이 났던지, 얼굴이 버얼개서 일어서 밥상을 들고 나가는데, 오래 갖은 고생을 겪은 흔적이 얼굴에 분명히 드러나 보이더이다. 그러나 귀 밑에 조금 나온 그 옻칠한 듯한 머리털이며, 그 맑은 눈과 붉은 입술은 오히려 청춘을 못 잊어하는 빛이 보이며, 처녀 때, 아씨 때에 동리 젊은이의 속을 태우던 한때는 부잣집 며느리였다는 모양이 넉넉히 드러나더이다.

3

나는 그 어머니가 눈물을 흘리면서 부탁하는 말을 들은 뒤에는, 특별히 힘을 써서 칠성이를 가르치려고 하였습니다. 내게 있는 온갖 지식을 쥐어짜고, 할 수 있는 데까지 시간을 바쳐서 살살 달래가면서 가르쳤습니다.

나는 혼자 갑갑하기도 하려니와, 칠성이가 너무 불쌍해서 매일 산보할 적마다 늘 손목을 잡고 다니면서, 정다운 말로 이야기를 해주고 한 번도 책망을 하지 아니 하니까, 다른 사람은 다 무서워 흠칠흠칠 하건마는, 나만 보면 늘 싱글싱글 웃고 제 동무같이 알게 되었습니다. 그래서 내 말은 매우 잘 듣게 되었습니다.

그런데, 한 번은 내가 어디 갔다가 학교로 올라가서 내 방에 들어가니까, 칠성이가 내 방에 혼자 있더이다. 내가 오는 것을 보고 무엇을 얼른얼른 감추더니 또 싱글싱글 웃더이다.

"너 무엇을 감추니? 나 좀 보자꾸나."

웃으면서 이렇게 달랬습니다. 칠성이는 자리 밑에 감추었던 것을 꺼내면서,

"이거야, 누수필이야."

내가 만일 재산이 있다고 하면 오직 하나의 재산일 뿐 아니라, 내가 끔찍이 귀애하는 만년필—내가 동경 가서 OO대학 XX과를 졸업할 때에, 내 의동생 누이가 영원히 잊지 말자고 사 보낸 워터맨 만년필은 벌써 원형을 잃어버리고, 다시 소용 못되게 조각조각이 해부를 하고, 동강동강 꺾어졌더이다.

나는 하도 기가 막혀서 입맛만 다시고 아무 말도 아니 하였습니다. 속으로는 몹시 분하고 성이 나는 것을 억지로 참았습니다.

그 다음날 나는 웃으면서,

"너 누수필 왜 뜯어서 꺾었니?"

물었습니다.

"꺾어 볼라구, 물감이 왜 자꾸 나오나 볼라구."

이렇게 대답하고 이상스럽게 나를 쳐다보더이다. 그래 나는 할 수 없이 이렇게 말했습니다.

"이담에는 무엇이든지 나하고 같이 뜯어보자. 너 혼자 하면 안 돼!"

나는 아무에게도 이 말을 하지 아니 하였습니다.

그리고 오후에 아이들을 보내고 책을 좀 보다가, 동리로 내려가서 칠성이를 찾으니까 벌써 어디 나가고 없더이다. 혼자서 천천히 동리 밖으로 나갔습니다. 거기는 조그만 개울물이 흘러가는 데, 늙은 버드나무가 하나 서 있습니다.

늦은 가을 석양이라, 하늘은 맑고 새 소리 하나 아니 들리고 사방이 고요한데, 누가 고운 목소리로 창가를 부르는 소리가 들리더이다. 그 소리는 꼭 내가 열일곱 살 된 해 여름에 평양 사랑 고을이라는 데 갔을 때, 옆의 방에서 들리던 어떤 어린 여학생의 찬미 소리 같더이다. 그야말로 옥을 옥판에 굴리는 소리같이 맑고 고운 소리였습니다. 놀랐습니다. 그 소리의 주인이 칠성인 줄은 어찌 알았으리까. 칠성이의 목소리가 그렇게 좋은 줄은 몰랐습니다.

하늘빛, 석양볕, 맑은 개울, 늙은 버드나무, 거기에 천진스러운 소년, 꼭 그림이외다. 소년은 천사외다.

나는 가만가만히 수양버들 옆으로 가까이 가 보았나이다. 칠성이는 모래밭에 펄쩍 주저앉았는데, 마침 떼를 지어 날아가는 기러기를 바라보고 혼자서 흥이 나서 노래를 부르던 것이더이다. 내 눈에는 아무리 하여도 칠성이가 천치 같이는 보이지 아니 하더이다. 나는 속으로 '너는 자연의 아이로구나, 네가 시인이로구나.' 하고 한참 생각에 잠겼나이다.

나는 두 번째 놀란 일이 있습니다.

칠성이가 나를 보더니 벌떡 일어나면서,

"선산님!"

부르더이다.

나는 웬일인가 하고 칠성이의 옆으로 '무얼 하고 있니?' 물으면서 갔습니다.

"젓지 않고 저 혼자 가는 배를 만들었는데, 가요! 가요!"

입을 벌리고 손뼉을 치면서 뛰놀더이다.

나는 가장 반갑고 기쁜 듯이, 실상은 한 호기심으로 무엇을 가지고 그러는지 보았습니다. 과연 칠성이의 옆에 장난감 같은 조고만 배가 놓여 있더이다. 나는 그 내용을 살펴보려고도 아니 하고, 한 번 다시 실험해 보기를 청하였습니다. 칠성이는 자기 배를 가지고,

"썩 잘 가는데!"

하면서 물가로 가더이다. 돌아서서 잠깐 꾸물꾸물 하더니 어느새 물에 띄웠는지 벌써 찌르르하면서 달아나더이다.

나는 칠성이와 같이 손뼉을 치고 기뻐했습니다. 나중에 보니까 '젓지 않고 가는 배'의 장치는 양철과 고무줄과 쇠줄 같은 것으로 만든 모양인데, 보자고 하여도 보이지는 아니 하더이다. 그래 억지로 보려고도 아니 하고 내버려두었습니다.

4

나는 불쌍한 칠성이를 위하여 힘도 많이 써보고, 여러 가지로 연구도

많이 해보았으나, 별로 시원한 결과가 생기지 않고, 칠성이는 여전히 한 알 수 없는 아이였나이다.

그러나 칠성이의 모친은 때때로 나를 보고 아들을 위하여 부탁을 하고, 의복과 음식을 아주 집안사람같이 친절히 해주었습니다. 어머니의 말을 들은 즉 박 교감은 분명히 자기 아들과 누이의 아들을 무엇이나 차별이 있게 한다고 하고, 칠성이가 하루에 한 번씩은 으레히 매를 맞는다 합니다.

* * *

그럭저럭 하는 사이에 겨울이 되고 눈이 오게 되었습니다. 나는 어떤 날 저녁에 책을 보기에 재미가 나서 시간이 좀 늦어서 박 교감 집으로 갔습니다. 갔더니 칠성이가 아침부터 없어졌다고 온 동리를 온통 찾아보고 야단법석이 났습니다.

"아차!"

나는 놀랐습니다.

"선산님, 칠성이가 없어졌어요."

어머니의 호소를 듣고 나는 가슴이 뜨끔했습니다.

무엇으로 대갈빼기를 얻어맞은 것같이 골이 아팠습니다. 나는 박 교감집 머슴을 하나 데리고, 그 어머니와 같이 등불을 가지고 개울로 나가보았습니다. 그 모친은 어쩔 줄을 모르고 울면서,

"칠성아! 칠성아!"

부르짖었습니다.

개울에는 아무리 찾아보아야 없더이다. 칠성이가 배를 띄우던 개울물은 여전히 말없이 흘러가지마는, 칠성이의 간 곳은 도무지 알 수 없

었습니다. 나는 지난가을에 칠성이가 모래 위에 앉아서 고운 목소리로 노래를 부르던 생각을 하고, 그 어머니가 "칠성아! 칠성아!" 아들 찾는 소리가 학교 뒷산에 울리는 처량한 소리를 듣고, 눈물을 아니 흘리지 못했습니다. 나는 저녁도 못 먹고 밤에 잠도 못자고 칠성이의 일을 곰곰 생각했습니다.

그 이튿날 오후에야 칠성이를 찾았습니다. 찾기는 찾았으나 말 못하고 차디찬 칠성이를 찾았습니다.

이튿날 새벽에 동리 사람이 평양으로 가다가 길가 버드나무 밑에 앉아서 죽은 시체를 발견했다고 합니다. 그것이 박 교감의 조카 칠성인 줄 알고, 도로 와서 알려 주어서 사람을 보내 시체를 찾아왔다고 합니다.

내가 학교에서 내려가니까, 칠성이의 어머니는 아들의 시체 위에 엎드려서 아무 정신을 못 차리고 흑흑 느끼기만 하다가, 이따금 하는 말은, 죽은 칠성이를 흔들면서,

"칠성아! 칠성아! 일어나 밥 먹어라."

그 어머니는 거의 다 미쳤더이다. 과연 못 볼 것은 외아들 잃어버린 과부의 설워함이더이다.

5

마지막에 내가 말 아니 할 수 없는 것이 있습니다. 꼭 내가 자백하여야 될 일이 있습니다.

칠성이가 없어지기 전날에 학교에서 어떤 큰 학생의 시계가 없어졌습니다. 그래서 나는 학생을 하나씩 불러서 몸을 뒤져 보았습니다. 그 시계가 마침내 칠성의 몸에서 나왔습니다. 시계는 벌써 다 결단 나버렸

더이다. 나는 칠성이의 버릇을 알면서도, 전에 내 만년필 버린 생각도 다시 나고, 내가 여태껏 애쓴 것이 허사로 돌아간 것이 너무도 분해서, 전후를 생각지 아니 하고 채찍으로 함부로 때리기를 몹시 하였습니다. 칠성이가 죽은 때문입니다. 칠성이는 내가 죽인 셈입니다. 칠성은 남이 가진 시계에 욕심을 내어서 훔친 것은 아니외다. 똑딱똑딱 가는 것이 이상해서 깨뜨려 보려고 훔친 것인 줄 확실히 아나이다. 칠성에게는 네 것 내 것이 없었나이다. 동무가 가진 시계나 길가에 있는 나뭇개비나 다름이 없었나이다. 그는 무엇이나 이상한 것이 있으면 끝까지 보고야 마는 열심을 가졌었나이다. 내 만년필을 꺾은 것도 그것이외다. 나는 그것을 방해하였나이다. 나뿐 아니라, 자기 주위에 있는 사람은 모두 칠성이의 하는 일을 방해하였습니다. 나도 그 사람 가운데 하나이었습니다. 그런 동네, 그런 세상을 칠성이는 떠났습니다.

그리고 칠성이는 평시에 늘 평양 간다는 말을 하였나이다. 한 번은 혼자서 평양을 다녀왔다고 하더이다. 돈 한 푼 안 가지고 길도 모르고 평양을 간다고 가다가, 날이 저물어 그만 나무 아래서 돌을 베고 잤다는 말을 들었나이다. 이번에도 두 번째 평양을 가다가 추워서 가지 못하고 앉았다가 길가에서 얼어 죽은 것이더이다.

또 한 가지 말할 것은 자기 어머니의 의롱 속에서 칠성이의 글씨를 발견한 것이외다.

"내 맘대루 깨뜨려 보고, 내 맘대루 맨들고, 그리카구 또 고운 곽 많이 얻을라구 페양 간다."

이런 말을 쓴 것을 나도 보았습니다.

칠성이가 찬바람 몹시 부는 겨울에 버드나무 밑에서 눈 위에 쪼그리고 앉아서, 두 손을 모으고 호호 불면서 바들바들 떨다가 죽은 것은, 오직 밤새도록 자지 않고 반짝이던 하늘의 별들이 내려다보았을 줄 아나이다.

가련한 칠성이는 지금 자기 하는 일을 방해하는 어머니도 없고, 자기를 때리는 외삼촌이나 훈장도 없고, 자기를 놀려먹는 동무도 없는 곳으로, 저 구름 위로 별 위로 올라가서, 마음대로 하고 싶은 것 하고 편안히 있을까 하나이다.

나는 다시 더 득영학교에 있기가 싫어서 겨우 사흘을 지내서, 칠성이의 묘를 한 번 찾아보고 봇짐을 꾸려 지고 정처 없이 떠났나이다. 이제는 무슨 노릇을 해먹을지 모르는 길을 떠났나이다.

-《창조(創造)》, 1919년 3월

화수분

1

첫겨울 추운 밤은 고요히 깊어간다. 뒤뜰 창 바깥에 지나가는 사람 소리도 끊어지고, 이따금 찬바람 부는 소리가 '휙—우수수' 하고 바깥의 춥고 쓸쓸한 것을 알리면서 사람을 위협하는 듯하다.

"만주노 호야 호오야."

길게 그리고도 힘없이 외치는 소리가 보지 않아도 추워서 수그리고 웅크리고 가는 듯한 사람이 몹시 처량하고 가엾어 보인다. 어린애들은 모두 잠들고 학교 다니는 아이들은 눈에 졸음이 잔뜩 몰려서 입으로만 소리를 내어 글을 읽는다. 나는 누워서 손만 내놓아 신문을 들고 소설을 보고, 아내는 이불을 들쓰고 어린애 저고리를 짓고 있다.

"누가 우나?"

일하던 아내가 말하였다.

"아니야요. 그 절름발이가 지나가며 무슨 소리를 지껄이면서 그러나 보아요."

공부하던 애가 말한다. 우리들은 잠시 그 소리를 들으려고 귀를 기울였으나, 다시 각각 그 하던 일을 계속하여 다시 주의도 하지 아니 하였다. 그러다가 우리는 모두 잠이 들어버렸다.

나는 자다가 꿈결같이 'ㅇㅇㅇㅇㅇㅇ' 하는 소리를 들었다. 잠깐 잠이 반쯤 깨었으나 다시 잠들었다. 과연 아범의 우는 소리다. 행랑에 있는 아범의 우는 소리다.

'어찌하여 우는가. 사나이가 어찌하여 우는가. 자기 시골서 무슨 슬픈 상사의 기별을 받았나? 무슨 원통한 일을 당하였나?' 나는 생각하였다. '어이 어이' 느껴 우는 소리를 들으면서 아내에게 물었다.

"아범이 왜 울까?"

"글쎄요, 왜 울까요."

2

아범은 금년 구월에 그 아내와 어린 계집애 둘을 데리고 우리 집 행랑방에 들었다. 나이는 한 서른 살쯤 먹어 보이고, 머리에 상투가 그냥 달라붙어 있고, 키가 늘씬하고 얼굴은 기름하고 누르퉁퉁하고, 눈은 좀 큰데 사람이 퍽 순하고 착해 보였다.

주인을 보면 어느 때든지 그 방에서 고달픈 몸으로 밥을 먹다가도 얼른 일어나서 허리를 굽혀 절한다. 나는 그것이 너무 미안해서 그러지 말라고 이르려고 하면서 늘 그냥 지내었다. 그 아내는 키가 자그마하고 몸이 똥똥하고, 이마가 좁고, 항상 입을 다물고 아무 말이 없다. 적은 돈은 회계할 줄을 알아도 '원'이나 '백냥' 넘는 돈은 회계할 줄을 모른다.

그리고 어멈은 날짜 회계할 줄을 모른다. 그러기에 저 낳은 아이들의 생일을 아범이 그 전날 내일이 생일이라고 일러주지 않으면 모른다고 한다. 그러나 결코 속일 줄은 모르고, 무슨 일이든지 하라는 대로 하기는 하나 얼른 대답을 시원히 하지 않고, 꾸물꾸물 오래하는 것이 흠이다. 그래도 아침에는 일찍 일어나서 기름을 발라 머리를 곱게 빗고, 빨간 댕기를 들여 쪽을 찌고 나온다.

그들에게는 지금 입고 있는 단벌 홑옷과 조그만 냄비 하나밖에 아무것도 없다. 세간도 없고, 물론 입을 옷도 없고 덮을 이부자리도 없고, 밥 담아 먹을 그릇도 없고 밥 먹을 숟가락 한 개가 없다. 있는 것이라고는 보기 싫게 생긴 딸 둘과 작은 애를 업는 홑 누더기와 띠, 아범이 벌이하는 지게가 하나—이것뿐이다. 밥은 우선 주인집에서 내어간 사발과 숟가락으로 먹고, 물은 역시 주인집 어린애가 먹고 비운 가루 우유통을 갖다가 떠먹는다.

아홉 살 먹은 큰 계집애는 몸이 좀 뚱뚱하고 얼굴은 컴컴한데, 이마는 어미 닮아서 좁고, 볼은 애비 닮아서 축 늘어졌다. 그리고 이르는 말은 하나도 듣는 법이 없다. 그 어미가 아무리 욕하고 때리고 하여도 볼만 부어서 까딱없다.

도리어 어미를 욕한다. 꼭 서서 어미보고 눈을 부르대고 '조 깍쟁이가 왜 야단이야.' 하고 욕을 한다. 먹을 것이 생기면 자식 먹이고 남편 대접하고, 자기는 늘 굶는 어미가 헛입노릇이라도 하는 것을 보게 되면 '저 망할 계집년이 무얼 혼자만 처먹어?' 하고 욕을 한다. 다만 자기 어미나 아비의 말을 아니 들을 뿐 아니라, 주인마누라나 주인나리가 무슨 말로 일러도 아니 듣는다. 먼 데 있는 것을 가까이 오게 하려면 손수 붙들어 와야 하고, 가까이 있는 것을 비키게 하려면 붙들어다 치워야 한다.

다음에 작은 계집애는 돌을 지나 세 살 먹은 것인데, 눈이 커다랗고 입술이 삐죽 나오고, 걸음은 겨우 빼뚤빼뚤 걷는다. 그러나 여태 말도 도무지 못하고, 새벽부터 하루 종일 붙들어 매어 끌려가는 돼지 소리 같은 크고 흉한 소리를 내어 울어서 해를 보낸다.

울지 않는 때라고는 먹는 때와 자는 때뿐이다. 그러나 먹기는 썩 잘 먹는다. 먹을 것이라고 눈앞에 보이기만 하면 죄다 빼앗아다가 두 다리 사이에 넣고, 다리와 팔로 웅크리고 '옹옹' 소리를 내면서 혼자서 먹는다. 그렇게 심술 사나운 큰 계집애도 다 빼앗기고 졸연해서 얻어먹지 못한다. 이렇기 때문에 작은 것은 늘 어미 뒷잔등에 업혀 있다. 만일, 내려놓아 버려두면 그냥 땅바닥을 벗은 몸으로 두 다리를 텃 내뻗치고, 묶여가는 돼지 소리로 동리가 요란하도록 냅다 지른다.

그래서 어멈은 밤낮 작은 것을 업고 큰 것과 싸움을 하면서 얻어먹지도 못하고, 물 긷고 걸레질 치고 빨래하고 서서 돌아간다. 작은 것에게는 젖을 먹이고, 큰 것의 욕을 먹고 성화받고, 사나이에게 '웅얼웅얼' 하는 잔말을 듣는다. 밥 지을 쌀도 없는데, 밥 안 짓는다고 욕을 한다. 그리고 아범은 밝기도 전에 지게를 지고 나갔다가 밤이 어두워서 들어오지만, 하루에 두 끼니를 못 끓여 먹고, 대개는 벌이가 없어서 새벽에 나갔다가도 오정 때나 되면 일찍 들어온다. 들어와서는 흔히 잔다. 이런 때는 온종일 그 이튿날 아침까지 굶는다. 그때마다 말없던 어멈이 '옹알옹알' 바가지 긁는 소리가 들린다. 어멈이 그 애들 때문에 그렇게 애쓰고, 그들의 살림이 그렇게 어려운 것을 보고, 나는 이따금 이렇게 생각하였다.

아내에게 말도 한다.

"저 애들을 누구를 주기나 하지."

위에 말한 것은 아범과 그 식구의 대강한 정형이다. 그러나 밤중에 그렇게 설게 운 까닭은 무엇인가?

3

그 이튿날 아침이다. 마침 일요일이기 때문에 내게는 한가한 틈이 있어서 어멈에게서 그 내용을 들을 기회가 있었다.

"지난밤에 아범이 왜 그렇게 울었나?"

하는 아내의 말에 어멈의 대답은 대강 이러하였다.

"어멈이 늘 쌀을 팔러 댕겨서 저 뒤의 쌀가게 마누라를 알지요. 그 마누라가 퍽 고맙게 굴어서 이따금 앉아서 이야기도 했어요. 때때로 '그 애들을 데리고 어떻게나 지내나?' 하고 물어요. 그럴 적마다 '죽지 못해 살지요.' 하고 아무 말도 아니 했어요. 그러는데 한 번은 가니까, 큰애를 누구를 주면 어떠냐고 그래요. 그래서 '제가 데리고 있다가 먹이면 먹이고 죽이면 죽이고 하지, 제 새끼를 어떻게 남을 줍니까? 그리고 워낙 못생기고 아무 철이 없어서 에미 애비나 기르다가 죽이더래도 남은 못주어요. 남이 가져갈 게 못됩니다. 그것을 데려가시는 댁에서는 길러 무엇 합니까. 돼지면 잡아나 먹지요.' 하고 저는 줄 생각도 아니 했어요. 그래도 그 마누라는 '어린 것이 다 그렇지 어떤가. 어서 좋은 댁에서 달라니 보내게. 잘 길러 시집보내 주신다네. 그리고 젊은이들이 벌어먹고 살아야지. 애들을 다 데리고 있다가 인제 차차 날도 추워오는데 모두 한꺼번에 굶어죽지 말고….' 하시면서 여러 말로 대구 권하셔요.

말을 들으니까 그랬으면 좋을 듯도 하기에 '그럼 저의 아범보고 말을 해보지요.' 했지요. 그랬더니 그 마누라가 부쩍 달라붙어서 '내일 그 댁 마누라가 우리 집으로 오실 터이니 그 애를 데리고 오게.' 하셔요. 해서 저는 '글쎄요.' 하고 돌아왔지요. 돌아와서 그날 밤에, 그제 밤이올시다. 그제 밤 아니라 어제 아침이올시다. 요새 저는 정신이 하나 없어요. 그래 밤에는 들어와서 반찬 없다고 밥도 안 먹고, 곤해서 쓰러져 자길래 그런 말을 못하고, 어제 아침에야 그 이야기를 했지요. 그랬더니 '내가 아나, 임자 마음대로 하게 그려.', 그러고 일어서 지게를 지고 나가 버리겠지요. 그리고는 저 혼자서 온종일 이리저리 생각을 해보았지요. 아무려나 제 자식을 남을 주고 싶지는 않지만 어떻게 합니까. 아씨 아시듯이 이제 새끼 또 하나 생깁니다그려. 지금도 어려운데 어떻게 둘씩 셋씩 기릅니까. 그래서 차마 발길이 안 나가는 것을 오정 때가 되어서 데리고 갔지요. 짐승 같은 계집애는 아무런 것도 모르고 따라나서요. 앞서 가는 것을 뒤로 보면서 생각을 하니까 어째 마음이 안 되었어요."

하면서 어멈은 울먹울먹한다. 눈물이 핑 돈다.

"그런 것을 데리고 갔더니 참말 웬 알지 못하는 마누라님이 앉아 계셔요. 그 마누라가 이걸 호떡이라 군밤이라 감이라 먹을 것을 사다 주면서, '나하고 우리 집에 가 살자. 이쁜 옷도 해주고 맛난 밥도 먹고 좋지, 나하고 가자 가자.' 하시니까 이것은 먹기에 미쳐서 대답도 아니 하고 앉았어요."

이 말을 들을 때에 나는 그 계집애가 우리 마루 끝에 서서 우리 집 어린애가 감 먹는 것을 바라보다가, 내버린 감꼭지를 쳐다보면서 집어가지고 나가던 것이 생각났다.

어멈은 다시 이야기를 이어,

"그래, 제가 어쩌나 볼려고, '그럼 너 저 마님 따라가 살련? 나는 집에 갈 터이니.' 했더니 저는 본 체 만 체 하고 머리를 끄덕끄덕해요. 그래도 미심해서 '정말 갈 테야. 가서 울지 않을 테야?' 하니까, 저를 한 번 흘끗 노려보더니 '그래, 걱정 말고 가요.' 하겠지요. 하도 어이가 없어서 내버리고 집으로 돌아왔지요. 그러고 돌아와서 저 혼자 가만히 생각하니까, 아범이 또 무어라고 할는지 몰라 어째 안 되었어요. 그래, 바삐 아범이 일하러 댕기는 데를 찾아갔지요. 한 번 보기나 하려고, 염천교 다리로 남대문 통으로 아무리 찾아야 있어야지요. 몇 시간을 애써 찾아 댕기다가 할 수 없이 그 댁으로 도루 갔지요. 갔더니 계집애도 그 마누라도 벌써 떠나가 버렸겠지요. 그 댁 마님 말씀이 저녁 여섯시 차에 광

핸지 광한지로 떠났다고 하셔요. 가시면서 보고 싶으면 설 때에 나와 보고 와 살려면 농사짓고 살라고 하셨대요. 그래 하는 수가 있습니까. 그냥 돌아왔지요. 와서 아무 생각이 없어서 아범 저녁 지어 줄 생각도 아니 하고 공연히 밖에 나가서 왔다 갔다 돌아 댕기다가 들어왔지요. 저는 눈물도 안 나요. 그러다가 밤에 아범이 들어왔기에 그 말을 했더니, 아무 말도 아니 하고 그렇게 통곡을 했답니다. 여북하면 제 자식을 꿈에도 보두 못하던 사람에게 주겠어요. 할 수가 없어서 그렇지요. 아범이 본래는 저렇게는 못살지는 않았답니다. 저희 아버지 살았을 때는 볏백석이나 하고, 삼형제가 양평 시골서 남부럽지 않게 살았답니다. 이름들도 모두 좋지요. 맏형은 '장자'요, 둘째는 '거부'요, 아범이 세짼데 '화수분'이랍니다. 그런 것이 제가 간 후로부터 시아버님이 돌아가시고, 그리고 맏아들이 죽고 농사밑천인 소 한 마리를 도적맞고 하더니, 차차 못살게 되기 시작해서 종내 저렇게 거지가 되었답니다. 지금도 시골 큰댁엘 가면 굶지나 아니 할 것을 부끄럽다고 저러고 있지요. 사내 못생긴 건 할 수가 없어요."

우리는 이제야 비로소 아범이 어제 울던 까닭을 알았고, 이때에 나는 비로소 아범의 이름이 '화수분'인 것을 알았고, 양평 사람인 줄도 알았다.

4

그런 지 며칠이 지난 어느 날 아침이다. 화수분은 새 옷을 입고 갓을 쓰고, 길 떠날 행장을 차리고 안으로 들어온다. 그것을 보니까, 지난밤에 아내에게서 들은 말이 생각난다. 시골 있는 형 '거부'가 일하다가 발을 다쳐서 일을 못하고 누워 있기 때문에, 가뜩이나 흉년인 데다가 일을 못해서 모두 굶어 죽을 지경이니, 아범을 오라고 하니 가보아야 하겠다는 말을 듣고, 나는 '가보아야겠군.' 하니까, 아내는 '김장이나 해주고 가야 할 터인데.' 하기에, '글쎄, 그럼 그렇게 일르지.' 한 일이 있었다. 아범은 뜰에서 허리를 한 번 굽히고 말한다.

"나리, 댕겨 오겠습니다. 제 형이 일하다가 도끼로 발을 찍어서 일을 못하고 누웠다니까 가보아야겠습니다. 가서 추수나 해주고는 곧 오겠습니다. 거저 나리 댁만 믿고 갑니다."

나는 어떻게 대답했으면 좋을지 몰라서,

"잘 댕겨 오게."

하였다.

아범은 다시 한 번 절을 하고,

"안녕히 계십시오."

하면서 돌아서 나갔다.

"저렇게 내버리고 가면 어떡합니까? 우리도 살기 어려운데 어떻게 불 때 주고 먹이고 입히고 할 테요? 그렇게 곧 오겠소?"

이렇게 걱정하는 아내의 말을 듣고 나는 바삐 나가서 화수분을 불러서,

"곧 댕겨 오게, 겨울을 나서는 안 되네."

하였다.

"암, 곧 댕겨 옵지요."

화수분은 뒤를 돌아보고 이렇게 대답을 하고 달아난다.

5

화수분은 간 지 일주일이 되고 열흘이 되고 보름이 지나도 아니 온다. 어멈은 아범이 추수해서 쌀말이나 지고 돌아오기를 밤낮 기다려도 종내 오지 아니 하였다. 김장 때가 다 지나고 입동이 지나고 정말 추운

겨울이 되었다. 하루 저녁은 바람이 몹시 불고, 그 이튿날 새벽에는 하얀 눈이 펑펑 내려 쌓였다.

아침에 어멈이 들어와서 화수분의 동네 이름과 번지 쓴 종잇조각을 내어놓으면서, 오지 않으면 제가 가겠다고, 편지를 써 달라고 하기에 곧 써서 부쳐까지 주었다.

그 다음날부터는 며칠 동안 날이 풀려서 꽤 따뜻하였다. 그래도 화수분의 소식은 없다. 어멈은 본래 어린애가 달려서 일을 잘 못하는 데다가, 다릿병이 있어 다리를 잘 못쓰고, 더구나 며칠 전에 손가락을 다쳐서 일을 하지 못하는 것을 퍽 미안하게 생각한다.

그리고 추운 겨울에 혼자 살아갈 길이 막연하여, 종내 아범을 따라 시골로 가기로 결심을 한 모양이다.

"그만, 아씨, 시골로 가겠습니다."

"몇 리나 되나?"

"몇 린지 사나이들은 일찍 떠나면 하루에 간다고 해두, 저는 이틀에나 겨우 갈 걸요."

"혼자 가겠나?"

"물어 가면 가기야 가지요."

아내와 이런 문답이 있은 다음날, 아침바람 몹시 불고 추운 날 아침에 어멈은 어린 것을 업고 돌아볼 것도 없는 행랑방을 한 번 돌아보면서 아창아창 떠나갔다.

그날 밤에도 몹시 추웠다. 우리는 문을 꼭꼭 닫고 문틈을 헝겊으로 막고 이불을 둘씩 덮고 꼭꼭 붙어서 일찍 잤다.

나는 자면서, 잘 갔나, 얼어 죽지나 않았나 하는 생각이 났다.

화수분도 가고, 어멈도 하나 남은 어린 것을 업고 간 뒤에는 대문간은 깨끗해지고 시꺼먼 행랑방 방문은 닫혀 있었다. 그리고 우리 집에는 다시 행랑사람도 안 들이고 식모도 아니 두었다. 그래서 몹시 추운 날, 아내는 손수 어린 것을 등에 지고 이웃집의 우물에 가서 배추와 무우를 씻어서 김장을 대강 하였다. 아내는 혼자서 김장을 하면서 눈물을 흘리고 어멈 생각을 하였다.

6

김장을 다 마친 어떤 날, 추위가 풀려서 따뜻한 날 오후에, 동대문 밖에 출가해 사는 동생 S가 오래간만에 놀러왔다. S에게 비로소 화수분의 소식을 듣고 우리는 놀랐다. 그들은 본래 S의 시댁에서 천거해 보낸 것이다. 그 소식은 대강 이렇다.

화수분이 시골 간 후에, 형 '거부'는 꼼짝 못하고 누워 있기 때문에, 형 대신 겸 두 사람의 일을 하다가 몸이 지쳐 몸살이 나서 넘어졌다. 열이 몹시 나서 정신없이 앓았다. 정신없이 앓으면서도 귀동이(서울서 강화 사람에게 준 큰 계집애)를 부르고 늘 울었다.

"귀동아, 귀동아, 어델 갔니? 잘 있니…."

그러다가는 흐득흐득 느끼면서,

"그렇게 먹고 싶어 하는 사탕 한 알 못 사주고 연시 한 개 못 사주고…."

하고 소리를 내어 어이어이 운다.

그럴 때에 어멈의 편지가 왔다. 뒷집 기와집 진사댁 서방님이 읽어주는 편지 사연을 듣고,

"아이구 옥분아(작은 계집애 이름), 옥분이 에미!"

하고 또 어이어이 운다. 울다가 펄떡 일어나서 서울서 넝마전에서 사입고 간 새 옷을 입고 갓을 썼다. 집안사람들이 굳이 말리는 것을 뿌리

치고 화수분은 서울을 향하여 어멈을 데리러 떠났다. 싸리문 밖에를 나가 화수분은 나는 듯이 달아났다.

화수분은 양평서 오정이 거의 되어서 떠나서, 해 저갈 즈음해서 백리를 거의 와서 어떤 높은 고개를 올라섰다. 칼날 같은 바람이 뺨을 친다. 그는 고개를 숙여 앞을 내려다보다가, 소나무 밑에 희끄무레한 사람의 모양을 보았다. 그것을 곧 달려가 보았다. 가본 즉 그것은 옥분과 그의 어머니다. 나무 밑 눈 위에 나뭇가지를 깔고, 어린 것 업는 헌 누더기를 쓰고 한끝으로 어린 것을 꼭 안아가지고 웅크리고 떨고 있다. 화수분은 왁 달려들어 안았다. 어멈은 눈은 떴으나 말은 못한다. 화수분도 말을 못한다. 어린 것을 가운데 두고 그냥 껴안고 밤을 지낸 모양이다.

이튿날 아침에 나무장사가 지나다가, 그 고개에 젊은 남녀의 껴안은 시체와, 그 가운데 아직 막 자다 깨인 어린애가 등에 따뜻한 햇볕을 받고 앉아서, 시체를 툭툭 치고 있는 것을 발견하여 어린 것만 소에 싣고 갔다.

－《조선문단(朝鮮文壇)》, 1925년 1월

사진

1

S는 송도를 떠나 서울로 올라온 지 한 달 만에 사진 한 장을 받았다. 빙그레 웃으면서 그 사진을 싼 종이를 뜯어보았다. 피봉에 쓰인 글씨의 주인은 이전에 S를 향하여 인사할 때와 같은 얌전하고 반기는 태도로 곱게 써 있다. 글씨의 주인은 Y이다. 그런데 사진에는 Y가 혼자 있으리라 기대하였더니, Y밖에 또 한 사람이 있다. 그는 Y의 친한 한 반 동무였다. S는 반가운 듯이 들여다보고 책상 서랍에 집어넣어 두었다.

2

S는 송도 어떤 소학교 교사로 있었다. 그 학교에는 여자부도 있고, 남자부도 있었는데, S는 여자부에서 많이 가르쳤다. 그 여학생들은 제일 나이 많은 아이가 열네 살 먹고, 모두 어리며 대개 얌전하고 재주가 있었다. 그래서 본래 음악을 좋아하는 S는 열심으로 노래를 가르치고, 그리고 날마다 재미있는 동화를 많이 들려주었다. 학생들도 열심으로 배

우고 재미있게 듣고, 그리고 S 선생을 몹시 사랑하였다. 하학하여도 집으로 돌아가지를 아니 하였다. 하기휴학 후에도 학생들은 한 모양으로 학교에 모여서 S 선생의 소매에 매달려 놀며 더운 줄도 몰랐다. 그래서 S 선생은 서울 자기 집에서 기다리는 것도 생각지 못하고 그대로 학교에 있었다. Y는 그중에 성적이 좋고 S가 보기에 위인이 똑똑한 학생이었다. 그리고 마음도 퍽 착한 아이였다. 여러 학생이 모두 S 선생을 사랑하는 가운데 Y는 더욱 S를 사랑하였다. 그리하여 자기 집에 가서 객지에 있는 S의 의복 걱정과 식사 걱정을 간곡히 하였다. 말은 아니 하여도 실상은 제일 S 선생을 사랑하였다.

S 선생은 개성을 떠나게 되었다. 첫째는 유학하기 위하여, 둘째는 학교 당사자와 사이에 조금 재미없는 일이 있어서. S 선생이 하루는 하학하고 내려오면서 나는 이제는 이 학교를 사직하고 서울로 올라간다는 말을 하였다. 그리고 내려갔다가 두 시간이나 지나서 무심중 다시 올라와 보았더니, 운동장 한 모퉁이에 한 학생이 아카시아나무를 의지하고 돌아서 있었다. S는 벌써 멀리서 보고도 누구인 줄 알고 가까이 가보았다. Y는 다시 돌아서면서 들리리만큼 소리를 내서 울고 있었다.

3

S는 그 봄에 동경으로 유학을 갔다. '오호츠까' 고등사범학교의 기숙사 서편 모퉁이 방에 혼자 있는 S는 논에 벼이삭이 누우래지고, 길가에 억새가 허예지고, 여기저기 언덕에 단풍이 빨개져서 가을빛이 무르익는 '무사시노' 넓은 들에 한가히 넘어가는 석양볕을 받으면서, 책상을 의지하고 말없이 앉아 있다. 멀리 들 경치를 바라보다가는 이따금 이따금 책상 위에 있는 사진을 들여다본다. 그러고는 또 눈을 감고 무슨 생

각을 한다. 한참 있다가는 다시 눈을 떠서 사진을 들여다본다.

S는 동경 가서 고향 그리운 병이 났던지 늘 수심으로 지내었다. 그래 그것을 스스로 위로하여 (실상은 옛날 그리운 병을 더 깊게 하였건마는) 가방에서 Y의 사진을 꺼내어 사진틀에 넣어 놓았다. 그 사진에는 본래 두 사람이 있었다. 얼굴 전체의 윤곽이 묘하게 예쁜 데다가 입은 꼭 다물고 있으나, 사람의 마음을 끌어가는 듯한 웃는 눈, 까맣고 동그란 눈의 주인은 Y였다. 그리고 그 옆에 앉아 있는 그의 동무의 얼굴은 어딘지 모르게 빠진 데가 있고 작은 눈과 긴 눈썹과 좁은 미간에는 독한 시기가 가득한 듯하였다. Y의 얼굴을 들여다볼 때마다 S에게 반김과 기쁨을 주었으나, 그 동무의 얼굴은 불쾌와 무서움을 주었다. 그래서 S는 가위로 그 동무의 얼굴과 몸을 베어 버렸다. 그리고 남은 Y의 사진에 아직 남아 있는 부분을 연필로 칠하여 묘하게 흐려버렸다.

그리고 이따금 오는 Y의 편지를 퍽 반가이 받아보았다. 그리고 간단하고도 간곡한 회답을 해주었다. 그의 동무에게서도 혹 편지가 왔다.

4

여름방학이 되어 S는 서울 자기 집으로 돌아왔다.

S가 왔다는 소식을 듣고, 서울 어느 여자고등보통학교에 같이 와서 공부하던 Y와 그 동무가 찾아왔다. 그 동무는 Y와 함께 사진 박힌 학생이었다.

S는 퍽 반가워서 여러 가지 이야기도 하고 물어도 보았다. 본래 말이 없고 얌전한 두 학생은 방긋방긋 웃기만 하면서, 다른 대답이나 말은 별로 없었으나, 서울 와서 공부하는 재미가 어떠냐 묻는 말에는,

"시골서 선생님께서 저희를 가르치실 때 재미가 제일이야요."

하는 대답은 힘 있게 하였다.

S는 반가운 손님을 대접하기 위하여, 동경서 가져온 그림책과 사진첩을 가방에서 꺼내놓고, 고무신을 신고 참외를 사러 나갔다. 참외를 사가지고 오면서 생각하다가 S는 깜짝 놀라듯이 "아차!" 하였다. 그 사진첩에는 동경서 책상에 놓았던 Y의 사진이 붙어 있는 것을 깜빡 잊어버리고 내놓았었다. 속으로 많이 염려를 하면서 집에 들어갔더니, 과연 두 사람의 태도와 얼굴은 아주 일변하였다. 그림책과 사진첩은 접어 치워놓고, 두 사람은 무슨 몹시 부끄럽고, 몹시 섭섭한 일을 당한 듯한 얼굴로 당장 일어나 가려고 하는 모양이다.

여러 말로 만류하여 겨우 참외 한 쪽씩을 먹는 체하고는 두 사람은 바삐 달아나갔다. 그런 뒤에 S는 바삐 사진첩을 펼쳐보았다. Y의 사진은 붙었던 자리가 함부로 찢어지고 없어졌다. '누가 이랬나, 누가 가져갔나.' 하고 S는 생각하였다.

5

S는 가을에 다시 동경으로 건너갔다. 간 지 두 달이 지난 후에 Y에게서 간단한 편지가 왔다. 그 편지 속에는 Y의 혼자 박힌 사진이 들어 있었다. 그리고 그 동무는 개학해서 올라왔다가 폐병이 생겨서 시골로 내려갔다고 하였다.

S는 그 편지를 보고 지난여름에 볼 때에 그 동무의 금시에 까매진 얼굴과 눈물 머금은 눈과 꼭 깨물어 담은 입술이 생각났다. 그래서 책상 서랍을 뒤져보았다. 아직도 기왕 가위로 베었던 사진조각이 몇 조각 남아 있었다.

-《조선문단(朝鮮文壇)》, 1924년 10월

흰 닭

1

우리 집에는 한동안 햇닭 세 마리가 있었다. 다 같이 암탉이었으나 그중 한 마리는 흰 닭이었다. 그 흰 닭은 처음에 사올 때부터 우리의 주의를 끌었다. 그 하얀 털의 고른 것과 그 기름기 있는 빛깔이며, 또 고개를 까득까득하며 다니는 그 걸음걸이가 어떻게 예쁘고 점잖은지 사람으로 치면 분명히 공주의 위격을 가졌다.

2

그립던 벗이 먼 곳으로부터 왔다. 멀리서 온 벗을 무엇으로써 차려 대접할까. 나는 어려서부터 끔찍이 반갑고 은혜스러운 손님에게는 종자 암탉을 잡아 대접하는 이야기를 많이 들었고, 또 내가 몸소 나그네가 되었을 때에 닭으로 대접받은 일이 흔히 있었다. 더구나 여러 가지로 맛나고 빛나는 요리를 만들 줄은 모르기도 하려니와, 복거리 여름이라, 만들기가 괴롭기도 하여서 간단히 있는 닭을 잡아 대접하기로 내 아내와 작정하였다. 그러나 이것은 적지 않은 희생이요, 또한 큰일이다. 왜 그런고 하니, 그 닭은 약에 쓰려고 사왔던 것이요, 닭을 잡으려면 내가 손수 그것을 죽이지 않으면 안 되는데, 내게는 그것이 여간 큰일이 아니다.

내가 닭을 죽이기 시작한 것은 딴 살림을 시작한 때부터였다. 죽이기가 퍽 끔찍하고 잔인스럽지만, 여편네들은 못하나 사나이로서야 그까짓 것을 못하랴 하고 마음을 단단히 먹고 시작하였다. 그러나 붙들려서 펄떡펄떡거리고, 목을 베어서 피가 많이 나온 뒤에도 살겠다고 푸덕푸덕 요동을 할 때마다 꽤 거북하였다.

이번에도 또 불가불 닭을 잡게 되었다. 아직 사온 지가 몇 날이 못 되어 발목에 노끈을 맨 대로 그대로 그냥 있다. 암탉 세 마리는 이제 죽을 줄도 모르고, 알 낳는 닭이 수탉 찾는 이상한 소리를 하면서 붙들어 매인 끄나풀을 졸졸 끌고 먹을 것도 없는 뒤뜰에서 모이를 찾는지 여기저기 왔다갔다 땅을 쫀다.

나는 도둑 잡으려는 순경처럼 뒤로 살살 따라가다가 끌고 다니는 끈을 밟아서 그 한 놈을 잡았다. 잡아서 두 발을 맞붙들어 매어 광 안에 내던졌다. 방금 옆에 있는 제 동무가 잡힐 때에 약간 놀란 듯이 잠깐 피하던 다른 놈은 또 여전히 발로 땅을 헤치고 먹을 것을 찾고 있다. 나는 또 같은 방법으로 끌고 다니는 끈을 밟아서 잡았다.

나는 부엌칼을 장 항아리에 갖다 대고 잠깐 갈았다. 붉은 녹이 없어지고 시퍼렇게 날이 섰다. 작은 공기 하나를 가지고 대문간으로 갔다. 한편 발로 붙들어 매인 두 발은 꽉 밟고 한편 발로 두 죽지를 겹쳐서 밟고 모가지를 잡은 다음에 털을 좀 뜯었다. 그리고 칼로 거기를 몇 번 베었다. 몹시 아프고 괴로운지 펄떡펄떡 두 발을 놀리고 온몸을 푸덕푸덕한다. 나는 더욱 발에다 힘을 주고, 손에 힘을 주어 목을 꽉 붙잡고 또 몇 차례 베었다. 닭의 목에서는 붉은 피가 줄줄 흘러서 공기에 방울방울 떨어진다. 한참 붙들고 피가 나오고 죽기를 기다렸다. 손아귀가 아프도록 붙잡고 있었는데도 그래도 좀 약하기는 하나 이따금 몸부림을 친다. 나는 잊어버렸던 듯이 얼른 숨구멍을 찾아서 베었다. 그랬더니 씨르르그 소리가 나고, 한 번 푸르르 떨더니 그만 늘어진다. 그래서 '인젠 죽었구나.' 하고 그러면서도 튼튼히 하느라고 목을 비틀어서 죽지 속에 넣고, 발목 매인 끈으로 몸뚱이를 얽어매어서 한편 모퉁이에 내던지고, 그리고 다음 놈을 죽이려고 달려 붙었다.

처음에 하던 모양으로 또 한 놈의 목을 붙잡고 칼로 목을 베이고 있는데, 뜻밖에 옆에서 푸덕푸덕 소리가 난다. 나는 깜짝 놀라서 쳐다보니까, 먼저 죽여 놓은 놈이다. 꼭 죽은 줄 알았던 놈이 아직도 펄떡펄떡 뛰며 이리저리 뒹굴고 있다. 나는 속으로 '이놈이 아직도 살았나.' 하고, 거기에 떠나간 행랑사람이 부엌소용으로 갖다 놓았던 다듬잇돌 깨어진 것으로 지질러 놓았다. 그리고 다시 한 놈을 마저 죽여 놓았다. 이번에는 피가 나오고 숨통까지 잘라도 졸연히 죽지 않아서, 목을 베고 베고 자꾸 베다가 아주 잘라 버렸다. 몸뚱이와 딴 토막이 나버렸다. 이 모양으로 두 놈을 잡고 나니까 가뜩이나 더운 때라 등에 온통 땀이 배었다.

이것도 벌써 몇 번 해서 익어났기에 그렇지, 처음에는 서툴러서 목을 베어서 피가 잔뜩 흐른 놈이 별안간 요동을 해서 (그것은 발로 잘 밟지 못하고 숨통을 자르지 않았거나, 혹은 워낙 기운 센 놈이기 때문에) 피가 온통 옷에 튀고 얼굴에까지 튀게 된다. 이런 때는 손발이 떨리는 것을 나는 악을 써서 어떻게든지 죽여 놓는다. 이때에 '끼약' 하는 마지막 소리가 이상스럽게 귀에 울린다. 그리고 다 죽은 줄 알았던 놈이 펄떡펄떡 공중에 뛰어오르는 것을 보고 무섭기도 하고 가엾기도 하고 이상하였다. 제 원수되는 나를 저주하는 듯도 하였다. 그래 다시는 이 일을 아니 하겠다고 생각한 일도 있었다. 그래도 이제는 익어서 아무렇지도 않다. 별로 힘을 안들이고 한다. 그래도 이번에도 다 죽었던 놈이 펄떡거릴 때에는 저를 죽인 원수를 저주나 하는 듯하였다. 아무러나 목숨이 살려고 끝끝내 애쓰고 죽지 못해 펄떡거리는 것을 보고, 당장에 같이 목숨을 가진 사람은 무심히 볼 수 없다. 차마 못할 짓이다.

3

그런데, 내가 이번에 잡아 죽인 두 마리는 다 공주닭(흰 놈)은 아니었다. 이날에 두 마리만 잡기로 하였으나, 어찌하여 흰 닭 한 마리만 남고 다른 두 마리가 붙잡히었는가. 두 마리만 잡기로 작정이 있었으나, 흰 닭은 두어두고 다른 두 마리만 잡기로는 가정회의 의결에도 없었거니와, 내 마음에도 아무 작정이 없었다. 그리고 흰 닭은 숨거나 달아나고, 다른 두 놈만 잡히기 쉽게 있어서 손쉽게 붙든 것도 아니었다. 세 놈이 다 몰려다니고, 다 같이 붙들어 매인 끈을 끌고 다니었었다. 그러나 내가 다른 두 놈만 붙잡고 흰 것을 아니 붙잡은 것은, 다만 그것이 흰 것이라는 것밖에 까닭이 없었다. 지금 생각해보니까 흰 놈은 다른 것과 같이 정신없이 먹을 것을 찾지 아니 하고, 그 기름기 있는 털이 곱게 덮인 대가리를 약간 쳐들어서 까뜩까뜩하면서 하늘을 쳐다보고, 남보다 분명히 점잖은 태도를 가지고 걸음걸이를 하였다. 그래 그것은 잡아먹을 것이 아니요, 우리 집에 있는 손님이나 식구처럼 생각되어 그냥 둔 듯하다. 아니 그보다 우리 집 동쪽 모퉁이에 심은 보잘 것 없는 화단에 있는 봉선화나 백일홍이나 금잔화같이 생각된 것이다. 왜 그런고 하니, 그 흰 닭에 대하여는 잡으려는 뜻도 아니 가지고 다른 닭을 잡을 때에 그 편으로는 발도 향하지 않고 눈도 거들떠보지 아니 하였다.

아무러나 세 마리 가운데서 다른 두 마리는 죽고 흰 닭 한 마리만 살았다. 그러나 다른 두 마리는 잡힐 때에 어찌하여 하필 우리만 잡는가 하고 원망하는 것 같지도 아니 하고, 흰 닭은 그 안 잡히는 것을 기뻐하거나 자랑하는 빛도 아니 보였다. 잡힌 두 놈이 '우리만 죽는 것도 운명이다.' 하는 것 같지도 아니 하고, 흰 닭이 '너희가 죽는 것도 운명이요, 내가 사는 것도 운명이다.' 하고 운명론을 가지는 것 같지도 아니 하였다. '같이 살던 동무 둘이 잡혔으니 나도 그 모양으로 잡힐 터이지.' 하고 두려워 떨고 있는 것 같지도 아니 하다. 그저 한 모양으로 사알살 돌아다니었다. 벌써 붙들어 맨 것도 풀어주었다. 그러나 달아날 듯싶지도 않다.

그런데 그날 저녁 일이다. 손님을 대접한 뒤에 저녁상을 물리고, 손님들도 아직 가지 아니 하고 앉아서 이야기들을 하고 있는데, 누가 '아마 잠시 손님으로 유하시던 우리 누님 같다.' 소리친다.

"닭이 없어졌다!"

흰 닭이 없어졌다는 이 소리가 내게는 무슨 큰 변란 소리처럼 들렸다. '흰 닭이 없어졌어? 그럴 리가 있나?' 하면서 퍽 이상스럽게 생각되었다. 누님은 여기 저기 좀 찾아보시다가, 나중에는 촛불을 켜가지고 대문간과 뒷간과 뒤뜰을 온통 찾아보았으나 종내 찾지 못하였다. 그래서 여러 사람의 공론은 이러하였다. 혹은 '어두우니까 어디를 나가서 배겨 자겠지', 혹은 '잘 데라고 남의 집 담장으로 올라갔다가 붙들리었겠다.' 하고 이웃집을 의심하고, 혹은 '어둡기 전에 밖에 나가고 안 들어왔다.'고 한다. 그런데, 내 생각에는 처음 것도 아니요, 둘째 것도 아니요, 마지막 것과 합하였다.

'종내 나가 버렸군.' 나는 이렇게 생각했다. '아무 생각도 없이 곱게 집안에 있는 줄 알았더니 종내 나가버렸군. 은연중에 우리는 자기를 사랑하여 왔지만 그래도 우리를 믿을 수 없던지 그만 달아나 버렸군. 암만 그래도 며칠이 못되어 네 손으로 또 내 목을 베어서 나를 지져놓고 둘러앉아 웃고 지껄이며 즐기고 놀지. 지금 그러는 모양으로…. 나는 간다.' 이렇게 생각하고 나간 것 같다. 필경 우리가 한참 정신없이 닭고기를 먹으며 이야기하던 꼭 그때에 나갔다. 우리가 저희 동무의 고기를 먹으며 아무 생각도 없이 즐기고 있는 것을 뜰 한 모퉁이에서 보다 못해, 혹 마루 밑에서 듣다 못해 나가 버린 것 같다.

그래서 그날 밤에는 잘 자리에서도 흰 닭 생각이 나서 이리저리 생각을 하였다.

잠이 깊이 들기도 전에 역시 누님 목소리로 '닭이 있다.' 하는 소리에 잠이 깨어 벌떡 일어났다. 나가 버린 줄 알았던 닭이 참말 있다. 툇마루 모퉁이에 큰 테이블이 있고, 그 위에 책들을 함부로 쌓아 두었었는데, 그런 것이 마루에 켜놓은 전깃불이 비쳐서 자지를 못하고 꾹꾹 소리를 하는 것을 누님이 듣고 그러신 것이다. 누님과 아내는 퍽 기뻐한다. 나도 기쁘다. 누님은 앨써 찾으시던 것이 있으니 기뻐하는 것이요, 아내가 기뻐하는 것은 닭 한 마리를 잃어버리지 아니 하고 찾았음이다. 그러나 내가 기뻐하는 것은 앨써 찾던 것이 있음도 아니요, 닭 한 마리를 잃는 손해를 보지 아니함도 아니요, 공주닭이 없어지지 아니 하고 있음이다. 공주닭이 저녁에 생각하였던 바와 같이, 나를 돌이켜 흘겨보고 '나는 간다.' 하고 나가지 아니함이었다. 그래서 나는 공주닭이 나간 불안과 이웃집을 의심하는 의심도 없어지고 마음 놓고 다시 잠이 들었다. 그리고 자리에 누워서 혼자 생각으로 '인젠 저놈을 기르리라.' 하였다.

그 다음에는 비는 아니 오고 매일 내리쬐어서 어떻게 더운지 마치 사람이 화로 속에 사는 것 같았다. 흰 닭도 더위를 못 견디어 낮에는 나무 밑에 가만히 엎드려 있고, 선선한 저녁때에는 슬금슬금 밖에 나갔다가도 이내 들어오곤 한다. 그리고 어두우면 툇마루 책상에 놓인 책 위에 올라가 잔다. 아침저녁에는 메풀이(세 살 먹은 우리 집 애)를 시켜서 양식 쌀에서 고른 뉘로 모이를 주게 하여 먹인다. 그만하면 이제는 흰 닭은 우리 집 식구가 되었다.

4

나는 석왕사에 한 두어 주일 동안 있다가 돌아왔다. 나는 오면서 차에서도 '공주닭이 어떻게 되었노.' 생각을 하였거니와, 석왕사에 있는 동안에도 여러 번 생각하였다. 저녁때에 차에서 내려 들어와서 옷을 벗고 숨을 돌린 뒤에 돌아보니까, 뜰에서 사알살 돌고 있을 닭이 안 보여 이상스럽게 생각하였다. 혼자 생각으로 '종내 나갔나? 그만 잡아먹었나?' 하였으나, 닭의 말부터 먼저 묻기가 무엇해서 아무 말도 않고 있었다.

저녁을 먹은 후에 나는 종내 물어보았다.

"흰 닭이 어떻게 되었소?"

"잡아먹었어요. 이가 잔뜩 끓어서 죽어가는 것을 석유를 발라 주었더니, 그래도 낫지 않기에 그만 잡아먹고 말았어요."

아내는 이렇게 이야기하였다. 나는 이 말을 듣고 퍽 섭섭하였다. 나는 운명을 생각하고 그리고 이번 석왕사에서 들은 설교가 생각났다. 살생한 사람이 가는 끔찍한 지옥 이야기. 그중에도 달걀을 늘 구워먹던 아이가 섶나무 불이 깔린 방에 갇혀서 안타까워 왔다 갔다 하다가 발이 데어 죽는다는 이야기를 생각하였다.

그날 저녁에 자려고 하는데 툇마루 테이블 위에서 닭이 꾹꾹하는 소리가 들렸다. 그 후에도 이따금 내 머리에는 '공주닭', '흰 닭', 이런 생각이 지나갔다.

-《조선문단(朝鮮文壇)》, 1925년 2월

독약(毒藥)을 마시는 여인(女人)

1

오늘밤은 다섯째 밤이다.

견우성과 직녀성이 하늘 한가운데서 서로 바라보고 희들희들 웃었다가 눈물을 뚝뚝 흘리면서 엉엉 울었다가 다시 희들희들 웃었다가 한다. 또 쿨적쿨적 운다.

사랑 속에 빠진 사람들을 제일 좋아한다지만 그에게는 원수같이 싫은 밤이 점점 깊어갈 따름이다. 밤은 코웃음만 하면서 열한 살 먹은 장난꾼 새서방의 새가 깃들일 만한 상투같은 그의 머리를 웅크리고 앉아서 노려본다. 입을 삐쭉 하기도 하고 눈을 부릅뜨기도 하고 주먹을 가지고 쥐어박을 듯이 연해 주먹질을 한다. 그는 모른 체하고 앉아서 들여다보고 있다. 옆방에는 송장이 하나 가득 찼는데 온통 열어 놓은 방문으로 썩어진 냄새가 흔들흔들하면서 바깥으로 기어 나온다. 지옥같이 캄캄한 방에서는 어느 모퉁이에선지 이따금 잉잉 앓는 소리 같은 소리가 난다. 미친개 짖는 소리가 한 십리 밖에서 들리는 것 같다. 바삭 소리 하나 없는 밤은 흘러가다가 딱 멎고 발을 버티고 섰다. 세상 모든 것이 잠들었다. 낮에 생각하고 하던 일을 되풀이해서 복습해 보느라고 사람들은 제가끔 더럽고 음탕한 꿈을 꾸고 있다. 구멍이 숭글숭글 뚫어진 모기장 가운데 그의 옆에는 머리가 사자 대가리 같고 코가 우뚝 높은 사나이가 가로 누웠는데 헷작 벌린 입을 히물히물한다. 멀신 웃는다. 큰 방에서는 송장이 두어 개 일어나면서 두어 마디 중얼중얼 말을 한다. 다시 아무 소리 없다. 그것이 모두 거짓말이다. 그것들이 모두 악마들이다. 남을 사랑한다는 것은 거짓말이다. 태양은 잠자코 제 갈 길만 간다. 절벽같이 캄캄한 하늘이 이런 소리를 속삭인다.

2

어두운 밤은 점점 깊어간다. 그는 가만히 앉아서 왔다 갔다 한다. 엉거주춤하고 엎드린다. 일어났다. 온 목숨 온 영혼을 모아 들여다본다. 깜박깜박 하던 것이 흐릿하다. 왔다 갔다 하는 것이 가만 있다. 땅에서 갑자기 무서운 소리가 난다. 공중에 맑은 물이 괸다. 땅에서 나는 소리는 점점 작아지고 공중에 괴는 물은 차차 많아져서 흘러내린다. 땅에서 자주자주 나던 장송곡(葬送曲) 같은 엷은 소리가 아주 끊어졌다. 그는 앞으로 한자리에서 달려갔다. 공중에서 자주자주 소리 난다. 시커먼 것이 보인다. 얼음장 같은 것이 보인다. 다섯 치쯤 그는 옆으로 뛰어갔다. 그의 옆에 가로 누웠던 사나이가 눈을 뜨고 일어나고 한자리 뛰어 가기를 한순간에 하였다. 눈 세 쌍은 움직이지 아니 한다. 눈 한 쌍은 움직였다. 모난 것과 둥근 것이 가까워졌다. 불이 펄펄 붙는다. 불길이 사방으로 가을 국화꽃같이 퍼져서 흩어진다. 아름다운 불꽃이 가늘고 붉은 줄을 수없이 발한다. 기차가 떠나려고 한다. 코가 바룩바룩 한다. 훤 바람이 가늘게 분다. 기차는 어느새 떠나가 버렸다. 궁그런 악마는 꽃 같은 불길을 한꺼번에 들여 마셨다.

시집갔던 그의 딸이 도로 왔다. 그가 그의 어머니가 도로 찾아 왔다. 가는 것을 그의 영혼이 따라가서 중간에서 잡아 왔다.

"너는 내가 낳은 것이니 암만 해도 늘 내 품에 있어야 되겠다. 나와 같이 살아야 된다."

"저는 낳기는 어머니가 낳으셨어도 나기는 다른 분 위하여 났으니 언제든지 그분의 품으로 가야겠습니다. 갈 때는 가야겠습니다. 어머니 절 놓아주십시오."

어쨌든 어머니는 딸이 돌아온 것을 기뻐하였다. 이런 말은 귀에 들리지도 아니 하였다. 놓아 달라는 딸을 붙들고 있다.

닭이 세 번 울었다.

암탉이 울었다. 수탉이 지치를 요란스럽게 푸닥거린다.

한참 있다가 수탉이 까악까악 죽어가는 소리를 길게 뽑았다. 암탉이 새끼를 버리고 도망쳤다. 늙은 개가 한 번 짖었다.

사나이는 꿈꾼다. 알지 못하는 딴 곳에 가서 알지 못할 사람과 알지 못할 이야기를 밤새도록 하였다.

그는 깨어서 딸이 다시는 시집가지 아니 하기를 울면서 기도하였다. 사람의 기도를 들으시는 하나님은 머리를 흔드셨다. 그러나 그는 그것을 보지 못하고 머리를 숙여 기도만 하였다.

외양간에서 말발굽소리가 뚜거덕뚜거덕 요란하게 났다. 늙은 개가 바라보고 웃었다. 쥐가 웃었다. 사람들은 모른 체하였다.

그는 혼자서 곡조도 없고 말도 없는 노래를 부른다. 사나이는 꿈속에서 웃으면서 이야기한다. 말이 혼자서 크게 웃으면서 말한다.

그의 사랑하는 딸은 잠들었다. 개와 쥐와 말은 다 깨었다. 다 한 곳에 모여서 비밀회를 열고 연설을 한다. 강아지가 성을 내서 강연한 쥐를 막 욕한다. 개는 꼬리를 흔들면서 돌아앉았다. 슬그머니 일어나서 기지개를 한 번 켜고 어청어청 나간다. 마당에 있던 조약돌들이 춤을 추면서 정거장으로 누군지 환영 나갔다. 문밖의 섬들은 집에서 우쭐우쭐 춤을 추고 있다.

그는 잠자는 딸의 얼굴을 눈으로 지키고 있다가 몹시 보들보들하고 조그맣고 가는 손에 일곱 번 연해서 미친 여인같이 웃으면서 키스하였다.

어두움이 휘파람을 불면서 뒷짐을 지고 비웃는 듯한 얼굴로 대문 밖으로 지나갔다. 송장 빛 같은 등불이 졸리듯이 껌벅껌벅한다.

이때에 그는 이상한 것을 보았다.

잠들어 있는 딸의 코에서 조그맣고 하얀 생쥐가 한 놈 나와서 방바닥으로 바르르 기어가다가 방 한가운데 있는 물그릇을 넘어가지 못해서 올라갔다가는 떨어지고 올라갔다가는 떨어져서 입을 짝짝 벌리고 빨간 배를 드러내놓고 가는 발을 하늘을 향하고 파들파들 떨고 있다. 그는 그것을 우두커니 들여다보고 있다가 자막대기를 물그릇 위에다 가로 놓아 주었다. 흰쥐는 자막대기를 다리삼아 물그릇을 넘어서 바르르 기어가더니 눈 깜박 하는 새에 없어졌다. 어느새 열어 놓았던 방문 바깥으로 나갔다.

그는 흰쥐가 돌아오기를 한참이나 기다렸다. 없어진 흰쥐는 아무리 기다려야 돌아오지 않는다. 그래서 그는 잠든 딸을 내버리고 문밖으로 뛰어 나갔다. 문밖으로 뛰어 나가다가 기둥에 이마를 부딪쳤다. 불이 번쩍 나면서 주저앉았다. 다시 일어나서 섬돌을 내려섰다.

거기서 잠자던 개가 그의 빨갛게 벗은 발을 깨물었다. 그는 피를 뚝뚝 흘리면서 흰쥐를 찾느라고 이 모퉁이 저 모퉁이 왔다 갔다 하였다. 아무리 찾아도 흰쥐는 없다. 지붕 위에 조그마한 것이 햇득한 것이 보인다. 그는 사다리도 없는 것을 죽을 애를 다 써서 올라가 보았다. 그것은 참새 똥이었다. 겨우 내려왔다.

옆방에 송장이 그득한 방에 희뜩한 것이 보였다. 그는 무서운 줄도 모르고 들어가서 이 구석 저 구석 찾아보았다. 흰쥐는 거기 있었다. 송장 사이에서 왔다 갔다 하던 어여쁘고 흰쥐는 그를 보고 얼른 기어올랐다. 그는 반가워서 치맛자락을 벌려서 받았다. 곱게 싸서 쳐들어가지고 돌아왔다. 돌아와서 펴 보았다.

아! 슬프다. 흰쥐는 어느새 없어졌다. 그의 치맛자락에는 아무것도 없었다. 그의 발에서 그냥 피가 방울방울 떨어진다. 그는 주저앉았다.

참 귀신이 곡할 일이다. 남들 같으면 무당한테라도 물어 보겠지만 어디로 갔나 참말 모를 일이라 생각하다가 문을 열고 다시 뛰어 나갔다.

하늘을 쳐다보았다.

파란 별이 한 개 한참 있다가 한 번씩 반짝반짝 한다.

이 일을 어찌하오리까.
오, 이년을 살려 주소서.
이 목숨과 바꾸어 주소서.

그는 땅에 꿇어앉아서 두 손을 합하여 싹싹 빌면서 재배 삼배하였다.

너는 너 갈 길을 가거라.
꽃이 한 번 떨어진 다음에는 마를 뿐이니라.

태양은 저 갈 길을 가나니라.

3

원수의 어두움도 가고 차차 훤해졌다. 사나이는 웅크리고 앉아서 세모난 눈으로 딸을 들여다본다. 손을 한 번 쥐어본다. 몸을 한 번 만져본다. 그는 사나이의 얼굴을 말없이 한 번 쳐다보고 딸의 옆에 바싹 가까이 갔다. 딸의 눈만 바라본다. 딸은 입으로 코로 자주빛 불을 토한다. 바늘 같은 소리는 그의 가슴을 찔렀다. 그는 뛰어 일어났다. 이번은 빛도 없는 불덩이를 소리도 없이 수없이 토한다. 그는 달려들어서 딸을 껴안고 딸의 입에서 나오는 빛없는 불덩이를 숨도 안 쉬고 들들마셔 받아먹었다.

딸의 입에서 나오는 불덩어리는 붉은 피였다. 그것은 독약이었다. 그는 더 이어마셨다. 그의 몸은 얼음덩어리가 되었다.

환한 빛이 난다.
사나이 얼굴이 노래졌다.
하늘과 땅이 노래졌다.
공중의 소리 있어 가로대
"너는 너 갈 길을 가거라.
태양은 저 갈 길을 갈 따름이니라."

4

사나이는 일어나서 여섯 모난 솥뚜껑 같은 두 손으로 얼음덩이 같은,

돌부처 같은, 대리석 조각 같은, 악마 같은, 여신 같은 그의 등어리를 듬썩 쳐들어서 문을 열고 바깥으로 내놓으려고 하였다. 그는 몸을 흔들면서 주저앉았다. 딸에게로 달려들었다. 사나이는 다시 그의 손목을 이끌어 내었다. 바깥으로 나가라고 억지로 몸을 내밀었다. 그는 다만 딸의 있음을 알고 그밖의 그 사회나 온 세상의 만 가지 일, 만 가지 물건의 있음을 인정치 아니 하는 듯이 사나이를 돌아보지 아니 하고 팔을 뿌리치고 또 딸에게로 달아났다.

사나이는 뛰어 나왔다.

그는 자기 가슴에서 피를 뽑아내어서 숟가락에 받아서 딸의 입에 떠 넣었다. 그는 마지막 의무를 다하였다. 그의 영혼은 그에게서 나와서 그의 딸의 붉은 몸을 간다는 인사로 굽히는 허리를 끌어안았다. 그의 몸은 밖으로 나왔다. 하늘 한가운데 가로 질러서 한숨짓는 차디찬 새벽달을 바라보는 허수아비가 하나 서 있다.

5

그의 방에서 갑자기 듣지 못하던 슬픈 소리가 들렸다. 그는 넘실넘실 넘치는 독약을 쭉~들이켰다. 그도 송장 있는 방으로 뛰어 들어갔다. 송장 가운데 섞여서 뉘어졌다.

그는 송장이 되어서 송장 가운데서 중얼거렸다. 송장 가운데 하나가 대답하였다.

"그것이 네 딸이면야 설마 그렇게 갈려고 할까. 너는 마침내 독약을 마셨다.

그것은 네 것이 아니니라, 아무리 네가 독약을 먹기로 그는 제 집으로 갈 따름이니라."

그의 방은 비었다. 길쭉한 나무곽이 천천히 나왔다. 마루에 앉았다. 오래간만에 졸리운 찬송 소리가 들렸다. 막대기가 우뚝 일어섰다. 옆방에서 키 큰 널찍한 송장이 하나 나와서 곽을 업고 대문 밖으로 나갔다. 먹을 것밖에 모르는 누런 목에 털이 구실구실한 늙은 개가 종이돈을 물고 따라간다.

넓적한 막대기가 따라갔다. 나갔던 송장은 밤에 다시 돌아왔다. 늙은 개도 혀를 빼면서 헐떡거리면서 돌아왔다. 그러나 송장에서 업혀갔던 나무곽과 따라갔던 막대기는 다시 아니 왔다.

어두운 밤이 되었다.

텅 빈 방에는 파리, 박쥐, 설레발이, 빈대, 벼룩, 지네, 진드기 이런 것들만 마음대로 왔다 갔다 하면서 방바닥의 향수와 독약 쏟아진 이상한 냄새를 맡고 있다. 나중에는 이 냄새를 맡고 어디서 왔는지 모르게 쥐와 고양이, 독사들이 들어와서 냄새를 맡는다. 빈방은 그것들의 자유천지가 되었다.

뒷담에 걸렸던 시계가 뗑~하고 한 번을 쳤다. 늙은 개가 문밖에서 짖는다. 그것은 이 말이다.

"때가 되었다.

거룩한 곳을 지킬 주인이 올 때가 되었다."

검은 개가 벌레들을 앞세우고 수탉과 비둘기가 어깨를 나란히 천천히 들어왔다. 파리, 설레발이, 박쥐, 빈대, 벼룩, 지네, 진드기 들은 어느새 돗자리 틈 도배 찢어진 종이 밑에서 더러는 꾸물꾸물 하고 있고 대개는 잠들어서 꼼짝 아니 하고 있고, 쥐, 고양이, 뱀은 서로 잡아먹으려고 이를 갈고 싸움만 하다가 어느새 잠들었다. 더러는 반만큼 깨어서 서로 눈을 흘기고 있다. 더러는 대가리를 휘저으면서 향수와 독약 냄새를 맡으면서 왔다 갔다 한다.

검은 개가 컹컹컹컹 짖었다.

수탉은 꼬꼬~하면서 지치를 치면서 요란스럽게 울어댔다.

흰 비둘기는 아무 말 없이 마당에서 빙빙 돌아다닌다.

늙은 개가 문밖에서 또 크게 짖었다. 갖가지 벌레들과 쥐와 고양이, 뱀들은 임시 대회를 열었다. 사람과 호랑이 사이에서 나온 짐승의 후손이라는 고양이가 회장이 되었다. 새로 온 개와 수탉과 비둘기를 맞이하여 환영 좌담회를 열기로 하였다. 좌담회의 주제는 '저 여인이 어찌해서 독약을 마셨을까?' 하는 것이었다. 불쌍한 여인이 독약을 마시게 된 이유를 이야기해보자는 것이다.

고양이가 일어나서 말하기를,

"우리 집 주인아씨가 독약을 마시고 쓰러지는 것을 보니 참 비참하기 짝이 없는데, 우리는 어찌된 셈을 알 수가 없구려. 당신네는 혹 아는지 이야기해보소."

늙은 개가 일어났다.

"내가 말해볼까요."

"이야기해보소."

고양이의 말을 따라 개가 말하기를,

"저 여인은 독약을 마실 까닭이 없지만 제 집을 지키다가 갑자기 먹게 된 것이 독약이니 어찌겠소. 마시는 것이 자기 운명이겠지."

"그건 무슨 말인지 알 수가 없소."

회원들은 떠들었다.

"수탉이 말할 차례요."

누가 소리쳤다.

"그럼 제가 말하지요."

하고 수탉이 지치를 한 번 치고 나서,

"그 여인은 때가 되었다고 소리칠 때가 되어서 여러 동무들하고 목소리를 합해서 꼬끼오 꼬끼오 소리치고 야단하다가 고양이가 듣기 싫다고 야단하는 통에 종내 고양이한테 물려서 꼼짝 못하고 있다가 겨우 살아나서 제 집에 돌아왔지요. 독약이 든 이상한 선물을 받아가지고 나와서 그 선물을 품고 있다가 저밖에 마실 사람이 없으니 마셔 버린 거지 뭐요?"

"그 다음엔 비둘기 차례요."

"그럼 제가 이야기할까요."

비둘기가 가만가만 나서서 말하기를,

"그런 것이 아니라오. 저 여인은 본시 우리 비둘기처럼 양순한 양반인데 수탉의 말대로 동무들 따라 때가 됐다고 요란스럽게 소리치다가 인간 고양이가 저의 말로 종알종알 하면서 물어다가 굴 속에 가두어 두는 바람에 본시 하나님에게 선물로 받은 새끼 비둘기같이 예쁜 것을 품고 있었는데, 땅굴 속에서 아무것도 먹이질 못해서 다 죽어가던 것이 간신히 세상에 나오니 갑자기 제 피를 먹여 보아도 살릴 수가 없고 그 선물이 변해서 독약이 되었다오. 그 독약은 자기가 마실 것인 줄 알고 마신 것이라 그 사나이도 여인이 마시는 걸 멍하니 바라만 보고 있었다오."

"그러면 그 고양이를 모두 잡아 없애지 않고 고놈들을 그냥 두었소?"

수탉이 장한 듯이 말한다.

이때에 꼬리 길고 귀가 오뚝한 쥐란 놈이 홀랑 나서서,

"옳소, 옳소!"

소리쳤다. 회장이 말이 없이 어리둥절하자,

"그네들은 우리같이 순하기만 하고 재간이나 날랜 힘이 없으니 어쩔 도리가 없거든."

비둘기가 다시 말했다.

노란 눈을 굴리고 수염이 빳빳해가지고 듣고 있다가 그 어느 틈에 자취를 감추고 말았다.

이윽고 때가 되어 수탉이 지치를 치면서 꼬끼요 꼬끼요 하고 기운차게 울어댔다. 모든 미물인 동물들은 다 저 갈 곳으로 갔다.

6

그는 어느새 일어나 앉았다.

그는 돌아앉아서 그의 가슴에서 꺼룩한 피를 양철통에 뽑아낸다. 눈에서 마알간 피가 뚝뚝 떨어진다. 그는 그의 가슴에서 뽑은 피를 그 사나이에게 내어주었다. 사나이는 양철통을 두 손으로 받아서 받들고 눈감고 하나님께 감사를 드리고 단숨에 쭉 들이켰다.

그는 그 사나이와 같이 새벽에 길을 떠나서 북으로 하루 종일 갔다. 나무 많고 들 많고 물 맑은 높은 산속으로 들어갔다. 거기에는 하늘에 닿을 듯한 나무기둥이 우뚝우뚝 서 있고, 그 틈에 밋드릴만한 넓적넓적한 바위가 첩첩이 쌓여 있다. 대륙의 '무리뫼'가 발밑에 꺼지고 산 밑에 흘러가는 개울물이 실오래기 같다.

해가 저물어 어슬어슬 했다.

검은 당나귀가 흰 김을 토하면서 달아난다. 벌판에 홑이불이 기어간다. 개미가 기어간다. 개미가 노래를 부른다. 장사하고 돌아오는 사람들이 우쭐우쭐 희뜩희뜩 산 밑으로 간다.

그들은 눈을 들어 먼 데를 바라본다.

문득 자주빛이다. 금빛이 번득번득한다. 우뚝 높다. 희다. 꿈 같다. 취한 것 같다.

사나이가 혼자서 슬그머니 나갔다. 곧 돌아왔다. 갑자기 넘어졌다. 팔다리를 움직이지 못하고 말도 못하고 눈을 감고 가만히 있다. 그는 사나이가 죽을까 겁이 났다.

어두운 밤을 또 지나갔다. 사나이는 간신히 또 일어났다.

그들은 삼 일 만에 곧 다시 돌아왔다.

돌아온 이튿날 새벽에 그들은 북문을 나섰다. 이십 리를 걸어갔다.

나지막한 산으로 올라갔다. 콩알은 누웠고 돌은 일어섰다. 얼마 찾다가 넓적한 몽둥이를 찾았다. 그들은 꼭 같이 우뚝 섰다.

'옥성(3 · 1 기념)의 무덤'이라는 먹 글자는 부는 바람 퍼붓는 비에 알 수 없이 흐려졌다.

그는 곧 머리를 돌렸다.

피려던 도라지꽃 봉오리가 떨어졌다. 불같은 태양이 고함을 치면서 슬금슬금 올라온다.

외폭이 소나무에서 금 같은 이슬이 방울방울 떨어졌다.

까치가 운다. 먼 데서 개가 짖는다. 늙은 사람이 느린 노래를 부른다. 중얼중얼 말한다.

사람은 모두 잠잔다. 그들은 아직 깨지 못했다.

맹물이 떨어진다. 벌개졌다.

공중에 소리 있어 가라대,

> 해는 저 갈 길을 가나니라.
>
> 만물은 마침내 될 때로 되느니라.
>
> 사람은 흙이니라.
>
> 사람은 물이니라.
>
> 그러나 봄이 오면 흙과 물로 된 인생도 다시 일어나리라.

모든 참말은 다 거짓말이니라.

그러나 참말이 참말 될 때도 있나니라.

1920년 2월 19일

부기(附記)―이야기는 아내가 기미년 3 · 1 운동에 참가하여 만세 부르고 잡혀서 감옥살이를 하는 동안에 임신했던 아기가 영양 불량으로 난 지 석 달 만에 죽은 것을 기념하기 위해서 쓴 것이다. 아기 이름을 감옥에서 된 별이라고 해서 옥성(玉星)이라고 했었다.

-《창조(創造)》 8호, 1921년

(여기에 '그'라고 한 것은 요새 '그녀'와 같은 말이다.)

나의 자서전(自敍傳) 서장(序章)

비록 갈대와 같이 연약한 인간이라도 우주의 대생명(大生命)의 한 줄기를 받아서 땅 위에 태어난다고 하는 일은 결코 우연한 일이 아니요, 허술한 일이 아니라고 믿는다.

나는 1894년 1월 18일에 한반도 북쪽 금수강산이라고 이르는 평양성 한 모퉁이에서 제법 크게 으아! 소리를 질러서 한밤의 고요한 공기를 흔들면서 땅바닥에 떨어졌다.

청일전쟁(淸日戰爭)이 터지기 몇 달 전 동양의 풍운이 자못 험악한 그 시절에 한국의 이름 없는 선비의 집에 한 아들로 새 생명이 생겨났기로서니 대수로운 일도 아닐 것 같으나, 그렇다고 하필 역사의 한 교차점에 '나'라는 생각하는 갈대로 떨어졌다는 사건은 어떤 의미가 있는 것인지 그것도 가볍게 헤아려 버릴 수 없는 일인 것이다.

철학자 괴테는 어린 것이 자라서 '나'라는 의식을 가지고 '나'라는 발언을 하는 그날이 정말 그 아이 그 사람의 생일이라고 했지마는, 어쨌든 '나'라는 생명이 땅 위의 생활에 처음으로 인연을 가진 그 시간도 노상 까닭 없이 생각할 수 없을 것이 아닌가 한다.

그 사람이 자기 세상에 플러스되는 일도 있고, 그래서 그 출생이 다

행인 경우도 있고, 혹은 세상에 마이너스가 되는 수도 있어서. 자기 선생님 예수를 잡아 준 가롯 유다처럼 '그 사람은 차라리 나지 아니 했더면 좋을 뻔했다.'고 할 경우도 있다.

1794년 2월 12일은 흑노(黑奴) 해방과 민주주의 조상인 아브라함 링컨이 나서 인류역사의 복된 날이 되었고, 1828년 8월 28일은 또한 인류의 애인인 대문호(大文豪) 톨스토이가 나서 복된 날이 되었으며, 1875년 1월 14일은 알버트 슈바이처가 난 날로 세계 인류에 은덕을 끼친 것으로 널리 알려져 있는데, '1894년 1월 18일'은 몇 사람에게나 기억될 것인가? 그날에 생겨난 사람이 이 세상에 마이너스가 되겠는가 플러스가 될 것인가?

어머님은 한가한 때면 옛일을 회고하시고 장성한 아들의 머리를 아직도 젖먹이 아기인 듯이 쓰다듬으면서 이야기를 하시는 것이다.

"너의 아버지는 무슨 일인지는 나도 모르지만 밤낮 서울로 어디로 길을 떠나셨단다. 그러면 나는 늘 아이들만 데리고 혼자 지내지 않겠니? 여니 때도 나가시는 게 싫은데 더구나 해산달이 가까운 때는 부디 안 나가셨으면 해도 나가시지.

아버지는 무슨 책을 보시고 해산할 날과 시를 미리 아시누라고 장담을 하셨지. 하긴 거진 맞긴 맞더라. 한데 그때에도 '내가 다녀온 뒤에야 날 테니 염려 말어.' 하시고 가셨지. 그러신 게 맞긴 무얼 맞어. 가신지 사흘 만에 낳는 걸….

어린 것들은 다 자고 고모님이 보아주시기로 됐는데 나는 산기가 있어서 몹시 아픈 것을 참고 아기가 나오기를 기다리는데 나올 듯 나올 듯하면서 시간을 끌고 안 나오고 있으니까 쩔쩔 매고 돌아다니던 고모님이 어디서 동전 오 전 한 푼을 얻어가지고 손바닥에 펴들고 '아가 아

가 돈 줄께 나오너라 돈 줄께 나오너라.' 고모님은 그냥 그리구 있단 말이야. 어찌 화가 나는지,

'형님 그게 무슨 소리라고 하시우 듣기 싫어요. 배 안에 있는 아기가 무슨 돈을 안단 말이오.'

아픈 중에도 말을 아니 할 수 있어야지. 그래도 고모는,

'돈 준다는데 말 안 듣는 녀석 없더라.' 이렇게 중얼거리면서 나가시더구나. 그러자 나는 잠깐 깜박 잠이 들었거든. 그런데 아버지가 완연히 구레나룻 수염을 쓸고 기침을 하면서 방으로 들어오시지 않겠니. 들어오시자 내가 아파서 몸부림하는 것을 보시고 얼마나 수고하느냐 하면서 뒤에서 나를 꼭 붙들어 주시더라구나, 그러자 퍼뜩 잠이 깨니 꿈이더구나. 그러자 이상한 힘이 생겨서 단단히 힘을 주었더니 아이가 쉽게 나오지 않았겠니. 꿈에라도 아버지가 옆에 계셔서 너를 쉽게 낳았단다.

그리고 그날 저녁에 아버지 편지가 왔는데 애기 낳기 수고했겠다고 위로하는 말을 하시구 그리구 이삼일만 기다리라고 하시구 아이 이름은 인천태생이라 '인길(仁吉)'이라고 하기로 했다고 했더라."

이렇게 어머니는 나를 낳으실 때에 지난 이야기를 두고두고 하시는 것이었다.

나는 어머니 배에서 나오기 전부터 돈은 좋아하지 않고 돈의 힘에 움직이지 아니 하였고 일평생 돈하고는 담을 쌓고 살아 왔으며, 결국 돈으로 살고 돈으로 움직이는 세상과는 딴 길을 걸어오게 된 것도 숙명적이라면 숙명적이요, 내가 일생 걸어온 길과 내 세계는 딴 데 있었다고 볼 수 있고, 그리고 극히 미약하나마 돈의 세계에 대한 도전하는 생애였다고 하는 생각이 든다.

그 시절에도—지금으로부터 반세기나 훨씬 지난 옛날에도 돈의 세력이 대단해서 웬만한 일은 다 돈으로 좌우되었는지, 얼마는 돈 때문에 답

답하고 억울한 일을 당하면서 간곤하게 지냈던지 내 고모님이 배안에 있는 날더러까지 돈 줄께 나오라고 하셨던가 싶은 생각이 드는 것이다.

돈으로 감투를 사고팔고, 죽을 놈도 살고 하는 것은 이조말년(李朝末年)인 그 시대나 지금이나 마찬가지지만, 그래도 그때는 돈을 산더미같이 쌓아 놓고 꼬여도 까딱도 안 하는 선비도 있었다.

내 아버지도 그런 선비 중의 한 사람이었던지 돈으로 벼슬을 시켜달라고 엽전을 말바리로 싣고 와서 청하는 것도 야단을 쳐서 돌려보내고 돈 생기는 원수나 수령을 가끔 거절을 하였다는 것이다.

옛글에 이르기를, '돈이라고는 빈주머니도 없는 거지나 금을 가지고 채운 부호들이나 무덤에서는 마찬가지로 한줌 흙으로 화할 것을' (구약성서 '욥기'의 한 구절) 돈으로 잠시는 행복을 누리는 일도 있겠으나 돈 때문에 불행해 울고 사는 사람이 더 많은 세상이어늘 나는 60평생에 돈 때문에 고생도 하고 답답한 일도 가끔 있었건마는 고모님이 돈 줄께 나오라고 해서 그 말을 듣지 않은 것을, 그리고 돈을 바라고 세상에 나오지 아니 한 것을 한 번도 후회해본 일은 없다. 다만 세상에 하도 가엾고 불쌍한 사람들을 도와주고 불행에 울고 있는 사람들을 구해주려는 데 돈이 없는 것이 딱할 뿐이다.

내가 어려서 앞뒷집에 살고 한 학교에서 배운 죽마고우요 소학 동창인 친구가 있는데, 그는 고향에서 첫손가락을 꼽는 부자의 아들이었다.

그는 어려서부터 부족한 것을 모르고 자랐고, 자라서 일본으로 유학할 시절에도 학비를 넉넉하게 쓰고 따라서 퍽 자유롭고 호화로운 생활을 하였다.

내가 장성해서 일본에서 공부할 무렵에는 내 집의 살림이 더욱 곤란했고, 따라서 나는 학비의 곤란을 당하고 있을 때였고, 그와 나와는 네 것 내 것이 없이 지내는 동안에 어느 정도 편리를 본 일이 있었고, 주위 사람들도 부러워하지 아니 한 바가 아니었다.

그러나 나는 지금까지 큰 실수 없이 큰 병도 없이 지내 왔으나 그는 40을 넘기지 못하고 죽었다.

그는 술과 여색과 도박으로 몸을 망쳤고 나중에는 아편도 배웠던 것이다. 말할 것도 없이 그것은 다 돈이 있었기 때문이었다.

나는 고지식하고 양순한 선비의 아들로 태어나서 어려서부터 남을 때리거나 남을 저주하는 욕을 배워 보지 못하고 자랐다.

내 아버지가 평양에서 떠나서 마침 그때에 새로 개항되는 항구라, 뱃사공 목덕꾼 같은 상스럽고 거센 노동자들이 많이 살고 있는 진남포 어떤 해변 동네에 가서 살게 되었다. 그러니까 날마다 보는 것이 술 먹고 떠들고 싸우는 꼴이요, 듣는 것이 상스러운 소리와 욕일 수밖에 없었다.

그래서 내 아버지는 그런 모양을 보고 듣고 배울까 염려하여서 밖에 나가서 이웃 집 아이들하고 어울려서 놀지를 못하게 하였다. 잠시 나갔다가도 험상궂은 동네 아이들하고 놀다가 싸움을 하고 있고 형세가 불리한 꼴을 보시면,

"너는 아예 밖에 나가 놀질 말아야 해. 아버지한테 꾸중 들으면서도…."

이렇게 어머니는 밖에 나간 내 손목을 붙들어 오시는 것이었다.

그래서 나는 남더러 욕하는 말이나 거짓말을 할 줄 몰랐다.

우리 집안에서 욕을 하는 소리를 들어보지 못하고 밖에 나가서 배우지도 못하니 욕을 모르고 자랐으며 거짓말을 할 줄을 몰랐다. 거짓말을 했다가는 큰 변이 나는 것이었다.

어려서부터 욕과 거짓말을 모르고 자란 것을 동무들하고 어울려서

마구 장난을 하고 그래서 싸움도 하고 다치기도 하면서 씩씩하게 자라지 못한 것을 유감으로 생각도 해보지마는 결국은 나는 감사하게 생각한다.

나중에 자라서 아버지가 세상을 떠난 다음에 평양에서 공부하던 중학교를 중퇴하고 집에 와서 갑갑하게 지낼 때에, 공부 못하고 놀고 있는 아이들을 사귀게 되자 심심도 하고 권에 못 이겨서 담배 한 갑을 사서 피워 보았으나 골치가 아파서 혼이 나고는 일생 담배를 배워 본 일이 없다.

동경 유학 시대의 일이다. 어떤 여성에게 약혼자가 있는 것을 모르고 교제를 청했다가 거절을 당하고 나서 몹시 불쾌하고 괴로워하는 것을 본 고향 친구가 포도주를 먹으라고 억지로 권하는 바람에 무심히 한 컵을 다 들이켰다가, 그만 골치가 아프고 어지러워서 고생을 해본 일이 있을 뿐 나는 일평생 술도 배워보지 못했다.

나는 어려서는 엄한 아버지 때문에, 성년이 되어서는 예수를 믿기 때문에 종내 술과 담배를 배워보지 못한 것을 고맙게 생각하고 다행으로 여긴다.

* * *

어쨌든 나라는 벌거숭이는 무사히 땅 위에 떨어졌던 것이다.

자손이 귀하던 전씨 가문에 세 번째 아들이 생긴 것만 해도 하나의 적지 아니한 경사였을 것이다.

사흘 만에 돌아온 내 아버지는 한 시간에도 몇 번씩 어깨를 으쓱거리며 안방에 드나들었다.

"임자는 어떻게 그렇게 아들을 잘 낳는가."

이것이 아버지의 어머니에게 대한 고작하는 치하의 말이요, 기쁨을 금치 못하는 심정이었다.

이때에 내 출생을 축하할 겸 내 인물을 구경하러 온 사람 가운데 색다른 인물은 당시 평양의 명기로 인물 잘 나고 가야금 잘 타는 이로 이름난 월화 그 사람이었다. 그는 내 아버지를 아버지라고 부르는 터이었다.

"아이구 잘도 생겼다. 양미간이 번뜻하고 눈이 이글이글하고 코마루가 죽 뻗치고 이 도령도 어림없다. 과연 어느 귀공자나 일국 태자님의 모습이 완연한데요."

월화의 너무도 지나친 찬사에 놀란 아버지는 문득 얼굴을 붉히고 눈을 흘겼다. 더구나 '일국 태자'란 외람된 말에 당황한 것이다.

* * *

인길이라고 불리워진 아기는 잠깐 자라서 돌이 가까웠다.

어느 여름날 고요한 저녁이었다. 아버지는 무슨 일인지 기분이 좀 좋지 못했던 차에 마침 어떤 젊은 사나이가 안 대문 안엘 무단히 들어와서 어물어물하면서 웬 사람이냐는 물음에 대답도 시원치 아니 하자 화를 내신 아버지는 '고이한 놈'이란 소리를 상당히 높이 지른 모양이었다.

이때에 대청마루에서 뉘어져서 마침 잠이 들었던 아기 인길은 고요한 시간에 별안간 나는 큰소리에 소스라치게 놀랐다. '아그 그' 소리를 내면서 흐덕흐덕 흐느껴 울던 아기는 울음 끝에 얼굴이 까맣게 질리면서 까무러치고 말았다. 그리고 졸연히 깨어나지를 않았다.

아버지 어머니를 비롯해서 온 집안은 큰 변이 나서 벌벌 떨었다.

집안에 있는 것은 물론이요 이웃 약국에서 구할 수 있는 것으로 사향이나 녹용 가루나 다 먹어 보았으나 보람이 없다.

아기의 손을 잡고 잠시 무슨 생각에 잠겼던 아버지는 고요히 집안사람을 불렀다.

"얼른 월화를 불러 오너라. 얼른 가야금을 가지고 오래라."

이윽고 월화는 가야금을 가지고 조심조심 안으로 들어왔다.

"우리 아기를 살릴 사람은 너밖에 없다. 우리 아기를 위해서 너 재간껏 한 곡조 타보아라."

아버지의 간곡한 부탁에 월화는 가만가만 줄을 골라 가지고 잠시 눈을 감고 앉았다가 한 가락 두 가락 타기를 시작했다. 담배 두어 대 먹을 동안이나, 가늘게 높게 끊일락 이을락 멋지게 타고 있었다. 온 손을 모아 쥐고 손에 땀이 날 듯이 조마조마 애태우는 온 식구는 월화의 가야금에서 울려나오는 멜로디에 정신을 잃었다.

그때였다. 아기의 얼굴에는 방그레 웃음이 돌기 시작하였다. 차차 온 얼굴에 웃음이 퍼지며 가야금 소리 나는 방향으로 귀를 기울이는 듯하기까지 하였다. 이때에 온 식구의 기쁨은 이루 말할 수 없었다.

나는 이렇게 어려서도 음악을 좋아하고 음악 멜로디에 귀가 밝아서 놀라 까무러치게 놀랐던 가슴을 진정하고 정신을 차렸던 모양이다. 어머니 배에서 나서부터 나는 '예술의 아들'이었던 모양인가 하고 생각이 된다.

아버지가 음악을 이해하고 좋아해서 월화를 부른 것은 물론이요…. 월화의 뛰어난 음악 예술 때문에 되살아 난 셈이다. 월화의 고조에 달한 예술의 힘이 아니었더면 나는 까무러친 채 숨이 끊어지고 말았을는지 모른다. 아니 '나'라는 한 생명을 한 집에 보내서 태어나게 하였던 조물주는 월화라는 한 여성을 통해서, 그 예술을 통해서 잠시 끊어졌던 목숨을 되살린 것이라고 나는 믿는다.

어쨌든 월화와 월화의 예술은 나의 생명과 적지 아니한 인연을 가지고 있는 것이라고 지금까지도 생각하고 믿는다.

나는 그 후에 월화의 모습을 알지 못한다. 그 후 우리 집에서 평양을 떠나고 후에 청일전쟁이 일어나고 했으니, 월화 할머니의—지금은 할머니라고 하는 것이 옳을 것이다.—소식과 거처를 알바 없으나 내게는 은인인 것은 틀림없다.

나는 이제 예술의 귀한 가치와 힘을 생각한다. 음악의 멜로디가 한 아기를 살렸다. 몹시 놀래서 까무러쳤던 아기를 되살렸다. 한 사람이 한 사람에게 극도로 노를 발한 순간에 일어나는 격분이 높았을 때 무서운 음향을 발했다. 그때에 그것을 상대로 울려진 극히 평화스러운 멜로디는 그 무서운 음향을 이기고도 남음이 있었다.

이렇게 말한다면 이야기는 간단하다. 그리고 까무러쳤던 한 아기와 한 사람의 손에서 흘러나오는 고운 멜로디는 딴 사실이요 하등의 관련이 없다. 이렇게 생각할 수도 있을 것이다.

다시 말하면 예술과 인간은 스스로 딴 존재로 있는 것이다. 예술은 예술대로 있고 인간은 인간대로 있는 것이라고 할 수 있을 것이다. 그것은 마치 한 꽃이 아름다운 것과 어떤 인간이 외로운 것과는 전혀 별개의 일이다. 그러나 봄 동산에 곱게 피어난 꽃이 그 꽃을 보고 즐겨 주는 인간이 없었다면 그 존재의 의미가 없을 것이 아닌가! 그리고 고독한 한 인간에게 기쁨과 위로를 주는 그때에 꽃은 금방 바람에 떨어져도 한이 없을 것이 아닌가….

그 모양으로 음악도 예술도 인간에게 위로와 힘을 주어서 그 존재의 보람을 생각할 수 있고 월화의 가야금도 '나'라고 하는 아기가 되살아나서 지금 이 글을 쓴다는 데 커다란 보람과 인연이 있을 것이다.

나는 인간을 내놓고 예술은 예술을 위해서 있다는 것을 이해할 수 없다. 나는 톨스토이처럼 예술을—자기 자신이 위대한 예술가이면서 예술가라는 것을 못마땅하게 여기면서—극단의 예술론을 주장하는 것은 아니지만 나는 예술의 가치와 사명을 인간 본위로 생각하고 싶다.

"예술가는 자연과 인생에서 경험한 감정을 남에게 전달하는 자라고 하고, 이 감정 가운데 가장 높은 감정은 그 시대의 양식(良識)을 나타내는 감정 곧 종교적 감정이다…. 예술은 폭력을 극복한다. 그 사명은 사랑의 왕국을 가져온다."

고 하는 그의 예술론을 나는 찬성한다.

그는 이리해서 예술의 범주를 국한시킨 것이 아니요 도리어 확대한 것이다. 그는 생각하기를 예술은 우리의 온갖 생활에 따라다니고 붙어 있다. 어린아이의 장난까지가 다 예술적 표현이라고 한다.

* * *

마침내 '청일전쟁'이 터졌다. 속칭 갑오년 난리가 난 것이다. 평양 성내에 일병이 밀려 들어왔다. 평양 시민은 법석으로 피난했다. 내 아버지는 이때에 이미 평양 서면에 약간의 땅을 사고 농사를 지을 경영을 하였다. 농사를 짓는다기보다도 피난을 겸해서 농촌에 가서 개척 사업을 계획한 것이다. 일변 궁답을 간감하는 책임을 맡아서 그것을 발판으로 해서 간사지를 개간하는 큰 사업에 손을 댄 것이다.

선비가 어떻게 그런 사업을 시작하게 되었느냐? 소수의 양반들은 놀면서도 부드러운 쌀밥을 먹는데, 왜 다수의 농민들은 농사짓기에 수고를 하면서도 깔깔한 조밥을 먹고 옥수수 따위만 먹고 살게 마련이냐? 일반 백성들도 쌀밥을 먹게 해야겠다. 그럴라면 논이 많이 있어야 하겠다—하는 것이요, 다음에는 늘그막에 생긴 자식들이 살아가려면 터전을 마련해주어야겠다 하는 심산이었으리라고 생각이 된다.

우리 집은 평양 서면에 김려대라는 촌으로 이사를 갔다. 벌써 좋은 재목으로 지어진 여러 채 집이 마련되어 있었다. 예산의 부족 때문이었는지 개간사업 때문인지 모르거니와 아직 개와를 얹지 못하고 임시로 초가 형으로 덮은 채 있었지만 안채와 사랑채와 뒷채와 곳간까지 갖추어 지어 놓고 일꾼을 많이 두고 소작인도 많이 두어서 벼농사를 짓고 있고 개간 사업도 계속하고 있었다.

우리는 안방과 사랑채를 쓰고 뒷채에는 고모님 네가 살고 일꾼 네는 따로 딴채에 살고 있었다.

가을이면 나락 낟가리가 여기저기 산더미처럼 쌓여 있고 소와 말과 개와 짐승들도 많았던 것을 희미하게 기억한다.

나는 그때 겨우 두어 돌이 지나서 색동저고리에 가죽신을 신고 다녔다.

아버지가 가끔 평양에 갔다가 집에 돌아오게 되면 벌써 앞잡이가 먼저 달려와서 행차를 알리고 소작 일꾼들은 말할 것도 없고 소작인들까지도 마중을 나간다.

나는 언제나 드높은 사랑방에서 아버지의 무릎 위에 앉아 있거나 바로 오른편에 붙어 앉아 있었다.

"여보게 다시 그런 소리 할 텐가 응."

아버지는 늙은 소작인 한 사람을 보고 여지없이 책망을 하고 있는데 나는 웬 영문인지를 몰랐다.

나중에 어머니에게 들어 알고 보니까 뜰아래서 두 손을 읍하고 아버지한테 인사를 하면서 아버지를 부르는 말이 '나랏님 나랏님' 한다는 것이다. 그것은 실상은 예전에 벼슬하는 사람들을 보고 '나리 나리' '나릿님' 하는 것을 촌사람들이라 잘못해서 '나랏님'이라고 부른 것인데, 아버지는 다시는 그런 말을 입 밖에 내지 말라고 타일렀건만 또 여전히 그런 큰일 날 소리를 하기 때문에 단단히 책망을 하였다는 것이다.

그것은 내가 갓 낳았을 때에 기생 월화가 '태자님 관상'이라고 한 것을 꺼린 것이나 마찬가지 케이스이었다. 만일 그런 말이 관원의 귀에 들어가고 조정에 알려지면 역적으로 몰려서 일족이 멸하게 되는 큰 변을 당하기 때문이었다. 일꾼들이나 소작인이 아버지를 이렇게 높이고 극진히 대접을 하게 된 것은 노상 까닭이 없지 아니 했다.

소작인들이나 일꾼들에게는 무턱대고 너그러운 대우를 했다는 것이다. 무상으로 소를 사주고 소작료도 아주 후하게 해서 그네들을 놀라게 하였다. 소작인이나 일꾼 네가 해산을 했다면 반드시 쌀과 미역을 사보내고, 병이 났다면 의원을 보내서 진맥을 하게 하고 약을 지어 보내며 오래 앓거나 중병인 경우에는 아버지가 친히 찾아보고 위문을 하곤 하였다는 것이다.

그리고 아버지는 소작인 사이에 무슨 분쟁이 생겨서 다투는 때에는 판가름을 해주고, 흔히는 화해를 붙여주었기 때문에 한낱 지주나 상전이 아니라 한 관장이요, 그들의 사정을 알아주는 조상 할아버지였다.

철없는 나는 일꾼이나 소작인들이 젊은이 늙은이 할 것 없이 두 손을 모아 허리를 굽히면서 아버지한테 절을 하는 것이 재미가 있었던 모양이었다. 아버지에게 인사하는 것은 자기한테 절을 하는 줄 알았던지 옆에서 고개를 까닥까닥하고 있었다. 그러고 소작인이 무슨 사정을 길다랗게 이야기하고 있으면 영문도 모르고 또 고개를 까닥거리고 있었다. 아버지의 이르는 말이 끝나고 다시 절을 하고 갈 적에 아버지가 '잘 가게.' 하면,

"잘 가게."

저도 아버지가 하는 대로 작은 목소리로 소리 지른다.

"네, 도련님 평안히 계십쇼."

소작인은 웃으면서 가는 것이다. 그러면 아버지는 나를 보고 웃으면서 너는 그러면 못 쓰느니라고 타이르셨다고 한다.

아버지는 까치 다리를 하고 편지를 쓰고 있으면 나는 종이에다 무엇인지도 모르는 것을 자꾸 쓰고 그리고 있는 것이다. 인길(仁吉)이란 제 이름을 배워서 몇 번이고 되풀이하며 쓰고 있는 것이다.

붓장난하는 데 싫증이 나면 나는 슬그머니 안으로 들어간다.

어머니는 붓으로 써서 책을 맨 고담 책을 들고 흥얼흥얼 읽고 있다. 지금 알고 보니 그것은 '춘향전'이나 '구운몽' 같은 소설책이었으리라고 생각된다.

나는 어머니 옆에서 가만히 듣고 있다가 어머니가 감격해서 잠깐 소리가 없다가 흐느껴 울기를 시작하면 어머니 팔을 붙잡고,

"어머니 왜 울어 응? 이야기해줘 응."

어머니가 시끄럽다는 듯이 내 손을 치우고 그냥 읽고 있다가 이윽고 책을 놓고,

"참 착하다."

눈물을 씻으면서 나를 안아 준다.

나는 자라서 국문을 배워서 어머니가 읽던 책을 다 읽었다. 나도 눈물을 흘렸다.

어떤 때는 어머니는 별장 안에서 거문고를 내놓고 둥둥 타보기도 한다.

그러면 나는 기어이 빼앗아서 자기도 뚱뚱 타본다. 어머니는 '아서라' 하면서 달래서 한 곡조를 타본다. 그러면 나는 그 곡조에 맞추어서 덩실 두 팔을 벌리고 춤을 춘다. 어머니는 고개를 도리도리 하고 거문고를 장안에 집어넣어 버린다. 이렇게 나는 호화롭게 자랐던 것이다.

* * *

아정에는 개와를 넣어서 부연을 달아서 들썩하게 지은 그야말로 고

래 같은 개와집, 그 촌에서 사방 몇십 리를 두고 하나 밖에 없는 이름난 우리 집의 호화로운 살림은 오래 가지 못했다.

과연 서울 현씨(玄氏)의 모략으로 아버지는 정말 역도로 몰려서 그 많은 전답을 몽땅 빼앗기고 겨우 집만을 헐값으로 팔아가지고 평양 성내로 다시 들어왔다.

이때로부터 우리 집에는 가난과 불행이 닥쳐오기를 시작하고 어린 나에게도 우울한 그림자 밑에 감도는 쓸쓸한 바람의 영향이 미치게 되었다.

아버지는 평양에서 글 잘하고 재산이 있어서 살기에는 걱정이 없어 지내는 원(元)이란 친구로 별호를 춘원(春園)이라고 부르는 풍류객이 있어서 날마다 찾아와서 한시를 짓고 바둑을 두기로 세월을 보냈다.

아버지는 호를 관벽(觀碧)이라고 부르며 서로 뜻이 통하고 취미가 같아 시와 바둑으로 두 분은 날마다 정답고 흥취있게 지냈다.

그러나 집에서는 그렇지 못했다. 어머니는 가슴앓이로 밤낮 자리에 누워서 끙끙 신음을 하고 가끔 양식 걱정을 하게 되었다.

한 번은 약간의 돈을 맡겨서 근처의 비단과 포목 장사를 하는 집에서 용돈을 찾아가지고 오던 나는 동네 장난꾼 아이들의 습격을 받아서 그릇에 담았던 엽전의 대부분을 잃어버리고 집에 들어와서 몹시 울던 생각은 지금도 잊히지 않는다.

가만히 생각하니, 나는 아버지의 엄격하고도 인자(仁慈)를 겸전한 유교적인 도덕과 게다가 문학적인 소질과 풍류를 좋아하는 전통과 다시 한편으로 어머니편의 미를 좋아하고 예술—풍(風)을 사랑하는 전통을 이어받은 것이 분명하다.

-《예술원보(藝術院報)》, 1962년

말 없는 사람

1

봄이 되었다. 기다리던 봄이 왔다.

누가 봄을 기다리지 않으련만 윤수는 남달리 봄을 기다렸다. 윤수는 겨울 동안에도 볕만 나면 뒷산에 올라가서 마른 나뭇가지며 썩은 등걸 따위를 모아서 땔 나무를 해오기도 하고 멀리 뵈는 산봉우리의 허옇게 덮인 눈 경치를 구경하기에 그다지 갑갑한 줄을 모르지만, 날이 흐리고 몹시 추운 때에는 자연 집 안에 들어앉아 있게 되기 때문에 심심하고 갑갑한 시간을 보내기가 퍽 괴로웠다. 이제 따뜻한 봄이 왔으니 윤수는 산과 들에 나가서 맘대로 뛰놀고 힘껏 일을 하게 되었다.

윤수가 봄을 기다리고 봄을 좋아하는 것은 춥지 않고 따뜻하기 때문만이 아니다. 뾰죽뾰죽 돋아나오는 새싹, 파랗게 피어나는 버들가지, 하얗게 피어나는 버들가지—이런 것을 보기가 무척 좋았다.

윤수는 돋아나는 새싹이나 파랗게 피어나는 버들가지를 보면 오래 못 보던 동무를 만난 듯이 빙그레 웃고 좋아하고, 어떤 때는 땅 속에서 솟아나오는 새싹을 보고 무어라고 이야기도 해보고 노래도 불러보는 것이었다.

엄마 엄마 이리와
요것 보세요
병아리떼 뿅뿅뿅
놀고 간 뒤에
미나리 파란 싹이
돋아났어요
미나리 파란 싹이
돋아났어요

윤수는 언젠가 뒷집 교장네 작은 아기가 부르는 걸 듣고 배운 이 노래를 자꾸만 부르는 것이다.

윤수는 땅속에서 파란 싹이 돋아나오는 것도 신기해서도 좋아하지만 길가에 오고가는 사람의 발길에 밟히면서 곱게 피는 민들레 노란 꽃도 썩 좋아한다.

봄날에 파랗게 돋아나는 새싹이나 하얗게 피어나는 버들가지 그리고 길가에 핀 민들레 노란 꽃은 다 윤수의 좋은 동무였다. 윤수에게는 이런 동무밖에 동무가 없었다.

2

윤수네가 성재 동네 온 지는 일 년밖에 못 되었다. 성재에 온 지 석 달 만에 윤수 아버지가 세상을 떠났다.

윤수네가 처음 이 동네로 이사를 올 적에 허술한 집을 하나 사가지고 왔기 때문에, 윤수 아버지는 혼자서 손수 집을 고치고 영을 갈아 덮고 방구들을 뜯고 다시 놓느라고 너무 고달프게 지내다가 그만 눕기를 시작해서 시름시름 앓게 되었는데, 나중에는 병이 부쩍 더해서 아무리 약을 써도 낫지 않고 그만 세상을 떠났다. 아버지가 앓는 동안 윤수는 잠시도 곁을 떠나지 않고 어머니와 같이 정성껏 간호해드렸다.

윤수 아버지는 딸 하나는 일찍 시집보내고 이 동네 올 적에는 윤수 하나만 데리고 왔다. 그래서 어머니하구 세 식구가 살다가 아버지가 세상을 떠나시니까 어머니와 단 둘이만 남게 되었다.

아버지가 세상을 떠나시기 몇 날 전에 조용한 밤인데,

"윤수야"

부르고 나서 윤수의 손을 꼭 붙잡고 힘없는 목소리로,

"윤수야, 너 이담에 좋은 사람 돼야 한다. 좋은 사람 될려면 동무를 잘 가려서 사귀어야 한다. 함부로 동무를 사귀었다가는 큰일 난다."

아버지는 잠시 쉬어서,

"윤수야 알겠니. 너 나쁜 아이들하구 놀면 안 된다. 응, 내 아들 착하지 내 말을 명심해서 들어서 꼭 그대루 해야 한다."

그렇게 쉬엄쉬엄 이르시는 말을 듣다가 윤수는,

"아버지 염려 마세요. 그런데, 아버지 어떤 아이가 나쁜 아이야요? 무얼 보고 나쁜 아이 좋은 아이를 가려요? 아버지 그것만 더 일러주셔요. 그러면 저는 그대루만 할 테야요."

이렇게 물어 보았다. 아버지는 잠깐 생각하는 것 같더니,

"그래 내 말대루만 해라. 누구든지 말을 많이 하는 아이는 아예 사귀지 말아라. 그런 아이들은 믿을 수는 없느니라, 알겠니? 윤수야."

아버지는 이렇게 간곡한 말로 일러 주었다.

"네, 알겠습니다. 아버지, 염려 마세요."

윤수는 속으로 '옳지' 하면서 똑똑히 대답했다.

3

시집간 누이하고 매부가 오고 동네 사람들도 와서 보아주어서 아버지 장사는 그럭저럭 지냈다.

아버지를 여읜 윤수는 슬프고 외로운 것을 참고 어머니를 위로하면서 그럭저럭 지냈다. 아버지가 남겨준 재산이 좀 있고 동네에 사 둔 땅마지기도 있어서 두 식구가 살아가기는 걱정이 없었다. 윤수 하나 간신히 공부시킬 만한 형편도 되었기 때문에 윤수는 새해부터 학교에 들어가기만 기다리고 있었다.

그동안 윤수는 참 심심했다. 그럭저럭 봄이 되고 농사지을 철이 되어서 어머니는 사람을 얻어서 밭을 갈고 거름을 내기에 바빠서 집에 있는 시간이 적었기 때문에 윤수는 더 심심하고 갑갑했다. 그래서 윤수는 갑갑한 때면 가끔가끔 동네에서 좀 떨어진 곳에 있는 산에 아버지 무덤에 가서 놀았다. 어떤 때는 꼭 아버지가 살아 있는 것처럼 무덤 옆에서 이야기를 하는 것이었다.

"아버지, 나 이담에 좋은 사람 될게요. 아버지 걱정 마세요. 말하는 아이 하구는 놀지 않을 게요, 아버지!"

이렇게 이야기를 하고는 달음박질해서 내려오곤 했다.

"윤수야 너 어디 갔었니."

어머니는 이렇게 묻는 것이다. 어머니는 좀 기분이 좋지 않은 모양이다.

"엄마 나 아버지한테 갔다 왔어. 왜 아버지한테 가면 안 돼요?"

"나하구 같이 가자. 너 혼자만 가면 안 된다."

어머니는 이렇게 말하면서 옷고름으로 눈을 씻는 것이다.

'혼자 가면 왜 안 돼요?' 하고 물어보려고 하다가 그만 두고 밖으로 나가버렸다.

"윤수야 윤수야!"

대문 밖에서 누가 찾는다. 나가 보니까 동네에서 늘 보던 아이다. 나이는 자기보다 몇 살 위였다. 보기에도 좀 컸다.

"윤수야 나와 우리들하구 놀자. 너 왜 우리들하구 놀지 않고 밤낮 집안에만 틀어백혀 있니?"

"……."

윤수는 고개를 좌우로 흔들었다.

"너 그리구 혼자 산으로 가서 뭘 하니? 밤낮 산에 가서 뭘 하니?"

장손이란 아이가 이렇게 지껄이고 있는데 저쪽에 보니까 또 다른 아이가 둘이 있다. 그리고 장손이가 말하는 소리를 듣고 픽픽 웃는 소리가 들린다.

윤수는 아무 말도 하지 않고 안으로 뛰어 들어가 버렸다.

"얘, 윤수가 왜 그럴까? 좀 바본가 봐."

장손이가 저희 동무들하고 이런 이야기를 하는 것은 윤수가 들었는지 못 들었는지 모르지만, 하여튼 윤수는 썩 불쾌했다. 그리고 그런 애들하고 놀지 않고 들어온 것을 잘했다고 생각했다. 아버지가 돌아가시기 전에 간곡하게 이르시던 것을 생각한 것이다.

4

그 이튿날이었다. 또 대문 밖에서 누군가 찾는다. 어머니는 어디 가고 없었다.

"윤수야 어머니 계시니?"

아버지 살아계실 때부터 가끔 보던 사람이다. 동네에서 가끔 찾아오던 사람이다. 그런데 아버지가 돌아가신 다음에는 도무지 온 일이 없었다. 윤수가 산에 아버지한테 간 동안에 왔었는지 모른다. 어머니는 가끔 찾아가서 만난 모양이다.

"허허, 꼭 너의 어머니를 보아야 할 텐데, 어쩌나 어머니 어디 가셨는지 너 모르겠니? 너 좀 가서 찾아보렴, 응? …그런데 너 몇 살이지?"

"열 살이어요."

윤수는 겨우 이 한 마디를 뱉아 버리고 인사도 하지 않고 들어와 버렸다.

'이 사람도 좀 말이 많으니 재미없는 사람이다.'라고 생각한 것이다.

그러자 어머니가 들어왔다.

"어머니 아까 왔던 그 사람 아셔요?"

"우리 아버지 계실 때 가끔 우리 집에 오셨었나봐. 나이가 꽤 많은가봐. 쉬염이 길어요."

"그래 그래, 윗동네 주부님이로구나."

"아마 그런가 봐."

이제 생각하니까 아버지 살아 계실 때도 오고 앓아누웠을 때에 가끔 왔던 생각이 난다.

"왜 그러냐?"

"글쎄 말이어요."

"글쎄라니 왜 그러니?"

"말이 좀 많지 않아요."

"무슨 말이 많던?"

어머니는 이렇게 물을 수밖에 없었다. 그래서 윤수는 어머니를 꼭 만나야 되겠다는 말이며, 공연히 남의 나이를 물어 보더란 말을 했다.

"얘도 그만한 말을 하는 걸 가지고 그러니?"

"엄마 엄마, 아버지가 말이 많은 사람은 믿을 수 없다고 그러신 거 엄마도 알지?"

"글쎄 그리셨던가?"

어머니는 빙그레 웃고 말았다. 그 다음에도 또 어떤 큰 아이가 찾아와서 윤수를 불렀다.

이 큰 아이는 심부름 온 아이였다.

"윤수야 너 윤수지. 어머니 어디 가셨니? 너 왜 동무들하고 놀지 않니?"

이런 말을 하는 것을 보고 윤수는 대답도 하지 않고 들어와 버렸다. 그리고 또 혼자서 아버지한테 갔다 왔다. 어머니한테는 아버지 무덤에 갔다 왔다는 소리를 하지 않았다. 그리고 들판으로 다니면서 놀다 왔노라 했다. 전날 산에서 오다가 들판과 딴 동네에서 이리저리 다니면서 민들레꽃 오랑캐꽃도 구경하고 갓 깐 병아리들이 엄지닭을 따라다니는 구경도 하고, 어떤 때는 병아리 한 놈이 엄지닭을 따라가지 못하고 혼자 떨어져서 삑삑거리고 있는 것을 보고 가만히 손바닥에 놓아서 엄지 있는 데 갖다 주고 오기도 했다. 그럴라기에 늦었다고 어머니에게 말했다.

"너는 동무도 없니?"

어머니는 걱정스러운 듯이 말하면 윤수는,

"어디 믿을 만한 애가 있어야지요."

5

윤수에게도 동무가 생겼다. 뒷집 교장네 애란이란 올해 여섯 살짜리 계집애였다.

애란이는 아직 학교에도 안 가면서도 노래를 잘했다. 처음에 저의 집안에서 노래하는 것을 윤수는 밖에서 듣고 있었다. 그런데 한 번은 애란이가 대문 밖엘 내다보다가 윤수가 혼자서 무엇을 듣고 있는 것 같은 것을 보고 분명히 자기 노래를 듣고 있는 것을 보고 또 혼자서 쓸쓸할 것 같은 것을 알았는지 윤수더러 들어오라고 했다. 그것도 말로 하는 것이 아니요 생글생글 웃으면서 눈과 고개와 손짓으로 들어오라고 하는 것이다.

윤수는 가만히 보다가 슬금슬금 애란이 뒤를 따라 들어갔다. 애란네 집에는 여러 가지 전에 보지 못하던 훌륭한 꽃이 많았다.

그래서 그 꽃구경을 하기에 정신없었다. 꽃구경을 하다가는 가끔 애란이를 쳐다보았다. 말없이 늘 웃기만 하는 애란이도 꽃과 같이 예뻤다.

'왜 날 쳐다보니?' 그런 말도 아니 하고 약간 얼굴을 붉히면서 아무 말이 없이 웃기만 하는 것이다.

애란이도 동무가 없어서 심심했던 모양이었다. 좀 있다가 가는 윤수보고 또 오라고 눈과 고개로 말을 하는 것이다. 그렇다고 애란이는 벙어리가 아니었다.

'엄마 나 잠깐 나갔다 올께요.' 하면서 윤수의 뒤를 따라와서 윤수네 집 대문간에까지 왔다 가는 것을 윤수는 보았다.

애란이는 그 뒤에도 가끔 윤수네 집에 와서 대문 안을 살며시 들여다보곤 하였다. 그럴 때마다 윤수는 어느 틈에 그것을 알고 문을 급히 열고 뛰어나갔다. 그러고는 두 사람은 말도 없이 애란네 집으로 가는 것이다.

어떤 때는 윤수가 애란네 집 대문 밖에 가서 대문 안쪽을 들여다본다. 그러면 어느 틈에 안에서 뛰어 나와서 말없이 윤수를 맞아들인다.

"너 어떤 꽃이 제일 예쁘지?"

"글쎄 다 예뻐."

"그래도 그중에 어느 꽃이?"

"요것이 제일 예뻐."

"그것 무슨 꽃인지 알어?"

"몰라."

"시크라멘이란다."

"뭐 시크라문?"

"그래 하나 줄까? 너이 갖다 심을래?"

"싫어 그만둬, 나 여기 와서 너하구 둘이 같이 보면 되지 머."

애란이는 고개만 까딱였다.

두 사람은 이렇게 놀다가 애란이가 먼 산을 바라보면서 가만가만히 노래를 부른다. 윤수는 처음에는 가만히 듣다가 나중에는 따라서 해본다.

'엄마 엄마 이리와 요것 보세요.' 하는 노래도 하고 다른 새 노래도 하고 그러다가, '참 아름다워라' 하는 노래도 해보았다.

"애란아 그것 무슨 노래지?"

"그것 말이야 찬송가라는 거야, 또 할까?"

"그래 또 해 응?"

이렇게 두 사람은 찬송가도 제법 부르게 되었다.

어느 날 밤이었다. 어머니는,

"윤수야 애란이는 좋은 애더냐?"

웃으면서 말했다.

"그럼요, 그 애는 말이 없으니까요."

"그럼 벙어리더냐?"

"아니야 아니야 어쨌든 좋은 애야."

"그런데 윤수야, 애란네 이제 읍으로 이사 간다더라."

"참말이야? 엄마 공갈이지?"

"참말이다. 이제 한 달 있다가 간다더라."

"그래요? 엄마."

윤수의 얼굴은 금방 빨개졌다.

"윤수야 우리도 토지 팔아가지고 읍으로 갈까?"

"그래요 엄마. 우리도 가요 읍으로 가요."

"정말 갈까 우리끼리 살기 적적한데…. 읍으로 가면 누나네도 가깝고 좋지!"

윤수는 한참이나 무슨 생각을 하더니 똑똑한 목소리로,

"엄마 우리 읍에 가지 말아. 우리 떠나면 아버지는 어떡해요? 아버지 혼자 버리고 가문 안 돼! 애란네는 가두 우린 가지 말어, 아버지 손수 손질해서 얌전하게 꾸린 이 집에서 그냥 살아요!"

한 달이 지났다. 애란네는 정말 읍으로 떠나갔다. 윤수는 말없이 웃으면서 떠나가는 애란이를 물끄레 바라보다가 달음박질로 아버지한테 갔다. 오래도록 아버지 옆에 앉아서 애란이한테 배운,

'참 아름다워라 주님의 세계는'을 부르고 또 불렀다.

- 1964년

생일 파티
— 무심

초겨울 바람이 쌀쌀한 저녁이었다. 신당동 한 모퉁이 이층 집 창으로 빨간 불빛이 밖으로 비쳐 나오고 있었다. 윤 장로네 가족은 막 저녁 예배를 마치고 나서 식구들이 둘러앉아서 지껄이는 이야기 소리며 라디오에 맞추어서 부르는 노래 소리가 평화롭게 들렸다.

그 가운데 어머니 한 사람이 연해 밖을 내다보고 아래층엘 오르내리면서 늦도록 안 들어오는 아들의 일을 걱정하고 조바심을 하고 있었다.

이층에서는 여전히 지껄이고 소란스러웠다. 어머니는 불안한 마음으로 아들을 기다리고 있었다.

이윽고 초인종 소리가 울려왔다. 어머니는 빨리 나가서 대문을 열었다. 아들이었다.

"왜 그렇게 늦었니?"

"그럭저럭…."

"저녁 먹어라 어서."

"먹었어요."

퉁명스러운 대답이다. 용호는 기분이 좋지 못한 모양이다. 어머니는 이 자식이 혹 술이나 안 먹었나 하고 자세히 살펴보았지만 분명히 술도 안 먹은 모양이다.

"정말 저녁 먹었냐?"

"……."

어머니의 재차 묻는 말에도 대답도 하지 않고 용호는 방바닥에 주저앉았다. 앉으면서 포케트에서 석간신문을 한 장 꺼내 내던진다. 이층에 있던 가족들이 내려왔다. 큰딸이자 용호의 바로 손아래 동생인 혜경, 그 다음 여동생 혜숙, 사내동생 규호가 들어오고 마지막에 아버지가 차례로 내려왔다. 모두 용호를 맞이해주는 셈이다.

혜경이 용호에게 다가앉으면서,

"오빠 어디 갔었어. 애인 만났지, 영화 봤어요?"

용호는 대답이 없이 픽 웃어 보였다. 혜경은 무심히 용호 옆에 놓인 석간신문을 펼쳐 보았다. 사회면을 들여다보다가 깜짝 놀란 듯이 신문을 방 한가운데 펼쳐 놓으면서 읽었다.

'여대생이 음독자살'이란 제목이었다.

S여대생 김X자가 오늘 오전 O시 경에 정릉 뒷산에서 독약을 먹고 자살했는데, 소지품으로 신원이 알려졌고 원인은 아직 알 수 없으나 세상을 비관한 것인 듯하다는 것이 기사의 대강한 줄거리다.

혜경은 소리로 내서 읽다가,

"어머나 김X자? 내 동문데 오빠도 이 애 알지 않우? 저걸 어떡해!"

소리치듯 중얼거렸다.

"언니 알아? 언니 동무야 정말?"

고등학교 일학년짜리 혜숙이다.

혜경은 그냥 놀라는 얼굴로 약간 끄떡여 주었다.

"용호 너 아는 애냐?"

어머니는 공연히 걱정스러운 듯 아들을 바라보는 것이다. 용호는 대답이 없다.

윤 장로는 말이 없다. 매우 못마땅한 듯,

"비관이라니 그게 무슨 소리냐. 무얼 비관했단 말이냐?"

어머니 한 부인은 궁금해서 혜경더러 묻는다.

"그 애는 어머닌 돌아가시고 없답니다."

"가엾어라. 그럼 후모 밑에 있다가…."

혜경의 말에 한 부인은 혀를 찬다.

"머리가 좋아서 공부는 잘했는데 아까워라…. 허긴 그 애가 이상스런 철학책을 늘 읽고 있었대!"

그럴만한 과거 생활이 있었다는 것을 혜경은 이야기하는 것이다.

"그런들 아무리 죽을까. 저희 아부지한테 못하는 일이구 후모의 체면은 무엇 되겠니? 저걸 어쩌지!"

지금껏 침묵을 지키고 있던 윤 장로는 부인의 말에,

"그런 계집애는 죽어 마땅하지. 도대체 하나님을 모르고 신앙들이 없는 까닭이야!"

한 마디를 던지고 일어나려고 하는 순간 용호는 반항하는 어조로,

"오죽하면 죽겠어요? 오죽 비관하면 죽겠어요? '고독'이 죽였지요, 고독이!"

"그렇기두 하겠다만 하나님을 모르고 신앙이 없어서 그랬지. 아버지 말씀이 옳지 뭐냐?"

한 부인은 아들의 말과 영감의 말에 중간 태도를 취하는 것이다.

"신앙은 못 가지더라도 문학에 취미를 붙이든지 그렇지 않으면 올바른 인생관을 가지고 살아나가면 죽지 않아도 될 걸!"

혜경은 가장 아는 체하는 태도와 또 동정하는 태도로 말한다.

"넌 몰라, 아직 어려서 몰라!"

용호는 까닭 없이 화를 내다시피 한다.

"공연히 상서롭지 못한 일을 가지고 길게 이야기할 것 없다. 어서들 자기나 해라. 너희들은 공부나 하구…."

한 부인은 집안의 평화로운 분위기를 깨뜨려 놓은 신문 뉴스를 원망하는 듯이 일어서며 잘 준비를 하도록 했다. 용호와 혜경도 일어나고 혜숙도 뒤따라 일어나고 집 안은 조용해졌다.

용호는 이층 자기 방에 올라가서 옷을 벗고 누웠다.

K대학 영문과를 졸업하고 삼 년 동안 꼬박 병역생활을 치루고 제대한 용호는 각 방면으로 일자리를 구해 보았건만 일자리가 자기 몫에는 돌아오지 않는다. 몇 사람은 자주 찾아서 부탁을 해보고 선배들도 만나서 간곡히 부탁했건만 될듯 될듯하면서 쉽게 끝이 나지 않기 때문에 마음이 여간 초조하지 않는 판이다.

대학을 나올 때의 이상과 포부는 컸건만 실지로 닥치고 보니까 생각하던 것과는 거리가 멀다는 것을 뼈저리게 느꼈다.

'그러면 어찌하면 좋은가? 내가 나갈 길은 어디에 있는가….'

용호는 마음에 여러 가지로 생각하지 않을 수 없다.

"오냐 내가 할 일을 개척해 나아가야겠다. 남이 내게 일자리를 갖다 맡겨 주기를 기다릴 수가 없다. 아무 데라도 가야겠다. 부닥쳐 보아야겠다."

이렇게 생각하면 얼마큼 마음에 힘이 생기고 초조한 생각이 가셔지는 것을 느꼈다.

"그럴라면 동지가 필요한데 내게는 동지가 없구나. 나는 외로운 사람이구나."

용호는 오늘 아침에 집에서 나가면서도 이런 생각을 하였던 것이다.

동지가 없다는 것은 개척사업이라도 하는 데 고생을 무릅쓰고 나설 친구가 없단 말이지 친구가 노상 없다는 것이 아니다.

"비록 여성이나마 친구가 있지 않느냐? 내게는 경희가 있지 않느냐?"

용호는 경희를 생각하고 마음이 흐뭇해서 오늘 하루를 지낸 것이다.

김경희는 작년에 XX대학 음악과를 나와서 동네에서 공민학교 일을 보고 있는 여성 친구이다.

경희는 친구의 누이동생이요, 한 교회에서 사귄 사이다. 한동안 합창대에도 같이 나갔고 청년회에서도 같이 활동했다. 몇 해 전에 봉사대를 겸해서 강원도 시골에 캠프 생활을 할 때에, 몸이 좀 약해 보이면서도 씩씩하게 일을 하는 것을 보고 용호는 놀랐다. 무엇보다도 그녀의 명랑한 태도가 좋았다. 누구에게나 똑같이 좋은 낯으로 웃는 낯으로, 분주히 돌아가면서 문자 그대로 봉사하는 모습을 유심히 본 용호는 속으로 탄복했다.

농촌의 불쌍한 어린이들을 돌보아주고 어루만져주는 것을 보고는 참으로 놀래지 않을 수 없었다.

여러 아이들을 하나하나 목욕을 시켜주고, 머리를 감아 빗겨주고 머리에 이와 서캐까지 낱낱이 잡아주고 약을 뿌려주고 코를 닦아주는 동안에 식사 시간도 잊어버리는 형편이다.

용호 자신이 경희의 정성과 열심에 움직여져 땀을 흐리면서 농가의 변소 소제를 하고 다리를 놓아주는 데 앞장서서 활동한 일이 있다.

경희는 어느 틈에 땀에 밴 자기 내의와 고린내 나는 양말까지 빨아서 널어놓은 것을 알고 놀랬다. 자기 것만 아니라 다른 일행의—물론 남자 회원의 내의와 양말도 빨아놓는 것이다. 누가 그랬는지도 모르게 어느 틈에 빨아놓은 것이었다.

캠프에서 돌아온 뒤에 개학 무렵에 용호는 경희를 조용히 만날 기회가 있었다.

"저는 지난여름에 용호 씨가 농민을 위해서 봉사하는 열성을 보고 참말로 놀랬어요. 남들이 하니 나도 한다는 태도가 아니요, 한 여름 으레히 하는 행사로 해본다는 태도가 아니라, 가슴 속에서 우러나오는 열성으로 눈물을 머금고 하시는 게 완연하던 걸요. 그래서 저는 은근히 고개가 숙여졌어요."

용호는 경희의 말을 듣고 얼굴이 뜨뜻해지는 것을 느꼈다.

"경희 씨! 나는 실상은 경희 씨의 열성에 끌려서 좀 하느라고 했는데요, 나는 경희 씨의 봉사하는 태도에는 두 손 바짝 들었어요. 하여간 처음 보았으니깐…."

열을 올리는 말에 경희는 얼굴을 붉히면서,

"제가 무얼 했기에요?"

하고 잠시 말이 없다가,

"지난번 크리스마스 때 연합 음악예배 때에 용호 씨의 테너 독창에는, 제일에 남자다운 표정과 태도에 아주 매혹을 느껴서 어쩔 줄을 몰랐답니다."

"……."

"그때부터 저는 용호 씨를 가슴에 그리기를 시작했답니다. 저는 용호 씨가 있어서 쓸쓸하고 괴로운 세상을 살아간답니다."

경희의 숨김없고 솔직한 고백에 용호는 당황하기까지 했다.

지난봄 용호가 제대하고 돌아온 뒤였다. 어떤 변두리 다방에서 두 사람은 조용히 이야기할 시간이 있었다.

두 사람은 서로 장래에 대한 계획을 이야기하였다.

지금 책임이 중한 젊은이들이 허영에 빠지고 모두 부정한 것을 개탄하는 끝에 자기네의 앞일을 이야기한 것이다.

"경희 씨는 어떻게 할 테야요?"

용호는 경희의 얼굴을 쳐다보면서 노골적으로 물어보았다.

"글쎄요, 용호 씨부터 이야기하세요. 저야 무어 별 계획이라구 있어요?"

경희는 이렇게 겸양하는 태도로 또 사실이라면 사실을 말하는 것이다.

"그래도 이야기해보세요."

용호가 다급히 재촉하는 바람에,

"저는 결혼할 테야요. 결혼하구 같이 썩을 테야요. 그렇지만 누가 알아요? 우리 집에서는 너무도 이해가 없어요."

경희는 한숨을 짓고 또 얼굴을 붉혀서 좌우 귀까지 빨개지는 것이다.

잠시 말이 없다 감격에 찬 얼굴로 서로 바라보던 두 사람은 굳은 악수를 했던 것이다.

용호는 종로 거리에서 석간신문 한 장을 사서 들고 늘 들리던 K다방에 들어갔다. 오늘도 일자리는 결정이 되지 않아 기분이 우울한 상태로 신문을 들여다보았다.

'여대생이 음독자살!'이란 제목에 용호는 깜짝 놀랐다. 자세히 읽어보니까 사실 재학생이요, 나이도 틀리고 주소도 틀리지만 용호는 까닭 없이 가슴이 울렁거렸다. 경희의 일이 염려되는 것이다.

용호는 그동안 여러 달 동안 경희를 만나지 못했다. 한 번 결혼문제로 고민하는 편지를 받아보고 그런 걸 가지고 걱정할 것 없다고 간단히 회답해준 일이 있었다.

윤 장로네 하구는 신앙 노선이 다르니까 용호하고 사귀지 말라는 자기 아버지의 엄한 분부가 있다는 것이다. 그래서 용호는 그런 문제는 시간이 해결할 것이니 조금도 염려할 것 없다고 간단히 회답해 보냈는데, 또 한 번 같은 의미의 걱정을 한 편지를 받아 보고도 취직 문제로 바빠서 용호는 한 번 만나기로 하고 그럭저럭 회답도 못한 지가 한 달이나 지났던 것이다.

경희는 보수파의 가장 대표적인 목사 가운데 한 사람의 막내딸이다. 그리고 친어머니가 죽은 뒤에 후모 밑에서 자라나서 고독을 뼈아프게 맛본 사람이다. 그의 아버지 김 목사는 다 출가하고 하나 남은 막내딸인 경희를 끔찍이 사랑해서 경희가 원하는 것이면 무엇이든지 들어 주고 대학원을 해가지고 장차 미국 유학을 가라는 것이다. 좋은 영화가 오면 경희를 데리고 가고 여름방학이면 해수욕장에나 피서지에나 어디든지 데리고 가주었다.

그러나 어머니가 죽은 다음에 후모가 생기고 경희가 나이를 먹은 다음에는 경희는 차차 아버지에게서 버성겨져서 방학 때나 휴가에도 따라가는 일이 없어졌다. 돈만은 여전히 달라는 액수 이상으로 넉넉히 대주었다. 그러면서도 경희는 아버지의 말을 거역할 수는 없는 형편이었다. 아버지 신앙이 너무 보수적이요 완고해서 자기하고 통하지는 못해도 아버지를 사랑하는 마음은 변치 않기 때문에 어느 정도 이해가 가고 긍정이 가는 것이다.

이런 사정을 짐작하고 또 의지가 좀 약한 경희가 고민을 하지 아니할까? 혹 그동안에 무슨 심상치 못한 일을 저지르지나 않았나, 용호는 의심과 걱정이 생긴 것이다.

음독자살했다는 김X자도 몇 번 본 일이 있고, 짐작이 되기 때문에 경희의 처지와도 비슷하다고 느껴져서 그것이 그냥 남의 일 같지 않고 경희의 일 같고 용호 자신에게 무슨 관계가 있는 일 같아서 견딜 수가 없다. 용호는 다방에서 아무도 만나볼 새 없이 곧장 경희네 집을 찾아갔다.

경희네 집 근처에 가서 어떤 중학교 초급생인 듯한 여학생을 살살 달래서 경희를 찾아보았으나 외출하고 없다는 것이다. 이모네 집에 갔다가 늦게야 온다는 말을 들었지만, 용호는 안심이 되지 않는 것을 할 수 없이 설레는 마음으로 허둥지둥 하다가 돌아온 것이다.

용호는 아무리 자려고 애써 보았으나 공연히 마음이 뒤숭숭해서 잘 수가 없었다. 껐던 불을 다시 켜고 잡지를 뒤적거리고 한동안 내버려두었던 성경책을 들어서 읽어보아도 잠이 오지 않고 정신이 더 똑똑해질 뿐이다.

'경희는 얼마나 고독을 느낄까? 집에서는 결혼을 서둘러서 상대자를 택해 놓고 경희에게 강요하는 것이나 아닐까? 얼마나 고민을 하고 있을까? 내가 왜 좀 더 힘 있는 친구가 되어 주지 못했는가? 좀 더 일을 확실히 하지 못했을까?'

용호는 여러 가지로 후회를 해보다가 경희의 의지가 좀 약한 것을 다시금 염려하지 않을 수 없다. 그러나 용호는 어느 날 K다방에서 말없이 힘 있게 악수를 하던 일, 경희의 상기되고 진실성이 넘치는 모습을 눈앞에 그려보면서 허공을 안아보고야 겨우 잠이 들었다.

* * *

"경희야!"

어느 여름날 저녁이었다. 아버지의 부르는 소리에 경희는 얼른 대답하고 뒤따라 아버지 방으로 들어갔다. 아버지의 음성은 부드러우면서 약간 떨리는 듯하였다.

"아버지 왜 그러세요?"

방 안에 들어서면서 경희는 웃는 낯으로 김 목사 앞에 섰다.

"너 오늘은 나하구 이야기나 좀 하자. 거기 좀 앉거라."

"무슨 이야기요. 새삼스럽게 아버지두…."

"너 엄마는 어디 갔다가 시장에까지 다녀올 모양이다."

"그 말씀은 왜 하셔요?"

"글쎄 말이다. 조용한데 이야기나 좀 하잔 말이다."

"어머니 계시면 왜 말씀 못하셔요?"

"그래 너 엄마 있어두 괜찮지. 아마 내가 잘못 생각했나부다. 그건 그렇구 그동안 내가 네게 너무 무관심한 것 같아서 말이다. 너두 잘 알다시피 내 생활이란 게 밤낮 바빠서 도무지 집안에 자리를 잡구 앉아 있을 틈이 없구나."

김 목사는 먼저 자기의 부족한 것을 말해서 경희의 불평이 있다면 그 불평을 막아놓고 자기 이야기를 진행시키려는 의도인 것이다.

"아버지 바쁘신 줄을 저도 잘 알아요."

경희의 간단한 대답을 듣고 김 목사는 말을 이어,

"그런데 경희야!"

김 목사는 약간 어조를 낮춰서 이야기를 꺼내기 시작한다. 경희는 말없이 아버지를 쳐다보면서 다음 말을 기다릴 수밖에 없다.

"너두 이제는 결혼을 해야지!"

"결혼이요?"

아버지의 말에 자못 놀래는 듯이 말한다.

"그래 결혼해야지."

"글쎄요."

"글쎄요라니 경희야! 그럴 게 아니라 오늘은 다 털어놓고 이야길 해보자."

김 목사는 신중한 태도를 보이며 차차 기색이 엄격해지는 듯했다.

"아버지 말씀하셔요."

경희는 입술을 깨물고 이렇게 대답한다.

"너부터 이야길 해보렴. 네 이야길 듣고 내 의견두 이야기하련다."

"아버지 전 할 말이 없어요."

"흥 할 말이 없단 말이지."

"……."

경희는 고개를 숙이고 말이 없다.

"정말 할 말이 없단 말이냐?"

"……."

경희는 그대로 말이 없다.

"그럼 너 어젯밤에 너 없을 때 웬 모르는 학생애가 들어와서 네가 어디 갔느냐? 언제 돌아오느냐? 자세히 묻고 가더라니 그게 누구냐?"

"……."

경희는 고개를 한 번 기웃해 보이고 역시 말이 없다.

"생각 안 나니? 그 학생 애 행색이 수상하더래. 그 애가 널 찾는 게 아니구 누가 시켜서 온 것 같더라두구나."

"글쎄요!"

"그래두 생각 안 나니? 뒤를 따라가 보니까 웬 젊은 남자가 골목 저편에서 그 학생 애의 이야길 들으면서 가더구나!"

"글쎄요."

경희는 눈만 깜박거리고 좀 높은 어조로 같은 말을 되풀이한다.

"경희야 너 용혼가 하는 그 사람하구 그냥 교제하니? 그만 두라니까. 그 집하구 우리 하군 혼인할 형편이 못되는 건 너두 대강 알지 않니? 그리구 사람이 좀 경제면에도 생각이 있어야지. 그렇다구 반드시 돈을 바라는 건 아니지만 영어나 하구 음악이나 문학이나 좋아하구 다니면 밥이 생기니? 들으니까 아직 취직두 못했다던데…."

김 목사는 차차 노골적으로 용호의 험담을 늘어놓기 시작한다.

"아버지 저 결혼 안 할 테야요. 아버지 제 염련 마셔요."

울음 섞인 말이다.

"무어 결혼 안 하겠다구? 제 염련 말라구?"

김 목사는 좀 노기를 띤 말이다.

마침 밖에서 손님이 찾는다고 식모아이가 전달하자 연해서,

"김 목사님 계시우?"

누군지 손님이 굵은 목소리로 찾는다.

"결혼 안 하겠단 말이 무슨 소리냐? 네가…."

김 목사는 말을 채 마치지 못하고 나가고 경희는 제방으로 들어가 버렸다. 방바닥에 쓰러진 경희는,

"엄마 엄마!"

하고 울었다.

"엄마가 살아계셨으면!"

경희는 서랍에서 돌아가신 어머니의 사진을 꺼내놓고 들여다보면서 실컷 울었다.

그런 지 한 일주일이 지났다.

'내가 너무 했다. 아버지께 너무 했다.'

경희는 얼마 전에 결혼문제로 아버지에게 불공한 태도로 대한 것을 후회했다. 그러나 후모가 따라나가보고 용호인 줄을 알고 아버지에게 보고한 것이 무엇보다도 불쾌했다. 용호를 만났을 때에도 어떤 부인이 내다보는 눈치가 이상하더란 말을 들었기 때문에 더욱 불쾌하였다.

그래도 후모가 자기에게 성의껏 하느라고 하는 것을 생각하고 경희는 모든 것을 참았다.

그러면서도 경희는 몹시 우울한 나날을 보내고 있는 참이었다. 어디에 먼 데로 여행이라도 했으면 좋을 심정이었다. 게다가 날마다 비가 와서 더구나 우울했다.

"경희야."

마침 저녁에 일찍 들어온 아버지는 웃으면서 경희를 찾는다. 후모도 옆에 있다.

"네 생일이 꼭 닷새 남았구나."

아버지의 말에 며칠 전에는 생각하기도 했으나 그동안 잊어버리고 지내던 생일을 비로소 생각하게 되었다.

"네 엄마는 벌써 준비를 하나부다. 네 동무들을 청해서 한 번 맘대로 놀아라."

"내가 경희 선물을 하나 사놓긴 했지만 옷은 마음대로 택하라구 그래야지. 그래서 양장점에 한 번 같이 가지…."

후모의 말이다. 그렇지 않아도 새 옷을 한 벌 하고 싶었고, 그보다도 한 번 동무들을 초대하고 싶었던 차인데 아버지의 말에 퍽 만족감을 가지게 되었다.

김 목사도 지난번에 자기가 흥분해서 어미 없는 경희를 섭섭하게 한 것을 후회하면서 경희의 기색을 살피는 동안에 확실히 요새 우울하게 지내는 눈치를 알고 모든 것을 마음껏 해주려고 하는 것이었다.

"어떠냐 네 생각에는…. 한 번 마음껏 파티를 해라."

"고맙습니다 어머니."

경희는 우선 후모에게 인사를 하였다.

"아버지두 파티는 무슨 파티야요, 그중 가까운 애들이나 몇 아이 오랬으면 좋겠어요."

경희는 아버지의 말이 고맙다고 생각하고 곧 준비를 서둘렀다.

양장점에 가서 옷을 맞추고 동무들에게 편지도 쓰고 전화 있는 집엔 전화도 했다. 그리고 한편 집 소제를 하고 화분을 사오고 제 방의 커튼이며 테이블보며 사진이며 방에 걸렸던 그림을 모두 갈 것은 갈고 고쳐

걸 것은 고쳐 걸고 꽃을 사다 꽂아 놓아서 방 치장을 해놓고 한편으로 후모와 의논하여 음식 차리는 데 필요한 것은 미리 사놓았다.

"그만하면 되겠지 어머니?"

"모두 몇 사람이나 되지? 청할 사람이."

"열여덟이나 열다섯은 될 거야요."

경희는 후모하고 의좋게 의논하면서 각가지로 준비하는 동안에 바로 생일 전날이 되었다. 후모와 같이 시장에 나가서 닭이며 생선이며 쇠고기, 제육 따위 모든 것을 사다 놓았다. 마침 경희의 이모(정애)가 와서 떡쌀을 담가 놓고 전이며 튀김이며 잡채 등 음식을 만들기를 시작하였다.

그럭저럭 해가 기울었다.

"아이고! 아이고!"

밖에서 처량한 곡소리가 들린다. 경희와 온 집안은 놀랐다. 식모아이가 나가 보고 앞에 있는 판잣집 남자 운전수가 자동차 사고로 죽었다는 것이다. 그동안 경희는 가끔 다니면서 운전수도 낯을 알고 부인과는 가까이 사귀여 지내는 처지였다. 돌아가신 어머니가 전도를 해서 교회에 나오고 집에도 때때로 와서 사정이야기도 하고 경희 어머니는 별식을 하면 손수 들고 가서 애들 주라고 놓고 오곤 했고, 주인이 실직을 했을 때에는 쌀말을 갖다 주기도 했다.

어머니를 생각해서 경희는 그 부인과 어린 딸 옥희를 많이 생각했다. 경희가 가끔 들리면 옥희 엄마는 경희 어머니 이야기를 하는 것이다.

"그 사모님은 참 훌륭하신 분이셔요, 보통 어른이 아니었어요. 아가씨도 어머님을 닮아서…."

그러던 옥희 엄마는 치맛자락을 들어 눈물을 씻었다. 경희도 금방 눈물이 솟아나왔다.

"이게 웬일이야요. 이제 이것들을 데리고 어떻게 살아요."

식모아이 뒤를 따라 나가서 옥희 어머니를 만나보고 울면서 들어온 경희는 마음에 단단히 충격을 받고 결심을 하였다. 곧 테이블에 앉아서 엽서 몇 장을 써서 교회 사정을 시켜서 속달로 부치게 하고 전화핸들을 잡았다.

"저 여보세요 오 사장님 댁이야요? 저 애란이 있으면 좀 바꿔주셔요…. 오 너 애란이냐? 저 말이지 나 내일 사정이 있어서 그거 중지했어. 내일 오지 말어. 그리구 말이야 희순이한테도 좀 전해줘 응? 부탁이야 미안해! 안녕."

경희는 연해서 몇 집에 같은 전화를 했다. 옆에서 듣고 있던 이모는 놀랐다. 밖에서 들어온 후모도 어리둥절했다.

"너 웬일이냐 왜 그러니?"

이모(정애)는 경희의 팔을 붙잡고 뜻밖이란 듯이 말한다. 후모도,

"아~니 웬일이야!"

"그만 둘 테야요. 생일이구 머구 다 치워주셔요."

"아니 왜 그만둬. 왜 별안간 그러니?"

이모와 후모는 당황한 눈치다.

"글쎄 앞집에서 초상이 났는데, 무슨 생일놀이를 해요."

경희는 화를 내다시피 했다.

마침 들어온 김 목사도 경희의 말을 들었다. 한참 침묵이 흘렀다. 후모는 김 목사더러 무어라고 수군수군했다.

"경희야 초상이라니 너희 집에 초상이 났단 말이냐? 왜 그렇게 서두르는 거냐?"

김 목사는 경희의 태도가 너무 경솔한 것이 못마땅하다는 것이다. 더구나 일껏 차려 주는 집안사람에게는 이렇단 말도 없이 저 혼자 작정하고 그만둔다는 것이 괘씸하게 생각된 것이다. 그리고 경희가 갑자기 무

슨 딴 생각을 한 것이나 아닌가 하는 의심도 생긴 것이다.

"경희야 아무리 네 생일이라두 그러는 게 아니다. 네 이모도 오구 그리고 집안에서 모두 일껏 차리는 것을 그게 뭐란 말이냐? 나는 너 하는 일을 도무지 이해할 수가 없구나!"

경희는 아무 대답이 없이 고개를 숙이고 울고 있다. 아버지의 마지막 말에 경희는 가슴에 집히는 것이 있다.

"잘 됐다. 그만 둬라."

누구보다도 용호와 혜경이를 청하고 싶었는데 아버지는 좋아하시지 않을 테니 차라리 문밖에 불길한 일도 생겼는데 잘 됐다 하는 생각이 마음 한구석에 있는 것을 아버지는 육감으로 느낀 것이로구나! 경희는 이렇게 생각했다.

"아버지 잘못했어요. 그래두 저는 못하겠어요. 벌써 동무들에게 다 알렸어요. 글쎄 아버지 생각해보세요. 이웃에 바루 문밖에 참혹한 초상이 났는데, 무엇이 좋다구 떠들겠어요, 그렇지 않아요? 아버지!"

경희는 애원하듯이 아버지를 쳐다본다.

"네 말을 들어보니 그럴 듯도 하다. 네 마음을 이해 못하는 바가 아니지만 이왕 다 하기로 한 것을 그만 둘 거야 뭐냐? 이웃에 초상이 났기로서니 어떻게 대문 밖의 일을 다 상관한단 말이냐? 대문 밖의 일을 다 생각한다면 어디 끝이 있겠니?"

김 목사는 가장 당연한 듯이—사실 당연하다면 당연한 이야기를 하지만, 딸 경희는 도무지 이해가 가지 아니 하였다. 목사로서의 아버지, 평소에 강단에서 예수의 사랑을 고조하던 아버지의 말로서는 너무도 모순된 논리라고 경희는 생각하였다.

"아버지 제가 잘못했어요. 제 맘대루만 한 것은 잘못했어요. 그렇지만 그 시간의 제 감정으론 그렇게 할 수밖에 없었어요, 시간도 급하구요. 그런데 저는 아버지 말씀도 그대로 수긍할 수는 없어요. 옥희네 일이 도무지 대문 밖의 일 같지 않거든요. 자꾸만 우리 식구만 같아요. 어머니께서 그렇게 정성껏 전도하셔서 교회에 나온 것은 아버지께서도 아시겠지요. 그러니까 교회 식구가 아니야요, 우리 식구가 아니야요? 아버지는…."

경희는 눈물이 나서 말을 채 마치지 못한다. 그러나 김 목사로서는 현재의 입장으로 전실 부인의 관계를 길게 이야기하거나 생각하는 것이 도대체 거북하였다.

"옳다. 네 말두 그럴 듯하다. 그렇지만 그건 네 기분이다. 애들의 감상적인 기분에 지나지 않는 것이다…. 모르겠다. 그래 네 맘대로 해라."

김 목사는 문을 박차고 나가버렸다.

옥희네 집에서는 처량한 곡성이 쉴 새 없이 들린다. 잠시 그쳤다가는 다시 울어댄다. 이윽고 지친 울음소리가 다시 들리다가 밤을 지새고 사흘째 장사는 나갔다. 그러는 동안 김 목사는 소속교파의 총회와 노회 관계로 날마다 위원회를 계속하고, 여러 가지 계획과 모의를 하기에 바빠서 마침 일찍 나가고 밤에는 늦게 돌아오다가 오래간만에 하루 저녁은 좀 일찍 집에 들어갔다.

"경희 어디 갔습니까? 목사님."

경희의 동무 애란이가 찾아온 것이다. 날마다 만나던 경희를 벌써 사흘째 볼 수 없다는 것이다. 김 목사는 놀라서 마누라더러 물어보았으나 마누라도 모른다는 것이다. 식모에게 물어본 결과 옥희네 집에 가 있다는 것이다. 벌써 사흘째 옥희네 집에 가서 밤을 지낸다는 것이다.

김 목사는 식모를 시켜서 당장 오라고 했다. 경희의 꼴은 말이 아니었다.

"웬일이냐? 무슨 꼴이냐?"

“아버지는 너무도 무심하지요. 너무도 무관심하셔요.”

김 목사는 무슨 의미인지 경희의 말을 잘 이해할 수가 없었다.

이튿날 새벽 일찍 경희는 집에서 나가서 옥희 어머니를 잠깐 만나보고 바쁜 걸음으로 택시를 불러 타고 어디로 갔다. 집에는 ‘아버지에게 드립니다.’ 하는 봉함 편지가 책상 위에 놓여 있고 옥희 어머니 손에는 돈 삼천 원을 싼 것이 쥐어졌다.

식모의 말을 들으면 경희는 지난밤에 밤새도록 어머니를 찾으면서 울더라는 것이다.

‘최후의 시간에는 급한 때는 나를 찾아 오십시요. 기다리고 있습니다. 우리 앞에는 무한 좁은 문이 기다리고 있을 뿐입니다.’ 경희는 용호의 편지의 한 구절을 다시금 되새기며 울기도 했다.

-《새생명》, 1964년 6월

전 선생(先生) 작품집(作品集) 뒤에 쓰는 말

백철(白鐵)*

전영택(田榮澤) 선생은 한국 현대소설사상(現代小說史上)에 있어서 살아 있는 역사와 같은 전통적인 존재이시다.

선생이 《창조》 동인(同人)으로서 작품을 발표하시기 시작한 1919년에서 기산(起算)하면 금년 1965년까지 꼭 50년의 작가생애를 갖게 되는데, 그러니까 그 생애가 우리 현대소설사의 거의 전 과정을 체험해오신 셈이다. 춘원(春園)과 동인(東仁)이 가고 이제 전 선생은 《창조》지를 창간한 동인으로서 현존(現存)한 소설가 중에서 제일 선배작가의 자리에 앉아 있는 분이다.

전 선생은 그 생애적인 절반의 일을 종교계에 투신하여 교회의 중책을 맡아본 경력과도 관계가 있고, 또 창작을 하는 태도로서도 과작(寡作)의 작가이기도 해서 다작(多作)을 한 다른 작가들처럼 많은 작품을 남기지 않았으나 그 대신 발표해온 선생의 작품들은 그때마다 우리 소설사의 이정표와 같은 뚜렷한 위치를 세우고 있는 가작(佳作)들이다.

이런 말들은 요컨대 전 선생의 작품 활동이 흔히 우리 한국의 작가 생애에서 보는 바와 같이, 일기(一期)나 이기(二期)로 끝나고 마는 단명한 경우와 달라서 반세기(半世紀)의 작가 생애 전체가 성실한 작품 활동으로 차 있었다는 것을 반증하고 있다. 또 한 가지 대조되는 것은 한국 작가의 경우 그 작품적인 성장이나 성숙성에서 볼 때에 흔히 만년(晩年)의 작품이 초기나 중기의 작품을 감당하지 못하는 약체(弱體)의 생리성을 노정하는 예가 많은데, 여기에는 한국작가의 체질조건도 있겠지만, 한편 그만치 작업을 하는 문학정신이 불굴의 것이 못 된다는 이유도 있다고 반성을 해볼 때에, 전 선생의 작품들은 끝까지 그런 약점을 내놓지 않고 꾸준한 진전과 성숙한 경지를 증명해왔다는 사실이 된다. 전 선생이 해방 뒤에 발표한 작품들을 읽어보면 잘 알 수가 있다. 근년에 작품으로서 내 기억에도 얼른 「소」와 「차돌멩이」 등은 한국의 전후작품 가운데서 대표적인 가작(佳作)들이면서 그의 초기 중기의 작품들보다 더 노숙한 성과를 거두고 있는 사실이다. 그런 점에서 전 선생은 우리 현대문학 50년사에 있어서 누구보다도 시범적인 작가이다.

전 선생의 작품의 본바탕은 한 마디로 해서, 휴머니즘이라 할 수 있다. 그것은 전 선생이 기독교인으로서 기독교의 정신을 그의 인격과 작품 상에 성실하게 반영시킨 사실을 증명하고 있는 이유도 된다.

전 선생이《창조》동인으로서 처음에 작품을 발표할 때는 아다시피 자연주의적인 인생관과 작품수법을 갖고 등장하였으나, 1924년대의 「화수분」「흰 닭」등이 되면 여기선 분명하게 인도주의적인 동정이 가엾게 죽은 인물과 동물에 대한 심정에 투영된 것을 볼 수 있다. 더구나 그 뒤의 작품들, 연대는 내 기억에 분명치 않지만「한 마리 양」「방황」「크리스마스 전야의 풍경」「하늘을 바라보는 여인」등이 되면 그 인도주의에 변함이 없이 거기에 입각해서 현실을 반문하고 약한 주인공의 입장을 깊이 동정하고 있는 것이다. 이와 같이 전 선생의 문학이 휴머니즘을 바탕으로 삼고 있다는 것은 그만치 문학의 본 사명을 체험했다는 말이 될 것이다.

전 선생은 그 휴머니즘을 작품적으로 소화하는 데 있어서 성급하게 독자 측을 향하여 설교하는 것이 아니고 작품적인 논리적 가치로써 충분한 작품효과를 거두고 있는 것을 다시금 재평가할 사실인 줄 믿는다.

처음에 말한 바와 같이 전 선생이 발표한 작품의 수는 많은 것이 아니지만, 여기 그 주옥편들을 모아서 내놓으시는 전 선생의 작품집이 우리 한국의 소설사를 압축한 기념탑이 되면서, 동시에 이 작품집은 우리 현대소설의 고전편이라고 할 수 있어서 그 의미와 가치가 크다고 믿으며, 이 작품집이 나와서 젊은 문학도들에게 특별한 경의로써 애독되기를 바라는 바이다.

1965년 12월

* 본명 **백세철**(白世哲, 1908~1985).
평북 의주 출생. 신의주고등보통학교, 일본 도쿄 고등사범학교 영문학과 졸업. 일본 유학시절부터 카프(KAPF) 활동을 했고, 1934년 제2차 카프 검거 사건 때 체포되어 전주형무소에서 1년 반 동안 수감생활을 했다. 출소 이후 문학적 경향의 변화를 보이기 시작했으며, 일제강점기 말기에는 적극적 친일행위에 가담하기도 했다. 해방 후 서울대, 동국대, 중앙대 교수를 역임했고, 국제펜클럽 한국본부 위원장을 여러 차례 지냈다. 한국전쟁 이후에는 미국의 신비평이론 등 외국의 문학이론을 주로 소개하기도 했다. 1966년에 대한민국예술원 회원이 되었고, 예술원상, 국민훈장 모란장, 서울시 문화상, 3·1문화상 등을 수상했다.

작가 약력

늘봄 **전영택**(田榮澤, 1894~1968). 소설가, 목사.

1894년 1월 18일 평양에서 아버지 전석영과 어머니 강순애의 4남4녀 중 셋째 아들로 태어났다. 1910년 평양 대성중학 3년을 중퇴하고, 1918년 아오야마(青山)학원 문학부와 신학부를 졸업하였다. 이후 미국 태평양 신학교로 유학을 다녀왔으며, 1919년 김동인 주요한 김환 등과 문예지 『창조』 동인으로 문단 활동을 시작하였다.

감리교신학대학교 교수를 지냈으며, 문교부 편수국 편수관(1946), 재일본 동경한국복음신문 주간(1952), 대한기독교 문서출판협회, 기독선교회 편집국장(1952) 등 학계 언론계에도 종사하면서 1961년에는 한국문인협회 초대 이사장을 지냈고, 1962년 대한민국 문화포장 대통령장을 받았다.

대표작 「화수분」(1925)은 당시 신경향파 작가들이 즐겨 다루는 소재였음에도 도식적인 사건 처리가 아닌 인간의 원시적 온정과 생명에 대한 외경을 사실적 상징적으로 그려낸 작품이다. 「천치냐 천재냐」(1919), 「독약을 마시는 여인」(1921), 「K와 그 어머니의 죽음」(1921), 「흰 닭」(1924), 「소」(1950), 「새벽종」(1955), 「쥐 이야기」(1956), 「집」(1957), 「아버지와 아들」(1957) 등의 단편과 논설집 《생명(生命)의 개조(改造)》(1926), 전기 《순국처녀 유관순전》(1948), 《조만식 선생》(1967), 《도산 안창호 선생》(1967), 수필집 《의(義)의 태양》(太陽)(1955), 창작집 《하늘을 바라보는 여인》(1958), 《전영택창작선집》(1965) 등을 남겼다.

또한 「사철에 봄바람 불어 잇고」 「어서 돌아오오」 등의 찬송가 작사자로도 이름을 올렸다.

이 도서의 국립중앙도서관 출판예정도서목록(CIP)은 서지정보유통지원시스템 홈페이지
(http://seoji.nl.go.kr)와 국가자료공동목록시스템(http://www.nl.go.kr/kolisnet)에서
이용하실 수 있습니다.(CIP제어번호: **CIP2017001631**)

전영택창작선집

지은이 / 전영택
펴낸이 / 조유현
편　집 / 이부섭 박아름
디자인 / 박민희
펴낸곳 / 늘봄

등록번호 / 제300-1996-106호 1996년 8월 8일
주소 / 서울시 종로구 동숭4길 9 (동숭동 19-2)
전화 / 02)743-7784
팩스 / 02)743-7078

초판 발행 / 2017년 1월 31일

ISBN 978-89-6555-054-9 03810

※ 값은 표지에 있습니다.